皖南事变

黎汝清 著

人民文学出版社

图书在版编目(CIP)数据

皖南事变/黎汝清著. —北京:人民文学出版社,2011(2020.6 重印)
(黎汝清战争经典系列. 全新修订版)
ISBN 978-7-02-008592-7

Ⅰ.①皖… Ⅱ.①黎… Ⅲ.①长篇小说—中国—当代 Ⅳ.①I247.5

中国版本图书馆 CIP 数据核字(2011)第 085200 号

责任编辑 **付如初**
装帧设计 **陶 雷**
责任印制 **徐 冉**

出版发行 **人民文学出版社**
社　　址 **北京市朝内大街 166 号**
邮政编码 100705
网　　址 http://www.rw-cn.com

印　　刷 **三河市鑫金马印装有限公司**
经　　销 **全国新华书店等**

字　　数 605 千字
开　　本 680×1000 毫米 1/16
印　　张 41.5 插页 3
版　　次 2012 年 1 月北京第 1 版
印　　次 2020 年 6 月第 4 次印刷

书　　号 978-7-02-008592-7
定　　价 79.00 元

出版说明

黎汝清(1928—2015),深受广大读者喜爱的老作家。他1944年参加革命,参加过济南战役、淮海战役和渡江战役。在战争年代曾立过两次二等功、三次三等功,并获三级解放勋章,享受国务院特殊津贴。

黎汝清著有长篇小说多部,多次荣获各类各级奖项,被誉为"党史小说第一人""红色经典巨匠"。新中国成立后创作的《万山红遍》《海岛女民兵》即享有广泛的社会影响。改革开放后其创作的党史小说《皖南事变》甫一问世,即震惊文坛和史界。这部作品在众览大量史料的基础上,大胆突破题材禁区,直面我党、我军领袖人物之间的矛盾,对他们进行合理的人性推理,探求历史谜团中的偶然和必然,从中勾勒出令人信服的历史逻辑。

此后,他继续沿着党史纪实小说的道路探索前行,先后完成了《湘江之战》《碧血黄沙》。三部作品因关注我党、我军历史上的三次重大挫折,被称为"战争悲剧三部曲"。出版二十余年来,长销不衰,堪称党史、军史上的经典作品。2012年我们又以"黎汝清战争经典系列"为名重新修订出版,以满足广大读者的要求。修订的主要内容包括《皖南事变》《湘江之战》的章节标题。在征得作家本人同意的情况下,还删除了三部作品中普遍存在的比较冗长的心理独白等等。此次再版,依据的是2012年版,仅更正了文字的错讹。

黎汝清的这三部小说出版多年来,一直拥有良好的读者口碑,也曾先后被多家出版单位出版。但目前我社是唯一同时享有这三部作品的专有出版权的单位,本次集中修订推出,是在精益求精的基础上,让文学经典恒久传承。

人民文学出版社编辑部

2020年5月

目　　录

第一卷　事变前

第二卷　事变中

第三卷　事变后

主要人物表

项　英　中共东南局书记；中共中央军事委员会新四军分会书记；新四军副军长（实际是政治委员）

叶　挺　新四军中将军长

袁国平　新四军政治部主任

周子昆　新四军副参谋长兼教导总队队长

赵令波　新四军司令部参谋处处长

林志超　参谋处作战科科长

刘厚忠　项英的随从副官

郑芳雪　南堡小学教师，陈冠群之外甥女

林志兰　女护士，林志超之义妹

莲　姑　地主家的童养媳

白　沙　《抗敌报》战地记者

王自中　工兵连连长

陆绍泉　茂林地区圣公会会长，茂林福群小学校长

镜心法师　茂林地区放牛郎山镜心寺和尚，高艺僧

蒋介石　国民党军事委员会委员长

陈布雷　蒋介石侍从室二处主任

顾祝同　三战区长官部司令长官

上官云相　三十二集团军总司令

陶希圣　汪精卫密使，监察委员

周珮琳　五十二师政训处特工人员

陈冠群　国民党章渡区区长，开明士绅，新四军军部所驻“种墨园”房主

闻　瑗　国民党派驻新四军军部少校联络副官

陈家庆　陈冠群之堂侄，护商缉私队队长，郑芳雪之未婚夫

第一卷

事变前

第一章　1940年12月26日

一　中央方针：向北，向敌后

他想推动历史，却被历史所推动。他感到再次受到命运的拨弄与损害，倨傲的心自然产生出抗拒的激情。

他伫立窗前已经两个小时了。凡是一个人遇到重大打击所产生的强烈反应他都没有：没有痛苦的呻吟；没有长吁短叹；没有歇斯底里的哀号；没有捶胸顿足宣泄内心的怨怒；没有心碎形毁颓然倾倒的情态……他性格内向，有着超常的坚忍，即使在迅雷般的打击下，也能竭力自持。

窗外，寒风呼啸，星斗闪烁摇颤。他的眼前却是一片昏黑，耳畔轰响着他所熟悉的浓重的湖南口音，每个字就像一排巨浪，汇成怒海狂潮，扑击着他的心灵之岸：

> ……你们在困难面前，屡次向中央请示方针，但中央远在一年前即将方针给了你们，即向北发展，向敌后发展，你们却始终借故不执行……

这声音越过千山万水，从西北黄土高原上，挟着漫漫沙尘狂卷而来。自从这天晚上九时二十分，面带凄苦的机要秘书，把电报夹轻放到他的写字台上起，直到目前——深夜十一时二十分，这声音就没有中止过。

黯淡的灯光，从侧面把他放大了数倍的变了形的身影，投射在墙壁上。他生平第一次佝偻下挺拔的腰板，低垂下高傲的头颅。

这个房间是在大夫第——一座老式的地主庄园的二层楼上。室内摆设极为简单：一张木板床，三只硬木椅，一个书柜和一张靠墙而放的写字台——名之为写字台是欠妥的，那是一张未经髹漆的八仙桌。本来，这里有一套红木家具，但地主阶级的奢华，使他看了很不舒服，便叫副官处全部撤换了。

屋子里的一切都是静止的、凝固的，只有小闹钟的指针迈着嚓嚓的脚步，艰难地、沉重地走向1940年12月27日的凌晨。

整个云岭都已经沉睡，对面的另一座地主庄园——种墨园，也早已熄灭了勤勉的灯光。不倦的寒风卷着落叶和乱草，扫过罗里村的狭窄的街道，倾诉着不可言喻的悲凉。又湿又冷的岚烟，透过门窗的缝隙，侵衣透骨地刺入他的心窝，但他感到的却是一阵一阵的燥热。铁盆中的木炭火，也为这种冷凝所窒息，化为灰烬，在灯影里发出生涩的阴沉的惨白色的光。

多么严厉的指责，多么愤慨的诘难。"不执行"已是罪莫大焉，再加上"始终"和"借故"，谁能吃得消？可是，那浓重的湖南口音，继续在耳畔轰响，而且越来越尖锐，越来越严苛了：

> ……至于如何北移，如何克服移动中的困难，要你们自己想办法，有决心……如果动摇犹豫，自己无办法，无决心，则在敌顽夹击下，你们是很危险的。全国没有任何一个地方有你们这样迟疑、犹豫，无办法，无决心……

字字暴跳如雷，溅着火星。

一个无产阶级工人运动的久经考验的领袖；一个独当一面的党的重要负责人；一个具有光荣斗争历史，坚持敌后三年游击战争的英雄；一个第三共产国际给予高度评价的革命领导者；一个在新四军中享有崇高威望和绝对权威的人，怎能受得了这种强烈的刺激？

但是，那个湖南口音，犹如急风暴雨，有增无已，发出骇人的震力，越来越咄咄逼人：

> ……在移动中，如遇国民党向你们攻击，你们要有自卫的准备

> 与决心，这个方针也早已指示你们了……现在，又提出拖或走的问题，究竟你们主张的是什么？主张拖还是主张走？似此毫无定见，毫无方向，将来你们要吃大亏的……

“毫无定见”，“毫无方向”，多么尖刻的字眼，多么绝对的字眼！况且，这声音里还隐含着没有写进电文里的一种极端的愤慨，那就是：“你项英，口口声声服从中央，实际上是阳奉阴违！”①

项英不是语言学家，但他知道，这一连串尖锐的音符，会谱成多么严酷的曲调！一阵阵突然袭至的懊恼怨怼之情，夹杂着历史上他们之间曾经龃龉的泥沙，在他每根脉管里膨胀沸腾，既像受了灼热，又像遭了冰击，浑身的肌肉不能自抑地簌簌发抖。

项英的痛楚还不完全在于电文措辞的严厉，而在于锋镝所向恰中了他的要害。他的思想纷乱已极，像被烈火烧了窠巢的蜂群，嗡嗡乱飞。两个小时之后，在一阵阵雪山崩塌，狂风乍起的感情震荡之后，需要进行比较有条理的思考，他终于想起了吸烟。他沉重地转身，而后缓缓地走到桌前，在煤油泡子灯上，点燃了“海盗牌”香烟。平时不被人留意的皱纹，在前额上明显地呈现出来，微凸的眼睛，也失去了往日那种矜持自信的光焰。两小时，他老了十岁。

项英的神态、风度、面部表情乃至性格特征，留给人们的印象不尽相同。

1938年1月，美利坚合众国记者埃德加·斯诺曾在南昌新四军军部访问过他，简略地记载过他的经历。这位颇负盛名的进步记者在向他的妻子尼姆·韦尔斯叙述访问印象时，说过这样一段话：

> ……我与项英仅仅相处了短短的时间，他在几个小时里，给我留下的印象是十分深刻的、生动的，比绝大多数认识了好多年的人给我的印象更生动。他的外貌不给人好感，实际上，看上去，他很像通商口岸的外国人心目中的“典型苦力”。他身体结实，肌肉发达，身材短矮。从背后看去，他的头像圆屋顶那样突出。他的双手手指粗短，布满老茧。他的嘴唇和鼻子宽厚。他的牙齿突出，不整

① 这句话，最终还是写进了《中共中央关于项袁错误的决定》里。

齐，不美观，而且缺少了一些牙齿。但他的笑容是中国劳动人民的富有感染力的笑容……

1939年春天，加拿大护士琼·尤恩①在长达三个小时的交谈之后，写下了对项英的印象：

……他中等身材，结实得像个拳击家。他有一双冷酷无情的眼睛，容易露出笑脸，但他的笑容是容易使人误解的。革命运动，把他造就成一个不屈不挠的人……

如果说，这两位外国人的印象基本准确的话，至少还要补充几点：第一，他的身材，用中国人的眼光来看，并不短矮，而且非常匀称，加上步态坚定，行动敏捷，昂首挺胸，显得神采腾跃。他时常穿着洗得发白的灰色军装，紧束皮带，打着绑腿。即使在这深夜里，他依然着装整齐，堪称军容风纪肃整的楷模。第二，他的确有着令人羡慕的拖不垮的健康身体。他几乎总是从天亮开始，直到深夜，不知疲倦不厌其烦地处理着党、政、军、财、文等等事务，永远兴致勃勃，精力充沛。若问新四军中谁人最忙？恐怕无人能与他相比。第三，他的外貌也并非完全不给人好感。他在沉思时，严肃中隐约透出内在的英毅之气。他在与人攀谈时，那温和的笑容，给人一种浑厚的亲切之感。也许由于牙齿残缺不全的缘故，他的干燥的栗壳色的嘴唇，紧紧抿起，让人感到他有一股习惯于独断专行的孤傲的性情……

项英的来自历史深处的优越感和过人的自尊心，在公开场合时有流露，但他的苦闷和烦恼潜藏极深，只有独自闭门苦思默想时，脸上才飘浮起郁郁而不得志的阴云。此时他慢慢沉静下来，坐在木圈椅里，吸着烟，烦乱的目光又落到那可恼可恨的电文上。

这电文是打给项英、袁国平、周子昆三人的。可见，电报起草人在少有的暴怒中，并没有忽略了分寸——这种申斥并不包括叶挺，甚至，也不把这些申斥公开在叶挺面前。

---

① 琼·尤恩，加拿大人，1933年曾在山东张店教会诊所当护士。她把握语言的能力特强，两个月后即能与当地群众通话，还能用地道的山东话在市场上和小商贩讨价还价。曾做过白求恩的翻译，中国名字叫于青莲。

项英用发抖的手在电文右上方写上“项已阅，销毁”，正要通知机要科来取时，机要秘书谷学清又送来了第二份电文。

这位来自上海的机要秘书，身上带有几分女孩气质，也曾是地下党员。他对政委的处境充满同情，想用小心翼翼的动作给项英带来某种宽慰。

第二份电文又是一剂更辣更苦的药，是毛泽东、朱德联名打给他一个人的：

> ……关于销毁机密文件，是否执行。你应估计到在移动中可能遇到特别困难，可能受袭击，可能遭损失，要把情况特别看严重些。在此基点上，除想尽一切办法克服困难外，必须把一切机密文件统统销毁，片纸不留。每日收发稿件随看随毁，□□要带在最可靠的同志身上，并需预先研究遇危险时如何处置。此事不仅军部，还要通令皖南全军一律实行，不留机密文件片纸只字，是为至要。①

八天前（12月18日）毛、朱、王曾来电指出：“秘密文件必须烧毁，严防袭击……”现在又接上电，使项英领悟到：重申销毁一切机密文件是强令他北移的最后通牒。从电文里他既看到了中央冷峻的破釜沉舟的决心，也看到了北移的危险。

“政委，要不要给……”机要秘书盯视着第一件电文上袁国平和周子昆的名字。在通常情况下，项英在签“项已阅”时，应附有“即转袁、周”。“啊！不必了，”项英似乎在想着别的，“我会告诉他们的。”

“政委，早些睡吧！”机要秘书不忍心审视政委那凄苦的脸，收起报夹，悄然退了出去。

二　项英决策：伺机向南

项英吸着烟，困惑、迷茫的轻雾在他面前缭绕，布满血丝的眸子里

① 电文中□□两个空字应为“密码”。

涌聚着难以尽述的感情：他一向认为自己具有高瞻远瞩的战略眼光，在纵览国际风云变幻时，有一种人杰气概。可悲的是，中央对形势的分析跟他背道而驰！

项英认为，全党、全军，只有他领导了敌后三年游击战争，他是无可非议无可替代的游击战术的权威。他写过《南方三年游击战争经验对于当前抗战的教训》一书，把游击战争的经验进行过高度的概括，那就是两个字："边"与"山"。

所谓"边"，就是两省两县或三省三县交界之处，即那些"三不管"的地方：粤、赣边区；湘、鄂、赣边区；闽、浙、赣边区；湘赣边区；鄂、豫、皖边区……试看，编为新四军的南方八省游击健儿，哪个不来自"边"呢？所谓"山"，不言而喻，三年游击战争，能够坚持到底的，哪支游击队离开过山呢？中央却让新四军东进，进入宁、沪、杭三角洲；北移，进入两淮、苏北大平原。不但进平原，而且还有水网。

项英认为，东进、北上有五大不利：

宁、沪、杭三角洲，是中国大地主、大军阀、大资产阶级（也就是江浙财团）产生发展的福地，是冒险家的乐园，是蒋介石集团的大本营。在"统一战线高于一切"的时候，去触动蒋、宋、孔、陈四大家族最敏感的神经，是不明智的。此一不利也。

日寇占领上海、南京、杭州之后，此地区又成了日、汪的心脏地区，卧榻之侧，岂容他人酣睡？此二不利也。

这个地区，工商业十分发达，进出口贸易占全国五分之三，是蒋、日、汪三方势在必争的经济命脉地区，斗争的尖锐与复杂，可想而知。如果新四军再挤进这个地区，并寻求发展，必然引起国共冲突的加剧，日寇、汪伪也绝不会容忍新四军坐大而袖手旁观，我军必然处在蒋、日、汪三方夹击之中。此三不利也。

这个地区，多系平原水网，蒋、日、伪均占有火车、汽车、轮船等等交通之利，而我军则无处躲藏和隐蔽，既不能像华北平原那样挖地道、挖交通沟，更不能像山区那样在丛林里周旋。此四不利也。

北进之后，皖南必然丧失，这就丢掉了发展江南革命的战略支撑点。此五不利也。

这种战略上的巨大分歧，自然就潜藏着巨大的危险。中央批评项英“株守江南”。“株守”二字，在韩非子的寓言里，颇带讽刺意味，含有注定落空的结论。

项英承认是在“株守”，却不承认其中含有注定失败的成分。他的远大的谋略，他的灿烂的业绩，恰恰在这“株守”上。他确信自己在这一点上有着独具的战略远见。同样的词，会因成败变更其价值和性质，所谓“胜者为王，败者为寇”。难道“株守”和“待机”在某种意义上不是同义语吗？

项英认为中央不理解他的战略，甚至不信任他！在新四军刚刚筹建之始就批评他丧失了党的立场，这绝不是信任的表示。

深夜的寒气带一阵阵悲凉。“不走是不行了！”项英暗自思忖。即使他迟钝到麻木的程度，也不会感觉不到那份暴跳如雷的电文的不可抗拒性。几年来，他殚精竭虑、梦寐以求的南进计划，即将成为泡影。他的勃勃雄心在高声喊叫：“不！”

项英拍案而起，又回到窗前。铺着鹅卵石的街道上传来轻缓的脚步声和低沉急促的口令声，警卫连战士在换岗。这声音，比往日更为诱人，甚至产生了一种超常的魅力。

他拉开与军装同样布料做的灰色窗帘，远处那朦胧巍峨的峰巅，似乎只能用意识的眼睛才能看清。1938 年的深秋，他偕同袁国平、周子昆和《抗敌报》的记者白沙，登高望远，纵论国内大势，畅谈国际风云。他的伟大的南进计划，不正是在那座高高的山峰之上萌生的吗？

那一年 10 月 21 日，广州失守，25 日，武汉沦陷，第三战区落进敌寇南北夹击的铁钳之中。项英判断：野心勃勃、攻势凌厉的天皇武士们，必然打通浙赣线和粤汉线，以沟通南北的联系；顾祝同的长官部和他的部队，必然向闽、赣、云、贵溃退。驻守皖南的新四军可以乘势跟进，在新的敌后——黄山、天目山、武夷山地区，迅猛地发展游击根据地，远征闽、浙、粤，甚至很快就可以恢复当年的中央老苏区。长江之南，半壁河山，可尽在我手。这是何等宏伟的图景啊！

项英用想象去虚构、去补充、去美化这个目标。多次在梦中，他看到日寇那带铁钉的皮靴踏着浙赣线、粤汉线的铁轨，咔咔地向前推进。

一想到此处,项英就产生出一种强烈的使命感。中央对他的历次批评,只能使他愤慨,却不能使他愧疚。

项英认为,只有向南,新四军才占有“地利”、“人和”。他必须用拖的办法,等待日寇进攻浙赣的“天时”的到来,守皖南之“株”,待日寇南进之“兔”,这是多么合情合理的决策啊!可惜,胳膊扭不过大腿。

以正确服从错误是痛苦的。他回到桌边,熄灭了烟蒂,把脸俯在两手之中,把寻求出路的目光,转向内心。正视内心的隐秘也是痛苦的,需要勇气。

项英不愿意离开皖南!但是,现在没有办法再拖了。党中央不允许他拖,蒋介石也不允许他拖。他想到了蒋介石以何自名义发的《皓》电和党中央以朱、彭、叶、项名义发的《佳》电。他以为在党中央同蒋介石激烈争夺的棋盘上,为换取斗争的主动权,他项英是作为牺牲品的。

如果此时项英能够冷静地重新细读《皓》《佳》两电,他将会发现,蒋介石的阴谋多么诡诈,而党中央对付他的手法又是多么奥妙与高超;他也会发现,我党作出的让步是多么必要和英明,滞留皖南是多么短视和危险。

由于心理因素作怪,项英宁愿把这两份电文忘却。他感觉,两份电文好像敌我双方伸出的巨手,把他推向深渊。

风忽然转向了,像一只无形的手拍打着窗棂。窗外,那棵梧桐树的赤裸的枝条,狂乱地舞动起来,发出嘤嘤的低泣声。一股强劲的寒流劈窗而入,在房间里弥散开来。这是东南风,冬天罕有的气象。

军部修械所的那棵老槐树上,传来猫头鹰的嗥叫声,犹如凄厉的哀哭,特别瘆人,给宁静的夜洒下一派恐怖气氛。项英打了个寒噤:难道说,我多年来精心构筑的宏伟绝伦的大厦,在这份电文的雷霆霹雳轰击下,颓然倾圮了吗?一个悲哀的浪头扑到项英心头。他本来应该作为时代之明星升上高空的呀!现在,却将随着北移变作一块陨石,訇然落地了。一种无力回天之感使他双目酸涩,两行泪水潸潸流下。

他第一次发现自己不够坚强。

三　忠诚需要，智慧也需要

桐油髹漆过的乳黄色的房门，被悄然无声地推开了。项英条件反射地抹了一把脸，怀着被人窥见了隐私才有的那种恼怒，呆愣了一会儿。他首先看到的是那只端着茶缸子的手。多么粗大奇特的手啊，青石臼似的，一拳可以打倒一匹马！

“政委，你该睡了……”刘厚忠向前跨了两步，“我给你热了一缸子可可。”关怀来得多么不是时候。

“滚！”项英暴躁地叫了一声，一扬手，把他最爱喝的饮料打飞了。瓷缸子碰在墙上，黏性的可可，散发着香甜的气息，四下溅去，像褐色的浑浊的泪洒落在床上、书柜上、火盆里，沿着墙壁的苍白的面颊向下流淌。

随从副官像个受罚之后仍不知错在哪里的孩子，委屈而又惶惑地肃立在首长面前，等待着更加严厉的申斥。他的眼睛没有离开政委那挂有泪痕的脸。但他并没有表示出任何猜疑，他的姿态和面容所展露出来的是无限的忠顺和同情。他只是笔直地站着，又黑又浓的短发，像一丛钢针，覆盖着他的低低的额头，络腮胡子一直从鬓角延伸进军衣领口里，给人以狞恶凶顽的印象，展露出暴烈蛮横的习性。但现在，这头猛狮却柔顺得像头羔羊。

项英立即为自己的失态愧悔了。他抬手拍拍对方的左肩，声音里荡漾着深深的歉疚：“厚忠，你怎么还没有睡？我不是让你们按时作息的吗？”

“政委，我从门缝里看到灯还亮着……”刘厚忠的回答，带有一种宗教式的虔诚。那些年轻的勤务员，早已在梦乡嬉戏，只有他，总是一直守候在项英门外的小屋里。那是一间放杂物的储藏室，从门下缝隙中可以看到项英屋里的灯光。

刘厚忠，忠于职守，克己、独居、孤僻，不闲逛，不赌博，不下棋，几乎没有什么娱乐。他喝酒，但不太多。他纯朴，勤劳，从不吝惜力气。对仇敌，他是不共戴天的顽强对手；对恩人，他是忠诚驯顺的奴隶。

说起来刘厚忠也是1935年入党的老党员了。可他并不知道马克思是中国人还是外国人，他的头脑里被什么思想武装着，只有天晓得。在他的头脑里，最鲜明的只有三个人：一个是莲花县那个侮辱过他的大地主；一个是年近半百的曾经救过他性命的姐姐；一个就是项英。他对政委有一种终生不忘的知遇之恩。

“政委……我把火盆再生起来吧？”

“不用了……”项英微微地摇摇头，心里忽然漾起某种深藏的感情。

“政委……”刘厚忠深深地盯视着项英，但不知如何才能给他以宽慰。

此时，项英需要的不是可可，不是木炭火，而是理解。刘厚忠能理解他吗？他在随从副官忠贞不贰的眼神里读到这样的语言：“政委，你有难处了吧？别人在跟你作对了吧？是谁？我去跟他拼命。是眼前那座四顾山挡住你的路子吗？说吧，我刘厚忠准备用脑袋去碰碎它！”那神态，那架势，只要项英一摆手，他便纵身猛撞了。

此时，忠诚和膂力是无用的，项英需要的是解脱困境的智慧。

“厚忠，去把周副参谋长请来。”

“是！”刘厚忠拾起瓷缸，退出去，轻轻把门拉上。那动作既敏捷又轻巧，像一只灵活的猫。

项英深深地嘘了口气，他忽然发现：鲁莽和精细，粗壮和灵巧，叛逆和忠诚，蛮横和柔顺……这些截然相反的素质，那么自然和谐地统一在这位随从副官身上，真是不可思议。刘厚忠的忠顺与关切，使项英窒闷的胸腔开了一条缝，松宽、舒缓了许多。再聪明的头脑，遇到难题时，也需要别人的智慧来帮忙。

他等待着周子昆的到来。但他始终不能理解：日寇南进攻势的那只野兔，为什么姗姗来迟。

项英守株而待的“野兔”在哪儿呢？

1939年的国际国内形势都在急转直下地变化：由于美、英、法绥靖政策的姑息与纵容，希特勒和墨索里尼的坦克履带碾碎了欧洲；日本的平沼内阁,也得意忘形,四个师团的兵力在五百架飞机的掩护下扑向中、苏、蒙边境的诺蒙坎和哈桑湖。

可是,日本这次闪击战没有成功,锋刃砍在了花岗岩上,反弹回来伤害了自己。第一天,就有五十九架天皇神鹰喷着烈火拖着浓烟,坠毁在乌拉河两岸。干了七个月的平沼骐一郎内阁,为他的轻举妄动付出了应有的代价——引咎辞职,阿部信行代之。

这位陆军大将比平沼男爵现实一些,谨慎一些,少了点武士道精神,多了点政治头脑。他在组阁后的一个早晨,穿着朴素的和服,站在国会大厦办公室的窗口,凝望着碧空中那团银灰色的云彩缓缓地融进富士山那白皑皑的倒垂的雪莲。

诺蒙坎新败,使他联想到大雪纷飞的莫斯科,想到了举世闻名的战争之神——拿破仑。他看到了那位不可一世的风云英杰的高傲的马蹄,在克里姆林宫墙下的石板路上溅出火星……历史无情,不到半年,这位不可战胜的法国皇帝,把他五十多万无敌勇士,丢弃在俄罗斯风雪咆哮的荒野上,仅带几个扈从,坐上雪橇,丧魂落魄地消失在暗夜的狂风暴雪中。

这位陆军大将,在回望历史之余,突然悟出了一个道理:"占领并不等于征服!"这对任何侵略者来说,都是一个严酷的规律,是一声刺心震耳的警钟。

"报告,今井武夫奉召来到!"因为房间里铺着榻榻米,前来晋见的日本参谋本部中国科科长、后来的日军侵华总司令部的副参谋长的皮靴,没有发出应有的咯吱声。

"今井君,我正恭候你的光临!"内阁首相从沉思中清醒过来,转身把今井武夫引进了一间密室。

阿部信行和蔼谦恭,与他身着戎装胸佩彩色绶带时的森冷严苛之态相比,判若两人。他抬手示坐:"今井君,听说你对中国情况非常熟悉。"

"谈不上非常。我从陆军大学毕业之后,一直担任中国问题研究员,以后是驻华武官……"今井有些拘谨。

"今井君,这里不是参谋本部,你可以像在朋友面前那样畅所欲言。我需要的不是豪言壮语,而是真情实话,以便制定国策。我想征询你对目前战争的看法。”

“去年,我们占领了广州和武汉,还攻占了海南岛,把南中国海用点线封锁起来,这是我们在华圣战的全盛时期。可是,战争越向内地扩展,就越看不到尽头……”

“你不觉得太悲观了吗?”

“不! 因为我太了解中国人了……中国幅员辽阔,人力物力资源是无限的,民众抵抗的意志是坚决的……华北就是证明。”

“你的结论是……”

“应该早日想法结束战争。我们方面有许多人对中国的认识是错误的,一味沉浸在战胜者的优越感里。我认为光是躲在红砖绿瓦建筑群的参谋部里,战争绝不会结束。应该尽快寻找和谈的道路。”

“前线将士怎么看?”

“他们在私下里,哀叹在中国有可能进行‘百年战争’,我们是经不起拖的!”

“这种意见有代表性吗?”

“冈村宁次司令官曾谈到攻占武汉后的心情,他说:‘自12月27日晚,大本营发表攻陷武汉以来,以参谋总长为首,贺电雪片般飞来,国内也出现了庆祝胜利的各种舆论。’但是,我并不感到特别高兴,因为这并不等于主力方面的战斗已经完成……攻占武汉伤亡惨重,这也使我心情阴郁。在慰问九江各医院伤员时,特别是瑞昌医院的凄惨情景,使人久久难忘。……”

“是的!”阿部信行说,“刚才,我就想到了1812年拿破仑攻占莫斯科……可是,那是俄罗斯的冰雪元帅帮了库图佐夫的忙,中国,没有那么寒冷……”

“恰恰相反,也许过分热了。”今井武夫说,“我在中国大地上,看到的不是漫天风雪,而是遍地烈焰……”

从上海闸北冒烟的街垒,到平型关危险的峡谷;从雷神庙弹痕斑驳的高墙,到台儿庄溅血的堑壕……那些浴血奋战的勇士绝不是“东亚病夫”,那火焰喷发的大地也不是“王道乐土”。阿部信行清醒地认识到日军沉重的皮靴已经陷进了泥潭，占领的地盘越大，陷得就越深。他在这种绝非愉快的感受里停顿了足有两分钟，而后沉重地问道：“你认为和谈会成功吗?”

“只要条件不过分苛刻，我认为是可能的，因为蒋介石的真正敌人是赤色分子。甚至有人说，我们跟国民党互相开枪，这是天大的误会。”

“我同意你的见解。自从德国同我国缔结‘防共协定’以后，我就怕在华战争拖得过久，我们曾托德国驻华大使陶德曼居中调停，提出了六项条件……”

“蒋介石不可能接受。要价太高，不能成交。”

“可是，汪兆铭能够接受!”

“这是因为他身价过低。”今井武夫说，“中国有句俗话：贱钱无好货。‘不以蒋介石为对手’的近卫声明，只不过是不懂中国国情。在中国，谁掌握了武力实权谁说了算，仅靠言论的汪精卫，能否导致和平，我是不抱过大希望的，甚至可能产生相反的效果——促成蒋介石的抵抗决心。战斗在第一线的将士，对汪兆铭不感兴趣，说空话是没有用的!”

“也许双管齐下更策略些。”阿部不想放弃汪精卫，“蒋介石的还价太低了，‘恢复七七事变以前的原状’，我们是不能接受的……我们的血不能白流。”

今井武夫微叹了一声，面露懊丧之情。他非常同意冈村宁次之见解，认为总理以下五大臣都捧汪上台，全是井蛙之见。他痛感日本没有大政治家和大战略家，仅靠武士道精神解决不了中国战争。这一点，他若说出来，将得罪很多人。但是，他不能不提请新内阁注意：

“在国民党的机关刊物《血路》上，有篇文章是值得注意的。大意是说：倘使我们对于和平之真价有切实的认识，那么乐于和平的蒋介石对于媾和是有兴趣的……文章说：‘长此下去，中国是征服不了的，而敌人(指日方)在亚洲方面的真正世仇，却好将其所养之精，所蓄之锐，一鼓而歼灭敌人(指日方)之疲惫脆弱的力量……这层肤浅的理由，敌人(指日方)中有几个谅也能够认识了……’当然，这是蒋介石的阴谋，把我们的矛头引向真正的世仇——苏联。”

“这是一种大三角的斗争。”阿部信行想到了国内报刊对各届内阁的批评。在近期的《文艺春秋》“话篓”一栏中，有一段话就是针对他来说：“不管内阁如何变化，在似乎可能出现更有力的内阁的现状下，如何支持鞭策现内阁，使之担起解决中日事变的重任，这才是顺应国策的道路。在事变中，内阁几度更迭，其本身就是向世界暴露了日本的虚弱。”

“我的内阁能解决中日战争吗？”阿部信行的心沉落下去，他没有这种自信。陆军、海军之间的尖锐矛盾，他是深知的。即使在天皇召开的御前会议上，有人也敢拂袖而起愤然退席。他不由得心沉意冷了：“蒋介石接受和谈，是不是缓兵之计……”

“这是有可能的。蒋介石懂得，只有一个买主，要不到大价钱。他借此对美、英、苏等国施加压力，以便得到他们更多的援助，同时，也可以腾出手来打共产党！即使这样，对我们也是有利的。”今井武夫从首相的口气里获得了信心，“我们可以通过蒋介石的副秘书长周佛海和他们的亚洲司司长高宗武来进行。周佛海是京都帝国大学出身，对我特别亲善。重新兴起和谈吧，我认为是很有希望的！”

“很好，我希望你去进行这项工作，”阿部信行站了起来，“代号就叫‘桐工作’吧，祝你成功！”今井武夫知道会见时间完了，也站了起来。握手，敬礼，告辞。

可是，阿部信行并没有完成从战争泥潭中拔腿的历史使命，他的内阁只干了四个半月就辞职了。海军大将米内光政接着组阁。他也只干了半年，又为近卫文麿公爵所代替。日本内阁走马灯似的旋转着。不管哪一届内阁，诱降活动都在急不可待地进行。

项英在皖南“株守”日寇南进，经历了日本四届内阁（平沼、阿部、米内、近卫），这些内阁都在时紧时缓地奏着《诱降进行曲》。与此同时，蒋介石高唱着《光荣和平曲》。实际上，在日寇停止了对他的进攻之后，他真正演出的是《反共进行曲》。在阿部信行拜托今井武夫总参谋副长进行“桐工作”期间（1939 年冬至 1940 年春），蒋介石发动了第一次反共高潮。当时,皖南新四军处在随时受到顽方攻击的危险中。中央军委3月29日在《关于目前华中军事策略的指示》里,是这样写的:

……顽方有可能利用其优势兵力向新四军军部地区进攻,因此军部及皖南部队应预先有所准备,以免受袭击。万不得已时,可向苏南陈支队靠拢,再向苏北转移。

项英在4月9日提出了南进的计划,他说"向南为黄山、天目山,纯石山,人少粮缺……"因此,应该远征闽浙。

陈毅、粟裕于4月28日致电中央,表示反对,认为"主要发展方向是苏南。我们在苏南敌后充实力量后,再南进天目山脉,西取黄山山脉是比较稳当的"。5月2日他们又电报中央,指出皖南部队的远征闽浙计划是下下策。

项英顽强地坚持南进战略,株守皖南,坐待时机。但他没有等到日寇南进,却等来了蒋介石的第二次反共高潮。但项英仍然准备在顽方进攻下,远征闽浙。于是中央在10月12日又重申了皖南新四军的行动方针,仍然不同意南进:

关于新四军行动方针:

一、蒋在英美策动下可能加入英美战线,整个南方有变为黑暗世界之可能。但因蒋是站在反日立场上,我不能在南方国民党地区进行任何游击战争,□□部队在东江失败就是明证……(下略)

项英不以为然,继续株守,一拖再拖。然而他等到的不是野兔,却是一只恶狼——《皓》《齐》两电。这是杀气腾腾的反共宣言书,是用军令政令统一的合法的锦缎裹着的屠刀。

当时形势的危险性,可以从周恩来同志给中央的报告中清晰地展示出来:

(一)略(二)三国协定后,英美积极拉蒋,蒋喜,现在日本拉蒋,蒋更喜,斯大林电蒋,蒋亦喜。此正是蒋大喜之时,故蒋于日寇退出南宁,斯大林复电之后,立往成都,此行绝非偶然。(三)蒋现处于三个阵线争夺之中，他认为一身暂时兼做戴高乐、贝当、基玛尔①，最能左右逢源。故他自己躲在成都，让其夫人及英美派拉英美；朱家骅、桂永清拉德；让亲日派谈和；让孙、冯亲苏；让何自反共，他便居中选择，并以反共为轴心来运用。（四）时机是紧迫了。只有二十天，反共局部战争会开始，在二十天内，无论如何，日美战争不会爆发；中日妥协不会成功；中苏关系也不会改善，于是，反共战争有可能相当地改变了三个阵线的争夺形势。（五）略（六）破裂危机已至，务请中央迅速考虑各种办法，权衡轻重比较，如何能对时局有利，速行决策指示……

中央为了避免这个危机，决定作出让步，同意皖南新四军全部北移。这一退让，无疑是正确的：它有利于谈判，以曲求伸，使我党政治上处于有利地位。真正英明所在，还是军事上以退为进，集中兵力，去跟敌、伪、顽争夺华中。

但是，这对项英的南进宏图，却是一个毁灭性的打击。项英等待着周子昆的到来。他想象不出，时代的漩流将把他掩向何方。

① 戴高乐，法国民族英雄；贝当，法国伪总统；基玛尔，土耳其国父。

第二章　1940年12月27日

一　后逼、前堵、中打

周子昆奉命来见项英时，已是1940年12月27日午夜一点十五分。他感到在这种时刻，政委请他来，定非寻常。

正像许多身材高大的人总有点习惯性的驼背一样，周子昆紧裹着灰色的棉大衣，几乎是弯着腰走进项英的房间的。在长征途中，他的右腿受过伤，走快了就会显出微跛，过草地时得了胃病，这些年时好时坏。他两眼深眍，颧骨比往日显得更高，也许是刚从热被窝里起来，受了午夜严寒侵袭的缘故，浑身瑟瑟发抖。他咳了几声，想强忍住，结果却越咳越凶，带着咝咝作响的胸音，一进屋就跌坐在有扶手的木椅里。"政委，有紧急情况？"

"中央又来电了，批评我们行动迟缓！"项英没有注意到副参谋长那吃醉了酒似的摇摇晃晃的情态，叹了一口气，"看来，北移的事情已经没有办法再拖了。"

项英又叹了一口气，很轻很深很沉，他所流露出来的气馁的情绪，使周子昆悚然而惊。他这时才注意到项英那灰黄色的病容，注意到政委那坚毅自信的目光今晚变得灰暗无力了。他产生了一种不祥的预感。

"既然非走不可，咳，咳……"副参谋长在连声咳嗽之后，断断续续地说，"那就越快越好……免得夜长梦多……"

"你认为蒋介石敢冒天下之大不韪，对我们下毒手吗？"

"当然,他不会轻易动手……"周子昆声音沙哑,发出鼻腔不通的嗡嗡声,"所以,他逼我们从皖南直接北渡,借日本鬼子的炮艇……"周子昆又是一阵猛咳,他躬下腰去,抱紧胸口。

这时项英才发现周子昆在生病。灯光下,枯黄的脸显得更加憔悴,眼皮发炎,鼻翼红肿,显露出异常的疲惫。"怎么,你病了?"

"啊,是伤风。"周子昆把大衣裹得更紧一些,扭身向火盆里擤鼻涕,"刚才又叫冷风一呛……"

"糟糕!"项英焦急地叫了一声。副参谋长明显地感受到政委这两个字中饱含的深意:一是在即将北移的关键时刻,他的生病将给工作带来很大的困难;一是抱歉与后悔,不该在这寒冷的深夜把他召来。信任、器重与体贴,使病人深受感动。

"政委!我能坚持……咳……咳……"周子昆急得猛捶自己的胸口,"在长征路上那次伤风比这次重得多……不也挺过来了?"话又被一连串的咳嗽打断了,又是鼻涕又是泪。

"我担心你的肺出毛病!"

"是的,那次负伤并发过肺炎……长征路上,谈不上医疗……"

"可是,我们现在的条件好了……这个军医处是怎么搞的嘛,连军部首长的健康都不能保证……我要亲自检查……"一谈到日常工作,项英就完全恢复了常态。

"政委,关于北移……"

项英作了个要他暂停的手势,拉开房门:"厚忠,给参谋长冲一缸子可可来,要浓,要热!"吩咐过后,他点起了一支烟,为自己能够有效地控制住骚乱的心绪感到满意:"我准备在28日召开军分会会议,请军长在会上作个北移的发言。他是军长嘛……应该尊重他的意见。可是,我们心中要有个谱,要作一个安排,要有一个定见!"

"政委,"周子昆观察着项英的神色,揣摩地说,"你已经有了完整的方案了吧?"

"没有,所以我想先听听你的意见……"这时,刘厚忠端来了又烫又甜的可可。周子昆急切地大口大口地喝了下去。待刘厚忠退出之后,他缓缓地说:

“北移成败的关键,是走哪一条路线……”

“如果我们不走呢?”项英执拗地不愿意放弃一线希望。他试探地询问军事上颇有见地的副参谋长,“蒋介石口口声声说我们在年底前不遵命北移,便在云岭就地解决我们……现在已经是年底了,他们并没有进攻云岭的部署,这不是空声恫吓吗?”

在中央连电催促的情况下,项英还在探求拖延北移的可能性,周子昆感到难以理解。他弄不懂政委为什么这样不愿北移。

“当然,这是恫吓,可是,并非空声……”这种反驳的口吻,在周子昆来说,还是绝无仅有的。他跟项英共事三年,心情非常矛盾。他尊敬项英,习惯于服从他,即使不尽同意,也不折不扣地去执行。他一向为人随和,不愿坚持己见,但是,在北移这样重大的、与全军命运攸关的问题上,他不能不提请项英注意。

“何以见得?”项英不以为然地盯视着副参谋长。

“最近三战区在徽州召开的军事会议,是个极为严重的事态……蒋介石派专机送信给顾祝同,密令迅速彻底消灭皖南我军,并指定上官云相统一指挥……政委,拖延是很危险的,所以中央很急……”

项英沉默着,踱起步来。显然,他很失望,没有从副参谋长的意见中得到期待的东西。他猛吸了几口烟,陷入了艰难的抉择与权衡。

周子昆耐不住这种长时间的沉默的重压,又弄不清政委的意向,分外焦躁不安:“蒋介石要消灭新四军的险恶用心,可以说从我军成立那天起就有了。漳浦事件,平江惨案,就是证明。”周子昆又咳了一阵,但比刚进屋时好多了,“叶军长在参谋处的会议上作过分析,我觉得很有道理。”

“他当然是力主北移了。”项英冷冷地说。弦外之音是很明显的:他叶挺到江北是去走马上任,接受总指挥的权力,能不积极吗?

“那倒不是,”周子昆赶忙消除项英的误解,“他是在分析三战区的所谓‘防堵计划’……”

“你说。”项英抱着姑且一听的态度,又缓缓地点上了一支烟。

“军长认为,蒋介石对付我们的方针是六个字:后逼,前堵,中打!”

“这一点,我早就料到了,我们是不上这个当的。”项英渐渐兴奋起来，“蒋介石当然不同意我们从苏南过江，他怕我们与苏北部队合力吃掉韩德勤，所以他把六个师摆在我们背后，逼我们直接从皖南渡江。”

“是的，他命令李品仙的三个师在江北堵截我们。”周子昆习惯于对政委的意见表示附议，“又把我们北移的消息透露给日寇……”

“让日寇在江上对我们实施半渡而击，”项英说，“借刀杀人是蒋介石的惯伎，我们不上这个当！”

“这一手是很毒辣的，只要日本鬼子打一炮，蒋介石就会江南江北齐动手，用浑水摸鱼的办法，消灭我们。然后反说新四军不经打，让日寇在江上打垮了，他们为了救我们，把我们溃散的部队收容了……”周子昆表现出军事上的精明。

“可惜，中央并不了解我们的处境……”

此时，电话铃不合时宜地响了，是参谋处值班室打来的。值班员向政委口述了三战区邹文华参谋长通过五十二师总机转来的电话记录：

> 委座电讯战区：查询你部何时从何路线北移，望速报告，以便全力掩护。如仍违抗军令，将视为叛军，在云岭地区就地解决，绝不宽容。

项英手握电话愣了好久，竭力保持平静。因为有了走的思想准备，他并不感到过大的压力，却想不出这种时候来这种电话是何用意：“他妈的，是神经战！完全是顾祝同的神经战！”他把话筒拍在支架上，转过身来。他相信副参谋长已经听到了电话里的内容。

“子昆，现在是双管齐下。我真不明白，中央为什么竟然与蒋介石同时逼迫我们走。我们的苦衷有谁能够体谅……”

“我想，最安全的路线还是向东……”周子昆回避对中央的议论，只谈实质性的问题，“我们可以争取顾祝同让步。世上的事情总是漫天要价，就地还钱。《皓》电强令我们开赴黄河以北，经过讨价还价，不是只要我们开赴华中就可以了吗？”

项英只是埋头吸烟，他对周子昆的建议不感兴趣。即使蒋介石同意向东，从苏南过江，那又怎样？他的前程仍未解决，他梦寐以求的“南进计划”仍然不能实现。

"南进,南进!"项英受到了电击似的触动,脑海里爆裂了一个劈歼黑暗的闪光。灵感是绝妙的。在皖南株守的目的,不就是寻求南进的机会吗?也许,现在,南进的机会已经到来?"艰涩一通"则"新奇迭出",项英立即捕捉住了这个契机,想到南进计划有可能在北移中付诸实施,骤然间平添了一种前所未有的现实感和迫切感。他必须得到副参谋长的积极支持。

"子昆!既然向东不让走,向北不能走,我决定向南走!"项英恢复了往日的自信,几步跨向窗口,似乎胸腔里容纳不下突发的激情,需要向窗外喷发。看上去是一个突如其来的念头,其实是长期思索的结果。

周子昆明显地感到项英内心有一种突发的冲动。

"蒋介石想一箭双雕,难道我们就不能一箭双雕?"项英从窗口回过头来,显得异常果决,"中央指责我们无决心,无定见,无办法,无方向,可是,我们的定见、方向、办法、决心,全有了!"

"向南?"周子昆感到这个问题太严重了,决定得也太仓促了,他纳罕地仰视着东南局书记。难忍的咳嗽,竟然在极度紧张与专注中,不治自愈了。他不明白项英说的"一箭双雕"是指何物,期待着政委的解释。

这个决定,连项英本人也觉得过分突然,但却不轻率:

"向南这条路线,我们过去研究过,电请叶军长和顾祝同交涉过。蒋介石逼我们向北,一救韩德勤,二要害我们。我们偏要向南!一、他不打,我们安全;二、他要打,我们就到黄山、天目山造反去,责任在他!"项英仿佛透过弥漫的硝烟,看到了辉煌的前景,已经无望的南进计划,在多方逼迫之下,反而水到渠成了。

周子昆对政委的分析,颇有保留:"这太危险了,万一……"

"这的确是一步险棋,这是人家用车马炮联合进攻逼出来的。"项英一心想得到副参谋长的支持,声调变得肯定而又急切,"我们可以在28日的军分会上,作充分的研究……你对这个计划,要有充分的信心。"

"我们要考虑到中央的态度,也要考虑到三战区的反应,还要反复权衡其中利弊……"周子昆不但没有表现出"充分的信心",反而展露出无限的忧虑。

“中央要我们自己拿主意,只要我们理由充分,当然会同意我们机断专行。至于第三战区的态度,只要我们表示出‘绝无敌意’,他们就不会轻易动手,即使动手,我们会很容易地冲破他们的防线,突向旌德,可以进入天目山,突向太平,可以进入黄山地区。况且这条路线,我们跟顾祝同商谈过。”

“他们并没有同意。”

“也没有拒绝。”

“我们要讲出向南的理由……不然,将会被全国所误解。”

“我们可以说是绕道经苏南……到了天目山,我们还可以拖,等待南进的时机。”

周子昆仍然猜不透这种由皖南株守变为在苏南株守的密意真髓。因为政委的这种轻敌态度与他平时对三战区委曲求全的态度相去太远。这种不合常情的决然举动,使周子昆分外不安,他讷讷地说:“向国民党后方开进,无论在政治上、军事上,都是不利的!”

“可是,我觉得是万全之策……好吧,我看你也太疲倦了,要好好休息,准备迎接大的……”项英没有找到恰当的词语,便作出送客的姿态,“一切行动计划,我直接交给赵处长去完成,这个人还是很干练的……”

周子昆缓缓地站起来。他强烈地感到大致方针已经定了。军分会的讨论,只不过是举手通过,贯彻执行而已。

“这样也好。”周子昆又像呛了冷风似的一阵咳嗽。他对南进的前途一片茫然,也不免对项英的气魄暗生出几分敬畏。靠着大树好乘凉,过分担心,也许是杞人忧天罢了。

项英看到副参谋长恍惚欲倾的样子,急忙搀住了他的胳膊,触到了他滚烫的手。“呦,你烧得好厉害呀!厚忠……”

随从副官像从墙里钻出来似的来到首长面前。

“你把参谋长扶回去,告诉军医处值班室,立即给首长看病,派个专门的护士……然后,你再把赵处长找来见我。”

二　南进计划的支持者

项英在房间里踱步，心里骚动得厉害。周子昆的暧昧态度使他忐忑不安：他眼前既像光明又像黑暗，成功与失败靠得那样近，就像隔着一层窗户纸。要么前程无量，要么满盘皆输……他试图预想一下部队向南开进的情景，预想一下顾祝同、上官云相可能作出的反应，但他想象不出来。

在兵书上，这种预想叫做“庙算”，运筹帷幄之中，决胜千里之外，就是这种战略决策前的预想。“未战而庙算胜者，得算多也”。军事谋略就是通过精细的预想，用“数”与“形”描绘出战场的图景。数有虚实，形有真假，通过已知求未知，这就是战场指挥员必须索解的战争方程式。

项英此时，脑海里却是一片混乱，无法构成清晰的图形。他老是看表，急切地等待着参谋处长赵令波的到来。

赵令波在副参谋长离开二十八分钟之后，来到政委面前。

这是一个美男子。身材魁梧、匀称，下巴棱角分明，鼻梁高挺，两道长眉下是一双明亮的眼睛。他声音洪亮，动作灵敏，对军事理论很有见解。他处理事情当机立断，雷厉风行。在项英心目中，赵令波是一个德才兼备的干部。但在实际生活中，对一个人的评价，往往不尽一致，甚至截然相反。

赵令波在三支队当参谋长时，谭震林副司令员对他非常反感，认为他言过其实，只会夸夸其谈，根本不会打仗，是马谡式的人物。研究作战计划，谭震林竟然要政治部主任胡荣参加，而不把他这个参谋长放在眼里。在1939年冬天的繁昌大战之时，谭震林为了排除干扰，竟请这位参谋长退出战斗，临时指派五团一营营长林志超来代替他的工作。

赵令波为此非常愠怒。这种无理决定，显然是一种侮辱。他拒不交代工作，愤然提出抗议：“我并没有错，三支队打了胜仗，五团也打了胜仗,难道没有参谋长的份吗?”

“那是林志超同志,用机敏的行动纠正了你的错误,是他的主动性弥补了你的失误。为了挽救你的错误所造成的危局,他才负了伤的……”谭震林根本不理会他的怒气。

赵令波找到袁国平和周子昆告状,袁国平也认为“谭老板”太过分了,答应重新考虑他的工作。袁国平在红军教导师任政委时,赵令波任团参谋长,他觉得赵令波的工作能力还是很强的。

在一次军分会上,谭震林提议把赵令波调走,并建议提拔林志超担任三支队的副参谋长。

“我知道林志超这个人,有朝气,肯动脑筋,”项英表现出对下属干部的熟悉与全面了解,“三年游击战争时的分队长嘛,那时候就有点名气,袭击峨桥镇税务所,抓了陈冠群的侄儿陈家庆的不就是他吗?”

“这人有点锋芒,不够稳重,越级提拔,需要慎重考虑,还要照顾到左邻右舍的反应嘛。”

无疑,这个意见是客观而又公允的。从营长到支队副参谋长,要连跳三个台阶,是得慎重一点。

“林营长在几次作战中,表现都很出色,主动性很强,许多成功的偷袭都是他计划领导的,他有实战经验,又肯思考问题,对游击战术运用得非常……”

“噢,他能懂多少游击战术?”项英打断对方。他感到谭震林对这位营长赞誉得过分了。这种偏爱,对使用干部是有害的。

谭震林却不是轻易放弃己见的人,他为林志超的提升据理力争:“现在,他的作用只能在一个营里发挥,如果他当副参谋长,他的游击战术就会在全支队推广,我们的战果必将扩大……知人善任,选贤举能嘛!”

可是,这种带有抗辩色彩的推荐,还有那过甚其词的“非常”二字,只能帮倒忙。对于一个干部的游击战术的评价,项英是唯一的权威。

1937年12月7日,项英在延安作过关于三年游击战争的报告。洋洋六七万言,内容充实,事例生动,富于传奇色彩和浪漫色彩,得到各界的热烈赞扬,奉他为坚持南方游击战争的英雄是当之无愧的。

中央政治局在1937年12月13日，还专门为南方游击区工作作了决议，高度评价了项英的成就。项英在他自传里，特别抄录了这项决议的原文。决议中说他：

> “基本上正确地执行了党的路线，完成了党所给予他们的任务，以致能够保存在各游击区的今天成为中国人民反日抗战的主要支点，使各游击队成为今天最好的抗日军队之一，这是中国人民一个极可宝贵的胜利……”

“叶军长对林志超同志也非常器重，”袁国平附议谭震林的意见，“他几次向我提议，要他来当参谋处长！”显然，这又是帮了倒忙。

“林志超的工作，让我考虑考虑再说。叫组织部把档案给我送来。至于赵令波嘛，”项英转向谭震林，“明天要他来见我，我要跟他谈谈。成见看人是最要不得的！”

“谭老板”微微一笑，对这句针对性很强的话，并不在乎。

两个人的档案当晚就送到了。

林志超的鉴定是无懈可击的：作战勇敢，作风正派，思想敏锐，学习勤奋，多有创见，智慧机智、果决，主动性强，几乎具备了《孙子兵法》中“智、信、仁、勇、严”的为将条件。

高度的评价，引起了项英的逆反心理：“谭老板偏爱此人！”再加上叶挺对他的赏识，就使项英更不以为然了。

经历与鉴定对赵令波却是不利的。

赵令波比林志超大两岁，原是四川军阀刘茂恩部六十五师师部的中尉参谋。1932年，在我军向万源进击时，他打死了师参谋长，携带机密文件和作战地图投诚我军。赵令波的革命历程比林志超少六年半。但由于他起点高，发展也快。当林志超还带着十几个人，在湘赣边区的深山老林里与百倍于我的敌人周旋时，他已经是红军教导师二团的副参谋长了。

他的鉴定，优点很少，缺点很多，而且非常突出。谭震林常说的那句“言过其实，不可重用”的评语，就写在里边。

项英对他们两人，都无直接接触，并无成见，因此他对赵令波持公正态度。他并不很清楚万源保卫战的详情,但他听说过红四方面军粉碎刘湘六路围攻的战绩。赵令波在敌强我弱、敌攻我守之时,带着一个师的机密文件及作战地图投诚我军,应该给予足够的评价。二十四岁的中尉参谋,也绝非无能之辈。他决定亲自考察之后,得出公正的结论,作出合理的安排。

第二天下午,赵令波冒着滂沱大雨来见项英。赵令波很有辩才,他向项英倾诉了将近两个小时的委屈。说他在三支队不受尊重,不是能力不济,而是人事关系问题。他和谭副司令性格上合不来,并暗示三支队的某些干部在搞宗派,这就引起项英极端的关注。

"你有证据吗?"

"有!"赵令波把一个灰色封面的笔记本放在项英面前,并且打开他所需要的那一页,用不带任何感情的声调说:"这是林志超的笔记……他对政委很不尊重,却对叶军长五体投地……这也就是谭副司令重视他的原因!"

"这个本子怎么到你手里的?"项英有些不悦。他不喜欢这种打小报告的方式。

"这是繁昌大战时,在林志超受伤的地方拾到的。"

"那你应该归还本人!"项英作了个厌恶的手势,表示出极大的不满。

"当时我并不知道是他的。"赵令波急忙解释说,"当我看了内容,知道是他的时候,我认为有必要反映给政委,这里面有一种极不正常的情绪。"

"情绪?什么情绪?"项英警觉起来,但他并不想看这个浅灰色皱纹纸的本子,那有失他的尊严。

"反对最高领导的情绪……"

项英有些愕然。"最高领导"这个词,是他第一次听见,觉得分外生硬。

赵令波把翻开的本子推到政委面前,上面划了一道道红线,显然那是要害之处。这篇笔记的标题是《应该讲经验,但不能忘记教训——听项英同志报告有感》:

项英同志多次报告坚持三年游击战争的成就。我是经历过三年游击战争的人,我认为值得汲取的倒是失败的教训。成就固然可以提高情绪和信心,教训却使人变得聪明。不应该忌讳失败。

常胜将军是很少的。即使足智多谋、用兵谨慎的诸葛亮,也有当阳之败、街亭之失、六出祁山之挫折。威震欧洲、所向披靡的拿破仑,先败于莫斯科,后败于滑铁卢。真正有见识的、卓越的军事家,是不怕承认失败的。刘邦百败,一胜而得天下,项羽百胜,一败而自刎乌江。可见,胜与败是辩证的,败而接受教训,便打胜仗;胜而骄傲麻痹,便打败仗。三年游击战争初期所犯的错误是严重的,应该认真总结。前事不忘,后事之师。

赵令波注意到项英的脸上罩上一层寒霜。这篇短短的笔记,利刃似的戳伤了他深藏的感情。

项英又翻到第二篇,标题是《为将之道——抄录于叶军长学习笔记》:

十九世纪欧洲资产阶级军事理论家安东·亨利·约米尼的一段话,很值得注意,他说:

"一个勇敢、公正而坚定的人,能够不嫉妒别人的长处和功绩,反而会巧妙地利用别人的成就来增加自己的光荣。这种人不仅可以算是有名将风度,而且有资格作一个伟大的人物。所不幸的是,这种不忌才的人实在太少了,凡是庸才就必然妒忌旁人,害怕部下的名声超过他。殊不知身为统帅的人,应该认清,愈是能够容忍大度,他的成功就愈大……"

应该提拔什么样的干部?他的意见也是对的:

"应选取确有勇敢的事实表现,在作战时能够当机立断,采取果敢的行动,在危难时沉着镇定不发生动摇的人,来担当指挥官的重任……"

项英觉得面部发僵,一阵隐隐的痛楚袭来。他似乎看见,这位三年游击战争时期的老部下,脑后生了两根反骨。这两篇笔记矛头所向,都是对着他的。

经过大约半分钟的克制,他平静地抬起头来:“我看这也没有什么,各人有各人的见解嘛,‘反领导’还说不上,阶级立场模糊是显而易见的,这也难免。只是幼稚狂妄罢啦……”

项英的克制成功了一半。他的声调是和缓的,但却微微颤抖;他的神态是平静的,但脸上却笼罩着灰黄色的阴云,反映出内心的灼痛。

赵令波完全成功了。但是,他真正取得信任,还是第二次来见项英。

那时候卫兵还不认识赵令波,把他挡在了门外,项英在室内听到了一段很严肃的对话。

赵令波:“政委在吗?”

卫兵:“你要见副军长?”

赵令波:“应该叫政委。副军长是对外的职称,是国民党委任的。项政委是东南局书记,是军分会书记,是新四军最高领导,你们记得了吗?”这种坚强的党性,给项英留下了深刻的印象。

赵令波没有辜负项英的厚望,他把司令部的工作搞得很有声色。项英为了纠正机关部队的游击习气,很重视机关正规化的建设。赵令波既经过国民党正规军校的训练,又懂得我军教导师的教学方法,对克服“山大王”们的散漫作风起了决定性的作用。仅就早晨机关出操一项来看,除了军长跟几个特许的文化人外,一无例外地参加,这种严格管理的成效十分显著。赵令波在项英面前,不断有新发现、新创见、新判断,这使项英分外欣赏。

“政委,云岭是一块福地,山明水秀,物产丰富,群众条件好。延安,简直无法跟这里相比,那是个多么荒凉的地方啊!货真价实的不毛之地!”

“政委,新四军是来自南方八省的游击健儿,还有来自祖国各地的热血青年和南洋的爱国侨胞,这是组成浩荡大军的基础!”

“政委,我们党领导了两个军,八路军和新四军。你的担子好重啊,二分天下有其一,半壁江山在肩头啊!……”

“四军!这是个极富象征意义的番号。从北伐战争时的铁四军,土地革命时期的红四军,到抗日时期的新四军,都是革命急先锋的代表,是光荣传统的代表。十八集团军下属的八路军代表了什么? ……”赵令波声调奇特、略带嘲讽,“就是大家常说的土八路嘛,代表了土!”

这些信口说来的非正式的闲谈,起到了“随风潜入夜,润物细无声”的作用,使项英感到参谋处长的思想、感情与自己是相通的。

如今,这些随意说说、本不作数的闲谈漫论、零言碎语,组成了一幅赏心悦目的图画,谱成了一曲扣人心弦的歌,也成了项英“南进计划”的催化剂。

“老赵,刚才我跟周副参谋长研究过了,”项英不待参谋处长在周子昆坐过的椅子上坐定,就直截了当地说,“我们准备在近期北移,路线问题,至关重要。我认为向东向北都不利,你看向南开进怎么样?”

赵令波心里不登底,但他听得出,政委的声调里有一种潜在的激情。可是,这个问题太重大了,他不能不持极为慎重的态度:“政委,我没有思想准备……”

项英把他与周子昆的讨论和自己的思考扼要地说了一遍。赵令波看出了项英的决心,他早就知道项英对于南进目标寄托了全部的希望与热情。

“这倒的确是出敌不意!”赵令波说得极为缓慢,与其说是回答询问,毋宁说是凝神沉思。这个结论是他从“出乎自己的意料”反证出来的。“这是一个很有见地、很有分量的发现。大家都认为不可能的事情,正是出奇制胜的所在!”

项英要实施南进计划,不但需要别人工作上的支持,而且也需要精神上的庇护。他在副参谋长身上没有得到的东西,却在参谋处长身上得到了。

三　无聊的检举,严重的后果

“这个任务就委托给你了!”项英在跟参谋处长研究了许多开进的

细节之后说，“请你立即着手制订向南开进的实施计划。部队分左右中三路开进是适当的，这样可以互相支援嘛！只是开进的具体路线，兵力配备，行军序列，战斗准备，要详细标一张地图，列个表格，后天……”项英注意到桌上的小闹钟已经指到27日的凌晨二点十五分，“不，应该是明天了，也就是28号，军分会上讨论研究……”

过分的被倚重，使赵令波惶恐不安，他已开始觉得肩头的压力在急骤增加，甚至意识到了一种犹如身处悬崖绝巅那种致命的危险，这种境地是经不住任何失足的。

“明天?!”赵令波面露难色，“时间太紧迫了！恐怕来不及……”

“可以先搞个略图。”

“这条路线，我没有勘察过……”事关重大，赵令波不敢轻率，畏难之情溢于言表。

“那么，谁熟悉这条路线的地形?”船刚启航就碰上了暗礁。项英焦急起来，瞪视着参谋处长。

“林科长勘察过。他陪叶军长到上饶谈判时，回来作了半个月的路线侦察。”

参谋处长不假思索地说。当他想到，这个计划由林志超来承担时，忽然产生了一种轻松感。

项英听了，沉吟了很久。他从桌边踱到窗前，然后又转回身，仍然没有开口。连赵令波都觉得奇怪——林志超是有毛病的，但这并不影响他制订作战计划呀！

“你觉得林志超这个人怎么样?”项英问得非常奇怪。赵令波愣了一下，预感到发生了什么事情。“这个人，骄傲自满，个人英雄主义……”

“不！不！我不是问这个，”项英把烟头摁在桌上权当烟灰缸的碟子里，“是关于他的思想作风政治立场……”

“政治立场?”赵令波大吃一惊。

“你是他的领导，”项英说得很严肃，“你应该了解他各方面的情况。要考虑他的使用问题。”项英郑重地告诫说，“昨天，我收到了一封检举信。像行军路线这样重大的机密，你要亲自抓！”

“他有什么问题?”

"啊！是作风问题……作风问题，就是品质问题，品质问题也就是党性立场问题……不能截然分开。"项英走到书柜前，拉开抽屉，拿出一个印有红色方框和部队番号的大信封，"你先看一看，考虑一下处理的方法。至于制订南进的北移路线，最好不要他参加，至少是初期不让他参加……"

赵令波唯唯诺诺，低头看信：

叶军长、项副军长大鉴：

贵部林志超作风极坏，曾多次追求胁迫南堡村小学教师郑芳雪。郑乃章渡区区长陈冠群先生之甥女，中央军泾县缉私队队长陈家庆之未婚妻，由于林的介入，郑、陈双方关系几近决裂。林的行为，实有伤皖南山乡风化，有碍国共合作之大局，有损新四军的威望。请予以严肃处理，是为至荷。

专颂

秋祺！

陈家庆谨上

×月×日

赵令波不由心中一震："情况不会有出入吧？"

"是应该调查，可是，现在顾不上了……"

"这……好像……只是……"赵令波又低下头去，重又看了一遍检举信。他仍然看不出政治立场问题。此时，他很想为作战科长开脱。

"你太不敏锐了！"项英居高临下地教诲说，"他所追求的是什么人呢？陈冠群的外甥女，缉私队长陈家庆的未婚妻……这不仅仅是国共两党的关系问题……这里面有没有政治背景？我们新四军里，战地服务团、速记班、医院、工厂、教导总队女生队，有多少女同志啊！他偏偏去找这样一个人……最低底限，没查清之前，不能重用，尤其是在重大的军事机密方面……"

赵令波收起这封信的时候，心情是微妙的：他希望作战科长不要出什么问题，因为需要他共挑制订作战计划的重担；但又希望他出点什么问题，好给这个桀骜不驯的家伙一点儿惩罚。

第三章　叶挺与顾祝同

一　项英没错，叶挺也没错

叶挺在后来五年的铁窗生活中，写了一首《被囚抒愤》概括他的苦恼和经历："三年军长，四次辞呈，一朝革职，无期徒刑"。这"四次辞呈，两次出走"，便是叶、项矛盾的具体表现，也是历史的一种安排。

1940 年 12 月 27 日，早饭后，项英在休息之前给叶挺的电话是这样的："叶军长吗？我是项英。党中央和三战区几乎同时来电催问我们北移的准备情况，我准备在明天，也就是 28 号召开军分会会议，讨论行动方案。请军长出席，并请军长提出意见。我已经跟子昆谈过了，既然向东不让走，向北不能走，也许只有向南这条路了。我已经告诉赵处长了，请他制订一个详细计划，在会上一并讨论……会议就在参谋处会议室开吧，那里靠你近。"

叶挺接完电话，不知心中是什么滋味，一种难言的苦衷充溢胸中。平心而论，项英是一点错处也没有的：军政大计必由军分会讨论，这是毫无疑义的。他是军分会书记，周全地安排这次会议，是理所当然的。邀请军长列席（出于尊重，说成出席）会议，不仅无错，而且是极为尊重的做法。那么，叶挺还有什么好苦恼的呢？不错，他是军长，可是，他脱党已经十三年了，总不能要求把党绝对领导下的新四军的指挥权，交给一个不是党员的、由国民党下令委派的军长吧？项英是没有错的！

叶挺也是一点错处没有：他是北伐英雄，南昌起义的领导人之一；他是新四军军长，一个副军长来通知军长列席会议，通知他准备意见，并且副军长已经跟副参谋长取得了一致意见，甚至已经指示参谋处长去制订具体计划了，那么，他这个军长不是形同虚设了吗？这样的军长还有什么当头？叶挺的苦恼是难免的！

这种不正常的状况怪谁？怪历史？历史也没有错。

当时，新四军是国民党的新编第四军，蒋介石当然要派个国民党的将领来当军长。有人说要张发奎来兼任，有人说由陈诚来兼任，我们当然不能接受。只有叶挺既非共产党员也非国民党员，是双方都可接受的人物。项英领导了三年游击战争，新四军是游击健儿所组建，由他来担任军分会书记也是理所应当的。

那么到底怪谁？

叶挺总觉得项英的内心，一向是重帷深锁，无从窥测。他明明看出项英的许多主张跟中央背道而驰，但他，一个脱党之人，应该怎么办呢？他的心虽如雷鸣，却到达不了延安。他憋闷得难受。他四次提出辞呈，两次愤然出走，便是沉默后的爆发。他老责备自己脾气不好，受不得委屈，却又无法战胜自己。

压抑个性是一种煎熬。他忍不住举目伤怀，顾祝同赠送给他的一幅挂轴，映入他的眼帘：

> 正直之姿，刚毅之色；
> 琴心剑胆，慧眼柔肠。

下面还有一行小字：愿与希夷共勉，书于民国二十八年仲秋。

"啊！墨公！我的老同挚，你是真心实意赞扬我吗？还是用这些溢美之词来笼络我？"叶挺忽然想到：我在谴责项英违背中央方针，项英是不是也怀疑我在与顾祝同交往中丧失立场？啊！世上最易知也最难知的，大概莫过于人心了。许多往事，犹如潮涌，在他眼前浪花飞溅。

叶挺与顾祝同、上官云相同是保定军校六期生。叶挺，广东惠阳人；顾祝同，江苏涟水人；上官云相，山东商河人，异地而生却同为革命派。当时，学生分为三派：革命派和趋向革命派，大多为同盟会会员；中立派；北洋军阀的反革命派。三派之间斗争甚为激烈，三人在同反革命派的斗争中成为密友。那时,上官云相的操守比顾祝同差,在军校时,就因嫖女人受到申斥。有人评价这位花花公子式的将领,一生有三好:好财,好色,好阿芙蓉①。顾祝同容忍他,叶挺疏远他。

叶挺每到长官部,顾祝同总是待若上宾:宴请、恳谈、接送,从不把他当做下属看待。这当然是墨公的为人之道。他那万无一失的老成持重,他那恰到好处的温良之貌、谦恭之态,所表现的同学情谊,对北伐名将的敬重、无可挑剔……难道这里面含有伪诈?

叶挺还清楚地记得,那是1939年的夏天,他突然接到夫人李秀文从上饶发来的急信,说她自筹资金在香港为新四军购买的一批短枪被三战区扣在上饶长官部。

"真是岂有此理!"叶挺把信往桌子上一拍,怒火中烧,夫人之信绝不会有假,他不理解顾祝同为什么竟然干出这种坏事恶行。他飞身上马,直奔屯溪,又从屯溪兵站换乘吉普车,驶向上饶郊外的皂头村,直达长官部顾祝同的客厅。

顾祝同的随从副官徐延辉急忙迎接他。

"告诉墨公!我不干了!我要辞职!"叶挺冲动地揪下汗津津的白色手套,摔到顾祝同的红木桌子上。

"叶军长!你先请坐,用茶。"徐副官不亢不卑地说,"长官部不知道你来上饶,有失远迎,实在抱歉。顾长官正在书房里接电话……请你稍候……"徐副官把一杯清茶轻轻地放在叶挺面前。

"希夷!"顾祝同从书房急步进入客厅,边走边说,"我听到你大叫大嚷了!"他友好地向叶挺伸出手去。

叶挺缓缓站起,伸出手来,却没有紧握,涨红的脸上彤云密布。

顾祝同那敦厚方正的脸上,依然笑容可掬。他坐在叶挺对面,把徐副官端来的清茶向叶挺面前推了推,轻声慢语地说:"我知道你是为枪而来,秀文准是写信告诉你了……"

"我不明白……"

"你发这样大的火,我真没有想到,可是,我很理解。我想,你一定

---

① 阿芙蓉,旧时官场对鸦片烟的叫法。大烟瘾称"芙蓉癖",大烟土称"芙蓉膏"。

知道，军政部有明文规定：一切军用物资，都不得私自转运，均由战区统一调配！……”

“那是防止民族败类、不法之徒盗卖军需！”叶挺气犹未息。他喝了一口那杯来自太湖之滨的碧螺春，“可是，这批枪支不同……”

“这我知道……你想，我顾祝同即使是无情无义之人，能要你这几支枪吗？三战区的军需仓库数以千计，我能为沧海一粟而开罪于同窗良友和新四军全体弟兄们吗？我再愚蠢，也不会干这种因小失大的傻事情啊！”

“那么，事实……”叶挺火气渐息。他接过徐副官送过来的手巾，擦了擦脸，反而为刚才的过分冲动感到羞愧。

顾祝同端起宜兴紫砂茶壶，亲自给叶挺续水，颇为作难地说：“我让办公室朱主任亲自处理这件事，可是，非常难办……你的这批枪，是兵站总监缪启贤查到的，一下捅到上边去了，这很使我为难……”顾祝同说得十分诚挚，看来像是真的。

“我不明白……”

“难道你不知道我这里有上峰的三大员吗？”顾祝同把声音放低，推心置腹，“咱们战区政治部主任邓文仪是什么人物，你不该不知道吧？军法执行总监倪公辅你也该知道吧？还有东南经济分会负责人赵棣华你也认识吧①……我顾祝同岂敢轻易徇私？他们……”顾祝同举臂划了一圈，“都在我身边，眼睛瞪得老大，什么事能瞒得了他们？”顾祝同用一种悲怆的神情注视着被说动了的叶挺：“希夷，我有我的苦衷。你知道委座怎样评价我们的工作吗？‘在各战区中，战绩最差、纪律最坏的就是第三战区！’这真使我无地自容啊！你听了之后不为我难过？我若把枪交给你运走，破坏军政部命令的责任得由我来负！”

“那怎么办呢？”叶挺为难而又激动，“三战区扣发粮饷，不给枪弹，连自筹经费买枪都不准，我们拿什么打鬼子呢？”

“你不要着急嘛，枪你可以全部带走。”顾祝同看到叶挺舒了一口

---

① 邓文仪，国民党复兴社核心人物之一；倪弼，字公辅，孙文主义学会主要人物；赵棣华，CC中坚人物。

气，面有喜色，便声调很低地说，“可是，我得去费唇舌，拜菩萨。委座怪罪下来，我也只好顶着……希夷，答应我，下不为例。”

叶挺隐隐地感觉到老同学有几分做戏：“墨公，我也希望任何不愉快的事情不再发生！”

“当然，当然。便饭已经准备好了！”顾祝同愉快地说，“你得陪我多喝几杯！……徐副官，我们已经饿啦！”

二　同学各为其主

午宴非常丰盛：松鼠鳜鱼，香炸仔鸡，酥肥鸭块，鸡油菜心……顾祝同用象牙筷子点着一个青花瓷盘说：“希夷，这盘蹄筋炖牛肚是专为你做的，你要多吃！”

“墨公自然知道我的爱好，”叶挺高兴地说，“牛肚韧而不腻，我觉得比海参好吃！”

“可是我宁肯吃海参，”顾祝同笑笑，“这就叫众口难调嘛！”谈话犹如行云流水，在毫不察觉中慢慢转向，“希夷，我可要批评你了！”

“吃人家的嘴短，拿人家的手软，我只好洗耳恭听了。”

“你身为北伐名将，又是堂堂正正的军长，你怎么老是放开繁忙的军务，到桂林、广州、澳门、香港跑后勤呢？”

叶挺心头为之一震，这话正好击中他“有职无权”的要害。因为这是真情，是实话，也就格外有力量。顾祝同避而不谈项英，也不问他们之间关系如何，也就没有挑拨离间之嫌，这种批评使叶挺感到是一种真诚的关怀。

“啊，墨公，我跑后勤还不是长官部逼的吗？”叶挺不愿暴露自己的苦衷，转守为攻，“新四军粮饷不齐，枪弹均缺，给我们的经费还没有五十二师一个师多，而且还拖欠不付，我不跑吃跑穿有什么办法？我这个军长早不想干了，我不是向你递过辞呈了吗？”

“希夷，不要埋怨了吧。军饷的拖欠，是普遍现象，国难当头嘛。”

“反正我们是后娘的孩子，光开空头支票……太不公平了。”

"在这一点上,我们应该互相同情了。你那种'后娘孩子'的感觉,是理所当然的,我理解,本来就不是亲生嘛。你埋怨我不给粮弹,我埋怨你们新四军不听指挥。希夷,我和你打个赌吧!"顾祝同假借酒兴把心里话和盘托出,"我一声命令,可以调动第十、第三十二、第二十三、第二十五集团军中的任何一个军,要他们何时开动就何时开动,要他们开往哪里就开往哪里……如果我下令给新四军立即离开云岭开赴华北,你听不听?如果听命,我给你比其他军多一倍的军饷!……"

叶挺瞠目而视,缓缓地反击说:"若是命令不公正呢?"

顾祝同不理会叶挺的反驳,循着自己的思路讲下去:

"这就是毛泽东先生的厉害处。委座要你们紧缩编制,你们反而要扩大番号,要你们严守防区,你们反而要扩充地盘,要你们开动,你们就叫苦连天,要枪要钱要子弹……唉,你们也够难缠的了。你想,委座能做那种割肉养虎壮大异己的傻事吗?……希夷,喝酒……"顾祝同给叶挺斟酒,仿佛给他一个思考的时间:

"希夷,我不怨你,你也不要怪我,这不是咱们个人之间的事。如果现在房塌下来,我们会各自逃命吗?不会!你会舍命救我,我也会舍命救你。我们同学友谊永存,所以我把话说到底了……"顾祝同掂量了一下分量,"两党之争,我们身为军人,有什么办法?服从命令而已。我希望同学间,永不兵戎相见,但是,在某种情况下,也只能各为其主了。"

"墨公,你的话我理解。"叶挺的脸涨得血红,"我早有一种不祥的预感!"

"希夷,咱们不谈国事了。原则归原则,友谊归友谊。咱们还是谈谈生活吧!"顾祝同深知叶挺的为人,心无沟壑,胸无城府,一片赤诚待人,不谙诡诈,不懂作伪,不弄权术。在战场上是横扫千军的英豪,谈判桌上却不是纵横捭阖的高手。他只想说服他而不想为难他。

"文蓉(顾祝同的妻子)常常谈起你来,她很为秀文女士抱屈。你命运多舛,半生坎坷,不是出生入死,就是颠沛流离,真是苦了贤良慧美的秀文,一位大家闺秀……"

叶挺被触动了深情,说:"我既不是个好军人,也不是个好丈夫,更不是一个好领导……我对上、下、左、右都负疚，真是等闲白了少年头，空悲切了……”

“人生犹如苦海，谁没有痛苦，谁没有悲伤，谁没有烦恼呢？常言说，‘欲知世味须尝胆，不识人情只看花’嘛。人生难得一知己啊！”顾祝同对人生之多艰，发出由衷的感叹，“因为今天，咱们要谈及军务，所以没让文蓉请秀文来，明天，我再为你们送行。文蓉总希望秀文在上饶多玩几天，但我知道你们归心似箭……”

“墨公军务繁忙，我们不能过多打扰……”

“噢，我的闲空倒是不少。还记得有人评论过诸葛亮吗？‘食少事繁，岂能久乎’，像他那样事必躬亲，太无必要。你空下来，做些什么呢？”

“骑马、打枪、玩狗、拍照、种菜、陪夫人、逗女儿……”叶挺自嘲地说，“净干些没出息的事。”

“我想你一定会看了很多书吧？记得你的古文底子很好。”

“不知什么时候，给你这种印象？”

“你在保定军校时，曾给《新青年》写过一篇文章，很有文采，很有功底，广征博引，那时，我和上官都很佩服……”他们边吃边饮边谈，随便至极。

“那不是在保定军校写的，”叶挺更正说，“是在湖北陆军第二预备学校写的……那时年幼无知，乱发感慨，妄加议论，其实，都是浅薄之见……”

“不能那样说，我却以为那时，你的见解倒很正确。你赞成王阳明先生的‘致良知’和‘知行合一’之说；你赞成孔夫子的‘朝闻道，夕死可矣’的精神；你也赞成曾文正公的‘不为圣贤，便为禽兽’之论。你把这些论点，归结为两个字：‘觉悟’。为什么后来反倒不写了？”

“因为我已经‘觉悟’，我有自己的信仰！”

“我们都应该信仰中山先生的三民主义！”顾祝同感慨系之，“自从在保定军校，我们就志同道合；后来，你跟随孙先生多年。当时，东征陈炯明，北伐吴佩孚、孙传芳，真是壮怀激烈，抱负远大。现在，我们虽说不算老迈，可是，锐气倒消减了不少……”

“怀旧,总是一件快事!”

“当然。不过,有时也会产生许多遗憾,”顾祝同给叶挺添酒,“今天可要多喝。当初,你参加共产党,变成了命途多舛的开端。国外十年,流离失所,壮志难酬。委座一向对你寄予厚望……”

“噢,我恐怕要让委座失望,因为我信仰共产主义!”

“可你并不是共产党员。”

“这没有关系,信念系之于心。”

“三民主义是中国的,它符合国情。共产主义是舶来品……”

“真正代表人民和国家利益的却是共产主义!”

“可见你并没有‘觉悟’。”顾祝同笑笑,“算了,算了,我们已经过了意气相争的年龄了,不谈政治,不谈抱负了。这几年,我对琴棋书画发生了兴趣……”

“啊,我可没有墨公那样坦荡的胸怀和闲情逸致。”叶挺有些惆怅,撩起餐巾,擦了擦嘴巴,表示已经酒足饭饱,“我是忧国、忧民、忧自己!”

“请书房里坐吧!”顾祝同也随即站起,举手相邀,兴致很高。

三　以史为鉴是名,影射现实是实

这是一个宽大敞亮的房间,跟客厅相连。三面墙壁镶着油黄色的护墙板,面向院子的一面是一排落地长窗,窗前是一个花坛。正面墙上,挂着蒋介石的戎装像,给书房平添了几分冷峻的气氛。高及屋顶的四个红木书橱,排满了经史子集和当代图书,显得富丽而又庄重。精巧的紫檀架上,放着几件古董。侧面墙上,是顾祝同四十六岁(1938 年)诞辰时,同僚们送给他的一副贺联:

> 关塞仗全锋,屹尔干城万里;
> 江山撑半壁,巍然鞥柱一方。

在旁边,是顾祝同自题自书的一副联语:

刚日读经，柔日读史；

怒气写竹，喜气写兰。

“墨公，你真是风流儒雅，”叶挺兴致勃勃地观摩着，以向所未有的调侃和挖苦的口吻说，“真可谓运筹帷幄而决胜千里了。”

“希夷在耻笑我了。”顾祝同毫不介意，宽厚地笑笑，“你也听说李品仙盗挖楚王墓的事了吗？”①

“哪能不知道呢？”叶挺憎厌地说，“弄得全国沸沸扬扬……这些发国难财，发祖宗财的……”他没有找到适当措词，觉得“败类”有碍团结，便咽回去了。

顾祝同的不避家丑，也反映出蒋、桂之间的矛盾。他把叶挺带到一帧古画前边，指给他，说这是李品仙为了平息公愤，派皖南行署主任戴戟送给他的。是元代柯九思画的《墨梅图》。

“这不是墓中之物了！”

“是的，楚墓里当然不会有元代的东西。”顾祝同说，“这就避免了贿赂之嫌。”

“是真品吗？”

“当然是真品，我请行家鉴定过。其实，我也懂一点，你看印章，这是书画鉴定的主要依据……”这位战区长官还讲了许多鉴别古画真伪的方法，好像非常内行。

叶挺出于礼貌，只是点头唯唯。“这一幅画轴也是元代的珍品，倪瓒的《古林幽篁图》，他用笔枯干，布景清旷，善用墨笔，极少设色。这幅画是他的代表作，表现出他的独特风格，显示出文人士大夫那种清高孤傲的精神……”

“也是李品仙送的？”

“不，这是泾川名家包世臣收藏的珍品，是陈冠群送给我的。他是如何到手的，我就不知道了。你看，上面吴兴松泉隐者题诗，也很有味

① 1938年冬，桂系军阀李品仙的十一集团军总司令部驻安徽寿县。寿县专员马吉第，深知李品仙爱财爱古董，便投其所好，建议李挖掘楚王墓。李取得大宗古物珍宝，受到桂系政敌猛烈攻击。李宗仁、白崇禧甚觉难堪，责令李品仙把古物珍玩交出，加以瓜分，以堵众口。

道。”接着，他轻声念道：

碧波浮翠浸珊瑚，
看到东风有几株；
留得云林冰雪干，
岁寒何必论荣枯。

叶挺忍不住掩口打了声哈欠，顾祝同递给他一支香烟，让叶挺在牛皮沙发上坐下来。

“墨公，你们真会生活！”叶挺仰身靠在柔软的沙发背上，颇带讽刺意味地说，“灯红酒绿，歌舞升平，在麻将桌上激战……”

“这是国际局势使然，前线无战事嘛！”顾祝同一手端着杯子，一手拿着杯盖，呷了一口清茶，谈兴很浓，“最近我看了些古书……你对《三国》有研究吗？”

“哪里能谈得上研究？”叶挺应酬地说，“我还是在惠州府中等蚕业学校读书的时候，把它偷偷放在课本底下看完的。以后，在肇庆成立先遣团时，蹲在阅江楼上，翻了一些章回，没有全看，就去打‘同善会’①去了。”

“我最近对《三国志》作了点研究，有新的发现。”

“噢，我倒要洗耳恭听。”

“罗贯中的《三国演义》在中国几乎是妇孺皆知，研究的人也不少，但是，有见地的不多。如果和陈寿的《三国志》对照起来看，值得研究的东西就很多。”顾祝同停顿了一下，继续说，“诸葛亮，显然是被罗贯中大大美化了，而魏延，却又被大大贬低了……真是历史功罪，难以评说啊！”

“是的，”叶挺探身向前，发生了兴趣，“魏延反，马岱斩，这是公允的传说，墨公可有新解？”

“研究历史，最可悲的是囿于现成的结论，不敢面对事实。诸葛亮的失策之处是很多的，当阳之败、街亭之失，都是败仗；吴蜀彝陵之战，

---

① 同善会，是广东省高要县（位于肇庆市附近）的反动地主武装，受陈炯明的支持，老巢在罗建。

刘备死在白帝城,诸葛亮不能说没有间接的责任;六出祁山,都没有成功,这是战略上的错误。只是作者细写他的机智,略写他的失误罢了。”

“这倒也是!”叶挺表示赞同。

“刚才你说‘魏延反’,魏延真的反过吗?魏延是冤枉的。即使是真反,那也是诸葛亮措置不当促成的,责任在诸葛亮身上。你看……”顾祝同从书柜里搬出插满标签的书来,他很容易地翻到《三国演义》的第一〇五回,递给叶挺,“你看,罗贯中是怎样写的!诸葛亮殒命五丈原,临终嘱咐,秘不发丧,拔营退兵,一应大事由杨仪总管,魏延与姜维断后。魏延不服杨仪节度,带兵来到汉中城下与杨仪较量。杨仪持诸葛亮‘锦囊妙计’,出城临阵,对魏延说:‘丞相在日,知汝久后必反,教我提备,今果应其言,汝敢在马上连叫三声“谁敢杀我”,便是真丈夫,我就献汉中城池与汝……’”

“魏延为什么反呢?试看刘备与诸葛亮用人之不同:魏延随刘备攻占西蜀,屡有战功,刘备当了汉中王后,要选一大将以镇汉中,大家总以为选用张飞无疑,张飞也有舍我其谁的思想,可是刘备却选魏延,结果弄得全军皆惊。”

“你认为用人得当吗?”

“这是有事实为证的。”顾祝同雄辩地说,“当时刘备问魏延:‘今委卿以重任,卿居之云何?’魏延回答得很有气魄:‘若曹操举天下而来,请为大王拒之;偏将十万之众至,请为大王吞之。’那时候,刘备和诸葛亮正忙于对东吴和南部作战,他只领数万人马,独挡曹魏的巨大军事压力。以后诸葛亮数出祁山,北伐中原,所倚重的大将,就只有魏延。那时,击溃雍州刺史郭淮的是他;截斩大将王双的也是他……”

“不是赵云斩王双吗?”

“那是作者的笔误,此时赵云已经死了……诱杀猛将张郃的还是他。他为蜀汉立下了汗马功劳。魏延的不幸,在于他的战略战术常与主帅诸葛亮不合。在出祁山之初,魏延曾经要求给他一万人马,由秦岭南麓东进,绕出子午谷,不过十天,即可到达长安,与诸葛亮东西夹击,可以一举而平定成阳以西数百里。”

“这应该说是很有胆识的计划。”叶挺表示同感。

“可是诸葛亮却认为这样过分冒险。”

“其实,这是奇谋。”

“诸葛亮主张兵出坦道,以保万全。”顾祝同说,“魏延认为主帅胆怯,叹恨己才用之不尽,当然满腹牢骚。魏延的弱点是过分傲慢,这就埋下了杀身的祸根。诸葛亮不用其计,这是前因;魏延怨愤,这是后果。将军额上能跑马,宰相肚里能行船,可是孔明却对魏延理所当然的不满耿耿于怀,竟然怀疑他日后必反。魏延对这种不信任的态度,当然看得出来……”

叶挺心中咯噔一震,忽然觉得顾祝同讲这段故事似乎别有用心,莫非影射他和项英之间的关系?莫非在预言他日后的命运?他警觉起来。

“诸葛亮如果宽宏大量的话,他就应该想到魏延性情刚烈。一般武将的性情总是这样。当时魏延的建议不仅是具有远见的奇谋,而且敢于孤军深入,勇负重任,甘冒危险,他的埋怨情绪不仅是可以理解,而且是应当的。诸葛亮应该主动搞好关系,而且继续重用他,信任他,那样,反而会使魏延感动。”

“有道理。”

“诸葛亮未能做到这一点,未能待之以诚,处之以公,以使魏延怨愤之气自消。他不体谅魏延的心情,也不体谅魏延性格上的弱点。常言说,用人不疑,疑人不用。不信任,自然更加触怒魏延,使矛盾趋向激化。诸葛亮临终前,秘与杨仪、费祎、姜维商议退军大事,硬把前锋大将摈于指挥核心之外,这是一种明显的强刺激。如果像《三国演义》中所说,已经授计诱杀魏延,又让与魏延水火不相容的杨仪总督全军,就等于免了魏延的职,而把他置于死对头控制之下,魏延是受不了的。一系列的错误做法,把魏延逼上了造反的边缘……诸葛亮在用人上,是有失误的,扬马谡是错的,抑魏延也是错的,心胸也不那么宽阔,这一点,他不如刘备……”

“墨公,今天和我说这些,不会有所指吧?”叶挺寻根究底地凝视着战区长官,急于一眼把他看穿似的。

“这是历史，”顾祝同坦然地说，“历史总是向后人提供教训的，谁忘记，谁吃亏！”

“对历史，各人有各人的理解和判断。”

“希夷，相信我的善意。”顾祝同含蓄地笑笑说，“你的处境我理解，不被理解，不被重用是最难忍受的……”

叶挺沉默不语。

“我完全是有感而发，你不会误解我在做说客吧？你认为中共中央理解你吗？你认为项英理解你吗？但是委座和我是理解你的。”

“墨公，你说了一些有损团结有失身份的话，这不合你的性格……”

“这是金玉良言，希夷，你想，谁能容人？”顾祝同目不转睛地盯住叶挺，富有感染力地说，“是委座。你细思之，何部长，白总长，李长官，阎长官，冯副委员长，哪个没跟委员长动过干戈？可现在，他们都被委以重任，不计前嫌，不念旧恶，这是委员长的伟大处。委座的确是非常器重你的！”

“委座的容人我知道，”叶挺反击道，“可是，他不能容共产党，不能容新四军！……很遗憾，我有点冥顽不化，这会使委座感到失望的！”叶挺把要说的话说完之后，便不让话题向不愉快的方向发展，转变为正常的军事学术研究，“诸葛亮六出祁山，这的确是值得研究的战例。陈寿的《三国志》里，对诸葛亮的评价是准确的：‘治戎为长，奇谋为短；理民之干优于将略。’”

“有些人把‘优于将略’四字拆出来，”顾祝同说，“证明孔明在将略方面是优等的。其实，这是读破句，应该是说他的理民的才干比将略方面的才干要强。”

“所以，历代名将录里没有诸葛亮。”叶挺说，“他是相才不是帅才，他的《后出师表》里充满着无可奈何的自我开脱的情绪。”

“诸葛亮作为智慧之化身，是小说家塑造出来的。这一点小说家很高明，实写机智，虚写失败。就说‘空城计’吧，本来是打了个大败仗，连他本人都差点当俘虏了，不得不冒险！”顾祝同说，“所以，自古不以成败论英雄。司马懿没有抓住他，是胜利中的失败，孔明化险为夷，却是失败中的胜利。”

“祁山之战，魏蜀两方都为秦岭所阻，都是易守难攻，要取得胜利，必须出奇。孔明死后，邓艾阴平渡险，突然袭入蜀国腹地，迫使刘蜀政权顷刻瓦解。诸葛与之相比，显然逊色不少。”

“诚哉斯言！”顾祝同说，“听说你在国外期间，研究过许多西方的军事理论，你认为哪家最值得一读？”

“我认为克劳塞维茨的《战争论》相当不错。他以自身的战争经历、经验为基础，结合一百三十多个战例，提出许多精辟的见解。他在书中有一句名言：‘战争是政治通过另一种手段（即暴力）的继续。’这是马克思主义的论点！或者说，马克思和恩格斯就是从这个观点出发来考察各种战争的，毛泽东在《论持久战》中就引用了‘战争是政治的继续’这一论点。”

“我倒认为安东·亨利·约米尼的《战争艺术》更有价值……噢，我们研究军事学术也太乏味了吧，我们还是谈谈生活吧，你还没有改变喝盐开水的习惯吗？”

“这并不是坏习惯。”

“当然不是，只是有点遗憾。听文蓉说，秀文喜欢喝乌龙茶，我给你预备了两斤，还有景德镇出的仿明代宣德青花茶具一套。那么，你是无缘享用了。”

“我可以代替秀文表示感谢！”

第二天，叶挺偕夫人，带着讨回的枪支和顾祝同奉送的茶具，回到云岭。这次交谈，在叶挺心上，打下了深深的烙印。

四　路线未明，经费未拨

战云已在皖南上空密布。沉雷在远方隆隆滚动。

早在12月10日，顾祝同就接到蒋介石的特急密电。原文是这样的：

特急（有线　加表）

上饶顾长官:A 密。

(一)查苏北匪伪不断进攻韩部,为使该军江南部队,不致直接参加对韩部之攻击,应不准其由镇江北渡,只准其由江南原地北渡,或由该长官另予规定路线亦可。

(二)该战区对江南匪部,应该照前定计划,妥为部署并准备,如发现江北匪伪进攻兴化,或至期限(本年 12 月 31 日)该军仍不遵命北渡,应立即将其解决,勿再宽容。

顾祝同于 13 日急召叶挺到上饶,宣布"委座"命新四军改道北移的新电令。

叶挺听后,勃然变色,斥之为"借刀杀人"。顾祝同说他绝无此心,不得已,便把蒋介石的原电给叶挺看。

叶挺仔细研究了蒋介石的电文:"墨公,你看,"叶挺愤愤地指着"匪部"二字说,"委座是怎样看待新四军的!"

顾祝同坦然地笑笑说:"彼此,彼此,中共中央的电报是怎样称呼中央军的? 不也是'匪顽'吗? 希夷,你们何止是骂? 在苏北黄桥,那不是打吗?"顾祝同声冷字重地说。

"墨公此言差矣! 韩德勤主席动员总兵力达十万人,分三路进攻黄桥,并声言'把苏北新四军赶到长江里去喝水',我们是出于自卫!"

"希夷,我可以说你们是抗命! ……算啦,你也不要责怪我,我也不去责怪你,咱们各自心中有数就得啦。世上的事情,总是公说公有理,婆说婆有理! 你们也够难缠的啦! 不给经费不走,不给枪弹不走,不安全不走,你们口口声声遵命遵命,你们何曾遵过? 老同学,不要让我在夹缝里为难啦! 你们走得越快越好! 这是我的忠告……"

顾祝同显得很诚恳,但他却没有把全部真相透露给老同学。蒋介石勒令新四军改道北移,很主要的一个原因还是根据三战区提供的情报而确定的。

本年 12 月 1 日,侍从室的第 37534 号情报是这样的:

沪敌军部参谋长樱井,于 11 月 23 日赴南京,晋见敌酋西尾寿造,商志进袭新四军计划如下:

一、对散驻京沪杭地区之新四军，决迫其向皖南退却，并设法使其与中央部队自相火并；

二、对散驻长江北岸皖豫边境之新四军，决动员第十五、第一一六等师团之一部兵力，进袭扫荡；

三、由驻沪敌第十三军团长藤田进，负责指挥。

这是一种典型的三角斗争：日伪想把新四军赶到皖南，让国民党来对付；蒋介石却想把新四军赶到江北，在长江的滚滚波涛之中，去碰日寇的刀锋；我军，则想以让步先取得政治上的胜利，而后在军事上以退为攻夺取华中！兵不厌诈，谁老实谁吃亏。

“墨公，向东不让走，向北不能走，”叶挺愤慨地说，“这不是逼我们留在皖南，给你们‘就地解决’制造借口吗？”

“噢，绝没有那个意思，”顾祝同解释说，“你们北移，我们只能协助，并且掩护你们的安全！这一点，我可以用人格来担保……”

“委座的密电里不是说，可以由长官部另外划定路线吗？墨公既有如此诚意，请划给我们一条最安全的路线吧！”

“委座不让你们向东的苦衷你是知道的，向北，你们又不走，那也只有向南绕道茂林一途了。”

“这也许是一条可行之路。”叶挺沉思。

“当然，我要报告委座才可以决定！”

当叶挺想到必须报告蒋介石的时候，他犹豫了：最安全的或许也是最危险的！

至于形势如何发展，只好交给时间决定。蒋介石、顾祝同和叶挺，他们也都是走一步看一步。

叶挺身负谈判重担，疑虑重重。当时，以随从人员身份前往的林志超，建议军长坚持向顾祝同要武器弹药。叶挺要林志超为他准备了一份备忘录：

为请求军需补给的报告

我军皖南部队，六次保卫繁昌，两次（今年4月21日和10月4日）反扫荡中，战功卓著。委座两次嘉奖，现附电令如下：

泾县新四军叶军长、项副军长：

号午恭电悉（密），当我军各战场正积极反攻敌人之际，该军能相继策动，予敌以重大打击，殊甚嘉奖，仍仰转饬所属继续努力，以竟全功为要。

中正敬未令一元远印

委座连电嘉奖，却是一纸空文，不知奖在何处。不抵抗者，粮弹充盈而盗卖牟利，新四军浴血奋战，消耗巨大，却不给补充，有目共睹，人神共愤。

各地群众抗敌团体，连日慰劳我军，慰劳品堆积如山，唯独没有枪弹。国民政府南陵县县长张梦涛先生激动万分，登台演讲。他说：我要打电话给三战区长官，问问他，五十二师在前方干了些什么？一枪不放弃城而逃，却口口声声说新四军游而不击……可是，这位县长被撤职他调，公道何在，公理何存？新四军北移，路途艰危，不补枪弹，岂能无虑？心所谓危，不敢不直言奉告，敬祈长官转呈委座，体察下属之苦衷，是为至感。

关于请求军事补给事项，附表于后：

请立即废除职军特殊待遇之制度及状况，依照国库一般待遇补给。照军政部规定人数发薪饷，职军每月经费请增至十七万元，米贴费增至五万元，并请批准加发医院经费两万元，修械所及兵站经费一万元，以上共计二十五万元……

顾祝同手执《为请求军需补给的报告》，微微皱起眉头，一脸痛苦的神色。他慢慢仰起脸来，对着坐在对面的叶挺苦笑一声说："希夷，你们的胃口可真大！"

"我们的消耗墨公是知道的！"叶挺说，"我们要的，也不过是应发之数。"

"希夷，你也跟我办起外交来啦，"顾祝同含蓄地笑笑，"这很不好。我知道这个主意不是你的，你们的用意无非是拖延！恕我直言，你们早走早好，敬酒不吃吃罚酒，那就很不明智了……"

"墨公，你把话说反了，几千条枪，几万发子弹，几十万元经费，你是有权批发的。这次我来，负有新四军全体指战员的重托，空手而回，我没法交代。再说,不给枪弹,我们不能不担心长官部的诚意。”

“诚意是需要相互的!在摩擦日炽的情况下,拨给新四军一枪一弹,我都要报告委座,徇不得私情。一旦进入敌区,我将力请委座给你们补充……这样吧,我再给你增拨两万元开拔经费。好了,希夷,如果我们两人落到讨价还价的地步,那对同学友谊来说,就很可悲了。”

顾祝同一派搪塞之词,使叶挺心冷意沉,但见不可强求,也只好作罢。

北移路线未能最后明确,叶挺带着两万元经费回到云岭。这就是谈判的具体成果。

五　只能消灭!

在重庆黄山官邸一间十六平方米的密室里,一张铺着黑丝绒台布的小圆桌上,有一部红色电话机。这是一部刚刚架设完成的载波电话,直通上饶顾祝同的寝室。

九天前,这里通上饶的电话,还是经过贵阳、桂林、衡阳、赣州、泰和转接,线路时常不通,声音不清,很容易泄密。而且蒋介石的奉化溪口乡音和顾祝同的苏北涟水土话,交谈起来非常吃力,往往要放开嗓门直吼数遍,才能把原意交代明白,而且很难保证不会听错。至于电报,那是不能用来谈心的。

1938年,三战区成立,1939年初长官部移住上饶,从未改善电讯设施。1940年秋,蒋介石三令五申要顾祝同迅速改善联络,很有点急如星火。顾祝同心领神会:“老头子”很不放心“皖南”。

从此,每逢星期二、五的长官部汇报会上,东南电政特派员赵曾珏,必须报告长途载波电话的备料施工情况。催逼极严,不啻于持短枪的敢死队长监督部下冲锋。

“曾珏兄,我很为你担心,如果不能按期通话……”顾祝同没有说完这句话,但他那少有的严厉语调,却是无声胜有声。

“请报告委座,尽管施工遇到种种困难,如果到期不能完成,赵某甘受军法制裁。”特派专员说得坚决，但声音却颤抖得厉害。

载波电话，终于在12月20日接通了。

“墨三吗？……喂，我的话你听得清楚吗？……”蒋介石的浙江奉化口音，从千里之外，直扣顾祝同的心弦。

“委座！非常清楚！”

“徽州会议准备得怎么样了？”

“已经完全就绪！”

“哪些人参加？”

“会议由上官主持，参加会议的有二十三集团军总司令唐式遵，五十军军长范子英，二十五军军长张文清，五十二师师长刘秉哲，四十师师长方日英，七十九师师长段霖茂，一四六师师长戴传新，三十二集团军参谋长陈以忠，三十二兵站分监李锡庆，二十三兵站分监郭叔皋……”

蒋介石忽然打断了顾祝同的报告：“一〇八师师长戎纪五呢？为什么不参加会议？”

“委座，他在宁国前线……”

“噢，一四四师唐明昭呢？”

“委座，他在南陵前线……”顾祝同不胜惊讶，委座竟然这样熟悉他的部下。

“墨三啊！你要注意一四四师，唐明昭这个人，处事优柔，治军不严，他的部队叫大烟枪弄坏了，这个人反共消极……他和那个陈毅不是同乡吗？”待顾祝同回话之后，又说，“你要好好训诫他，不然，要误国误军误自己！”

“委座！我一定严厉整饬他的部队！”

“战区谁出席呀？”

“委座，我去目标太大……我想派参谋处处长岳星明去……”

“墨三啊！我知道你有苦衷……不要怕那些政治庸人胡言乱语嘛，还是党国利益为重……”

“委座，你的旨意是让我……”

“算了算了！让岳星明去吧……作战要旨，战斗部署，还有会议地点有没有问题?”①

“委座,没有,会议在岩寺兵站分监部开……一切外界的眼睛都盯着宁国……”

“会议上要制定就地解决的细则。要彻底,勿使其漏网。要让与会者清楚,‘斧柯不到处,恶木易成林’,现在正是大动刀斧的时机!”

“委座!关于就地解决,我跟上官仔细研究过,恐怕只是个中策,不到万不得已……”

“你们是怎么想的?”

“在云岭,他们可以凭险固守,军事上于我不利;当地民众和全国也会有强烈反应,政治上于我也不利;万一把他们打散,后果也很严重……”

“那么,逼他们渡江,”蒋介石急躁起来,“只要鬼子在江上一开炮,你们就江南、江北一齐夹击……对,就这样。”

“十天前,叶挺来上饶,谈判北移路线,他曾提出向南绕道去苏南……”

“这是绝对不可的!命令他们直接北渡……”一种决绝冷酷的森然之气直撞顾祝同的耳鼓,“当心他们‘假途灭虢’,不能让他们到达苏南,更不能让他们到达苏北。只能消灭!消灭!消灭!”

顾祝同感受到蒋介石的暴躁和严苛里,隐含着对自己优柔不决的不满与告诫,不禁有点惶恐:“是的,委座!”

“墨三啊!和顺恭慎者,患在少断,决心要大!就这样吧,有新情况,立即报告我。喂,你还有什么话要说吗?”

“嗯……三战区的工作做得不好,”顾祝同没有说内心里要说的话,“请委座多加整饬!”

“嗯,我是批评过你们,骂你们战绩最差,纪律最坏。你可以拿这话去压叶挺和项英嘛。他们在江北,专搞摩擦,在江南不服从调动……我是替你说话哩!”

① 此时三十二集团军指挥部已由徽州岩寺推进到宁国城南万福村。为了保密,发动皖南事变的预谋会议,躲在岩寺开。

顾祝同已经四十八岁，年近半百，他的人生经验是丰富的，却又分不清自己对蒋介石怀有的是什么感情：是崇拜？是敬仰？是畏惧？难道是这种“忠君”思想使然吗？似乎也不是。

顾祝同不能划进“阴险狡诈”那一类，但他“成熟”，他懂得面对蒋介石这样的上峰，玩花招是危险的。他把握一个准则：“快刀不杀臣服之头”。他还懂得历史上的楚国上卿——令尹子文，因为三任之，无喜色，三已之，无愠色，才作为“其有其国而不知有其身，其忠盛矣”的典范而名垂青史。所以在国民党的高级将领之中，擢升之后绝不兴高采烈忘乎所以，更不飞扬跋扈，受到贬抑申斥之后，绝无牢骚怨言的，恐怕只有他顾祝同一人了！他赢得“为人宽厚”的美誉，被人尊称为“墨公”；而蒋介石喜欢的正是他这种没有个人野心的“愚忠”。事实证明，“老实人”并没有吃亏。

顾祝同放下电话之后，内心压力急剧增加，立即召来了岳星明：“这次会议，委座极端重视，作战要旨，一定要在军事部署上充分体现！现在看来‘防堵’是被动的，要逼他们走！逼他们向北！”

“他们早已答应走。”岳星明需要顾祝同说得更明确些，“长官的意思是……”

“既逼他们走，又不能让他们走成，现在是，不走要打，走也要打了！”顾祝同疾言厉色，决绝异常，好像蒋介石的灵魂附体。

而此时，战区参谋处长吃惊地发现，一向温和的顾长官目露威棱，闪烁着严酷的寒光。那恶狠狠的神情，似乎随时准备投入搏杀……

这次通话已经过去八天了，顾祝同一直密切注视着云岭的动静：他的特务网跟联络副官提供的情报是相符的：新四军皖南部队在为北移作准备。

顾祝同没有全部不折不扣地执行蒋介石的指令，他对催促新四军北移，采取了稍为和缓的态度。这对叶、项并非福音。如果耳聪目明，就会听到“宽容”的帷幕后面是磨刀霍霍之声，也能看到调兵遣将的滚滚烟尘。

第四章　1940年12月28日

一　项英情绪反常

项英一觉醒来的时候，已是正午时分。午餐由刘厚忠按时送到。一盘粉丝炒牛肉，一碗白菜豆腐汤，外加一碟油炸小辣椒。他的胃口不错，似乎一切又恢复了常态。饭前，他和赵令波通了电话，得知一切工作都在顺利进行。一切计划，都按照他的意图制定。

此时项英反而不知道干什么好。他体验到一种从未有过的奇异的感情。他在房间里来回转圈，极端严重极端复杂的重大事情，原来如此简单，他真不该有那么多焦虑和痛苦。他急切地等待着明天快些到来，却又怕明天到来，心里有些惴惴不安，有些怅惘，有些空虚，有些失落感。他觉得过分顺利中，可能隐伏着过大的危险。他处在一种虚假的平静中，其实，他的心仍在激奋、忧虑、热望、惶恐等种种截然相反的情绪中挣扎煎熬。

他打开书柜，怀着一种占卜的心情，从一排书脊上随意地摸过去，当他发现取出的竟是一本棋谱的时候，心灵感到了一种微震。他急忙翻到"实用残局技巧举隅"那一页。因为残棋变化多端，双方都剩子甚少，短兵相接，间不容发，回旋的余地极小，胜负均在一着之差。这里面有许多例子证明，在残局中最危险的是容易误算的假棋，或者叫做"假胜"。也就是不高明的棋手，或者一时粗心急躁的高手，计算失误，误以为一着趋杀，致对方于死地，却未料到对方故露破绽，诱敌轻入，反成败局。

在"南进"计划中,有没有误算?是不是一局貌似轻易获胜而实则将遭受惨败的假棋?项英变得犹疑不定、首鼠两端,失去了固有的自信——他想象不出"南进"这局棋中,真正的危险藏在什么地方。

"我这是怎么了?何必疑心生暗鬼呢?"项英责备着自己,把棋谱摔进书柜,鼓励着自己,"犹豫不决,要坏大事!一切都已经定了,一不做二不休……即使有危险,也只能奋勇向前了!……"他忽发奇想,拿起话筒:

"报社吗?我是项英……白沙同志在不在?……什么?到中村去了?这个时候去中村干什么?乱弹琴……让他立即到我这里来一趟!"

项英急切地等待白沙到来,可是,这位记者却姗姗来迟。他在难耐的等待中,深深地责怪自己:"项英,你是久经考验的革命领导人,你是独当一面的东南局书记,是新四军的主宰!你是老练成熟的政治家,怎么还会有这些可笑的幼稚的举动?将来,在自传中,如何来描述这关键的决定全军命运的严峻时刻,你的心理状态?你急急忙忙叫白沙来干吗?仅仅是为了下几盘象棋?奇怪的念头!平时,日理万机,忙得不可开交,而在这样重大的历史关头,反倒无事可做,只好用棋盘上的拼杀来消磨时间了……"

罗里村的狭窄街道上,响起哒哒的马蹄声。《抗敌报》记者白沙骑马从他窗下走过,而后向左转弯,在大夫第的门楼前下马。

白沙骑教育长冯达飞的马赶来。项英看了一下时钟,从他放下电话听筒起,整整过去了一个小时。

"政委,我们有大的行动了吧?"记者在项英对面坐了下来,看项英展开白布画的棋盘,"你怎么有空……教导总队都在议论……"

"自由主义!"项英轻描淡写地批评了一句,"摆棋!你是客人,你红我黑,让你个先手!"

"当地群众似乎也知道了!"白沙的心不在棋上,"我在路上,碰上了镜心法师……"

"怎么?"项英警惕起来,"他也知道了?"

"他送给我一句偈语。"白沙从口袋里摸出一页黄表纸,递给项英。

绝险历远者,不慢于御。

项英瞅了足有半分钟,仰起脸来:"这是什么意思?"

"这好像是一句成语,跟我们这次行动有关。回头,我可以查查它的出处!"

"前半句当然是指我们北移,后半句……不慢……"项英怀着猜字谜似的兴致说,"是说我们快走了!"

"可是,慢字有多种解释,"白沙说,"既可以理解为迟缓,也可以理解为轻视、怠慢……"

"完全是一派胡言乱语。"项英把纸片团了一下丢进废纸篓里,"在皖南的宗教人士之中,镜心和尚给我的印象最坏。陆会长在民主人士座谈会上,不谈宗教只谈爱国,这家伙却不谈爱国只谈宗教。"

"这句偈语似乎并无恶意。"

"一个北洋军阀的混成旅长,对我们会有什么好意?无非是要我们快快离开皖南!……摆棋……唔,你怎么把马摆到象眼上去了……"

"政委,我可不是你的对手呀!在报社里,我也是三流水平。"

"参谋处的人都在忙……红先黑后,你就开局吧!"项英全神贯注在棋盘上,"哟,标准的三步虎,你来势挺猛嘛,咄咄逼人。什么三流,你是在麻痹我哩……"

白沙也不言语,只管埋头走棋。

"你这家伙,滑头得很,准是前年咱们上四顾山的时候,你探听到了我的秘密,知道我善用双马,所以才来个'炮镇马威'。"

"知己知彼嘛!"白沙微微一笑,果真用炮拼掉了项英的一匹马,"马换炮不算孬,我并不赚便宜。"其实,他以此挫败了项英预谋的一次车马炮联合进攻。结果,第一局下成了和棋。

第二局更是杀得难解难分,最后出现了一局少有的残棋。项英的黑方,尚余两卒一士,白沙的红方,只剩两兵,但兵临城下,形势有利。白沙一时兴起,便兵五进一,逼对方将五平六,自忖三步之后,便可取胜。其实这是误算。项英的黑方并不移将催杀,而是卒七平八,反而走一步闲棋静等。结果红方立即欠行而只得走兵六平七。四步之后,黑方取胜。白沙恍然大悟,忍不住捶案大叫:“政委,若是可以悔棋重走,我准能赢!”

“你准备怎样走?”

“我兵五进一是错的,应该兵六平七!”

“摆摆看!”项英待白沙重走后,也误以为双兵距离已远,对将已无威胁,便信手走将五平六催杀,本以为可以速胜,却没有想到白沙兵五平四。黑方立成败局,这也是一种误算。

项英沉思良久,说:“如果再次重摆,我也绝不会输。”

重摆后,白沙仍然兵六平七。项英改将五平六为将五进一,结果成为和局。

胜、败、和,均在一着之差。

黑方项英

1 2 3 4 5 6 7 8 9

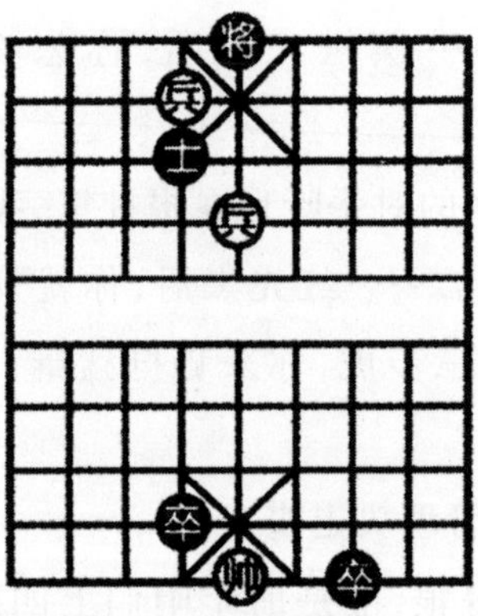

9 8 7 6 5 4 3 2 1

红方白沙

项英紧盯着棋盘,本想让自己激动烦乱的心情舒松一些,可是这盘有趣的残棋,却使他产生了一种不应有的幻觉,产生了一种牵挂,心情反而变得更为沉重了。

项英的不祥之感,在于他们双方都产生过误算。也许人心都是这样,在吉凶未卜、胜负难料,对前程毫无把握的时候,总是产生一种近似迷信的思想,好像一切吉凶祸福都能预先呈兆。如果出门远行碰上乌鸦当头聒噪,就认为倒霉,犹如西方之遇见黑猫。“难道这次南进,也会是我的误算吗?”镜心和尚那句模棱两可的偈语也升上心头。

为了摆脱这种思想的缠绕,项英留白沙一齐吃晚饭。他发现这位记者不仅是良好的棋友,而且还是愉快的清谈家。

“记得在四顾山上,你说曾在上海《新闻报》干过,为什么又不干了?是因为什么丑闻来着?”

“说来有趣。其实,也只能算是趣闻,许多诈取钱财的手段,也不止《新闻报》一家独有。就拿广告一项来说吧,这里面就有很多骗局,甚至非常恶劣……”白沙在火盆上把烟点燃,猛吸了几口,接着说,“政委一定注意过上海各大药房出售‘艾罗补脑汁’的巨幅广告,说什么此药乃医学博士艾罗发明,专治头痛头昏、失眠健忘、多梦易醒等症,其效如神。谁不愿意变得聪明些?那些有病无病的外国博士崇拜者,便争先恐后地购买……”

“是假药?”

“当然不是真的,你找遍上海滩,也不会找到艾罗博士。艾罗两字乃是英文‘黄’字的译音……”白沙还信手写出了 Yellow 几个英文字母,“这项广告是上海‘三大滑头’之一的黄楚九玩的诡计,所谓补汁,除了一点糖浆少许麻醉药外,什么也没有,一本万利!……”

“可恶!可恶!”

“还有更滑稽更笑人的。有一天,《新闻报》头版忽然登出一条某女士征婚启事。自称姑苏人氏,年方十八妙龄,才思敏捷,国色无双,待字闺中,拟择一佳婿,貌可略平,但才必出众。应征者请写自传一份,求婚书信一封,寄往某处,以供遴选,合格者当函约面叙。当时应征者纷纷投书……”

“大概你也写了一份吧?”项英先笑起来。

“是啊,我当时还很有信心呢,对想象中的美貌才女,倾注了全部感情,写了一封长达五千言的求爱信!”

“结果怎么样?”

白沙忍不住大笑:“我一直等待着函约面叙,结果,犹如石沉大海,自忖名落孙山。谁料想,这段风流韵事三个月后,见了分晓。我正为落选感到惆怅的时候,一本《男女爱情尺牍》上面竟然刊出了我那篇情书……署名却不是我徐敏,而是白沙。”

“啊!这就是你的笔名的来源了!”项英忍不住放声大笑。

“政委!你该休息了吧?”在熄灯号吹响的时候,记者很有礼貌地告辞,免得领导下令逐客,“今天真是浪费了你太多的时间。”

“哎,这是什么话?是我邀请你来的嘛!今天,咱们谈得挺痛快,晚上十一时前,我是不休息的……”

白沙发现项英谈兴很浓,颇有挽留之意,便顺口问道:“听说政委在写自传,我想一定很精彩!仅就1928年六大期间,斯大林同志亲自接见你,就可以写一章了!”

“噢,我只用半页纸就写完了!”

“那怎么可能?在个人历史上,可是个重大事件啊!应该充分地表现出当时的情景来。”

“这就是你们文化人常说的那种艺术性,可是,我只能记录事实,等我写完之后,还要请你帮助润润色,渲染渲染。我起草文件养成习惯了,很容易干干巴巴。精练有余,文采不足。”

“我很高兴有此殊荣!”白沙几乎以为这就是政委请他来下棋聊天的真正目的,便欣然应允,“这对我也是个很好的学习机会。”

“是的!你们年轻人,应该很好地学习革命历史!我们党的历史上充满着斗争,陈独秀哪,瞿秋白哪,李立三哪,张国焘哪……斗争是很激烈的,也很复杂……”

“恐怕王明路线对我们党的事业损害最大了吧?”

“还不能这样说。历史上,有许多事情很难作出恰当的结论。就说1931年春天,在中央苏区发生的‘富田事件’吧!”项英谈到历史,便激动起来。

“富田事件?”白沙惊奇地说,“我怎么没有听说过?”

“知道这个事件来龙去脉的人不多,没有结论嘛。不,有结论,是错误的结论嘛。你看,你看!”

首先进入白沙眼里的是这一章的题目:《江西苏区初期的肃反与富田事件》。

中央苏区在1930年初就开始了打AB团的运动,这是我党历史上的一个错误，由于没有认真总结其经验教训，此类错误时有发生。到了12月，红一方面军总前委和赣西南地方党错误地认为，从军队到地方，从政府机构到群众组织，到处都布满了AB团组织，肃反扩大化就开始了。当时用逼供信的方法进行审查，造成人人自危的局面。由于错杀了许多好同志，以致酿成富田事件。苏区中央局成立，我任代理书记。我坚决主张以党内教育的方式解决问题，反对乱抓乱打乱杀。现将参加富田事变的排以上干部的一封来信，附在本章之后，从中便可看到事件的基本真相……

“政委，有一封信？”

“噢，是的，我拿给你看。”项英又到书柜中取出一个信袋，递给白沙，“这是原件。因为这些同志都不在了，所以，这封信，我要终生保存。将来，要作为文物，放在革命历史纪念馆里，太珍贵了！那次肃反是唯心主义，完全是唯心主义！”项英又忿忿然了。

二　富田事件

白沙阅读写在土造竹纸上的书信：

敬爱的项书记：

请接受一群在富田事件中受了冤屈而又平反的战士们的敬礼。如果没有您的英明处置，我们这些真心诚意的革命者就要含冤九泉了。

富田事件是李绍九这个坏人掌握了肃反大权，担任了肃反委员会主席，借权谋私，乱抓乱杀逼出来的。他们带着红军总前委的指示信到富田来，只有两三天就抓了省委秘书长李白芳、二十军政治部主任谢汉昌等一百二十多人，有的不经审讯就杀害了。我们眼看自己战友惨遭杀害，连落泪都不敢。我们并不怕死，可是不愿带着反革命的罪名去死。我们不能不把李绍九抓起来，释放被捕的同志。我们被总前委宣布为“反革命暴动”，只好把部队拉过赣江，脱离总前委的领导，不然，我们会被自己人消灭。

项书记，你派人到河西永新把我们带回河东，到中央苏区来开会，我们作了检讨，承认了行动上、组织上的错误，可是，如果不那样，我们怎么办呢？难道叫李绍九白白杀死才正确吗？说心里话，如果领导上有自我批评精神，倒是应该向我们这些受冤枉的人承认错误才对。

项书记，我们总算得到了公平的对待，又回到革命队伍里来了。是你救了我们，我们将终生感谢您！

……

白沙看完信后，默然而思。他不熟悉这段历史，但他知道，在我党历史上，是非功过没有定论的事情是很多的：从陈独秀、瞿秋白、李立三到王明，历届中央领导所犯错误是严重的，但历史的责任和个人的责任要分清也是很困难！如果让李绍九来讲述富田事件，那就完全是另一回子事了！历史是非，需要三堂会审。

“后来怎么样了呢？”白沙不了解事件的真正背景，持冷静客观的态度，“政委，你刚才说这些同志都不在了，这可能吗？”

“这是沉痛的教训啊！”项英放下手头的材料，沉声说，“当时，我非常烦恼。四月间，六届四中全会后的党中央，不同意我对富田事件的处理，决定撤销原来的苏区中央局，重新派代表团组织新的苏区中央局，重新审理这个事件。当时作出了一个《关于富田事变的决议》，明确指出富田事变‘实质上毫无疑问是阶级敌人以及他们的斗争机关 AB 团所准备、所执行的反革命行动’。这个决议指责我没有指出富田事件是反革命暴动的性质！”

“不能说是反革命暴动！”白沙说，“有几点可以证明：第一，他们只是放人，显然是想放抓错了的同志，而不是向革命力量发动攻击；第二，他们并没有投敌；第三，经过调解，他们不仅回来，而且承认了错误，这就很好。至于提出的打倒什么人拥护什么人的口号，是不对，可是应该原谅，体谅他们当时的委屈和不平的心情。”

“当时并不是这样，回到河东开会的富田事件领导人又重新被捕了，再次刑讯逼供……”

“这太不应该了!”白沙遗憾地说。

“当时,那股极左风还没有过去。”项英说,“那时,许多人搞不清真相。逼供、诱供,给肃反工作带来太大的危害,简直弄得真假难分了!这就带来一个极为严重的问题,坏人从中捣鬼,写匿名信,诬陷,更严重的是用这种办法排除异己,凡是和他不对头的人,凡是妨碍他飞黄腾达的人,都借此清除掉……”

“这未免太卑鄙了!”白沙愤恨地说。

“当然,这是极少数。可是,我们党内出的叛徒还少吗?”

白沙的脸色暗下来。

“枪决了刘敌,公审了谢汉昌、李白芳。此后,江西苏区打 AB 团的肃反扩大化进一步升级。不包括地方,仅就一方面军,就打了四千多名 AB 团。赣西南地区干部百分之九十以上都被处决、监禁、停止工作,开除了党籍。把红二十军全部改编了,从军长、政委到副排长通通扣押,士兵编到四军和三军团去……误杀了多少好同志啊!”项英叹息着,似有无限痛苦和愤慨。

这段有意无意的交谈,使白沙隐约地感觉到:在历史上,最低限度是在富田事件这个具体问题上,项英同志是比毛泽东同志更正确。那么,引申到今天,在向北发展还是向南发展的战略方向上,谁更正确呢?他站得太低,无从辨认这些深层的奥秘。他也弄不清项英所谈是真情还是谬误。历史,隐藏在云雾中,难见真容。

三　东进方案

白沙在深夜十一时告辞。下午,跟白沙研究的那盘“假棋”紧缠住项英的思绪不放。他的脑海里老出现胜、败、和三种结局。

他失眠了,吃了安眠药,只迷糊了大约两个小时。他听到哨兵换岗的口令声,农家孩子的啼哭声、狗吠声。他翻身坐起,点亮灯,打开《联共(布)党史简明教程》,但他读不进去,又从书柜中取出自传,强制自己继续写第十二章:《清算叛徒顾顺章的滔天罪行》。项英提笔写道:

中央来电,要我暂时脱离中华苏维埃政府副主席的任务,全力投入到清查顾顺章叛变的经过及罪行。那时,他奉中央之命,护送张国焘、陈昌浩到鄂豫皖根据地去。他用"化广奇"的艺名在游艺场表演魔术,被叛徒王竹樵发现,便向国民党武汉绥靖公署报告。敌人得知顾是中共中央政治局委员、中央特科第三科科长……

项英写不下去,时间地点他都想不起来,文字疙里疙瘩。他生气地把笔一甩,把纸一团,丢进纸篓,却又把镜心和尚那句偈语重新捡了出来。

起床号声响了。他束好腰带,和机关分队一起出操。早饭后,他埋头批阅几份并不重要的报告,仅仅是为了保持心境的稳定。

"政委",赵令波站在项英身后,轻声说,"时间到了。"

"人到齐了吗?"项英把文件一推。自知问得多余,但语调平静,"军长到了吗?"

"他一向准时。"

"你把材料准备好了吗?"

"完全好了!"参谋处长拍了拍夹在腋下的地图囊。

会场上,叶挺身着笔挺的中将戎装,伟岸地端坐在项英左首的罗圈椅子里。这种笔挺的细呢中将军装,跟新四军土法染制、质地低劣的灰突突的军装无法同日而语;再配上闪亮的高筒军靴和银色马刺,显得鲜明突出,神采腾跃,非常扎眼。

当时,身着国民党军服的"二叶"(叶挺和叶剑英)以雄姿英发、潇洒俊逸而名满全军。叶挺平时不便穿将官军服,但又不习惯穿灰布军装,只能穿西服、皮夹克、猎装。仅就这样一个生活细节,在项英的潜意识中,也绝不是无所谓的。凡人都有七情六欲,都有自己的观念与偏见,谁人身上没有"看得惯"和"看不惯"的爱恶之情呢?叶挺穿将官军服或是穿皮夹克来参加这样庄严的会议,似乎都不合适,容易引起各种误解:穿前者等于标示一军之长的身份;穿后者等于对会议的轻蔑。

叶挺星目平视,严肃矜持,刻意掩饰着凄苦的内心。列席会议,使他的自尊心受到严重的伤害。当然,受到伤害的不只是自尊心,而是他作为军长的指挥权和谋略的发挥。即使是这样一个屈辱的地位,还是周恩来到皖南解决他与项英的矛盾时,为他争取来的。自尊受到伤害的同时,又给他带来自行脱党的自责,自责又带来自卑,自卑又强化了本来已经十分强烈的军人的自尊。

“首先,请叶军长发言!”项英的口吻越尊重,叶挺的内心就越难受。地位卑微,尊重有加,两不相称,就具有讽刺意味了。

几年来,叶挺就是处在这种不相称的矛盾之中。他平静下来,缓缓地说:“关于北移,项副军长要我先说一点意见。首先,决心要大,越快越好。兵贵神速,要有突然性……”

项英点点头,表示这个意见很好。袁国平、周子昆也都全神贯注地倾听。

“至于北移路线,我反复思考,以向东为最佳路线……”

项英忍不住扭动着身子。周子昆和赵令波则面面相觑,参谋处长心头立即蹦出两个字:“反调!”袁国平不知道项英的决策,没有明显的反应。

“蒋介石下令,不准我们向东!”项英忍不住打断叶挺的话头,“如果我们硬走,他可以借口我们抗命,打我们!”

“所以他把嫡系五十二师放在泾县、马头一带,它的旁边还有一〇八师,就是堵住我们向东的通道。”赵令波立即补充。

“现在苏南日寇正在扫荡。”项英再补充,“这就更增加了我们东进的危险!”

“这只是比较而言。”叶挺并没有听出其中的倾向性,“向北的危险性,比向东要大得多。再说,我们应该智取,不应力敌。自从上月11日,我从上饶谈判回来,一直在思考这个问题。我有一个设想,当然,不能说没有一点风险……”

与会者都屏息静听。

叶挺感到孤立地宣布自己想好的计划可能不被接受,便把这个计划的利弊得失和来龙去脉,尽量讲得清楚一些。他说:

“在上饶,我和顾祝同谈判,主要是两个问题:一个是关于开拔经费和军需补给问题。我们的条件是先发(指经费、军需物资)后走,蒋介石的条件是先走后发,像哄小孩子似的用空头支票骗人。我们要归要，吵归吵，可是，不能抱任何幻想，能争到多少算多少。我们只能靠自己。”

袁、周都点头称是。

“我认为最重要的还是第二个问题——北移的安全问题。安全有无保障，开进路线至关重要。我曾严正地向顾祝同声明：如果他不保证我们安全，或一旦我们北移受到武力威胁，我们的开进路线就可以机动，就可以不受他们指定路线的约束……”

“这是很重要很关键的一点。”项英对叶挺向三战区提出的条件表示赞赏，并焦躁地等待他的下文。

“顾祝同向我表示，以老同学之谊，以他的人格担保我们的安全。可是，顾祝同虽然身为战区长官，他的人格并不是独立的，他对蒋介石是绝对服从。我们要防备他说话不作数。

“为了说清我的意见，我在上饶，把北移设想归结成三条路线：第一条，是经过五十二师师部驻地马头镇，沿杨柳铺、孙家埠、毕家桥、郎溪、梅渚镇、南渡镇一线，至竹篑桥、水西地区（这是原来我军江南指挥部所在地），然后经苏南北渡长江到苏北。这条路，我们很熟悉，沿途都设有兵站，一、二支队东进走过这条路。12月初，我们近两千名非战斗人员和大量物资撤向苏南，也是走的这条路。这是一条比较安全的路……”

“现在不安全了，”项英打断说，“情况变了。”

叶挺稍稍停顿了一下，仍按自己的思路说下去：

“第二条，是蒋介石指定给我们的路线。这条路线的最大优点，就是路程近，我们当天就可到达铜陵、繁昌地区，夜间即可过江。我到江北视察工作，就是走这条路。当然蒋介石想借刀杀人，这条路线的危险性，比前期增加了！……”

“不是一般的增加，”项英表示完全赞同，“而是大大地增加了。这条路线绝对不能走！”

“那么，还有第三条路线，那就是绕道茂林，经三溪、旌德，沿天目山脚至宁国、郎溪到溧阳，而后待机北渡……”

项英急切地俯身向前。叶挺提到的这条路线，直扣他的心弦。如果与会者不是把目光集中在发言者身上，那么他们一定会发现项英的难以形容的面部表情，反映出他对这条路线寄托了全部的希望、热情和向往。

“但是，这条路线貌似安全，实际上比前两条路线的危险性都大……”叶挺话锋一转。

“何以见得？”项英把头仰起，把眼睛睁大，急促地叫了一声。这动作，这神态，这语气，都明显地表示出他的不安和焦虑，又出现了同白沙对弈发觉“误算”时的那种心情。但他又强烈地排斥这种感情，他认为这种近似迷信的预感是一种怯懦。

“这条路线，我们曾设想过，党中央也曾提请我们考虑过，上饶谈判时，我也曾向顾祝同提到过……”

“顾祝同并没有拒绝！”项英抓住这一点，似乎有了转机，他给叶挺一个极不明显的倾向性的表示，“这等于我们向三战区挂了号！”

“这种挂号，全不作数！”袁国平忽然激动起来，“即使蒋介石亲口同意我们走，我们也得掂量掂量。古人言，‘奸诈之人观其正而得其反’，漳浦事件就是前车之鉴，他打我们，反说我们打他，谁搞得清？全国民众也会提出疑问：你们北移，怎么反向南开？”

“打就打嘛，我们早有打的准备。”赵令波喃喃而语。

项英感到这是有力的支持，可以借此进一步坚定与会者南进的信心：“我们应该有两手准备……”项英扼要重述了前天深夜跟周子昆商定的两全之策，“不打当然好，打也无大害，革命就是打出来的嘛！”他目露威棱，盯视着副参谋长，他不明白，周子昆为什么不像赵令波那样积极支持他的主张。

“一个‘打’字，说起来容易，地形对我们太不利了。去上饶，我曾带林志超同志顺便勘察过这条路线。在大山之中，处处都是一夫当关万夫莫开的要隘，包围容易突围难……所以，我考虑，还是向东，走第一条路线。”叶挺有些激动，他喝了口茶，用他漂亮的烟斗吸起烟来。

“向东，国民党肯定会动手，”项英激烈地反驳说，“这是蒋介石亲自下的令。况且，向南只有国民党，向北只有日伪军，而向东，却是两翼受敌，南有国民党，北有日伪军。”

“这是很明显的道理!”赵令波补充说,“是前后左右四面受敌。”

“所以我想用一点智谋,”叶挺说,“就叫先小人后君子吧！我可以带一个排当做卫队,先到五十二师师部,把刘秉哲控制起来,当做人质,强迫他下令给部队,掩护我军通过他的防区,而后,再把他释放!”

“这未免太冒险了。”项英摇摇头,疲倦的脸上竟漾起一个微笑。他觉得叶挺的计划过分幼稚,不可能获得通过。

“军长,这出鸿门宴唱不得!”袁国平的声调里饱含着真诚的关切,“如果安全没有绝对把握……我想,党中央也不会同意。”

赵令波也用关怀军长安全的方式,申述了反对的理由。

唯有坐在袁国平旁边的周子昆沉默不语。副参谋长是个极为细致的人,细致到刻板的程度,正像他那一笔字,一划不苟,端端正正。他仿佛在打瞌睡,低垂着眼睑,人们都以为他由于重伤风而委靡不振。项英怕他再说出不利于南进计划的话,也不催促他表态。

其实,他在思索。他的思想的紧张与专注,超过所有与会的人。他咀嚼着每个人发言的每一个字,态度冷静而又客观。他觉得军长的计划是一种大智大勇的表现,是切实可行的。虽然有一点风险,但是不大。

周子昆懂得事物的辩证法。有时,越是冒险,就越是安全。就像诸葛亮的空城计。

去年秋天,在“营遭遇战斗实兵指挥演习讲评”时,他就讲过这种虚则实之、实则虚之、虚虚实实的辩证法。叶挺这种“大军未行,主帅先征”的反常做法,肯定会出乎刘秉哲的意料。历来的以少胜多、出奇制胜的事例中,哪一件不带着“险”字呢？叶挺这个计划,也许能在军事史上创造奇迹。

叶挺的战斗作风,周子昆是熟知的。在北伐时,他就在叶挺团从排长、连长当到营长。在皖南的几次反扫荡中,在汀潭,在父子岭和泾县城的几次激战中,叶挺都亲临火线,几十架敌机轮番轰炸扫射他们的指挥所,而叶挺却不止一次地用蔡司相机,拍摄向他俯冲的镜头,好像那些武士道飞贼的狰狞的面目,使他发生了浓厚的兴趣。那时,这位副参谋长真正领略了什么叫“沉着镇静”,什么叫“泰然自若”。他相信叶挺的威严，可以镇住五十二师师长。

“我认为军长的计划，是个很大胆的设想……”

“大胆到冒险的程度！”项英怒视了周子昆一眼，语含恨意。他不能不提醒副参谋长，不要忘记前天夜间他们的展望，“为什么放着两全的路线不走，反而让军长去冒风险呢？一旦出了问题，谁负这个责任？”

人的感情，有时非常奇怪，越是得不到的东西，越想追求。对于“南进”，项英虽是梦寐以求，却缺乏足够的信心，犹豫不决，生怕发生棋局中的“误算”。如果叶挺、周子昆一致同意向南，他很可能提请大家，研究一下不利的条件。然而现在，叶挺和周子昆的反对，当然，周的反对是隐晦的，反而促成他下了决心。

当权者的一意孤行，往往是在反对者的刺激中形成的。

长期以来，项英习惯于周围的人不加争辩地赞同他的意见，这已经成了常规。陈毅在时，尚可以同他直言抗辩，由于种种历史原因，他才允许陈毅有这个“特权”；叶挺当然可以同他发生冲突，但很少正面交锋，各说各的，各做各的。由于他的优越地位，叶挺除了一怒之下“出走”之外，别无他法。

周子昆只说了半截话，就缩了回去，没有了下文。为什么这样畏惧项英？连周子昆自己也弄不明白。他曾经出入过枪林弹雨，经受过许多危难、险阻，为人也很忠厚、坦诚，但他为什么不能在项英面前据理力争？为什么不勇敢地畅抒己见？就像个受气的小媳妇，在严厉的婆婆面前，战战兢兢。他的才能，他的决断，他的独立的见解，都消逝无踪了。

此时，周子昆内心升起一股憎厌自己的感情。自从参谋长张云逸到江北指挥部之后，实际上他就是参谋长，他应该有坚持己见的魄力。

一时，会议室的空气凝固了，与会者也都僵住了。

“咔吧！”叶挺手中那支烟斗被别断了，他的胸腔里也响起爆炸似的断裂声。

谁也不敢看叶挺的脸，仿佛会议室里落了颗重磅炸弹，大家凝神敛气，等待着弹片横飞。

“现在,休息二十分钟,赵令波同志准备发言。”项英用平静如常的声调宣布后,自己先站起来。他把休息时间放长,是因为有许多事需要思考、处理。其他人像被钉在椅子上,足有半分钟没有动身。

四　项叶之争

休会了,与会者纷纷离开烟雾腾腾的会议室。只有叶挺僵坐在那里,沮丧而又茫然,说不清什么样的情绪噬咬着他的心。三十年前的一个埋藏在记忆深处的场景,突现出来,越来越清晰:

一张黑色的长条桌,右上角摆着一只沾满褐色泥沙的碗,釉黄色,莲花形,散发着阴湿的霉腥味。桌前坐着一个穿黑制服的广东陆军小学的初级生,他定定地瞅着那只碗,一直在后悔:“如果不用十字镐去掏就好了,那就不会碰掉这块边!”

“你在瞅什么宝!”大个子士兵在问他,“从哪个垃圾堆里捡来的?”

“报告班长,练习挖堑壕,从一座古墓里掏出来的!”

那班长缓慢地举起手,然后用力一扫,那个古葬物就飞到石墙上,哗啦粉碎了。他回手又给这个小学员一个耳光:“把碎片全都捡出去!”

后来,才知道那是一只唐代越窑莲花碗,稀世奇珍。那位班长得知后哈哈大笑:“胡诌八扯! 清代坟墓里怎么会埋着唐代的东西!”

叶挺下意识地摸摸腮帮子,三十年前的那个耳光,还使他感到一阵阵辣痛。他忍不住叹了口气:世上有多少珍奇,被无知的权力之掌打得粉碎。

战争中,奇与险是连在一起的,智勇兼备的将领,就应该抓住偶然的机遇,一矢中的改变局势,化险为夷,绝境逢生。

奇谋虽可偶得,但绝不是侥幸之功。叶挺提出的东进方案,是他多日苦思的结果。

在两个半月前,日寇调集了十五师团、十七师团一万多人马,扫荡皖南。五十二师闻风而逃，但没有逃掉。有一个团，在县城东南聂家岗一带被敌包围，叶挺率部浴血奋战，收复泾县，救出了刘秉哲的被围部队。

五十二师师长刘秉哲感激不尽，登门恭请叶挺，在马头镇设筵款待，以表感谢之忱。

刘秉哲是黄埔军校三期生，他曾经热烈地崇拜过叶挺，在黄埔军校的课堂上，他瞻仰过叶挺的风采，把他视为军人的楷模、效法的表率，对他的震古烁今的险功奇勋，更是崇敬有加。叶挺独立团的旗帜，使他产生过无限向往，北伐路上，攸县、泗汾、醴陵、浏阳、平江、汀泗桥、贺胜桥、武昌城下，叶挺几乎是每一步都踏出撼天动地的雷鸣。刘秉哲曾向同僚们发出过由衷的感叹："在叶挺麾下当一名士兵也是光荣的！"

盛宴之上，他那谦恭诚恳之态，情真意切之貌，分外动人，那架势就要五体投地匍匐在叶挺面前。他举杯在手，热情洋溢的简短致辞的最后一句是："今后，凡军长有所吩咐，学生无不效命！"这种宣誓似的表白，使席间很多人都感到这是出自肺腑的由衷之言。

宴罢之后，刘秉哲和他漂亮的女秘书（其实是政训处的工作人员）周珮琳小姐，陪同军长游览马头镇名胜，还特邀章渡区区长陈冠群一同陪游。

陈冠群通晓古今，对诗、词、书、画都有研究，他是新四军军部所驻的"种墨园"的房主。这位泾县有名的开明士绅、进步名流，对新四军表现出极大的热忱，时常造访军部，竭尽地主之谊。

新四军军部先由歙县岩寺，移驻南陵土塘，而后又移住云岭山下罗里村。那时，陈冠群把他的庄园粉刷一新，请军部驻扎，他搬到区政府所在地章家渡居住。这是令人赞佩的慷慨之举。

他喜欢到军部找项英、叶挺推心置腹地交谈："你们是令人满意的好房客，我也要做一个叫你们满意的好房东……"这种极为亲切友好的感情让人欣慰。

陈冠群是个令人愉快的陪游者。他告诉叶挺，泾县有好几部县志，对马头镇都有详细记载。《郑志》是这样写的：

> 阆山北相接者曰马头山。一峰耸立，俯临深潭，与河西鹅山对

峙，为县境锁钥，其下有镇，曰马头。

另外还有一部《钱志》，是这样形容马头山的：

县东北境之尽山也。石矶高百余仞，昂如马首，古庙踞其巅；旁有镇，置汛兵烽火墩。

马头山山腰有"泾川锁钥"四个大字。陈冠群告诉叶挺，这是乾隆三十六年摄县事江恂所写。

游完马头矶，又泛舟泾川之上。泾川出自高山深谷，有急湍直下、"佳境万千曲"的迷人风光，历来为游人瞩目。李白当年由宣城南下陵阳，就是由泾川逆水而上的。

刘秉哲恳请叶挺题诗留念，说恭逢其胜，佳景佳会，不可无诗。

叶挺推辞，说他不是诗思敏捷的人，不能即席吟咏，特将抗倭名将戚继光的一首《马上行》，录以存念：

南北驱驰报主情，江花边月笑平生。
一年三百六十日，多是横戈马上行。

"好，好！"刘秉哲和陈冠群都抚掌称善，周珮琳小姐也热烈称赞甚合此人此地此事此情此景，并开玩笑说："抗倭名将和北伐名将，将同垂青史，见到戚继光的《马上行》就会想到叶军长的'马头行'了！"

刘秉哲又请陈区长赋诗答谢。

陈冠群略作谦辞，便濡笔挥毫，录清人《马头矶》诗一首，敬请叶军长哂纳：

枫似红缨络马头，昂首百尺饮寒流。
祖龙若得鞭驱起，岂合骅骝老故邱。

"陈区长，"周小姐为了活跃气氛，以恰到好处的求知欲和好奇心问道，"前两句倒很明显，后两句是什么意思呢？"

"诗无达诂。"陈冠群老成持重地说，"精当的含意，有时作者本人也说不清楚，只能意会不可言传。不过，这两句，我倒以为是隐喻我们古老的祖国这匹龙马，应该众鞭策起奋蹄直奔，不应该像这座马头山似的千年万载纹丝不动，老守故邱……"

叶挺和刘秉哲也都首肯,称赞陈冠群在古诗文方面的造诣。

第二天,刘秉哲令师特务营列长队欢送叶挺,并带卫队一直送到十里之外的琴溪河畔。

就在十天前,刘秉哲还派他的联络副官带着他的亲笔信和两箱礼品,一箱叶挺爱吃的柑橘,一箱项英爱喝的可可粉,前来拜谒,其情殷殷:

叶军长、项副军长钧鉴:

近闻新四军北移在即,进军敌后,为国效命,刘某感佩之至。多年友好相处,情同兄弟,一旦相别,其情依依。此后天南地北,后会难期。区区微敬,聊表离衷,亦望笑纳。

新年即届,特约贵军球队,来泾献技,以增新年欢愉,以期友情愈深。

具体比赛事宜,由敝部于副官当面商定。

书以至诚,恭候佳音。

敬颂

崇安!

职　　刘秉哲顿首

叶挺当然清楚,刘秉哲的一切友好的表示,都含有虚情假意的成分。跟时常与新四军接触的川军一四四师、东北军一〇八师相比,他对新四军所抱的敌意最深。他是中央军嫡系部队,蒋介石把它摆在泾县,是为执行“严防新四军图谋不轨”的任务。

叶挺也很清楚,如果没有蒋介石的命令,刘秉哲也绝不敢轻举妄动。至少目前,他希望和新四军搞好关系的愿望也是很明显的。

当一个军事指挥员,面对标示着敌我态势的地图时,他的思维特点跟文学家非常相近,那是一种战场上的艺术构思:运用逻辑思维,通过已知数去求未知数;运用形象思维,幻想出敌冲我杀的活生生的战场。

叶挺与顾祝同谈判北移路线回到云岭时,他的头脑也是清醒的。他跟项英谈过粗略的设想,但项英那时不想走,只想拖,对走哪条路线不感兴趣。蒋介石强令改“东进”为“北渡”，不能视之等闲。叶挺曾经设想，在元旦之时，突然东指。刘秉哲的篮球邀请赛，恰好提供了掩护。

叶挺为了表示对于友谊赛的重视和闲情逸致，准备亲率球队到达马头镇，那将是一个多么有趣的场面：刘秉哲在他的警卫排的枪口胁迫下，给新四军让路。

假如叶挺在军分会上，能够绘声绘色地描述这个预想的场景，那将如何？项英会怎么说？浪漫？幼稚？梦幻？神经病？

军事史上有这种先例吗？叶挺一时想不起来。可是，先例也是人创造的呀！退一步想，如果刘秉哲不怕死怎么办？那他们也不敢伤害叶挺，刘秉哲不敢，顾祝同也不敢，就是“委座”恐怕也要掂量再三。国共还没有决裂，叶挺也不是一般人物，更何况皖南还有近万人的部队作他的后盾。

军分会否决了他的计划，他的一切精打细算和周密思考，都变为海市蜃楼。

又是一只打碎的唐碗。

项英首先回到会议室，大声地招呼与会者入座。他的眼睛几乎没有向叶挺看一眼。幸好，叶挺陷在深深的沉痛里，凝视着对面的墙壁，也没有看他。

袁国平和周子昆同时走进会场，边走边争论。显然，在休息的间隙里，他们进行过严肃的交谈，但没有取得一致的意见。

赵令波在大家落座的时候，已经将标有各种符号的一比五万的泾县地图，用图画钉钉在黄褐色的板壁上，正好在叶挺的对面。参谋处长执杆在手，准备向会议介绍南进计划。

叶挺沉默不语。他没有重申预想的计划细则，原因是多方面的：一来，他感到自己设想再好，项英不同意，也是无用；二来，他记得克劳塞维茨在《战争论》里说过这样一段话：“战争是充满不确实性的领域。战争中行动所依据的情况有四分之三好像隐藏在云里雾里一样，是或多或少不确定的。”所以，指挥员一般是根据不完全确切的情报来判断敌情的，谁也不能担保在主观指导上不犯错误。既然如此，就不可能只想到成功,也要想到失败。叶挺对自己的东进计划,只能说有“很大把握”,而不能说有“绝对把握”。

袁国平并没有注意背后的地图和赵令波,他胸中仍激荡着休息时和副参谋长争辩时的热情,他以向来少有的关注对军事行动表示自己的意见:“既然三条路都存在危险,我提议,部队分批走!这样,可以避免全军性的损失。我们的非战斗人员,已经走了三批,都安全地到了苏南,难道具有防卫攻击能力、行动迅速的武装部队反而不能通过吗?”袁国平的意见显然缺乏细则。叶挺认为,也不失为一种方案,经过补充修正尚属可行。

“国平同志的设想,听起来似有道理,”周子昆缓缓地说,“实施起来就复杂得多。不能说非战斗人员能通过的地方,战斗人员就能通过,关键是在对方动手还是放行。分批,就是分散,会不会让敌人各个击破呢?”

项英频频点头。他认为袁国平缺乏军事常识,他期待着周子昆对他的支持。袁国平擅自干预军事工作,这还是第一次。项英眉头紧皱,仿佛发现自己营垒里出现了反叛。项英的担忧是有根据的。

1940 年 5 月 4 日,中共中央关于新四军各支队发展的方向与任务,给项英、陈毅作了指示。中央军委总政治部对新四军的政治工作作了检查,5 月 6 日,提出了严厉的批评,指出:

> 我军的政治工作是根据共产党的理论、纲领、策略和口号,因此,军队中的政治工作,仍旧是共产党的党的工作,并不因统一战线的环境和战区的指挥关系而有所改变。因此,政治工作必须在政治上、理论上、组织上、工作内容与方法上,保持共产党的独立性。一切迁就国民党,迁就军队指挥的上下系统,而丧失或减弱我党独立性的办法,都是有害的。(下略)

袁国平是政治部主任,他当然负首要责任,由他向中央作了检讨。其实,整个新四军的政治工作,都是项英做主。

1940 年 12 月上旬,军政治部颁发了《向敌后进军》的宣传大纲,部队全面展开了宣传动员。这个宣传大纲是袁国平坚持搞的,项英并不完全同意,但袁国平却用“中央指示精神”这把尚方宝剑,守住了阵脚。虽然没有正面交锋,却使项英感到了一种软顶。袁国平那诚笃的带有几分书生气的目光,分明在说:“政委,我再也经受不住5月6日那种严厉的批评了!”

项英的脸板得像石头,烦躁地向政治部主任作了个手势,“就按你这个大纲去办吧!”他的手在微微抖动。这件事情不但使项英苦恼、愠怒,而且使他惆怅悲哀——他搞不清,在关键时刻,当他跟中央指示相背拗的时候,袁国平和周子昆是站在中央一边,还是站在他项英一边。

项英隐隐地意识到:在“北移”这个严峻重大的问题上,袁国平不但考虑和执行他政委的意愿和指示,而且还考虑到中央的战略意图和指示:不仅听他项英怎么说,还要听中央怎么说。无疑,这对项英——在任何事情上都能左右局面的权威,是一处隐晦的挑战。

在军分会上,能够和项英直言抗辩的陈毅走了,在新四军一、二支队东进问题上,他没有拗过陈毅,因为陈毅有中央指示的上方宝剑;能和他据理力争的张云逸、邓子恢和谭震林也都走了;他的身边只有对他绝对服从的袁国平和周子昆,他使用起来得心应手。他在党、政、军、民、财、文方面的一切指示,都畅行无阻,使他最为恼火的,只有叶挺,但叶挺有个弱点——不是共产党员,不足以与他抗衡。

他似乎意识到:他的权威并不稳固,袁国平的服从,也并不绝对。项英不能容忍这种现象存在,更不能任其发展,但又找不到防止的有效之法。

现在看来,唯有周子昆和赵令波是最有力的支持者了。项英目视副参谋长,鼓励他继续说下去。

“我的意见,索性和蒋介石摊牌,在不能保证北移绝对安全时,我们不走。”周子昆情绪激昂起来,不像发着三十九度高烧的病人,“他们若是攻打我们,我们就凭借工事就地抵抗,地形好,群众好,全国人民也会声援我们。比我们在行进中遭受袭击有利得多!”

这个意见大出与会者的意外。

五　北移？东进？向南？僵局

会议出现了百家争鸣的局面，项英为此深感烦恼。叶、袁、周所提的三个方案，都和他的南进设想大相径庭。他本想一个上午就可结束会议，现在，各有各的方案，思想乱了。只怪叶挺开了个坏头。本来只是让他介绍情况，没想到他竟然分析利弊提出方案，弄乱了与会者的思想。

好在项英有处理这种复杂情况的经验，他说："我们不可能就每一个提议展开讨论，时间不允许，而且越争越乱……讨论问题，必须抓住中心，必须有个重点。现在，还是先请参谋处提供个完整的方案，而后讨论。"他向赵令波作了个手势，"赵处长，你先说。"

赵令波庄严地清了清嗓子，把教鞭点在向东的两条红线上："根据政委多次指示，参谋处绘制了这张图。向东，为第一条路线，这条路线可分南北两线走。刚才，军长讲的是东进路线的南线，还有一条，可从峨岭、宣城走，从铜、繁北渡，"赵令波把教杆指到另一条红线，"这是第二条路线。这一点，政委、军长都多次作过分析，这是蒋介石借刀杀人之计，我们不能上当。那么只有向南，而后再绕道向东……"赵令波指向第三条线，"这条路线，政委有非常明确、非常精辟的见解，还是请政委……"

"谈不上精辟，只是我个人的意见。"项英站起来，走到图边，从赵令波手中接过教杆，"既然向东、向北都行不通，那只有向南！军长刚才说得对，向顽军后方行动，政治上对我不利。他们要动手有所借口，这是一不利；我们孤军深入，易受包围，顽方在战略上处于主动地位，这是二不利……"与会者都点头称是。

项英尽量表现出他的客观性："南进，这的确是一步险棋，可是，这步险棋是逼出来的。非走不可！"会议室的空气似乎一下子凝结了，死一般地静寂。

"地形对我们十分不利，"周子昆带着很重的鼻音喃喃地说，"1934

年北上抗日,先遣队红七军团就是在潭家桥被打垮的。军团长寻淮洲同志就牺牲在茂林……”老实人越谨慎越出事,他竟然忘记了项英的倾向性。在这样的会上说出这种不吉利的话来,真可谓不看眼色,不识时务。

“我们是靠山起家,靠山生存,靠山发展的!怎么又怕起山来了?”项英忍不住冷笑了一声,“难道我们不是在山里坚持三年游击战争的吗?”

没有一个人反驳。项英的凛然神态,有着一种难以撼动的力度。与会者除了项英之外,没有人真正经历过三年游击战争。虽然有些迷茫之感,但在心理上,对项英的论点自然产生一种敬畏,因而也就无人试图班门弄斧站出来说明:新四军向南开进,跟当年三年游击战争并不相同!

周子昆的一个意见,弄坏了会议的情绪。会议室里,更确切些说,是项英同志的脸上,出现了一种不容发表反驳意见的森严气氛。

下午一时半,准时开会。周子昆体温升高到三十九度五,头痛欲裂,请假。会议室挂上了第二张地图:《北移行动部署图》。

赵令波有气无力地宣布着《行动计划的初步设想》。他的精神不佳,甚至有点颓唐,跟上午会议上兴致勃勃的劲头比起来,判若两人:“……第一,部队编成:以皖南全部战斗部队六个团,编为三个支队,或者叫纵队……”即使赵令波不念,与会者从巨大的表格上也能看得清楚:

①以新一团、老一团编为第一纵队;

②以新三团、老三团编为第二纵队;

③以老五团、军属特务团编为第三纵队;

④军直属队:除各机关人员外,战斗部队有教导总队五个队,以及警卫、侦察、通讯、工兵四个连。

……

项英看到赵令波无精打采的样子,非常担忧,生怕他再病了,便低声问他,要不要找医生来给他看看。

“不！我只不过是有点疲劳!”参谋处长的解释是合理的。但是，项英仔细观察赵令波的脸色，发现他本来明亮的眼睛突然失去了光彩，变得暗淡无光了。他那郁闷的声调，也不像疲劳所致。

“莫非发生了什么事情吗?”项英一边猜测着，一边听着赵令波缓缓地宣布行动计划:“……准备 4 日晚，所有部队分三路纵队开始行动……

“一纵队为左路纵队，由土塘到大康王附近集中，5 日晚通过球岭，向榔桥河前进；

“二纵队为中央纵队，由北贡里到达凤村附近地区集中，5 日晚经高坦、丕岭向星潭开进，军直属队及教导总队随二纵队行动；

“三纵队为右路纵队，纵队部率五团到达茂林附近地区集中，其特务团 4 日夜到铜山地区集中，并前出占领樵山、大麻岭、佯攻太平……”

赵令波介绍完后，便颓然地跌坐在椅子里，觉得有种无名的苦恼堵塞在胸口。

“这一态势，目的是使敌人产生错觉，”项英说明道，“让他们以为我们要向黄山、太平地区开进，以达到声东击西之效!”

谁也说不上这个计划是好还是坏。粗粗一听，似乎没有任何问题，但仔细一想，问题很多。

叶挺只有几个不太明确的感觉:一、非常玄乎；二、纸上谈兵；三、是一厢情愿的如意算盘。同时，他觉得行动计划，应由参谋处提出方案，由军长、副军长来下达命令。在军分会上讨论具体细则是不适宜的！如果一切都由军分会决定，那么军长的职权表现在哪里？在军分会上，他的地位还不如一个参谋处长。

“大家有什么问题吗?”项英催促着。他以为大家听后，准会热烈赞成，没想到如此冷淡，他有些忿忿然。

“我向赵处长提几个问题。”叶挺庄严地说。

“请军长指示。”赵令波立即感受到军长的森冷与严苛，声音颤抖，表现出向所未有的畏怯。

“三路齐头并进，平均使用兵力，就等于分散兵力。我们主要突击方向是一个还是三个？三路行进，中间隔着高山涧溪，通讯联络能保证通畅吗？路线是在地图上画出来的，并没有经过实地勘察，各部队中途受阻，不能按时到达指定地区怎么办？”

赵令波的额头上渗出了汗珠。这些问题，他都不能回答。他的苦恼正在这里，他的怯惧也在这里。他怀疑作战科长林志超已经向军长打了他的小报告，不然，军长的质问，为什么与林志超向他提的质问如出一辙？

“我们可以在行进前派兵侦察！”项英感到军长过分挑剔，语调非常冲动。

赵令波立即发现了救星：“军长，这是政委指示我在一天之内制订的。如果事先侦察，那将耽搁很长时间。”赵令波只能往后缩，把项英推到台前，去抵挡叶挺质询的锋镝。

“可以临时派出嘛！”项英说得从容而又肯定。即使在这样一个小问题上，项英给人的印象也是强烈的，历史地位和目前的权力，赋予了他这种指挥若定的气势和居高临下的威严与自信。

项英1920年参加革命，1922年入党。在北伐战争开始之前三年，他就率领工人武装，跟北洋军阀吴佩孚、肖耀南较量过。在党内，哪一个比他的军事斗争历史更早、更长？他担任过湖北省总工会党团书记、上海总工会党团书记、中华全国总工会委员长。在中国工运方面，他的地位也算顶到头了。他担任过江苏省委书记、工农红军革命军事委员会主席、中国工农苏维埃政府副主席。在党内历任中央委员、中央政治局委员、中央书记处书记、苏区中央局代理书记……

目前在位的中央领导中，谁比他的资历更老？从他担任的职务看，党、政、军、工、农，哪一行他没有干过？哪一行他没有经验？正是由于这一点，熟知他历史的袁国平、周子昆，才对他抱有一种既崇拜又敬畏的感情。

“为什么要临时？预先不更好吗？”叶挺对这种掉以轻心的态度大为愤慨，“《孙子兵法》开头第一条就是：‘兵者，国之大事，生死之地，存亡之道，不可不察也。’轻率，是要吃苦头的！是要犯罪的！”叶挺用手杖咚咚地捣着地板，使人担心他在暴怒中会举杖击碎参谋处长的脑壳，“赵处长，这条路线，我派林志超同志侦察过，你为什么不让他参加这个计划的制订？”

“我……我……”赵令波脸如死灰。与会者都紧张起来，军长眼里那股怒火，仿佛使整个会议室产生了一种灼热。“我……我征求过林科长的意见。”赵令波失神落魄，恐惧越来越厉害地控制了他。

“征求意见？这是什么意思？他是作战科长，应该由他来负责开动计划的制订工作！”叶挺又用手杖捣着地板。所有人都僵住了，压抑的氛围令人悚然。更为激烈的话，他咽回去了。

沉默，一种局促不安随时可以爆炸的沉默。

袁国平急忙走到项英身边，低声说：“政委，我想还是请林志超同志来一下，”他看到项英的不快和犹豫，又补充说，“他熟悉地形，又是……”

“好吧！”项英紧皱双眉，说得极为勉强而无可奈何。他并不在乎叶挺的暴怒，即使叶挺化成一个霹雳当场炸掉，也轰不倒他项英。

说句公道话，这种情况的出现，项英是有责任，但也不能全怪他。他有他的难处。对林志超的限制使用，本是由于那封检举信所引起的，但他又不好当场向叶挺说明。叶挺苦恼，项英也苦恼啊——试想：一个列席会议者，竟然在军分会上大发雷霆，置军分会书记于何地？

六　佯作北移，实际向东

赵令波说得不错，他征求过作战科长的意见，了解过茂林一带的地形情况，但却没有说明了解这些情况的原因。

林志超说：“处长，如果作为行进路线的研究，五万分之一的地图是可以的；如果用于作战指挥，那就很不精确，还是用作战科那份两点五万分之一的好。”

赵令波轻描淡写地说：“我觉得一比五万的更加一目了然，你就在我画的这三条虚线上，把桥梁、要隘，还有容易受阻的地形、地物，标示出来好啦，你是亲自勘察过的。”

林志超盯着地图。他看得出，那三条虚线是三路纵队进军的路线。

他困惑地仰起脸来,用寻根究底的目光凝视着赵令波:"处长,这个图到底做什么用?"

"是政委要……"这是一种回避与搪塞。但林志超并未过分计较,重又埋头看图。

"处长,山区地形是经常变化的,比如说……"作战科长用指尖点着一条小溪流,"我去上饶时,这里有一座双木桥,人马可通行,等我们回来时,桥被山洪冲垮了,只好涉水而过。当然,现在是枯水季节。"

"这都无关紧要。"

"可是,敌情变化就大了。处长,那时候友军在各山口、路口、要隘只设有哨卡,如果他们现在加修了工事,那就大大不同了。"林志超的声调,颇有告诫的意味。

这种声调,这种口吻,赵令波听了很不舒服。这不是在给他上军事课吗?他很自然地想到了在三支队时,谭震林要他把工作移交给林志超时那极不愉快的一幕。他不禁产生了一种恼恨,一种要报复的渴望,一心要给这个傲慢无礼的家伙来点不痛快。

"那么,你的意见呢?"

"我不知道这张图的使用意图,我能提什么意见呢?"林志超并不明白,处长为什么要对他隐瞒,难道他不值得信任吗?

"那就这样吧,"赵令波做出不以为意的样子,边说边站起来,折起地图,"你提供的情况和警告,我会向政委汇报的。"

林志超毫不掩饰内心的疑问和不悦,沉着脸审视着顶头上司的反常动作,无声发问:"这到底是怎么回事呀?"

赵令波向门外走了几步,突然想起了什么似的回转身来:"噢,差点忘了,项英政委接到了一封……信,非常恼火。可是,我肯定这里面有很大出入,我不相信你会干那种事情……也许这是故意捣蛋,你可以看看,澄清一下……"赵令波把检举信交给林志超,并等待他把信看完。

当他见到作战科长黧黑的脸上浮荡着愤怒、委屈、烦乱相交织的火云时,参谋处长嘴角上浮现了一丝不易被人察觉的微笑。他此时对下属表示了应有的同情与宽慰:"没有什么好烦恼的,陈家庆这种人,我了解,卑鄙的小人,癞皮狗,狗嘴里哪能吐出象牙来？你不是抓过他吗？弄不好,他是反咬你一口的！你回他一棒子,他就只能嗷嗷地叫几声,夹起尾巴逃之夭夭了事。”这些言不由衷的安慰,这些暗含讥讽的同情,像是在被害者的伤口上揉了一撮盐。

林志超思绪纷乱,心情恶劣。一种突然袭至的恼恨紧紧攫住他,此刻他真希望跟陈家庆来一次十九世纪欧洲式的决斗,把那冷冰冰的剑尖戳进仇敌的胸腔。在这种情形下被召到军分会上来,林志超心理上很难适应。从灼烫的怨毒恨火中清醒,需要一个过程。

当他那微颤的脚踏进会议室的最初的一瞬,他首先看到的是军长迎接他的期待与信赖的目光。作战科长立即感受到烟雾腾腾的会议室里,弥漫着临战前的那种紧张气氛。他很快看到了赵令波征求他意见的那张地图,一种内在的激情和真正军人特有的敏锐从他圆亮的眼睛里放射出来,似有电光闪烁。检举信带给他的一切恼恨,顿时烟消云散了。

项英和赵令波对林志超的到场,流露出一种冷漠的表情。袁国平却热情地欠起身子,拍拍左首的圈椅扶手,要他坐到周子昆病假空出来的位子上。项英用刻板的不带任何感情的声调,把请他与会的意图告诉他。叶挺怕他未能领会来龙去脉,又作了补充说明。

林志超一时处在了会议的中心位置,大家都期待他说出对自身主张有利的意见,提供有利的情况。他沉思了五秒钟。在项、叶向他介绍情况时,他已经摸清了会议的主旨。由于过分严肃,他的言词十分尖锐。他喜欢站起来讲话,这是在队列前和课堂上养成的习惯。如果不这样,他的语言就不流畅,就失去了神韵,思路也会被淤塞。他清楚这是在什么地方,清楚在座的是什么人,也清楚自己的身份。但他还是站了起来。那是给教导队一大队(军事队)上课的姿态。

“……我勘察过这条路线,我觉得有必要提请军分会严密注意,茂林方向……”

“林科长,”项英沉声提醒他,“我们是要你来提供路线情况的,不是问你该走哪条路线。”

“路线情况,”林志超沸腾起来的激情被一勺冷水浇了下去,思路需要重新调整,“……我已经向赵处长说过。现在这张地图很不可靠。这是几年前的老地图,测绘质量很差。我曾核对过几处,标高、位置、通道都不精确,只能算个略图……用来行军,也许凑合,用来作战,肯定坏事。”这个傻瓜,不知道这种口吻仍然不适用于军分会。这不是一个作战科长独抒己见的地方。他也不看军分会书记的脸色,也不去揣摸领导喜欢听什么样的意见。他竟然半转身体,对着军分会已经划定的地图指手画脚:“图上标了三条路线,谁侦察过?据我所知,没有。我只勘察过中路,地形不准确倒在其次……敌情变化则更大,我们掌握的还是半个月前的情况……”

“这只能说明你们作战科没有尽到责任!”项英凛然地指责。

叶挺心头感到一阵刺疼,他最清楚项英的矛头所向。

“可是,向东、向北的地形、路线、敌情,我们都很清楚!”林志超用激烈冲动的言词回答指责的不公,“向南开进,这个决定太突然。我们过去没有这方面的准备……更谈不上充分。”

“还要怎样充分法?三年游击战争,我们连像样的地图也没有。哪次行军打仗,需要提前好多天派出侦察标定路线来着?”

“政委,我们现在不是游击队,我们的任务也不是分散隐蔽打游击。”林志超直视着项英。从政委那恼怒的脸上,隐隐觉得自己过分放肆了,但他不想控制自己的感情,不愿意委屈自己的心!

袁国平为林志超的直言抗辩非常担心。这不是下级聆听上级的指示,而像是参谋与参谋之间的争论。他不能不提醒作战科长注意,“林科长,你慢慢说。”

林志超的全部傻气也正表现在这里,不懂得为人之道,不懂得看人说话,也不知道察言观色。军事上的精明,处世上的愚鲁,同样鲜明地表现出来。项英脸上那种居高临下的气势,反而刺激了林志超的自尊心。这种上对下的压力,可能产生两种结果:屈服或是反抗,沉默或是爆发。

如果仅仅是行进中的事务性、技术性的问题,仅仅是行进的方式方法问题,林志超也许保持沉默算了。可是,他压根就不同意南进。这当然超出了他来会上只是回答质询的范围。在这里,他只有聆听指示、听取批评、回答询问的义务，而没有提出反面意见的权力。林志超的脑海里这时很不合时宜地蹦出一个历史人物——田丰。

那是一千七百四十年前，曹操东征攻击刘备，冀州别驾田丰建议袁绍乘机急袭曹操背后，一击可获全胜。袁绍天资迟钝、优柔寡断，推托儿子有病不便出兵而失去了战机。当曹操已打垮刘备凯旋时，袁绍怕曹操壮大起来，反而感到非对曹操立即大动干戈不可了！田丰又劝袁绍用持久的办法对付曹操，袁绍不听。田丰强谏，触怒袁绍，将其拷打之后关进监牢。强权蔑视真理，愚蠢战胜了智慧，但历史公正，袁绍官渡兵败。按理说，袁绍应该愧悔交加向田丰认错吧？不，他把田丰杀了。

这个悲惨而又复杂的故事，在林志超的脑海上一闪就过去了。他并不认为田丰事件会在军分会上重演。即使重演，面对全军生死存亡的大局，他也绝不会考虑个人的得失。他心中迸发出一种高尚的自我牺牲的热情，再一次违背了袁主任的好意，并没有“慢慢说”：

“现在，不是地图可靠不可靠的问题，也不是什么时候派出侦察的问题，而是茂林地区，是块绝地，”他把被打断的话头，重又接了起来，“我既然进行过实地勘察，就有责任向军分会说明我勘察后所得出的结论……”

林志超一把揪过赵令波手中的教鞭，由于冲动，变得近乎粗暴了。他有力地敲击着那张路线图，“这里是青弋江，这里是徽水河，这两条河在我们身后交汇。它像一把张开口的剪刀，我们正嵌在铰口里。再看我们的前面，两面都是壁立的大山高岭，有多少一夫当关万夫莫开的山口要隘？我们是面山背水而行啊！再看对方的分布：一〇八师、五十二师在左；一四四师、七十九师在右；六十二师在前——当然，六十二师在旌德一带，离得很远。现在看来，星潭、三溪一线，比较空虚，可是，棋子不是我们一家走，对方一旦得悉我们南进，他们的兵力还会另行部署的！”

林志超又把教鞭点到青阳、木镇方向：“新七师在我们侧后。这种布局，对我们威胁很大，显然是一个陷阱！”

“难道你不知道，向北不能走，向东不让走吗？”赵令波怒气冲冲地打断他，“既然敌人已形成四面包围之势，向哪里开进还不都是一样？……”

项英身体前倾，被不怕死的林志超，强行拖进了争辩的漩流。他觉得参谋处长讲得有理。

“不！向口袋里钻和向口袋外钻是不一样的！如果向北，只要突破新七师的防线，甚至不要经过它的防线就可到达江边，这就把对方的五个师全部甩在后边；如果向东，只要突破五十二师的防线……”

“难道你忘记了还有日伪吗？……”赵令波又打断他。

“让林科长说完！”叶挺严厉地高叫一声，同时用手杖捣了一下地板。

“林科长，你有什么万全之策吗？”项英声调不高，说得缓慢而又安详，但那拖长的语气里却混合着冷漠、戒备和敌意。他不能让这个恃才傲上的孙猴子闹了天宫。

林志超感受到一种无形的压力。由于他的出席，使会议产生了近似争吵的局面，这完全出乎他的意料。他面前好像裂开了一道沟壑，要么悬崖勒马，要么纵身猛跳，也许超越而过，也许粉身碎骨。

在别无选择的情况下，个人得失早置之度外，他的全部意志和智慧凝聚在挽救全军的命运上：“蒋介石的确明令不准我们向东，如果我们完全俯首听命，新四军早就完了。他说他的，我们干我们的！自古用兵，向不厌诈，为什么不对顽方阳奉阴违？”这句失口说出来的话，是带有杀伤性的。它引起项英极不愉快的联想。幸好没容与会者多想，他就提出了颇具震撼力量的主张，“我们为什么不明修栈道暗度陈仓？”

“你说详细一点！”袁国平有意岔开那句冒犯领导的话，赶紧追了一句。

项英、赵令波和叶挺都微微一震，听出林志超提议中的丰富内涵。人人的脑子里都划过一道亮光，似有彗星掠过，忍不住去追踪它的轨迹。

“蒋介石不是强令我们从皖南直接北渡吗？我们就佯作服从他的命令，积极筹划北渡。对于北渡的准备，我们早就做过大量的工作，现在做起来，定然像是真的。我们把部队公开集结在南陵、繁昌之间，当顽方注意力全都集中在江边的时候,我们突然调头向东……"

"这是个好办法!"袁国平几乎要鼓掌赞成了。他不仅觉得这个策略可取,而且发现林志超有过人的胆识、恢宏的气度和刚正坚毅的气质。

经验与知识当然是可贵的,但可以通过长期积累而获得;智慧则不然,它需要天赋。

这个计划,也许可以和叶挺的计划相媲美。真所谓"英雄所见略同"了!虽然不像赤壁战前,诸葛亮和周瑜同时写在掌中的"火"字那样相像,但都是"出奇",都是"向东"。如果将这两个计划合而为一,取两个计划之长,那不是一个完善的、切实可行的计划了吗?

但是,军分会的气氛,不适宜于这种讨论。与会者都等着项英表态。

"林科长,就这样吧!"项英的声调平静得使人感到惊诧。他认为林志超在会上不可能起积极作用,对南进也不能提供有价值的情况,恰恰相反,他所持的态度,对南进起着极为不良的影响。由于他勘察过地形,他的意见就具有了某种权威性。如果要说服他,必然会引起争论,这就有失军分会书记的身份和尊严。他以大人不把小人怪的宽容态度,缓缓地说:"你的意见,军分会是要考虑的。再有哪些不清楚的地方,到时候再通知你来。好吧,现在休息二十分钟。"

七 百家争鸣,定于项英

军分会开成这种样子,出乎所有与会者的意料。项英回到自己办公室,喝完刘厚忠送上的可可,又埋头吸烟。26日夜晚的那种孤独感又袭上心头,他像一位雄心勃勃的"统帅",深感没有可以委任的大将、托以心腹的军师。唯一全力支持他的只有赵令波。

他需要稍稍休息一下,闭上酸涩的眼睛,整个身心感受到一种阴冷和沉重。他本想,军分会仍像往常那样,是一匹善解人意的马,在他的缰绳引领下,沉稳地驯顺地走向预定的目的。颠簸时的摇颤是惬意的,哒哒的马蹄声是动人的！阻力，来自中央，来自三战区，来自外界，却从未在军分会上出现过，因为他就是军分会，军分会就是他！

谁会料到，在关键的时刻，在极为险恶的山路上，良骥受了惊吓，变得桀骜不驯、乱蹦乱跳，企图挣断丝缰，把骑者掀翻在地，而后向茫茫荒原自由驰骋！

不难看出，会议无形中分为三方：他和赵令波是“南进”派；叶挺和林志超则力主“向东”；袁国平和周子昆居中，既有各自的主线，又在两派间摇摆。他觉得不该让叶挺和林志超在会上各抒己见，徒然搅乱了阵脚；应该在军分会形成决议之后，再请他们来研究如何执行。

古今中外，英雄、伟人大抵是用煊赫辉煌、彪炳青史的功业掩盖着平凡、卑微和渺小。有的是在他事业的光辉顶峰，还没有来得及犯大错误就离开了人世；有的是在为长者讳、为尊者讳的道德下，隐恶扬善罢了。一个人，无论他如何伟大，是、非、功、过，成、败、得、失，都是要开比例的！二八开、三七开、对半开……甚至颠倒开。

当然，项英也不例外。

城府很深的人，心灵的层次是很多的，其间必定深蕴着不愿为人所知的隐衷与秘情。项英在抱怨别人的同时，也陷入痛楚的内省。他越冷静，就越觉得林志超的发言有着不可忽视的内涵；赵令波的反驳，显得苍白无力。他也隐隐觉得，对林志超的那种莫名其妙的畏怯感，不仅是来自那几篇随感笔记，也不仅是来自他直言不讳的锐利锋芒，而是来自历史深处。在引为自豪的三年游击战争中，他跟林志超几乎是处在势均力敌、分量相等的地位上。他有领导者的经验，他可以滔滔不绝地讲上八个小时，讲的却是别人创造的经验、事迹和作为；林志超也能滔滔不绝地讲上八个小时，他讲的却是自己的作为和思索。

项英凭他的人生经验，比较清晰地懂得一条生活的真理：有智不在年高。许多真知灼见，往往先由下面发掘出来，只是由于人微言轻，传之不远。他也知道，人群中不乏人才奇才，只是缺乏慧眼发现。他也非常重视人才的培养，他亲自审定教导队的授课计划。图书馆购书，他从不吝惜经费。但是真理的矛锋，往往触到自身的肌肤就会折断。

项英深知林志超的长处。在三年艰难岁月中，林志超身经百战，或偷袭，或伏击，或智取，或力敌，或深入虎穴，或死里逃生。他的真知，既来自书本，更来自实践，所以，他对工作中的弱点、理论上的漏洞，能一眼看穿，能一矢中的。项英的领导经验是可贵的，林志超的实践也是可贵的！如果实践再加上理论，那就是两个翅膀，就会腾飞。

项英也知道，林志超所处的是承上启下的地位。他既知道上面的战略意图，又知道部队的实际。如果没有上下两头的宏观微观的把握，就很难制定出切实可行的作战细则。所以，林志超所提出的论据，是根有力的撬棒，很容易使项英的南进计划发生动摇。

项英还发现自己的论据中有一个没有被与会者察觉的漏洞："向东不让走，向北不能走，只好向南。"粗听起来是合理的，细想起来是矛盾的。向东不让走而不走，像是遵命，免给顽方阻击以借口；那么，命令向北走而不走，不是抗命吗？未经允许而向南走，不更是抗命吗？

他一时无法理清这些纷乱的思绪。开会的时间到了，他必须有一个明确的方案才行。必须用果决的态度拨正航向，为此，他使休会时间延长了一刻钟。

等与会者重新坐定，项英就认清了形势，确定了方针，休会时的忧烦，纯属多余。叶挺的东进计划被集体否决，周子昆病假缺席，还有谁能够再兴风作浪？没有了。他恢复了平时的镇静与从容："刚才大家提出了许多问题，是很重要的一些问题，必须认真对待，必须加以解决。我们必须迅速派出侦察，必须做好充分的战斗准备，必须……"

这些话是一点错处都没有的，都是重要的话，既全面又详尽，放之四海而皆准。

"周子昆同志身体不好，司令部的工作担子很重，军长的担子就更重了！"

叶挺又感到一阵刺疼。

"中央要我们自己制定方针，同志们也说越早越好，时间紧迫，会议不能开得太长，只能决定大政方针。我现在把大家的意见归纳一下，如果没有新的意见，就可以形成决议了！"

军分会书记又不厌其烦地叙述了向北不能走，向东不让走，只能向南的理由。强调了有利条件，又摆明了不利之点，但是，不利之点是可以克服的……合情合理,头头是道。叶挺的计划,林志超的提议本来就是仅供参考,所以也就略而未提。

会场一片沉默。沉默便是认可。明眼人一看就知道,东进比南进安全得多。

袁国平始终不理解,项英为什么坚持向南。他还希望借助外力使项英的意向有所改变:"我想,还是把几种设想,详细向中央呈报。当然,我们要有倾向性的意见。"

"给中央的报告,晚上就可以拟出,"项英表现出机断专行的大将风度,"要动,就要快。我看,先让大家安心过一个新年。《抗敌报》要准备出个告别专号。老袁,社论由你准备。明天就可以召开各部门紧急会议,紧张地行动起来。赵处长,你记好,我提议:元月 2 号、3 号两天,将铜陵、繁昌前线各部队,也就是三支队司令部、五团、新三团,秘密集中于云岭、北贡里、土塘地区。4 号下午,各部由原地突然南进……为了保持行动的机密性,从元月 1 号起,卡断和三战区的电讯联系,免得他们啰嗦。"他做了一个一刀两断的决绝手势,"老袁,你通知敌工部,从明天起,就把三战区联络副官陈淡如和闻瑗控制起来,当然,要注意方式方法,要不露痕迹……"

与会者只关心向南是否妥当,对这些事务性的具体安排,没有深思,便一致通过了。

在会议期间,项英指示,与五十二师的球赛,于 29 日照常进行。似乎一切都没有疏漏,但有一个不该忽略的措施,被所有到会者忽略了,那就是:元旦之日,与三战区断绝通讯联系。

项英最后宣布,关于以上措施将报告中央,在中央没有另外指示前,一切按军分会决定开始准备。开动细则由参谋部制订,用命令下达各部队,如有变更,以最后命令为准。

会议开始,出乎意料地别扭,待到结束,却出乎意料地顺利。

项英从军分会上回到大夫第,觉得一切都是明确的、清晰的。他给中央的电文,虽然还没有最后拟就,但是,有几个要点,他已经想好,譬如:"我们全部坚决开苏南,并立即行动。"无疑,中央会高兴万分;但是,中央定会关心开动的路线及安全系数,会不会同意走茂林地区呢?

很难说。那么，就需要运用一点外交辞令了。

向中央的报告还没有发出，皖南新四军部队这只战舰，就已经遵照舰长的指令升火、解缆、起锚，准备向着波澜壮阔的洋面起航远行了。舰体在机器的隆隆轰响中震颤起来。航向已定，单等着那一声撼人心魄的汽笛吼叫了。

舰舷之外，已是波浪翻卷。码头上一片喧哗。烟囱喷出的浓烟，已经在皖南清冷蔚蓝的天空飘荡了。

第五章　叶挺与林志超

一　不是第一次违拗

林志超从空气浑浊、气氛紧张的会议室里退出来，凉风袭来透体的寒意，阳光分外刺眼。亢奋的情绪退了潮，检举信所引起的烦恼又骚动起来。他不想回办公室，恍恍惚惚地走到军部前边的打谷场上，把自己摔倒在稻草垛的向阳的坑凹里。富有弹性的稻草，拥抱着他，冬天罕有的东南风从他面前斜掠过去，把一缕带有家乡味的清香送进他的心中，唤起他杂乱无章的回忆。他咀嚼着一根苦涩的草梗，双手拢在脑后，微闭双眼，在假寐中凝神沉思，用那双内视的眼睛，为解脱苦闷指点迷津。他凝神未能静思，无尽的烦恼反而纷至沓来。

他的眼前又出现了南堡村小学的课堂，出现了女教师姣美的面容，出现了军法处的禁闭室，出现了军分会上的那张地图，出现了教导总队的课堂——他站在一张长条桌后，大讲《从优劣转化看游击战术的战略意义》。一系列不连贯的画面不再杂乱无章，在这里定格：

1938 年 5 月，毛泽东同志发表了《抗日游击战争的战略问题》，而项英同志却把自己写的《游击队与游击战术》作为教导总队的教材。他归结的游击战术基本原则有五：(一)赚钱的打，赔本的就不来；(二)不打硬仗，不攻坚；(三)打不赢就走，走不了就躲；(四)要歼灭敌人；(五)有利时集中消灭敌人，不利时分散游击。并且编了一首打游击战的歌诀：

团结群众，配合行动，支配敌人，自己主动。

敌人侧翼，力量虚空，集中力量，坚决猛攻。

驻止之敌，施行袭击，行进之敌，采用伏击。

不引火线，白刃来干，行迹飘浮，敌难追踪。

林志超向参谋处长提出，这本书逻辑不严密，用词不确切，似通非通，内容既重复又不全面，不但不能作为毛文的补充或阐发，反而易造成混淆。

这种差异，只有聪明人才会看出来，只有傻瓜蛋才会说出来！

林志超傻就傻在喜欢独立思考，喜欢标新立异，发表一些不见条文、不载经传的论调。他不懂得病从口入，祸从口出。他在课堂上大放厥词：

"我认为游击战术就是对敌怎样实施奇袭的战术！"那架势，即使台下坐着孙武子，站着拿破仑，他也不在乎，"打开古今中外的军事历史看吧，或偷袭，或伏击，或破击，战法各不相同，共同点都是奇袭。游动，能造成奇袭的机会。外国的军事家有句名言，'运动可以产生突然性。'……凡事就怕绝对化，就说游击战吧，打阻击带不带阵地战性质？拔据点带不带攻坚性质？不能机械运用'不攻坚'这个词……"

教育长冯达飞听了也觉得新鲜，建议他把授课内容写了一篇文章。这篇文章从历史角度来阐述游击战争。仅仅这一点，就和项英的论断相违拗。文章说西汉时期，刘邦项羽两军战于宛城，刘邦处于劣势，他便联络魏相国彭越，在项羽后方开展游击战，截断楚军粮道，威胁楚军首都彭城，项羽只好率主力回击。刘邦又派刘贾率两万人深入楚军后方，断粮道烧仓库。搞得项羽数次回师，几次往还，楚军渐渐失去有利形势和战场主动，最后在九里山一战，被刘邦彻底打败。文章还例举了1812年，常胜将军拿破仑率五十万大军，进攻莫斯科，锐不可当。库图佐夫放弃莫斯科，避免主力决战，在法军侧翼和背后，用游击战来对付拿破仑。

文章给了《抗敌报》，清样自然会送到项英手上。作战科长对自己的军事著述持有异议，项英早有所闻，再联想到赵令波给他看的那几篇日记，他当然怒不可遏："乱弹琴，游击战争时期的分队长竟然也谈起战略问题来了！"

冯达飞接到项英电话：要他把林志超的讲课记录送去，并要他就外请教员不当作出检讨；朱镜我接到项英电话：要他就发稿不当作出检讨；周子昆接到项英电话，要他找林志超谈话，勒令他作出检讨。凡是接到电话的人都陷入惶惑和深深的悲哀。

冯、朱的检讨按时交上去了。没有交上去的是周子昆的叹息："良弓难张，然可以及高入深；良马难乘，然可以任重致远。"①

只有林志超拒不检讨。他说不知道自己错在哪里，请副参谋长给他指出来。

"文章嘛，还是有道理的，只是……"周子昆感到词穷，但他对于林志超的执拗，也觉得很不舒服。

"只是和政委的著述有所不同，或者是说了政委没有说过的话，可是，我们的课堂，应该提倡创见，不是要大家变成鹦鹉。政委在他的《游击队与游击战术》一书中说：'游击战争就其性质讲是革命战争的一种形式；就内容讲，是被压迫的民族或劳苦农民反抗压迫者与剥削者的战争；就其实质讲，是带农民性的战争……'这些性质啊，内容啊，实质啊，谁能分清它的确切定义？"林志超不依不饶。

"是不明确。"

"可是毛泽东同志的《抗日游击战争的战略问题》却非常全面，异常明确。那么，我们教导总队凭什么要拿不明确的论述来当教材呢？这是项英同志指定的。项英同志不准别人发表和他的认识相违拗的文章，而他为什么却在毛泽东同志的著述之外，另写一套呢？"

"噢，你这话说重了。"

"可悲的是，大家不管、不问、不想，习惯成自然了。政委要我写检讨，副参谋长也只能来动员我写检讨，我也就老老实实写个检讨，至于是非曲直，谁握有真理，那是次要的。可是，我们还口口声声为真理而斗争呢。"

"不！还不能这样说！"

"也只能这样说。"这个傻瓜可算固执到家了。一向以忍耐著称的

---

① 语出《墨子·亲士》。

周子昆直想发火，而这位顽铁似的作战科长却想哭泣。他弄不清哭自己还是哭历史。他终于没有写。

周子昆只好和稀泥，代他在项英面前检讨："我狠狠批评了他，他的态度还不错。"

林志超，你为什么那样固执？那样认真？你写个检讨有什么不好？你抬头看吧，窗外柳丝随雨俯仰，随风摇曳，多么从容，多么自如，多么舒徐？只有你不会做人。两年之后，许多人对项、周之死忽然关心起来，追究你没有保护好首长的责任，有人糊里糊涂地整你，有人觊觎你的师参谋长的位置整你，有人挟嫌报复整你，当然主要是为你的难以使人容忍的傲气整你，只不过想磨磨你的棱角，锉一锉你的锋芒、锐气，你怒拔看守的驳壳枪对准自己的太阳穴扣了扳机。有谁哭你？历史会笑你狂妄、幼稚、荒唐；生活会笑你只会打仗不会做人……不愿扭曲，活该折断！怪谁？

躺在草垛里的林志超当然无法预知未来。一副带着四层光圈的厚厚的眼镜盯视着他。镜片后面是白沙深度近视的、暴凸的眼球："文章的清样呢？"

"烧了！"

"底稿呢？"

"你想干什么？给我入档？"

"你说对了，在你死之后，我想写一部傻瓜传。我了解你，并且想继续了解你。"

"也许你死在我之前。"

"我可以在未死之前写出来给你看！"

"我有点信不过你，你在繁昌前线写的几篇战地通讯有点华而不实。"

"不要侵犯记者的权利，我按照我所看到的写。"

"我敢肯定你并没有看到！"

"记者有双不同常人的眼睛。"

林志超把论文底稿交给了近视眼，这个近视眼还死死地盯着他："请答记者问，在世界上，你最崇拜哪几个人？"

“我喜欢苏沃洛夫!”

“为什么不说崇拜?”

“我从不崇拜任何人,我只崇拜我自己!”

“狂妄之徒!”

“不管是伟人,还是侏儒,我一概平视。”

“你太自信了,从一个角度看人,未必正确。”

“伟大的人未必事事伟大,渺小的人未必事事渺小。”

“这种见解并不新鲜。古人就说过:智者千虑必有一失,愚者千虑必有一得,你不能因无完人而目空一切。”

“咱们又绕回了原地:因无完人,所以我绝不崇拜哪一个人,我拜众人为师。”

“更不新鲜,杜甫说过:转益多师是汝师。”

“你错了,忠言逆耳是旧词,可是它却万古常新,你老兄也未必闻过则喜,你忘了是什么原因来跟我要底稿了!”

“你是个聪明的傻瓜,所以你只能当作战科长,当不了参谋处长。”

“我失去了地位,保住了人格。我宁肯挨生活的巴掌,也不愿意委屈自己的心!”

眼镜消隐了。林志超失去了对应物,心突然空虚了,抽紧了。女教师那令人颤栗的眼睛正脉脉含情地盯视着他,使他本能地感到一种灼热的潜流向心田涌来,那爱泉之水反而使他焦渴难耐。

“人生是多么曲折复杂:美丽而又丑陋,残酷而又仁慈,高尚而又卑鄙,善良而又凶恶,纯洁而又肮脏;生活之树同结苦果与福果,这只脚踏着天堂那只脚踩着地狱。”林志超像个哲学家,在假寐中走进人生的深山老林,神秘、雄奇、诡诈、凶险、壮丽,“我苦恼,是因为能者多劳,智者多忧吗?我既非能者也非智者,那么,是因为我有所追求?知足者常乐,能忍者自安。我追求的也许太多,忍受的也许太少了吧……”

这时,一个提着网兜,背着背包的姑娘,悄悄地向他走近。姑娘有一张被太阳晒得红扑扑的脸,活泼而又生动,一双天真无邪的眼睛,闪耀着欢欣的光泽。她的脸很圆,算不上非常漂亮,却也有着山村姑娘特有的健壮质朴和稍带野性的风韵。这个炽情如火的姑娘,每逢见到哥哥时，便心荡神驰，容光焕发。

姑娘凝望着假寐中的作战科长，眼神就像母亲欣赏襁褓中的婴孩。她不知看了多久，终于失去了耐性，用草须搔他的鼻孔。作战科长慢慢睁开眼睛，呆愣了两秒钟，猛然站了起来。

二　暗杀预警

"呀！志兰！你这该死的丫头，吓了我一跳！看我不揍你！"

"哥哥！骂人的才该挨揍呢。"姑娘把盛脸盆和杂物的网袋往地上一丢，忘情地扑进作战科长的怀里，"哥哥！我今天太高兴了……项副军长向军医处要一名护士，说是照顾军部首长们的健康，院长就把我派来了。"

林志超轻轻推开她，苦恼的心绪受到志兰的感染，变得快活起来。"那就高兴得想飞？"

"那是当然，"林志兰有些顽皮却又一往情深地说，"我可以天天和你在一起了。"林志兰射向作战科长脸上的是脉脉含情的目光。

"你真是个小孩子，还要哥哥照顾吗？"林志超挖苦道。

"看你说的，我再过几天就二十啦，我是想来照顾你！"

"得了吧，我才不领情呢！当心，人家会说我们讲私人感情……"

"我才不怕呢，私人感情就私人感情。本来嘛，我又不是你的亲妹妹。哥！告诉我，咱们真的要开拔了吧？"姑娘拉住了又要垂下来的手。

林志兰突然松开了作战科长的手，向后退了一步，涨红着脸，慌乱地喊道："谁在草垛后边？偷偷摸摸地……"

"是我！"警卫班里的一个小鬼从草垛后绕了出来，羞赧腼腆地说，"我找林科长。"

"是冬生，有事吗？"

冬生瞅了姑娘一眼，踌躇了一会儿，最后还是决定说出来："科长，刚才我姐姐来找你，急死了，就没想到你躲在这里。"

“快说，”林志超的脸骤然变色，想到可能和检举信有关，急躁起来，“出了什么事？”

“姐姐什么也没有说……”郑冬生在裤袋里摸索了一阵，又急急地去掏口袋，摸出一张揉皱了的纸条来。潦草的字迹，可以看出写者的烦躁和匆忙：

> 找不到你，急死人了，事关机密，只能找你谈。晚饭后，我在关帝殿后乌柏树下等你，务必来，切切。

林志超盯视着铅笔写的纸条，心跳血涌，浑身哆嗦。吉凶莫卜，喜忧难辨，这种紧张的既甜蜜又恐惧的新奇的感觉，他从来没有体验过。

林志兰和郑冬生都惊愕地看着他。

“林科长，还有事吗？”郑冬生轻轻地问道。

他梦中醒来似的做了个手势，郑冬生疑惑地看了作战科长一眼，转身跑回军部去了。

“哥，这是怎么回事？”林志兰一想到那位懂洋文的漂亮女教师，就不由得荡起一种妒忌之情。她不知道纸条里写了什么，但她从林志超失魂落魄的情态里，发现了不祥的魔影。

“没有什么。来，我帮你提网袋，咱们回军部去吧！”

林志兰看出哥哥心事重重。她不断地观察着他，关切的目光里，渐渐漾出一种恨意……

“时来风送滕王阁，运退雷轰荐福碑”。林志超这几天，简直没有一件顺心的事。晚上，参谋处召开紧急会议，做开动前的各种准备，他无暇赴约，心焦如焚。寒风呼啸的乌柏树下，那条银灰色的围巾，老在他眼前飘抖。他痛苦至极，忍不住要向她奔去。“她一定发生了什么事情，她一定有什么危难！啊，我却不能……”他的心像野兽被铁钳夹住那样挣扎哀号。一个作战科长，在大军将行的关键时候，就是死，也不能离开岗位去处理私人的事情。他告诫自己，不能有丝毫分心。他完全知道，从眼下这一刻起，作战科的办公室里，灯火将彻夜通明。他是这出戏的主角，难以离开舞台。可是，灵魂却不受意识的支配，他的心就像断了锚链的轻舟，在感情的浪涛里，无依无傍，随波漂荡。他烦乱极了,必须找个系缆的木桩。

他终于有了主意:假托头痛,到医务室要止痛片吃,信手写了个纸条,找他的妹妹。林志兰正在马灯下全神贯注地向小本上抄写,嘴里还念念有词:

> 木香理乎气滞,半夏主干湿痰;苍术治目盲,燥脾去湿宜用,萝卜去膨胀,下气制面尤甚……尤甚……尤……甚……

"你在念什么?"林志超把脸凑到本子上,"这不是尤甚,是尤堪。"

"哟,哥哥……我在抄《药性赋》呐!"林志兰把脸转向作战科长,两眼幸福得闪闪发光,"你刚才说什么来着? 尤堪? 不是尤甚?"

"当然。你在念白字呢。"

"尤甚,我能懂,尤堪怎么讲?"

"你还是问你们的王处长吧,我有急事找你。"

"急事?"志兰噘噘嘴说,"什么事到你手里都是急的。快说呀!"

"我有个纸条,到关帝庙后面乌柏树下,交给一个人……快!"林志超担心那人已经等急了。

"交给一个人? 谁?"林志兰联想到郑冬生那张纸条,脸色立刻变乌了。

"你认识的,郑芳雪老师。"

一只快乐的鸟,怀着甜丝丝的爱情的骚动,飞到军部来,正想愉快地在绿色的树林里蹦跳、歌唱、飞翔,没想到一支冷酷的利箭射中了它,哀鸣着落在地上,痛得它直打扑拉。这只鸟,就是女护士的心。她一心一意地爱着哥哥,而哥哥却爱着别人。爱情俯冲,撞在冷漠的、麻木的石岩上,碎了,滴着血。爱情不会碎,它只会化成怨恨。她恨那个教师,恨她那睫毛过长的眼睛,恨她那滴血似的红唇,恨她那轻柔微颤的声音,恨她那轻盈优雅的步态。恨她夺去了自己的幸福,夺去了哥哥的心。

现在,她就要为这一对情人,去传递情书。

这天,是12月28日,农历十一月三十,没有月亮,满天星斗在墨青色的夜幕上闪烁,投下一束束寒冷刺骨的微光。女护士木然地站在这座狭小的农家庭院里，心乱如麻，无法理清。她处理这种事情太没经验了。去？还是不去？也许应该把纸条扯个粉碎，而后再踩它几脚吧？想来想去，决定回屋去，看看纸条上写的什么东西。

郑老师：

太遗憾了，因事绝难脱身，奈何？如有急事，可告诉我妹妹。

林志超即

“这算什么情书？”志兰那被怨恨的乱麻塞堵的心胸，似乎开了一条缝。她盯着和自己有关的几个字，“可告诉我妹妹”，这是多么亲切的字眼，这是多大的信任？“莫非是一场虚惊？我为什么不去探探虚实？”可是，这种“人约黄昏后”又说明了什么？

关帝殿位于罗里村西南，约有两华里的路程。这是一座建于明代万历年间的古刹，在清代屡有修葺。大殿前的花戏楼，造形美观，砖雕与木刻艺术，都十分精湛。现在，这里面是小河口兵工厂的分支机构，主要任务是修理枪械。周围有茂盛的树林掩映，环境幽美、寂静，这可是谈情说爱的好地方呀！它介于罗里、南堡之间，有大路可通。

林志兰慢吞吞地走着，心情沉重，步履艰难。“可告诉我妹妹”，她不断地反复着这句话。啊！他还是把我当成“妹妹”，而现在，我却成了他们之间的“红娘”。一阵哀痛，又潮涌似的在心头泛滥起来。她，走得更慢了。

云岭的冬夜，静谧，悲凉，溪水从山石间跳出，汩汩有声地向前奔流。路边三棵并排的皂荚树，在冷风中摇曳，像受了委屈的三姊妹互相抚慰，发出幽怨的悲啸声。

林志兰走啊走，她时而踏着僵硬硌脚的路面，时而踏着路边柔软的荒草。她忽然想起被失恋折磨着的刘医生向她说的话：“爱情的奥妙在哪里？它是一棵甜蜜的苗，培植它是无上的幸福，拔除它是无尽的痛苦，因为它根植在心窝里，要拔除就会带着血带着肉。”姑娘的心，在隐隐作痛。她知道，那棵苗，不能拔，一拔她会死。

她有了一种蹲到皂荚树下大哭一场的念头。可是，皂荚树下早有了人，她看不清，恍若两个黑色的精灵：“带我走吧！”女人的声音在寒风中颤栗。

“不能!”男人的声音像在哀求,“你等着我……”

“我觉得再也见不到你了! ……”一声凄厉的风啸,送来抽泣的哭声。两个黑影猛然合而为一,紧紧地抱在一起。

她听见修械所的铁锤的敲打声,她听见女工们排练新年节目的歌唱声:别了,三年的皖南啊,暂时的分离,莫悲伤……林志兰很悲伤,她把泪脸仰起来,目视南天,满天星斗都泪水盈盈。

乌桕树下,女教师急切如焚地等待着她所约见的人。她倚着树身望眼欲穿地盯着罗里村,木然的灯火在闪烁,是那样遥远,远得像天边的星星。她不知道林志超能不能来。直觉告诉她,她错了,张皇失措使她落进了一场悲剧性的冒险。不祥的预感越来越沉重地压迫着她:“啊,上天,唯愿我所听到的全是虚幻!”

郑芳雪听到的当然并非虚幻:三个小时之后,在东南方向十里之外的章家渡,将有一场谋杀。现在,那条弯曲的巷子里,在石墙角落的暗影里,正藏着一个人。他戴着猴儿帽,手持一把短刀。这个凶手怀着怨恨,犹如嗜血疯魔,在腊月的夜风里瑟瑟颤抖,并非由于恐惧,而是由于癫狂。他在等待一个人,他决意杀死这个人。他知道,这个即将倒在血泊里的农抗会会长,开完秘密会议后,要从这里经过。如果章家渡总兵站在电话里得到了及时的警告,这场谋杀就能制止,这个凶手也许会落进被杀者的手中。

可此时的林志兰,正被失恋的痛楚控制着。她突然感到了火焰的灼热。炽热的烟火在她眼前飞腾。那是她家的三间茅草屋,在腾腾烈焰里,有个细妹子,头发烧焦了,眉毛燎黄了,衣衫冒着火苗。她哀号,她翻滚,她看见爹娘都躺在当院里,血比火光还要红。她知道,那是南军(北伐军)北军(北洋军阀)在打仗,打到了平江城南豆田村,北军放了火。为什么她不知道?只知道爹娘死了,她也要死了。一个手持大刀的壮汉冲进来,后来她知道这个壮汉叫林秉和,是枫桥乡农民协会的委员长。他的手劲可真大,像抓小猫似的把她从火海里提出来,交给跟在身后的毛头小伙子:“超伢子!把她送回咱家去。”

“我,我还要打仗哩!”两里之外,正炮火闪闪。

“去!”那壮汉的声音不可抗拒。

“来!”做儿子的一把揪过她。

十四年后的今天,还能感到手脖子痛。他要送她走,还要赶回来。他是那样的粗暴,对六岁的小姑娘没有一点怜惜,连拉带拽地跑了二百米。小姑娘蹲在地上放声大哭,宁愿回到火堆里。未来的作战科长急得七窍生烟,推她、拉她、搡她、吓她、哄她,全无效,终于蹲下来:“傻丫头,我背你!”他的力气好大,没有歇气就背到了家,冲进柴门喊了一声妈。她看见一个比妈妈大几岁的妇女站在屋门口,双手一拍,叫道:“天啊,这是怎么啦!”

“喜事!”儿子就地一蹲,把姑娘放在石榴树下,“妈,爹给我拾了个没主的妹妹来,俊得就像咱家床头上那张画。”跑进屋里,咕咚咕咚喝了半瓢凉水,旋风似的跑走了。三年后,上了小学的林志兰才认出那张画叫《贵妃醉酒图》。这个哥哥也够缺德的了,挖苦她。

那一年的8月19日,北伐军占了平江城。三天后,哥哥陪着叶挺团长来到枫桥乡,看望爸爸和妈妈。后来才知道,十六岁的哥哥了不起。那年他在县城里上中学,住在开米店的舅舅家。他给枫桥乡农民自卫军画了一张平江城防图,为北伐军攻打平江城立了一大功。叶团长知道了她的遭遇,留下了二十块现大洋。

哥哥要跟北伐军走,临行前那一句平淡无奇的话,十四年来一直紧扣她的心弦:“妈,叶团长留的钱,不要做别的用,给志兰上学。”

“不!不!我不上学。”六岁的姑娘一下子触到了哥哥的心,从竹床上赤脚跳下地,紧紧搂住了哥哥那汗津津的黑脖子,“哥!我跟你去打北兵!”

“傻丫头,你把妈一个人留在家呀?”

他又粗鲁地推开小妹妹,背上竹斗笠,一头扎到星光闪闪的暗夜里……

马日事变的枪声传到枫桥村,五个月后,林秉和滚烫的血浇红了幕阜山的一片岩崖,林大妈没有见到丈夫的尸骨,但她谨遵儿子的嘱托,宁愿自己忍受劳累辛酸,也让志兰去上学。

"妈,我不能叫你一个人受苦!"

"伢! 这是你哥临走留下的话,妈苦也觉甜!"

"妈!"林志兰猛然跪下去,"我的亲妈呀!"

母女俩抱头痛哭:"等你哥回来,你俩就成亲!"

妈妈没有等到哥哥回来。妈妈死时,只有她守在身边。

1938年,皖南的岩寺村头,杜鹃花野火一般点燃了远近山崖,一个身穿重孝的姑娘扑进林志超的怀中,放声大哭:"哥! 我没有侍候好妈妈!"

"人老了嘛。"

"哥,你好狠心啊,"姑娘死死地抱住哥哥,"妈妈临终叫着你,老人家死不瞑目啊!"

"志兰,别说了。"新上任的营长哽咽着,"妹妹,你受苦了。"

"哥,我和你一生一世在一起。"七天后,这个农村少见的女高小生,穿上了白罩衣。也许就从这个时候起,林志兰发了个誓,"今生不做一件对不住哥哥的事。"

姑娘的心碎了。为了誓言,心碎也得往前走。她站起来,悠悠晃晃地向前走,那张纸条重千斤。

林志兰,你快走,只要你知道乌桕树下那姑娘焦虑的万分之一……两华里的路程,怎么这样长? 肝肠寸断的姑娘想:"哥哥不知道我爱他! 不,不可能,我把我的日记给他看过,他能听不到我的心灵的呼唤吗?"

"你是谁?"乌桕树下,传来低沉的发问声。

"你是郑……"林志兰看到一张苍白的脸。她恨这张脸。

"你是……"显然,她的回答大出等待者的意外。

"我是一个女护士。"这几个字,像冰冷的石头。

"呀!"女教师认出来了,"你是志兰呀!"她既亲切又惊诧地迎过来,"怎么你来了?"

"他不能来……"林志兰从女教师沮丧的声调里,听出失望的深度,把纸条杵给对方,"你自己看吧!"转身就走。

郑芳雪打开手电筒，匆匆看了一眼，又急急地追上女护士："志兰，你告诉林科长，"女教师的声调里荡漾着一种乞求，"我有很急的事要见他，真的很要紧。"

"哟，就那么急吗？急着来个山盟海誓吗？这可真是谈情说爱的好时候！"

"志兰，你误会了，我是公事！"

"公事？就在这种地方谈公事？"

"呀！当然，也不光是公事……"

"那就忍耐几天吧。"林志兰转身急步而去。

郑芳雪愣愣地站在暗夜里，她弄不明白林志超的妹妹为什么这样憎厌她！而她，见不到林志超，就像失去了主心骨，不知道该往哪里去，也不知道该去告诉谁。夜风如泣如诉，抱着乌桕树呻吟。郑芳雪似在凶险的梦幻中，一声惨烈的呼叫，尖锥似的刺进她的胸腔，那是吴妈的呼叫。女教师吓得瑟瑟发抖，"天啊，我该怎么办呢？"

恐怖之夜笼罩着云岭。

三　大局是良药

一支闪着幽光的精钢手杖，怀着多年郁积的痛苦，沉重地举起来，带着军人的崇高与尊严，在七点五万分之一的军事挂图前，停留了大约五秒钟，然后从右上方向左下方，猝然斜劈下来。那张重磅道林纸凄厉地尖叫了一声，随着四溅的白垩粉末，像被扯碎的衣襟飘落在藤椅上，大部分还翻卷着，哆嗦地垂挂着。"哗！哗！哗！"那支精钢手杖又猛烈无羁、左右开弓地打下去，带着毁灭一切的震怒，像扑打着树上的残叶，直到墙上片纸不存。因为地图常年遮盖而显得特别洁白的墙上，留下一道道的划痕，随着地图的肢解，他的太阳穴边弯曲暴涨的青筋抽动着，两道浑浊的泪水流过微显浮肿的脸颊。三年来，他面对这张地图，产生过多少幻想。今天，他杀死了它！埋葬了它！

郑冬生端着一茶缸盐开水，震惊地站在房门口。这个十九岁的青年，不理解军长为什么会这样意冷心灰。他畏惧而又迷惑，悄悄地退出门外。他似乎听到军长长叹了一声。他觉得喉管一阵阵发紧，耳边响起军长夫人上路时对他的请求："冬生，我把军长托付给你了！"

叶挺缓缓地坐在藤椅里，像大病方愈的人，一种突然袭至的迷茫和疲惫，使他一向过人的强毅的精神失去了平衡。他预感到他的脚下便是他命运的归宿。丧失了北移的计划，也就丧失了他的独立的品格，失去了独立思考的权利。就像一个击剑手，面对着顽敌，不能自由地挥刀，处处掣肘，处处绊脚，按着别人的指挥行事，失败的责任却得由自己来负。他能跟云谲波诡的命运抗衡吗？

他想吸烟。由于失去了烟斗，吸卷烟觉得非常别扭。五个半小时的会议，是一场零乱的梦幻。他想到顾祝同讲的魏延的悲剧，更痛切地感到处境之难。一只猛虎落在荆棘丛中，暴跳、怒吼、冲撞，却突不破柔韧多刺之墙，越挣扎，刺得越疼，绕得越紧，只好把身体紧缩起来喘息。

1939 年初，他第一次含愤出走。周恩来亲自把他送回云岭，解决他与项英的矛盾。表面上，项英对他尊重多了，应该说客气得多了。形式上的"密切"成了实质上的"疏远"。微笑与礼貌是堵无形的高墙。

叶挺离中央太远，那是在千里之外；叶挺离机要科太近，只有几十公尺。这几十公尺却横亘着一条不可逾越的鸿沟。他不能到机要科看一看用叶、项的名义向中央发了哪些电报，也不能查一查，中央对新四军的工作，有哪些批评哪些指示！他知道机要科发报机的蜂音器不分昼夜地嗡嗡响，载着核心机密的电波几乎不间断地漫过广阔的天空。他没有独自发过一份电报，也没有独自收到过一份电报。他不知哪些应该看的他没有看，也不知道中央听到的是不是他的真正的声音。

项英有时也和他交谈（这种交谈机会是很少的），也谈中央如何指示，但他弄不清其中有几分是中央的精神，有几分是项英的本意。军分会议之后，项英怎么向中央报告？是像袁主任建议的那样，把各种争论一一阐明？还是军分会一致通过"向南开进"？

叶挺不得而知。他有时去上饶，有时去柳州，有时去广州和香港，有时到部队去，有时在火线。在他离开军部这段时间里，对他来说，是一片空白。军部没有他，一切工作照常运转。除了亲临战场指挥作战之外，他变得可有可无。这种状况，开头他很不适应，痛苦，暴怒，辞职，出走！后来也就慢慢习惯了。叶挺既然无事可干，除顾祝同说的“放着军务不管，老跑后勤”之外，就产生了为项英所极端反感的生活作风：在项、袁、周忙得不可开交之时，他却有大量的时间骑马、拍照、看书、养狗、陪夫人散步、逗杨眉说笑、跟史沫特莱在参谋处的楼上用英语聊天①，有时，在洗印照片的暗室里消磨大量时间。

叶挺最恨有职无权，但也习惯了有职无权，为了大局，他能忍受。可是，一个人，感到被蒙在鼓里，被人欺瞒，被人捉弄，以他的名义进行他所反对的事情，也能忍受吗？

叶挺的确感到他无法跟项英共事，性格上格格不入，工作上各有主张。他又记起这样一件事情：

项英同志参加过六届六中全会，周恩来同志也来传达过会议精神。可是，事过七个月之后，在 1939 年 10 月 31 日召开的军直积极分子会议上，项英作了个《中共六中全会的总结和精神》的报告，说党的总方针就是“坚持统一战线，坚持统一，坚持抗战”。他说十五个月的实践证明，必须以“新的组织方式和工作方法”才能“适合新的政治任务”。他所解释的新的工作方法和新的政治任务，都严重违背六中全会的基本精神。

叶挺鄙视项英，同时，他也感到项英在鄙视他。李秀文曾经劝他，把他和项的矛盾如实向中央报告，请中央分个是非曲直。

静坐常思己过，闲谈莫论人非，这是叶挺的优点，也是他的缺点。在幼年时，他的祖父叶沛霖、父亲叶承恩就极端重视他的道德教育，模范教材是一本《崔氏家传座右铭》。基本教义就是：“休论人之短，莫夸己之长，施恩不望报，受惠慎勿忘，隐心而后动，谤议庸何伤，虚荣不足慕，古诫勿违抗。”这种幼年教诲犹如刻字在石，终生不忘。

生活把叶挺推进极端的矛盾之中。他极力不看项英之短，也不看自身的长处，灵魂却在感情的磨盘研磨中喊冤叫屈：他的悠闲，骑马、打

---

① 叶挺在湖北陆军第二预备学校时，中、英语是优等成绩；入保定军官学校后，选学工科。那时共分步、骑、炮、工、辎五科，共同科目有日、俄、德、法、英等外语，还有卫生学和兽医学，叶挺对后两门很不重视，外语成绩甚优。

猎、拍照、玩狗,正是有职无权逼出来的。正像他出国脱党,也是别人的错误逼出来的。尔后,这错误反而落在自己头上。

向谁诉说?别人在扭曲他,他自己也在扭曲自己。

“军长!”周子昆一脸病容,来请他去主持司令部的工作会议。映入眼帘的景象使他悚然一惊,随之产生出一种难言的焦急和悲凉。

“子昆,我去主持会议,使大家都很为难,对一个我本不同意的决定,怎么研究执行?你也知道我的脾气,我一旦提出自己的主张,你们是执行还是不执行?”周子昆默默无言。

“家有千口,主事一人……我除了从中作梗之外……”叶挺觉得很难措辞,便咬紧了牙关。

周子昆体察到了这位北伐英雄深刻的消沉颓唐和自弃。这种情绪与全军即将开进的大举极不协调:“军长,我们开了会,再向你报告吧!”

“子昆,我知道你的难处,你们讨论贯彻军分会的精神,自然要向军分会书记报告。子昆,要我指示,我就指示吧。参谋部讨论的主旨,一句话:一切立足于打!”叶挺语气平缓,听来却异常凝重森严。

“我完全拥护!”周子昆说得热烈而又真诚。

“那好,我准备到二纵队去,他们是中央纵队,我要去检查他们的战斗准备……”

在周子昆起身告辞时,叶挺忽然说:“你叫林志超同志来一下!”

四　被孤立

“喂!印刷厂吗?我是张副处长!……什么!丢掉?不行!项副军长指示,要带!全部机器都要带。你们要知道,弄这套设备花了多少钱……好,就这样……我开完会,就到你们那里去……”

司令部的会议经常被电话打断。军需处长刚刚放下听筒,电话铃又响了。“喂,小河口兵工厂?请等一下,”坐在电话机旁的军需处长把听筒伸向军械处长,“你的。”

“我是的，听出你是于副厂长来了，快说……嗯……所有机器，能带的尽量带……各个修械所都由你们通知……什么？骡马不能驮？唉，都是些笨人，拆开，把机器拆开……马不够？用人抬嘛，这是军分会的精神……好，就这样。”军械处长放下听筒，以赞赏的口吻说，“真快！都动起来了……”

林志超坐在会场最阴暗的一角，显示出一个科长在司令部会议上的地位。司令部会议是由各处处长参加。因为叶挺和周子昆都指定他参加，所以才得以跻身处长之间，才得以坐在诸位处长后面。在各处处长看来，林志超的出席，近乎多余。

赵令波就是作战科、侦察科、通讯科、训练科的全权代表，何必厚此而薄彼？司令部的其他二十多个科长怎么看？如果林志超在这种场合，缺乏自知之明，未具谦谦君子之风，本身就潜在某种危机。

他坐在阴暗的角落里，像个严厉的将军洞察着战场。他明显地看出，会议并没有按照叶挺的要求进行。周副参谋长神态委顿，头痛欲裂，双肘撑桌双手抚额，勉强主持会议。实际上掌握会议的是赵令波。因为周子昆后半天未能参加军分会议，所以，军分会的精神及决议便由赵令波来传达。谁传达，谁就有解释权，就具有把握会议精神的权威。

赵令波对会议精神分析得头头是道，似乎一切都在意料之中，一切都已稳操胜券，一切利弊得失都已经做过反复权衡。对于不利条件，也都有了克服之法……

战争气氛可以使人排除一切异念。此时，林志超已经把郑芳雪的事完全置诸脑后了。但是，更大的烦恼和焦虑却压在心头。他苦着脸，准备得罪人：“我提两点意见！”

“你说！”周子昆抬起头来。

“具体行动计划还没有制订好，各处都已经通知下去了，”林志超看见斜对面的几个处长皱起了眉头，但他不管这些，“现在下面都动起来，形式上好像是好事，其实是紊乱，盲目性很大……”

“那么第二个呢？”一向跟林志超有嫌隙的姜副处长，眼睛睁大了一下，又慢慢闭上，颇带鄙夷不屑的意味。他讨厌这种不知天高地厚的指手画脚和吹毛求疵，一个科长，参加处长以上的会议，就应该多听多记少开口！

“第二，我们正在制订作战计划，可是，有些处的行动跟作战计划很不一致。这样，作战计划就成了一纸空文。”

“林科长！”姜副处长又睁大眼睛，自信其他各处长会有同感，“作战科也管得太宽了吧？”他又把谴责的目光转向赵令波，好像在说：“你们参谋处是怎么搞的？一个科长都这样老大……”

赵令波皱着眉，不知如何表态好。

“不存在宽不宽的问题。”周子昆正色地说，“让林科长说完！”

“司令部的工作，是一个整体，就像一盘棋。刚才副参谋长讲了，一切立足于打！实际行动呢？那是大搬家。大家关心的是什么？是物资！是运输工具！却没有人关心敌情。什么也不想丢，这种思想，对作战太不利了！……”

“不要犯本位主义吧！”仍是那位姜副处长，“作战科当然只考虑作战了！各部门都有自己的业务……”

“是啊！”军械处长表示赞同，“更何况，带辎重的并不是作战部队。”

“可是，那会延缓作战部队的行动。必须轻装。各处当然有各处的业务，但是，目标只有一个——为了有利于作战；目的只有一个——保障作战的胜利！”

“林科长，你未免太武断了！难道多带物资不正是为了作战吗？”姜副处长认为自己的理由既正确又充足，他环视着会场，“轻装轻装，带时嫌多，用时嫌少，能把粮食、弹药轻掉吗？”

“我说的轻装，是轻掉不必要的东西，”林志超冲动起来，“讨论问题，不能抬杠！”

“什么是必要的东西呢？”姜副处长紧逼一句，“抬杠”二字把他激怒了。

林志超一下回答不上来。他本来可以举出许多事例的，可是这将会得罪更多的人。在会上，他是孤立的：参谋处主管作战，赵令波应该站在他一边，可是，他没有得到处长的支持。其他各处，军需处、军械处、军医处、副官处、总兵站、留守处……都跟物资有关，谁舍得丢东西？

“我认为林科长提出了一个值得注意的问题。”周子昆感到作战科长需要他的支持，“我们是立足于走还是立足于打？我们司令部的指导方针应该是明确的：各处的工作，必须从‘打’字上着想，必须有打大仗打恶仗的准备，后勤工作，应该是保障作战的胜利，而不是妨碍作战！……”周子昆声调沙哑低沉，颇带告诫的意味。他停下来，注视着各处处长，使每个人都意识到问题的严峻。会议室里，足有一分钟没有声音，烟雾缭绕，空气污浊得令人窒闷。

“红军两万五千里长征的时候，是有教训的。”周子昆脸色阴沉，好像无法摆脱心头的噩梦，“会后，各处都要认真检查，可带可不带的东西，坚决不带，应该丢的就要丢！”

各处处长面面相觑。至于长征时的教训，周子昆没有具体讲，与会者又无切身感受，等于没有说。他们感到副参谋长的指示与项副军长的精神并不一致，无人反驳，只是心中有数。在实际行动上，灵活执行。人们还在继续吞云吐雾。

周子昆扫视着人们的脸，想从每个人的表情上，探测他们的内心活动。他明白了：在大家还没有真正认清形势的时候，谁能断定怎么会更好一些，怎么会更坏一些呢？立足于打，没有什么不对，有备无患嘛！但是，要丢东西，万一打不起来呢！岂不可惜？

电话铃又响了，在大家的沉默中，那嘎嘎声，显得特别具有震撼力。

电话是项副军长打来的，要赵令波去见他。周子昆要参谋处长顺便把会上的争论，向项英报告，请政委作进一步的明确指示。

半个小时后，赵令波回到参谋部来。是项英草拟好了给中央的电报，征询他的意见。

关于是否带辎重的问题，项英的指示是明确而又干脆的：“先尽量带，万一打起来再丢！”这的确是唯一的两全其美的办法。

林志超愤然，不但声音洪亮，而且还带有怒意：“打起来再丢，那就迟了！”

“林科长，你太过分了！”赵令波沉声制止，愠怒中具有很大的威慑力量，“军分会的决议和首长的指示精神，我们只能领会它、执行它，而不能议论它，更不能否定它！”

这是多么严峻的时刻，所有与会者都注目于林志超。几位处长暗含讥讽的目光把作战科长激怒了。这的确需要比冲锋陷阵还要勇敢得多的精神，他豁出去了：

“不议论就不能领会它，不领会就不能正确地执行它！入党宣誓，第一句话就是为真理而斗争！真理是靠驳不倒而存在……”一时间，林志超犹如田丰的阴魂附体。

自从军分会开始，他就准备冒死直谏。在这一点上，林志超也许并不傻，他懂得历史是公正的，那些一时得逞的奸佞之臣，善于保身的明哲之辈，历史终究会唾弃他们的。一千七百年过去了，人们总是把田丰和袁绍同时放在历史的天平上，谁轻谁重？谁辱谁荣？死，在某种情况下，是可怕的，在某种情况下又不可怕。三年游击战争时期，几乎天天与死神迎面而立。现在，为了全军的命运，难道还考虑个人的得失吗？

“认为万一打不起来，这是一种侥幸心理。”林志超强硬的声调里饱含着愤慨，“我们南进，不但给顽方动手的机会，而且给他们动手的借口，顾祝同刚刚举行了徽州军事会议……”

“林科长，你是在给我们上军事课了。”姜副处长的声调奇特，暗含嘲讽，可是多数处长，还是郑重地对待林志超的愤慨，对他这种抗辩精神报以崇敬之情。

“随你怎么认为都可以！”林志超冲动地怒视了姜副处长一眼，他并不看重他的地位。这位刚刚由科长提升为副处长的人，立即就变得居高临下。林志超鄙视他。既然他比下级高一等，也就比上级低一等。他的性格逻辑就是媚上压下。正像鲁迅先生所说：专制者的反面就是奴才，有权时无所不为，失势时就奴性十足！林志超猛然站了起来，颇带挑战的意味：“我既然参加会议，我就要把该说的话说完。秘密和迅速，是出敌不意的两个根本因素，但是，我们现在闹闹嚷嚷大张旗鼓，既不秘密，也迅速不了！……”

张副处长面带不易觉察的微笑，向姜副处长投去会心的一瞥：看，林志超在战场上那股劲儿又上来了！

世界上，许多事情是颠倒着的。识时务者为俊杰，不识时务，不看眼色，碰到南墙不回头，坚毅就成了固执！顽强就变成无礼了！

品质，才能，也像物品，那要看收购者的欣赏趣味！古语云："明珠弹雀，不如泥丸，白璧疗饥，不如壶餐。"在某种情况下，奴才比天才更为有用！秦砖汉瓦包括猿人头骨，在孩童眼里不如一粒糖果有味。

林志超傻，傻就傻在他不糊涂，更不会装糊涂。如果他没有叶挺的硬支持，没有袁、周的软保护，他早就从司令部滚回老家去了，而现在，生活的拳头已经高高举在他的头顶。

林志超期待着周子昆的有力的支持。他从周子昆的神态里，看出副参谋长对他的意见是赞赏的："林志超同志的意见，是有道理的，应该引起大家的警惕，"可他又在项英的权威面前退却了，说，"项副军长的指示，必须坚决贯彻执行！"

五　在权力面前，真理也会低头

司令部的第一次会议在 12 月 28 日晚上九时半就结束了。与会者纷纷离场，林志超背靠着墙壁，呆思痴想。

也许与会者中头脑最清醒的要数他了，可他反而觉得迷茫；而那些对整个局势几乎一无所知的人，却认为一切都很明了：开会、动员、准备、开进、到达……似乎北移任务已经在忙忙乱乱、争争吵吵中，在热热闹闹、嘻嘻哈哈中完成了。

篮球队已经秣马厉兵，摩拳擦掌，怀着必胜的信心，等待凌晨出发；司务长为新年会餐正在采购丰盛的食品；军民之间正在畅叙别情；友军送来了新年礼品和诚挚的问候。这是一个既惆怅又新鲜，既痛苦又欢快，既紧张又轻松的新年！

清醒的人觉得糊涂，糊涂的人觉得清醒。林志超到军部来，更加深切地感到项英权威的力量，甚至有一种炫目的光辉。他的指示，都在认真执行，很少人深究它的对错。做好了，是项英同志的英明指导，做坏了，是执行者没有干好！就像一个威风凛凛的将军，向着敌军阵地挥手一指："一定给我拿下来！"经过反复冲杀拼死搏斗，把阵地拿下来了，这是将军的英明；拿不下来，这是攻击者无能！这几乎成了一条不朽的常规。

那么，项英凭什么获得崇高的威望呢？林志超尽量用公正的态度去评判他。项英的确有许多不可磨灭的优点，给他最突出的印象，就是他的艰苦朴素的生活作风。按国民党给他的供给标准，他每月有二百元大洋的薪水，这在当时，是相当可观的数字了，可他却全部交了公。其次，是他的勤劳不倦的工作精神。他事无巨细，每必躬亲，不厌其烦地处理着党、政、军、民、财、文方面的大事和小事。三年来，何曾有一日休息？何曾有一日早眠？还有他的和蔼可亲，平易近人……

他对自己文章不公正的批评，自然不可接受。可是，如果把项英放在常人的角度来考察，也许是可以原谅的。因为有许多更伟大的人物，比项英更不能容人。项英对林志超那篇虽然正确却十分尖锐刺人的文章，仅视做错误，而没有把它当做“攻击”，只是让周子昆代为谈话教育，不也已经十分宽容了吗？林志超虽然没有当上参谋处长，但他从营长能跳过副科长直接升为作战科长，连升两级，而且是项英在看了林志超的颇带反领导色彩的日记后而决定的，肚量也算可以了。

林志超还清醒地知道，对于新四军的组建工作，项英同志有着不可磨灭的功劳！殚精竭虑，刻意筹划，力排阻难，惨淡经营，把那些来自八省的“山大王”们组建成一支组织严密、纪律严明、军容严整、战斗力很强的正规部队，要花去多少心血？项英既然把新四军当成了自己的家，对这个家付与了全部的精力、心血和热情，由于他是军分会书记，由于游击健儿都是他的老部下，由于种种历史原因，家长式的领导，也就很容易形成。在中国这块古老的土地上，家长制，既不是从项英始，也不会从项英终。

林志超忽然发现会议室已经空了，勤务员来收拾会场，问他还用不用马灯。他这才想到托林志兰带给郑芳雪的那张纸条，便急忙向医务室奔去。

林志兰回来了，告诉他郑芳雪除了说有急事要见他之外，就再没说什么了。这使林志超分外焦急，但他狠狠地挥了挥手，好像要把贴在心头的一切焦虑烦恼扯下来扔掉。

回到作战科办公室，召集几个参谋，准备全身心地投入作战计划的拟定。忽然赵令波通知他，要他立即赶到三支队去，检查那里的战备工作。

林志超大吃一惊：在这样的时刻，竟然要一个作战科长离开岗位，这是怎么回事？

赵令波看到他愣着，便补充说：“这是副军长的指示。三支队你很熟悉，那是你的‘老家’啊！”好充足的理由！

林志超明白了，他已被排除在制订作战计划的人员之外，是因为“胡言乱语”而讨厌他？还是因为陈家庆的检举不信任他？

这时候，值班参谋嘴角浮现了一丝不易被人察觉的微笑，向处长投去极为满意的一瞥，轻轻地翕动了一下双唇，说出了任何人都没有听出的两个字：“发配！”

这的确是一种“发配”！只要向标定的地图望上一眼，就知道这两个字的含意：一支队驻泾县土塘、杨村、汀潭、左坑一带，离军部最近。

二支队驻南陵何家湾、涧山杨一带，居中。

三支队驻繁昌孙村镇、八房村、桂村桥、沙土角、三里店、中分徐、三条冲一带，在临近日伪的最前线，离军部最远。

林志超，你就策马疾“滚”吧！向着皖南的西伯利亚！

作战科所有的作战参谋，都流露出困惑的神情：“这是怎么回事？”

六　没有皖南，就没有项英

这年冬天，比往年温暖得多，暗蓝色的天空像透明的坚冰。新四军北移的消息，寒风似的刮遍云岭大小山村，除了婴儿之外，恐怕没有人入眠。多么让人激动不安的夜啊！

别了，三年的皖南啊，
暂时的分离，莫悲伤；
中华民族在召唤我们，
奔赴斗争最前方！

歌声，从战地服务团，从速记班，从修械所，从被服厂，从医务所，从教导总队飞向清冷的街道和天空，渐渐豪壮起来：

新的世界，
要在斗争中诞生；
自由的花朵，
只有在血泊中开放……

歌声传进项英的窗口，使他倍感惆怅。他已经向梦寐以求的目标迈出了决定性的一步，心中的忧虑和压力不但没有消除，反而增大了。司令部会议上的争论，动摇了他的信心。他越来越觉得林志超的意见不可忽视。

项英拿起电话，接通了侦察科，询问茂林地区的敌情变化。得到的回答是侦察人员还没有回来。“唉！”他放下话筒，“我们的侦察手段太落后了！”

的确太落后了，如果我们具有侦听和破译的手段，项英就会听到这样的消息：12月25日夜十一时二十分，上官云相被三战区参谋处长岳星明的电话从梦中唤醒，电话内容是简短的：

据可靠情报，某方将有突然行动，为防不测，顾长官命令，速作准备，各防堵部队均进入临战状态。

次日凌晨一时五十分，这次通话，化成了如下电文：

宁国。第四十师师长方日英（万急　密）：

长官电示：某方将有突然行动。特令你部，接电之时，立即于12月27日行动，12月31日抵胡乐司，开赴三溪、星潭一线，实施防堵（对部队可佯称回后方休整），加紧赶修工事，并迅速向云岭方向派出便衣侦察，早悉某方动向，务须迅速、机密，勿泄意图，以免给某方口实。切切此令。执行情况，仰即遵办具报为要。

上官云相
世引

电文下达三小时后，方日英的马蹄已经沿青龙山脚，向星潭方向疾驰了。假如项英听到了电话,破译了电文,他会改变南进计划吗?不能!

表象与本源的差异给许多史学家带来困惑,四十年来对这段历史争论不休的原因正在这里。他们不能把株守皖南时的一切服从统一战线与南进计划到国民党后方打游击的破坏统一战线统一起来。

考察历史要从社会现象进入人的心态。世上多数人的名字叫真事隐,假语存。将欲取之,必先予之。把逻辑推理的剑尖,刺入人物心灵深处,便可得知项英必须南进的秘意真髓。

怪异的也是合理的。

项英对他的南进的战略目标,付与了全部热情乃至生命。这是可以理解的。

项英很自然地想到一个月前的那份电文,那是中央书记处发给黄、彭、李、陈的。

> 一、同意叶挺过江后,以叶挺为华中新四军八路军总指挥,陈毅为副总指挥,在叶挺未过江前由陈毅代理总指挥,并决定以胡服为政委。叶、陈、胡统一指挥所有陇海路以南之新四军、八路军。
>
> 二、对外交涉,仍以新四军军部名义。
>
> 三、项英同志在皖南部队移动事宜就绪后,经重庆来延安参加七大。

明眼人一看就非常清楚,东南局也罢,新四军也罢,已经没有他项英的位置了。他的位置是回延安。根据26日那份电文的口气,回延安意味着什么,是很清楚的。

所以项英要保住皖南,从长远来说,就是实现南进的战略目标。华中已经是叶、陈、胡在领导了!他在上月28日给中央军委发了一份长达千言的报告,电文共分六点,但要点只有两个:第一,皖南部队不能北移,“为了便于将来我更大发展,坚持皖南阵地有极大作用。”第二,“如必要坚保皖南阵地,兵力不能减弱,而领导人要留一强者来统一指挥。”

明眼人一看也知道,这个要留在皖南的坚强的领导人是谁。没有皖南,也就没有项英了。一个人,越是在遭受挫折时,越容易想到自己的历史地位。

项英思索的结果是极不愉快的:自从他肩负东南局书记和新四军副军长以来,几乎是动辄得咎,一出马就来了当头棒喝。

早在1937年9月,在南昌国民党省党部纪念周上发表演说,中央就批评他丧失了共产党的立场。十月份,发生了"漳浦事件"①,中央在给张云逸、博古等同志的电报中,就明确指出:

> "项英同志似还不明白统一战线中保持独立性的原则,不应无条件集中,而应保持南方战略支点的原则,他在南昌的做法,带有危险性,望速通知他来延安讨论。"

对中央的批评,项英并没有接受。倒是王明,在11月27日和康生一起由苏联经新疆回到延安,对他施加了深刻的影响。那时,王明是中共驻共产国际的代表、共产国际执行委员、主席团成员,他于12月9日在中央政治局会议上作了《如何继续全国抗战和争取抗战胜利呢?》的报告,强调"一切经过统一战线","一切服从统一战线"。他从"左"的极端跳到了"右"的极端,提出了"统一指挥,统一编制,统一武装,统一纪律,统一作战计划,统一作战行动"的六统一观点,要求党的军队完全统一于国民党。用共产国际的名义,反对洛川会议和毛泽东的《上海太原失陷以后抗日战争的形势和任务》的报告。会后,王明到武汉负责领导长江局的工作。由于他放松了发展抗日游击战争和在农村建立抗日根据地的工作,就严重地妨碍了新四军在长江流域的发展。但六届六中全会批判王明,项英的态度是暧昧的。当然,他并不完全同意王明的观点,他们是有很大差别的。所以,在王明被撤销职务的同时,项英由东南分局书记,成为东南局书记。可见中央对他还是重用的,也是公平的。

项英也曾为自己的种种杂念反省过多次,"难道我的战略思想会

---

① 漳浦事件,也叫何鸣事件:闽南红军三团八百多人,奉命集中,开赴抗日前线,告别了梁山根据地开进了漳浦城。团长何鸣对国民党丧失了应有的警惕性,不顾副团长卢胜的反对,服从国民党一五七师的安排,结果中计,落入陷阱,被全部解除了武装。

有问题？难道我的政治立场会有问题？”

1940 年 3 月，国民党第一次反共高潮被粉碎后，他们重新研究了战略部署。4 月 19 日至 22 日，国民党军令部制定了三次反共方案：其中对限制与消灭新四军，则提出两种方案，一曰“投界有北”，就是把新四军全部赶到黄河以北去与八路军一起，加以集中消灭；二曰“投界有南”，就是将新四军赶到长江以南，截断八路军与新四军的联系，分别消灭。

这两种方案有极为明显的两个目的：第一，不管集中消灭还是分割消灭，都是消灭；第二，不管赶到黄河以北，还是长江以南，都是为把华中这个战略地区抢在手中。

蒋介石、顾祝同先后电令新四军四、五支队开到江南，而项英准备接受蒋、顾“投界有南”的命令。中央当然不能同意，并在 5 月 5 日复电如下：

> 关于蒋令四、五支队南开……我对此类命令（不但南开一事，凡属此类命令皆然）应一概置之不理。蒋对八路军不知下过多少无理命令，均以“不理”二字了之。但不理不是不回电，必要时需回他几个电报，声明确难执行，有时须提出新问题要求他答复。例如现在可以江南皖南地区狭小不利回旋为理由，请蒋准予抽出数千人北开皖东即是一例……再三再四不准不休，只有不断向顽固派提出新问题，一步一步向之逼紧，才能争取我之独立地位。在目前阶段内两党斗争问题即反摩擦问题上的战术，就是攻势防御，而决不可采取单纯防御。

项英却不这样看。他认为这样的斗争会影响团结抗战的大局。他在 4 月 18 日向中央申述的理由是：部队南调是“委座”的意见，再三责令战区执行。现因交通困难，可先将四、五支队与管部、梅都逐渐南调，“否则不能维持上级威信，以后关系，更尽恶化”。4 月 21 日，又向中央解释说，新四军与顾祝同的关系，“是下级对上级的关系，如果以命令对命令，只能使谈判不利”。

向中央要独立权，却不向国民党要独立权，这难道不是阶级立场问题？在皖南株守，还是向北发展，难道这不是战略问题？但是，项英的苦衷恰在这里。国民党要新四军南调,正中他的下怀;党中央要他北移,正和他的“南进计划”相违拗。项英的思想逻辑,非常明确:他要南进,必须先在皖南稳住阵脚。

这就发生了不易被人理解的现象:要在皖南株守必须跟三战区搞好关系,就自然而然地走向抵制中央、讨好三战区的尴尬窘困境地。许多人不明白他在皖南其实是卧薪尝胆。

项英怎么办呢?他无时不在自己的目标与中央北移方针的夹墙缝里寻找出路。两全之策是没有的,唯一可行的办法就是“拖”!寻找一切理由“拖”!在拖延中,等待时局的变化。中央指责他“始终借故不执行”,并没有冤枉他。

种种压力、刺激、批评,犹如一碗接一碗的药汤,令人反胃,苦不堪言。新四军是他一手组建起来的,新四军的指战员大部分是他的老部下,突然要全部交给别人去统率了,就像一个家长,突然被逐出了自己的家,子女成了别人的子女,家业成了别人的家业,而且这些接管家业的人——胡服与叶挺,与这个家族几乎没有血缘关系。尤其是叶挺,由无权的地下一下升到“总指挥”的天上,而他却从天上落到了地下。

审视历史,不能忘了窥探人的感情。

项英一支接一支地吸烟,他沉溺在历史、现实和未来的思索里。电话铃响了。赵令波向他报告:侦察员刚回,茂林地区敌情无变化。

一会儿,电话铃又响了,这是出乎项英意料的一个电话,是白沙打来的。他说镜心法师那句偈语已经查到:语出《慎子·感德篇》,原意是涉艰历险而又走远程的人,无论驾车还是骑马,都要小心驾驭,不能怠慢疏忽。

项英唯唯,他并不认为这句偈语有什么真正的意义,在心理上却又罩上了犹豫不决的阴影。是在选择路线上要谨慎还是在南进途中要谨慎,仍然模糊不清。他信手拉过一张公文纸来,执笔疾书:

> 大势已定,绝不动摇,这将是我的自传中最关键的一章,我的希望,我的苦衷,我的忧虑,只有我自己知道……

写完,他打开书柜,把这张纸片夹进他的自传草稿之中。

第六章　1940年12月29日

一　反共暗杀

1940年12月29日的凌晨,青弋江畔美丽的小镇章家渡,笼罩在淡灰色的晨雾中。

这时,一匹灰斑马,身蒙沙尘,腿上溅着泥浆,鼻孔里喷吐着团团热气,马嚼铁上挂着一串白雪似的泡沫,沿着山路,疾驰而来。在章家渡村头的一株高大挺拔、威风凛凛的香樟树下,猛然马竖起前蹄,像提出抗议似的咴鸣嘶叫。

骑士翻身下马,跺了跺麻木了的腿脚,神情紧张地向周围望了一眼,便拉马走进一条狭窄、阴冷的小巷,立刻感受到发生了严重事件的那种惊惧与沉重。

他的面前出现了纷乱的人群。隐隐还能听见喧嚷声和哀哭声。章家渡的农抗会主席郑大中,昨天夜里被反共分子杀害了!

骑士听到这个不幸的消息,心猛一沉,脸色骤变。他把马拴在巷里的一棵布满节疤的小榆树上,挤过人群,怀着极度的焦急和不安,急步走进农抗会主席的家。

郑大中——郑芳雪的堂叔、郑冬生的父亲,抗日民众团体的领袖,直挺挺地躺在冲门的竹床上。一床蓝条床单盖着他血淋淋的尸体。亲属们都围在四周,呼天抢地地哀哭。

驻章家渡总兵站的骆股长正协助区公所的办事人员处理这个意外事件。他们正在争论:首先治办丧事还是保留现场追查凶犯。

骆股长正在“不要过多干涉地方事务”的告诫下，左右为难。抬头看见了林志超，急步迎了过来：“啊！林科长！你来了！军部知道这里出了事了？怎么说？”

“不！”林志超摇摇头，“我是路过这里，你没有看见……”他忽然觉得在这种时候来问郑芳雪的行踪，很不适宜。

骆股长正等待他的下文，忽然发现这位临危不惧的作战科长面色惨白，惶惶不安。

林志超忽然想到郑大中被杀，是不是和郑芳雪昨夜找他有关？郑芳雪现在在哪里？是不是也处在危险之中？是不是已经遇害了？一种突然袭至的在劫难逃的危机感，使他无法掩饰慌乱的内心：“我找郑芳雪，她来过这里吗？”

“你是说……”骆股长并不熟悉这个名字。

“噢，她是南堡村的小学教师，郑大中的侄女。”

“噢，好像来过，可是她好像走了……”

“到哪里去了？”林志超问得很急，已经顾不上应有的礼貌了。

供给股长既惊异又迷茫地向作战科长摇摇头，无可奉告。

“骆股长！陈区长来啦！”人们在叫他。骆股长这才说声“对不起”，转身迎接陈冠群去了。

林志超的整个身心都在痛苦中煎熬，一种无可名状的失望和惊恐紧紧揪住了他的心：“啊，她是多么需要我！我为什么掉以轻心？我为什么不离开那该死的会场？只要逃会一个小时就足够了！我在那个会上不仅多余而且讨厌，如果我……不，我何必冤枉自己？现在我该怎么办？”

林志超拉马在手，穿过冷寂的街头，跌跌撞撞地走着。晨雾已经消散。灰白色的墙壁像抑郁的痛苦的脸，那弯曲的街巷阴森狞恶，好像每个角落里都有阴谋和灾祸暗中隐藏，冷不防就会飞来几件暗器。津津酒店的欢快的划拳声，哪里去了？悦来茶楼也失去了往日的喧嚷。那熙熙攘攘的人群呢？这就是号称千条腿的江边集镇吗？林志超不认识它了。

反共分子杀死了郑大中，也杀死了章家渡。这个变动是惊人的。

在沿街的墙上，骤然间出现了许多用黑灰涂写的标语：

一个主义！一个党！一个领袖！

除了正式的大幅标语，还有一些好像什么人随意涂抹的，在粉墙上用木炭、在砖墙上用粉笔写着：

新四军违抗军令不肯北移，准备打到黄山、天目山去造反了！

新四军在皖南，不打日本鬼子，中央调他到华北去改编了！

用标语来散布谎言，这和农抗会主席被杀是连在一起的。作战科长在章家渡到处嗅到了浓烈的血腥气味。

"郑芳雪找我到底是为什么？这样紧急，绝不会仅仅是为了那封检举信，不会！一定是十分严重的问题……"到底为什么，他判断不出来。他已经无暇去寻找这位小学教师了，他必须向三支队策马，以便夺回所失去的时间。

他骑马逆风而奔，那刺骨的寒风似乎要一口把他吞掉。他把棉帽的耳扇拉下来，在下巴上扣紧，只露着眼睛、鼻子和嘴巴。朔风扑面，他鼻子像灌了辣椒水那样酸痛，以致鼻涕眼泪都流出来了。他只好把脸俯在马颈上，让头顶去抵拒那凛冽的寒流。

林志超知道自己的计算出了误差，但又不知道错在哪里，更不知道为这个误差，将会付出什么样的代价。

林志超和郑芳雪相识，还是去年深秋。他在南堡医院养伤。郑芳雪，这位南京晓庄师范毕业的女教师，谨遵人民教育家陶行知先生的教诲，按照"生活即教育"、"社会即学校"的教育理论，到医院来请一位在抗敌战斗中有卓著功勋的伤员做报告。

院长拿给女教师一份《抗敌报》，先让她看一篇署名为白沙的战地通讯：《记繁昌血战中的林营长》。

主人公林志超见到这篇通讯时曾大发脾气。战斗经过是符合实际情况的，但其中有一段渲染，他受不了：

战斗打得极为艰苦，六百名敌寇扑向林营阵地，敌机轮番轰炸，炮弹沉雷般轰鸣，阵地一片火海，那是一场触目惊心的恶战。

两个小时过去了，援兵还没有到来。当战士们透过滚滚浓烟，看到阵地上巍然屹立的林营长那刚毅的眼睛，流露着镇定的微笑时，紧张的心情得到了宽慰。

“一派胡言乱语！”林志超用拳头擂着报纸，就像敲打记者的脊梁，“什么叫巍然屹立？什么叫刚毅的眼睛，还有那个微笑……当时我正把脑袋拱在地上，粗声野气地骂人哩！”林志超说的也是当时的真情。

“院长，你是想把这位林营长介绍给我吧？”女教师看完通讯，流露出已经猜中的得意的微笑。

“对了。这是个人物，十六岁就替北伐军进平江城侦察；三年游击战争时期的经历，简直可以写一本富有传奇色彩的书，他也是个有学问的人呐……”女教师微笑着感谢院长的热情推荐，但她觉得院长有些言过其实。

郑芳雪庄重、典雅的风度，秀丽妩媚的面容，灵秀热情的目光，开朗活泼的性格，立即获得了二十九岁的营长的好感。他一口答应了女教师的邀请。

教室坐不下了，报告会在学校的小广场上进行，简直成了全体村民的大会。他从平型关大捷，讲到火烧阳明堡，从雷神庙，讲到五保繁昌，尤其是他经历过的那些偷袭、伏击和夜战，讲得极为生动、逼真、紧张而又神秘。会场上聚精会神的人群，时而惊愕，时而叹息，时而微笑，时而是赞赏的啧啧声。报告会取得了完全成功。

时近中午，报告会结束，由本村小学校董吴民三老先生陪同，邀他到女教师的办公室里稍坐片刻。林志超欣然前往。穿过幽雅的小院，踏进坐西朝东的一间厢房，刚一跨过门槛，他不由地猛然站住了。雅静的房间中央，一张红木八仙桌上，摆满了酒菜。

“郑老师，这样，很不应该了吧？”林志超温和地提出抗议。

“啊！林营长，你把话说反了，”女教师开朗地笑笑，“怎么能说不应该呢？中国有句俗话：客随主便，却之不恭，你可不要失礼呀！”

“对！对！快请入座！”老校董热情地推让着，“这是全体学生和家长的一点心意，就算向抗日英雄致意吧！”老校董虽然不太擅长辞令，却是一片赤诚，“只是没有名酒佳肴，不成敬意。”

林志超坚请老校董坐在上首，他和女教师分左右两边对面而坐。他隐隐感到，和女教师对话，是一种愉快，有一种神秘的不可名状的力量把他向她推近："郑老师，你这种突然袭击，真叫我狼狈，你叫我违反群众纪律了。"

"这是经过院长批准的！"女教师那双聪慧美丽的大眼睛，温柔而顽皮地注视着他，"这叫出其不意攻其不备！"女教师的善意的戏谑，消除了林志超残存的一点拘束。

一见如故之感，使双方都为之惊讶。林志超有些慌乱，动作也有些笨拙。他只觉得有一种无名的欢愉涌上心头，犹如进入芝兰之室，有一种清香、温馨、爽心、悦目、心旷、神怡之感。他对这种奇异的感情，觉得又新奇又不适应，有意地抵制这种魅力的诱惑。

桌上的菜并不算多，却非常实在，是名副其实的家常便饭，没有什么讲究，主人的真心实意和恰到好处的热情款待，使林志超心扉顿开。气质与心灵上的感应之微妙，是不可思议的，犹如磁力的吸引。他不由地侃侃而谈。

老校董不甘寂寞，频频举杯，并执意要林志超多多吃菜。女教师看出林志超只用一只右手，很不方便，便把自己日常用的一把不锈钢的调羹给他，还将菜拨在他面前的碟子里。三杯家酿米酒下肚，老校董的话就多起来，谈兴勃发。这位晚清的落第秀才，学究气很重。郑芳雪并不多话，但她却很善于诱导两人的谈锋。

人老了，有时像小孩，他认为对林营长，只能谈军旅之事，结果难免班门弄斧。炫耀学识，大概这是文人的通病。吴老先生大讲《东周列国志》和《三国演义》中的军事斗争，把吴蜀联盟抗魏，比作今天的抗日统一战线，难免张冠李戴、牵强附会、牛头不对马嘴。

林志超并不予以揭穿，也不立即纠正，更不想和他明辨是非，佯作很有兴味地听着，严格保持着谦恭之态，只是在某些地方，作些补充式的说明。精明的女教师，听得出林营长逻辑严密，譬比精当，立论正确。老校董的冗长紊乱之说，恰成了林志超言简意赅的衬托。

"林营长，我对你今天的报告，有点遗憾，"女教师抓住老校董谈话的间隙，逗趣地说，"你为什么不讲讲你个人呢？院长对你传奇式的经历推崇备至。”

“我感到不大好讲。”

“为什么?”

“有点犯忌。”林志超半玩笑半认真地说,“我的主要经历是三年游击战争,你知道那个时候我在打谁?”

“哈!哈!那有什么关系?”女教师豁达地说,“是历史嘛!一定是极不平凡,引人入胜。饭不能白吃,再来一次补偿吧!”

“补偿?”

“是啊!咱们来个君子协定,在你出院之前,再来学校讲一次,那次可要专讲自己喽。”

“你很会把握战机!”

“是啊!军人的妻子嘛,总要懂点军事。”

“军人的妻子?”林志超犹如听到一声落地的惊雷,那震骇的神态,那失控的声调,一览无余地泄露了他内心的隐秘。他立即很后悔。

女教师察觉了他的失态,有些突然:“是啊!我的未婚夫,在五十二师做事……他也是有过战功的。”

“哟!”林志超极力镇定骚动起来的情绪,“你应该请他来作报告才对呀!”这冰冷的声调,已经和女教师开始疏远。他内心一片空旷苍凉,怅然若失。鲜美的团鳊鱼,也变得索然无味了。

女教师微微笑了。她觉得这位营长是个很容易理解的人,胸无城府,不善于控制自己,处处表露真情。这种人在任何事情上都是可以信赖的。

林志超为了掩饰这种心冷意沉的情绪,兴致勃勃地问老校董附近有没有名胜古迹。吴老先生告诉他,泾县名胜很多,由琴溪台、落星潭讲到桃花潭,由湖山、水西山、白云山讲到大蓝山。只是近处没有,近处只有云岭山和四顾山。他说云岭只有一百五十丈高,是个普通的荒山,只是人杰地灵,由于新四军驻扎,才扬名中外,还吟哦了两句《陋室铭》以为佐证。“四顾山就高得多了!”忽然,他说,四十年前,他投考不中,立誓发愤,登四顾山以抒情怀,写下一首《四顾山赋》,问林营长可有兴致去品评。酒足饭饱之后,他便急于拉林志超去欣赏佳作。强颜欢笑式的应酬，搞得林志超心里更不畅快。

在山村来说，这座大院堪称富丽堂皇。正门高大，可以骑马直入。院子是长方形的，十分宽阔，中有古树、假山、花坛，正厅作为教室，显出庄重典雅的派头。由于缺乏修缮，已很破旧。这个书呆子一生不会理财，心地善良，过分迂腐，虽然省吃俭用，到头来，六十多亩田地和丰厚的家财，仍然在他手里当净卖光。

他一生热心教育，中年时，曾经义务创办"云岭书院"，名气不小，实际却只有十二个学生。现在已是七十多岁的老人，力不从心，便把宅第献出，作为校舍。

《四顾山赋》是老校董用颜体书写的一帧挂轴。第一个字林志超就不认识，第二句第三句不但有不认识的字，而且看不懂：

> 繄四顾之胜峙兮，轶青霄而腾龙；
> 闷神明之嘉址兮，实造化之所钟……

林志超坦白地承认不懂，不知"繄"、"轶"、"闷"念什么，更不知它们的意思。这种"知之为知之，不知为不知"的态度，女教师大为欣赏。女教师代为解释，但也坦诚地说，那是查过字典之后才懂得的。

林志超客气地赞叹了几句，以满足老人可笑的虚荣心。当女教师和老校董送他出了学校大门，走上回医院的沙砾小路时，他还被一种怅惘的情绪控制着。这种失落感，生平还是第一次。

郑芳雪有未婚夫，而且是个顽军军官。这就好像一件稀世奇珍之上被人吐了口浓痰，很不舒服。真是太可惜了！

"林志超，你是怎么搞的？她有无丈夫，跟你有何相干？"他极力鄙视自己这种感情，可是，他仍然觉得很有关系。为了斩断这种莫名其妙的眷恋，他决定甘冒食言之过，再也不进这个学校门了！

他闷闷不乐地走着，努力培植对女教师的鄙视感："夸耀未婚夫是英雄……五十二师这个狗窝里能出骏马吗？"为了抵御感情的泛滥，他求助于推理，"女教师竟然看中一个顽军军官，可见她也是金玉其外败絮其中。蛇要花子弄，马要相公骑，什么人喜欢什么鸟……"

回到医院之后，向刘医生借书，一头扎进《福尔摩斯探案集》里，和那位举世闻名的大侦探去辩论逻辑推理的欠妥之处,假借柯南道尔的手,把女教师从心中排斥出去。两天之内,他成功了,女教师的魔影不再闪现,他为此而高兴。

可是,命运并不就此让步。第三天,他又和女教师会面了,也算是一种不解之缘吧!

二　不是情敌,是敌人

史沫特莱通过上海的《密勒氏评论》报,发表了有关新四军医院的许多文章,介绍了医院的优良作风和艰苦困难情况,为新四军医院募集了医疗器材、药品和经费。这位进步的美国记者,亲自把物资经费送到云岭来。医院开了一个盛大的欢迎会,感谢她的热情支援。英语极为流利的郑芳雪被请来翻译院长的答谢词。

女教师和史沫特莱热情拥抱,双方都激动得热泪盈眶。女教师在翻译完伤病员代表的致谢词以后,先用中文后用英语朗诵了一首诗:

给史沫特莱女士

你的手臂,像中国男子汉那样有力!

你在中国大地上奔走呼号,

中国的尘沙染黄了你的鬓丝。/你已年近半百,却在弹片横飞的战地/救护抗敌的战士!/你那笔,犹如钢铁的长矛,/直刺万恶的法西斯蒂!

你有着伟大的国际主义精神,/你的信条是:自由、解放、正义、抗敌!史沫特莱女士,你是/中国人民真诚、勇敢的朋友,/美国大地伟大的女儿!

史沫特莱女士,

皖南山水,永记你的名字!

这首诗,竟然掀起一场激情的风暴,伤病员、医护人员、女教师、外国记者，都在互相拥抱中，热泪横流。大家都沉浸在战斗友谊的热流中。

林志超更是激动万分：女教师那柔弱的躯体里，竟然有这样豪迈的气魄、澎湃的激情，不能不让人感到惊讶。原来预设的心灵防线全部崩溃，对于女教师的那些不公正的推想，深感愧疚。

当女教师再次叮嘱他不要食言时，他竟愉快地答应了，既是违心，更是情愿。但他和她约定，不能再像上次那样搞“突然袭击”。

“唷，我可没有那么傻，”女教师回答得非常巧妙，“我倒很希望你回请一下，好让我把上回的饭菜捞回去！”

林志超投降了，举起了双手。不但恢复了对女教师的好感，而且比从前更甚。万炮轰不动的阵地，竟然在柔曼的春水里轻易地崩塌，真可谓英雄难过美人关。

林志超第二次去学校，几乎没有惊动什么人，只是对郑芳雪的五十六名学生讲他的童年和三年游击战争的故事，等于替女教师上了两节课。

那故事是令人神往的。女教师趁热打铁，要同学们写一篇作文，命题是：《我应该有一个什么样的童年》。如果林志超知道，他的报告在少年们的心里播下多少英雄主义的种子时，就会满意地感到此行不虚了。

“不吃饭可以，一杯泾县出产的屯绿还是要吃的吧？”林志超又愉快地进了那间散发着芝兰之香的西厢房。

女教师谨遵约言，只备了一杯清茶。交谈中，她问林营长喜欢什么书，并打开书橱，慷慨地请客人自选。

“读书是一种幸福！”林志超站在书橱前，浏览着书脊。

“我有同感，”女教师开玩笑说，“不过，不是那种‘书中自有黄金屋……’。我读书，一是享受，二是排遣，三才是需要……”

“我没有细想，所以不敢苟同。”林志超一边说，一边继续浏览，感叹道，“你的书可真多！”

“这书不是我的！”

“那你有权外借？”林志超回头望了女教师一眼。

“我可以全权处理。”女教师笑笑，“这是我从姨夫的藏书室里搬来的。如果你在这里找不到可看的书，我还可以帮你去找。”

“你姨夫？干什么的？”

“你呀，真是孤陋寡闻了，”郑芳雪弄不明白，她为什么用这样坦诚的、只有同密友才用的口吻和这个人说话，“他是你们的父母官呀，大名鼎鼎的开明缙绅、进步名流陈冠群呀！”

这又使林志超惊讶，犹如上次听了她的未婚夫是顽军军官一样，又感受到了一次打击。他跟陈冠群虽然没有直接打过交道，但对陈冠群存有恶感，因为陈冠群有一个卖国求荣的侄儿。他不知道作何表态才更合适，便随口问道：“你认为我看什么书合适？”

“反正你不会看《圣经》！”女教师玩笑着。

“可惜，你这里没有苏沃洛夫和拿破仑！”

女教师本来要表示遗憾，可是，她美丽的大眼睛忽然一转，笑笑说：“这里有一个和拿破仑齐名的人物，海伦·凯勒，看不看呀？”

“噢？”林志超大为惊奇，疑惑地注视着女教师，“我怎么没听说过这个伟人？”

“这是马克·吐温说的：‘十九世纪中，两个最有趣的人物，就是拿破仑和海伦·凯勒’……”女教师露出戏谑的微笑。

“他是哪个国家的将领？”林志超又躬腰浏览书脊，没有发现女教师的表情。

女教师抿紧红唇，免得笑出声来，信手抽出一本很旧很薄的小书：“你自己看吧！”

林志超急忙翻开扉页，跳进眼帘的第一句话就是：这是一位美国盲聋女作家、教育家海伦·亚当斯·凯勒的故事……“郑老师，取笑客人，可是很不礼貌呀！”林志超仰起脸来，为自己上当受骗而欢欣鼓舞，“不过，我不记仇。你说的倒也很对，如果一个又聋又瞎的女孩子，能成为作家、教育家，她的确是你们女教师心目中的拿破仑……”

“我赞成你的结论！”

“我很奇怪，我们医院里那些布尔乔亚们，怎么一句也没有向我提起过！”

"这叫学海无边!"

"我也赞成你的结论!"林志超告诫地说,"不过,你要当心,我们新四军可是人才济济呀!"他说的的确是实话。

当时,新四军成员的构成大部分是来自祖国南方八省的游击健儿,南方农村教育比北方普及,一般都受过初级教育;一部分来自延安,多数是抗大学校毕业的中高级干部;一部分是来自宁、沪、杭一带的热血青年;还有许多来自印尼、暹罗、缅甸的爱国华侨青年;文学家、艺术家、教育家、经济学家、医学家、军事家都有。重视知识分子,重视人才,这是项英的开明。

大量知识分子的涌入,使新四军的学习兴趣很浓。皖南环境比苏南、苏北、江北安定得多,学习时间也非常充裕。

当时,新四军的领导者们,项英、叶挺、袁国平、周子昆,都很重视对干部的培养教育。他们也都以身作则,潜心读书。

"那么,你也是在济济之内的了!"女教师哂笑着,故作揶揄地说,"我倒看不出来。"

"我马上就给你一个证明,"林志超一边浏览书脊,忽发奇想,放荡不羁的性格,怂恿他和女教师开个大玩笑,"我也介绍一本书给你看。"

"那本书一定很精彩。"

"书名叫'杜洛娃'。"

迷茫的神情出现在女教师的脸上,她也从未听说过这本书。在老校董和陈冠群的藏书室里,她曾如饥似渴地博览群书,不要说读过,就是连书名也见所未见闻所未闻呀!她恍然大悟,一手掩口,一手指着林志超:"营长同志,你在报复我哩!"

"与其说报复,还不如说卖弄,"林志超自嘲地说,"这是我从《抗敌报》记者那里听来的一个传奇故事。不过,这个故事肯定是真的。"林志超把选出的几本书放在桌上,"好,就带三本吧,若是我来不及送还,我有个妹妹在医院里当护士,我可以托她奉还。"

"我倒很想听听那个故事。"郑芳雪和林志超回到桌边落座,顺便对他选的书掠了一眼,是《老残游记》、《再生缘》和林琴南译的《黑奴吁天录》,然后用夸张的警告的口吻说,"是真故事还是编造的,我能听得出来。”

“你在苏联文学史上准能查到。”

“那么,她是一位女作家了?”

“她更是个军人,”林志超说,“那是战地记者白沙在前线采访的时候,由一个偶然的话题讲到的一个故事。他说:在俄国,一个骑兵军官家里,有一个具有男子性格的女儿,她喜欢骑马、挥刀、弄枪,向往父亲那种驰骋疆场的军人生活……”

“那是一个外国的花木兰了。”

“花木兰未必真有,杜洛娃却是真的。在二十三岁那年,她女扮男装,加入了骑兵团队。在拿破仑入侵俄国时,她奋勇战斗,屡建战功,被授予乔治十字勋章。这是俄国军人最高的奖赏。十数年戎马生涯,从一个普通士兵升为骠骑兵大尉……”

“有什么证据说它不是传说?”

“有史书为证,有她自己的作品为证。”林志超继续讲他的故事,“直到她在战斗中负伤,医生才发现她是女的。消息传开,全俄国都大为惊奇,她只好离开了骑兵队,写了一本自传小说《一个女骑兵的札记》……”

“不会是别人伪托?”

“开头,人们也和你一样,不相信是她写的。可是后来,她连续出了几部作品……哟,已经快十二点了!”林志超看到墙上的挂钟,叫了一声,急忙站了起来。

愉快的谈话,忘记了时间的流逝。女教师也站起来,准备送客。

这时,在院子里传来咴咴的马嘶声。“芳雪!芳雪!”两声洪亮而兴奋的高叫。

林志超和女教师同时出现在门口:他们看见一个国民党军官正在院中的梧桐树上拴马。

“哟!有客人?”这个军官回头发问。

林志超一眼就看清了他的少校军衔。

“家庆,你怎么这时候来了?”女教师稍稍有些尴尬,“来,我给你们介绍,这是林营长……”

林志超和陈家庆四目相视，震骇万分，双方都像看到了怪物，都没有听清女教师如何介绍，都把刚刚抬起还没有伸出的手放了下去。

林志超熟悉这个人，但现在和第一次见他时，大不相同。笔挺整洁的细呢军装给他带来令人羡慕的威仪。他身材高大，匀称，端正的国字脸，白嫩中带几分红润。有力的下巴刮得很光，胡茬子泛着淡青色。显然，他控制住了慌乱，极力作出泰然的姿态，可是，一时间还想不出任何办法以应付眼前的局面。他目瞪口呆地盯视着他的灾星。

林志超愣怔地僵在门口，他简直不相信自己的眼睛，心中无限困惑："这是怎么回事？难道他就是郑芳雪的未婚夫吗？她竟然把他当成英雄？太不可思议了！……"

郑芳雪吃惊而又迷惑地打量着两个军人，看看这个又看看那个："怎么？你们认识？"

"嘿！不认识！"林志超的牙床骨活动着，咽了口唾沫，眼睛没有离开陈家庆那张冰冷、窘困、狼狈、绝望的脸。

"郑小姐，真对不起，我要耽误午饭了！"他没有向郑芳雪看一眼，就跨出门槛迈下台阶，像冲过瘟疫传染区似的，急步走出校门。

"粗暴无礼的家伙！"陈家庆怒视着林志超的背影，用马鞭抽打着黑亮的皮靴，然后用责备的目光盯视着女教师，忽然清醒过来，气急败坏地大叫大嚷："你怎么能跟他来往？这个坏蛋，怎么钻到你这里来了？"

"你们到底是怎么了？"女教师满腹疑团，怔怔地望着未婚夫。

"以后，不准你跟这种人来往！"缉私大队长气汹汹地吼叫着，怒冲冲地闯进屋里，把马鞭向桌上一摔，打翻了林志超用的那只茶杯，但没有滚落在地，被林志超未带走的三本书挡住了，茶叶水沿着桌面四下涌流……

刚到手一枚精美的钻石别针，迫不及待地给未婚妻送来，现在，他连一点兴致也没有了，心绪恶劣。眼前升起一团黑雾，挡住了他的幸福。

女教师仿佛不认识她的未婚夫了，坐在那里的是什么人，粗野、丑陋、无礼、凶恶？平时的他到哪里去了？

事过三天，林志超出院回到前线，郑芳雪无从知道他和陈家庆之间，存在着多么可怕的纠纷或龃龉。

林志超调来军部，和郑芳雪近在咫尺，他偶尔从郑冬生那里听到女教师的一点消息，但他极力避免见到她。对女教师那种难舍难离的迷恋，早就不治而愈，不除自消了。他认为从郑芳雪的魅力下得到彻底的解脱，是一大幸事。

可命运并不就此罢休。

1940 年 10 月 4 日，日寇调集第十五师团、第十七师团以及杭州地区一一六师团各一部，共万余人，由空军配合，采取分进合击的战术，向泾县云岭地区进行了空前规模的大"扫荡"。林志超跟随叶挺、周子昆在前线作战，苦战一周，取得了反"扫荡"的胜利。回到云岭，郑冬生送给他一个纸包。是他跟陈家庆邂逅的那一天，没有带走的三本书，其中还附有一封短信。林志超知道这是谁托人送来的，但他已不再激动，平淡如常甚至是十分冷漠地把信慢慢打开：

林营长：

您好！

听冬生说你早已调军部来，近在咫尺，为何不到学校来玩？喜闻凯旋，不胜欣慰，回想劳您两次授课赐教，感奋弥深，未敢相忘。前日夏历九月初九，重阳佳节，登高远望。学生们犹忆及林营长给他们的鼓励，多方询问，怀念之情，感人肺腑。你和家庆之间，一定发生了某种可怕的误会，如能两相释然，诚为万幸。细想当时双方情状，百思不解。那天你愤然离去，如今又不想见我，大概因为我是一个国民党军官的未婚妻吧？思之再三，却又不像为此，因为第一次相见，你已知情，虽有遗憾之状，却未妨碍我们愉快的畅谈。因此，我非常担心，你和家庆之间，曾发生过不寻常的纠纷。每当我向家庆问及此事，他总是火冒三丈，避而不答。言词之间，似乎你做了对不住他的事情。你侮辱过他吗？你欺骗过他吗？即使真有，那也定是误会。

仔细忖度你的经历和为人，也许恰恰相反，是家庆对不起你，若果如此，我愿代他向你致歉，恳请你的原谅。你心胸坦荡，刚直纯正,不管谁是谁非,难道你没有勇气言明?我和家庆是姨表兄妹,幼年订亲,而且,我觉得家庆乃有为军官,并非坏人,我希望你们能尽释前嫌,成为良友。

上次欲借之书,竟未带走,今托冬生带上,阅完后,请再来选取。如再来校,我将把学生们的作文《我应该有个什么样的童年》给你看,你会高兴的!

有幸见到你聪明、开朗、活泼的妹妹。可她长得一点也不像你。

祝

好!再见!

郑芳雪

10月11日谨上

这封情真意切通情达理的信,像一股热流,化解了冰封的感情。林志超处在极大的矛盾中。直到新四军北移在即,直到他听郑冬生说郑芳雪在新年就要结婚。

“不管谁是谁非,难道你没有勇气言明?”女教师恳切的声音,是那样深切地刺入林志超的心灵,顿时觉得不回信,是一个严重的错误。那是对女教师的葬送,是对真理与正义的亵渎,这里面有没有夺人之爱,有没有离间别人的感情,他不愿细考。他认为,如果听任郑芳雪与陈家庆结婚,就等于见死不救!林志超不再辗转迟疑,他立即披衣而起,埋头灯下,握笔疾书:

郑芳雪老师:

来信及书早已收到,非常感谢。在我决心回信之前,心情十分矛盾,生怕这封信违犯做人的道德,更怕给您带去伤害;唯恐因为我对你的私情,使我做出卑鄙的举动。现在想来,这是糊涂,这是错的!

说假话是可耻的,但有时说真话更难。因为我这张匆匆写成的信纸,肯定会毁掉你们的婚姻(也许我太武断了)。我现在已经无暇详述我心情的变化过程,只想此信早一分钟展开在你面前。

我现在向你讲一个并不生动而令人沮丧的故事：

1938年初冬（具体日期记不清了），下着潆潆冷雨，我带领一连第三排，运用三年游击战争的经验，偷袭了峨桥镇的日伪税务所，在这次没有响枪的战斗里，我们捕获了九名敌伪分子，还缴获了将近五千元现款。

三排长王自中，从一个女人的热被窝里，拉出一个人来，这人害怕杀他，便跪在地上哀求我们高抬贵手。他说他是国民党的上尉军官，并掏出证件让我验证。他还把他的手表、金笔和随身携带的五百元伪钞，全部奉献出来，只求活命。其卑劣情状，羞于细说。这个民族败类，为了牟利，竟然和日伪勾结，用抗敌财物去资敌。

我们把他当做俘虏，送到军部，三战区联络副官陈淡如偕同章渡区区长几经交涉，把他领回，并允诺依法严处。结果，一年后，他被晋升为少校，并立了战功。

林志超把这个类似揭人隐私的事实经过写完了，长嘘了口气，既像如释重负，又像特别沉重，笔在手里旋弄了很久，不知继续写什么好，同情？鼓励？预祝她重新获得幸福？指出她正确对待的方法？还是劝导她……"算啦！"他把笔一丢。也没有署名，把信夹进顺手拉来的一本书中。《再生缘》！

三　拯救女教师

信送出之后，林志超忐忑不安的心情很快平静下来，又为一种奇异的激动心绪所代替。正像一个赌徒，下定赌注之后，急等着宝盒打开。不！他不是这种心情。倒像是一个恶作剧的孩子，失手打坏了别人的珍物，而后躲藏在旁边，瞅着它的主人发现之后，作出什么样的反应。不，也不是这种心情。他觉得做了一件好事，犹如一个猎手，"砰"然一枪，击倒了一只野兽，救出了一个落入虎口的姑娘，他急待着姑娘从惊恐中苏醒过来，向他投来感激的目光。

第五天，他接到了郑芳雪的信，那是女教师的学生送给他的。

林志超同志：

我在给你写信的时候，心情是平静而又美好的，正像狂风暴雨袭击过后，天空分外明朗，万物洗刷一新一样。

志超同志，你拯救了我，一个"衷心感谢"的表示，不是太轻了吗？在这件不幸（也许是大幸）的事件中，你是对的，我也没有错。我和陈家庆已经决裂了，真是因祸得福。对新生活的希冀，对美好前程的展望，对生活中发生奇迹的欲求，在我的心灵中散射着火花。但我对未来仍然忧心忡忡，不知命运将给我意外的恩宠还是致命的打击。

事情是这样凑巧，在接到你信的第二天，陈家庆兴冲冲地骑马来校，还带来一匹驯顺的小红马，接我去章家渡，看那粉刷一新的洞房。他一下马，就大喊大叫，喜气洋洋地跨进我的房间。当我提了一下峨桥镇敌伪税务所，他就像被火烧了似的号叫起来，破口大骂！我没法描述他那粗野、无礼、轻浮、残酷的表情，那些污言秽语写来会使笔纸受到玷污。他声称这是造谣，这是中伤！他发誓要报复，要反击，要你向他道歉。如果他有勇气，我想，他会像中世纪的那些骑士们仇杀决斗一样，和你刀枪相见。

我惊骇地看着他那极端无情的表情，我从未发现他的脸上还有凶恶的横肉，能直愣愣地瞪着眼睛，像要寻找一种利器，来抵挡致命的打击；又像要认准敌手要害，猛投过去！我是那样的平静，在他冲天怒火的光焰中，我看清了他的原形。他像一阵怒风似的卷出了校门。强烈的恐怖袭上我的心头："他会加害于你吧?!"我追出校门，看到他的背景消失在伸向章家渡的树丛里，我才稍稍放了心。我整天都为你的安全祈祷。我是个不幸的姑娘，十三岁就失去了双亲。我是在大姨夫和大姨妈的关怀下长大的。据说，我的父母死得很不名誉。他们犯了不可饶恕的罪孽，作为无可救药的坏人，死在芜湖的牢狱中。

我的姨夫陈冠群，劝我把他们忘了，免得我心头笼罩着阴影。整整十年了，父母的面容已经模糊，像消失在远方的梦境，沉淀到我记忆达不到的地方去。深夜的静谧，像一床巨大的棉被，掩盖了尘世的喧嚣,它既便于回忆沉淀在心底的往事,也便于从容不迫地想象未来。

我跟陈家庆一刀两断了,好像事情并不能如此简单地了结。陈家庆到学校来的异常举动,已经在学生间悄悄传开,在学生家长间也出现了许多议论,真是人言可畏,众口铄金,好像陈家庆的咆哮,以及我的拒婚,都来源于我不够清白！老校董已经来过,向我提出种种劝告。那真叫人啼笑皆非。好心的相劝,恰恰是把我推向火坑。

生活是多么的怪异,有没有真正把它看透的哲人？我自信我非常清醒,可是我非常迷茫,不知所向。那些糊涂人,却认为自己非常清醒。这就难怪,推崇哥白尼"日心说"的乔尔丹诺·布鲁诺,被烧死在罗马城的鲜花广场上,而那些皈依上帝的善男信女们还骂一声"活该"！作恶者受到庇护,无辜者反受惩罚,而且惩罚的手,不但来自敌方,很可能来自亲人。如果有恶人暗中推波助澜,很可能逼我丢掉教鞭,退下讲台。啊！我到哪里去呢？

显然,命运这个恶妖婆,要我去体验坎坷的人生！志超同志,请原谅我这样信笔唠叨,除了你,我还能向什么人倾诉衷肠呢？室外夜黑如漆,出于某种心理原因,我不愿你对我与陈家庆之间的往事有所误解,非常想对你言明:我最初对陈家庆的印象的确不坏,由于他在上海上学,我在南京读书,见面机会很少,又加年轻幼稚,很难说对他有正确的了解。陈家庆肄业于同济大学经济系,在反日救国的热潮中,他决定精忠报国投笔从戎。1935 年夏天,他到星子县中央军校特别训练班受训。

这些年来,他戎马倥偬,我潜心教学,在极少的接触中,他总是谨言慎行,几乎没有非礼的举动,只是在你们见面之后他才忽然变成了另一个人。在接到你信的最初几分钟里,我震骇莫名,只觉得你说的是另外一个人。这是多么不可思议。好了,这段梦幻式的生活之页,总算翻过去了,我将掀开新的生活篇章。我冷静地把目光投向未来,未来会是什么样呢？

和陈家庆决裂,越想越不简单。我的姨夫对这件事怎么说,怎么看？我的姨妈知道后会有多么伤心？我是在他们抚养下长大，情深似海，恩重如山，世人怎么评论？会不会说我忘恩负义？会不会说我以怨报德？我今后，还能不能走进章家渡那两扇黄色的大门？……啊！刚才油灯灭了，屋内一片昏暗，森冷如冰，恰像我面前的处境，我不知何去何从！低头默想，抬眼仰望，在重新点燃的烛光里，陶行知先生书写的那副联语，在墙上闪着微光："捧着一颗心来，不带半根草去。""千教万教，教人求真，千学万学，学做真人。"

我记得十二岁那一年，父母在宣城犯法入狱，是陶行知的夫人汪纯宜把我接往南京，在她的关照下，我在南京北郊劳山脚下的晓庄师范上学。我父亲郑大华，我母亲姚玉莹，和陶行知先生都曾在金陵大学文科读书，而后父母一齐到宣城中学任教。此外，我对父母一无所知。我自幼就受陶行知先生教诲："为一大事来，做一大事去"。这便是我一生躬行的信条。在我来说，"大事"就是兴办农村教育，我没有把"南堡"办成第二个"晓庄"的雄心，但"终生从事农村教育"，是我的誓言。谈不上报答祖国、人民，不过我绝不辜负陶先生的期望。

我不能再写下去了，手脚都已冻僵。此时，正是黎明前的黑暗，寒风敲打着门窗。我感到向所未有的孤独。

我想，我给你写这封信，目的何在？是倾诉衷肠吗？仅仅几次交谈，相知未深，这样做合适吗？我当然希望得到你的指教和帮助，可是，你又能给我什么帮助呢？无异于使你为难了。从各种迹象看，你们北移在即，戎马倥偬，驰骋沙场，即使你想援助于我，恐也爱莫能助了。

我曾想到随军北上，可我又能干什么呢？新四军会不会收留我呢？一个祖国叛徒的未婚妻（感情的决裂不等于解除了婚约），一个国民党章渡区区长的外甥女，一个罪犯的后代……即使收留，陈家庆干不干？陈冠群干不干？会不会引起两党的纠纷？新四军会不会因为一个青年女子随军而甘冒发生轩然大波的危险呢？常言说，车到山前自有路，我也只好把自己交给命运的洪流，任它把我冲向不可知的远方了……

顺祝

近安！

郑芳雪

12月21日于灯下

林志超看完信后，焦虑万分，他一时想不出任何妥善办法帮助女教师脱离困境。周子昆要带他到工兵连去看架桥演习，又绕向特务连去看他们的攀登训练，没有办法抽身到南堡去。

12月24日回到罗里，正要抽身去南堡，又接到郑芳雪一封书信：

林志超同志：

日夜急盼你的回音，但知你公务在身，不能自主，奈何？今天，姨夫派人来接我去章家渡，说我姨妈病了，要我去照看她。我和陈家庆的决裂，他们绝不会袖手旁观，必然从中说和，去与不去，我很为难，急于和你商量。

昨夜辗转反侧，忧心如焚。忆及父母悲惨遭遇，更是伤怀，忽想父亲正直严峻，母亲温文尔雅，她那常带微笑的面容，分外清晰地凸现在我面前，像他们这样的人，竟会因为非作歹而死于非命，这是多么不可想象，这是多么让人费解。

忽然想到，你在报告时，简单讲到的那个"劫狱"的故事，又忆及陶伯母嘱我不要过问大人们的事的神情，我似乎有所醒悟。我的父母，会不会是你说的那种"地下党员"？这件事情怎么才能查清？用什么办法才能找到证明？

事已至急，切盼你的指教，你如实在无暇来校，我去罗里造访，是否合适？盼告。

郑芳雪

12月23日急书

林志超只和科里值班参谋说了一声，便向通讯排要了一匹马，直奔南堡。他向女教师提出几点建议："苦恼是没有用的。不要因为别人的过错惩罚自己。事情的确非常复杂，但并不像你信中说的那样无望。

面对厄运的打击,只有抗争。"

"这既需要毅力,也需要经验……"女教师懊丧地说,"我都没有……"

"毅力是在厄运的敲打中产生,经验也是从斗争中获取,办法往往是逼出来的。我想,章家渡你应该去!斗争需要策略。你必须先用缓兵之计,在陈冠群和你姨妈面前,表现出有回心转意的可能。退却和迂回,才能保存自己……"女教师神态专注地听着。

"你一定要提高警惕,既提防陈家庆,也提防陈冠群。你的盾牌和掩护者就是你姨妈,不要轻离她的左右。还要藏一件短刀或是匕首,以作防身之用!"

"难道在危急时,还要杀人?"女教师愕然。

"这是生活逼的,生活也是战场。如果打无辜的孩子一个耳光,这是不可饶恕的残暴行为;如果杀一百个敌寇,那不就是叫人尊崇的英雄了吗?"

"我懂了!"

"你父母的遭遇,其中定有冤情,很可能是两个革命者,被人出卖,栽赃式地安上了罪名。皖南地下党被破坏得十分严重,在目前情况下,要查清很难。我想,陈冠群和你姨妈,定会知道一部分甚至大部分真情,只是欺瞒了你,歪曲了事实真相。"

"啊!你真了不起!"女教师已经忘记了痛苦和忧戚,变得振奋起来,略带疑虑地说,"可是,这件事我在晓庄时,曾问过陶伯母,她只是说我父母不是坏人,可并没有说明他们入狱的原因,我只当陶伯母在安慰我。"

"不,只是他们不敢向你说明真情,我记得你信中说过,那时你才13岁!"

"是的!"

"这种生死攸关的机密,怎么能对一个十三岁的孩子说呢?"

女教师已经不再忧伤,她产生了一种斗争的渴望,血管里沸腾着炽热的激情。在分别时,女教师紧紧拉住林志超的手:"谢谢,遇见你,真是三生有幸!"

"如有急事,你可以立即找我!"

"当然!"

林志超从衣袋里取出一把只有五寸长的小匕首,非常精致,绛紫色的木柄上,嵌着金银花纹,与其说是武器,不如说是一把裁纸刀,一件玩物,一件艺术品:"你带上它防身吧!"

"啊!真好看。"郑芳雪惊喜地说,"这是很贵重的吧?"

"应该说是很贵重的。"林志超说,"这是在三年游击战争时期,我从一家大土豪家里搞到的,也许是他家的传家宝吧,我已经保存了五年啦!"

"啊,太珍贵了!"郑芳雪迟疑着,好像不好意思接受这样的重礼似的,但她又多么想得到它呀!

"你要学会用它!"林志超给她做了几个示范性的动作,"刀尖朝下拿,要翻转手向外插……如果向前,就没有力量,如果向下,对方一闪,就会伤了自己!"

"还真能用得着它?"

"以防万一!"

四　千军万马

林志超策马奔驰,他无法排遣得知暗杀之后的忧虑。如果他此时知道真情的话还要焦急百倍。命运之神在开他们两人的玩笑,一个恶毒的玩笑。在他策马由罗里村奔向南堡时,郑芳雪在章家渡;他策马涉过山溪,赶往章家渡时,郑芳雪却从章家渡到了罗里村。他们像捉迷藏似的互相寻找,却失之交臂,枉自绕圈。林志超这趟无谓的出差,使他和郑芳雪的损失都太大了!

山路上开来一支部队,并且推、拉、抬、扛地带着各种器材,这是工兵连。林志超立即下马,不仅仅是为了让路。

"林营长!"工兵连长王自中从队伍里跑了几步,迎上前来,"你到哪里去呀!"这种老称呼里潜隐着一种深情、信赖、友谊和爱戴。即使林志超当了司令员,他也改不了口了。

林志超用马鞭指指三支队的方向,算作回答。而后问道:“你们干什么去?”

“我们奉命到章家渡作架桥演习!”

“谁通知你们的?”

“赵处长!”

工兵连的大部分战士,都熟悉林志超,都用敬佩和爱戴的目光注视着他们的老营长。工兵连长王自中原是林营一连三排排长(这个工兵连就是以三排为基础扩建而成),在峨桥镇从妓女被窝里活捉陈家庆的那个排长就是他。

林志超看着战士们都嘻嘻哈哈地背着上百个美孚煤油桶,这些长方形的洋铁桶发出咣啷咣啷的响声,那是一曲顽皮而又快乐的歌。

林志超一把扯住工兵连长,把他拉进路边的树丛里,低声而严肃地说:“那天演习时,周副参谋长不是说了吗?用油桶架浮桥靠不住!”

“我向赵处长报告过,他说没有关系,眼下是枯水季节,水面只有二三十公尺……演习嘛!”

“你糊涂!”林志超严峻地瞪了他的老部下一眼,“我告诉你,这次搭桥,要经得住千军万马!”

“营长,”他叫惯了,“有行动吗?”王自中从林志超的神情里,仿佛听到了炮火的轰响,看到了漫卷的硝烟。

“演习也要逼真!老王,你是个军人。除了坚决执行命令外还应该有灵敏的感觉,明亮的眼睛,复杂的头脑!先让部队开进,我还有话问你!”

工兵连长向部队作了个手势,部队急步向前。

林志超还像当营长时那样对工兵连长作指示:“到章家渡向骆股长多要木料,桥面要宽,多打木桩,明白了吗?”

“明白!”

“你和莲姑的事怎么样了?”林志超低声问道。这声调已经不是上级对下级的命令,而是兄弟间的关切。

“我一直没敢和她来往。弄一个党内警告还不够吗?”工兵连长痛苦地说，“我们一走，她就活不成了！”他那平时宽厚温和有时却又执拗倔强的眼睛，哀伤地盯着老营长。好像在四面受敌的危急时刻，希望这位精明的指挥员，指给他一条脱险之路。

林志超实在想不出妥善的办法挽救那个苦命的童养媳。这也许是比郑芳雪更为棘手的问题。北移，将给多少人带来苦痛？将使多少人的命运发生剧变？它会改变多少人的生活格局？也许正因为这样，生活才呈现出它的波澜壮阔，它的曲折复杂，它的惊心动魄，它的丰富多彩。也许正因为这样，生活才显示出它的神秘，它的瑰丽，它的壮美！真善美与假恶丑的殊死决斗，才使生活的大舞台上出现奇观，闪现异彩！

“营长，咱们北移，能带老百姓吗？”

“恐怕不行！”林志超遗憾地摇摇头，“只有已经暴露的地方党员和干部，才有可能跟随东南局机关一齐撤离，而且人数绝不会多！”

“那怎么办？”这位力大如虎的壮汉凄惨地长叹了一声，按他那魁伟的体魄，他应该是怒吼咆哮。

“告诉莲姑，一定要忍住！要想法找当地游击队，等我们回来！”

“是！”林志超注视着王自中那张淳朴憨直的农民式的脸，黑苍苍的，前额和眼角上凝聚着深深的皱纹。

“他比我还小两岁呢。”林志超忽然触动了内心深处细腻的柔情。在三年游击战争时期，王自中一直是他分队的战士。“他老得多快啊！”林志超想着，心头漾起无限怜惜。

“就这样吧！”林志超似乎因为不能给老部下解忧去烦，产生了一种负疚感。他本应该详细地跟他探讨摆脱困境的办法，可是，顾不上了。

“想着你的桥！”他像委以重任似的握握工兵连长的手，飞身上马，向着前面杂树丛生的山丘奔去。凛冽刺骨的寒风，把他的面颊刺得血红。

这时，郑芳雪在罗里村。她找不见林志超，只好把在章家渡陈冠群家中所见所闻的极端紧急而又机密的种种迹象，告诉了参谋处长赵令波。

五　女教师和她的家庭

陈冠群坐在他的大书房里。他五十来岁，已经开始发胖了，面色红润，没有皱纹，闪着油光。头发黑，但已谢顶。下垂的眼泡使他显出老态。他的牙齿很好，整齐而又洁白。他喜欢微笑，那种和蔼开朗而又庄重的面部表情，给人一种谦恭慈祥的感觉。“芳雪，我就要到县里去开会，今天不能和你多说了！”陈冠群随手整理着皮包，抬起头来关切地打量着坐在写字台对面的外甥女，“看过姨妈了吗？”

“看过了。姨夫，我不明白，姨妈并没有病，而且还有吴妈照顾，你让我来是为什么呢？”郑芳雪装傻，但自知出师不利，表情很不自然，“寒假前，学校里的事情很多！”

“这孩子，在姨夫面前要滑头，”陈冠群温和地申斥着，“你当然知道为什么。”他把皮包往沙发上一放，坐在外甥女对面，声调突然变得严肃起来，“我想，在近期内，你必须离开南堡。”

“那怎么可以？”郑芳雪悚然一惊，表示抗议，“我能放下学生不管吗？再说，老校董也病了，我还要照应他呢！”

“这事不用你操心，我跟吴保长交代过了，要他临时请一个代课的老师！”

“不！这怎么可以？我绝不离开我的学生！”

“不能任性！”陈冠群的面孔冷然一板，但没有失去原有的和善，仅仅是由宽厚的长者过渡到严格的家长，“新四军不久就要开拔，等他们走了，你再回去！”

郑芳雪沉默不语。对于如何斗智她很不娴熟，谈话的气氛跟原来的预想完全不同。

陈冠群审视着女教师那俊秀的脸，那是一副阅历浅薄不谙世事的天真纯朴的表情。“你今年已经二十三岁了吧？在乡村里来说，已经过了结婚的年龄了。过会儿，你可以去看看给你们准备的新房。”

“姨夫，你知道，我和家庆闹翻了！”

"什么叫闹翻了?"陈冠群轻描淡写地说,"不吵嘴不成夫妻,年轻人嘛!今天气得动拳头,明天好得要割头……"

"不!你知道,我们争吵是为什么!"郑芳雪警觉而又谨慎,就像在暗夜里走进深山老林,迈一步探察一番。

"这是你的幼稚!"陈冠群等吴妈给他们续茶离去之后,继续说,"谁是仇人?谁是朋友?你根本就搞不清楚。家庆和峨桥镇税务所有来往,有什么错?他还不是为了你们将来过好日子吗?"

郑芳雪震惊极了!难道她面前坐着的就是进步爱国的开明缙绅和党国的干部吗?就是口口声声拥护新四军的民主人士吗?"姨夫,我怎么越听越糊涂了?难道敌人不是日寇,朋友不是新四军吗?"

"你呀!只看事物的表面!"

"我不懂!"郑芳雪不是装傻,倒真的有些迷惑了。

"国共合作,同床异梦。倘若抗战失败,天下总有一天还是我们的。可是让共产党壮大起来,我们就死无葬身之地了!日寇是暂时的疥癣之疾,共党才是真正的心腹大患啊!"陈冠群看看靠山几上镀金的座钟,觉得时间还很充裕,便索性讲得更明显一些,"共产党为什么要到敌后去发动游击战争?那是为了壮大自己,收买人心,争夺地盘,将来还是要实行'打土豪分田地'的暴力恶行。你不要看我们到处失地丢城,像广州,还不是我们自己撤出来的?……"

"为什么?"

"为什么?"陈冠群学着外甥女那傻里傻气的声调,"我们和日本鬼子拼得两败俱伤,将来还有力量和共产党争天下吗?"

"我有点明白了。"女教师恍然大悟地说,"这就叫消极抗战和积极反共的一致性!"

"这是共产党的说法,我们的说法叫'攘外必先安内'。当然,现在合作了,不好再公开这么说了!这一点国民党和共产党都是心照不宣,只有你们这些人糊里糊涂。苏北的黄桥之战,谁打谁?还不是新四军打了我们的八十九军!"

"可是,我听人说,八十九军先去进攻黄桥!"

"这也是我叫你离开南堡的一个原因,在那里,你会中毒的。听说你还自作主张，请什么‘抗敌英雄’到学校里去作报告！真是荒唐……”

“陶先生说‘生活即教育，社会即学校’，教学生们爱国有什么不对？”她只是稍作抗辩，绝不超出“缓兵之计”所允许的范围。

“爱谁家的国？爱中华民国还是爱共产党在匪区成立的那种苏维埃？我怕你那些学生学到的不是爱国而是造反！”

此时，郑芳雪认为不反驳为好。

“我知道，你信奉陶先生的‘为一件大事来，做一件大事去’，可是，没有钱是办不了大事的，家庆缉私，功在党国，再说，也是为了你。”

“为我？我怎么会要卖国求荣的钱？”郑芳雪忘了戒备。

“芳雪，你今天变得不懂道理了，”陈冠群面带凄恻，“芳雪，你不知道姨夫的心。我对仕途沉浮已经厌倦了，想过几年清闲日子。希望寄托在你们身上。种墨园是咱家的祖业，即使新四军走了，我们也不回罗里了。你看见了吗？云岭山洼像个簸箕，罗里正在簸箕口上，只要时代一颠簸，就像糠稗似的飞走了。那不是个聚财的地方。”

“你相信风水？”郑芳雪愕然地看着姨夫。

“蒋委员长也相信风水。我勘察过了，我要在四顾山南麓修座山庄，这要花很多钱，我还要兴办教育，建立一所私立高等师范学校……”

“你还要办学校？”外甥女更为惊愕了。

“是的，我要建立一所‘冠群师范学校’，自任校长。”

“你有兴趣办教育？”郑芳雪真是大出意外，“那么，我教国文还是教英语？”

“不，我想好了，我要你当教务主任，我这个校长只是挂名的，实际上，由你主办。你可以大展宏图了！”

陈冠群为外甥女描绘了一幅多么美妙的图景啊，仿佛东风已在室内荡漾，皖南山区已经桃李盛开了。这是怎么了？郑芳雪本来怀藏匕首准备拼命而来，迎接她的却是满园春色。对于厄运的恐惧，消失得多么迅速，骤然间充满了美妙的向往。在这位热心教育的女教师面前，出现了一排排窗明几净的校舍，教室大楼就掩映在苍松翠柏之间。她仿佛看到南堡小学的学生已经长大了,仰望着讲台上的她。“陶先生,我没有辜负你的期望!”女教师想像着,犹如梦境。

“这要花很多钱吧?”郑芳雪终于清醒了。

“连聘请教员在内,大概需要五万元!”

“啊！我的天!”郑芳雪简直目瞪口呆了,“五万!”

“所以,家庆必须为你的教育事业筹足资金!”

“我不明白!”郑芳雪真正感到迷惘了。

陈冠群站起来,看着骇极而呆的外甥女,到衣架上取下高筒水獭皮帽和驼色围脖,提起皮包,走到门口又转身提出最后的忠告:“我说的都是真情,你好好想一想吧!”

郑芳雪在书房呆坐了好久。人世间的事物原来是这样复杂呀！看来,林志超错了,绝对没有他说得那么严重。她不怀疑林志超的诚实,却怀疑他的判断。

这间书房和对面的客厅对称。走上台阶,就是橡木地板铺就的只有两米宽的楼道。书房在东,一面窗口向南,一面窗口朝向院内,前为书室,后为陈冠群的寝室;客厅在西,一面窗口向南,一面窗口朝向院外。客厅后部,有一楼梯,由此上楼。书房除窗口一面的墙壁挂满字画外,其他三面墙壁几乎被雕花红木大橱排满,显得厚实、古朴、沉稳。郑芳雪到章家渡来,这里便是她的窠巢。

直到深夜,她才轻轻上楼,进入她那多年不住的只有一扇小窗的房间。今天,她无心看书,一味遐思冥想,直到吴妈来叫她去跟姨妈一起用饭,还恍然如在梦中。

姨妈坐在一张有扶手的绵软的安乐椅里,身上盖着绿底白花的毛毯,手里捧着精美的镶嵌着金丝的景泰蓝水烟袋,呼噜呼噜一袋接一袋地吸烟。她面容瘦削,神情悲怆,目光迟钝。郑芳雪坐在她的身边,静听着她倾诉衷肠。

“孩子！听说你陪我几天,真是谢天谢地。”她一边吸烟,一边咳嗽,一边絮叨,“我整天就像个死人似的活着,没有事做,也没有舒心的时候,没有一个可以说知心话的人！没有欢乐,只有悲伤！我整年受着风湿病的折磨,这些日子又犯了心口痛的病,整天和这水烟袋做伴,医生说我心脏不好！我进陈家门来，人家都以为我享了大福，可是，天晓得，我没有过过一天称心的日子！”她说得语无伦次，仿佛她的生命随着她的倾诉慢慢耗尽，渐渐衰弱下去，“平常，我半个月不出门不下楼。到了冬天，我就像冬眠一样，从冬至到立夏，五个月，都在这房里躺着，坐着，这房子就是一口活棺材……”

郑芳雪非常伤心，保持着沉默。她很可怜姨妈，真想不到她会落到这种地步。这滔滔不绝的倾吐，在她听来，比眼泪更加可怕，她真想推托这天累了快些离去。她不明白，具有温良恭俭让诸多优秀品性的姨夫，怎么让姨妈陷入这种生不如死的悲惨处境。

按林志超的嘱托，她应该和姨妈睡在一个房间里，但她觉得可怕。这个屋子阴暗窒闷。她刚才去看过自己久已不住的房间，在姨妈对面，在吴妈旁边，房门是橡木做成，里面还有插销。她还是想回那个房间去住。

她在寻找告辞的机会，姨妈却絮絮不休。“有时，我对着墙壁说话，有时，我对着天主祷告，”姨妈向墙上的基督受难图望了一眼，“人生下来，就是受苦受难的啊！孩子，我这一辈子，没有生男育女，这才把家庆过继过来……听说你们吵了嘴，是吗？”

郑芳雪点点头，出于缓兵之计，她作出一个与自己心情完全相反的笑靥。

姨妈放心了：“本来打算在这个阳历年给你们办喜事的。西院的房子都粉刷好了。只是你们这一闹，看来来不及了，也许向后推上个把月，另选个黄道吉日更好。这些日子，你姨夫，家庆，全都忙得团团转，看来，好像顾不上办喜事了……唉，这是什么世道，是不是要打仗了？”

“怎么会？和谁打，日本鬼子又没扫荡。”

“谁知道呢！你姨夫从来就不把我当个活人看，只是把我丢在这口活棺材里，给我吃，给我喝，还不如喂条狗。”

“姨妈，我原来还以为你很享福呢。”

“那是你不知道我的苦楚。你来了，只向我问个好，就忙自己的事去了，从没有这样坐下来和姨妈谈谈心！这可好了，我这个冬天有你做伴就好了！”

“不是有吴妈陪你吗?”

“她哪有闲工夫? 一睁开眼就忙,洗衣、做饭、打扫、伺候客人……再说,有些心里话,怎么能和外人说?”

“那倒也是。”郑芳雪对姨妈怀有真正的同情和怜悯。同时,她忽然想到林志超的嘱咐,变得精神抖擞起来。她应该利用姨妈这种倾诉衷肠的愿望,把这个家族的历史,把自己的身世弄得更清楚一些。她趁姨妈把水烟袋放在圆桌上时,急忙抓住姨妈那瘦骨嶙峋苍白多皱的手,一半真诚一半策略地说:“姨妈! 你有什么苦楚,就向我说吧。今晚上,我要陪你多说会儿话!”

姨妈也像干枯的禾苗受到了微雨的滋润,陡然来了精神,喊吴妈沏了一壶香茶。“等家庆回来,你要向他赔个不是……要他消消气。”

郑芳雪依然保持着温顺的笑容。她搞不清楚,陈家庆回来是怎样向他们两位长辈说的,“姨妈,你不要光听他的一面之词!”为了做得像,她必须噘起嘴来,用撒娇的方式,略示反抗。

“不管怎么说,家庆是个能干的孩子! 他能为你们今后的日子积攒万贯家财……现在,只能存钱,还不到置房买地的时候,只有把那些打土豪分田地的共产党除掉,才能高枕无忧……”这些透着森森冷气的话,从姨妈嘴里吐出来,郑芳雪不禁毛骨悚然。

“姨妈,你也看书看报吗?”过去,她对姨妈做什么,根本不感兴趣。更何况,她的父母死得不明不白不光彩,她怕和姨母交谈时触及这些令人沮丧的话题。两代人之间,共同语言本来就是很少的!

“嗯,除了那本《圣经》我什么也不看……我不像你妈,她从小就比我灵,长得也比我好看,还不是上学看书走上了邪门歪道。我这一辈子,就是读经,开头念《三字经》,以后念《女儿经》,老了,念《道德经》、《金刚经》,后来念《圣经》,就是写字也是练的《灵飞经》。没有像你妈妈那样上洋学堂。我从十二岁就待字闺中,十六岁就嫁到罗里大户陈家。可是你妈,上学越多,越变得疯傻,拒婚自选,可好,找了个穷学生郑大华。你妈死得多惨啊!”姨妈的眼圈红了,“她一辈子,哪里过过安闲日子? 哪里享过一天平安福呀!”姨妈凄然泪下。

姨妈的话引起郑芳雪对妈妈的怀念,怆然而叹,但她没忘赶紧趁热打铁，“他们到底犯了什么罪呀？是杀人放火还是拦路抢劫了？”

“嗐！他们哪能干那样的事？他们是犯法……造反！”姨妈颠三倒四词不达意地说了一些当时的情形。十几年过去了，她早就弄不清那些词句的定义了。

“爸爸妈妈是怎么死的？他们没有留下遗物吗？难道连张照片都没有？”

“啊！你爸爸怎么死的我不知道，入狱后我也没有见过他。我只是在你妈妈死的时候，去探监，见过一面！哪年哪月，我都记不清了，只记得那是秋天……”

“她和你说些什么？”郑芳雪忍不住急切地问。

姨妈并没有立即回答，她呆呆地盯着贴着花纹纸的墙壁，她的思绪显然已经飞向远方，飞向记忆的深处。

郑芳雪不再催促她，不再打断她的思绪，让姨妈沉浸在一种自然的梦幻般的状态，一任她像蚕吐丝似的倾诉她的隐情，“一见到你妈妈，我就哭了！……她戴着手铐脚镣，衣衫破碎，沾着一汪一汪的血！真可怕，受了多少折磨啊！她问我见到你没有……那时，你正在晓庄上学……当时，你妈说什么来着？……我一时想不起来了……”

吴妈推门进来，告诉郑芳雪，说她的房间已经整理好了，劝她早些安歇，免得姨妈太累。吴妈在房间里踌躇着，审视着女教师的脸，似有话要向她诉说。

郑芳雪全部精神都倾注在姨妈的回忆上。她要吴妈先睡，抱着侥幸和好奇耐心地等待，生怕一触即断的话头缩了回去。

“那时，你妈哭了，托付我把你养大成人……”

“啊！妈妈！”郑芳雪再也受不住了，掩面而泣。姨妈那根记忆的游丝断了，只留下几截断头，“你姨夫说，他们犯了比杀人放火还可恶的罪。杀人放火刑满以后，还能释放，他们不能放。”

“为什么？”

“造反就要杀头。小雪，你不应该打问这些，姨夫不让我对人说……”

姨妈闭上了眼睛，好像一个弥留之人，开始了死亡的过程。起初，她的头剧烈地摆动，嘴喃喃着，然后逐渐平静下来，脸上死气沉沉，只是胸脯还微微起伏。郑芳雪怀着几分疑惧，退出去，叫吴妈。

吴妈不在。

六　暗杀阴谋

姨妈的叙述，把郑芳雪带进无限的感慨和遐想之中。她懂得造反是什么意思。林志超不是说共产党员可以跟随新四军北移吗？我是革命者的女儿，和陈家庆一家彻底决裂，像妈妈那样，做一只呼唤风雨的海燕。

郑芳雪把灯吹熄，走到窗前，她很谨慎，不让灯光把她的身影投在窗口。这是一个寒冷的夜晚，整个章家渡静悄悄地躺在青弋江岸边。那沙沙声是夜风的脚步还是江流的低吟，她无法分清。其实，章家渡是在假寐，那些闪动的黑影，那些悄悄的私语，那些轻轻的神秘的脚步，踏碎了弯曲而又幽深的小巷的梦境。

这座古老的宅院，临近青弋江边，夜气潮湿阴冷。透过几排低矮的平房，还能望见青弋江码头上的桅灯，码头并没有安睡，有人在敲打着什么，咚咚叮叮地响着。也不知哪个船上，有一把胡琴如泣如诉地拉着，那凄凉的音调，倾吐着缕缕忧思，给沉睡的小镇撒下一派淡淡哀愁。在很远的地方，有几声枪响，给凄冷的黑夜平添几分恐怖。

郑芳雪忽然听到沿着街道传来哒哒的马蹄声。她听见宅院的大门打开了。有一群人马拥进大院，马蹄声在后院里消失了。她听见楼下的客厅开了，那沉重的皮靴声，使她想到了陈家庆。莫非他们回来了？她依稀还听到一个女人的声音。

这响动，使她困惑，使她心慌意乱。她重又插了插门销，生怕哪个不速之客推门进来。她屏息敛气，静听着这所古宅里发生的一切。这所古宅分为东西两院，西院是陈冠群接待外来客人的地方，不知道他们黄夜到这东院楼下客厅做什么。好奇心增加了她的勇气。

郑芳雪注意到她隔壁的吴妈并没有被叫醒去招待客人。

来人在楼下尽量不弄出声响，但夜里太静了，踏着地板通道的脚步声，仍然清晰可闻，像发出声声警告。要探知这一家庭的活动秘密的欲求，却越来越强烈了。她准备冒险。她轻轻地抽开门销，拉开一道门缝，楼道里是黑的，一阵沉滞的声音在楼道里回响。她看看姨妈和吴妈的房门紧闭，想好了下楼的理由——翻来覆去睡不着，到书房里找本书看。她走到楼梯口，一股阴森的寒气飘来，侵入她的肌肤。她心惊胆战，发现楼道里透出微光，挂在台阶前楼门边的照明灯被捻亮了，像只魔怪的眼睛瞪着楼道。这对她的行动十分不利。她听见客厅里的响动和说话声，打了个寒颤，猝然产生了一种难以遏止的惶悚与怯惧。

夜，给一切物件都蒙上了恐怖神秘的色彩。郑芳雪判断不出客厅里发生了什么事情。但她知道半夜三更，陈冠群、陈家庆，还有女人，在客厅里唧唧喳喳，绝不正常。他们是在密谋什么吧？姨夫不是到县里开会去了吗？怎么这样快又回来了？

她下到楼道，蹑手蹑脚地走到书房门前。对面客厅的门紧闭着。楼道的冷风，吹动着她的头发，揭起她的衣角，她这时发觉自己的行为是多么无知、鲁莽和毫无意义的冒险。在楼道里，除了暴露自己之外，什么也看不见，什么也听不到，要到书房里找书的理由，也只有三岁孩子才会相信。要看到客厅里的情形，必须走出楼房，从南面和西面的窗口才能看到。如果拉着窗帘呢？肯定什么也搞不清。

郑芳雪毫无办法，这一连串的活动，荒唐透顶，她又急忙回到楼梯口。好像听到了一声爆炸。她的神经似乎绷断了，心脏怦怦地撞着胸腔。她急忙贴在楼梯拐角的墙上。不是爆炸，只是客厅的开门声。室内的灯光投射在楼道上，只要她躬腰探头，就会看到他们，但她不敢。她忍不住把匕首握在手里，等待着突然到来的危险。

先出来的是皮靴声，这是陈家庆。接着是女人的清脆的半高跟鞋的咯噔声，他们在客厅门口停了一下，只是作临别时的寒暄、嘱托。陈冠群最后走出来。郑芳雪无法看到他们，只听他们没头没尾地边说边向楼外走：

“万一找不到陈淡如怎么办？”这是陈家庆的声音，在沉静的夜间特别清晰。

"那就找闻瑗！越快越好。"女人的声音。

"周女士,恕不远送!"陈冠群的声音。

"不客气!"女人的声音,"家庆,我们走!"

男子军靴声、女子皮鞋声和谐地踏着楼道木板走了出去。

陈冠群把客厅门关闭,又推开书房旁边的门,进入他的寝室。

郑芳雪紧张万分,毫无收获。她回到自己的房间,犹自惊魂未定,她觉得分外孤单,一种要逃开的强烈的愿望抓住了她的心。她知道,在茫茫黑夜,这是不可能的！她的逃走,可能带来不可预想的祸患。"绝不能暴露自己,我要不动声色。"她鼓励着自己。

她忽然想到隔壁的吴妈,"我要不要到吴妈屋里去睡？吴妈为什么睡得这样死,怎么连一点动静也没有？忙一天,当然了。我不能庸人自扰,我不能自己吓自己。"郑芳雪坐在床沿上,准备和衣而卧。

"啊！——"一声惨烈的尖叫,从院子里传来,这声喊叫,极为短促,好像被刀斩断了似的。她猛然冲到门边,一切又归于寂静。这种寂静使她震骇莫名,依稀里,她知道这是女人的惨叫声。

郑芳雪几乎一夜没有睡。她初步领略了人生的复杂与险恶,她开始用另外的眼光看世界了。这一夜发生的事情,她依然想不明白。思绪像搅浑了的水,在急速地旋转之后,慢慢得到了澄清:

她首先记起的是那位周女士。今年夏天,她们在这座楼里见过面,陈冠群给他们作过介绍,但很快就淡忘了。"陈家庆知道我来章家渡吗？陈冠群会告诉他。可是,他丝毫没有上楼来找我的迹象啊！看来,他们事情非常紧急……"郑芳雪将这一天一夜所有事情的细节重又咀嚼了一遍,仍然如在云雾之中。她必须去见林志超,她相信他的分析判断。

在天快亮的时候,她倒真的睡了。来敲她房门的是另外一个丫头小秋,她有些奇怪。小秋告诉她,吴妈家里有急事,昨夜回去了。

"有急事？什么事这么急?"小秋摇摇头,说是今天早晨区长告诉她,要她来照看夫人和小姐。

郑芳雪更加不明白了,这才想起昨夜那声惨叫。一种茫然的恐惧袭上心头,她一把揪住小秋,把她拉到房间里,低声问:"夜里,你没有听到院子里有人叫?”

“你也听到了?”小秋惊诧地说,“我原来以为自己做噩梦哩。”

“是啊,也许是做噩梦哩!”郑芳雪似乎悟出了什么,但她不相信自己的判断。可是,吴妈昨天的表现也有点异常,难道她看到了什么?听到了什么?为了灭口?那么吴妈是什么人?她在院子里干什么?郑芳雪不愿再碰见陈冠群,怕控制不住自己。她告诉小秋,说她昨夜看书睡得晚,不想吃早饭了。

八时正,陈冠群离开书房到西院去办公。郑芳雪立即告诉姨妈,说要回南堡一趟,把一些要紧的东西取回来。

由于陈家庆的检举,郑芳雪不愿公开去见林志超,便让郑冬生带给他一张纸条。郑芳雪对林志兰所持的恨意产生了误解:以为女护士恨她是个不正派的女人,破坏了哥哥的威信,使哥哥受了不白之冤。但是,在当时,她想不出,除了林志超之外,这些不明不白的秘密她还应该告诉谁。

她顶着寒风沮丧地回到南堡之后,越想越严重,吴妈肯定发现了更为严重的情况,他们才狠下毒手。她忽然想到:应该去找堂叔郑大中。

事情已是刻不容缓,凌晨四点钟,她又从南堡赶到章家渡,而农抗会主席已经倒在血泊中了。郑芳雪哀伤欲绝,她不能确定刺杀郑大中的凶手是谁,但她却能肯定,那只滴血的手一定是来自那个罪恶的家族。她本来还以为自己是个性格坚强,善于思考,做事缜密,很有主见的姑娘,却没有想到,竟然乱了方寸,这般慌张无能!

在哀伤中她猛然醒悟过来,杀害抗敌积极分子,这不过是罪恶葡萄中的一颗,也许还有更为严重的阴谋正在进行。她必须丢开堂叔的丧事,跑到军部去见林志超,这次,绝不再羞羞答答,而是直接冲进他的办公室去!什么流言蜚语,什么人言可畏,她全顾不上了!

这位勇敢的姑娘,万没有料到她离开章家渡向罗里村急走时,林志超的战马,正从南堡向章家渡疾驰。

七　一错再错

郑芳雪焦躁不宁，堂叔被杀使她的心在悔恨中哭泣：她觉得许多严重事情的发生，都和她的一错再错有关。可是，还能挽回一部分，或是挽回大部分。她拼命地向军部奔走，但是，多日的焦虑和不眠，耗尽了她的体力。她只能拖着灌了铅似的双腿，踉踉跄跄地前行。

她忽然想到，在无数错误中她又犯了一个错误：她应该在章家渡搞一匹马，这样紧急的情况，应该由飞驰的马蹄来传送。她累得坐在小路边喘息，丝毫也不知道林志超正从她身后的大路上向章家渡策马狂奔。

郑芳雪觉得自己每一步都走错了。

在章家渡那个可怕的夜晚，她应该先去告诉堂叔郑大中；结果舍近求远，到罗里去找林志超，其错一也。

如果当时，她直接到军部参谋处去找作战科长，理直气壮地报告昨夜所见所闻所想，仍然可以挽救；可是，她鬼使神差，在某种深藏的感情支配下，竟然让郑冬生传递了一张纸条，其错二也。

没有见到林志超，她应该跟随林志兰到军部去。当然，她有很多不去的原因——女护士的敌意，陈家庆的检举……可是，这种谨小慎微，贻误了大事，结果，她又错误地回到南堡等待天明，发现失误赶回章家渡时，大错已经铸成。

现在，似乎又错了，她应该去找总兵站的人。

她哭了！郑芳雪只想到进军部不难，那就是她的半个家呀！在新四军来到云岭之前，她就跟她姨妈住在种墨园的楼上。新四军进驻之后，她也曾来拜访过叶挺夫人，并和小杨眉度过短暂却很愉快的时光。叶挺曾招待她一餐便饭。

“是啊！我也可以找军长呀，为什么偏偏要找林志超？”

郑芳雪到达军部，郑冬生已经跟随叶军长到二支队去了，林志超也不在。

“怎么办？”她坐在参谋处空着的一只板凳上，不敢哭，可是那种心碎形毁的情态，震动了忙乱中的参谋们。几乎所有人都转向她，惊异、好奇的目光说明他们产生了误解。显然，陈家庆的检举，已经在各处各科参谋的中间，悄悄流传了。“要不要替你给林科长挂个电话？”

郑芳雪听出这种关切的表示里，隐含着讥讽和敌意。但她顾不上这些，仍然感谢地点点头。电话通了，对方说根本没有见到林科长的影子。

赵令波从隔壁办公室里走到作战科来。郑芳雪也随着参谋们站起来。从参谋们的介绍里，知道他是林志超的顶头上司。

“真是太不巧了！林科长他……你坐……你坐！”直到女教师坐下来，赵令波才在参谋们让出的方凳上落座，目光一直不离开郑芳雪那凄恻的脸，“你好像有很急的事情？”

“是的！林科长他什么时候回来？”

“大约四五天吧！”

“四五天？！”郑芳雪气馁心焦地叫了一声，竭力控制住自己，“赵处长，他离这里很远吗？”

“郑老师，”赵令波既同情又为难地说，“他到前线部队去了，我看，你不仅仅是为了私事吧？”

“是的是的，是很紧急的情况。”

“这样吧，如果纯属公事，你可以告诉我。”赵令波为她想得极为周到，“如果其中有必须告诉老林的，我可以用电话通知他！”

“可是……”郑芳雪不知道能不能当着这么多人的面，讲述姨夫和陈家庆的事情。她发现参谋处的人都用怀疑和奚落的目光注视着她，或是一边在忙别的，一边侧耳听。她受不住这种鄙视。她感到在这种检举之后、大军行前来找作战科长，又错了，准会给林志超带来很不好的影响。天啊！她几乎要双膝跪地祷告上苍了：“怎么做才对呢？也许到大夫第去见项副军长更合适吧？”

“郑老师，也许你觉得在这里说，很不方便。来，你跟我来！”赵令波站起来，他自信这位心烦意乱的女教师会跟他走。

赵令波的怜悯、同情和真诚的关切，获得了女教师的信赖。她跟他走出办公室。料峭的寒风吹乱了她额前的短发，她那焦虑的神色使参谋处长感到女教师有一种特殊的韵味,深切而剧烈的忧愁给她楚楚动人的神态,增添了几分凝重的风采。芳雪,这是多么恰如其人的名字!

赵令波的宿舍就在军部附近的一家农舍里。他极力掩饰着灵魂深处的骚动,庄重地把她安置在唯一的木椅里,他坐在床沿上,忽然又站起,给女教师沏了一杯茶。他的微颤的男中音是十分动人的:"我是林科长的战友,当然啦,也是他的上级。在三支队的时候,我是参谋长,他是营长……"他那说话的神态恰像一个严肃的兄长,关切地注视着处在悲苦中的妹妹。

郑芳雪没有理由再犹豫了,她略去自己的身世,只把章家渡那一夜的所见所闻讲了出来。但她讲得很乱,很不确切。

经验丰富的赵令波却完全明白了:"你不必紧张,事情并不像你想得那么严重。"

"可是,他们半夜三更,鬼鬼祟祟,"郑芳雪并没有从赵处长的宽慰里得到宽慰,"我堂叔准是叫他们杀害了!"

"这件事情,和陈冠群的活动,没有必然的联系。"

"可是,那是不正常的呀!"

"依我看,那不过是走私活动。"

"走私?他们也走私?"

"难道你还不清楚国民党官场里的腐败吗?缉私者就是走私人,抓赌者就是纵赌人,禁毒者就是毒贩子。他们就是从这一缉一走、一抓一纵、一禁一贩中,牟暴利赚大钱的啊!"赵令波尽量轻描淡写,依然驱不散女教师心头的重重疑云。她没有经验,可并不愚蠢。她不以为然地皱着眉头,怀疑是不是找错了人。

"当然,我们绝不放松警惕,"赵令波很怕她再向别人诉说,便恳切地叮咛说,"你提供的情况,我将向有关部门报告,请你不要再和另外的人说,免得走漏风声。"

"是的,我不说!"

"你说,你真的没有看到那个女的是什么样子?"这是赵令波最为关切的问题,但不好直问,只能用旁敲侧击的办法,"你确实听到他们叫她周小姐吗?"话一出口参谋处长就后悔了,他这不是在加深女教师的印象吗？这不是越涂越黑吗？但他内心的某种慌乱，却像个魔鬼似的，促使他问个明白。

“是的，我听得很清楚。”郑芳雪仰起脸来，恍惚地感到其中有一种深邃而又陌生的隐秘，“赵处长，这个女人很关紧要吗？我曾经和她见过一面，姨夫说，她是五十二师的什么秘书。”

“不！不！我是随便问问。”赵令波声音有些变调，嘴唇有些发颤，“你不是没有看见她吗？说不定是个妓女之类的东西！”这话一出口，他的心就像被谁抓了一下。

郑芳雪很难下结论了。她不知道妓女应该是什么样子，但她觉得，她的姨夫和陈家庆两人把一个妓女带进客厅，唧喳两个小时后又分手，未免不伦不类，因而也对这位处长的判断发生了怀疑。但郑芳雪还没有完全失去求他帮助的信心。“赵处长，我想跟随你们北移！”

“什么？”赵令波的心被深藏的感情所触动，没有听清女教师说了什么。

郑芳雪又重述了她的请求。

“你是共产党员吗？”

郑芳雪谦卑地摇摇头。

“哟，那就难了！”赵令波抱歉地说。他非常同情郑芳雪的处境，他的语调里仍给女教师留有希望。

“我能拜托谁呢？”女教师那神情，简直是一只觅路的羔羊。

赵令波清楚，像郑芳雪这样的女教师，平时热心抗敌工作，在关键时刻，又提供了陈冠群从事特务活动的罪证，是可以作为地方干部批准随军北移的。他很喜欢这个姑娘，他能够帮助她随军。但在这时，他和另一个女人作了迅速的比较，这个女人就是五十二师政训处的女秘书周珮琳。女教师是美丽的，端庄，典雅，妩媚，崇高。周珮琳也是美丽的，但他绝不敢保证她也纯洁、崇高。他一想到这个优于自己情人的人是属于林志超的，嫉妒之火就烧得他心痛。他何必成人之美呢？这位作战科长使他恼火透了，恨不能让他立刻倒霉才好。女教师那期待的目光，就像阵阵轻风，把他心中的妒火越吹越旺。既然珍宝不属于我，与其落进对手掌中，还不如把它毁掉。世上，也许只有嫉妒这个魔鬼，驱使人们去干损人而不利己的恶行。

郑芳雪等待着,以为赵处长在为她的请求寻找良方。

赵令波不愿给美丽的教师造成不良印象,他用近似惭愧的诚挚声调说:“地方干部随军北移,是东南局和皖南特委负责组织的……”

“可是,我找谁呢? 我不认识他们!”

“你认识组织部李子芳部长吧?”郑芳雪摇摇头。

“那么,你认识袁国平主任吧?”

“见过一面!”

“你可以通过他,由他介绍给皖南特委。”他看到女教师那种举目无亲的悲苦神情,又解释说,“当然,我可以打电话给东南局,可是,你知道,司令部不对外,这个不符合组织手续。”

“是的! 赵处长也不要为难了,我自己去找!”女教师站起来告辞,并对处长的接待表示感谢。她带着过多的同情和极少的帮助,从农舍里走出来,迎面扑来一阵冷风,她急忙把深灰色的毛线围脖裹紧,心中平添了无限凄凉和悲哀。她觉得只有林志超才是她唯一的精神支柱,一种急需见到他的渴望又袭上心头。他在哪儿啊?

她走出门,像个死绝了亲人的无家可归的孩子,一时不知走向何方。东南局在丁家山,皖南特委在白果树,军政治部在汤村,她先走向哪里? 她回过头,看到赵令波还站在门外痴痴地望着她,她又向回走了几步,乞求地说:“赵处长,一旦林科长回来……”

“当然,当然。”赵令波用极端热情和负责的应诺,堵住女教师的请求,“我一定叫他和你联系,你放心好了!”并且像送别亲人那样,无限深情地挥手。

郑芳雪无心去分析参谋处长是真情还是假意,她拖着沉重的腿,怀着破碎的心向村外走走。“难道我拼死命从章家渡跑来,就是为了向赵处长报告那不值得报告的消息吗?”女教师想不明白,“这是怎么回事呀? 难道我是个风风火火,冒冒失失,见风就是雨的人吗? 我在庸人自扰? 我在小题大做? 我在无事生非吗?”

赵处长的一切热情和允诺,似乎都是水中明月镜里鲜花,可望而不可得! 她的思想比离开章家渡时还要纷乱:她想到她自己的同时,也想到了她那惨死在狱中的双亲。这个可怜的姑娘停住脚步,举目苍天,眼睛里慢慢地渗出泪水。这泪水仿佛来源于历史的深处,来源于不见天日的深井之中。她不知是哭父母还是哭自己。为什么那些祖国的忠贞儿女,人类的精英,罹难于血泊之中,而那些民族的败类、社会的渣滓、人间的蠹虫,却在灯红酒绿、纸醉金迷中狂欢歌舞呢?

八　参谋处长的法宝

参谋处长望着女教师修长的背影,他无法抗拒她的魅力。但,他又非常恨她。这是一种无名的怨恨,却有充足的理由。

他首先恨她不属于自己而属于林志超。这种怨恨之苗根植在嫉妒的土壤上,极不容易拔除,却很容易滋长。他还恨她给自己带来了懊恼与恐惧:他可以肯定,那位周小姐就是周珮琳,她和陈家庆在夜间结伴而行,就很难保证她的爱情的专一和坚贞。

赵令波从郑芳雪提供的有限的情况里,可以判断出事情的全貌,几乎也用不到多大的智慧,就可以作出接近实际情况的推理。

二十六岁的漂亮女人周珮琳在和他赵令波相识之前,爱情(姑且叫爱情吧)绝不会是一片空白,这一点虽使赵令波感到懊丧,却并不感到可怕。可怕的是周珮琳的身份。女秘书——办公室主人的情人,仅仅如此吗?她真实的身份大大值得可疑!他把女秘书夤夜出现在章家渡和郑大中被杀联系起来,把她和陈冠群的密谋与她过去的言行联系起来,不禁悚然而栗,好像划了一根火柴,照亮了画皮魔鬼的真形。

赵令波不想立即回到战斗气氛紧张的参谋处去。那里,几个科的电话都铃铃作响,参谋们手持听筒高声喊叫。他需要冷静地进行一番回忆与思考。也许是"疑心生暗鬼"吧?事情并没有那么严重。不,也许比想象的还要严重,必须事先想好对策。

赵令波返回宿舍,一段极为有趣的并不遥远的往事,历历如在目前。如蜜柔情,对人生本是一种福惠。他眼前摇曳着那株红枫,他身着黄呢校官军服,站在马头矶上,右面是五十二师副师长朱惠荣,左面是政训处女秘书周珮琳,合影留念。

他永远不忘那珍贵的七天,他应友军之邀,给五十二师干训班去讲游击战术,同时也联络与友军的感情。那七天,他的欢乐是无穷无尽的。他的幻想也是无穷无尽的。周女士的芳唇热吻是多么强烈,多么甜蜜,多么惊心动魄,至今还使他心胸充满着醉意,他焦渴地等待着再喝一次人生的美酒!那时,一切疑虑、恐惧、戒心全都屈从于不可抗拒的诱惑。

忽然一声"报告",斩断了赵令波的冥思遐想。司令部值班参谋派通信员给他送来一张纸条:

赵处长:项来电话,要你去章家渡检查浮桥的架设情况。

12 月 29 日 9 时 40 分

值班室

"哟!我已经呆坐了一个小时了吗?"赵令波吃惊地看看手表。把未吸完的半支烟摁在床头桌上的烟盘里,"去章家渡,这太好了!我可以顺便把郑芳雪提供的情况,搞得更清楚……要不要把陈冠群的情况告诉项英?这样有利还是不利?如果搜捕陈冠群,找到我和周珮琳来往的蛛丝马迹怎么办?那不是自设罗网自己投吗?可是,知情不报,将来追查下来呢?"

赵令波决定见到项英以后,再相机而行。他恰巧在接待室外碰到了项英:"政委,你要我到章家渡去?"

"是的!"项英此时正忙得不可开交,他急匆匆地说,"本想让副参谋长去,他身体不行。你去看一看,要牢固,晃晃悠悠地过人可以,过骡马辎重不行。别人去,我不放心。"

"我听说章家渡出现了暗杀……据说陈冠群有问题……我是不是可以顺便了解一下情况!"他说得很谨慎、很策略,既是试探又是报告,万无一失。

"不!这事你不用插手,林植夫已经告诉过我,由敌工部、保卫部(当时与军法处合署办公)去管,不然,就乱套了。"项英向他作了个威严的手势,"你去吧!"说完,便噔噔踏上楼梯,回宿舍接电话去了。

赵令波心中咯噔一震，保卫部、敌工部掌握了哪些情况呢？他像被恶鬼追着似的到骑兵排拉了一匹马，心焦火燎地直奔章家渡渡口。一见浮桥还没有架设，他便火冒三丈，问在渡口瞎忙的工兵连的战士："你们连长呢？"

"带人扛木料去了！"正在用锛把圆木锛平的战士仰起脸来回答。

"这不是木料吗？"赵令波用黑牛皮鞋踢踢一堆圆木，大声吼叫着，"还要多少木料？"

"连长说木料不够……"许多战士都停下了手中的锯子和斧头。

"不够？你们要造能开汽车的大桥吗？"

"喏！"战士们对这位威风凛凛、怒气冲冲的首长甚为反感，向远方一指，"连长来了！"便不愿再回答他的问题，用力地抡起斧头，嘭嘭地砍起木桩来，飞溅的木片打落在赵令波的裤腿上。

王自中正扛着一根圆木，压得歪嘴扭脸，踉踉跄跄地走过来，满脸泥尘和汗水。他身后跟着一连串抬木板扛圆木的战士。

赵令波右手持着鞭柄，左手捋着鞭梢，等工兵连长走过来。他对这位五大三粗的连长存在着本能的反感，对他的一切言行动作和长相都看不顺眼。在他的印象里，这个王自中和林志超是一类的人物。在三支队时，不正是这个三排长当众顶撞过他吗？不正是这个连长跟地主家的童养媳有不正当的关系，差点被撤职查办开除党籍的吗？

王自中并没有理会赵令波那满含怒意的目光，他把肩膀一歪，两手用力往外一推，那根圆木就咣的一声落在木料堆上。他抽下当垫肩用的粗糙的毛巾擦汗。出于礼貌，他向赵令波跟前跨了几步，毫不掩饰他的勉强，问道："赵处长！有什么指示？"

"你们几点钟到达工地的？"赵令波的口气，颇有兴师问罪的味道。

"六点五十分！"工兵连长回答，"比指定的时间提前十分钟到达。"

"为什么还不架设？"赵令波向江流、卵石河床和木材扫了一眼，"据说你们在临时筹备木材，上个星期你们演习用的木材不够吗？"

"处长，不够！"

"现在水面宽多少公尺？"赵令波问得很内行。

"二十三米！"

“你准备架多长?”

“五十米!”

“这样,你要在两头的河滩上架多长的引桥?”

“十六米!”

“你们准备什么时候动工?”

“上午备料,下午二时开始,现在要紧的是铺板不够!”

“没有必要搞这么长,也没有必要用铺板,把三条圆木拼起来就行了!”

“可是,林科长说……”

“你在什么地方听林科长说?”王自中发现这个“林科长说”一下把赵处长激怒了。但他还是如实回答:“在他去三支队的路上,我认为他说得很对……”王自中越匆忙越出错,这个“说得很对”更是火上加油。

“你听我说!我是奉项副军长之命来检查浮桥架设的。现在我命令你们,下午四时前,一定把浮桥架好,我来检查!”

“材料还不齐!”

“架三十米还不够吗?”

“那当然够了!”

“要知道,河滩的卵石比你的引桥牢稳得多,再说,现在是枯水季节,江面只能变窄,绝不会增宽!”赵令波挥动了一下马鞭,以不可反驳的命令口吻说,“执行吧!”他走了几步,又回头补充一句:“有什么困难到总兵站找我!”

赵令波的章家渡之行,可以说搬了块石头,压在自己心上,既慌乱又懊丧,平添了一块心病。他从渡口到了总兵站,总站张站长正召集有关人员,听取骆股长有关郑大中被杀情况的汇报,他去时,已经接近尾声,没有听全。张站长留他吃饭时,谈及了章家渡的整个情况。每个情况对赵令波来说,都是一声惊雷:

陈冠群和三战区特务头子、社会部长谷正纲来往密切,谷正纲的助手钟汉鼎曾在陈冠群的家里住过一段时间;在郑大中被杀的前一天夜里,五十二师政训处的特工周珮琳,曾和陈家庆一道来过章家渡。泾县要成立四个清乡大队,以陈家庆的缉私大队为基础,再扩充两个连,临时组成清乡一大队,陈家庆任大队长。一俟新四军移动,便立即在章渡区展开清剿……

“郑大中被杀,有确凿证据是陈冠群干的吗?”赵令波对这些情况表示疑问。

“现在还只是判断。对于新四军北移,群众情绪反应很强烈,顽方惧怕演变成激变,就先杀群众领袖……”

“这不正好适得其反吗?”

“当然,顽方的这一手未必高明,内部也不见得一致。这次暗杀,对他们来说,也可能害多利少,它引起了我们的警惕;也可能利弊互见,它可以吓住一部分胆小怕事的人。这是一般人的通常的看法。”总兵站站长把饭碗一推说,“我倒有另外一种想法,只是证据不足。”

“你是怎么想的?”

“也许这次暗杀是出于灭口,因为郑大中对陈冠群的老底了解得太清楚了。最近他的一些反共活动,也许有什么把柄和秘密落进郑大中手里。”总兵站站长很有分寸,没有说出有关陈冠群的许多活动情况都是郑大中提供给他的。

“灭口,这是有道理的!”赵令波心中漾起一种自己也觉得不应有的快感。他舒了一口气,似乎他与周珮琳的秘密有可能被揭露的隐患,已经消除了。这个想法使他大吃一惊。这不是站在敌人立场上去了吗?“丧失立场”,这个重如泰山的词,原来是这么轻易地落在自己头上了!可怕!他不由自主地问道:“周珮琳还在章家渡吗?”

“还在!”张站长回答得很肯定,“她好像在等待着什么!”

“她住在哪里呢?”

“住在陈家庆的宅院里!”

“为什么不逮捕她?”

“你忘了她是友军了吗?”如果张站长对参谋处长的马头镇之行稍有了解的话,赵令波的这段露骨的问话,足可以引起他的猜疑了。

赵令波也已发现了自己的轻率,急忙把话题移到“北移”的准备上去了。

张站长又提出了一个问题,对参谋处长来说,也是个小小的打击:

“我以为,浮桥架设得太早了。今天是 29 号,何必在江上搁置好多天呢?”

“我们是以演习为名的……”

“可是敌方非常清楚,我们反而是掩耳盗铃。没有麻痹了敌人,反而欺骗了自己。”

“站长! 你未免过甚其辞了。”赵令波不禁心跳血涌,怫然不悦,放下脸来,正色说,“我看顽方不一定这样想,况且,这都是项副军长亲自安排的!”

赵令波在张站长那里吃的那顿饭,很不舒服。章家渡的气氛,给他一种就要倒霉的预感。话不投机半句多,不管是工兵连长也罢,不管是兵站站长也罢,都绝不是他的知己。张站长像丧门星似的向他报告了一连串的噩耗。倒是最后的那条意见还算中肯。他去检查浮桥架设情况时,也发现了这一点。

赵令波再次回到渡口时,工兵连长已按照他的命令,于下午四时前完成了架桥任务。他上去来回走了一趟,不晃不摇,视为合格。王自中请示他下一步怎么办? 参谋处长指示他们开返驻地。

“这桥没人看管行吗?”王自中好像特意跟参谋处长为难似的,“一桶煤油可就全部烧光了!”

“那好,你们留一个班在这里看守!”赵令波随机应变地作着指示。

“那就请处长向总兵站打个招呼,解决这个班的食宿……”工兵连长的语气好像在责备他考虑不周。

这种带有挑衅性的态度使他怒火中烧。他今天爱发脾气,好像对一切都充满着怨恨:“难道你们拉屎也要我给你们找茅坑吗? 岂有此理! 你们自己解决!”不等把话说完,他就怒冲冲地转身走了。

路过津津酒家时,他上楼要了二两古井贡酒,独斟独饮了半个小时,为的是舒展一下郁闷的心境。一醉千愁解,一睡万事休。他打算赶回军部,蒙头睡上一觉。这几天,他也真是心力交瘁了。

下午五时,回到参谋处,值班员告诉他,两小时前林志超来过电话,提出通讯联络问题。赵令波刚说了一句“不要理他”,电话铃又执拗地响起来。

“是林科长!”值班参谋把电话递给处长。

“我是,嗯……我刚从章家渡回来。”

“处长! 原定的三路并进计划,我觉得有一个很严重的问题,请你提请领导注意。在通讯联络方面,将来会造成极大困难!”电话里传来林志超的尖锐的声音。

“我看不出这里面有什么困难!”赵令波气势汹汹地对着话筒吼叫,“你好像专门挑刺似的!”

“有刺就应该挑出来嘛!”值班参谋听到林志超这来自远方的声音,咧了咧嘴,觉得作战科长的固执,也算到了家了。“处长! 这不单单是我一个人的感觉,张正坤司令员也很为此担忧。我们的通讯手段你是清楚的!”

“怎么,难道电台、骑兵、号兵加上电话,这还不够吗?”

“处长,你想一想,三路部队都在行进,中间隔着高山、河流,电话线如何敷设? 既没有时间,也没有那么多的电线。号兵更谈不上,骑兵也靠不住……”

“我们有电台!”

“是的,我们所依靠的唯一通讯手段是电台,可是,电台并不是最可靠的……我们有些计划,粗说起来可以,细想起来问题就很多! 我们不能纸上谈兵!”

参谋处长皱起了眉头,往日的宿怨又在心头燃烧起来,但他不想意气用事:“林科长,我看你是在抬杠吧! 照你这样说,世上没有一件可靠的事了!”

“可是,事实证明,电台老出毛病,要考虑到,行进中不能架设,有重要命令和情况,只能在驻扎后才能收发。平时就老出故障,在山林里颠簸,就更难保证……两个小时前,供给处的一匹驮马掉到山涧里,幸好那不是电台。可是,在将来的夜行军中,有可能是电台……”

“咱们可不是算命先生! 我告诉你,行进计划是军分会的决定,我们应该无条件地执行! 要相信领导,不要自以为凡事都比别人聪明!”

“军分会不可能制订计划的细则,制订切实可行的具体措施,是司令部门的责任……”

“老林,你在干扰参谋处的工作了,还有很多事情要我去做,没有时间和你打嘴官司。当然,你提的问题,我会向周副参谋长报告的!”参谋处长咔哒一声,把受话器拍到支架上,就像恶狠狠地打了对方一个耳光。

林志超的电话,又给他带来了新的烦恼。他懂得了理论和实践之间的差距。实战,才是考验他的试金石。他在军分会上,讲述三路齐头并进时,是那样地充满信心,那样地稳操胜券,一旦具体化后,他也觉得并不很有把握,只有靠“也许不会有问题”的侥幸心理来自宽自慰了。

赵令波的这种侥幸心理,在战争中危险性极大,当他反驳林志超时,虽说声大气粗,却有些色厉内荏,既含有以势压人的强词夺理,也含有预设退路的应付和搪塞。但是,赵令波有恃无恐是因为他既有靠山、护身符,也有挡箭牌。如遇责难,只要举起“这是项政委的指示,这是项副军长的决定”这个法宝,那就逢凶化吉、遇难呈祥了。

历史上假传圣旨者有之,挟天子以令诸侯者有之,赵令波以领导作挡箭牌,是不是一种创造呢?中华民族聪慧的祖先,发明了三十六计,用以对付敌人是值得嘉许的,如果用来对付自己人,那可就后患无穷了……

九　叛　变

赵令波住在一户普通的农民家里。冬天的晚七点,院子里已经非常幽静了:鸡狗进了窝,猪在圈里昏睡,为了节省灯油,房东也都进入了梦乡。赵令波住在西屋,占了半间,另外半间,放了许多杂物,他的门是从来不锁的。

这天,他实在疲倦已极,头脑已经麻木,把事情交代给值班人员,提前回到宿舍来。使他惊奇的是屋子里竟然亮着灯。他没有深想就推门进去,看见联络副官闻瑗,正坐在他的椅子上,神情专注地看书。是他放在床头上的一部《东周列国志》。一时间,赵令波的脑子还没有转过弯来。

他和闻瑗、陈淡如都有交往，彼此都非常客气，赵令波还戏称他们为“友好的使者”。他到马头镇去讲授游击战术时，就是闻副官陪同前往的。联络副官嘛，顾名思义，就是沟通关系，联络感情，使友军更为友好！他们在一起碰过杯，下过棋，还谈过女人，但从未私底下互访过。

“你好，闻副官！”赵令波伸过手去，微笑着。

“你好，赵处长！”闻瑗也伸出手来，微笑着，“我这位不速之客，贸然造访，你不会觉得奇怪吧？”

“又向我打听北移准备的情况了吧？”

“这是我的职责！”

“我可以告诉你，我们正在积极地作准备！”

“这是连儿童团都清楚的事！你们住在老百姓家里，还有什么军事秘密可言？”闻瑗的态度，坦诚而又友好，“今天上午，项副军长在大夫第前的打谷场上，讲得很动人！新四军和老百姓有如此深切的感情，我实在佩服，佩服。”

“我们是堂堂正正地遵命北移，又不是私自开动……”赵令波也佯作坦诚地说，“我们又有什么秘密可保呢？完全没有必要嘛！”

“是啊，是啊！我们就要分手了，真还有点留恋呢！”

“这种遗憾，是你们造成的。”

“守着真人，不说假话。作为个人，我是愿意你们留在皖南的！”

“你又来送空头人情了！”赵令波揶揄地笑笑，转而严正地说，“不管真留恋也罢，假客气也罢，咱们总是后会有期呀！等我们开拔的时候，我得请你吃杯酒，正式和你话别……不过，还早着呢！开动，开动，还不知哪一天才动呢！”

闻瑗含蓄地微笑，动人的笑容似乎在告诉赵令波：你老兄说的是假的，可我也没有把它当成真的！现在，我和你来点真格的吧：“我们话别，当然为时尚早，你们总是一拖再拖。可是，你什么时候和周珮琳小姐话别呢？她非常想念你呀！”

赵令波的脑袋嗡的一声，好像受了一记锤击，他的心仿佛陡然被悬到了半空，脚下的地面也陷落下去了。他本能地扶住了木床的支柱。这一点本来应该早有思想准备的呀，怎么竟然忘了？

要来的终于来了！这就叫在劫难逃！然而，闻瑗的眼神又是温和友好的，仿佛在表明他不是魔鬼，而是天使，不是恶煞，而是爱神。

赵令波在恍惚中听到这样的话，声音很轻、很远："赵处长，你不要紧张，我给你带来的是福音，是喜讯……"

福音？喜讯？在这种时候？赵令波疑惧地看着"友好的使者"。他的头脑虽说已经周转不灵了，但仍然没有忘记早就想过好多遍的那种应付的代价。

"我给你带来一封情书。"闻瑗把一个沉甸甸的彩色信封放在桌面上，慢慢地推到赵令波面前。

赵令波傻乎乎地瞪着那美观大方的信封，竟然没有听出闻瑗声调里所含的嘲讽和威胁的味道。又是一个突如其来，赵令波有点发蒙。他的生命出现了短暂的间隔，大约有好几秒钟，他不知道在什么地方，也不知发生了什么事情。

赵令波并非怯懦之人。当他在川军刘茂恩的五十八师师部和女秘书幽会时，他并没有胆怯；当他抡起手榴弹向师参谋长的脑壳打下去时，也没有手软；在弹片横飞的战场上，他没有当过逃兵。即使在1934年四川军阀刘湘调集了三十万大军对红军展开六路围攻时，他也没有像今天这样恐惧过。

他把信抓在手里，手抖颤得厉害，不敢拆，好像里面是一颗一触即发的炸弹。他失魂落魄地呆着，闻瑗并不催他，耐心地等待他。他懂得，压力过急过大，反而坏事。赵令波被一种沉重的恐惧压迫得喘不过气来。过了一会儿，他终于清醒过来，把信拆开，手仍在发抖。

首先掉在桌面上的是一个绵纸包，里面是一枚精巧的戒指，在昏黄的煤油泡子灯下，闪着黄澄澄的光。还有几页折叠考究的淡红色的信笺，钢笔字娟秀工整：

令波君大鉴：

久疏音问，思念切切，是为至歉。近来气候反常，冷热无定。伤风已经三日，头疼欲裂。今日稍愈，即握笔问候。回想去年秋日佳会，一喜一怅，与君誓以至诚，情长谊深，时日珍贵，终生难忘。灯前、月下、茶余、饭后，推心置腹，堪为知音，每谈及人情、世事，莫不灵犀相通、情意殷殷、感慨系之。

今日寨头，水仙双开，本想，草木有知，预呈吉兆，以为与君会期不远；谁料君部即日开拔，亦惧亦哀，昔日恋情，终成镜花水月，未来与君天南地北，相见无期，风流云散，岂不堪悲？

此时，朔风怒号，窗外梧桐，萧萧哭泣，雪打霜摧，残叶飘零，思及与君之长别，能不寒心？……今托闻君，带去戒指一枚。此物乃我十八岁时，母亲所赠，虽非珍品，权作红豆，真所谓礼轻情意重也。

我非常关心君之开拔日期、行进路线、部队编成、战斗实力以及行动计划，务请详告闻君，借以转我。殷殷相期，勿违我愿也！

赵令波只觉得心凝血止，全身冰冷。他眼前的一切，都变得缥缈而又遥远了，整个人仿佛跌下了悬崖，向着深不见底的深渊坠落着，坠落着，……

"赵处长！"赵令波听到一个沉静的、抚摸式的声音，"你要快点看完！"

赵令波好像被人轻轻地从噩梦中推醒，眼前又出现了那张淡红色的信纸。

赵君秉性坦诚，敢作敢为。长忆屡次深谈，对君部之实力、方策，叶挺、项英之冲突等等，了解颇多，已达上闻，甚为感谢。君所提供之军情，实属重要，惠及群黎，功在党国，君之幸也、荣也。目前贵部北移在即，至为关键，片纸只字，当值千金。此为党国再次效力之良机，不可失也。

幸者，赵君与我原为同党同军，青年上尉，真英杰也，无奈由于私人纠纷，弃明投暗，是为大错。但有情可原，当然既往不咎。今立新功，以赎前愆，以补昔过，正所谓迷途知返，魂灵回皈，可喜可贺。

如君冥顽不悟，定将祸及自身，正所谓军法难容也。愿君切莫踌躇于徨，生死攸关，福祸系之，应当机立断，正所谓识时务者为俊杰也。

毋忘秋夜佳期，联袂共语，相顾把杯，誓为良朋至友，永不相欺，终生不渝之诺。

恭候佳音。

至　友
珮　琳

这是一封构思精绝，动之以情，晓之以理，示之以威，备陈利害的情书。面对这封“情真意切”的华翰纶音，赵令波僵住了。他感到他的心被一只温柔有力的手捏住了，他在半死半活状态之中。呆痴，是他的外表；昏迷，是他的内心。这个时刻，直感无限漫长，犹如半个世纪，其实却很短暂，还不到两分钟。就像被闷棍打昏的人，总要慢慢抬起头来。

大街上传来一个女人呼唤孩子的尖叫声，还有脚步沉重的奔跑声，房东的开门声……似乎有人朝他的宿舍走来，赵令波条件反射似的把信纸和戒指，一齐抓在手中，塞进衣袋里。这种紧张、惊恐和快速，实为罕见。闻瑗看到这个动作，松缓地微笑了。他虽然还没有看到敌手高举白旗，却已知道敌手不准备对他开枪。

赵令波的动作只是条件反射，并不像闻瑗认为的那样，已经作出了抉择。向前跨进一步，既是军事法庭又是前程毁灭，退后一步，便是铺满鲜花的芳草地，可芳草地下有可能是万丈深渊……是向前跨还是向后退？他的思想像荡秋千似的在悬空中狂烈地来回飘荡。

“我应该怎么办呢？”赵令波并非没有主见之人，他处事谨慎，但也不乏蛮干的胆量。他腰带上的撸子伸手就可取到，眼前坐着的这个少校，绝不会比那位师参谋长更有力量。他心中忽然闪过这样的念头：猛然跳起，向这个不速之客扑击过去，甚至不需要多久的拼搏，只要喊一声“来人呀”，住在附近的机关人员、警卫部队就会赶来……

赵令波好像从昏厥中猛醒过来，拔出腰间的手枪，失魂落魄的脸上突然现出凄厉可怖的威猛之气，声音抖颤，却说得极沉极重：“我什么也不给你！绝不！要么你死！要么你走……”

参谋处长的这个举动，大出闻瑗意外，但他在暗自震骇之后稳住了心神：“怎么死法？怎么走法？”

“很清楚。你要坚持你要的东西，我就打死你；你走，就当做没有这回事……”

半分钟的缄默,双方都逐渐平静下来。

闻瑗用的是友善的推心置腹的声调:“你坐下,仔细想想后果再开枪也不迟嘛!”闻瑗的沉静和镇定打消了赵令波的冲动。

参谋处长这时也觉得凡事需要三思而行。目前形势并非千钧一发,完全有时间来寻找万全之策。

抓住闻瑗,对他有什么好处呢?只能暴露自己。周珮琳的话是对的,他要受审查,要蹲军法处。在部队即将行进的时刻,由于他所处的特殊地位,不论是叶挺还是项英,都有可能立即枪毙他!那时候,林志超就会代替他!这种结果,他纵死千次也不愿接受。那么,就是屈服,那可就越陷越深了,直到跌落深渊粉身碎骨为止,也未免太可怕了。这时候,赵令波的脑海里是一个硝烟弥漫的战场,“服从”冲杀过来,“抗拒”反扑过去,似乎永远是势均力敌。赵令波的心,就像一个灵敏度极高的天平,中间的指针不断地左右摆动。现在,这个精于计算的头脑,也需要别人来指点了。

闻瑗并没有在特工训练班里白吃饭,他机敏锐利的目光洞察着参谋处长内心的震颤,及时地在赵令波心的天平的一端,加了个颇有分量的砝码:“赵处长,你是个明白人,执迷不悟,立即倒霉。接受周小姐的劝告,左右逢源:这边,你并不丧失信任,那边,你是有功之臣……遍查世上间谍史,爬上高位隐而不露的人是很多的!”

赵令波的心理天平立即倾向一端:既然是为个人前程参加革命,为什么不可以为个人前程牺牲革命呢?

“好吧!我全告诉你!”赵令波把心一横,猛然从床沿上站起来,好像一头撞到石块垒成的墙壁上去也绝不回头了;又像一个赌徒,怀着侥幸之心,把自己的一生,向祸福难料的宝盒里孤注一掷。

“就在这上面写吧!”闻瑗看到赵令波要找纸,急忙把早已备好的泾县略图,铺到桌面上,并把一支削好的红蓝铅笔递给他。赵令波熟练地画好了三条开进的行军路线图。他的手抖得厉害,像在死刑判决书上签署自己的姓名。

“部队编成!”闻瑗提醒着。赵令波急速地写上各路纵队的部队番号及人数。

闻瑗以行家的目光看出这三路纵队齐头开进，不像是假的，他继续提醒着："日期，关键是日期。"

"军分会还没有最后确定。"

"真的？"

"闻兄！"参谋处长脸如死灰，凄惨地说，"我整个身子都落进井里了，还留个耳朵干什么？"

闻瑗审视着地图，看看有无需要补充的地方。

"闻副官！你快些走吧！"赵令波低声说，"陈副官早被监视了！"

生活是多么微妙啊！现在闻瑗的安全就是他赵令波的安全了。

"被监视了？"闻瑗大吃一惊，急忙把地图折叠起来，塞进贴身的衣袋里。他失去原有的镇静，两眼惶恐地盯着赵令波。

"你到罗里来时，没发觉有人盯梢？"赵令波也万分疑惧。他们两人四目相视，像两头野兽发现丛林中隐现着猎人的枪口。

"没有啊！"闻瑗心惊肉跳，暗自恼恨自己的疏忽，说得极不肯定，"我……没有在意。"

"噢！我明白了！"赵令波如释重负地说，"下监视令的时候，你在泾县，所以只监视了陈淡如！"

"这就好了！"闻瑗并未完全放心。他们两人都不知道，恰是陈淡如救了他们。

敌工部的同志奉命，在十分讲究方式的情况下，监视与控制联络副官。那时，只有陈淡如住在汤村。他说闻瑗回泾县马头镇安排友军篮球赛去了，大约在新年后才能回来。其实，闻瑗藏在陈冠群家里，等待周珮琳交给他任务。

闻瑗在晚七点钟来到罗里，他像往常一样，到宿舍去找赵令波，在街上，也曾有人见到他。可是，除了敌工部的极少数人外，其他人并不知道应该监视他。目前，各人都在忙着各自的事情，即使知道，也还是各司其职，不在其位不谋其政的。

"你送我出罗里吧！"闻瑗请求说，"村头有游动哨。"

"可以！"赵令波缓缓地站起来，脸上有种说不出的阴森森的表情，好像输得精光的赌徒。他们披上大衣，拉低帽檐，走出农家小院。

皖南山区的冬天，下午五点钟就天黑了，此时，罗里村正沉睡在深灰色的帷幕中，只有少数窗口，透出黯淡的灯火，像是夜的昏沉沉的眼睛。冷风从云岭方向山洪似的冲过来，在街道上涌流、啸叫。大块大块的乌云把天空压得很低，像孕妇的大肚子似的孕育着一场暴风雪，沉甸甸的但又迟迟不能分娩。

赵令波回答了哨兵的口令，就和闻瑗向关帝殿方向走去。没有引起任何怀疑，特务连的战士，哪个不认识参谋处长呀！绕过关帝殿，闻瑗便向参谋处长作了个告别的手势，魔影似的消失在树丛中了。

森林和暗夜，是潜逃者最好的助手。他越过一道干涸的小溪，直奔章家渡。他有两件武器——当天的口令和左轮手枪，可以保证自己的安全。

赵令波没有立即返回罗里村，而是拐了个弯，进了修械所。关帝殿的庙堂和厢房里，正灯火通明。马达的嗡嗡声，皮带的滑动声，铁锤榔头的敲打声，响成一片。

赵令波走进来，几乎没有引起人们的注意。那些膀粗腰圆、面庞黝黑的青年工人，都神情专注地忙着手头的活儿。他踱到干瘦的所长身边，神态俨然地大声问道："怎么？你们的机器还没有拆卸包装？"

肖所长急忙把"吃"着工件的车刀退了，弯腰扳了一下刹车手柄，卡着工件的卡盘便戛然止动。他这才从铣床上抬起头来："哟！是赵处长。我们都快包装好了，又拆开重新安装起来。这个东南局啊，净干马后炮的事！"满脸汗渍的所长略微不满地发着牢骚，"也不知他们早干什么了？"

"是给他们修枪?!"

"可不！一下子送来八十多支缺胳膊少腿的家伙，有的干脆连心肺都没有，怎么治啊！三天三夜也修不完，新年也过不成了！"

"这事我知道，地方作风嘛，总是拖拖拉拉，你们也只好克服克服啦，非常时期嘛。"赵令波想到这是给地方干部随军北移准备的短枪，这时他又忽然想到了郑芳雪。她能随军北移吗？这些修理中的短枪，哪一支属于她呢？他有些失神了。

“赵处长,抽支烟!”肖所长用油污的手向衣袋里摸索。

“噢,抽我的!”赵令波给了所长一支好烟,这是从项英那里打秋风搞来的海盗牌。

“你今天晚上怎么有空到我们这里来?”肖所长对赵令波的突然到来有些奇怪,修械所是隶属于军械处的呀!

“我是来检查你们的战备!”赵令波为了说圆到修械所来的理由,也不得不抛出点危言耸听的情况了,他低声对肖所长说:“你们要抓紧,部队说走就走!有些实在难修的就算啦,不然,你们会来不及准备的。”

修械所所长点点头,露出领悟和感激的神色。

赵令波又说了一些符合身份的话,既有批评,又有勉励。最后,他建议派个工长随他到军械处去,说明有十几支枪,缺零件太多,无法修好,这样,可以给修械工人节省一天的时间。

赵令波在修械所磨蹭了将近一个小时,对修械所的修理和如何准备搬迁的工作,做了详尽的指示。临走,带了两把花生,回罗里时,随手给那两个哨兵:“给,这是修械所的!”

哨兵竟然没有注意到参谋处长带走与带回的不是同一个人,但他们知道赵处长是去修械所检查工作。赵令波这一手玩得很高明,他的目的完全达到了。一切危险都在阴差阳错中掩盖过去了,紧揪着的心总算落了地。

可是,刚到宿舍的小院外,他就碰上了特务连长。他的心又提起来了,简直是险象丛生:特务连长向他报告,说敌工部来电话,要他们派一个班,立即跟随一科鲁干事,去章家渡搜捕陈冠群。

又是平地一声惊雷!

“项政委知道吗?”赵令波用夸张了的严肃口吻来掩饰他的慌张,他的眼前似乎出现了陈冠群、陈家庆、周珮琳、闻瑗一齐落网的情景,那张行进路线图,也落在精明干练的鲁干事手里。刚刚开始沉潜下去的危机感,又猛然揪住了他的心。不行,他绝不能让这种情况发生!

“我不知道!”特务连长隐隐感到赵处长的烦乱,“你叫鲁干事来见我,这可是非常重大的事情……”赵令波回到宿舍,心怦怦地跳着。

正在特务连挑选人员、指导搜捕人员换装的鲁干事，跑步来见赵令波。

参谋处长甘冒横加干涉的恶名，也要拖延时间，他一边问询鲁干事是奉谁的指示采取这样影响大局的行动，一面想象着闻瑗的行程。

“总兵站张站长提供了新的情况，直接报告了军长，因为已经找到了他们从事特务活动的许多证据！我们可以用搜捕杀害郑大中的凶手的名义……”鲁干事回答得有些急躁，没有表示出下级对上级应有的敬意。

“如果找不到真凭实据呢？那不就被动了吗？”赵令波有些愠怒，其实是心慌。

“我们可以当做是一次误会……就说亲眼看到凶手逃到他家里了！把带头搜捕的班长‘训斥’一顿，向他们当面‘道歉’就是了……这种办法人人会做。”鲁干事显示出保卫人员特有的精细与聪明，“赵处长，你知道，搜捕是越快越好，一旦走漏了风声，就前功尽弃了！”他隐约地觉出这位处长在从中作梗，便表现出青年人那种敢作敢当的闯劲，准备承担责任，“他杀人在先，我们搜查在后，处分我就是了！”但他的话还不够强硬，那是因为他还不太清楚这次下令搜捕的背景：到底是哪位军首长的意思，是叶挺、袁国平还是项英？

“这样严重的事情，我一定要亲自请示项政委。”赵令波作出被鲁干事的傲慢激怒了的样子，“小动作可以捅娄子！走，我带你去见项政委。”并指示特务连长，向搜捕人员交代政策，等待政委新的指示。

当他们走向大夫第时，赵令波向章家渡方向望了一眼，闻瑗大概已经到达了吧？他暗自庆幸自己在修械所没有待得过久，才得以阻止大祸的降临。

赵令波向大夫第走着，忽然有点不敢相信刚刚发生的一切都是真的！他的胸腔中空虚而又疼痛，他觉得自己的心被那张行进图卷走了！他一脚没有踏稳，跌倒在地，摔得很重。鲁干事急忙把他拉起来，觉出他的手抖得厉害，“处长！你冷吧？”

“走惯了的路，还摔跤，”赵令波狠狠地咒骂自己，“我真无用！”心中却非常沮丧：“真他妈的，不是好兆头！”

项英已经睡了。可是,参谋处长却坚决地要刘厚忠把首长唤起来。即使在深夜被打扰,项英也是高兴的。他可以丧失睡眠,丧失健康,却不愿丧失半分权力!赵令波及时地阻止了军政治部的一次越权事件——而这次越权,很可能造成严重的政治后果,这使他觉得参谋处长不但办事干练,而且政治敏锐。大胆的干预,不但说明他政治责任心极强,而且还捍卫了政治委员权力的尊严。

"回去!"项英身披大衣,听完了赵令波的报告后,侧身怒斥着那位鲁干事,"我看,你不叫鲁敏,叫鲁莽!告诉你们部长,我明天找他!净给我捅娄子!"他看不惯这个冒冒失失、躁动不安的年轻人。

鲁干事一声不响,只是一口一口地咽唾沫,听完训斥之后,转身告退了。

"令波!你应该早睡。"项英以他那种惯常的温和诚挚的口吻,关切地说,"周副参谋长病着,繁重的工作,就压在你身上了!你不能累垮!"

"政委!我……我不累!"赵令波抬起头,一触到政委那信赖和倚重的目光,立刻又将头低了下去。惭愧?驯顺?欣慰?狡猾?他什么感情都有,唯独没有项英此时认定的那种感情:忠诚和谦逊。

"我看你的脸色不好!"项英目不转睛地凝视着参谋处长,发现他面容苍白、疲倦,眼圈发黑,而且声音也沙哑了。

"烦心的事情的确太多!"参谋处长诚心诚意地说,"还是政委更需要多多保重。"

这是一句由衷的真心话,项英听出了其中的深情,却不了解它的真实内涵。

"那好!我们既为革命辛劳,也为革命睡觉!"项英和赵令波紧紧地握手。

赵令波从项英的寝室回到自己宿舍,和衣躺在床上。干了一件危害革命的大事之后,他失眠了!不是因为恐惧,而是因为兴奋。他觉得这一仗打得很漂亮,不仅顺利地渡过了险关,而且大有收获,他获得了双方的信任!事物之微妙,变化之多样,大概无过于人的心思了。此时,赵令波扯过棉被盖着身子,把双手拢在脑后,仰脸躺在床上,他想到周珮琳接到他画的地图时，那媚人的笑容。他们曾经设想双双结为伉俪之后，解甲归田，终老林泉山水，去过那种世外桃源式的日子，神仙似的生活！

周珮琳出生在无锡的一个开明士绅家里，赵令波没有到过无锡，但他知道那里有个太湖，有个梅园和蠡园。他仿佛看见一对情侣从梅园香雪海中，踏着落花走向湖滨，登上一只彩船，向清波粼粼的湖水深处荡去，窃窃私语，欢声笑谑和湖水一齐荡向远方。那不是传说中的范蠡和西施，而是赵令波和周珮琳。川北贫瘠山沟里低矮的茅屋中衣衫褴褛的黄脸婆子，还有两个瘦骨嶙峋的小孩，只在他面前闪了一下，还没有看得真切就消失了，消失到遥远的地平线下面去了。

赵令波也很奇怪，那些使他惶惶不安、提心吊胆的焦虑，竟然这样轻易消除，而且变得微妙有趣了！虽然还是吉凶难料，但绝不会大祸临头。他要开始一种崭新的生活了！

可是，这种遐想很不完美：在周珮琳那漂亮的丰姿绰约的形象之上，又叠印上一个更为妩媚姣好的面庞，这就是郑芳雪。她现在在哪儿？去交涉随军转移，不会立即有结果的！陈冠群不会饶恕她的！说不定，这时她已经像她叔叔郑大中那样，倒在血泊中了！那真可惜啊！后面的思绪杂乱起来，像没有剪接过的电影镜头，林志超、叶挺、鲁敏……都在他的脑海里乱翻，给他的遐思蒙上了一层暗影。

"有哪些蛛丝马迹落在他的眼里了呢？"他变得现实起来，"如果把闻瑗来访、哨兵所见、修械所之行、阻止搜捕联系起来……可是，这些都是单个音符，只要无人把它们连接起来，就成不了乐谱，就形不成声调。部队行动在即，谁也顾不上了！有道是：浑水里面好摸鱼……"

十　行进计划图

陈冠群在他的书房里伏案练字，壁炉里缓缓地闪烁着红色的火光，显出超凡的安静。在靠窗口的紫檀木写字台的两端，对称地放着两个精致的青铜烛台，巨大的蜡烛把书房照得通亮。他的面前铺着一张泾县出的洁白的宣纸，手握笔尾嵌着翡翠的羊毫，龙凤端砚里的徽墨，正散发着浓香，他濡笔挥毫，在纸上乱画乱涂。如果仔细去捉摸他那些下意识中写的字，便可以窥见他的心理状态。

在纸上涂字，这是陈冠群在紧张思索时的一种特殊习惯。平时，他喜欢临摹柳公权的《玄秘塔》，有时，也练明代王时敏的隶书。为了得到王时敏的一幅方正高装字形的《泰岱诗》轴，他把包世臣的后代包忠良弄得家破人亡。他搞到包家历代珍藏的两件稀世奇珍：一字，一画。

那幅画——元代柯九思的《墨梅图》，他托钟汉鼎送给了顾祝同，这幅王时敏的隶书诗轴，他却秘密珍藏，从不示人。这不但是因为挂轴珍贵，更主要的是来路不正。包氏后代并没有灭绝，他很清楚，一旦共产党得势，搞起苏维埃来，这笔血债总要偿还。他的伪装是很成功的。三年来，几乎人人都知道他是新四军真诚的朋友，都竭诚称赞他是开明士绅的表率，像陆绍泉、吴民三，简直无法与他相比，哪一个开明士绅能像他一样，把自己的庄园让出来给新四军驻扎？哪个乡绅能像他一样，在喊过“有钱出钱，有力出力，抗敌救国，匹夫有责”的口号之后，立即献出大洋三千元？

他是非常谨慎的人。可是再谨慎也有疏漏不周之处，陈家庆在峨桥镇敌税务所被抓，虽然未事张扬，但也有不少人知道了。在士绅座谈会上，陆绍泉大声疾呼：“严禁资敌养奸！”矛头所向，直指他的左胸，他一时气噎面僵，窘状毕现。在发言的时候，也失去了往日那种慷慨激昂的气势。败军之将，岂敢言勇？

那天，郑芳雪显然被他说动了，答应陪姨妈过新年，可为什么突然出走？他的情报网告诉他，郑芳雪并没有回南堡，而是到了罗里村，现在仍未归来。陈冠群在隐约中感觉似有闪失，不禁悚然而惊，莫非她发现了什么？历史泥沙中的宿怨旧仇又翻腾出来，她的不辞而别说明了什么呢？她能带走什么秘密呢？陈冠群想不出。

他曾严格地询问过自己的老婆，什么也没有得到。他与陈家庆、周珮琳在客厅里的密谋也不可能为她知晓啊！为什么到罗里去？为了告密吗？最后，他想通了，这个外甥女迷上了那个姓林的，她要跟随他们走！走就走吧，他甚至稍感轻松。如果把她留在身边，万一得知她的父母——那两个该死的共产党是他出卖的,那不是反成祸害了吗?

现在最使他头痛的倒是郑大中的被杀,有可能牵出他来。他装模作样地去检查现场处理善后时,从骆股长那寻根究底的目光里,感觉到了不信任。他一边思索,一边信笔乱涂乱写乱画:"临喜临怒见涵养,群行群止见品格。""大事难事看担当,逆境顺境看襟怀。""冠群……冠群……鹤立鸡群,冠群者,万众之首也……""乐情在水,青弋江水,静气同山,四顾山……芳雪……姚玉莹……"

他信手写出这几个字时,不禁暗自吃惊:"难道真的会有因果报应吗?难道我出卖了她,她的女儿今天又要出卖我?"他的心向下沉,"难道姚玉珏(他老婆的名字)透露了什么给她该死的外甥女了吗?"他神经质地把姚玉莹三个字涂抹成一团墨渍,好像要把这几个字埋葬到历史的坟墓里。

陈冠群是懂得笼络人心的。他领衔集资在罗里村西南方向一公里处,重修了占地十余亩的陈氏宗祠,为他在乡党邻里赢得了声誉。这是泾县有名的两大祠堂之一,宏伟,壮观。陈氏是个古老的大家族,陈氏宗祠,早在清代康熙年间就择地重建了,在道光、光绪年间,屡有修缮,规模愈来愈大。它坐落在云岭山与四顾山之间的长达几十公里的山冲里。陈冠群懂得风水,这是一条龙脉,可以出真龙天子呀!就在这块风光佳丽的土地上,他度过了自己的大半生。如今,要坐龙庭已经无望了,半生奋斗,证明他既无扛鼎拔山之勇,也无经文纬武之才。他曾向同仁们叹息过:"我陈某文不能安邦,武不能定国,终老林泉足矣!"

他在仕途上并不得意,没有当上皖南行署专员,也没有当上泾县县长。章渡区区长的官职,他自己也不放在眼里。他早就放弃了高升的幻想,转向积财!他要在四顾山之南麓,修建一座城堡似的庄园,这个庄园,便是皖南的心脏!而他,就是那颗跳动的心!他爱这块土地,他要攫为己有。

陈冠群虽然生逢乱世,应付世事却也得心应手,虽然未建显赫功业,却也未受大的挫折。内藏虎狼之心,外饰温恭之貌,是他既能大发横财又能笼络人心的屡试不爽的处世法宝。但是,人生,注定任何人都不能完全如愿。纵观古今中外,所有伟人、圣贤、帝王、将相、总统、主席，包括一代天骄——拿破仑和成吉思汗，哪一个没有苦恼，哪一个没有失意？他陈冠群也未能寻找到自己的世外桃源。

早在十年前，在皖西大别山农民暴动的时候，他就预感到在皖南的深山密林里，也会飘展起造反者的红旗。陈冠群以特有的阶级嗅觉，发现他的连襟郑大华和妻妹姚玉莹就在他身边组织秘密农会。他像踢开绊脚石一样，轻轻一蹴，就把他们踢进了万劫不复的深渊。他成功了！

1934年方志敏率领抗日先遣队来到皖南，可革命的烈火还没有成燎原之势，就被扑灭了。

三年之后，新四军来到了皖南。他抬眼一望，才发现绊脚石是踢不完的。那些不起眼的石块之后，原来是一座既难逾越更难推倒的大山——长城内外、黄河上下、大江南北的八路军和新四军，已经根深蒂固而且越来越繁茂地布满了中国大地。

他的辉煌事业，他的锦绣前程，必须摧毁这座山才能实现。于是，他又继续在那张纸上涂抹："消灭……铲除……"陈冠群的思绪是明确的：皖南的新四军和共产党，走的要消灭，留的要铲除。他抬头向壁橱漫不经心地望了一眼，那成排的书籍后面，有共党嫌疑分子、农抗会积极分子的名单。他仿佛看见了第一批被枪杀者的尸体按着黑名单的顺序，躺在青弋江的沙滩上。他的整个身心都在呼唤这一时刻的到来。

书房的门被无声地推开了。陈家庆像个幽灵似的飘进来，把陈冠群吓了一跳。陈家庆没有注意叔叔的神态，径直到嵌在墙壁中的小小的食品橱里，摸出一瓶白兰地，仰头喝了几口。"叔叔！你可真沉得住气。"

"怎么了？"陈冠群又缓缓地坐下去，为了掩饰刚才的虚惊，提笔在手，端详着刚刚涂抹的那些胡言乱语，在几个字的败笔之处又涂抹了几下。

"我们家被监视了。"陈家庆颓然地坐在靠墙的沙发里。

"是吗？"陈冠群微微一怔，放下笔，把转椅转向侄儿，既像出乎意外，又像在意料之中。

"这里面有总兵站的人，也有农抗会的人……"陈家庆惴惴不安地说。

"杀了个郑大中,都红眼了!"陈冠群说,"这件事都怪你干得太鲁莽,太显眼了! 像那个吴婆子,干得就很干净。"

"叔叔,这是不得已呀! 先下手为强!"陈家庆心神不定地辩解说,"开头,我以为芳雪藏到他家里,谁知他们在开秘密会。新四军一走,这些家伙肯定要造反!"

"这样也好,有声有色才能杀一儆百!"陈冠群体谅地说,"凡事总有利弊……这个郑大中和郑大华是一路货! 过去、现在、将来都是我们的死对头!"

"我们现在怎么办?"陈家庆惊慌之余,又显示出少壮军人的那种蛮干劲,"我看,我回泾县,把清乡大队秘密拉过来,先来个大搜捕……"

"你这是军人的头脑,不是政治家的头脑。叶挺已经把我们给告了! 三战区有命令……这次郑大中事件,说不定还要受训斥呢。"

"有这样的事?"

"你看!"陈冠群站起来,拉开书橱,开动机关,那排列精美整齐的书架,像一扇排满书籍的门板似的转开,后面是收藏秘密文件的暗格。书橱后壁是双层的,这比把文件藏在保险箱里高明得多,既防搜查,也防盗窃。他从中取出一份复印件,交给了侄儿。陈家庆立即凑到灯下,这是上官云相转发给皖南行署的密件,他的目光落在最后一段结语上:

> 据此,希秘饬所属,俟该军开毕,再行肃清工作,以免其借口,为要。

陈家庆看完仰起脸来:"等他们开毕,那不就晚三春了吗? 说不定那些地下党和那些赤色分子要跟他们撤走了呢!"

"走了也好!"

"你当他们不会回来吗?"

"我倒怕他们潜伏下来,上山打游击,我们可就寝食难安了!"

"所以先下手为强,后下手遭殃! 他们哪一天开动?"

"我们在等陈淡如和闻瑗的情报!"

"叔叔,你还是先把名单给我,在他们开动的时候就动手!"

陈冠群把密件收起，放进暗橱，把书橱门合上，并不上锁。"现在报来的名单不确实，这几天无论如何要审核一次，绝不能抓了假的漏了真的！"

"我看，真假一齐抓！"陈家庆把五指慢慢收拢，好像要把一块看不见的东西捏碎，"还是从前那个口号对，宁可错杀三千，也不放走一个！"

"只可惜，今非昔比了！"陈冠群没有侄儿那样的信心，"你没有看到今年7月7日，延安八路军总部的公告吗？仅仅是八路军正规部队，已由三年前的四万多人发展到五十万人，共产党员也由四万人发展到八十万人！看来，不大动干戈是不行的了。"

"委座早就看到了这一点！"

"但是，他们也不是傻瓜！他们也会作准备的，他们也学滑了！你还没有打他，他就先叫起来了！"

"哪个不是贼喊捉贼？"陈家庆眼珠子转了几转，"咱们可以先制造几个事件，把罪过先安到他们头上！叔叔，我担心他们先对我们动手！"陈家庆又想到那些监视着宅院的可疑的人。

书房门猛然开了，闻瑗以前所未有的鲁莽和激动冲进来，扑通一声，把自己投进陈家庆坐过的沙发里。"这下可完了！"他困难地喘着粗气，"给我杯水喝！"他的脸上手上都有血痕，冬衣也被撕烂了。

"什么完了？"陈冠群震骇地跳起来，走向闻瑗。

"不！不是完了，是完成了！"闻瑗不管不顾地摸过陈家庆用过的酒杯，把半杯酒一口喝干，然后用手抹了一把下颏，"到手啦！……你们祝贺我吧！"他像中举的范进那样，忽然高兴得发了疯。

"到底是怎么回事？"

"我拿到了他们的行进计划！"

"真的？"陈冠群表示怀疑。

"是赵令波亲手画的，假了对他没有好处。"

"闻瑗兄！"陈家庆抓住联络副官的手，"你可以晋升中校了！"

"那是以后的事，我需要一条船！"

"可以骑马走大路，先到县城。"

“万一碰上哨卡就麻烦了！”

“我有一条绝对碰不上哨卡的秘密通道！”陈家庆说。

“你进来时，有没有人看见你？”陈冠群问道。得到否定的回答后，章渡区区长意味深长地说，“那好，你们快些走吧！我们都可以载入史册了！”

第七章　1940年12月30日

一　日理万机

项英已经无暇忐忑不安、犹豫徘徊了。临行前的各种事务，骤然潮涌般地扑向他的案头。他所指挥的巨舰，已处于启航前的震颤中。28日军分会的决议，已经无可争议地指定了航向，顾虑前面有无险滩暗礁，也已经没有多大意义了！只有勇敢地向前冲去！

皖南地区党、政、军、民都紧张地行动起来，一切活动都在体现他的意志，都在实现他的意图，都在执行他的指令。谁也不了解他的苦闷和怔忡不宁，只有白沙能略略感到副军长的反常举动中，隐含着焦虑与不安。

现在，一切争辩、苦恼、忧虑，都已成为过去，项英终于成功地度过26、27、28三个日夜的煎熬，精力充沛地日理万机了。

报社的排字间，日夜赶排"告别号"。修械所拆卸机器，用稻草包装。医院正在处理伤员，筹集药品。部队正在调整组织，编制战斗小组，磨刀擦枪。地方党在紧张地建立地下组织，审批随军北移的干部名单。群众忙着宴请、恳谈、话别，为自己的亲骨肉准备携带的干粮。

司令部指挥中枢的电话线，像脉络、神经似的伸向整个机体，吸收着种种请示、报告，发布着种种指示和命令。

顽方也以同样的紧张状态。

项英已经处在欲罢不能、欲停难止的状态，他在推动着舰艇，而舰艇也拖拽着他，像在斜坡上滚动的车轮，向下冲去。

项英在思考,在指示,在挥斥,在欢笑,在夸奖,在训诫,在宿舍中密商,在会议室里开会,在接待室里洽谈……

在这种时候,项英忘记了饥饿和睡眠,精力旺盛得惊人。问题刚刚提出,他就有了解决的方案,没有迟疑,没有沉思,也没有彷徨不安,好像一切都已成竹在胸,那风姿,那气度,就像用他的一言一行在书写一部史诗。

刚刚推开早餐的饭碗,便去接待南堡村的老校董,他带来了全体村民和全校学生的"请愿书",挽留新四军长驻皖南。当项英告诉他新四军非走不可时,这位老人垂泪顿足:"副军长!你们要委曲求全,可是,人家会给你们求全吗?章家渡已经开始杀人了!他们没有安着好心……唉,若是害了你们精忠报国的岳家军,咱中国就没有救了!……"项英又是一通耐心的说服。"如果真的不能抗命,是不是也效法当年刘皇叔携民渡江呢?"项英笑了。为这种老学究式的设想,又费了很多唇舌。

老人的泪水模糊了眼睛,项英和老人紧紧地拥抱。

吴民三刚走,敌工部长林植夫便有急事来找项英,说现已查明,陈冠群以开明士绅作掩护,是三战区安插在云岭的特务组织——情报站的负责人,建议立即逮捕他。这件事项英没有立即表态,沉思良久。

"逮捕他是可以的!在我们开动的关键时刻,实属必要!但要注意时机,也要注意方式,过早了,定会打草惊蛇;他是国民党区长,处之不慎,对方会作出强烈反应,会影响大局,会给对方以口实!你们想一想,国民党会不会来个'中村事件'呢?"

林植夫认为项英的分析是对的,便说:"我们可以让章渡总兵站派人,先把他监视起来……"

"可以!"项英明确地说,"等我们部队一开动,就抓他!"

"还有那个陈淡如,"林植夫说,"他像猎狗似的到处钻,嗅出味道来了,要采取措施才行。"

"派人跟定他。"项英快刀斩乱麻,"反正他没有电台,只要他跑不了,情报就送不出去。我们开动时,把他一齐带走!"

"我怕他和当地特务网有联系。"

"这就靠严密监视了。北移,这早已不是秘密,妇孺皆知嘛,只要他搞不到我们的核心机密——我是指行动计划,那就没有什么大危险。我看陈淡如这个人还不算坏,值得注意的是闻瑗……"

"闻瑗跟篮球队到泾县去了,没有回来。"

"他不在就算了。"项英想了一下又问,"日本同志后藤勇怎么样?对北移有什么反应?"

"他对北移很有兴趣,他说'英雄有用武之地了'。本来他是要跟非战斗人员第一批先走的,因病耽搁了……"

"这我知道,他现在身体怎么样?"

"可以,只是有些虚弱……"

项英本想再嘱咐什么,刘厚忠进来报告,茂林地区圣公会会长陆绍泉老先生求见。

"正好! 咱们一起去见他!"项英拉着林植夫,一齐走下楼去,急步赶到接待室,和这位爱国的宗教人士热烈握手。

项英很敬佩这位陆老先生。他带来的群众要求是动人的。

"副军长,"老人说,"我是代表茂林地区教友会以及工、农、学、商各界人士和各抗敌群众团体,来挽留新四军的,这是他们的恳求!"陆绍泉把孩子枕头那样大的一捆书信放在项英面前,"我们那里有个姓袁的小学教师,还想用'尸谏'的办法挽留你们……"

"非常感谢皖南父老兄弟对新四军的盛情!"项英颤抖的声音里带有哽咽,"这是形势所迫……"

"你们一走,这里就暗无天日了,土匪盗贼就要横行,流氓地痞又要仗势欺人了……我已经上书顾长官,质问他为什么要逼新四军走!"

"陆老先生!"项英握握老人的手,"为了大局,我们不能不委曲求全啊!"

"你们愿意'委曲',人家可不给你'全'啊!"老人与吴民三有同感,他长叹一声,"在茂林西面的山口上,他们正在赶修碉堡呐!"

"我们知道!"项英惴惴不安,他听到了不吉的预告。

"我信不过他们!"陆老人说,"我明明知道无法留住你们,可是,我不能不向你们表达民众的心意……你们这些殉道者啊,是在背着反共派给你们准备好的十字架往前走啊!”

林植夫回肠荡气地叹了一声:“这就是皖南人民对新四军北移的奇异的送别方式啊!”

陆老人为了不过多地干扰副军长的军务,只坐了半个小时,就挥泪而去,因为东南局和皖南特委的电话等待项英去接。

项英从接待室走出来,在上楼接电话的途中,边走边回答着等候在室外请示工作的机关人员,回答人事上的变更,协调部门与部门之间工作上的矛盾。他指示每个战士必须自带五天的给养,又让参谋告诉赵令波,要他到章家渡去检查浮桥的架设情况。他还向秘书处交代组织行动前的动员大会和军民联欢大会的具体方案。当他走进他的宿舍,拿起电话筒时,大夫第外面场坪上已经聚集了越来越多的群众。

他来不及坐下,左手叉腰,一只脚蹬在椅子上,急忙抓起话筒:“东南局吗?是我,刚才谁来电话?”项英等着,对方的值班人员去找人,“是梁朴同志吗……啊!忙!简直不可开交……你们把机关人员组成班排,随军部走好了!有多少地方干部撤离……不行不行,太多了!要精干,不能拖老带小,要留下人准备打游击。凡是暴露的都想走,不行,你们要做思想工作嘛……什么要求?走的要枪,留的也要枪……当然,大概需要多少?五百五十支?当然是短枪……可以,可以,你们造个花名册,直接派人到军械处领取……好的,我告诉他们。”

项英把电话挂断,接通了军械处:“军械处吗……我是项英,找你们处长。喂,吴副处长吗?东南局和特委要五百五十支短枪……”项英皱起眉头,显然对方在叫苦,“要积极支援地方嘛!那就给他们二百五十支好了。还有多少缺零件不能打的?七十七支?也一齐留给他们。子弹能给多少就给多少……不够数,发手榴弹给他们,尽量满足他们的要求……”

项英刚刚放下电话,白沙提着挎包冲进来:“政委,‘告别号’的清样出来了,请你审查。”

“什么时候要?”项英把清样握在手里。

“我在这里坐等!如果有改动,晚上付印就来不及了!”

“元旦见报就可以了!”

“报社很急，他们怕来不及收摊，要求提早开印。”

“对！”项英点点头，看看座钟，“现在是九点差五分，过两个小时，你来取。现在快到接待室去，采访采访来访的群众，真是太感人了！”接着又告诉刘厚忠，给他倒杯可可来，两个小时不准别人打扰，又告诉总机，所有他的电话，一律转秘书处。

项英把清样在写字台上展开，手握一支红笔，炯炯目光落在“告别号”的社论《临别之言》上。他感到开头不够有力，缺少主旨，想在前面增加一段。红笔握在手中好久，一时想不到写什么好，便又继续往下看去。在接待室里出现的那些动人景象，不断地出现在眼前，催动他的文思。他在这篇社论中，以向所未有的激情超出他平时所具有的文采，加进了一段感人至深的文字：

> 我们特别向关怀我们及其从军子弟的皖南父老们致谢并宣誓：我们全军指战员，不问官兵，不分新旧，誓以最大友爱团结传统精神，结成一条攻不破冲不散的血肉长城，浩浩荡荡奔向前程，而不愿丢失一个同志……使引颈翘望的皖南父老兄弟姐妹们负担不必要的忧愁。

项英写着写着，被自己的感情打动了，不由地潸然泪下，在社论开头，又加了一段：

> 在这团结抗战的新一年开端之际，我们不能不向三年来同患难共生死的皖南同胞辞别远行，实使我们分外深切地感到时代的重荷和时代的惆怅……

项英改完，立即让刘厚忠去找白沙。

二　忘记了叶挺

情绪是受传染的，犹如大火之蔓延。章家渡农抗会主席被暗杀的同时，许多抗日团体的负责人都受到了恫吓。这把抗日民众激怒了。

中村、汤村、新村、丁家山、白果树、南堡等十几个村庄，联合派出了三十九名代表,齐集在大夫第前的场坪上。

与此同时,岩头村的农抗会会员押解来了偷写反共标语的保公所文书。章家渡的万荣米行,献出二十担大米以充军粮;津津酒家捐赠三百元大洋以劳军。这是多么繁乱而又令人振奋的景象。

“副军长来了!”有人喊了一声。人们纷纷让开,让项英走到中间。项英看到的是期待和焦虑的眼神。

“项副军长,你们不能走!”人群里有人高声叫着,“若是顽固派来进攻,我们协助新四军抵抗到底!”

“对呀! 拼到一人一枪也不甘休!”这个高声大喊的人,竟然举起了握在手里的铁钗! 那生锈的钗齿,在昏黄的阳光中闪着幽暗的光。这使项英想到了1927年秋天的农民暴动。

“只要批准我们随军,”又有人高喊,“我们就把村里的反共分子杀掉,全家跟新四军走!”群众情绪越来越激动了,场坪上的人群,像暴风骤起的树林,狂烈地骚动起来,漫过怒涛似的喧嚷。这种为悲愤情绪所激动起来的整体,像地壳下欲喷的熔岩。

远在1934年秋,方志敏和寻淮洲的北上抗日先遣队到达皖南,有些保留下来的秘密农会的骨干分子,又在酝酿着暴动。这种情绪像暗火似的在场坪上的人群中散播,燃烧。在教导队驻地中村,竟然有一个穷苦的农抗会员企图毒死年轻的妻子和两个活泼的孩子,理由是:自己决心投军,不愿留下自己的老婆孩子遭顽军残害、蹂躏。

有一部分皖南籍的战士,互相交换着死守皖南、准备迎接任何进攻的决心,有的写了申请书。但是,这种愤慨情绪被部队严格的纪律和对领导者的信赖,抑制住了。

项英来到群众中间,他的思想从来没有像今天这样翱翔于群众之上:他认为群众对新四军的挽留,就是对他的客观评价! 这个评价是真实的,是崇高的! 大夫第前面打谷场上的场面,是皖南群众感情的凝聚,是皖南局势的缩影。对新四军的一切信赖、留恋、拥戴,也都是给予他的荣誉!

项英站在打谷场边的石磙上,声音洪亮有力:“……我完全理解皖南父老兄弟姐妹们的心情。三年来,我们同生死共患难,我们怎么能忍心分离？但我们为了顾全大局，为了统一战线不遭破坏，我们不能不奉命离开云岭（项英在各种场合，都不愿说‘北移’二字）。我们早已考虑到：亲日投降派和坚决反共分子，会在新四军撤离之后，来摧残团结抗战的民众，章家渡的暗杀，各村抗日团体负责人受到的威胁，都说明他们的倒行逆施……”

一阵骚动掠过人群，汇成一股嘈杂的旋风，仇恨、担忧、愤怒相混合的情绪控制着人们的心：“我们跟新四军走！”

“把反共投降分子抓起来！”

……各种要求，各种主张，汇成闹嚷嚷的一片声浪。

“我们已经向三战区和泾县当局提出了强烈的坚决的要求，要求政府、友军友党人士，明令优待并保护抗日军人的家属，维护皖南民众和抗日民众团体组织；并要求保证一切抗日团结进步人士的生命财产的安全！……战区当局已经答复我们的要求，这些答复的函电，我们将刊登在《抗敌报》上！……”

项英摇着顾祝同的来电，念了几句：“……如有无知之徒，摧残抗敌团体，定予彻查，给以严惩……”

“我们信不过他们！”农抗会骨干分子在高呼。

“对呀！他们一向出尔反尔！”这是新村小学教员的声音。

“这就需要斗争！”项英充满信心地继续说道，“我相信，新四军和皖南人民将永远战斗在一起，始终如一地斗争到底！我们相信，我们的分别是暂时的，在不久的将来，我们会重新相见，重温今天的依恋的情景，新中国的光辉前途就展现在我们前面！……”

项英劝说大家回去，要大家相信他会作出妥善的安排。

群众围绕着项英，敬仰，热爱，信赖。这种浓墨重彩也难以描绘出的场景，即使是最清醒的人也会产生错觉：以为自己就是群众的救星。

非常的情绪激动之下，免不了产生非常的举动。在这一系列震慑视听的群情骚动和事无巨细的万源总汇中，使项英无暇撩开遮掩着未来的帷幕，站在更高的瞩望点上，用更深远的目光，去窥视一下未来的前程。

项英忘记了许多不该忘记的东西：

他忘记了叶挺的存在,也忘记了袁国平和周子昆的存在,什么事情都由他做主。对于工作作风,一向都是各人有各人的理解:有的喜欢大权独揽,有的喜欢一概包办。对项英而言,一件小事没有请示,他也会大发雷霆,似乎侵犯了他的权力,损伤了他的尊严。

陈毅与项英几乎恰恰相反,他能放手让粟裕去干,干好了,是粟裕的功劳,陈毅绝不贪天之功;干糟了,我替你承担,陈毅也绝不推诿领导者的责任。当粟裕在紧张万分地指挥作战时,他陈毅可以悠然地弈棋、赋诗,他非常懂得,凡是御驾亲征的战争,失利居多,那是因为不懂军事或是虽懂军事却远离战场实际的君王过多的干预,束缚了将帅的手脚,窒息了将帅的智慧和意志,妨碍了将帅的随机应变能力和战场主动性的发挥。

显然,陈毅的大胆放手是明智的。但是,这种放手,是以战略上的高瞻远瞩和对全局的深刻洞察为前提的。要具备这种品格,不仅需要风度,更是需要才华。

项英还忘记了敌人的存在,他未能充分预计到那嫣红色的朝霞后面掩盖着狂烈的风暴。

项英还忘记了,形式上的热热闹闹得心应手,并不等于实质上的卓有成效。他恰恰在关键时刻,忘记了他最为担心的那种"假棋"。本来,像告别社论那种文字工作,他应该让袁国平、朱镜我去干;像给地方干部批拨枪支,可以由周子昆做主;至于作战计划应该全权委托给叶挺。他应该把目光投到更远的地方,投向各个部位的薄弱环节,及时指出有可能影响全局的某些不易察觉的疏漏之处。

项英还忘记了,他的指挥自如,任意调拨,随意安排,并不一定得当。那些指示之所以不折不扣地被执行着,是由于他的权力而不是由于他的智慧。这些决策能否禁得住现实的考验,还是个未知数。

项英还有一点疏忽,如他在向群众讲话时所说,"新四军和皖南人民将永远战斗在一起",怎么"永远"法?怎么"战斗在一起"?这是需要具体的措施和精心筹划的。如果没有可行的措施作保证,那些大而化之不摸边际的动人的口号,不管多么响亮,最终还是一种光打雷不下雨的隆隆声。

三　叶挺的指示

项英小时候读过三字经:“曰喜怒,曰哀惧,爱恶欲,七情俱”。在这几天中,他把人生七情的滋味都尝遍了,反复地尝,混合地尝,以致连他自己也分不清是什么味道了。他变得更加敏感也更加冲动。

敌工部鲁干事带人搜捕陈冠群的事,使他大为恼火,这样重大的事情竟然瞒着他。他是作过指示的,要严密监视,不准动手,如果不是赵令波原则性强,大娄子已经捅出来了!

31 日上午,他打电话给袁国平,追查这件事。袁国平一下子把责任揽在自己身上,回答得很含糊:“政委!这是我指示不够明确,造成执行者的误解!……我们研究过政委的指示,就怕只监视不搜捕,等于眼睁睁地看着反共分子干坏事,起不到制止的作用。我才说:我们要认真体会政委指示的精神实质,只要证据确凿,不妨搜查……”

“不行!这要出大纰漏的!会影响大局,会给对方以借口!”项英一句一个惊叹号,给袁国平一种事关奇重的压迫感。

“是的!”袁国平似乎有难言之隐,虽然承认了错误,却非常勉强。

项英放下了电话。落一叶而知秋,他感到自己威信下降,尝到了世态炎凉的滋味。他知道,11 月份中央要他回延安的那份电报,不可能不在袁国平和周子昆以及其他知情人的身上发生影响。

兵站总站长是个精明的人,他离陈冠群最近,看得也最清,郑大中被杀之后,他认为搜查陈冠群的时机到了!他报告了袁国平和项英。

项英对陈冠群进行特务活动半信半疑。他认为采取监视而不搜捕的指示,无疑是完全正确的。

当敌工部部长到总兵站去具体安排这个工作以体现项英这个指示时,张站长笑了:“这等于原地踏步嘛!若说监视,我们并没有放松过,如果不加以搜捕,监视有什么用?眼睁睁地看着他进行反共活动,以至杀人作恶,后患无穷!”

“政委认为没有证据。”

站长说得很形象也很幽默:“不准捕捉小偷,又不准搜查赃物,证据永远不会有。”

这时,叶挺视察了二支队的工作,正好到总兵站来,听了两位部下的情况汇报,非常恼怒:“你们还迟疑什么呢?证据,郑大中的尸体不是证据吗?大街上那些造谣诬蔑的标语不是证据吗?章渡区的反共活动已经搞得乌烟瘴气了!我们曾经给战区和上官云相去过电报,可是现在却愈演愈烈。正在北移的紧要关头,如果不及早采取措施,那要坏大事的!”

两位下属都沉默着。

叶挺又问:“渡口浮桥为什么架设这样早?这不全落在陈冠群的眼里了吗?章渡区是三战区特务头子安排的反共中心,陈冠群很可能就是这个中心的核心人物,搜捕得越及时越好!”

敌工部长和总站长对望了一眼,说:“项副军长是怕影响大局,给国民党当局以借口!”

“如果这样怕,我们的黄桥战斗还能打吗?”叶挺激动起来,“国民党要打你,没有借口他也会制造出来;如果他还不到动手的时机,你触动他一下,他也只能叫喊几声。他杀了我们的人,我们连搜查都不敢,这本身就是一种姑息,一种怂恿!这是既麻痹又虚弱的表现!”叶挺目光炯炯地注视着两个部属,真正的目标却是项英。

两位下属为难地沉默着。

“影响大局,什么叫大局?如果我们不敢动他,任他胡作非为,我们的一切活动都在他的特务网的监视之下,我们就没有任何军事机密可言了!这才是大局!……”叶挺停了一会儿又说,“他们肯定会有杀害抗日积极分子的名单,他们准有特务网的名单,他们准有一套活动计划!提早破获它,这才是有利于大局呢!”

“项副军长指示,在我军开动时,再动他!”敌工部长试探地解释着。

“这是一厢情愿的糊涂想法!到那种时候,再动手,他的坏事已经干了!人也逃了!会全部落空的!我就不相信,抓一个小小区长天就会塌下来!更何况,我们怕给对方借口,可是对方杀了人,我们有了借口却不敢用！……你回去，报告袁主任，就说我说的，早搜捕，有利于大局，晚搜捕，后患无穷！搜到证据，我们把他押送泾县，是我们有理；搜不到证据，由我来向皖南行署道歉，说一声下面办事鲁莽，是一场误会，搪塞几句也就完了！”

敌工部长认为叶挺的指示是对的。他立即赶回政治部向袁国平报告，袁国平同意背着项英执行。但这种内幕，鲁干事却不清楚。当项英质问下来，袁国平不敢如实相告，很怕加深两位领导之间的裂痕，只好用和稀泥的办法，由自己承担了责任！

但好心人未必能办好事，这样的决定恰恰延误了搜捕，使命运之神把青睐投到了闻瑗和赵令波身上。

四 “中央不信任我，群众信任我”

打开泾县史志，有这样一段记载：

> 包世臣，泾县包合人，字慎伯，嘉庆举人，知江西新喻县。少工词章，擅书法，肆力北魏，兼学二王，著有安吴四种。

在泾县，流传着许多包世臣的传说。据说他有一支神笔，在一次外出游历时，病倒途中，被一位老樵夫相救。为了感谢老人的恩情，他画了一幅《皎皎月夜图》相赠。有一年，老樵夫病重，无钱买药，其妻便把收藏多年的画轴典当；樵夫病愈后，又筹金赎画，展开一看，说那张画不是他的！当铺老板说除此画外，别无他画。老樵夫说：“我的画是一弯新月，是那个年轻人对着初七的月亮画的，现在却是满月。”当铺老板也依稀记得老樵夫送来的画上是一弯如眉的新月，甚为惊异。忽而想到这天是中秋佳节，似有所悟。答应查查原画，请老樵夫再过七天来取。

当铺老板展画夜夜观察，但见此画随着天空明月盈亏圆缺，在屋里熠熠生辉，视为神奇，顿生贪心。待老樵夫再来赎时，便说此画原是他人所当，现已取走；而老樵夫那幅已经丢失，低价赔偿了樵夫。樵夫走后，老板展画一看，成了一张白纸，月亮升上了夜空，飞了！于是成了一种奇妙的传说。相传包世臣所画的花鸟鱼虫，皆为活物，所以后世无存。

包家几经动乱变迁，包世臣的后代包忠良还留存着祖传的三件珍藏，一书，一画，一只烟袋，一直珍藏到1935年。

项英的记忆力很强，他还清楚地记得初次和包家后代见面的情景：那是在1938年深秋，他和袁国平、周子昆、白沙游四顾山回来，在路上碰上了一个十六岁的放牛的孩子包春生。他问孩子为什么不上学，孩子回答他说，爹爹生病，家里很穷，有个妹妹眼看就要饿死了。

"走吧！带我到你家看看！"那是一座孤零零的隐藏在山洼树丛中的小茅屋。项英个子不高，可他还是要低头拱进去。屋子低矮、昏暗，墙壁和屋顶都是黑黝黝的烟炱。再也进不去人了，袁国平和周子昆只好和卫士们在外面等待。

一个锅灶，一张桌子，两张竹床，柴草，破烂儿，破篾用具和竹篾器，搞得屋里没有下脚的地方。孩子的父亲包忠良腿上长疮，躺在里面的床上。外边的床上，在一堆破被絮中，有个哇哇哭闹的婴儿。项英进去时，母亲正把她干瘪的乳头塞进婴儿的嘴里，乳汁太少了，婴儿贪婪地紧咬着奶头，拼命地吸吮着。由于蚊虫太多太凶，即使在白天，也要燃着艾蒿。

小春生兴奋而又庄严地介绍："爸爸！妈妈！新四军的项军长来看咱们啦！"这职务是他从警卫员嘴里打听来的。

这引起了全家的惊慌，包忠良猛然坐了起来，妻子急忙放下婴儿，但不知如何迎接尊贵的客人。"啊！真对不起，这屋子比猪圈还乱还脏！"包忠良抱歉地说着，就要下床，"春生他妈，呆着干吗？还不快烧茶！"

项英过去制止了他，接着就一屁股坐在他的床沿上，"你们谁也别动！我看看你们，一会儿就走！"项英的恳切坦诚使包忠良一家感到宽慰，觉得来的不是大名鼎鼎的项英，而是一个温存随和的邻居。

春生他妈仍然呆呆地坐在床沿上，任凭婴儿啼哭，她无法执行丈夫的命令，即使能烧出半锅热水，她那两只缺了沿的黑碗，能端到客人面前吗？她已经注意到，还有不少人马，在屋外说笑走动。她，因为穷苦，感到深深的羞愧。

白沙也跟进屋，他看里面已经难以挤下，便退出来，坐在门口的木墩子上。

“你们的日子很苦啊！和我小的时候一样苦！”项英环视着这昏暗的农舍，潮湿、霉臭、辛辣味混杂成的浓浊的气息，使他想到武昌贫民窟里那个比这间茅屋还小的木板棚。他的生命，也像竹床上的婴儿那样，是在饥寒交迫中开始的！春生比他还要幸运。

项英在十岁那年就失去了父亲，母亲也像春生妈一样，不过不是编织竹篾器，而是纺织、刺绣。他的妹妹在垃圾堆里捡破烂。而他，在武昌模范大工厂里当学徒，还没有春生这样放牛樵柴自由自在！春生还能放开嗓子在山林里纵情地唱山歌，而他，从来不知道山歌怎么唱！他只记得呼啸在他脊背上的工头的皮鞭和辱及父母的斥骂声！他只记得那隆隆的机器，像野兽似的嗥叫着吞噬他的血肉。

项英心潮起伏激荡，以悲切、怜悯、同情的心灵在听包忠良的倾诉。他的心和穷苦的工农大众贴得很近，他那目光，流露出对于阶级弟兄的无限忠诚。“我幼年时，家境还过得去，所以我还有机会读了六年私塾。”

“啊，你比我好！我只念了四年小学！”

“我会种地，会打猎，会烧木炭，还会种香菇。春生妈手艺也不错，会编竹篾器具，还会编麦草斗笠和提包。日子过得不算宽裕，也还勉强称得上温饱。我的祖上，给我留下三件传家宝物，原以为是我家的福分，谁知道招来了一场塌天大祸！”包忠良顺手从枕头边摸过一支竹烟袋，那是一根红得发亮的竹管儿，正好是九寸十三节，龙头蛇尾。“龙头”，是用青铜片包成元宝形的烟袋锅，擦得青白闪亮。这是他的先祖包世臣用过的！

白沙拿到屋外去鉴赏了一番，回到屋里问：“仔细算来，大约有一百四十多年了吧？”

“是的，先祖是嘉庆四年的举人，也不知他是哪年用过的。”

“另外两件呢？”

“唉!”包忠良长长地叹了口气,“一张是元代柯九思的画,还有一幅明代王时敏的诗轴!”

原来,1934年冬,方志敏、寻淮洲领导的红军抗日先遣队到了皖南,在包河一带有过秘密农会的活动,还没有闹起来,先遣队就失败了!陈冠群带着保安队抄了包忠良的家,把他当做共产党嫌疑分子送进了泾县监牢,那一书一画便当做罪证抄走了。两年后,刑满释放,本族的土豪劣绅恨透了他,将他逐出了家族,他这才来到四顾山下安了家。

“这些坏蛋!真该杀!”项英心头又燃起了愤恨之火,接着又宽慰受害者,“……现在是讲统一战线,你那书、画,只能放到以后再说了,眼下治病要紧。”

项英回到军部,立即通知南堡医院,派人接包忠良住院治疮;要军需处供给科负责收购、推销春生妈的手工产品,还送给那个婴儿两听可可。这件事在皖南地区处处传扬!

新四军离开皖南,这对包忠良来说,不啻是一声震魂慑魄的惊雷。

“若不是春生有个三岁的妹妹拖住他妈,我们全家就要跟新四军走了。现在,请项副军长把春生带上……万一陈冠群他们逼紧了,我就上山打游击去!项副军长,把春生托付给新四军,我就放心了!”包忠良在感情的波滚浪涌的漩涡中,突然跪在项英的面前,犹如一个善男信女跪在上帝面前那样虔诚地喃喃道:“项副军长!你可要率领新四军再回皖南来呀!”

接受别人的信托是一种幸福,领受别人的感谢是一种欢愉,蒙受别人的敬爱是一种骄傲!此时项英觉得自己像受难的基督,虽被钉在十字架上,却要实现自己的心愿,援救世人!

他心中不再受到忧伤的压抑了,只觉得精神突然振奋,自信、自豪又在他心中复活,并且意外地产生了一个极为新鲜的感觉:党中央不信任我,可是群众信任我!

他一把将包忠良拉起,似有满腔的炽情从身体内部涌进散发:“好吧!我把春生带走!皖南,我是要回来的!”项英又变得生气勃勃,神情昂奋了,“厚忠!”他向门外叫了一声,“带包春生到总务科去,叫他们给这孩子安排个合适的工作!”

他觉得,他有给人民造福的力量,他被自己的形象所感动,眼睛忽然潮润了,一股热流,在心房里回旋冲撞。他又想到了中央苏区和油山地区,那些与他同生死共患难的乡亲。

桌上的电话铃响了,他向包氏父子抬抬手,返身拿起电话听筒。是军医处长从关帝殿修械所打来的。说有一位女教师,由于揭露了反共分子的阴谋,处在危险中,她要随军北移,能不能由军医处给她安排一个工作。

"你让她去找特委吧!"

"我认识这位教师,我解决起来比他们容易!"军医处长说,"我有用人的地方,咱们的医护人员撤走了几批,现在人手不够!"

"那好!由你安排吧!"项英变得非常民主而又非常慷慨了,他对着电话听筒说,"若是哪个单位不接受,就说这是我的命令!"

项英把电话放下来,走到窗前。群众的信赖,下属的尊崇,伟大目标的临近,一次一次又一次地像云隙中透射出的阳光,照亮他的心头,给他送来温暖。那种噩梦似的幻觉和忧虑,不再纠缠不休。他已经能够极为冷静地思考过去和展望未来了。

"啊!革命部队需要我!皖南群众需要我,祖国南方和苏区父老需要我,历史也需要我!只有中央不需要我!我的南进计划已经定了!可是,中央会不会同意呢?"

军分会已经开过三天了,向中央的报告还不知如何写好,刚刚摆脱的烦恼又攫住了他的心。

五　先斩后奏的艺术

侦察科长给项英送来了一份最新敌情通报,并附有一份敌情动向标示图:

> 顽一四四师于12月28日从太平地区向云岭、戴家汇方向移动,在龙门、天都山、厚岸一带修筑工事;顽七十九师向太平方向移动,顽四十师先头部队抵胡乐司,似有开向三溪、星潭一线之迹象;

其他各师,均无显著变化。

当项英看到顽四十师指向星潭三溪那支蓝色箭头时,他的目光深处倏然微震了一下,那正是中路纵队前进的方向。

“不!没有什么!这不过是上官云相虚张声势,顽军是不经打的,一触即溃,我们可以击破它,打垮它!就像黄桥之战打八十九军那样,吃掉它!”项英在心中反反复复地说着这些话,以此来坚定南进的信心。

在这种情况下,如何向中央报告28日军分会的决定?南进三山的计划提出过,远征闽浙的计划提出过,中央都没有同意。在目前情况如此严重之时,在已经答应北移华中之后,中央提出异议怎么办?按说此报在28日晚上就应该发出,结果,已经到了31日,电文还没有拟就。可是,一切南进的准备工作,已经按28日军分会的决定实施了!

先斩后奏,关键还在于怎么奏法。想来想去,项英还是求助于他的智囊——赵令波。

“政委,这在军事历史上是有很多先例的!”参谋处长详细听了项英的征询之后,坚定而又明确地说,“将在外君命有所不受,这几乎是成了军事上的定理!延安离我们太远,不可能作出符合实际情况的指示。我们要自己拿定主意,机断专行!”

项英深感参谋处长全力支持的可贵,又深感中央干预的苦恼:“可是,总得有个报告啊!总得有个说法啊!”

“这很好办。”赵令波借助于历史知识和自身经历中的所见所闻,“据我所知,大概有这样几种办法:第一,先造成既成事实,生米已成熟饭,上峰不同意也只好同意。还有一种谎报军情。早年,我在川军六十五师时,我们师正要向营山地区开进,忽接上峰电报,要我们原地待命,准备增援友邻,刘茂恩师长不愿,便回电说‘部队已经出发,无法追回’!”

“这是个办法,但在革命部队里……不能应用!”

“政委!在军事上,应该只管目的,不问手段。我记得还有一次,我们正准备撤离阵地,忽接电报,要我们坚守待援。刘师长回电说‘来电电文不清,恭请重发’……”赵令波忍不住笑了,“结果,在这电文来往之时……部队已经撤离了阵地！”

项英也忍不住哑然失笑了：“滑头，滑头！”

赵令波此时的心情是十分微妙的，他的脚踏在两只船上，连自己也不知道爱惜哪只船更好。按理，他应该爱惜新四军这只船，这只船上有他稳固的地位和船长的器重与信任，但是，这条船也潜藏着危险，一旦他的背叛行为暴露，就死无葬身之地。那么，他索性站到五十二师那条船上去，那里有周珮琳女士的竭诚欢迎。但当他知道周小姐温柔的手臂拥抱他的目的，只是为了攫取那张路线图时，他就如坠冰窖，心寒恨深了。他懂得兔死狗烹的道理，一个变节者，当没有油水可以榨取的时候，就会像瓜皮果壳那样，被扫进垃圾堆里去了！如果他丢掉了参谋处长的位置，他在周珮琳眼里也就失去了价值！还是顺其自然听天由命吧！既可以左右逢源，又是左右危险，对两条船都爱都不爱，对双方都尽力又都不忠，他只能时刻注意头上的风脚下的浪，居中选择，哪条船牢稳上哪条。

项英此时的心境也是复杂的。参谋处长给他提供的经验，无疑有启发作用，但他不愿照搬这些方法，更不能表示赞成这些手段。他政治上毕竟是成熟的。这不仅有损他的威信，而且，上梁不正下梁歪，他不能给下属作出坏榜样，以造成上行下效的恶果。历史上许多风云人物都没有弄清这个道理。

“好啦！你说的都是歪点子！”项英向参谋处长笑笑，“我想，还是如实向中央报告好！我们只能说向南最为有利，而且已经作了充分准备……我想，中央也不会不同意……”

赵令波久已洞悉项英内心的苦衷和思虑，但他深知为人之道，绝不流露这种洞察。这一点他比林志超明智百倍，对于领导上不愿让人察知的隐秘，最好装作不知道，给领导一种安全感。

“政委的想法很对！电文晚发几天非常正确，”赵令波真挚庄重地说，“这就省得中央过多的查询……”这个精明的建议，用此方式提出，绝不显出自己的高明，好像是对项英意见的一种附议。

参谋处长告辞之后，项英俟至元月1日，起草了如下电文：

毛、朱、王并致胡、陈：

最近情况与我们的行动：

（一）自我抗议电以后，顾即复电解释：并非改道，而是增辟道路；我又去电，要求主力经苏南，顾复电只允一个团主力，其余仍经江北。

（二）战区联参于31日晚，赶到军部，商量要求，意二十万款十万子弹可办到，今晨又赶回泾县与顾商妥，明后日前来。

（三）现彼方军队正调动布置，尚未完毕，并增七九师四〇师到太平旌德一带，其计划为封锁围歼我，估计彼怕我先动，故事缓和。

（四）铜繁江边增加两只兵舰汽艇，不断梭巡，少数人也不能偷过。

（五）我们决定全部移苏南，乘其布置未定即突进，并采取作战姿态运动。发生战斗可能性极大，我们如遇阻击，即用战斗消灭之，遇强敌则采取游击绕圈，至万不得已时，分散游击。

（六）我们已不等其子弹款项，准备立即行动，一切准备完了。中央如有指示，请于明日（2号）最迟3号电告，否则，我们行动后，联络恐很困难。请转告周、叶。①

这份行文艰涩、不加注解就不容易看懂的电文，之所以全文照录，不是因为它的史料价值，而是因为它的心理价值；不是因为它的文学价值，而是因为它的研究价值。

这份电报不是以叶、项名义发出，也不是以军分会名义发出，而是用新四军名义发出。电报打给毛泽东、朱德、王稼祥并致胡服与陈毅。第一、二、三、四项是讲敌我态势和来往交涉情况，仔细揣摸尚可明白其主旨，但是轻、重、缓、急、大、小、远、近、主、次，都混而不清。像28日军分会及其决议这样重大的问题，只字不提。而那些与顾祝同交涉路线的往事却要重提，联络参谋的来往时间及江上增加几艘炮艇等琐事却很详尽，而且并非实情。如果研究这份电文哪些该写的未写，哪些不该写的写了，意义并不大，问题是如何透过文字的表象去看思想的本源。

---

① 指重庆八路军办事处周恩来、叶剑英。

请看第五项:决定全部移苏南。最关键的路线问题没有讲,接着就讲了几个层次:先突进,游击作战态势运动,用战斗消灭之,甩游击方式绕圈,不得已时分散游击。这跟“向东不让走,向北不能走,三路纵队向南开进”十八个字就能讲明白的全部计划,有什么关系?用长达三百四十字的电文却没有讲明十几个字就讲明的真情主旨。但是有一点铺垫得很充分:有战斗,分散打游击。这样,国民党只要一动手,他就“万不得已”到三山去分散打游击,实现“株守以求”的战略目标。

这是很巧妙的设想。站在革命者的立场上,扩展革命势力,这是无可指责的!中央指示新四军北移,去争夺华中,项英趁此争取华南,不是应该的吗?南进的战略目标,并不与革命利益相悖。

更值得研究的还是第六项:“准备立即行动”。这一点中央是会赞成的!“如有指示,请于明日(2号)最迟3号电告”。这是赵令波讲的几种手法的新发展。这是很容易计算的:电文于元月1日晚上发出,到什么时候,才能摆到毛、朱、王的桌面上?我们可能过高估计了延安电台密码翻译的效率,2号中午译出就不算慢;如果中央为此重大问题立即召开紧急会议,传阅、研究、争论、统一、草拟回电、拍发、收录、转译,那不早就到了规定的时间极限——最迟3号了吗?那不就正像赵令波讲的“部队已经出发,无法追回了吗”?或者更加干脆,部队在行进中,根本没有收到。

其实,项英心里很清楚:新年之际,飞向延安窑洞的电文,正像纷纷扬扬的雪片!延安,头顶着国际国内急剧变化的风云,面对着成百上千的战场,思索着敌、伪、顽、我、友的诸多事宜,筹划着军事、政治、经济、文化等方面的决策。就算中午接到电报,立即召开紧急会议,立即、立即……也是不可能的!即使可能,对项英的南进计划也是毫无影响了,他已经向中央宣布最迟3号就已在行进途中了!不是中央催他走,而是他在催中央认可!

这样,再反转来研究那些似无必要的琐碎情况,就有一种似藏似露的潜在含意:即使中央英明绝顶,也要对这份电文琢磨再三,最后还得陷进迷阵之中。再看第一项:“我又去电,要求主力经苏南,顾复电只允一个团主力,其余仍经江北。”这就暗含顾祝同是允许经苏南到江北的，不过，只允许一个团，其余的还是要从铜繁直接过江。第四项说“少数人也不能偷过”，于是产生了第五项：“我们决定全部移苏南”。故意吞吞吐吐，却暗藏东进之意，好让中央认为是向东走。仅仅是比顾祝同所允许的一个团多一些人数，而且又作了充分的战斗准备。因此，中央绝想不到向南，尽可以放心同意就是了。

结果，项英完全成功。不妨后话先说，中央果然按照项英所限时间内(1 月 3 日)飞电表示：“你们全部坚决开苏南，并立即开动是完全正确的”。没有任何询问，没有任何嘱托，没有任何指示，不但肯定其正确，而且是完全正确，因为项英通篇电文里没有“南进”两个字。

在这一点上，也许还不能过分苛责项英。正像赵令波所说，在历史上，是有很多先例的。在一百五十年前(1790 年)，苏沃洛夫包围了土耳其坚固异常的要塞伊兹梅尔，计划在鸡叫时分发起总攻。可是半夜时分亲王殿下来了训令：停止攻击。眼看前功尽弃，功败垂成。训令已到，离天亮鸡啼，尚有五六个小时，违命强攻，必遭杀身之祸。于是，苏沃洛夫对使者说：“朋友，我多么悲哀！我难受极啦！……我要哭泣，我要像雄鸡似的悲啼！”他手扪胸口，猛然仰头，模仿雄鸡啼叫了一声，使者甚感迷惑，急问：“苏翁，你是怎么了？”苏沃洛夫说：“我心里难受啊！难受得像雄鸡一样悲啼。”他又高声啼叫了几声。

远处的晨鸡随着他的啼叫起了回应。他高声向攻城的部队说：“孩子们，鸡叫啦！”士兵们立即按鸡啼进攻的命令奋勇突进，提前发动了攻击。

那使者吓得面色如土，失声高叫：“你们违抗命令，叫我如何回复殿下？”

苏沃洛夫歉然地微笑着：“你向殿下禀报说，训令到达时，伊兹梅尔已经攻下来啦！”

项英跟苏沃洛夫的手法是多么近似，只是性质稍稍不同。

六　忍无可忍

林志超在三支队的几天,也被卷进军民相别前那种难舍难离的激动中。在这里,他抽出工作的间隙去看了几家老房东,可这惹下了“塌天大祸”,身陷重围了。他几乎天天都被拉去,接受宴请。

皖南民众的情绪的确太激动了。各村、各镇、各乡、各家、各户,都借新年年关之便,杀猪宰羊,邀请(其实是硬拉)就近的新四军到家里做客,倾诉衷肠。

三支队驻地,特务们的谣言就更多了:“新四军不服从中央的调动,就要解除武装,送往内蒙古去了。”

“新四军是共产党的队伍,不服从中央调遣,所以要把他们送到俄国去了。”

有的说开往东北,有的说开往江西。

这些有系统有计划的谣言,目的是动摇新四军的军心,对军人家属恐吓诱惑,要他们劝说自己的儿子、丈夫快快脱离新四军。结果与特工们的愿望相反,家属亲友纷纷要求随军北移。

许多进步的爱国人士,乡绅名流,也纷纷送自己的儿孙参加新四军。清代状元的后裔董老先生,听说新四军要走,便派其孙儿,持他给新四军首长的信函,到三支队来:

叶军长、项副军长钧鉴:

惊闻新四军不日离皖,如闻霹雳,顿觉天旋地转。本欲前往亲挽,无奈步履难移,托孙代为致意,并望收留,可供文书之职,是为至感。老夫耄矣,未知何日重见岳家军也,今奋笔抒怀,以言志也:

天愁地惨欲何之,悲歌挥泪哀别离。

青弋呜咽云岭怨,恨不相随壮年时。

董村九十三岁老叟董世耕

庚辰年十二月丁未

可以容纳一千人的董家祠堂,里面摆了四十张方桌,三支队的负责人都被邀去参加。

酒至半酣,妇抗会的代表即席陈辞。这位三十岁的具有初级小学文化水平的农村妇女,曾经在军民联欢大会上作过两小时讲演,今天,举起酒杯,只说了两个字,就哽咽了。

张正坤司令员,这个身经百战的军人,忍受不了这种哀伤的压迫,借口军务紧急,带着满脸热泪,离开了宴席。

林志超接受了几个老人的紧紧的拥抱,一个个都老泪纵横。他的心在这种骨肉深情的浪涛中浮沉。这种景况,也使林志超对项英产生了应有的敬意。

"节目呢?节目呢?"主持宴席的人,想用文娱节目的欢愉,来抑制这种无法抑制的哀痛。"大家边看节目,边吃,边喝,边说吧!"

"好!好!"有人含着泪水拍巴掌。三支队临时凑起来的男女"演员"们,不是战地服务团,能拿出什么节目来呢?只不过是唱唱歌。群众情绪,在激越的歌声中渐渐昂扬起来。接着,就是在皖南边区十分流行的凤阳花鼓调——《新四军告别皖南民众歌》:

> 说皖南,道家乡,皖南本是好地方,
> 自从鬼子打了来,大好河山变战场。

这些词,大家也只是当做一般文娱节目听听。可是,下面那些一往情深的愿望,却直扣每个人的心弦:

> 寄语友军官兵们,爱护民众最要紧;
> 如若对我们有成见,切莫迁怒老百姓。

接着,就是对反共分子的劝告:

> 反共分子也来听,好汉应向鬼子拼。

然后,就是对皖南乡亲们的叮咛和嘱咐:

> 待到我军开拔后,一切言行要当心!

这种缠绵悱恻、缱绻留恋、关切惦念之情,又引起阵阵哀哭声。

“这种奇异的送别方式,将对大军北移,发生什么影响呢?”林志超在感情的风暴中,陡涨起无限焦虑,产生了严重不安,仿佛闪失了什么,变得食不知味,如坐针毡了。“回军部去！回军部去！必须回军部去!”林志超到三支队,对上面的命令跟实际情况有多大距离就看得更清楚了。他觉得这次军事行动是由一系列的自相矛盾的措施所构成。

他刚来的时候,三支队司令员张正坤就有点迷惑:“老林呐,你这个作战科长,怎么这个时候到支队来？你那台戏谁唱呀!”

张正坤是红二方面军六军团第十八师的师长,在一支队老二团当团长的时候他就了解赵令波,他想不出,在参谋处里还有谁能够代替林志超。

林志超没法回答。他能说由于陈家庆的检举或是某种不可解释的原因,他被排斥在制订作战计划之外吗？不能。

两天之后,三支队司令员又疑虑重重地说:“老林呐,我看你得回军部去!”

“为什么?”

“我觉得这次行动,几乎是四不像:既像合法,又像非法;既像公开,又像秘密;既像准备打,又像大搬家。简直有点故弄玄虚。我不明白,既然遵命北移,为什么要夜行军？既然夜行军是为了秘密,可又要准备灯笼火把,还要向当地群众举行告别晚会！有些命令,十万火急,好像几个小时以内就要开动的样子,可是,布置三天四天之后,也走不成!”

“张司令,这种怪事比你提出来的要多得多。”林志超说,“我来的那天,就碰到工兵连到章家渡架桥,当天就可以架完,可是,早架好了,却放着,让特务们一桶煤油就烧光,能保什么密呢？该临时干的反而提早干,该早干的,像路线侦察,却要临时干！真叫人莫名其妙!”

“你一定得回去！这不是一个人的问题,要反映!”

“我真不愿和他(指赵令波)通话！除了吵嘴训斥……”

“和他通话没有用,找军长,直接找军长!”

给军长的电话接通了。叶挺刚从章家渡兵站回到军部,他一听林志超竟然被派往三支队去,怒火冲天,对着电话直吼:“回来！立即给我回来！这是谁在拿着全军的命运当儿戏呀！”

叶挺的声音，喊得全参谋处都听得清清楚楚！

“赵处长！你谈谈这几天的敌情变化吧！”叶挺接到林志超的电话后，立即走进参谋处的作战室，有点故意找茬，对赵令波表现出强烈的不满。他不明白，在这样的关键时刻，怎么能够把林志超派到三支队去。

“军长！”赵令波小心翼翼地报告说，“据多方侦察报告，顽军四十师于 12 月 27 日将宜、溧防务交毕，向皖南行动，12 月 30 日抵胡乐司，向三溪、星潭一线开进……”

叶挺看看标好的作战地图，头也不回地问道：“你对敌情有什么判断呢？”

“军长！可以说敌情变化不大，对方其他各师无明显行动，只是四十师有较大的变动。”

“四十师的变动说明了什么？”叶挺回过身来，严厉地盯视着赵令波。显然，他对参谋处长的回答很不满意，“它对我们的行动计划有无影响？”

“我已经向项副军长报告过了，他认为……”

“我是在问你！问你的判断！”叶挺抬高了嗓门，参谋处的几个科长和参谋都惶恐地注视着他们，“你，一个参谋处长，你应该有自己的头脑！”叶挺看着赵令波那狼狈、尴尬而又不逊的脸，怒火一下升腾起来，声音爆炸着团团火星，“假如林科长在这里，他就不会像你这样回答！”

这句话比两个耳光还厉害，赵令波的脸立即红到脖根。这种带有羞辱性的话，是容易造成怨恨的。但叶挺说了这种伤人自尊的话，并不后悔。这是战争，不是儿戏！对于君子来说，这是振聋发聩的良言；对于睚眦必报的小人来说，那将引起报复。

赵令波并不是完全没有自己的判断，但他不愿说，不能说，不敢说。他不能违背项英的意图。如果他在项英面前失宠，他知道叶挺会怎样处理他。

“在这种时候，你为什么把林志超派到三支队去？”

“军长,这是项副军长的指示……”

“你应该把他留在参谋处,你不是木偶!”

“可是,项副军长认为,陈家庆的检举……要他参加作战计划的制订不合适!”

“岂有此理!”叶挺用抓柄手杖捣捣地板,“一个坏蛋的挟嫌报复,造谣中伤,也会搞乱我们的阵线?你们也不想想,林志超在峨桥镇税务所抓的是谁!即使林志超和郑芳雪有什么关系,难道就没有资格制订作战计划了吗?”

“项副军长这样认为……”赵令波又举起了叶挺的矛头永远击不碎的盾牌,那神态里甚至带一点挑战的意味。

“你要晓得,”叶挺转了话题,“你刚才报告的是元旦以前的情况,今天,是元月3号了,敌情又有哪些新的变化?”

“军长,你知道,我们的侦察手段太落后了……在顽区侦察很不方便,派出的人员不能按时回来,敌人封锁了路口。”

“这是事先应该考虑到的。有两点,你现在就去向项副军长报告,请他考虑。”叶挺停下来,等待赵令波作记录。

“一、四十师从宜、溧一线西调,进入星潭、榔桥、三溪一线,这说明顽方已经严防我们向南!军分会在决定南进时,还没有这种敌情,现在,南进的危险性增加了!二、顽方东线变空虚了。我很奇怪……”叶挺自言自语地说,“顾祝同怎么这样大胆地把驻在宜兴、溧阳一线的四十师抽过来?你对项副军长报告说,现在,东进的阻力变小了。”

“军长的意思我明白,”赵令波合起纸夹说,“改南进为东进!”

“正是这样。战场瞬息万变,没有随机应变的方案是不行的!”

七　无力回天

1941年元月3日,中午十二时,军部参谋处二科得到最新敌情消息,向军首长们呈报如下:

顽四十师主力于元月2日午后三时,到达三溪镇附近,师部驻三溪。奉上官电:在三溪略微集结整备,再遵前令前进……

叶挺接到新的情报,仍不愿去见项英,他怀着沉重的忧虑又回到作战室。赵令波刚刚从项英那里回来。

“你向副军长报告了吗?”叶挺问。

“报告过了!”

“怎么说?”

“要改变军分会的决议,还需要再召开一次会议。”赵令波生硬地说,“副军长说,出现这种情况,还不足以促使我们改变计划,而且各支队的行进路线已经下达了……”

“下达的不过是一纸空文!”叶挺又冒火了,“改变路线,就像操场上喊向左转还是向右转一样容易。万一开动起来,再改变就难了!那要乱套的!新的情报说明顽方早已预作准备,南进的危险已经具体化了!”

“副军长说,我们还要等中央的指示。”

“你去请副军长到作战室来,既然他要决定全军行动,应该在作战室随时了解情况解决问题。”

“他在写动员提纲和群众告别大会上的讲话稿。”

叶挺的两腮,在簌簌抖动!他几步跨到电话旁边。就在他的手刚刚触到听筒时,电话忽然响了,是项英找军长讲话。叶挺举起听筒,手在气愤中摇颤。

“军长吗?”话筒里传来项英粗豪的兴奋的声音,“中央来了电报,肯定我们的行动计划是完全正确的,并且指示我们立即开动!现在,谷秘书就把电报给你送去,请你提出执行的意见!”

叶挺惊极而呆,手执听筒,竟然一句话也没有说出来。“天啊!这是怎么了?中央肯定行动计划完全正确,而且立即开动!难道项英站得与中央一样高,看得一样远吗?而我叶挺完全错了?”他将听筒久久地握在手里。参谋处所有在场人员,都看出了军长内心忧虑和灰冷。

赵令波脸上浮上了不易察觉的微笑,并向值班参谋投去意味深长的一瞥!军长给他的一切训斥、不满与难堪,在这一笑一瞥中,得到了报复后的一些满足!

叶挺跌坐在电话机旁的木凳上。他似乎等待了漫长的时间,机要秘书还没有出现。

从大夫第到种墨园只相隔一条狭窄的街道,即使绕路而行,也只需要四五分钟,谷秘书为何姗姗来迟?叶挺的脑子里只震响着八个字:“完全正确,立即开动!”中央的指示和目前皖南的情况,有着多大的差异啊!又与项英在军分会上的结论多么吻合呀!

这时,一声“报告”,谷秘书到了。其实只有三分钟。

这是毛泽东、朱德联名签署的致叶挺、项英的电文,简明而又肯定:

你们全部坚决开苏南,并立即开动,是完全正确的。

1941年元月3日

电报上方,写有“项已阅,请军长阅后,将此报内容,下达各团、教导总队及军直各部处”。

叶挺又陷入了另一种迷茫,久久未能签上“叶已阅”。

谷学清在耐心地等候。

中央同意的是“立即开动”,同意的是“开苏南”!中央也同意分三路齐头并进吗?也同意向南途经茂林、三溪、旌德吗?他不得而知。中央知道皖南顽军的调动详情吗?更不得而知!如果用“我们坚决开苏南,并且立即开动”报告中央,却把南进的路线隐瞒起来,或是含糊起来,而取得中央的“完全正确”的肯定,那不等于瞒上吗?这个电报下达到团,等于晓谕全军,使全军认为南进的每一个行动,都是中央认可的,都是中央肯定为完全正确的!那不等于欺下了吗?

叶挺枉自猜测,没有任何依据。项英恰在这时给了他依据——电话又响了。值班参谋又把话筒递给军长,双方通话,站在旁边的人员都听得非常清晰:“军长吗?谷秘书把电报送去了吧?”项英的兴奋的声音,“中央用最明确的言辞,肯定了我们行动计划的完全正确!这对统一全军的思想和步调很有好处,所以我让机要科转发到团,这对我们是一个鼓舞!它加强了我们行动的决心和信心!军长,你认为什么时候行动最好?”

“中央知道我们南进的路线吗?知道当前皖南的敌情吗?”叶挺仍

然不放松改变行动计划的希望。

“军分会的决议，中央已经同意了！并且肯定它是完全正确的，任何人都已经无权改变了！中央当然不知道顽方军事调动的细则，谁能及时掌握瞬息万变的详情呢？中央已有明确的态度，我们当然是要坚决执行了！执行中，当然会有困难和危险！这就靠我们去努力克服了！”

叶挺深知没有回旋的余地了！他痛感无力抵挡握有权力和上方宝剑的项英的决心，无可奈何地说：“你决定吧！”

“我认为兵贵神速，世界上历来的袭击和突然的军事行动，都选择在周末！今天 3 号，星期五，明天 4 号，星期六，我的意见，正像你说的，部队已经弯弓待发，那就明天行动，下午五时开饭，六时，全军同时出发！”

叶挺沉着脸，一句话也没有说，缓缓地放下了听筒。

1 月 4 日下午一点钟，起风了。这风是突然刮起的，异常猛烈，扬尘播土，飞沙走石，山林狂舞呼啸，天空变得昏暗、灰黄、混沌。街道上的尘土、沙粒、枯叶、羽毛、干牛粪，以及上午部队归还门板散落在街上的铺草、破纸，全部飞旋起来。街上行人低着头掩着脸，躬起腰，像是挣扎。风，像个惊狂的精灵，叫着，吼着，一会儿回荡，一会儿疾驰，一会儿暴跳，整个世界都在动荡不安。两个小时后，终于渐渐停息了。空气忽而变得重浊郁闷，使人感到窒息，大气气压在急骤增加。这种近似夏季雨前的沉闷感，实属罕见。天空，仿佛被一种沉甸甸的浑浊物，压得很低很低，山野像罩上一层浓雾，变得模糊迷茫了。

叶挺伫立窗口。这种冬天少见的怪异气象，使他感到一场凶猛的雨雪的临近。它将给未来行进中的大军造成什么样的影响呢？

军直机关、部队和当地群众，正向军部前面的打谷场上集中。

叶挺摇动即将撤线的电话，要项副军长。接电话的是正在收拾马袋的刘厚忠。他说政委已经到广场上去了。

叶挺又要参谋处、作战科，他找到了周子昆：“子昆！你认为把部队六时开进，改为四时开进，有困难吗？”

“军长！困难不大！各个支队已经开始行动。军部直属队十二时前，全都准备完毕！现在风已停了，只要下令立即开进，三点钟出发都行。只是动员大会和军民告别大会，正在召集……”

“请你立即到会场上去找项副军长，就说，我的意见，取消两个大会，争取天黑前，渡过青弋江！天气很成问题，大雨大雪对我们行军极为不利！”

“军长！我立刻就去！”叶挺找赵令波，他随项英到会场上去了。于是又找来了林志超。

“天要下雪！我们应该作好提前行动的准备！”林志超望望窗外的天空。

“我更怕下雨！多潮多闷呀！”叶挺沉重地叹息了一声。

此时，林志超真想建议军长直接给中央发报，把军分会上的一切争议，如实地报告中央，由中央来改变项英的决定。但他知道这是不现实的梦想。电报没有项英的签发，是拍不出去的。即使发出，那就面临着决裂，不是共产党员的叶挺，是没法代替军分会书记的，局面就变得更加不可收拾了。“除非到了江北……”这个念头闪电般地照亮了林志超的脑际，他悟出项英为什么拒绝东进而力主向南的道理来了：叶军长的一切违背项英意志的努力，都被误解为急于去接受总指挥的权力！都引起了项英的逆反心理，因而叶挺的许多建议，必将落空。

仿佛为了证实这一点，周子昆拖着疾病未愈的身子，来见军长。“项副军长说，不能朝令夕改。”

“难道说，他不看看天气吗？”

“他说绝不能失信于皖南群众！”

叶挺和林志超尽皆默然。还有什么理由比不失信于群众更重要呢？

林志超已经无事可干，值班参谋知道他在军长这里，有事会找他的。现在，机关干部都已齐集在打谷场上，项英开始了他的热烈却又冗长的动员报告。会场上不断地传来口号声，此起彼伏，高昂激越，压倒狂风的吼叫！叶挺和林志超都默然无语。

乌云翻卷，布满了天空。

第八章　1941年1月4日

一　杀　机

1941年元旦，晚七时。

顾祝同也想过一个愉快的新年。在客厅的麻将桌上，随从副官徐延辉、夫人许文蓉、小舅子许文欣和他，拉开了战幕。牌桌激战，许文蓉是高手，顾祝同甘愿大败亏输。

一个战区长官，必须日理万机，调和各方矛盾，平衡各派权益，苦恼和难处自然也不少。他把家政大权委托给妻子，但是，出谋划策的却是淞沪码头上的妻弟许文欣。他时常怂恿姐姐利用姐夫的权力走私，埋怨姐夫过分迂腐。他顺手打出一张牌去："姐姐，你看人家李品仙，他家的亲戚，哪家不是巨万富翁！他家的生意，南做到汉口，北做到蚌埠，东做到南京、上海；安徽省银行行长闵子高就是他家的亲戚，真是肥水不落外人田啊！……"

顾祝同像没有听见，全神贯注在牌上。

"他们做哪些生意呢？"许文蓉明知故问，一边把牌轻轻地打出去。

"和县、含山的大米、棉花，皖西的大麻，舒城潜山的桐油、药材，皖北的鸡蛋、鹅鸭毛，还加上合肥的烟土……他们的'三合公司'什么不干呀，只要赚钱就行……"

许文蓉手里的牌面快凑成"清一色"了，她把一张杂牌拍出去。

书房的电话铃响了，是上官云相打来的。

趁司令长官接电话的时候，许文蓉说："你姐夫不会干的！他为人太刻板了,再说,他又不会经商……”

“那还用得着他自己动手动脚动心计吗?咱们委员长的发迹秘诀不是‘裙、办、师、财、干’吗?中国人办事,哪里能离得开裙带关系?哪里能离开办外交的人才?哪里能离开摇鹅毛扇的军师?哪里能离开干大事的胆量?”

其实,他们错了。

顾祝同深知,没有钱是不能办事的,早已开始怂恿部下走私了。他手里有一条浙赣线,驻上饶的军政部军需局局长佘善念(原是顾祝同的老军需处长),正替司令长官本人走私。军用列车运粮棉出去,把西药和海产品运进来,一本万利,既不用付运费,也免受税务机关检查。利用军需局的经费做生意,自己连本钱也不用出,长官部直辖的几个别动队武装护送,还有什么生意,比这种买卖更赚钱的呢?只是许文欣不清楚内幕罢了。

但这位小舅子另外还有一条线:“姐姐!如果姐夫不答应,咱们可以和上官云相的夫人易筠合起来干,她关系可广啦,她和张少华……”

“张少华是谁?”

“是上官那漂亮的如夫人史文卿线上的,皇协军里的大红人。”

“那不成了资敌了吗?”许文蓉那只夹牌的胖乎乎的手停在空中,正色道,“长官知道了可不好办。”

“只管赚钱就行,管他和什么人做生意哩!”

“不行!”许文蓉毕竟从顾祝同那里学会了谨慎,“那要坐监牢的!”

“监牢有什么可怕的?”许文欣的确有一种蛮干的劲头,“难道我们不会来个‘立煌劫狱’吗?”①

许文欣在牌桌上大谈走私的时候,顾祝同正和上官云相通话。

“今天上午我们和云岭中断了联系!”上官云相报告说,“电台呼叫不出,电话也打不通。我现在要电台继续呼叫……我觉得这很反常。”

“你们还采取了什么措施?”顾祝同警惕起来,预感到有什么事情

---

① 1939年8月,廖磊任皖省主席,发现立煌、岳西、六安等县长,集体贩卖桐油生漆,廖磊把他们撤职查办,并交地方法院依法办理。廖磊死后,李品仙接任,要法院放人,法院不允,李便派人假冒土匪劫牢,反诬法院看牢不严,放走犯人。

发生。

“我命令五十二师通讯队查修线路，下午六点，查到三十里处，遇见了他们的哨兵……”

顾祝同舒了口气，或许是一场虚惊。

“查线班当即被阻，他们的哨长说：‘你们不要查了，既然你们那一段没有断线，那一定是我们这一段不通，我派人报告军部派通讯连尽快修复好了。’我觉得这是一种奇怪的迹象！”

“是的，他们行动在即，一定要密切注意他们的行动方向！”

“他们以演习为名，在章家渡搭了浮桥。”

“这种迹象说明了什么？你们研究过吗？”顾祝同颇感困惑。

“现在还很难判定，像是明修栈道暗度陈仓……”上官云相也感到困惑，“还需要进一步查实！”

“必须保持与联络参谋的紧密联系！”

“陈淡如已被监视，闻瑗行踪不明！”

“你们要作好几种准备：向北，对我们最为有利，可能性不大；很可能向东；只是预搭浮桥令人费解，也可能向南！现在主要是密切注意！”

“向南的可能性是有的！”上官云相的声调变森冷了，“我已严令四十师七九师兼程前进，严令五十二师星夜赶修工事，准备堵截。”

“很好，这样就万无一失了！祝你新年愉快！”

元月2日上午，九时。

顾祝同又和上官云相通了一次电话：“现在联系仍然不通！”上官说，“司令部人员都感到诧异，这是从来没有发生过的事情。”

“你们作何判断？这说明那个哨长话中有诈！”

“他们很可能采取敌对的秘密行动……”

“向北还是向东？”顾祝同问。

“向北，必然经过新七师二旅防区，向东，必然经过五十二师防区，可是，这两处都没有发现任何动静……我估计，他们可能向南！”

“这真叫人不解，”顾祝同说，“他们为什么要断绝联系呢？叶挺怎么会干这种蠢事呢？”

“是啊！这是违反常识的！”上官云相说，“可是，违反常识的事也是有的！难道项英有什么花招吗？”

“上官，现在不是研究高明还是愚蠢的时候。万一他们向南开进，局势就极为严重，只要他们一出旌德，就可以不受阻拦地到我们大后方任意行动了，后方的联络就会被切断，我们多花三倍的兵力也难以消灭他们了……”

“墨公，这很像项英要实行他的南进计划的举动！”

“正是这样，当心我们徽州的军用仓库，”顾祝同脸色极为阴沉，“如果弹药库落在他们手里，那可就麻烦了。”

“墨公，你放心好了，我已经命令五十二师派查线班和侦察连一起，一直查到云岭，查个水落石出。同时，我命令各师都向云岭方向派出侦察，严密监视，就当他们向南……”

“对的！主要是四十师方向。方日英到达指定位置没有？”

“他们六小时后即可到达星潭、三溪一线……”

“再加急电告方日英，十万火急，到达后应不顾部队疲劳，立即赶筑工事。”顾祝同一改往日温厚之貌，变得虎视眈眈了，“连夜赶筑！你下死命令给方日英，拿脑袋担保！”

“是的！有新情况，我再向墨公报告！”

元月 3 日，顾祝同仍为与新四军失去联络而惴惴不安。但他除了告诫各部队保持足够警惕，密切注意新四军的行迹外，并没有采取更多的措施。

上午十时，他的参谋处长岳星明给他送来一份电报，是军令部以蒋介石的名义发来的，督问新四军北移情况。

“长官！这份电报，叶挺肯定没有收到！”岳星明说。

“是的！即使收到他也不会执行！”顾祝同不无苦恼地说，“棘手，棘手，到头来非弄得大动干戈不可！”他沉思了一下，满腹疑团，“给我接上官！上官吗？我顾祝同，刚才接到委座指定新四军北移路线的电令，现在仍不能恢复联络，怎么办？有新的情况吗？”

“墨公！有十分紧急的情况向你报告，现在正在核实。”

“你说。”

“据五十二师朱副师长报告，少校联络副官从云岭逃回，由于夜行不便，落崖受伤，迟到两日。他带回了新四军的行动路线图和作战计划！”上官云相报告了一连串的地名。

“行动日期呢？”顾祝同急于知道要害。

“不详。可是，他们已经在秘密集结，很可能在近几天就有行动！他们的集结地点，与闻副官带回的情报相符！”

“好的，现在是刻不容缓了！”

元月 4 日晚上九时，顾祝同的书房里已经弥散着战争的气息。它是从电话听筒里传来的：

“墨公，已经查明，新四军正向茂林方向开进。现在皖南地区，气候恶劣，大雨……”上官云相的鲁北口音，比往日大，也比往日急，带着雨扫山林的沙沙声，“四十师由榔桥河刚刚来电报告，他们在山口附近发现新四军便衣侦察，是不是可以开枪？”

“当然可以开枪！”顾祝同不假思索，斩钉截铁地叫了一声，凶狠而又严厉，表现出对新四军向南开进的极度敏感和警惕。“不过，尽可能捕俘。现在情况十分危急，四十师首当其冲，要方日英顶住，绝不能让他们渡过徽水河！现在战局已开，变友为敌，新四军应称为敌军，为了避免与日伪（也称敌军）相混淆，通知各部队，新四军一律改称匪军、叛军。”

“是的！”上官云相截断顾祝同的话，说，“墨公，请稍等几分钟，有新情况。”

十分钟后，电话铃又响了，带着大地剧烈的颤抖，响得有点惊心动魄。上官云相向顾祝同报告了最新情报，说明了新四军三路纵队已经到达的位置。

“上官！局势已经明朗化了！叛军三路并进，来势凶猛，如果稍误战机，后果将极为严重，请立即命令所有参战部队，立即进入临战紧急状态。”

“是的，命令已经下了！”

“很好，既要抓住战机，又要把握火候，既要堵住，又要让他们向茂林以南深入一些，打得过早，他们有可能缩回。”

“是的！我已经命令新七师和一四四师紧紧跟进，抢占云岭中村、章渡，严防他们回窜！”

“很好！我现在就向委座报告。上官，一切委托你了，你可以根据掌握的情况，作出紧急处置，过多的请示报告，会耽误事的，你可以机断专行，放手去干……”顾祝同的声调里出现了冷酷无情的激动，透射出疯狂的杀机！

“墨公，这不是一般作战，我怕影响大局……”

“出了问题，我们共同负责好了！委座如有新的指示，我会通知你的，如非特殊情况，我不打扰你了。我不想影响你的决心！……就这样吧！预祝成功。”

此时，整个皖南山区风啸雨吼，这是严冬季节极为少有的自然现象，皖南，所有驻军（不管顽方和我方）全都在严格的命令下行动起来了。

上饶，却是晴天。

顾祝同放下电话，对徐延辉说：“走，我们到作战室去！”

参谋长邹文华，办公室主任朱华，情报室主任卢旭，参谋处处长岳星明，副官处处长茅乃功，全都众星捧月似的跟随在顾祝同身边。第三战区，像一部即将开动的摩托车，引擎已经发动，车身在剧烈颤抖，马上就要向战争的暴风雨中冲去。

所有指令已经下达，作战室一片寂静。顾祝同在作战室里踱步，等待着前线的最新消息。他闪亮的皮靴，在木板地上发出橐橐声，大有稳操胜券的信心。他忽然全身一震，打了个激灵，停住了脚步，一个不太久远的历史故事，使他悚然而惊。“啊，幸好项英不是蔡松坡。”

所有作战室人员都注视着战区长官，不知他为什么，神态骤变，嘴里念念有词。

凡是有点历史常识的人，都知道蔡锷的故事：在他任云南总督期间，袁世凯怕他反对自己的独裁统治，于1912年把他调到北京，严加监视。1915年，蔡锷与梁启超策划反袁，以卓绝的智慧，施放烟幕麻痹袁世凯，而后用金蝉脱壳之计，潜出北京，托故去东京养病，让石陶君替他住在医院里。他预先写了很多亲笔信，让他的替身每天给袁世凯和袁世凯办事处寄上一信。袁世凯以为蔡锷尚在医院，其实，这位云南总督，早已取道香港，回滇做起兵讨袁的准备了。

顾祝同想到此处，真是捏了一把冷汗。如果项英也用此法，不断地跟五十二师、上官指挥部及上饶长官部保持联系，并且提出种种理由，请求把北移日期宽展到元月5日或6日，电台电话一直保持通畅，部队却在4日潜出云岭，突然南进到星潭、三溪一线，那将是一种什么样的局面啊！

就在这时，情报室主任卢旭告诉他，出现了一个小小的挫折：章渡区公所被新四军搜查，陈冠群被捕。

"麻痹！麻痹！"顾祝同的眼光暗淡了一下，露出失望惋惜的神色。他想到了章渡区的未来，可能因陈冠群被捕而产生严重后果，同时，也想起了陈冠群送给他的那幅《墨梅图》。

二　搜　捕

陈冠群在侄儿和闻瑗离开书房后，又练了一会儿字。陈家庆安排人送走闻瑗，又回到书房来，跟叔叔下了一盘棋，便各自回卧室睡觉，但他们都没有立即入眠。

陈家庆一向春风得意，人生的需求，他几乎全都有了：缉私队长，是他的"黄金屋"，郑芳雪，是他的"颜如玉"。二十七岁当了国民党的少校军官，未来当会飞黄腾达，他不是要什么有什么了吗？

"护商缉私队"是安徽省的特种部队，它成立于1939年7月。他的统率指挥机关，是安徽保安司令部，总后台就是新桂系将领皖省主席廖磊。缉私司令部的人员都由廖磊选任，司令林鹿垣原来是他的副官处长；副司令林剑峰是他的参谋长的外甥，主任参谋廖福宗是他胞侄。非亲非故的陈家庆，得到缉私大队长的位置，全是因为当时任政治部第二厅厅长兼禁烟督察处缉私主任康泽的面子。

护商缉私队的任务，明文规定，是保护正当商人经营进出口贸易，查缉逃税、走私。此外，在它驻防地区，配合正规军防敌、防伪、防共。

任务特殊，权限极大。可以查缉没收货物，可以枪毙违反规定的商人。缉私队借此敲诈勒索，假公济私，贪污受贿，为所欲为。他们可以把正当商人枪毙，没收其货物，可以把真正的走私犯放走，收取贿赂。缉私队变成了纵私队、走私队。

他们纵容私商把内地大量的粮、棉、牛、羊、猪、鸡、鸭、竹、木、茶、麻、皮革、肠衣、桐油、生漆、铁砂运往敌区资敌，从中牟取巨利；他们又把大量日货、食盐、香烟、呢绒、人造丝布、棉布、洋酒、化妆品、日用品，运回内地倾销。

陈冠群并不亲自出面，但他勾结了一批私商，在陈家庆缉私队掩护下，纵私、走私，他坐收营利，每月高达四千元。

但命运之神似乎又非常吝啬，她绝不让你事事满足。郑芳雪的背叛，弄得陈家庆非常苦恼。他知道，他们之间的关系已经无可挽回，即使郑芳雪心回意转，他也不能和一个看不起自己的女人一块生活。

他也为自己目前的处境感到忧虑。自从他刺杀了仇敌郑大中后，似乎全章家渡的人都成了他的仇敌，好像所有人都已经知道他是凶手！他一闭眼仍然能看到郑大中那喷火的眼睛，向他闪射着威胁的光，仿佛他没有死，而是依附在章家渡每个村民的身上时刻准备复仇！

他忽然想到，这几天应该回缉私队去①，那里是安全的。但是，五十二师朱副师长却令他住在章家渡，保持同周珮琳、陈淡如、闻瑗之间的联系，配合他们工作。像刺杀郑大中这类的事，陈冠群是不能胜任的。

闻瑗走后，他总有一种危机感。他的叔叔却认为不必过分紧张。陈冠群了解项英，知道项英不会在统一战线问题上因小失大。闻瑗是12 月 29 日夜走的，现在已经过去四天了，陈府仍然安然无恙，陈家庆终于相信了叔叔的判断。

这天，是元月 3 日，陈家庆睡得很晚，他和他的叔叔拟定了一个全区搜捕计划，其中包括清乡队的组成、自首书的发放、应该抓捕的地下

---

① 当时为了防止摩擦，各部队都划分有自己的防区。非经允许，不得带部队到对方防区，以防不测。陈家庆的缉私队驻泾县城，他到章家渡来一般不带部队。

党员和积极分子的名单。新四军一旦开动，他绝不心慈手软，他将用云岭上千生灵的毁灭，换取领章上加一颗星星。

陈家庆有些想入非非了，把目光投向未来的极乐世界，他首先在认识的女人中，寻找自己的佳偶。这是一种非常有趣的想象。排查、比较、筛选，他连周珮琳都网在遴选范围之内。但是，非常遗憾，没有一个能压倒郑芳雪。

接着，他又产生了无限的希望和信心，他认为郑芳雪绝对逃不出他的手掌心。“那个该死的林志超走了！她还有什么指望呢？我要强迫她就范，我要向她报复，我要她向我求饶！”

他慢慢地睡着了。在这长长的冬夜里，他的梦境接连不断地出现：他首先看到的是各种各样的眼睛，周珮琳小姐向他微笑，郑芳雪鄙视的目光，郑大中的喷火的瞳仁。

他觉得害怕，他似乎在山林中跌跌撞撞地走！前面是一片荒草，草丛中，潜伏着穿灰色军装的人，臂章特别大，像电影的银幕，上面有个持枪的战士，身背斗笠，指向前方，下面是两个仿宋字，“抗敌”。接着，又换成另外一个形状，上面写着“N4A”。他察觉被戴臂章的人包围了，他急忙蹲在茅草丛中……周围的喊声越来越近，突然几声枪响。

他突然清醒了，是敲门声。他猛地坐起来，一时不明白发生了什么事！

房门喀嚓弹开了，门扇哐啷一声猛击了墙壁一个耳光，冲进一股寒气，几个持枪的便衣闯进他的房间。四支手电同时在屋里火蛇般地穿射，其中一个人点燃了泡子灯，另一个闪电似的扑到他的床边，从枕下摸出了他的手枪。

“你们这是干什么？”陈家庆最初的惊讶消失了，懒洋洋地披上皮夹克，“请你们说清楚，一切都好办！要多少？”他又记起了峨桥镇税务所的那个雨夜。

“别装蒜了！电台，文件名单，放在哪里？枪支弹药放在哪里？”

“我实在弄不明白……能让我穿上裤子吗？”得到同意后，陈家庆不慌不忙地穿上裤子，他瞅了瞅写字台边的窗口。

“搜！”为首的人命令着，这是鲁敏。有一个人的短枪始终指着缉私队长。

这时,其他房间里也发出很大的响动。

“你们不要绑!”陈家庆听出这是叔叔故作镇定的声音,“我跟你们走,你们真是无法无天了! 你们竟敢……”

陈家庆好像受到了什么启发,突然改变了态度,完全屈服了:“弟兄们,你们搜好啦! 这是钥匙!”他从床头柜上摸过钥匙串,哗啦一声丢给鲁敏,“保险柜、皮箱、壁橱,全在上面,是哪一把,你们自己试吧!”

搜查是非常仔细的,保险柜里全都是银元、金条、法币和伪钞。“怎么办?”搜查者也许从未见过这么多钱,有些不知所措。

“全都带走!”

“有枪!”有人突然叫了一声,从壁橱里搜出了武器。

“陈队长! 你把这些铁家伙,放在挂衣橱里,真是别出心裁,它能穿吗?”搜查者们开着并不算幽默的玩笑,情绪很高:有钱,有枪,还抓到了要犯!

“实话告诉你们吧,我要组织清乡队,等你们一开走……”陈家庆十分配合。

“所以,先让你尝尝清乡的味道!”

“我向你们坦白! 那个木箱里,”陈家庆向屋角上一指,“全是秘密文件,名单,自首书!”说得很像是真的。

以后发生的一切,只有几秒钟。当陈家庆的监视者转眼去瞧那只大木箱时,这个缉私队长猛然跳起,对准持枪者的太阳穴打了一拳,被袭击者踉跄了一步,跌倒在地。

陈家庆像猫一样跳上窗前的写字台,面里背外,手把窗框,全力向后一撞,哗啦一声,用背撞碎了窗棂,翻身跌到院子里去了。搜查者对着窗口开了一枪。

陈家庆连滚带爬进了夹道……

大木箱里只是一些日常的衣服和物品。机警和经验是两回事,第一次执行这种任务的鲁干事上当了! 但是,机警又可以弥补经验之不足,及时地挽救了他的失误可能造成的后果。他立即派人通知兵站,封锁章家渡去泾县的路口,阻止陈家庆逃回泾县,滋生事端;接着,他用匕首逼住了陈冠群的咽喉，要他交出秘密文件和名单。他绝不优柔、迂腐，在他幼年时的狩猎生涯中，已经显露出他敢于跟猛兽拼搏的强悍、智慧和胆魄。他知道，在文明的审讯来不及的情况下，野蛮的匕首更能见效。为了千百个革命者的安全，他宁肯违犯纪律，也绝不姑息这个杀害郑大中的元凶！

章渡区区长正确地估计了项英，却没有正确地估计项英的部下。他的喉结已经触到了刀刃的冰冷，已经感到了锋刃的刺痛。那刀尖随着“说！说！说！”的催逼声向肉中缓慢而又无情地抵进……已经有鲜血和汗水随着扎进的刀尖涔涔流了出来，他感到头晕心颤，四肢酥软，身上的每一组肌腱都簌簌发抖。他从这位粗暴的审讯者的眼里，看到了沸腾着的灼烫的仇恨之火和饮血夺命的蛮干劲！

他知道这个二十几岁的愣头青，由于他侄儿的脱逃所激起的怨怒全都会发泄在自己身上。他无法承受这种可怕时刻的延续。

“啊！我说！”陈冠群在死神面前屈服了，打开了壁橱的夹层！

三　异　象

奔涌的黑云和滂沱大雨，吞没了皖南。世界落进黑沉沉的深渊里，群山震撼，人们无处躲藏，无路可退。

这天是元月 4 日，农历腊月初七，二九进入第五天。在这样的严冬季节，竟然有这样狂烈的暴雨，历史上也是绝无仅有。在县志的《祥异篇》里，关于皖南特异的气象有这样两则记载：

> 康熙二十六年三月，寒亭冰雹大如杵。屋瓦半碎。所经：横十余里，纵六十余里，青弋江尤甚。击死者三人，伤无数。
>
> 雍正十一年，三月丙午。无云而雷。如天鼓临空，电火闪射。

这场大自然的恶作剧，也应像六月飞雪、腊冬闪电一样，载入史册。

沿着蜿蜒的山路，有数以千计的马灯的微光，忽隐忽现，组成许多条微光腾跃的黑龙，向章家渡游动。火把早已在大雨中熄灭了。马灯的夜光眼，依然劈不开厚重无边的黑暗。也许，只有夏天的沉雷闪电，才能把磐石般的乌云炸开一条裂纹，照见行进中的队伍。

战士们被六十斤的重负压得步履趔趄，雨伞被狂风扯歪，冷雨泼到他们的脸上。一不留意，草鞋把不住黏滑的稀泥，一个踉跄跌倒在地，摔下深沟，发出令人惊悸的喊叫和铁石撞击的声音，引起小小的骚乱。部队停下来，乱纷纷地叫嚷。

"留下两人收容，部队继续前进！"传来部队首长的严厉的命令声。灯火又向前游动起来……

这些带有光点的长短不一的游龙式的队伍，不顾风雨的狂烈，从中村、云岭、北贡里、小河口，从汀潭、土塘等集结地点向青弋江的湾滩、章家渡集中。章家渡弯曲的街道，鳞次栉比的房屋，高低错落的篱笆、林园，全都在倾盆大雨的鞭打下颤抖，呻吟。雨水从街道上，门下的缝隙里，路边的水沟里，从千家百户的房顶上，喷洒着，翻滚着，跌落着，汇成一股股跳跃的急流，泡沫飞溅地绕过墙角、树根、石堆，喧嚣着，争先恐后地涌向青弋江。

渡江部队，拥挤在渡口，撑着油伞，披着雨布，顶着斗笠，有的则躲在店铺的宽大的廊檐下。但是，他们一切防雨的措施都是徒劳，因为那雨，被狂风忽左忽右地旋起来，浇泼得战士个个都像落汤鸡。在渡口周围，人们可以看到一种少有的混乱，也可算作一种蔚为壮观的场景。

章家渡黑森森的，像搁浅在青弋江边嵯峨岩崖中的沉船，呻吟着，颤动着，暴风雨熄灭了它的一切光亮。只有渡口，无数灯火在闪烁明灭。码头旁的货栈敞棚里，两堆篝火挣扎着刺穿雨幕，照亮了青弋江的水流。数不清的马灯、灯笼、手电筒，在斗笠、蓑衣、雨衣、油布、油纸伞下，闪着惨白的、乳黄的、微红的、大小明暗不一的光，像一只只怀着怨恨的眼睛，傲视着这场恼人的风雨。

这里是一个喧腾的世界，说话声，争吵声，斥骂声，呼喊声，哗笑声，铁器的撞击声，骡马的嘶鸣声，军号的咽哑声，风吼雨啸声，江水突涨的呜呜声，汇成一团无休止的嘈杂的声浪。

赵令波安排的行进序列，是完美无缺的。某某支队某某团，某时从某地集结，某时某刻到达渡口，某时某刻开始渡江；渡江顺序是：某某部在前，某某部次之，某某部跟进，某某部殿后。但完美的计划被战争中经常出现的两个“神怪”——意外与偶然破坏了。

完成一件事情，它所经过的环节越多，出故障的可能性就越大，这是常识。要打败“意外”与“偶然”，也有两个法宝，那就是科学的“预见”和事先的“预防”。可是许多聪明人，往往在常识性的问题上犯错误。

部队远程而来，殿后的部队提前到达了渡口，规定先批渡江的部队，却姗姗来迟。他们何时能够到达，又无法联系，因为部队正行进在风啸雨吼的中途。当然可以派骑兵去查询，这就需要时间。要按原定序列开进，那就要先到者等后到者；如改为谁先到谁过江，行进序列就陷入混乱。

由于事先没有选好各部队的待渡地点，当然事先选也无用，章家渡没有可供近万人休息的场坪，各部自然而然地一齐拥向渡口。如果全都是战斗部队，也许稍好一点，它有严格的班排编制，能够令行禁止。而现在，这里却像大城市十字街口的那种交通阻塞，挤满了各种各样的车辆和行人。这是一个撕不开理不清的乱麻团。

这里拥挤着兵工厂、被服厂、印刷厂、新知书店的工人和工作人员；有东南局、皖南特委的地方干部和临时批准的随军人员；有机关、医院、文化工作委员会和后方留守处的非战斗人员。他们所带的并不仅仅是一支短枪一个背囊，而是背着行李扛着箱笼，挎着提包拎着网袋，擎着食品、雨具、灯笼、书籍；骡马夹在人群中间，乱冲乱撞；更为严重的是，许多送行的亲属，当地的，远程赶来的，冲进队伍，呼唤着自己的儿子、丈夫、哥哥、弟弟，寻找，话别，不顾一切！

一个新入伍才六天的战士，突然被一个披头散发抱着婴孩的中年妇女拉出了行列：“春生！春生！”这充满焦虑、关切和兴奋的叫声，是撼人心魄的。

“妈妈！”包春生乞求似的哀叫着，埋怨着，责怪着，“你来干什么？还抱着妹妹！这么大的雨！”

“听说你们要从这里走，”妈妈死死地攥住儿子的衣袖，生怕他跑走，“我跟夏林（另一个战士的名字）他妈，一齐来这里等你们，那时天还好好的呢！这鬼天气……你们不能多住几天，等天好了……”

“妈妈！”春生急得跳脚，“我要找不见队伍了！”

“春生！你不跟妹妹说几句话吗？”母亲伤心地涌出眼泪水。

春生这才揭开蒙在妹妹头上遮雨的一件破袄。三周岁的妹妹立即伸出瘦瘦的苍白的小手抓住哥哥，仿佛预感到永诀似的哀哀痛哭。

春生把她抱在怀里：“秋姑，秋姑，哥哥给你逮个活鬼子回来！”小姑娘挂满泪和雨的小脸，弥漫着笑意：“它不咬人吗？”

春生把妹妹塞给妈妈，刚刚转身，又被妈妈揪住了：“春生！你爹有话嘱咐你！”

“妈！”春生高叫一声，“我什么也不要听，我找不到队伍了！”

妈妈听出他的嗓音里带着哭声，也吓住了，便急急忙忙把几个煮熟的鸡蛋，还有两块银元，从衣袋里掏出来。有一个鸡蛋滚到地上，谁也顾不上去捡它。

“妈妈！”春生向妈妈伸来的手一推，“我什么也不要！”转身向码头奔跑。对未来生活的兴奋与憧憬，仍没有压倒对家庭的眷恋。他跑出了两步，又转回身来，扑到妈妈身边：“妈妈！回去跟爹说，我们还要回来的！”

“这是你们军长说的吧？”妈妈好像看到了光明。

“是副班长偷偷跟我说的！”

“你们可要快一点回来，”妈妈以为副班长是很大的官，说话算数，因而充满希望，“你爹说，你们一走，陈冠群饶不了咱……你爹在擦猎枪呢！”

“妈！”包春生俯在妈妈耳边说，“我们把他抓起来啦！”

“啊！谢天谢地！”做妈妈的仰望着乌云滚滚的苍天，儿子就在这瞬间从她面前消失了。雨，为这种骨肉分离的惨景所感动，收敛了它的威势。

“当心！”她抱着小秋姑，向前冲去，把一切嘱咐叮咛都包含在这两个字眼里。另一个粗暴的“当心”向她喝了一声。一个人的眼镜在她面前闪了一下。她撞在一匹横穿过来的驮马上。

拥过一群人来，把母亲挤到墙壁上。她凄冷的眼睛，仍然望着灯火明灭的码头，却再也未能看到儿子的背影。

那个向春生妈喊“当心”的人，是记者白沙，他正跟着印刷厂的一匹驮马走向码头。忽然又冲过来一匹黑色驮马，它淋湿的皮毛像丝绸般闪着幽光，这匹乌龙驹似乎酝酿着一种毁灭一切的情绪，横冲直撞。它是三团供给处的。牵驮马的毛头小子找不见自己的队伍，慌急起来，他不顾一切地冲向渡口，跟白沙的驮马擦身而过，不轻不重地撞了一下。哗啦啦！——印刷厂驮马上的捆绳断了！沉重的铅字盘摔在地上，木箱子摔碎了，铅字活蹦乱跳地溅落在泥浆里。

白沙大叫一声，蹲下身去抓摸了几把。他被后面冲过来的队伍踢了几脚：“他妈的！干什么吃的？”

“什么人？送他进军法处！”白沙不能不放弃一切努力，把抓在手里的沾泥的铅字也扔掉了。那些落在当街摔散了的木箱板，被人们践踏磕碰之后，踢到路边水沟里。记者拉着一匹空空的驮马被人流卷向码头。

部队行进得奇慢，吵吵嚷嚷，骂骂咧咧，推推搡搡，走走停停。

“白沙！白沙！”忽然有个戴眼镜的人大叫着向他冲过来，是个泰国归来的华侨青年。

“哟！陈志国！你是从热带雨林里来的，见过这么大的雨吗？”

“还是先照顾好你的眼镜吧！告诉你，若是你摔个跟头弄碎了，那可就真叫难堪啦！”

“咱们彼此彼此！”

“不！我是三百度，你是六百度，我用绳拢在脑袋上，万无一失！”陈志国掏出一段麻绳杵给记者，“向我学习吧，千万不要等闲视之。”

“谢谢……”白沙刚刚把麻绳接在手，就被冲过来的队伍挤到路边去了。

“回去！回去！”一个战士在行列里走着，一边躬下腰推拒着偎在身边的花脖子狗，“回去！回去！”他像吓唬孩子似的用亲切而又带威胁的口吻，申斥着。那只狗像是他的恋人，听得出那声调不是斥责而是惜别、劝慰和乞求。

“你他妈的干什么？”赵令波手提马鞭，气冲冲地冲过来，“这是马戏团吗?”

“首长,这是我们家的狗,一直跟了我几十里……”

赵令波挥手一鞭,狗哀叫一声,跳开去,一边跑,一边嚎叫着,对这个气急败坏的无礼的家伙,发出诅咒。

“你这是干什么呀!首长!”战士眼含怒意,向赵令波提出抗议,那一鞭正像抽在他的身上。但他不能不急忙追赶队伍。

“混乱!混乱!”赵令波恨不能揪过哪个人来抽上几鞭,“他妈的一团混乱!”

参谋处长的呵斥和诅咒,仍然不能改变局面:大雨滂沱,四面八方的部队,在这种喧腾的戏剧性的场合里见面,似乎有无穷的乐趣,手电光火蛇似的在人群中穿射,寻找自己的熟人:“哎呀!迷糊(人的乳名)!”

“哎呀!二毛!”

“你们怎么搞的?我当你们早过去了!”

“老天爷捣蛋!”

“老天爷也没有特别照顾我们,可是……”

“可是个屁!若不是小山溪上那个小桥断了……”

“喂!”一道电光扫过对话人的脸,落在另一个人的脸上,“来耕(也是乳名),你看到二妞了吗?”

“没有。喂!长生,你爹来送你!你见到了吗?……”

“真的?”叫长生的急了,“在哪里?”

“在那棵老槐树下……”

“滚你的蛋!”他听出同乡在逗他。

四 “军长,要是提前半天就好了!”

从云岭出发时,雨还不大。部队在路上行进,还在逗乐、哼唱、戏耍取笑。项英骑着马,走过人群,他激动地感到,这成千上万的人流,将卷起历史的洪波巨澜,去击碎、去冲垮旧天地,去开辟自己的新天地!

由于环境的改变，由于历史使命的重压，由于对未来的遐想，部队产生了一种狂热、激越的情绪，不管前面等待他们的是什么命运，不管目前风雨给他们带来多大的艰辛，大家依然感到无比兴奋。一种高涨的不可抑制的喜悦，鼓舞着人们前进。

暴风雨给行进的队伍壮了行色！那些没有上过阵地的人们，都把这场暴风雨当做硝烟弥漫弹片横飞的战场，叫人既难受又痛快，既恐惧又振奋！他们把这场暴风雨当做历险的开始，不然，生活不是太平淡无奇了吗？

项英、周子昆和秘书处的人，都挤在临街的一家店铺的房檐下，等待渡江。刘厚忠手提着雨伞，站在项英的右侧，以他那高大的身躯之墙，为首长挡住斜射过来的冷雨寒风。

警卫排拉着首长们的坐骑和驮马，在另外一个作坊的廊檐下低语。他们都在吸烟，谈着随意想到的没有什么意义的话。

项英不断地凑到马灯前看表。他有些焦躁，先头部队过桥太慢了，已经超过了预定时间将近两个小时。他紧闭着暗紫色的嘴唇。

码头附近出现的混乱局面，他是知道的。他有点烦恼，仅仅是一点儿。难怪世上的许多事物，都会长期争论不休，因为利弊互见，得失共存，就看你倾向哪一端了。争论时各执一端，其实，反而相反相成了。

项英对这场雨的看法，就跟叶挺大不相同。叶挺曾提议放弃军民告别大会，提前出发，他没有同意。结果，这场暴风雨给部队带来了惩罚！在项英看来，惩罚？反之！三年游击战争年代，什么苦没有吃过？部队不能太娇，这场雨，不正是对部队的一个锻炼吗？不正是对全军指战员的革命意志、思想作风、组织才能的一次考验吗？

项英已经派赵令波带领参谋处的几个参谋去解决这种混乱局面了，他相信赵处长的组织指挥才能。

项英知道，叶挺因未能提前出发而对他不满；他也埋怨叶挺没有政治头脑，不理解那个军民告别大会的伟大政治意义。单纯的军事观点要不得。他向叶挺躲雨的那个席棚子望了一眼，产生了向他解释几句的冲动。“说不通的！”他马上又下意识地摔了摔马鞭，仿佛把那个解释几句的念头，彻底地赶跑了！

项英忽然想到了他的东南局,在这样的雨夜里会出现什么局面呢?他叫卫士喊来了民运部陈科长,要他带自己去看东南局的同志。

结果,还是梁朴先找来了。① 他披着闪光的雨衣,和项英热情地握手。"靠里,靠里!"项英把梁朴拉到风雨吹打不到的地方。

项英平时并不喜欢这位副书记,他太学生气了。不喜欢他的长期在外国留学的经历;不喜欢他那江西临川口音;不喜欢他那张又白又嫩的胖娃娃式的脸;不喜欢他那柔软的女人似的手;更不喜欢他对自己的亲切有余、尊敬不足的称呼——"老项"! 这在新四军和东南局,恐怕是绝无仅有了。所以,梁朴虽然是新四军军分会的委员,项英却从来不通知他参加会议。一方面,觉得没有必要。但怕他在会上直呼"老项",使自己在下属面前难堪,也不能不是一个小小的原因。人,是有许多微妙之处的:你喊我"老项",我就叫你"小姚"! 也算一报还一报吧!

今天他们见面,却和往日不同,由于环境的变迁,人也变得更相亲了,颇有"万里他乡遇故知"的那种亲切感。

"项书记,"梁朴竟然改了口,"老天爷太可恶了,冬天下雨不下雪,咄咄怪事!"

"是啊!"项英欢快地笑笑,"这是对没有当过兵的人的下马威。试试你们的胆量和耐力!"

"不是夸口,你们走到哪里,东南局也能走到哪里!"梁朴也笑了,"不过,我还是说实话,大家都没有行军经验,尤其是晚上,但愿不会成为你们的累赘! ……"

"那就未免太客气了,一家人不说两家话嘛! 我也是你们的书记嘛!"项英兴致很高,"你们也都是我项英的人嘛,怎么能说累? 若是开辟新的根据地,你带的这批人可有大用场喽,你也可以大展宏图了! ……我已经指示政治部、民运部具体照管你们,以后,我可能照管不到,有事可以找我们,我尽量给你们解决。虽说是一家,可你们毕竟是客人嘛!"

---

① 梁朴、小姚皆饶漱石的化名。

"'客随主便',东南局和特委的同志,保证服从命令听指挥!"

"那很好,我可以把你们军事化!……你们的武器都配齐了吗?"

"只配了一部分……"

"这个军械处,怎么搞的?"项英感到他的指示没有全部落实,有些愤然,"乱弹琴!"

"是我们临时随军的人员增多了!"梁朴帮助军械处开脱,"你估计,能打起来吗?"

"当然要打!"项英明确地说,"不过,不会打得太大……回去告诉没有配备武器的同志们,是用不到你们上火线的。"

"可是,这雨太讨厌了,不会影响部队的战斗力吧?"

"彼此,彼此,"项英安慰他说,"雨不会只淋我们!在三年游击战争年代,恶劣的天气,是我们偷袭敌人的良好时机。这样的天气,对他们,也许更为不利!"

梁朴认为项英讲得很有道理,但不能久谈。在告辞时,他看见叶挺在斜对面席棚下的朦胧灯光中,不能不去作礼节性的拜访,便蹚着水赶过去,寒暄几句。握别时,竟说了一句虽说有感而发却很不得体的话:"军长,若是提前半天过青弋江就好了!"

叶挺的脸憋得通红,什么也没有说。

梁朴立即发现,这句话无异于责备,太欠考虑了。但又不便道歉,生怕越涂越黑,便匆匆离去。

五 桥断了

项英把组织渡江的重任,交给了赵令波。赵令波身披雨衣手提马鞭,运用"号调"的办法,调整部队。但是,各部的号声齐鸣,互相交织,结果全弄乱了。那平时悠扬清亮的声音,在风雨中也喑哑变调了。当然也解决了一部分问题。新二支队的前卫团(老三团)三营,终于渡过了青弋江。

赵令波舒了一口气。风雨也慢慢减弱下来。开进序列终于调整好了:三营过桥后,是二营;二营过后,是支队司令部的警通连;接着是支队部,军部司、政、后直属队,教导总队;新三团殿后。

“一切都没问题了!”赵令波向混乱的渡口望了一眼,准备向项英去作报告,就像打了一个胜仗。

当他返身向章家渡街上大步急走的时候,被绊了一跤,向前踉跄了几步,就跌倒了。虽然只是一腿跪地一手扶地,全身仍然溅满了稀泥,右腮上也溅上了几团污水。他恼火透了,抹了一把,跳了起来,拎起滴着泥水的马鞭,不分青红皂白,对准那个蹲在地上的脊梁就是一鞭:“混蛋! 你拱在这里干什么?”

那人“啊呀”叫了一声,跳了起来,是二支队供给处的一个供给员。他眼含着委屈的泪水,畏怯地申辩说:“我的鞋子被踩掉了……摸不着……”

“你找个屁! 快跟上队伍!”赵令波余恨未消,又扬起马鞭。供给员不愿挨第二下,赤着一只脚,冲向渡口。

赵令波掏出手帕,擦净了脸,稍稍整了整容,把雨衣裹紧,去见项英复命。

“怎么搞的? 这样慢?”项英没等参谋处长报告,就大声责问。

“首长,”赵令波好像没有听到这声斥责似的,庄重地报告说,“各部都在按正常的行进序列,顺利过桥!”

暴风雨虽收敛了威势,但青弋江的水面,却越来越宽,波涛也越来越汹涌了。在火光的照耀下,它像烧沸了的汤锅冒着泡沫,澄碧的清流变成浑浊的巨浪,发出虎啸龙吟。

大诗人李白曾歌颂过这条江流:“泾川三百里,佳境千万曲。”杜牧也曾在这条江流上留下优美的赞诗,“半醒半醉三日游,红白花开山雨中。”现在,青弋江却翻了脸,露出了极不友好的狞恶的面容。它变丑了,浊浪滔滔。它变凶了,奔腾咆哮。

凡是住在山区的人,都知道什么叫山洪暴发。那真是惊心动魄的一幕:倾盆大雨,洒落在千山万岭之上,开始,不过是涓涓细流,一边奔流着,一边扩大着,收容着,澎湃着……千万条水流从高山大岭之上,沿着雨淋沟、大冲沟啸聚而来,越滚越大,越流越猛,一齐冲进狭窄的河道,万源齐汇,转眼间,就变得势如万马奔腾,惊涛裂岸了。

林志超一直守在渡口。他把王自中带在身边。他那圆鼓鼓的眼睛有些发红。他对渡口那种混乱局面并不担心,他担心的是桥。

他最初到达章家渡时,回想起去年12月29日凌晨那一幕惨景。他也曾抱着企望,在这里和郑芳雪相会。因为教导总队的医务所就跟随在军部后面,他也相信,郑芳雪也会急切地寻找他。在等待渡江的过程中,要见面,并不是很难的事。

可是,他现在完全放弃了这种希冀,也忘记了郑芳雪。他深深懂得山洪的厉害,潜意识中有一种将要出乱子的预感。"雨比雪坏,雨比雪坏",他不断地嘟念着这句话。当他发现浮桥没有按照他的要求架设的时候,黑沉沉的脸变成紫褐色,在篝火的微光中显得很是怕人。他的鼻翼张大了,一条深深的皱纹,向气势汹汹的下巴伸展过去,眼睛里的怒火,使工兵连长感到炙疼。

"王连长!你们这样玩忽职守,是要受审判的!"

王自中悚然而立,全身血液向心底冲去,面色苍白,摇摇欲倾:"赵处长指示我……"

"你到底对部队负责,还是对赵处长负责?"林志超当然也明白王自中的苦衷。

"我有什么办法?"王自中懊丧地在老营长面前垂下头去,"他是上级!"

江水已经扩展到引桥头上,先头部队开始渡江!"还有办法补救吗?"

"只有两个办法,"王自中说,"加固桥体,延长引桥,"他指了指堆在篝火旁边的木料,"材料是够了,只是,只是,部队要推迟四个小时……"延缓渡江是不可能的。林志超预计山洪就要下来。在暗夜里,在汹涌的江水里施工,很不现实。

"那就听天由命吧!"林志超的气恼已经消了,生气有什么用?王自中并没有多大的责任可负。

林志超和王自中,提心吊胆地望着部队渡江。幸好,那浮桥两边的桩柱上,挂了一排马灯,像一排闪光的夜明珠串成的项链,挂在青弋江的脖颈上。工兵连长想得还算周到。

“谢天谢地!”一个连队开过去了,又一个连队开过去了。

桥在江流上剧烈地晃动着,那些美孚油桶浮荡起来,发出咣啷咣啷的声响,一声一声,像重锤敲打着王自中的心。那些不太稳固的桥桩在晃动,他也觉得自身晃动起来,他的每一根神经都连接着桥体。桥在抖,他也在抖。林志超忽然抓住了王自中的左臂:“能不能加长引桥?”

“不能!”王自中痛苦地摇摇头。

这时,那汹涌的水流,欢快地翻了几个浪花,就轻而易举地把桥头淹没了!开进的部队,那是二营,在桥头停顿了大约十几秒钟。

“快走!干吗停下?快!”

连队毕竟是连队,赴汤蹈火都不怕,还在乎江水吗?他们踏进寒冷如冰的江流,走上与水面快要齐平的桥,终于又过去了。

也许在林志超和王自中的内心深处,都存有一种侥幸,希望出现一个奇迹,江水不再猛涨,桥梁稳固如初。他们双双看着桥梁,犹如看着躺在床上生病的亲人,企望她忽然精神百倍地挺立起来。

战争中意想不到的奇迹是常有的:要么是福星突降,要么是大祸临头!

王自中早已湿透的脚掌,似乎感受到来自地下的不可思议的震颤。就在这时,他看见一匹驮马长鸣一声,跌入江中,桥桩上的几盏马灯划出短短的轨迹窒息在江流里。一声猝发的尖利刺耳的喊叫撕破了浓云:“啊呀!桥断啦!”桥上行进的队伍,呼喊着,纷纷落水。

这是一个灾难骤降之夜,整个部队都骚动起来。火光照耀着王自中的泪光,照耀着工兵连战士们的泪光,那情景正像是听到一声:“母亲死了!”

“同志们!下水救桥!”王自中也不问林志超有何指示,他凄惨而又悲壮地高叫一声,跑下江岸,跳进江流。他的战士们,也各自带着顺手摸到的工具,跟了下去。

江水越来越汹涌了,也许这些企图力挽狂澜于既倒的工兵们,以无知的狂妄激怒了它,它更加暴烈绝情。

林志超知道这是无用的,王自中更知道这是无用的,人力怎么能跟无情的大自然抗衡？跳下去，仅仅是出于一种责任感，仅仅是让澎湃的寒流来冲刷内心的愧疚，就像一个痛苦到极点的人，用捶胸顿足、撕皮裂肉、敲打脑袋来减轻内心的重压一样。他们被一种伟大的感情控制着，就是死，也要尽到工兵的责任——逢山开路，遇水架桥！工兵连的战士们，要做做不到的事情，他们被一种近似荒诞的力量所推动，准备以死相拼。

林志超是清醒的，却无法阻止这种感情飓风掀起的狂热。这种情绪，是他鼓动起来的："王连长！你们玩忽职守！"这句比五行山还要沉重的责难，能不把工兵连压得粉身碎骨吗？

"原谅我！"林志超眼里充满了泪水！

这浮桥是四条圆木并排而成。这匹驮马的前蹄踏进了空隙，一个闪晃，折断了腿骨，翻进了江流。它在落水时，把桥身蹬歪了！那滚滚江水吼叫一声，把桥面推斜了。浮桶，在平静的水流中，是一种上浮的力量，在洪水的冲击下，却成了拉力，把桥拽向下游！那匹在桥下挣扎的驮马，摔掉了重负，以疯狂的蛮力乱蹬乱踢乱撞，一排桥桩歪倒下去，江流哗笑一声。

工兵连的战士们，跟随他们的连长，准备用自己的臂力抬起那浸在浪涛中的桥体，用肩膀抵住那倾倒的桥桩。

"哗啦！哗啦！"江流像要摔开一个物件似的，先把桥体悠荡了几下，而后，猛力一推，"咔！咔！"几下折裂的声响，"轰隆隆"，那巨大的桥体被浮桶带着，断成大小不等的六七截，奔逃似的冲向下游！

工兵连的战士们个个泪流满面，这是被洪水打败的豪勇的一群。如果桥体不被冲走，他们愿与浮桥共存亡！

项英、叶挺、周子昆、赵令波都来到了渡口。

"乱套了，乱套了，工兵连是怎么搞的？"项英用愤怒的目光向军长、周子昆和赵令波横扫过去，落在黑洞洞的江面上。王自中把自己的连队，从江水里拉出来，向篝火边聚拢。

"能不能重新架桥？"

"政委！不行了，天太黑，水又大，木材也没有。"赵令波觉到了自身的责任和危险，急忙说，"谁能想到，这个鬼天气！"这种远铺垫，是对检查不力的预先开脱。

“没想到,没想到……你们应该想到!”项英用一种急务在身的极不耐烦的声调打断参谋处长,“哪里指示不到,哪里就出问题……”他急匆匆地走到叶挺面前,此时周子昆正向叶挺低语:“军长! 你看怎么办?”

“副军长来了,”叶挺苦着脸倚马而立,“研究一下吧!”

林志超不懂得“好事向前凑,坏事离远点”的哲学,他安慰了“大败而归”的工兵连,傻瓜似的向军首长们走过来。

风雨已经接近停息了,江流也伏下了惊涛巨浪,像一个顽皮的孩子,弄坏了一件家藏珍品之后,把自己吓住了。

“过去了多少人?”周子昆声音沙哑地问作战科长。

“大约九百人!”林志超回答得很不确切。

“大约,大约,”项英把一腔怒火喷向这位作战科长,声调极为严苛,好像一切混乱局面应该由他负责,“你们作战科的工作就是大约!”

指责显然很不公正。在战场上统计数字,多数出于估算,“大约”才是真实的,那种十分精确的数字,在某种情况下,却是虚假的。像这样混乱的局面,从桥上已经过去多少人,是很难一下说清的,即使专门在桥边点数也会有误差。在这种时候,去分别过去大约九百人,还是过去了九百一十七人或八百九十二人,有什么实际意义呢?

林志超受了屈辱,愤然地顶撞项英:“这样漆黑夜里,也只能大约!这种混乱局面的造成也怪作战科吗? 整个行进计划的制订期间,我被派往三支队去,昨天才回来,难道也要我林志超负责吗? ……”林志超那黑沉沉的脸上,阴云密布,一股怨气冲上心头。他怒不可遏,工兵连全体战士的那种悲壮的跟恶浪搏斗的情绪,在他胸中翻涌,引来一阵突发性的电闪雷鸣,就是死,他也不怕了。“我倒要问问,是谁检查的浮桥?! 为什么没有一点预防?! 结果,在渡过去几个人上找岔子! ……”

周子昆惊骇地瞪着林志超,正想劝阻,林志超却狂怒地跺了跺脚转身而去。他要和工兵连的战士们在一起,他要去安慰他的英雄们! 他们打了败仗,罪责却不应该落在他们头上!

项英被林志超这一顿炮火急袭弄蒙了。这是在新四军中绝无仅有的事态,就是翻遍项英的历史,也没有一个人敢向他怒吼。更何况是个小小的科长。

问题恰恰在这个小小的科长上,因为他小,才敢这样胆大妄为。林志超做到了叶挺、袁国平、周子昆都做不到的事情。地位越低包袱越小,他敢放肆。他宁肯被撤职,也不愿使自己受冤屈。

项英右手叉腰,直挺挺地站着,再次狠狠地咬紧了青紫色的嘴唇,制止住愤怒和苦恼引起的剧烈的痉挛。他的脑幕上只闪着两个字:"狂妄"!

为了尽快消除这场纷争,叶挺说:"现在部队已经淋透了,我看,索性徒涉过江!"

"看来,也只能这样了!"周子昆急忙附和说,"好在水流虽急,却不很深!"

项英扭头问站在身后的赵令波:"赵处长,你的意见呢?"

赵令波打了个寒颤,他显得苍白而又软弱,正怀着惴惴不安的心绪,考虑着林志超提出的"谁检查的浮桥"的质问。他正感受着来自林志超那方面的威胁。项英的突然发问,使他吃了一惊,愣了一下才想到发问的内容,不无慌乱地说:"就按军长说的做吧!"

"那好!"项英已经摆脱了林志超给他造成的烦恼,"下令吧,告诉大家,要把棉衣捆好,把东西顶在头上,注意安全,要互相照顾……"

赵令波刚要走,又被项英叫住了:"通知各单位,要特别照顾女同志,把马让给女同志骑……"

"恐怕马不够!……"

"哎呀!真是个笨人,来回驮几趟嘛!一趟可以驮两个人嘛!先把我的马拉去!厚忠你也去……"刘厚忠向警卫员使了个眼色,暗示自己不能离开首长。警卫员拉马走了。

刘厚忠仍站在项英身后,项英默认了这种违抗命令的行为。

叶挺并不响应项英的号召,他是中将军长!军长就是军长。他和郑冬生一齐上马,从汹涌的激流中涉向对岸。

项英走向渡口,站在雨中亲自指挥渡江。

工兵连的战士们，围着篝火，身上散发着缕缕蒸气。

“林科长，有人找！”一个战士叫了一声。林志超一眼看到了郑芳雪。她穿着一件短袄，腰里还扎了一条窄皮带，全身湿漉漉的，使他想起三年游击战争年代中那些漂亮的女游击队员。他急步向她走去：“是你！”

“我一直在找……见到冬生，才知道你在这里。”

“昨天晚上，我们逮捕了陈冠群。只是让陈家庆跑了！”

“那是个祸害！”

在这种紧急情况下，说这些无用的废话，都非两人所愿，他们都不明白，是什么原因使他们失去了往日交谈时的畅快和自如。他们觉得工兵连所有人都盯着他们。他们受不了这种持续的压力，他们呆呆地对望着。目光交投，彼此都不理解，也许彼此都很理解。这两个人虽已饱经世故，却还处在天真无邪的阶段。面对突然袭至的爱情，张惶失措。

“你找我有急事吧？”林志超问得极不得体。

“噢，没有急事。”郑芳雪又想起了陈家庆的检举信，便急忙转身走去。

林志超宛似一个梦中人，一动不动地伫立着。这次会面，跟他想象的大不一样，他已无暇深究。只听见工兵连长喊：“工兵连，全体集合，准备过江！”

有一只手重重地拍在他的肩头，是白沙。

六　前　景

白沙辞掉了自告奋勇争来的马伕之职。他犯了无可挽回的错误，印刷厂的三分之二的铅字葬送在他手里，其他尽皆无用。他此时做梦也想不到由他制造了一批出土文物。

四十年后，有位姓赵的教师，从修路的村民手中得到了六个铅字：人、新、如、生、行、梦。他像破译密码似地进行过四十八种排列组合，据说从中可以得出许多人生的奥秘。

“喂!”白沙恢复了记者的本来面目,“请接受本记者的采访,作战科长对大军行进的前景有何预想?”

林志超无意与记者玩笑,清醒的洞察使他异常烦恼。他凝望着纷乱的渡口,凝望着深不可测的深夜,目光凄恻:“白沙先生,无可奉告!”

“老兄,”白沙以记者的洞察力感受到作战科长深藏的沉重的忧虑,“你失恋了吧?我刚才看到郑芳雪……”

“我们谁都不知道自己的命运,更不知它握在谁手里。”

“老兄,你的情绪不对头!”

“我是个悲观主义者。”林志超失情少绪,目光暗淡,凝眸东望,“走,咱们到渡口去吧!”

直属机关正在渡江,郑芳雪和刘医生共坐一匹马。那是副军长的灰斑马,缓缓地踏入江流。

项英站在渡口边的一堆木料上,指挥直属队过江。他不时跳下来,向机关人员交代渡江的注意事项,对机要科驮电台的装具,亲自作了检查。他精力如此振作,使机关人员羡慕不已,都报以真诚的、崇敬的目光,对他指挥的一切表现出充足的信心,把未来的命运,全都托付在他的手上。

项英像一尊生动活泼的塑像,挺立在凄风冷雨中,指挥着浩荡的大军走向既定的目标。他站在王自中搭桥没有用完的木料上,矜持,严肃,显出勃勃英气,明明灭灭的火光照耀着他,所有渡江者都能看到他沉稳的微笑。

项英此时的心境,绝无宿命色彩,就是平时苦涩受创的心理,也都摈弃干净。此时,他心中保存的是一种爱的激情:他深爱这支部队,三年游击战争,三年皖南的惨淡经营,他就是这支部队,这支部队就是他,而现在,他与部队融为一体。

他的四面是漆黑的夜色,在幽暗深邃的远方会出现什么不测,他无暇深想。他不断地凝视对岸点点灯火,那星星般的微光,也许会点燃起明丽的满天朝霞。

项英处在忘我的状态。当他想到这支庞大的力量,为了一个共同的目标去拼搏,他的心就激动不已。他感受到与这支队伍的生死与共的鲜血凝成的友谊,感受到了横扫千军的英雄气概。

林志超和白沙不想徒步涉过江流,他们等待骑兵排的马返回。他们都沉默不语。神秘莫测的黑夜,使作战科长思绪繁杂的脑海里,展示出一幅模糊的惊心动魄的画面,预感到可怕的灾难正在逼近。这也许是军中唯一不瞎的眼睛。

白沙的洞察力与林志超截然不同:他从屹立在寒风冷雨中的项英同志身上,感受到的是一个革命者的沉着镇定和不屈不挠的斗争精神。那神态,那手势,那声调,都带有庄严的美,强韧的美,推进历史的美!他是一种权威的象征,使人产生一种归属感。

但是,记者完美无缺的想象,被林志超一句偶发的感慨破坏了:"谁都不知道自己的命运,更不知道它握在谁手里。"是的,如果项英能把握部队命运的话,他自己的命运又握在谁手里?谁都能按自己所想行事,谁也不能都按自己的所想行事。位高权大、一言九鼎的人的自主权,未必比平常人多。他陷入了一种迷惑,"把握自己命运"的论断难道说是错的?

当他和林志超骑马踏入江流时,项英看到了他们:"白沙!我给你一个任务,写一本征途笔记!"

"政委!我努力完成任务!"白沙勒马向项英致意。

项英获得了心理上的满足,他想起了他的自传。实现南进计划,这将是他一生中最为关键的一章。

刘厚忠轻声地对他说:"政委,咱们也该过江了吧?"

"等军直机关全部过完!"

白沙和林志超先后跳到河滩上。渡过江的部队仍然处在混乱中,灯火明灭,电光闪烁,一切喧嚣和纷杂都按着自己的轨迹运行。他们插过乱哄哄的部队,打听军长在哪里。有人指给了他们。那是离江岸半里之遥的孤立的农舍,那里生着两堆篝火,叶挺穿着黑色皮夹克,挎着抓柄手杖,依马而立,一支接一支地吸烟。

林志超扯了扯记者的衣袖,轻声说:"喂,白先生,你向我提出的问题,可以请军长去回答。"

无冕之王毫无顾忌地请叶挺谈谈对大军远行的预测,得到的回答是冷静而又严峻的:

"历史的灾难,可以造成文学的不朽……你可以写一部中国式的《铁流》或是《毁灭》了!你还记得鲁迅先生如何赞美《铁流》的吗?"

白沙惭愧地摇摇头。

"他说,那是'铁的人物和血的战斗'!"

第二卷

事变中

第九章　茂　林

一　国民党集结，新四军联欢

经过一夜的艰苦行军，二支队（中路纵队）于元月5日上午八时，先后到达宿营地点：泮村、茂林、凤村。四十华里的路程走了十四个小时。部队指战员们无一例外地全身泥泞，通体透湿。各部掉队者甚多，直到5日下午一时，收容队才到达驻地。一、三支队的行进也同样艰难。直到5日下午三时，才陆续到达指定地点。

茂林的群众沸腾了！这个比县城还要繁华、还要庞大的集镇，这种沸腾出现过三次。

1934年冬天，寻淮洲的红军七军团到达茂林一带，那是第一次群情激奋。四年之后，1938年5月，陈毅司令员率领新四军一支队东进也经过茂林，出现了第二次激奋。现在，茂林的人民，各抗敌团体又用比上两次更为热烈的激情，来欢送子弟兵开往敌后了！

到达驻地，首先举火烘烤湿衣，许多人就在火池边睡熟了。元月6日是农历腊月初八，家家户户杀猪、宰羊、炖鸡、焖鸭，用准备的年关美食来待客。还有香甜的腊八粥，驱寒的酸辣汤……5日下午，部队就面目一新了：茶足饭饱、衣服已干，觉也睡足，于是宣传活动、文娱活动广泛地展开了。恳谈会、同乐会、联欢会，使茂林、泮村、凤村，掀起了悲喜交集的话别，云岭地区那种群情激动的场面再现。

“小小泾县城，大大茂林村”。在凄风苦雨的迤逦长街上，在斗笠、蓑衣、油布、雨伞之下，依然是万头攒动。茂林九井十三巷，十三座大牌坊上，墙上，树上，电线杆上，到处张贴了红红绿绿的标语。

茂林的五家灯笼店，已经答应赶制三千盏灯笼（原是为茂林地区的元宵节准备的），作为新四军行军之用。军需部门，借便大量采购煤油、油布、雨伞、水鞋、电筒、电池，许多商店被采购一空。

当王自中去向军需处要采购刀斧经费时，军需处长不以为然地摇摇头："这家伙（指林志超）三句话不离本行——打，打，打！"但他还是把钱拿出来了。

真正值得记述的还是容纳千人的吴姓大祠堂的军民联欢会。这个盛会，蔚为壮观，寒风冷雨不能使它减色。在夜幕降落之前，在祠堂门外的两侧，已经在临时搭起的席棚、帆布棚和撑起的大油布伞下，摆满了饮食摊和杂货摊，一盏盏明亮的清油灯、煤油灯、蜡烛、马灯、风雨灯，组成一片闪闪烁烁的灯海，在风雨中搏击摇颤。

小摊上摆满了皖南农村小吃：咸煮花生，糖炒板栗，芝麻糖饼，油炸糍粑，家酿甜酒，在跃动的灯火间，散发出诱人的香味。杂货摊上更是琳琅满目：从牙粉、牙刷、毛巾、香皂、裁纸刀到儿童玩的布娃娃，应有尽有，使这风雨中的山村冬夜，平添了热烈的节日气氛。祠堂的两扇金黄色的大门早已敞开，门上的红漆对联，在冷雨冲刷下，像新漆上的一般：

百代孝慈山仰泰，万年支派水流东。

从下午六时四十分开始，穿灰色军装的部队和穿杂色服装的群众团体，便陆续进入祠堂，更确切地说是会场。两盏汽灯嗞嗞地响着，把祠堂照得亮如白昼。

圣公会会长陆绍泉老人讲话，各抗会代表讲话，项英副军长讲话……这些讲话，都充满着激情，都感人至深。站在廊檐下的人，在风吹雨打中，什么也听不清，可是，人们都同样贪婪地伸着脖子倾听，不是用耳朵而是用心灵，不是用听觉而是用知觉去感受。

他们似乎都听到了，但又焦急地询问着："是不是说还要回来？"

"好像是……"

孩子忽然哭了。人们纷纷制止，斥责做母亲的为什么抱孩子来开会。

老妈妈也哭了:“救苦救难的菩萨军啊！为什么要走？咱们跪下求求吧!”

也很奇怪,在会场外的人们,从一言半语的转述中,都得知了讲话的内容和主旨。

茂林下雨,星潭也下雨,茂林雨小,星潭雨大。茂林联欢,星潭也是篝火闪耀。

国民党四十师一二○团,沿着龙头山脚向将军山开进,活像一条蠕动的巨蟒,踏着湿漉漉的山草,发出钢铁的撞击声和海潮扑岸似的沙沙声,武器闪着寒光。在另一面山坡上,人喊马嘶,传来辚辚的碾轧声,火光里显出巨大的炮身。在榔河桥、球岭、观音桥、沥岭、濂岭的山林间,都有黑色巨蟒爬出洞穴,蜿蜒逶迤地隐身在树丛里,消失在山岩间。

吴家祠堂的联欢会渐渐进入高潮。

没完没了的讲话终于完了,演出节目开始。诗朗诵、活报剧,不带任何政治色彩的小魔术……《新四军东征歌》把联欢会推到了沸点,吴氏祠堂在震耳欲聋的歌声与口号声中,摇摇欲倾了:

进军号响了,大家准备好！子弹要上膛,刺刀要出鞘！……

台上台下的大合唱,达到了狂热的程度,可着嗓门呐喊,人人都感到热血沸腾。后来,不再唱歌,而是当做口号喊了！所有人都融化在这个狂热的集体里,既忘掉了昨天,也忘掉了明天！每个人都等于全体,全体也化成了一个人,面对这种场面,“群情激动”一词,都显得苍白无力了。每个人,不分男女老幼,心里都充满着斗争的渴望。“哪个来拦路,哪个被打倒”便是当时所有指战员的意志和决心!

袁国平和陆绍泉流着欢欣的热泪,项英更显得容光焕发。他又一次看到了党的伟大,人民的伟大,新四军的伟大,政治工作的伟大。他坐在台下,不时地望着激动的人群,他的目光里跳动着快乐的火花,流露真切的情意,显得庄严、崇敬。军分会的哀伤苦痛,军分会的惶惑不安,开动后的艰难行程……全都隐到幕后去了,变成了遥远的过去。

在热情奔放的漩流中,时间迅速地过去了。“怎么会这般快啊!”项英抬起手臂,望了一眼手表,已是十一时二十五分！理智提醒着:

"该散会了!"感情要求着:"让大家尽兴吧!"

谁也不想明天会发生什么事情,都愿今天今夜无限延长。

二　方志敏,寻淮洲

白沙和林志超在茂林村西南角上相遇时,大声喊叫着打招呼,然后两人紧紧握手:"昨天晚上,吴家祠堂的军民联欢会,你没有参加,真是遗憾。郑老师的朗诵……"

"算了!"林志超摆摆手,"我哪有闲心去参加什么大会!"

"又有令人悲观的消息吗?"白沙仍然半开玩笑。

"暂时没有。我是到三团一营检查战备去的。"林志超审视着记者那种悠然自得的神情,"我没有你那种闲情逸致,我们这些芸芸众生创造历史,你们这些大记者记述历史,评价历史……你不觉得悲观主义比盲目乐观好吗?"

"难道所有的乐观主义都是盲目的吗?难道所有的悲观主义都是可取的吗?"

"玩弄抽象的名词概念,这是你们记者的恶癖!"

白沙开心地笑了:"谢谢你的夸奖。怎么样,"白沙指指远处的牌坊,"要不要到那里坐一坐?"

"恕不奉陪,"林志超正色说,"我得回去为下午的军事会议准备材料。你到哪里去?寻优览胜?"

"你又要开玩笑,我是到蚂蚁山去,"白沙说,"晋谒寻淮洲的墓,据说陈毅同志给他写了一篇碑文……"

"真想跟你一道去!恐怕以后就没有机会了。"

"我也是今天早晨才想起来的。"

"为什么?"

"袁主任要轻装,让我帮助他清理书箱,发现一本方志敏的《我从事革命斗争的略述》,是在南昌国民党军法处看守所里写的。"

"哟,我从未听说有这本书!"

“是油印本,去年袁主任到重庆,从叶剑英参谋长那里带来的,上面还有叶参谋长的题诗呢!”

“书呢?”

“我没有带!”

“这么说,上面一定有红七军团的事略了!”

“你猜对了!”

“这是应有的判断,”林志超自得地笑了,“上面谈到了谭家桥战斗吗?”

“又猜对了!”

“快给我看!”林志超自感过分急切,抱歉地笑笑说,“当然等你回去……我想,方志敏同志绝不会像后人那样,是为了歌颂寻淮洲同志的英勇而写的吧?”

“你又对了!”白沙惊讶地看着林志超生动的脸,心想:这就是人们常说的那种聪明才智吧?这就是指挥员应有的逻辑严密思考敏锐吧?他被林志超所吸引了!

“敢于正视错误和失败是真正的唯物主义者!”林志超对那些仅仅是歌功颂德的文章表示出深恶痛绝。

当然,林志超的愤慨是有实感的!三年游击战争初期所犯的错误就没有很好的总结!它可能使人重蹈历史的覆辙。林志超扬扬手,指给他一条去寻淮洲墓的近路,便和记者告别了!

上午十时,白沙赶回泮村,把方志敏的狱中手书,送给林志超。

“血染东南半壁红,忍将奇迹作奇功。
文山去后南朝月,又照秦淮一叶枫。”

这是方志敏《我从事革命斗争的略述》一文前面的题诗,是叶剑英同志在重庆写的《读方志敏同志狱中手书有感》。

林志超感到,像方志敏同志这样的记述,能够从国民党牢狱中流传在世,让人惊讶;对方志敏同志在敌人囚室中能对我党肃反扩大化,以及对赣东北党的负责人的左倾错误的批评,那样直言不讳,让人惊讶;对红军工作的成败得失作如此真实的分析,让人惊讶!不掩饰自己的弱点的人才是真正的勇士。

林志超读后，又找到白沙，感慨地说：“文过饰非的人不能写历史，”他指着方志敏对皖南的行动所作的检讨说，“你看，这一段，写得多好。”

> 我们会合（指方志敏领导的红十军团和寻淮洲领导的红七军团的会合）后在皖南打的第一仗，就是潭家桥之战。这一仗关系重大，差不多是我们能不能在皖南站脚，完成自己的战斗任务的一个关键！两方面的兵力，我方为九个营，敌方为十个营，为俞济时所指挥①。经过八小时激战，结果我们掩护退却。主要原因是战术上的缺点：
>
> 第一，地形选择的不好，敌人占据马路，是居高临下，我们向敌冲锋，等于仰攻；
>
> 第二，钳制队与突击队没有适当的配备。我们没有集中主要力量，由右手（首）矮山头打到马路上去；
>
> 第三，十九师是以有用之兵，而用于无用之地，钻入一个陡峻的山峡里，陷住不能用出来。十九师的指挥员没有十分尊重军团指挥员的意志，凭着自己的意志去作战，形成战斗指挥之未能完全一致。②

“你看，这是多么严肃的批评，”林志超颇多感慨地对记者说，“方志敏并没有因为寻淮洲后来壮烈牺牲而不指责他……你再看。”林志超又指着下面一段：

> 因此，这仗没有解决战斗任务……十九师师长寻淮洲同志，因伤重牺牲了！他是红军中一个很好的指挥员，他指挥七军团，在两年之间打了许多有名的胜仗，缴获敌枪六千余支，轻重机枪三百余架，并缴到大炮几十门。他还只有二十四岁，很细心学习军事学，

① 此次战斗，敌我力量基本相等（或相差不大），失败原因，是由于我指挥上的错误。后人在回忆中却这样写：“经过一天激战，我军终因敌人兵力多于我军七倍，力量悬殊，遭到失败。”

② 原红军七军团后改为十九师，原红军十军团后改为二十师。后人引用，多用原番号。

曾负伤五次。这次打伤了小肚，又因担架颠簸牺牲了，当然是红军中一个重大的损失！

“方志敏也没有因为寻淮洲有失误就否定他的功绩和长处。这是对人对事对历史的严肃态度。在平江中学时，我就很喜欢研究历史，”林志超说，“从中可以找到许多令人不寒而栗的事实……”

“你是有所指吧？”

“是的。不过，我现在不想说。”

“为什么？”

“因为我的预想，还没有得到证实。可是你要记住，我们的情况绝不美妙……”

“你是指哪个方面？”记者寻根穷底地问。

“诸多方面！”林志超有苦难言地说。

白沙动了动嘴唇，没有说出声音来。他稍稍误解了林志超对现实的不满，认为他有点郁郁而不得志。

“历史包含着人类的经验，”林志超没有介意白沙的误解，“谁轻视历史，谁就受到历史的惩罚。”

“老兄，你能不能说明白一点？”白沙坦直地说，“我对军事不能说一窍不通，的确是知之甚少，我猜不到你的谜底！”

“我从28日军分会以来，就不断地想了又想！我有时想否定自己，可是，到后来，却是否定了别人！”

“越说越玄了。”

“比如说：方志敏指出的潭家桥之战失败的三种原因，我们是不是都存在着？”

“我看不出，”白沙好奇地说，“现在还根本谈不上战斗。你真变成名副其实的悲观主义者了。”

“看来，白先生的军事水平的确不值得我羡慕。”

“我从来就不抱这种奢望。”白沙自嘲地说，“我倒甘愿承认是书呆子！”

“那么，我的军事学术的研讨，就找错了对象。”

“我倒很想听听……你不是让我记载历史吗？”

“你看，第一个缺点：地形不利，敌人居高临下，我们向敌冲锋，等于仰攻！难道我们面临的未来的战斗，不正是这个样子吗？难道敌人的碉堡不是修在隘路口、山头上，等我们仰攻吗？”

“对！对！那么第二……”

“第二是谈部队的配备不当，没有集中主要力量。你说，我们三路纵队齐头开进，哪一路是主要力量？平均分配！第三，有用之兵，用于无用之地，陷进峡谷……你没有看我们的行进路线吗？都在峡谷中穿行……孙膑是用减灶之法，把庞涓引进马陵道；而我们是自己钻进马陵道！”

开午饭的军号响了。

白沙把方志敏的狱中手记又要了回去，他要从军事观点上，再作一次研究。临别时，他似乎也变成悲观主义者了：“林科长！但愿你的预见不会变成现实！”

“我也这样希望！”

他们分手后，林志超慢慢坐下来，把沉静的目光，投向临近的未来，他不知下午的军事会议将出现什么局面。他喜欢慷慨激昂的争辩，更喜欢凝神安详地思考，只有如此，目光才会专注，才会深邃。

在多年的战争实践中，林志超显露出过人的才智与胆魄，他所处的观察局势的角度，比别人都有利。他既了解上情，也了解下情，又不处在当局者迷的决策位置，所以他比别人冷静客观，无私心杂念，无患得患失，无沉重的包袱。另外他还有一种别人所没有的心理因素，那就是他的许多建议不被重视不被采纳所引起的逆反心理，所以，他对没有问题的另一个极端——存在的问题，就观察得特别锐利，特别清晰。

三　打出去

1941 年 1 月 6 日，下午二时，泮村。气候，阴雨。军事会议。与会者：叶挺、项英、袁国平、周子昆、赵令波。各支队负责人：傅秋涛、周桂生、张正坤。列席，参谋处有关工作人员。

以上数行文字，是作战科黄参谋会议记录的开头。

周子昆声音沙哑，一字一句地报告敌、我双方的情况，显得异常疲倦。

室外，凄凄冷雨敲打着客厅的门窗，水流如注；室内令人感到燥热，在四盆木炭火的烘烤下，每个人身上都散发着潮湿的蒸气，再加上香烟的浓雾，使人感到窒闷。

与会者的脸色沉郁专注，只有叶挺，以他惯常的姿势，笔挺地端坐在上首的紫檀木雕花椅里，身旁放着他的形影不离的抓柄手杖，面部严肃，流露出一种沉重而又坚毅的神色，刻意掩饰着内心的忧虑。

项英在客厅里慢慢地来回走动，不时地在与会者身边停下，观察他们的表情，提几个简短的问题，专注地倾听周子昆的报告。

“……拂晓前，我中路纵队（二支队）老三团的一个便衣侦察班，在丕岭与里潭仓之间的下长村，与顽军四十师一二〇团的搜索连遭遇，激战两小时……”

周子昆讲到这里，叶挺动了一下身子，却未动声色；而项英却猛然停在副参谋长的身后。他虽然善于克制自己的感情，保持惯有的平静与矜持，但也看出他内心的不安。项英最不愿意发生的事，终于发生了。

他问：“结果呢？”

“……由于力量悬殊，我负伤一人，被俘一人！”

项英把目光投向二支队司令员周桂生：“到底谁先开的枪？”

“几乎是同时开的枪！”周桂生解释说，“当时，我们的侦察班有被顽方侦察连包抄的危险，这是不得已……”

“谁先开枪，已经没有真正的意义了！”叶挺沉声说，“反正是非打不可！”

项英咬了咬嘴唇。

周子昆继续报告：“上午九时，我右路纵队（三支队）特务团两个连，在麻岭将顽军四十师九团的一个搜索排击溃，缴枪六支，俘敌七人！残敌退往高岭。”

张正坤补充，说他来开会前，审问过俘虏，供词是顽方2日到达三溪、星潭一线，赶筑工事，并派队向茂林等方向搜索。

"情况已经非常明显，"叶挺提高了嗓门，声音很响，"战幕已经拉开，任何幻想都不应该有了！"

"据凤村来人报告，一四四师已经占领了云岭、中村、章家渡和溪口，由于我们没有向北方派出侦察，情况不详。"

这个不确切的情报，比前两个确切的情报加起来还要严重，"截断归路"四个字，像四块磐石，压在与会者的心头。这不仅在理智上感到危险，在感情上，却更难忍受。云岭，新四军的家啊！那种墨园，那大夫第，那四顾山，那云岭头，已是敌号嘶鸣，敌马萧萧。

人们的眼睛立即暗淡了。一阵被坏消息压抑的沉默，连那些会场外的副官和警卫人员，也都为这不幸的消息所震骇。

赵令波向项英望了一眼，看到政委的脸色变黄了。他立刻想到交给闻瑗的那张路线图。

赵令波在章家渡将全部身心投入排除渡江混乱局面时，几乎将把闻瑗的拜访忘了。搜捕陈冠群并没有给他带来任何危险，显然，他的罪行已经随着闻瑗和陈家庆的脱逃，成了永久的秘密。现在，枪声响了，一场恶战已难避免。平复下去的左右逢源的思考又在他心头泛滥起来。

"现在，我军情况良好！"周子昆似乎为了减轻与会者心理上的重压，继续报告说，"各路纵队均在昨天下午三时前，到达预定地点，经过一天一夜的休整，精力充沛，情绪高昂，给养也得到了新的补充。只是，我们被迫多停了一天！"

"为这一天，我们付出很大的代价！"张正坤司令员说，"给顽方多了一天的准备！"

"这是没有办法的事！"项英说，"休整也是十分必要的！"

林志超出现在会议上，他带来了一个十分严重的情况：七十九师段霖茂部的一个传令兵，在去二三七团送命令时，向我军投诚，并带来了段霖茂给该团的命令。与会者都警觉起来。

"这个投诚者不会是上官云相派来的奸细吧？"项英缓缓地坐下来，端详着林志超的脸，从桌上烟盒里抽出一支香烟，并没有点燃。

"他是一个新四军的同情者,"林志超以明确而自信的口吻回答,并没有因为项英对他的凝视而局促不安,"我认为他带来的段霖茂签署的命令是真的!"林志超把一张盖有方形关防章的公文纸展开来。

"林科长,念给我们听听吧!"张正坤这位身材矮壮,胸脯笔挺,性烈如火的红军师长,是直率坦诚的化身,他说得很冲动。

林志超没经任何人允许,就原文照读:这是段霖茂昨天(元月5日)在青田山师指挥所签发的,下面就是命令的原文。

> (一)层奉总司令上官江西利电开(林志超解释说就是3日下午六时,然后又照读原电):兹为避免新四军与敌军(指日寇)之称谓混淆并保持各部队番号之秘密起见,规定如下:一、新四军称匪军;二、本部及第二游击区二十五军各部代字与臂章代字同;三、刘副总司令部代字"正直"、一四四师"雪耻"、新七师"成功"、六十二师"齐心"、七十九师"更生"。上三项希即遵照使用,并复即日转令遵照……

"看吧!他娘的!"张正坤以拳擂桌,"现在已经改称匪军、异军,等一开枪,就成了'叛军'了!"

"事情已经非常明白,"林志超把那张公文纸放到周子昆面前,仍然站着说,"我们面临着一场恶战。"他先看了看叶挺,而后转向项英。他看到项英的脸上流露出一种忧伤。

项英的确感到忧伤。去年12月28日军分会上所预想的危险,已经初现端倪了。他划火柴,点燃了早就夹在手指中的那支烟,手微微发抖。山雨欲来的局面,已经摆在他面前。

作战参谋已经把敌、我双方的态势标示在地图上。

"同志们!现在的情况已经很清楚了,"项英平静地说,"请军长作决定吧!"

其他人都没有觉得有什么不正常,因为这是军事会议,不是军分会,理应由叶挺作决定。只有赵令波觉得奇怪。

叶挺沉思了一下,毅然地站起,走到地图前边,用他的手杖点着地图:"四十师在我们的前边,新七师和一四四师在我们的侧后,七十九师在我们的右翼，五十二师、一〇八师在我们的左翼……敌人的战略意图已经非常清楚——前堵、后进、两翼夹击……我们的遇路已断，只能向前，现在我们是'骑上虎背难下地，不是虎死是人亡'了。我们只能奋勇向前，打出去……"

叶挺巡观着会场，在一阵沉闷的思索后继续说："我们走错了几步棋，陷入被动。但是，并不是不可挽回。现在我的决心是，分三路迅猛前进，击破四十师的阻拦，会合于星潭，而后突出重围。具体部署：一支队（即左路纵队）全部出球岭；二支队（即中路纵队）四个营出丕岭，两个营出博道岭；三支队（即右路纵队）出高岭（欠五团）；五团，为全军后卫，随二支队行进。具体步骤：各部于本日（即6日）下午六时开始行动；7日拂晓，各部应攻占各岭；正午，三路会攻星潭；攻下星潭后，分二路进攻三溪顽四十师指挥部……大家如无意见，参谋处立即书写命令。就这样！"

叶挺放下手杖，回到自己座位上，然后补充说："你们各纵队回去，一定要轻装再轻装！宁要丢了打，不要打了丢！被服厂还带着缝纫机，战地服务团还带着伤员用的便盆，铅印厂还带着手摇印刷机，各部处还带着油印机……不行！这样会影响我军的行动！"

"现在，请项副军长作指示！"周子昆说。

"我没有什么好说了。我们要做两种准备：当然，首先是准备打；其次，我们尽量争取小打或不打！我们尽量表示对友军并无敌意，将来打起来的责任便是在彼不在我，这也是麻痹对方嘛！好吧！就这样，大家还要早些赶回，做开进的准备！准备打，争取小打或不打！这是我们的思想指导方针！"项英巡视着会场，"你们还有什么意见吗？没有，就散会！"

在大家纷纷起立，椅子板凳乱响的时候，林志超抬了抬胳膊，似乎想说点什么，结果只动了一下嘴唇。

四　打不好也走不好

散会之后,项英回到了他的住处——泮姓地主家的西厢房。

一种危险的预感折磨着他的心。这种危险,暂时还无可名状,因而就更加让他忐忑不安。不打,似乎已经不可能了,可是,应该向"好处"争取啊!怎么样争取呢?……隔壁房东家的一架留声机,吱吱哇哇,干扰了他的思绪。他很想派刘厚忠过去制止,又觉得不太礼貌,客随主便嘛!他烦躁地靠在帆布躺椅上,看着刘厚忠给他重新整理行装。

隔壁的留声机肆无忌惮地唱着。有一张唱片是非常奇怪的,叫《洋人大笑》,全片都是笑声:"哈,哈,哈,哈!"中年人的笑,"嗬,嗬,嗬,嗬!"老年人的笑,"咯,咯,咯,咯!"妇人的笑,"嘎,嘎,嘎,嘎!"少女的笑……清亮的,苍老的,委婉的,深情的,各种各样的笑。

项英分不清这是许多人的笑,还是一个人的口技,但他被这开怀的大笑感染了,自己也忍不住微微而笑了。他闭目养神,索性去倾听这诱人的笑声,可是,笑声戛然而止了,唱片换成京戏——《失街亭》。

项英无心听下去了,他一抬身坐了起来,瞅着屋角里的四只铁皮箱子,一个马袋,一个鼓鼓囊囊的牛皮包,那眼神就像向亲人告别似的,充满留恋惜别之情,他准备精简,难道他受了叶挺那"宁愿丢了打,不要打了丢"的影响吗?他不情愿。

刘厚忠端来了他爱喝的可可。

"厚忠,咱们得把那箱可可粉扔掉,要准备打仗!"

"政委,你路上吃什么呢?我看,"刘厚忠指指另一个箱子,"还是把那些书丢了吧,怪沉的!"

"书,也要扔一些,可可粉只带两听就够了!"如果在平时,项英倒可以像拉家常似的,跟随从副官商量带这带那,今天他不想多说。"到时候,你只要把我那个挎包保护好就行了!要几块油布来,包好,别弄潮了。把可可分给警卫排!"

刘厚忠唯命是从地点点头,他知道皮挎包是项英的命根子,里面存有历来和他有关的重要文献和自传草稿。

项英打开书箱:《联共(布)党史简明教程》,这是他必带的一部书;《社会发展史》要不要带呢?他在手里掂了掂,心中好像有什么牵挂,忽然想起来了,他到东厢房里去找叶挺。

叶挺没有回住处。他仍留在客厅里,和林志超以及其他参谋人员研究会攻星潭的细节,以及攻克星潭后,如何避开太平方向六十二师的阻击。他们感到最大的困难是伤员的处理:丢掉伤员,不可想象;带着伤员突围,更不可想象。

当项英走进客厅的时候,林志超正在向叶挺和参谋处的其他人讲述在军事会议上没有说出的意见。他认为这次向南开进本身就带有很大的矛盾。既像打,又不像打,结果,很可能要打打不好,要走走不好。

赵令波看见项英进来,急忙让出自己的座位,并告诉项英,他们在研讨的话题。周副参谋长身体不适,休息去了。项英以惯常的动作点点头,表示完全清楚了,然后将带有几分严苛的目光转向林志超:"刚才你讲什么了?'打不好也走不好'是什么意思?你可以讲得详细一点。"

看来,项英和林志超在章家渡渡口那场极不愉快的龃龉,并没有引出过人的恶果,倒是出现了一点积极的因素。

说起来是周子昆提醒了项英:"政委,你不要为林科长的恶劣态度生气,当时,大家心情都不好。再说,他提的问题是对的!"

项英这才想起,他是派赵令波检查的浮桥,又想起那场混乱,是林志超不在的时候发生的。

"很显然,"林志超直视着项英,把他的思绪拉回来,说,"顾祝同在我们前后左右摆了七个师,并不是为了吓唬我们。要吃掉新四军,这是蒋介石做梦也忘不了的事。只是时机问题,时机到了……"

项英不耐烦地扭动了一下身子:"请讲实质性的问题!"他认为林志超把话扯远了。他侧脸望了一眼靠山几上嘀嗒嘀嗒响的座钟,三点五十分。虽有些焦急,但他此时的心境非比寻常,愿意把林志超的意见听完。

"我讲的正是实质问题。"林志超由于冲动,又忘记了对项英应有的尊重。对这种习惯性的反驳,项英只摇动了一下身子,也习惯性地容忍了。

“我们的非战斗人员占了三分之一,我们带了过多的辎重。部队不是冲击,而是‘保驾’。打不赢,也跑不走!”

“林科长描绘了一幅可怕的图画!”赵令波插进来说。

“本来就不美妙!”叶挺厉声地制止赵令波,“让林科长说下去。”

“那么你的意见怎么办呢?”项英盯视着林志超,那眼神就像这种局面是作战科长造成的。

“下狠心,第一,丢掉所有辎重;第二,安插非战斗人员,让作战部队无后顾之忧……”林志超没有说完就坐下了。他自己也搞不清在生谁的气。

客厅里的人,包括叶挺在内,都不同程度地感到林志超讲得不无道理,但也有些过分偏激了,大家似乎都等待着项英大发雷霆。项英沉默了一会儿,语调出人意料地平静:“你们可以研究准备大打的方案;必须进行轻装;安插非战斗人员,事关他们的安全,必须慎重。我们看问题要全面,要冷静,我们向星潭方向开,引起对方的误解是可以理解的,我们必须通过各种渠道,使友军知道我们绝无敌意,所以,我来找军长商量,是不是应该由军长署名,写一封信给四十师师长方日英……他是军长的同乡吧?”

叶挺点点头。

项英继续说:“就说我们借路北移,请他协助,让路,先充分表示我们的和平诚意,先礼而后兵嘛。我们派一个精明的侦察参谋持军长的信去见方师长,他们是不会阻拦的,和平使者嘛!要注意收集沿途顽军情报,察看地形,这样,可以一箭双雕……速去速回。”

叶挺虽然认为这是一种侥幸心理,但也不妨一试。一封信使方日英让路是不可能的,但借此侦察,却切实可行。叶挺感到事不宜迟,让作战参谋备好笔墨,立即濡笔挥毫:

方日英师长阁下:

本军奉委座及三战区长官部之命,绕道向敌后进军,不日即按预定路线开进。本军北移,全系遵命,勇赴国难,奋力杀敌,对友军绝无敌意。望在本军通过贵师防区时，予以协助，是为至盼。

顺致

勋祺！

叶 挺

元月5日于泮村

五 “一网打尽，生擒叶项”

天空的乌云时聚时散，冬雨时紧时收。变幻无定的风云，既像目前的局势，更像项英的心情。

记忆是很奇怪的东西，往往在你不防备时，突然袭上心头。去年12月26日那个声音又在他耳畔震响，那是项英极想埋在记忆深处的声音：“如果动摇犹豫，自己无办法，无决心，则在敌顽夹击下，你们是很危险的！”项英的心收缩了一下。难道这声音竟然这样有生命力吗？难道它不仅适用于过去，而且还预言了今天吗？

“全国没有任何一个地方有你们这样迟疑犹豫无办法无决心的！”

项英现在听到这个声音，已经不像当时那样反感了。严峻的现实推动着他反思：“难道我真的迟疑犹豫无决心无办法吗？好像不是，也好像是……”项英对自己也变得无把握了。他的思绪又隐没在未来的不可预测的暗淡中，反而不敢仰起头来，展望他那即将实现的伟大目标，真有点“近乡情更怯，不敢问来人”了。他的希望会落空吗？林志超所描绘的那幅可怕的图画笼罩在他心头。

项英离开司令部，回到住处，非常郁闷。他想用放松的态度来对待林志超的发言，“也难怪他，作战科长嘛，当然是本位主义，只会想到打、打、打，不能全面地思考问题！一个作战科长，能要求他站得多高看得多远呢？……他讲他的，他想他的，有什么值得耿耿于怀的呢？”

“这是怎么了？”项英又觉得非常奇怪，无论他用什么样的态度——揶揄也罢，体谅也罢，轻蔑也罢，都不能抹掉这个发言给他心理上造成的灰暗色彩，揭不掉那幅可怕的图影。

这时他发现刘厚忠没有认真执行他的命令:只清掉了一只铁皮箱子。“不行,不行!”项英用轻松的口吻,却也是必须执行的命令,“我们四只铁皮箱子全不要了!只要一只马袋,一个挎包,我把必须带的东西拣出来,其他的,都丢。”看来对林志超的建议,他由感情上的抵制变成理智上的接受。

“政委!”刘厚忠唠叨着讨价还价,“带时嫌多,用时嫌少。”

“你若舍不得丢,你背着……反正只要这两件。”

五时半开饭,六时半出发,时间已经十分紧迫了。项英正在和刘厚忠掂量来掂量去地清拣东西,三支队派专人送来一份特急情报,打消了项英的犹豫:

> 特务团一营,在麻岭以南查获形迹可疑人员两名,经过审讯,供认为四十师搜索连便衣侦察,押送团部。经特派员详细讯问,得重要情报如下:
>
> 该师在守备线各隘路口各山头,赶筑工事。据说,蒋已下达“一网打尽,生擒叶、项”的命令,但该员并未见原令,仅为传闻。

这份情报,对项英来说,等于一份宣战书。他只觉得周围的一切,瞬间变得黯然失色,但他仍在怀疑已经发生的事情。

“政委!真的要打吗?”刘厚忠目光里隐含着愁苦。

“恐怕是要打了!”项英说得非常缓慢,似乎暂时还没有理解这种危局是怎么来的。就在这时,他还希望生活中会发生奇迹:经过小小的冲突,或者打那么一下厉害的,尔后双方握手言和,互道误会,妥善处理不幸的流血事件。可是,现在忽然来了个“一网打尽,生擒叶、项”的密令。项英曾经担心过南进的危险,但从未想到这样严重,这真是难以置信,难道蒋介石不顾国共合作大局甘冒天下之大不韪吗?可是,这个情报跟林志超那个危言耸听的建议联系起来,就突然具有了令人不寒而栗的现实感。

室外,风敛雨收,项英心头的暴风雨却是有增无减。他忽然觉得在军事会议上的讲话有点不妥,“准备打,争取小打或不打。”这有可能给各级领导带来麻痹思想。自己决心轻装了,部队呢?要不要再重新通知一次？算了，反正军长也已经讲过了，朝令夕改不好！也许不至于……算了，打了丢和丢了打，还不是一回子事吗？他在与自己辩论着，斗争着，而后和解了。

刘厚忠端来晚饭，简单而又丰富：半盆蛋炒饭，一钵猪肉炖粉皮。可是，他发现政委的食欲没有从前好。

第十章　重　庆

一　聚　歼

潇潇夜雨中的重庆，像个大坟场，透出星星点点磷火似的灯光。偶有车辆驶过，恍若黑色的幽灵。

黄山别墅的灯光却分外明亮，窗外树丛反射着模模糊糊的亮点。

蒋介石在他的密室里，等待着顾祝同的报告。他踏着两指厚的深红色地毯，来回走动，上唇胡髭，有些神经质的微颤，颇似当年在北伐战场上那种躁动不安。他那光秃的额顶，在乳白色的柔和的灯光下，闪着亮光。

这一年他五十四岁，精力充沛得惊人。瘦削的高挺的身材，长形的脸，高颧骨，头顶隆起，似乎比常人多了几亿机敏诡诈的细胞；他眼睛明亮，闪射着一种游移不定的令人无法捉摸的光；他的微笑很有魅力，给人的感觉他饱含真情。

此时，委员长的脸上没有一丝笑意，眉宇间隐含着肃杀之气，额头上浮荡着战云。他没有着戎装，深灰色的长袍反而显出他身板的高挺，依然保持着军人姿态。

他当了“民族领袖”之后，曾强制自己老成持重，威仪严正。长期的磨练，改变了外表，但仍不能改变神经质的过分紧张的动作，仍不能掩饰烦躁不安的气质。他的情绪很不稳定，喜怒无常，但时常处在亢奋的状态。他正等待着完成一项“杰作”，这个杰作，可以使他向反共大业的终极目标跨前一大步。

他一生的“杰作”是很多的，绝不担心是否能够名垂青史。北伐、清党、蒋桂战争、蒋冯阎大战、西安事变……他都闯过来了，过五关，斩六将，他是胜利者，安居平五路，化险为夷，在中国，谁是他的对手？除他能统治中国以外，更有谁人？多少悬崖峭壁急流险滩，他都安然地闯过来了，他还有什么可怕的？还有什么不放心的？有！那就是他的唯一的天敌——中国共产党。

他在地毯上踱了一阵，似乎等得不耐烦，信手揪过当天的《中央日报》，坐下来，迅速地浏览了几眼，目光落在电影广告栏上，久久没有离开：

> 国泰剧院·今日献映《春满华堂》
>
> 春满人间，少女多情，逞绝唱，
>
> 华堂舞艳，玉润珠圆，冠尘寰。

蒋介石面无表情，又把目光移到另一则广告上：

> 新川影院·今日公映·派拉蒙伟大出品·全部五彩：《火山情侣》
>
> 美人深入龙潭，怪兽肆意逞凶；剧情曲折离奇，一看惊魂破胆。

蒋介石看完，气冲冲地把报纸向圆桌上一摔，伸出苍白的瘦骨嶙峋的手，去按电铃。

陈布雷就像从墙壁里钻出来似的出现在委座面前。

“你看，你看，”蒋介石轻轻地点着圆桌上的报纸，“堂堂陪都，净演些乌七八糟的东西，你看，你看，‘春满人间，华堂舞艳’，日机几天不炸，就忘了战争。告诉宣传部，要注意民心和影响嘛！”

“是的！”陈布雷在硬纸夹上记了点什么。

“我们还不如南京呢，你看，你看，”蒋介石翻出了汪伪办的《电报》，“你看他们在演什么！”

> 贡院街·中华大戏院·今天献映《雁门关》
>
> 空前伟大战争巨片（袁美云·梅熹主演），演员两万，战马千乘。

明天献映:《苏武牧羊》(天外十九年,志节不游移)

忠臣气节,烈女英雄。

"你看,你看,汉奸政府,倒注意战争、气节,我们重庆,纸醉金迷!"蒋介石气呼呼地把报纸一推。就在这时,电话铃响了,它似乎响得比往日沉重。电波载来了皖南风雨。

他沉思了一下,像演员登台时稳定一下情绪,然后缓缓地拿起听筒。

"报告委座,"话筒里传出顾祝同兴奋的声音,"他们今天黄昏时分开出云岭!先头部队已从章家渡、湾滩渡过青弋江,向茂林方向开动!"

"很好!这就是说,他们是按照预定的路线向南开进了!"

"是的!"

"你必须严令各部提前到达预定阵地。"

"上官已经下达了命令!"

"他们分几路开进?"

"三路!"

"很好!你把开进的路线告诉我。"蒋介石向恭候在旁边的侍从室二处主任抬了一下手,"你记。"

电话里传来翻展纸页的沙沙声:"……全部人员九千名,出发前,作了政治动员和战斗编组,除军直机关外,他们编成三个纵队:第一纵队,辖老一团、新一团,约三千人,司令员兼政委是傅秋涛,副司令员赵令波,参谋长赵希中,政治部主任江渭清。"

陈布雷在旁边迅速地作着记录,完全听得清载波电话扩大了的声音。

"第二纵队,辖老三团、新三团,约两千人,司令员周桂生,政委黄火星,副司令员冯达飞,参谋长谢忠良,政治部主任钟德胜。第三纵队,辖五团、特务团,约两千人,司令员张正坤,政委胡荣,参谋长黄序周,政治部主任吴溪如。"

"唔,唔,"蒋介石不厌其烦地听着,"军直属队呢?还有教导总队……"他焦躁地发问,语调急促,不拖后音,不时打断对方。

"军部、直属队、教导总队,约一千人……"

"喂!墨三啊!你的情报可靠吗?"

"可靠!是少校联络副官闻瑗,从他们参谋处长那里搞到的最新情报。"

"参谋处长是谁?靠得住吗?你那个闻瑗可不要弄个'蒋干盗书'哇!刚才你说总数九千人,可是,算下来只有八千。墨三啊!不会算账可要蚀本的!"

"委座!"顾祝同对蒋介石的精细感到震骇,语调不像开头那样自信了,"这里面的确有阴错阳差的地方,我再继续彻查……"

"参谋处长叫什么?"

"赵令波,四川人,我们做过很多工作,他给画了一张行军路线图!"

"很好!这个闻瑗应该嘉奖,晋级。呃,慢着,赵令波,刚才不是说他是一纵队副司令吗?墨三啊!这个情报靠不住哇!娘希匹,难道这个项英变得滑头了吗?"

"委座!"顾祝同的声音发颤了,但他很快找到了理由,"他们在开动前,人事变动很大……闻副官能力很强,庐山军官训练团第三期的优等生……"

"好了,好了,"蒋介石不想听顾祝同过分琐碎的解释,也不愿过分使他难堪,"猜测是靠不住的,把他们前进的方向告诉我!"

陈布雷急忙把地图铺正,把红蓝铅笔摆好,侍立一旁。他知道,蒋介石喜欢自己标图。这是北伐以来养成的习惯。

电话里也传来铺展地图的沙沙声。

"他们一支队为左路纵队,由土塘出发,到大康王附近集结。"

蒋介石不断地打断对方,寻找坐标。陈布雷如果提前发现,即指给他。

蒋介石面对标好的地图沉思良久:"墨三啊!这阵势来者不善哪!娘希匹,项英的胃口不小,这不是要到黄山去造反吗?切实注意,徽州的弹药仓库千万不要落到他们手里,必要时,宁肯自己炸掉!"

"委座!这条路线,地形对他们很不利,很容易分割包围……"

“墨三,不要大意失荆州,叶挺那股冲劲不能小视!他们一旦过了徽水河,你那上饶可就首当其冲了!”

“他过不了河!各个山口隘路,我们都卡死了!”

“开头不要卡得太死!也来个诱敌深入嘛!可是,绝不能让他们过徽水河!……项英迟迟不肯遵命北移,不就是为他那个三山计划吗?娘希匹,叫他上上老子的圈套。”为了“领袖”的尊严,后面那句在上海滩讲顺了嘴的话,并没有对着话筒喊出来。

“委座!他们带的辎重很多,不像进攻的态势……”

“这是假象!是项英向你放烟幕弹……嗯,叶挺是员猛将,我了解他,这人能打仗,就是不会捣鬼。要注意项英,这个人我摸不准,你估计他们会主动动手吗?”

“不像!”顾祝同喃喃着,额头上汗珠向下滚落,“他们很小心!不过,我们和章家渡断了联系,中校联络副官陈淡如没有消息……”

“不能依靠他们,要多派侦察。墨三!别太老实了,共产党狡猾得很!要有战略眼光嘛!你看,华北,彭德怀发动了百团大战,他警告了我们;在华中,陈毅在黄桥,打了八十九军,这人滑头得很;现在毛泽东的眼睛盯着华中,我们也要盯住华中。如果皖南再出问题,那局势就严重了。墨三,丝毫不能犹豫。你把我方的兵力部署再说一遍,我很不放心!”

“委座!一切遵照你的命令实施……”顾祝同又把各师的位置和作战任务作了详细报告。

“很好,很好。四十师放在正面,完全正确!要新七师迅速进驻云岭,在他们屁股后面跟进!”蒋介石的眉头舒展开了,“给上官下死命令,要迅速形成合围,不要过早打响。立即晓谕所有部队:新四军反抗中央命令,他们要抢劫徽州军火仓库,袭击我后方,要到黄山、天目山去造反了!嗯,局外人是搞不清楚的!娘希匹,共产党有嘴也说不清了!这叫一着走错,满盘皆输。延安神通广大也罢,急得发疯也罢,他们是无法挽救叶、项的覆灭的命运了!墨三,我给你一个八字命令:‘一网打尽,生擒叶项’!”

“是!委座!”

蒋介石听出电话里的声音有些异样:“墨三啊!你好像还有话说……嗯?你担心什么呢?”

“委座!”顾祝同为蒋介石那样细微地洞察他的心境而惊骇了,“我想,全国的政治反响,恐怕、恐怕是非常强烈的!”他没有敢说“非常不利的”。

“墨三啊!我知道你的心情,怕人骂你是秦桧吗?”蒋介石听不清顾祝同喃喃了些什么,后来终于听出来了,“你说什么?你曾经以人格担保他们北移的安全?很好嘛!人格固然重要,可是,”蒋介石的声音变得十分严厉了,“党国的利益更重要!妇人之仁是不可取的!宽厚,这是你的长,也是你的短!办大事,不能心慈手软。”

“委座,我怕事后,结果,会影响到大局……”

“噢,当然,我想过了,你见过浑身沾满泥浆的泥水匠吗?”蒋介石脑子里忽然蹦出了一个文学家的比喻,“建造历史大厦的人,是不怕弄一身脏的。世上哪有不花本钱的买卖?不狠下赌注赢不了大钱!”

“唔!委座,我明白了。”顾祝同迟疑地、恭顺地服从着,但他似乎还有些担心。

“墨三啊!你向叶挺担保他们北移的安全,可是,你并没有担保他们南进也安全啊!”蒋介石的灵感闪光捕捉住了要害,“南进!造反!叛军!娘希匹,叛军就该彻底消灭!墨三,明白了吗?我们是师出有名的!唔,你们那里天气怎么样?这里在下毛毛雨。”

“委座!上饶多云,可是皖南,正在下雨,下很大的雨!”

“好极了!天助我也!”蒋介石仍然对顾祝同犹豫迟疑的态度不放心,认定他的决心并没有最后下定,还不够坚定,“墨三,这是个千载难逢的好时机!一定要全歼!延安,各地,当然要大叫大嚷……你们干得要快!他们叫狠了,我是要下令‘解围’的。懂吗?这就是政治。”

“我明白!”

“那好,我要休息了。明天再给我报告!我等候你们的好消息。”

蒋介石对着标好的地图看了很久,聚歼新四军于茂林地区的一幅“美妙而又惨烈”的图景,在眼前映现出来,心头漾起“预谋得逞”的那种欢欣,如释重负地长吁了一口气。他产生了“多年愿望一朝实现”的那种轻松感。

“委座,你该休息了!”陈布雷提醒他。

“我想,战斗很快就能结束。布雷,你想一下,在舆论上,我们要早作准备!”

“是的!”

“你先去吧!我等一会儿休息。”

陈布雷悄然离去之后,蒋介石在红丝绒沙发上坐了下来,喝了一口温开水。他的心又被忧虑揪紧了,脸上突现出烦躁的神色,显出疲倦的神态。

蒋介石在密室里坐了一会儿,觉得有一种无名的烦闷需要排遣,他走出狭小的密室,走过宽敞的客厅,顿觉有几分寒意。夫人离渝去美,恳求援助,讨价还价,不甚顺畅,使他备感惆怅。

一名侍卫官为他披上一件黑色的斗篷,紧跟他的左右。陈布雷也跟了出来。

“布雷,你怎么还不睡?”蒋介石望着部下疲倦的脸,充满关切的话是真诚的。

“委座更应该保重!”陈布雷低沉的语调里,荡漾着虔诚和忠心。

“唔,我今天有些兴奋……”蒋介石裹紧斗篷,径自走出客厅,向黑暗中走去。

重庆,在微雨中沉睡。敌机不可能来袭扰。山城的灯火,磷火似的闪动着昏黄的眼睛,好像一个患了黄疸型肝炎的垂死的病人,在微雨中呻吟,使人觉得远山近水一片凄迷。蒋介石在微雨中慢吞吞地走着,他仿佛看到那些鬼火似的灯影之中,有人在轻歌曼舞。那一阵阵潮湿的夜风,仿佛给他送来了酒味、烟味、香水味、鸡鱼肉蛋的油腻味。

“国民党已经腐败了!”这几个字从蒋介石的心头浮起来,又像石块似的落下去,砸在他的心头上,好沉啊!这几个字,早已像梦魇似的缠绕他好久了。自从1934年2月19日,在南昌党、政、军、帮五万人的集会上,宣传新生活运动开始之前,他就被这个梦魇缠绕了。

这时,透过潇潇夜雨,隐隐传来靡靡之音。一阵悲凉袭上独裁者的心头，大有“商女不知亡国恨，隔江犹唱后庭花”之感慨。

这不是吉兆。皖南战报所激起的热情全都在凄风苦雨中消散了。

“委座！”是陈布雷沙哑的声音，“该休息了！”这位国民党中的“文胆”，真诚地关心着他的领袖。

“不！我不想睡！”蒋介石固执地说，“……你应该去睡了，不需要陪我。布雷，你还记得二四年夏天，我在峨眉山创办训练团的时候，我们住在红珠山别墅几号楼吗？”

“是四号楼！”陈布雷不清楚委座为什么忽然想到了峨眉山。他不由地把脸转向西北，峨眉山那秀丽的姿影，只能在他的想象中存在。

“我在那里种了棵法国玉兰！”蒋介石颇带思古之幽情，轻声说：“已经五年有半了，它也许长得很大了！”

“那是个优美的地方，幽静极了。尤其是在峨秀湖边漫步，真是令人心旷神怡，湖光山色，交相辉映，如诗如画……”

“我还记得那里有一副对联，‘千里江山开画本，满湖烟雨入诗情’，难怪有人摒弃人间尘嚣，视功名富贵如浮云。”

陈布雷不明白，委座的情绪，为什么会突然变得如此灰暗。

“那时候，我的办公室设在报国寺，我总是告诫受训军官，‘捐弃私谊，同心报国’……你还记得报国寺是哪个朝代修建的吗？寺名起得真好！”

“记得，此寺大约初建于明代万历年间，原名叫‘问宗堂’，清代康熙年间扩建，赐名为‘报国寺’，那是为了调解各教派之间的矛盾，勉以‘三教归一，同心报国’。那时，委座也在勉励各地方军，应该一律‘中央化’，以图同心报国！”

“我们向回走吧，我有些冷了！”蒋介石心不在焉地说着，转身向官邸石铺通道走去，而后若有所思地说，“明天，你把希圣找来，我有话跟他说！”然后又忽然停住脚步问，“你还记得陶希圣二七年在武汉主编《民意周刊》的时候，人们怎样挖苦他的吗？‘圣之时者也！’”

陈布雷笑笑说：“那是说他见一种人说一种话，后来不是还流传着一副对联吗？”

“我也听说过，只是不记得了！”

“我记得，”陈布雷说，“那是很容易记的：见冯言战，见汪言和，见蒋和战皆言；对国骂共，对共骂国，对日国共都骂。”

两人忍不住哂笑了一阵，陈布雷俨然地说：“这种人谈不上信仰！只会见风转舵，唯利是从，不可轻信！”

“布雷，你知其一，未知其二。办事需要两种人，一种是英才，一种是听话的庸才，这人两者兼有。他是哪一年在中央大学当教授来着？”

“大约在民国二十年前后……”

“你看，那时候他还不到三十岁，（蒋介石记错了，陶希圣 1899 年生于湖北黄冈县，1931 年在中央大学教授‘中国思想史’和‘社会史’，那年应该三十二岁）就已经写过好几部书了！”

“是的！”陈布雷回忆说，“他出版过《中国封建社会史》和《中国社会史之分析》，还出过一本《中国问题之回顾与展望》。”

“你读过他的书？”

“读过，只是印象不深了。”陈布雷说，“他的著作里，引用了很多马克思、列宁的东西……这人读书很多。”

“所以嘛！”蒋介石愉快地笑笑，“还是个有用之材呀！”

二　《中国之命运》

元月 5 日上午九时。这正是皖南上空战云密布的时刻。陶希圣应召来见蒋介石。他是作为汪精卫的特派密使留在重庆的。那时，局外人并不知其内情，以为他是脱离汪逆而投靠委员长的。

蒋对他的接待，意甚殷殷。对这个身着灰布长袍，脚穿浅口棉鞋，体态单薄，面部清瘦，颇具学者风度的中年人，蒋介石表示出应有的重视——不是对他的人品，而是对他的才气。陶密使有点受宠若惊。

历史上，蒋介石对陶希圣有个未成文的评价：“少了几分文人的傲骨，多了几分政客的媚态。”这正好是个适用的人才。

据说蒋介石对于不同的谈话对象使用不同的语调，用奉化方言，表示亲切；用吴语方言，表示好感；用拿腔拿调的官腔，表示严峻；用浙江官话表示器重。现在，他对这位湖北佬，用的就是那种器重的语调，这使陶希圣在受宠若惊之外，还加上了感激，此时若让他为这位独裁者去死，他都干！这种迷信似的崇拜，正像那些腰间挎着“不成功便成仁”短剑的将领们，一听到“委座”二字，就条件反射地挺成一根直棍儿。陶希圣也是这样，他诚惶诚恐地等待“最高领袖”的发问。

“希圣，听说你博览群书，读过希特勒的《我的奋斗》吗？”中国的独裁者等陶希圣在红丝绒沙发上坐稳，便没头没脑地问了一句。

“委座，看过，只是没有深究。”

“希氏是当代伟大的人物，你应该研究研究他！”蒋介石在柔软的地毯上踱步，他的倦容被一种内在的激情代替了，显露出不可一世的神色，“你认为希氏成功的诀窍在哪里？原来，他不过是一个流浪汉，第一次大战中的无名小卒。”

这是个难题。陶希圣沉吟良久：“他有着钢铁的意志，无情的残忍，杰出的智力，以及惊人的判断局势的本领。”

“是的，是的！”蒋介石不无赞许地说，“我可以给你作些补充，他的成功，还在于认识人的深透，还在于大胆的冒险，不失时机，必要的谎言和肚量，雄辩的才能，雄心，预见性，还有不倦不休的努力奋斗！”

“委座高见！”陶希圣发自内心地颂扬。

“你可以再把《我的奋斗》看一遍，他的成功，可以用六个字来总括：武力、独裁、反共！有许多可资借鉴的东西！”

陶希圣不禁为之惊讶了，内心里不禁高叫了一声：“他抓住了希特勒成功之秘诀、思想之精髓！”他怀着一种异乎寻常的心情暗自想道：“我怎样才能看透这个人呢？”

这位握有党、政、军、财、文、特工、外交……所有权力的人，“总裁”二字的确名副其实。在陶希圣看来，希特勒、墨索里尼，枉称大独裁者，真正的大独裁者，是这位委员长。

若论内心世界的复杂与多变，当今世界上，也许没有一个人物堪与他相比！这是一个值得解剖的典型，谁能说出他有多少个侧面？

陶希圣曾经站在汪精卫的亲信这个角度,仔细观察研究过这个人物。但他现在,却觉得这个“最高统帅”有些难以捉摸和高深莫测了!他熟知这个人的历史。

谁能给他的身份下个定义?流氓?投机家?演员?统帅?战略家?领袖?伟人?独裁者?都是,也都不是!

谁能给他的性格下个定语?骄横跋扈?狂妄自大?喜怒无常?阴郁孤独?阴鸷狠毒?刚毅坚韧?狡诈机敏?宽仁大度?谦和诚笃?急躁?沉稳?浅薄?深沉?精明?愚蠢?慈善?残忍?勇敢?怯懦?自卑?自信?刚愎自用?能屈能伸?都是,也都不是。

谁能给他的行为下个定语?在上海滩时,他花天酒地,纸醉金迷,什么下流的勾当没有干过?敲诈勒索,投机钻营,乃至充当刺客。可是在黄埔军校的时候,他不吃烟酒,喝白开水,剃光头,军容风纪出奇地严谨,在北伐时,他也敢冒锋镝、亲临战场……你说他全是真的?当然不是!你说他全是假的?当然也不是!不卧薪尝胆,岂能复国报仇?不苦磨苦修岂能得道成仙?

贬低了猛虎,也就贬低了武松;贬低了矛也就贬低了盾;贬低了对手,也就贬低了自己。只有打败强者,自己才是强中之强。如果全是假的,为什么不能把他战胜?中华民族的精英们为什么不揭破他?他伪装得太好?伪装得不让人识破,也是本领。狡猾和智慧不是很近吗?兵不厌诈,是指双方使诈都是允许的。黄埔军校的校长为什么不是别人而是他?北伐总司令为什么选择了他而不是别人?仅仅靠欺骗,上去是可以的,但只能一时,如果没有实在的能力,要站住脚可不容易。因为他需要解决问题,排除险阻,做重大决策,运筹韬略……如果他没有一手真的,在各派势力纷争的擂台上,岂不被有真本领的人,一拳击倒?一脚踢下台来?历史上有多少风云人物,只是昙花一现!盗虚名可以用欺骗,而干实事就需要真本领了。

光靠耍流氓也是不行的,黄金荣、杜月笙、张啸林的流氓手段并不低,可是他们能够控制中国局面几个小时?控制中国,还需要别的素质。在国民党里,尤其是左派,有英勇善战的将领,有热爱祖国的志士,有刚正不阿、直言疾谏、廉洁奉公的正人君子,有知识渊博的学者。他要驾驭这些人,他还要取信于这些人,还要取得下属对他的敬重与忠心,光靠欺骗也不能取得这些人对他的“崇拜”。玩弄权术、善使手腕也需要天才!他懂得研究人,分析人,只有知人至深,才能对症下药:对谁应该打,对谁应该拉,对谁应该又打又拉,对谁应该先拉后打,对谁应该先打后拉,对谁应该晓以大义,对谁应该花钱收买,对谁应该信任,对谁应该提防,怎样制造矛盾并加以利用……

“这是一代枭雄,一个能够驾驭复杂局面,玩弄阴谋、权术、手腕的天才!”陶希圣怀着虔诚和敬畏,心里这样评价着他的“领袖”。他说:“委座说得很对!没有希特勒,也就不会有第三帝国!这说明一个道理,个人可以改变历史,可以推动历史!”

蒋介石微微笑了。他很欣赏这一观点,一种狂妄的人杰气概充溢其胸,谈兴勃发:“他在《我的奋斗》中,有这样一句话,‘不能用和平方法取得的东西,就用拳头来取。’”

“他当然是主张侵略扩张的……”

“他还说过这样的话,他说,要取得新的土地,‘只有在东方才有可能……如果要在欧洲取得领土,只有在主要牺牲俄国的情况下才有可能,这就是说新帝国必须再一次沿着古代条顿武士的道路,向前进军,用德国的剑为德国的犁取得土地,为德国人民取得每天的面包!’他一直要求恢复1914年的德国的疆界……去年9月,德、日、意三国军事同盟条约在柏林签字,我不知道斯大林那大烟斗里会冒出什么滋味的烟来……”独裁者的目光透过淡蓝色的墙壁,望着欧洲上空翻卷的风云,那里电光闪烁,雷声隆隆。

“也许正是对付共党的大好时机!”

“你说对了!”蒋介石转身向着这位监察委员,正想说些什么,小圆桌上那部红色电话响了。

陶希圣急忙站起身,准备回避,蒋介石摆摆手,制止了他。又是顾祝同的电话。

“委座!”远远传来顾祝同的江苏口音,“目前皖南正处在临战前的紧急状态。天气对我们极为有利。他们刚刚到达茂林,滂沱大雨,河水陡涨,棉衣尽湿,他们十五个小时才走了四十华里。看来,不经过休整,很难继续前进了!”

“很好! 你告诉上官,火速部署包围,看准火候,立即拍板。”

这是交易所里的行话,顾祝同听得懂:“委座放心,球岭、丕岭、高岭、濂岭、博道岭、麻岭,所有制高点都在我们手里。四十师前堵,新七师、一四四师在后面跟进,五十二师、一〇八师、七十九师两翼夹击,大包围的态势已经形成。”

“很好! 我给你的八字命令下达了吗? 你们有把握吗?”

“委座放心,我们一定遵命,也有把握。在战术上,我们准备让他们攻下丕岭,诱其深入到高山大谷之中,进入有利于我的作战地域……”

“很好,就这样,一切由你们去努力了。告诉上官,我等你们的捷报!”蒋介石放下电话,在陶希圣斜对面坐下,嘴上浮现出胜利在望时惯常出现的那种微笑:“在皖南,将要有一个震动全国的事件,也许会震动世界。”

陶希圣从电话里已经听到一鳞半爪,但对军事,他不内行,他迷惑地、目不转睛地望着“最高统帅”,恭顺地等待他的下文,从他闪光的眼睛里可以看出他内心的振奋。

“……我们已经胜利在握……当然,我们会遭到愚人、蠢人和仇敌的唾骂。”

“历代伟人都是如此,”陶希圣已经领悟到要发生什么事情了,“彼得大帝被人骂过,拿破仑被人骂过,希特勒、墨索里尼正在被人骂着,孙先生也被人骂过……可是,所有这些伟人经历的时代,都没有委座经历的时代复杂,都没有委座这样任劳任怨,忍辱负重过!”

“知我者陶公也!”蒋介石忽然换成了奉化方言,使被接见者觉得分外亲切。

陶希圣仿佛受到了鼓舞:“邓文仪先生写的那本《领袖言行》已经说到这一点:‘或曰领袖与墨索里尼、希特勒相埒,同为世界之伟大人物,然希氏统治下的德国……自然易于统治,墨氏统治下的意大利,亦和德国相似……而我领袖丰功伟烈,实非希、墨二氏所可比拟者。’……虽然中肯,却不充分。”

“是的，是的……”蒋介石说得极快，既表示他的赞赏，又显露出思维敏捷、心绪的瞬息万变和急躁。此时，他非常严肃，“回想辛亥革命以来，直到北伐，古老的、灾难深重的中国，军阀混战了整整……”

“十五个年头！”

“是的，是的。1911 至 1926 年，不错，十五个年头，钻营投机的政客，拥兵割据的封建军阀，争夺地盘，扩张实力，大大小小的列强趁机蹈隙而入，终日炮火，遍地狼烟，谁能控制这四分五裂的中国？谁能统一各有后台的各路诸侯？”

“革命先驱孙先生不能控制局势，不得不把临时大总统的权力放弃，成果落到袁世凯手里……”

“袁世凯从来没有真正控制过局势，反把中国搞成个烂摊子。中国的弊端就像浑身生满烂疮的患者，病入膏肓，良医束手。希圣，中国之历史，是用不着我来给你上课的！……你能数出有多少派系来吗？”

陶希圣唯唯，他一时很难数出多少派系来：改组派，元老派，民主派，右派，左派，国家主义派，无政府主义派，主战派，主和派，投降派，太子系，广东系，广西系，东北军，西北军，川军，粤军，滇军，湘军，各省地方军和杂牌军，当然，还有心腹大患、不共戴天的仇敌共产党！即使是他的嫡系中央军内，不也是矛盾重重吗？

“这是一团乱麻！希圣，你能说出这些派系中有多少狡诈的活菩萨，凶狠的恶煞神，钢钩抓不住的琉璃球，铁锤砸不开的铁蛋子吗？你能说出这里面有多少滑头鬼、死硬派来吗？世上哪一个人能把握他们的品性，谙识他们的根基，投其所好，攻其必救吗？他们各有打算，各有主张，各怀鬼胎，各有诀窍，各有法术……娘希匹，除了老子，谁能应付得了？”

蒋介石愤慨起来。他猛然站起，又开始踱步，“他们骂我窃夺了什么权力，笑话！老子不干了，不是他们请我出来的吗？窃取？老子下野好了！我让位！连日本人，加上你那个汪兆铭，当主席就当主席好了，还要搞个代主席，虚席以待……”蒋介石的踱步加快起来，那神态正像激动中的希特勒，“共产党对我恨之入骨，可是，他们不也到西安……他们知道，中国离开我是不行的！”

蒋介石蓦然意识到自己此刻的心绪，在陶希圣面前过分外露了，便急忙收住了口。这种神经质的冲动，并不仅仅是由即将发生的皖南事件引起的。

“这是千真万确的真理！委座一向是临危受命，挽狂澜于既倒。”

“啊！他们骂我，哼！中华民族为什么选择我来治理？我想回溪口享几天清福都不成……”

陶希圣不明白，这位党国要人，为什么选择这样的时间、地点、话题来和他这种并非亲信的人倾诉衷肠，他心里怔忡不宁，忐忑不安：“当然，您是当之无愧的最高领袖，无可取代的伟人！所以领袖必须超越一切，一切必须服从领袖！……邓文仪他们提倡什么‘借法西斯之魂，还国民党之尸’，这是犯忌的！他们没有文采，好话不会好说！总理是提倡民主的，‘三民主义’嘛！可是，自古以来，都是‘民可使由之，不可使知之’。”陶希圣揣摩着蒋介石的多变的内心，似乎摸准了他的脉搏，“民主，只能是口号，实行起来，必生大乱；民主，不合中国国情！应该由委座来总裁！”

“是的，是的，你很懂得民主的精义……这一点，希氏说得最为透彻，他说凡事必须要由一个人来决定，这样才有权威！”蒋介石忽然把话题一转，“说到民主，你看过毛泽东的《新民主主义论》吗？”

“我看过，这是他们的奋斗纲领。”陶希圣回答着，仍然摸不准蒋介石的真实用意，满腹疑团地望着他。

“你看，毛泽东讲得多么自信啊！‘举起你的双手吧，新中国是我们的！’”

“这是他们一贯的野心！”

“但是，他的宣传，还是很能蛊惑人心的。我们必须回答他的挑战，要回击得有力！”陶希圣茫然地望着蒋介石，不知他如何回击法。

“我也想写一本《我的奋斗》！”蒋介石谈到了正题，感情奔放地作了个威严的手势，“不，不，何必步希氏的后尘？我即民族，我即国家，何必写个人的奋斗？”

陶希圣心头突然一亮，那是一位政客的灵感的闪光：“领袖的一言一行，都关系到中国之命运！”

这真是画龙点睛的妙笔。蒋介石立即捕捉住了,喜悦得满脸放光:"好!好!就叫《中国之命运》吧!好!好!有了好题目,就不难做好文章了。希圣,我想拜托你代笔。"

陶希圣内心的惊喜全都天真地表露出来。他惶惶地霍然立起,谦恭地说:"委座,陶某受此重任,当然万分荣幸,只怕卑职才疏学浅,恐有负委座厚望。也许布雷比我更合适吧!"

"布雷有布雷的事情,陶公,你不必客气。好了,你可以先考虑个纲目,把材料准备起来。"

"是的,卑职定当全力以赴!"

三　国际反应

"皖南的动作太大了。"蒋介石送走陶希圣之后,又向陈布雷说,"国际上会有什么反应呢?"

"我想,不会有什么值得注意的影响,"陈布雷说,"除非那些南洋华侨……"

"苏联会持什么态度?"蒋介石像在问自己。

"他们现在还自顾不暇,不可能有强烈的动作。前年年底苏芬战争爆发,在曼纳林防线上,俄国人血战了三个月,付出了惨重的代价……"

"他们毕竟迫使芬兰签订了合约。"

"可是这次战争,使苏联受到了伤害,看到了他们国家的危险!"

"他们在国内,也有很多麻烦事没法解决。当然他们想的是他们自己!"

芬兰,是一个布满森林和湖泊的神秘国家。在苏联警惕的眼里,它是资本主义世界进攻苏联的西北大门。那时的欧洲早已鼓噪着战争,世界上几个主要资本主义大国的决策者们,都想把战争引向苏联,而且一直后悔,没有把它扼死在摇篮中。

苏联眼看着黄金从英国、法国、德国、瑞典和美国银行流水般地注入芬兰国库，这些黄金并没有化为牛奶面包，而是变成了钢筋混凝土的工事，连成横贯卡累利阿地峡的壁垒，变成了大炮和飞机。

苏联的眼睛紧盯着到芬兰访问的英国总司令凯尔克将军、瑞典国防部长谢尔德和德国陆军参谋长哈尔德将军，还有那些不胜枚举的“使团”和特使。他们秘密而又紧迫的任务是挑起苏芬冲突，在北方的战争策源地合力煽起一场烧毁苏维埃的大火！按伦敦、巴黎和华盛顿的想法，苏芬战争，可以改变希特勒的西方计划，然后，给希特勒套上笼头，变成他们突击红色俄罗斯的先锋！

芬兰从英国、德国、法国、美国、意大利、瑞典、挪威获得了大量的军事援助，在苏芬边界的冰天雪地中集结了六十万部队，此外，还有相当大的一部分兵力在拉多加湖以北展开！

战争进行得异常激烈。从 1939 年 11 月 30 日战争爆发，一直打到 1940 年 3 月 13 日停战。英、法虽因希特勒进犯波兰而对德宣战，但他们并不真正对德作战，而是准备了十五万远征军打算在 3 月中旬派往芬兰。

这是慕尼黑政策的继续。①

陈布雷思考了好一会儿才说：“苏联最怕的是两个世代仇敌——德国和日本，从东西方同时对他夹击！所以他们才跟德国签订了互不侵犯条约。”

“都是缓兵之计！”蒋介石脸上露出了古怪的笑容。

“苏联正在错综复杂的国际关系中寻找出路。”

“是的！”蒋介石仰起头，他仿佛把目光投向欧洲，“现在国际正处在混沌的沉闷期……”

蒋介石的感觉是对的：混沌是乱云凝聚的前奏，沉闷是暴风雨来临前的征兆。五个月后，苏德战争爆发；十一个月后，太平洋战争爆发。在世界大战的画布上，皖南事变的血迹，不过是淡淡的一笔，而它溅在中国人民心上的，却永远不能抹去！

---

① 慕尼黑协定，全称叫《关于捷克斯洛伐克割让苏台德领土给德国的协定》。1938 年 9 月，英国首相张伯伦、法国总理达拉第，企图以出卖捷克的绥靖政策促使德国进攻苏联。

此时，北非战局，在意大利巴尔博元帅统一指挥下的两个意大利集团军，正在利比亚展开，与韦维尔将军指挥的英国"尼罗河"集团军对峙。

蒋介石对此不感兴趣，他打了个长长的哈欠。陈布雷知道委座需要休息了。

第十一章　百步坑

一　打不打星潭

这是一间破旧的茅屋，低矮，简陋，四邻不靠。墙上的泥皮已经剥落，风雪沙尘，毫无阻挡地从缝隙里钻进屋中。门框已经歪斜了，龇牙咧嘴的木板门关不严，只能虚掩着，在风吹雨打中时开时合地悠荡着，发出难听的呱哒声。室内，散发着干羊粪和潮湿的稻草气味。在烽火连天的战地，在寒风呼啸冬雨淋漓的夜晚，这种气味很容易诱发怀乡之情。

经过副官处和勤务员们的努力，屋中并排着摆上了两张方桌。在方桌上，仍铺着赵令波在军分会上标画的那张地图。

屋角里的两堆湿柴，冒着浓烈的辛辣的白烟，再加上与会者不断地吸烟，直搞得满屋云雾。周子昆弓腰扪胸咳嗽不止，眼泪直流。

项英坐在方桌正中，正好冲门，他神态严峻，脸色在灯光中变得更为苍黄、憔悴、浮肿。

叶挺笔挺地坐在项英左首，沉默无言，椅背上搭着陈毅送给他的日本军官的细呢大衣，手撑形影不离的抓柄手杖，依然保持着军人的威严。袁国平坐在项英右首，他瘦得厉害，身体前倾，两手紧扣在一起，忧心如焚。

二、三纵队的负责人也都坐在桌边，一纵队负责人因电台失去联系，未能到会，由尚未到职的一支队副司令员赵令波代表，参加会议。军部参谋处、秘书处、副官处的有关人员，也都散坐在茅屋的角落里。

有的蹲在火堆旁，有的倚在黑漆漆的墙壁上。司政后机关的许多科长、处长、参谋、干事们，都集聚在茅屋外的山坡上、场坪上，有的烤火，有的谈天，有的哼唱，有的瞌睡，有的吸烟，都在等待会议的消息。

星潭前线，枪炮声激烈。

机关工作人员，大都失去了原来的组织系统，军部有任务，临时抓差似的，谁在身边就交给谁去完成。他们大多数人不了解全局，在动员时，只知道开往敌后，只知道北移，走什么路线，并没有公布，有些人甚至连渡江北上为什么向南开进，都搞不清楚。遭到顽军阻击之后，会出现什么局面，心中更是一片迷茫。但他们知道，连日来，球岭、高岭、丕岭、星潭、榜山，都曾发生激战，双方都有惨重的伤亡。

"到底是怎么回事？"

"往后怎么办？"

"军首长们为什么老开会？到底发生了什么事情？"鲁莽一点的参谋、干事们，竟然不顾平时的纪律，挤到屋里来探听消息。

这时，二纵队司令员周桂生和林志超正从星潭前线下来。

"怎么样？前边打得怎么样？"许多机关人员都立即围上了他们，急切地打探前线的消息。

"我现在什么也不能告诉你们！"林志超推开围在身边的询问者，跟着周桂生，径直冲进茅屋里去。

"哦！周司令员和林科长回来了！"周子昆说，"你们快谈谈星潭前线的情况吧！坐！坐！"桌子边只挤出一个座位来，周桂生坐上去，他在赵令波的斜对面。林志超蹲到火堆旁边。

"真不知道怎么弄的，在茂林的军事会议上，决定的是三路会攻星潭！结果，只有中路纵队的三团投入战斗。如果再投入一个营的兵力，我们就能拿下星潭。为什么命令我们撤退？"周桂生说得很冲动。

他还清楚地记得，在黄昏时分，一营副营长沈开运带领部队从山口撤退下来，死死地拉住他的左臂放声大哭："为什么要撤退？我们已经拿下了离星潭只有四百米的将军山，我们的一连已经冲到了星潭街口，已经看到徽水河上的木桥了……为什么要撤？我们用战士的鲜血换来的山头，为什么要丢掉？"沈副营长的手从他的身上滑下去，蹲在地上，抱头痛哭。

“哭什么?”他暴躁地吼道,“这是命令,是军部的命令!走!林科长,我们回军部去,这是怎么弄的嘛!”

“也许中央有新的指示吧?”林志超猜测着。

周桂生也不回答,怒气冲冲地拉了林志超一把,“快走!到百步坑去。”

现在,他非常恼火,在瞬息万变的激战中,开这样的军事会议,真使他莫名其妙。

“你们有多少伤亡?”项英冷冷地问道。

“大约有一百二十多名!”

“可见伤亡十分惨重。”项英的脸板得像石头,“这种强攻硬打是不行的。我们出击星潭的另一路部队,和攻占丕岭的两个营发生了误会,教导总队向导不善,误把我军发生误会的丕岭和博道岭之间,当成了星潭前线……刚刚才转回来。攻击星潭已经失去了后继力量。我问你,你们的伤员怎么办?”

“准备就地安插!”周桂生说得不够坚决,垂下头去,“也只能这样。”

“那就等于丢弃伤员!”项英高叫了一声,脸色变得森冷异常。“不管怎么说,我是坚决拥护打星潭的!现在五团(后卫团)也从丕岭撤回来了,我们可以重新攻击星潭!”

周桂生被项英节外生枝似的质问激怒了,“星潭是肯定可以攻下来的……我弄不明白,在这样紧要关头,却要部队后撤,既然后撤,那就是决定不打了,不打就走,还开会研究个……”他把由于气愤而冲到嘴边的一个粗字咽了回去,“军长,下命令吧,现在要打还不晚,豁出一个老三团,打不下来,我负责!”

“我看,你负不了这个责!”项英目光严苛,极为不满地斜睨了周桂生一眼,“好大方呀!豁出一个老三团!我们有几个老三团啊?”与会者都知道,老三团是项政委的命根子。周桂生垂下了头。

“现在,我们不应该感情冲动,要仔细研究一下,我们的正面之敌,是国民党战斗力最强的一个师。”项英用铅笔敲敲地图上星潭的位置,好像要试试它有多么稳固，“他们装备了最新式的德制卜福炮。在我们面前展开的是两个团：星潭方向，是他的一一九团，丕岭方向是他的一二〇团，他们在我们到达的前两天，也就是5号，就构筑好了野战工事和碉堡。一一八团在三溪，是他们的预备队。我们继续投入力量，顽方也会继续投入力量，周桂生同志，你凭什么说，就一定能攻下来？”项英停顿住，留下时间让与会者思考。

周子昆呷了一口浓茶，两眼盯着茶缸，那缸子里的水晃动起来，化成了滔滔的江流。那是六年前长征途中，敌人的第四条封锁线湘江。隐隐的枪声又从历史深处揪住他的心灵。四天四夜的拼杀，撕心裂肺的喊叫，尸体压着尸体，黏稠的黑血把江水染成了酱色。这不是一场噩梦，这是他的三十四师全军覆没。李德差一点把他枪毙了。湘江之战，那是周子昆产生噩梦的摇篮！在强敌跟追下，无后方的远征，丢弃伤员是必然的，不然，就会同归于尽……他抬头看看叶挺。

叶挺满脸通红，吸烟的手寒冷似的颤抖。在这万分紧迫的时刻，项英那样繁琐地说些尽人皆知的情况，他实在受不了。看了一下手表，已是下午五时十五分。他两眼灼灼如焚，内心里似有炸裂之声。屋里已是十分阴暗。副官处长要卫士们点起四盏马灯，两盏挂在墙上，两盏放在方桌上。灯光预示着夜的降临，给人一种安全感，一种宽慰感，给会议带来宁谧的气氛。

周子昆弓着腰，咳呛着，用毫无血色的、长长的手指，神经质地敲打着铺展在他面前的地图的一角。他用表面的平静掩盖着内心剧烈的思想斗争。他在军事上是有见解的：军长力主打星潭，撕开突破口，这当然是有道理的，但是，要付出惨重的代价；政委主张后撤，另选突围点，避实击虚，避免重大伤亡，这也是有道理的。

周子昆的思想，在打不打星潭的得失上，一遍又一遍地推磨，他忽而站到打星潭一边：“对！坚决打出去，不能迟疑犹豫，不惜代价打出去！”

可是，事情就怕转念：“万一付出重大代价，突不出去怎么办？后撤，另找敌人虚弱的结合部，顺利地冲出去，也是有可能的呀！避实击虚嘛！”他的思想又转向后撤的一边。

但是,思想的磨道是圆的,他又转了一圈:“万一后撤,再突不出去呢?那就贻误了战机!局面就严重到不可挽回了。不行,要好好想一想……季文子三思而后行。子闻之曰:再,斯可矣!”凡事不思不行,再思已慎,三思私意起而反惑矣。多谋无断,最终往往走的是一条错路。

林志超蹲在火堆边,他的思路几乎跟所有人都不一样。

他记起,在1939年3月参谋工作会议期间,叶挺要他到会议上介绍三年游击战争的经验,他选了一个题目:《兵不厌诈,贵在用疑》,当时,取得了很大反响,这也成了叶挺刻不容缓地要调他到军部任参谋处长的主要动机。他在上月28日军分会上,提出的“明示北渡,暗自东进”的计划,就是“贵在用疑”的实际运用。

他觉得这次南进,由于战略指导思想上的模糊——既要大搬家又要准备打的矛盾,引出了战斗上的许多失误,影响了谋略的发挥。

不管进攻星潭也罢,不管受挫后撤也罢,全都是石臼捣蒜——石打石(实打实)。谋略何在,机智何在?林志超面对闪闪火光,陷入深深的沉思之中。一时间,竟然忘记自己是在什么地方。他想:我们用假分散真集中的办法就好了。

他的灵感与火堆上炸裂的火花同时闪光:如果我们事先用几个连队,以排为单位,用游击队的方式,去扰乱顽军各师的前沿、纵深与后方,用我们的假分散,迷惑牵制敌人,造成敌人的真分散,而我们则集中主力,突然向东南方向插出,进入天目山。但是,现在已经晚了。即使不晚,那也要项英接受才行。

“叭!叭!叭!”离会场不远,突然响起了枪声。与会者立刻紧张起来:“这是怎么回事?”

项英目视参谋处长。

“我去看看!”赵令波跳起来,冲到屋外去。

会议暂时中断了。

二　中央来电：即宜东进

枪声，是由陈冠群的脱逃引起的。由于夜雨天黑和看守人员的困倦与松懈，陈冠群借解手之便，钻入密林。看守人员搜索无望，只好向他逃遁的方向开枪，能否射中，就只有天晓得了。

赵令波声色俱厉地训斥了看守人员，向项英作了汇报。此时，这个情况没有引起任何人的重视，大家反倒觉得减少了一个累赘。项英为了解放战斗力，索性下令把扣押的联络副官陈淡如也放了！

会议继续进行。在某种意义上，是在继续等待，因为星潭方向已经停止了攻击。向高岭方向派出的侦察尚未回来，情况不明，因而会议也举棋不定。

会场上人员来往杂乱，副官处的人员和警卫人员为与会人员送水送饭，室外的机关人员也都到会场上来请示问题，打探消息，到火堆边烤火。会场成了军直机关开会、办公、休息、交谈的一个综合性的场所。但是，在这闹闹嚷嚷纷纷乱乱的室内室外的漩流中，围着两张方桌的是漩涡中心。

项英用铅笔敲敲桌上的地图，重新提起被打断的争论："我始终认为，即使能攻下星潭，也很难渡过徽水……"

"政委说的，正是这次战斗的实质和要害！"赵令波赞佩地说，"我认为强攻不是办法……"

"可是，除了强攻之外，我们别无出路！"叶挺愤怒地叫道，"伤亡当然很大！可是，这是必需的！这种会议，不能再拖下去了。要等高岭方向的侦察，等到什么时候？也许那里也早已被七十九师卡死了，怎么办？我们没有犹豫的时间了！"叶挺用手杖捣着脚下的土地。

会场依然沉默。林志超动了一下，他想支持军长，但怕更加引起项英的反感，反而帮了倒忙。

"现在不是北伐，星潭也不是汀泗桥、贺胜桥！"项英的声调使叶挺感到他在意气用事，"强攻硬打不是我军的战斗作风！"

叶挺两腮痉挛似的抽动着，却没有暴跳起来。这种不着边际似是而非的指责，令人愤慨，为什么跟北伐不同？是指星潭比汀泗桥难打？还是指新四军的战斗力比当时的北伐军差？

"强攻硬打的确不是办法!"赵令波摆出深思熟虑的样子，这使叶挺极为反感。

林志超对整个战斗部署都不满意。强攻星潭也罢，后撤也罢，都是一般化的攻守进退。在军长和政委的两个方案中他是拥护打星潭的，忍受重大损失，却是生路；后撤，暂时避免损伤，后果不堪设想。但他也赞成项英的一部分。现在的战略战术，的确与当时的北伐大大不同。且不说战争性质、双方态势、有无后方、有无后继，仅仅是战术也有极大的变化。那种敲着铜鼓，吹着洋号，列成方阵，挺直胸膛，平端步枪冲锋陷阵的遗风，已成过去，"两军相逢勇者胜"的口号，也不够全面了。

"既然伤亡太大，又无把握，"袁国平说，"那还是暂时后撤，另找突围方向为好!"

"我们还是打回云岭去!"周子昆的主张，对与会者还是有吸引力的，它唤起了大家对云岭的强烈的怀念。

"对啊！打回云岭去!"在茅屋门外，有人大叫了一声，似乎是向军事会议发出的呼吁。这声音饱含着悲愤的感情，直扣与会者的心弦。

后撤的呼声，占了上风。

林志超看到叶挺的脸变得衰老而苍白了。他猛然站了起来，冲动地说："我们不能只想到死亡，不能只考虑代价多大，我们不能只看到打星潭的困难……我们应当反过来想一想，后撤会造成多么危险的局面。回云岭，这是一种感情，可是，现在的云岭，已经不是三天前的云岭了!"与会者纷纷低语。

"我同意林科长的意见!"周桂生低落下去的情绪又高涨起来，"世界上，不付代价的胜利是没有的！现在……"他看了看手表，"是七点五十分，如果我们重新组织力量，拂晓前可以攻下星潭，我们的三团还在山口，教导总队和五团也都在手边，快下决心吧！打!"周桂生用拳头敲了一下桌子，怒气不知道向谁而发。

会议的天平指针，又向叶挺一方倾斜。许多与会者纷纷低声议论，赞成打星潭的人又慢慢多起来。

项英脸上笼罩着一种凄苦的表情，默然有顷，终于沉声地说："要研究代价小而胜利大的方案，饥不择食慌不择路是有害的！"

"代价小胜利大的方案，只有一个，"张正坤说，"那就是不惜代价，打下星潭！"

"你的不惜代价是什么意思？"袁国平不同意了，"应该爱惜部队嘛！"

"现在是浴血奋战的时候，谈什么爱惜！伤员该丢就丢，这是战争！"叶挺森冷地叫了一声，但是未能准确表达自己的原意。由于急切，变得言过其词了，他用拳头敲敲桌子，"现在不下决心，就要悔之晚矣！不是鱼死就是网破，关键就在星潭一战了……"

机要秘书谷学清喊了一声"报告"，走到项英面前，把一个电报夹子送给政委，轻声说了一声："中央来电。"会场上立即鸦雀无声。

这真是一个严峻的时刻，在人们的心灵里已经没有了欢愉的余地。项英急速地把电报夹打开，这是1941年1月7日由毛泽东、朱德签署的致叶挺、项英的急电：

> 你们在茂林不宜久留，只要宣城、宁国一带情况明了后，即宜东进，乘顽军布置未就，突过其包围线为有利。

如果此时，延安得知在丕岭之下，在百步坑内，还在召开这种马拉松会议，准会跳脚。

三　项英决定：西南突围

电报只有四十二个字，说明发电人心情急切，为使收发电文节省时间，使急电早一分钟到达接收者手里。这与眼下长达数小时的会议成了鲜明的对照。

项英一眼就把电文看完了，他立即捕捉到了两个要点：趁敌布置未就，立即突围；即宜东进！

这两点，对会议的讨论极为不利。立即突围，和立即后撤并不一致；向宣城、宁国方向东进，也应该从星潭打出去，然后绕道向东！这样，就必然把会议方向搞乱，而且使与会者明显地感到自己的决策正跟中央指示精神背道而驰："你们在茂林不宜久留"。现在，部队后撤，不正是要返回茂林方向吗？

项英不愿意让延安伸过来的巴掌，当众落在自己的脸上。他迅速地签上"已阅，销毁"之后，便把硬纸夹子啪哒一合，扭身交给站立一旁的谷学清。速度之快，令人纳罕。

叶挺虽然坐在旁边，却目不斜视，绝不看别人不给看的东西。

机要秘书把电报收走。电文上虽有叶挺，可是，项英签字后面，并没有"请叶军长阅"的字样。谷学清知道叶挺的政治地位，他不能擅自给叶挺看。

被电报打断的会议继续。与会者怀着奇异的心情，等待着项英宣布中央来电的内容，其中也许会有解围之法吧？

"电报，是回答我们昨天的报告的，"项英用体谅的口吻说，"中央离我们太远，不了解我们目前的局势，也就不可能作出具体的指示……我们在打不打星潭问题上纠缠的时间也太久了！刚才，袁主任说要爱惜部队。这是我们每个指挥员的责任，是应该具有的一种阶级感情。我们有许多下级指挥员，都是三年游击战争时期保存下来的、经过考验的骨干、精华！"

与会者听了，有些沮丧。有的人站起来，舒展腰腿，有的人走出去透透气，去听一听四周时近时远、时疏时密的枪炮声。

项英为了唤起大家的注意力，提出了新的议题："我想，星潭问题可以不再讨论了，我们现在要讨论一下新的突围方向，也就是选取容易突围的方向。大家可不要忘了，打下星潭也并不等于打开了突破口，星潭过去还有徽水……"

谁知这句话，却又引起了叶挺的愤怒："我们既然能打下星潭，当然也能渡过徽水。北伐的时候，渡过十几条大小江河。"

叶挺的这段话，在参加过北伐的袁国平和周子昆的思想上，却引起了相反的效果，他们都联想到独立团敢死队强攻武昌城的惨烈景象：

“天已拂晓，进城无望，职营伤亡将尽，现存十余人，但革命军人有进无退，如何处置，请指示。”

这便是当时一营营长曹渊给叶挺的报告。这位英雄营长在签署了自己的名字后，头部中弹，壮烈牺牲。

袁国平和周子昆，当然不愿意这种死攻硬打的酷烈血战在星潭重现，二人都沉默不语。

“决心打吧！”主战派周桂生高叫了一声，“没有必死决心，哪能取得胜利？”他带有几分肝火，“关键就在决心！”

“决心不是莽撞！”周子昆说，“两利相权从其重，两害相权从其轻，要因形用权！”

“可是，时间不允许！”张正坤感情也冲动起来，“犹豫不决，必然贻误战机，在利弊相等的情况下，我主张打！”

会议又出现了转机，但在项英看来，这是一种逆转。

“同志们！讨论问题不能感情冲动，”项英的感情首先冲动起来，愤然地站了起来，疾言厉色，“要注意党性呐！你们说话是要负责任的，不只对部队负责，对个人负责，还要对党负责嘛！拥护什么，反对什么，都反映着党性问题！”这一瓢冷水，把沸腾起来的打星潭的情绪又浇下去了。凡会吸烟的人，都懊丧地埋下头去，一支接一支地吸烟。屋里笼罩着一种极为严重的气氛。项英也许发现了自己的冲动，懊恼地缓缓地坐了下去。

林志超实在受不住了：这是什么逻辑？打不打星潭，这是一个战术决策，怎么会成了对部队有无感情的问题？怎么会成了党性强弱的问题？怎么成了拥护谁反对谁的问题？你拥护打星潭的意见吗？就是拥护叶挺，就是反对我项英，就是反对党！

他不敢看叶挺的脸，但他甘冒党性不纯的风险，跳了起来，连声调都变了：“这里面根本不存在党性的问题。为什么老考虑打星潭的代价，而不想一想后撤的危险？当然，打星潭受损失是眼前的事，容易看到；后撤的恶果是将来的事，不容易看到。可是，我们应该有这个预见。敌人六个师，前后左右包围着我们，我们向后收缩，正好让敌人收紧包围圈……顾小利，失大局……”

林志超看见军长猛然抬起头来,侧身向他投来感谢的目光。项英也侧转身体,愠怒地注视着这个胆大妄为的科长。林志超不愿看到项英的脸色,没有把话说完,就猛然蹲下去了。

真理毕竟是有力量的,这几句话又把濒死的会议救活了。周桂生补充了林志超未说明的细则。

这种拉锯式的讨论进行到八点五十分(已经五个多小时了)。权力听不到真理的呼声。项英决心讨论出一个符合自己意愿的方案来,这不仅关系到他的威信,也关系到党的利益,关系到千百个革命者的生死。

项英用发表严正声明的姿态说:"我们不能在打星潭这一根树枝上吊死,应该找出两到三个方案,加以比较……周副参谋长提出返回云岭,可是,我认为西出高岭最为有利……"

眼看又要转磨,叶挺忍不住了:"我看不出这个会议有任何积极意义,枉自把宝贵的时间浪费在无益的争辩上,白白消耗了精力,它只能使我们贻误战机!"叶挺看看手表,"就是现在决心打星潭也已经晚了。我们在这里磨蹭了将近六个小时,战场上瞬息万变,敌人被打垮的部队已经得到了新的补充,被摧毁的工事也重新构筑好了……我们却在这里慢条斯理地集思广益,胡扯!一个烂麻团,让几十只手来撕,只能越扯越乱!"

叶挺积压在胸中的恼恨,火山似的爆发了。会场一片震惊,屋外等待消息的人都拥向门口,他们听到叶挺在高叫:"项英同志,一句话,你不想打,只想溜!哼,当溜不出去的时候,再想打,也就晚了!"

叶挺谁也不看,向后一退,撞倒了座椅,愤然地离开了会场。

郑冬生冲进来,急忙拎起落在地上的大衣,追到茅屋外面。他看见叶挺仰天长叹,眼里闪动着泪光:"历史将要责罚我们的!我们这些历史的罪人!"

项英的最后决定,与中央来电背道而驰。

会场上一片压抑的沉寂。

项英一脸苦笑,从圆形香烟罐里抽出一支香烟,点燃后,吸了几口,一阵难堪的窘困慢慢过去了。他的语气已经缓和下来:"军长的脾气嘛，急了些，我想大家也不会计较的！”项英采取了高姿态，“会议继续下去，感情冲动不能解决问题。”

会场上依然笼罩着令人难堪的沉静。所有人都注意到项英的阴沉的脸，他也为这难堪的沉默而局促不安。

周子昆以平静而又老成持重的喑哑声音，打破了凝固的沉寂：“政委要我们想几个方案以作比较，刚才，我说过，返回云岭去！当然，困难很多，从铜陵、繁昌北渡，危险性也很大！这样，可供选择的方向，除了星潭是向东南之外，还有三个方向：东北、西北、西南。”

也许任何事物都是相反相成，互相依存而又互相排斥的。如果把主张打星潭的叶挺作为“主战”派，而把项英作为“主退”派的话，现在主战派已经退出了会场，再讨论下去，已经索然无味了。

“时间的确不早了，部队都在雨中待命，”袁国平也耐不住了，“再讨论也是利弊互见，我看，还是请项政委决定吧！”

项英的心头，突然袭来一种惶恐的感觉，他知道这个决定的万钧重量，眼睛望着地图，气馁心乱。他将承担历史的全部责任！

赵令波看出政委的迟疑，他把红蓝铅笔轻轻地推给项英。

项英凝视着那张快要折烂的皱皱巴巴的地图，山岭、河道、道路、村庄，用红笔标出的箭头和用蓝笔画出的敌军防线，看上去是清晰的，但其可靠程度如何，就很难说了。项英下意识地向前拉了拉木椅，然后缓缓地抬起头来，好像不大情愿地望了周子昆一眼：“子昆，你看，我们向西南，出高岭，冲向太平怎么样？”

“那里是七十九师！”周子昆不置可否，他心中实在无数，“侦察人员还没有回来。”

“天黑路滑，我们等不及了。老赵，你以为怎么样？”项英又问赵令波。

“我看可以！七十九师的战斗力肯定比四十师弱。”

“袁主任，你的意见呢？”项英询问着沉思默想的袁国平。

“我觉得可以！也只好如此了。别的方向也都存在着……”袁国平没有把话说完，就摸出手帕擦拭镜片。

“好了，”项英从地图上抬起身来，向会场环视了一眼，他的决心已经定了,“我认为这是一个出奇制胜的计划。敌方最关心的是三个方向,东南方向、东北方向和西北方向。现在我们要出其不意,冲向西南,这就避开了徽水河。赵处长,你就准备命令吧!”

“政委,我看就不要书面命令了。”赵令波急忙建议说,“二、三纵队的领导全在这里,政委可以当面布置,我想,我得快些去找失去联系的一纵队,我把队伍带回来,正好作政委向西南突围的后卫队!”

“很好,你想得很周到。你快到特务连去带一个排,向榜山附近去找一纵队。务须快些把部队带回来。你走吧! 越快越好。”项英目送赵令波走出会场,对他此行,寄予很大的希望。

也许一纵队能创造个奇迹出来。他很快又向二、三纵队的负责人交代了任务。宣布军部立即从百步坑撤往高坦方向的里潭仓。

项英的这个决定,正好跟中央电报所指示的方向背道而驰——应向东北,却上了西南。

四　无人称智,无人言勇

项英、袁国平、周子昆在卫士们的簇拥下,离开了百步坑。夜雨停了,已到了旧历腊月初十,上弦月透过偶尔开裂的云隙向莽莽苍苍的山野洒下几缕清辉,每处树丛和山崖都像隐藏着不可告人的秘密,使人产生一种惶悚感。他们沿着湿漉漉、生满杂草的小路,随着机关人员向高岭方向返回,被迫停滞在隘路口上。这里发生了严重的阻塞。

在山口转弯处,大约有三里长的路段上,一边是生满杂树荆棘茅草的陡崖,一边是一条坡度很大的深沟。近两千名机关人员和非战斗人员都拥挤在这里。他们本来是在这里待命,准备打下星潭之后,跟进突围的,没料到前面打星潭的部队反而纷纷撤退下来,急于穿过这条隘路赶往高岭前线。两支队伍像两股逆向而流的溪水,在狭窄的河道上撞在了一起,波浪飞溅。

项英、周子昆、袁国平站在离小路约有十五公尺的山坡上,时明时暗的月光把前所未有的混乱局面呈现在他们面前。

这是决定后撤时未曾料到的后果：首先是把会攻星潭的整个部署打乱了，先头部队接到了撤退的命令后回流，后面的部队和非战斗人员却还在向前，产生漩涡是必然的；在雨夜里，在山林间，来往调动，只靠此起彼伏的号声，时常出现误解，初战星潭，未克而退，士气受到了挫伤，心情甚为恶劣，进击丕岭强攻星潭所激发的战斗热情，急剧地冷落了。

"靠边！靠边！你们是干什么吃的?!"撤回的战斗部队，由于任务紧迫，后浪推前浪似的冲进了非战斗人员之中。

这时，就暴露出了计划中的第二个疏漏：非战斗人员听不懂号声，也没有接到向后返回的通知，不知道部队为什么退了回来。"喂！喂！你们为什么这么凶？干什么踩人推人?"

"踩人推人？老子还要打人呢！影响了战斗你负责?"粗暴的喊叫里饱含着战斗者的自豪、傲气和对非战斗者的某种轻蔑。

"靠边！靠边！躲开！躲开！你们不看有病号嘛!"这是女同志的埋怨而又无可奈何的抗议声。

有人哭了，有人呐喊。惨烈震颤的军号声在夜空中弥散着，撒下一片惶恐。人们脸上都凝聚着焦虑和期待。

有人跌倒了，一声尖叫，被直撞过来的部队挤压在路边湿漉漉的树丛里。一个印刷厂的工人气咻咻地破口大骂："哪个杂种这么猖狂？打了败仗拿我们出气!"

"你他妈的说什么？打了败仗?"撤退者的怨气冤气一齐爆发了，猛地抓住抗议者的肩膀，把他像陀螺似的拧过身来，让他的脸对着自己被弹片擦伤的脸，"看老子不揍你!"

接着就是一连串粗话，那架势，恨不能咬他几口，出出窝囊气。那工人的脸中风似的扭歪了，打着哆嗦。后面的部队却不断地拥上来：

"前面怎么搞的？怎么停下了？快走！快走!"项英焦急起来。他跟刘厚忠要烟，接烟的手在发抖。他看出了这种混乱的危险，也想到了疏通的困难，这将会贻误战机。

他记得，1925年在上海搞工运时，三马路上发生了一次交通大阻塞，公安、交通警出动了大批人员，奋战了三个小时。

这条山路比那条马路更难疏通，要使前线部队从两千名带有辎重的非战斗人员中超越过去，绝非易事。章家渡渡口的那种局面要在这里重现！派谁去完成这个艰难的任务？周子昆身体太差，他的咳嗽和喘息带上了痰鸣，不能胜任；袁主任当然也没有这种排难的经验，难道还要亲自出马吗？国危思良将，世乱念忠臣，赵令波是可以信赖的，但他追寻一纵队去了，派谁去呢？项英不禁凝眸沉吟。隘路口的混乱有增无已。

“哪个狗娘养的？推倒别人还有理了？”另一个修械所的工人拐着腿插入其中，“老子五保繁昌，五处受伤不下火线，你有什么可牛的？竟敢在荣军面前耀武扬威……你敢吱一声，就给你点颜色瞧瞧！”

双方都在凝聚着力量，都用难以入耳的谩骂激怒对方。这里聚成了一个疙瘩，像肠梗阻似的使整个躯体起了痉挛。喧闹和吵嚷声排除着一切劝阻和命令。殴斗是传染性的，许多血气方刚的年轻人都已摩拳擦掌，呐喊助威，以至先头排排长对天开了两枪，才把双方镇住。阻塞却仍然无法解决。

此时，项英看见林志超出现在隘路口上。

作战科长没有请示任何人，便插进了纷争的人群。他觉得疏通阻塞，是他分内的事，无须大张旗鼓，无须兴师动众。他没有像赵令波那样手提马鞭在章家渡大街上来往奔跑大喊大叫，恰恰相反，他平时那种狂烈无羁、凌厉冲动的激情，消失无踪了，变成了平湖秋水似的宁静。他根本不问斗殴双方的是非，因为关键不在那里。

“张副营长吗？”林志超拦住了一个正在暴躁叫喊的年轻指挥员，“请你下令，让部队原地休息十分钟！”这命令不费吹灰之力就执行了！沸腾的漩流立即静止下来。

林志超转向机关干部和地方非战斗人员：“情况十分紧急，前面有战斗发生，向前传，所有非战斗人员一律向路边树丛中暂避……让作战部队通过。”

这是多么神奇的一瞬，在一片唧喳声中，拥挤在蛇行路上的两千名非战斗者，像被秋风卷落叶似的刮进了路边的树丛。五分钟后，那条顺山势而蜿蜒延伸的小路，就清净得见不到人影了。

"起立！前进！"张副营长跳起来，喊了声"林科长，再见"，就率领部队前进了……方法！应该被赋予神奇而又崇高的定义。

面对纷纭繁杂的局面，能否想出简洁有效的解决方法，展示着一个人的聪明、才智、谋略和胆识。项英为林志超这样迅速地解决了交通阻塞，心里非常高兴，但也仅仅是高兴，他并不觉得林志超此行，有什么可贵之处，只觉得原来的焦虑，不过是一场虚惊。林志超既没有付出前奔后跑气喘汗流的辛劳，又没有付出声嘶力竭、暴跳如雷的热情。事情本来就很简单嘛，两句话就能解决的事情，何足挂齿。所以他并没有走过去表示赞赏。

林志超本人也没有意识到自身行为的价值。他站在路边，指挥部队开进，压根儿就没有想到自己完成了一件了不起的奇迹，应该去领受首长们的褒奖。倒是熟读《孙子兵法》，深谙军事布局的周子昆，从这件极为简单的调度中，看到了战略运筹的价值："林志超这人具有将帅之才！吾不如也！"

周子昆看得很清楚：林志超让部队原地休息，这种"暂停"式的措施，保证了战略上廓清道路的实施；道路廓清之后，方能保证部队火速开进。在章家渡所造成的混乱中，就缺少这种"暂停"。仅此一着——简单的一个顺序排列，就表现出一种不易为人察觉的天赋素质：那就是一种处理混乱局面的绝对自信；那就是一种指拨大势趋向的非凡的能力；那就是展开阵图巨笔挥洒的大将风范！

生活的谜底在未被揭开之前，往往被认为是费解的疑难；当被智者解开之后，却哂笑一声："原来如此，谁不会啊！"

我们的祖先早就预见到这一点："善除患者，理于未生；善胜敌者，胜于无形。"兵法云："不战而屈人之兵，善之善者也！"只是，因为没有打得头破血流，没有拼个你死我活，没有歼敌一千自损八百，没有腿断臂折、血淋淋地从战场上撤回来，即使胜了敌人，也没有人说你勇敢。

项英跟随部队前进时，看到林志超仍然在路边指挥部队通过隘路，但他没说一句夸奖的话。不费吹灰之力处理好的事情，不管大事小事，它的价值也只能轻若飞灰。

项英从林志超面前走过去，他想着别的。他感到部队正以迅猛之势去实现西出高岭的计划,心头产生了一种创造奇迹的激情,胜利突围在望。项英并未意识到全军命运如处悬崖绝巅的致命危险。

部队顺利地开进。休息时,竟然唱起了《新四军东征歌》,歌声仍然雄壮有力:“哪个来拦路,哪个被打倒!”这种表现部队所向披靡、一往无前的歌声,使项英打了个激灵。会不会恰恰相反——“哪里有阻拦,哪里突不出”?他担心高岭也会出现打不出去的阻拦。他不愿也不能深思下去了,把吸了一半的烟丢在路边的泥沙里,仿佛摔掉了不吉的预感。

五　严重局面

1941 年元月 8 日夜晚。夜雨潇潇,枪声阵阵。

项英、袁国平、周子昆以及刘厚忠等十几名随从人员,全都站在高坦村头的岔路口上。两棵高大的老樟树荫护着他们,不致使那淋淋冷雨直接洒落在他们的头上。十公尺之外,有一个低矮的山包,为他们挡住从西北面吹来的寒风。周围一片漆黑。老樟树的枝丫,在冷风中舞动着,发出飒飒的声响。山坡、石头、衰草,没有一处干燥地方,脚下全是糨糊似的稀泥,连块可坐的干地方都无处找。

刘厚忠手执一把开了裂缝的油伞,站在项英身旁,为政委遮着树叶上洒落的水滴。马灯掩在警卫人员的雨衣下,只在脚下散射出微弱的光。夜,像黑色的海水,淹没了整个世界,使人感到光明永不再现。近处的丛林,痛苦地摇摆着,像辗转病床的患者,悲伤地低泣;散落在山坡上的几间茅屋,像漂荡在黑浪里的沉船,几处微弱的灯光,犹如幽幽磷火,呈现出一种奇幻迷离而又凶险的梦境。此起彼伏的军号声,也像被冷雨湿透了,沉重、低哑,在山谷中回荡,失去了往日的高昂、激越,再加上山谷回音,使人无法辨别它在发布什么命令,却增添了几分袭人的阴冷与悲凉,加重了神秘的魔幻气氛。

军部现在分在两处。随先头部队而首先到达高坦的叶挺,进驻了徐家祠堂。率领军部机关而后至的项英,不愿到徐家祠堂去见叶挺。

山坡上的几间草屋，除了机要科架设电台必须驻进之外，其他几处，也都挤满了先头到达的部队和伤员。

项英站在岔路口的樟树下，等待局势的发展。他知道，局势是越来越严重了，用“濒临绝境”四个字来形容，也许还为时尚早，但并不过分。他似乎觉得，从云岭走出的每一步都错了，他的生命的旅程，神秘难测地湮灭在永劫不复的黑暗之中。

自从百步坑军事会议结束后，项英怀着两大希望。他于8日凌晨三点钟到达了里潭仓，在此宿营，实际是露营。

里潭仓，是在丕岭以西深山峡谷中的小山村，几间东倒西歪的茅屋，在风雨中飘摇。除了军部首长，作战、机要部门驻进房屋外，其余人员都在山坡上的树丛中露宿。

8日，项英起得很晚，吃过早饭已近中午，军部按军事会议的预订计划向高岭开进，准备突破高岭，冲向太平，进入黄山脚下。但是（这是一个多么可怕的字眼），事情并没有按照项英预想的那样发展。

军部从里潭仓开出，向南走了将近三个小时，与三纵队特务团相遇，才知道横亘在前面的大山不是高岭，而是濂岭。于是，急忙撤回，急趋高岭。那时高岭在一阵接一阵的枪炮轰鸣之后，慢慢趋于沉寂了！

“要快！要快！”项英兴奋地高叫，催促着军部机关跟进，“五团已经攻占了高岭！”

项英是多么懊恼而又兴奋啊！懊恼的是他们误走濂岭，耽搁了时间；兴奋的是高岭已在我军手中——胜利突围的大门已经打开！但是（又一个可怕的但是），在高岭之下，正碰上三纵队的司令员张正坤。他的右臂用白色的三角巾吊在胸前，裤子上溅着血迹。从他那突然变得衰老苍白的脸上，就知道发生了什么事情。项英看着他，不敢发问。

“政委！部队从高岭撤下来了。敌人在山口上增修了工事，比星潭还难打，白天仰攻山头，不是办法，伤亡太大了！”

项英好像被一闷棍打蒙了，呆立不动。

“我们有十几个伤员没有救下来！”

“为什么不救？”周子昆大声斥问。

“那就要再增加几十个伤员！”张正坤用的是一种抗命的愤慨声

调，“不要忘了这是白天，不能要战士在敌人枪口下白白牺牲！”

项英一声不响，他棕黑色的脸，在听到张正坤的第一声报告时，就蒙上了一层死灰。他的变成青灰色的嘴唇无声地颤动着。当不祥的预感一旦变成现实摆在他面前时，那心碎形毁的情状是非常可怕的。

其他随从人员都面面相觑，每个人想的几乎一样：“怎么办？”

就在这时候，又传来一个小小的不幸：通讯连一匹驮被复线的骡子，跌落山涧，摔得粉身碎骨了。可用的电话线已经所剩无几。

项英仰起脸，长长地出了口气，只觉眼前一阵一阵发黑。刘厚忠看到政委摇摇欲跌的样子，急忙在三步外的一块岩石上铺上折叠成长方形的军毯，扶他坐下。

项英西出高岭的希望破灭了，但他还有第二个希望，就是赵令波带领失去联络的一纵队，突然杀回。这是一支生力军，它可以挽回颓势。

然而，在等待中，救星未至，反来恶鬼。侦察科长向项英、袁国平和周子昆报告了如下情况：（一）特务团从濂岭撤回途中，与敌七十九师一部对峙；（二）敌七十九师师部移驻黄华岭，命令二三五、二三六、二三七各团，投入战斗，夺取一切有利地形，加以控制。

这两则消息，早在项英、周子昆意料之中。但是，第三则消息，却把项英和周子昆推向了绝望的边缘：上官云相严令各师缩紧包围，一四四师四三〇团奉命，从云岭章家渡一线推进到茂林。占领茂林后，在茂林东南地区坚工扼守，并准备向高坦徐、沥岭、山口、坦里口我军背后（现在已变成前锋）攻击。该师师指挥所已移至包村。

这样，在百步坑军事会议上，叶挺和林志超预想的后撤可能发生的严重局面全部出现了。

“子昆，你看，应该怎么办呢？”项英仰起脸，用出乎寻常的平静注视着副参谋长。他这句话说得很凄惨，就像从破裂的心里迸发出来的，带着创伤的血滴。

“政委，现在非常危急，我们必须先敌抢占高坦，先争取一个立足之地，然后向茂林方向突围……”这是他在百步坑会议上提出来未被通过的主张，“一四四师是川军，平时对我比较友好，又是有名的双枪兵，我们可以突破它的防线，回到云岭。而后由铜、繁之间寻机北渡。”

“好吧！就这样，”项英缓缓地站起来，“子昆，你下命令吧！厚忠，我们再回里潭仓……”

林志超奉命带领三团抢占了高坦以北的沥山、溪边山一带山岭，作为高坦的外围阵地，而后飞马驰回高坦。在岔路口，遇到了项英、周子昆。

作战科长带来的消息不好也不坏：我军顺利抢占了高坦以北各高地，伤亡甚微，给出击茂林方向准备了攻击出发地，进可攻，退可守了！但是茂林方向，已被敌先期占领，跟侦察科报告的情况一样，已经“坚工扼守”了！他请示下一步怎么办。

项、袁、周听了之后，足有三分钟默然无语，不知如何办才好。他们互相瞩望着，心里都很清楚：原来在兵强马壮之时，在充分准备的情况下，从铜陵、繁昌之间北渡长江，都无一例外地被视为险途，现在，在重兵围困之下，以伤亡惨重、建制混乱之师，再走这条险路，还能有几分希望呢？

林志超等不到指示，忽然看到机要秘书就在近旁，他走过去低声问道：“军长呢？”

“就在左边那个祠堂。”

林志超走到周子昆身边，他的声音不高，但项英、袁国平都能听得见：“副参谋长，军长不是在徐家祠堂吗？还是去共同研究个方案吧！首长们这样站在雨里也不是办法。”

周子昆转身面对项英：“政委……”

“也好，你们去问问军长吧！”项英的话说得十分艰涩。林志超体谅到他的难处，在马灯的暗淡微光里，他看见项英的嘴角在微微抽搐。言下之意，是由周子昆去。

周子昆在这种时候，最害怕单独去见叶挺。在百步坑会议上，他支持项英，否定了打星潭的主张，作为一个副参谋长，责任是重大的。

“有人说他们在徐家祠堂烤火！”刘厚忠在项英身边嘟囔着，“身为军长，把个烂摊子丢给政委，自己倒很自在。”

“厚忠，你埋怨什么？”项英提高了嗓音，责备他的随从副官，“给我支烟。”刘厚忠展开雨衣，挡住风，划着了火柴，项英接烟在手，猛烈地抽烟。

周子昆在等待,他希望项英、袁国平跟他同去。这是最合理最妥当之法。但是,项英宁肯在路口淋雨。

他有他的苦恼,如果他能够走到叶挺面前说:“叶军长,我完全错了!咱们来共商对策吧!”那也就不成其为项英了。特强的自尊心,不允许项英这样做。他宁肯死,也拉不下脸来去向叶挺承认错误;同时,他并不认为自己真的错了。他的计划未能实现,那是由于运气不济,天下大雨,向导领错了路,通讯联络不畅,七十九师的工事修得太刁。出高岭的计划是好的,只是客观上出了种种故障。再说,打星潭就一定正确吗?也不见得,如果真是同意了强攻星潭,结果恐怕比现在还糟!

周子昆知道无法让项英去见叶挺,便低声吩咐林志超:“林科长,你先去见叶军长,向他报告情况,看看军长怎么个说法。你也知道……”后面只说了半句,就含糊不明地停住了。

项英听了不置可否,他望着黑洞洞的夜空。他希望有个奇迹出现。他不迷信,可是,此时,他觉得赵令波带领一纵队,正从榜山方向向高坦开来。一时间,一切都凝结停滞了。

昨天夜间,项英插进队伍时黑暗中听到的那些牢骚和抱怨,又不合时宜地在他耳畔重现:“这是怎么搞的?来来回回瞎折腾!”

“还有没有指挥?”

“指挥怎能没有?就是有点乱!”

“乱指挥,不如无指挥!”

冷语如箭,都深深地刺进了项英的心!

项英的一切心理与外形的变化,一切懊丧与痛苦,都来源于突围的受挫,并不是对自身的认识与内省。

第十二章　高坦村岔路口

一　斯大林的手枪

林志超走了,项英在岔路口上等待。等待了多久?四十五分钟。但他觉得比四十五年还长。夜黑如墨,他没有往日那样刻意掩饰内心。他双眉紧皱,凄苦的目光,凝视着阴冷不祥的无尽的黑暗,久久不动……

他等待什么呢?一个濒临绝境的人,还有什么好等待的呢?他并不等待叶挺到来,他知道叶挺也不会来。即使来了,又将如何?他不相信叶挺有回天之力,即使有,叶挺也只能救出一部分部队,把溃不成军的队伍带往江北。那样,叶挺会成为声名显赫的英雄而彪炳青史,他项英却要作为罪人,被送上历史的审判台。

他在前十分钟,还在等待赵令波带领一纵队杀回来。现在开始清醒了,他隐隐地觉得对这位被他器重的参谋处长,不能寄予过高的希望。目前部队的狼狈处境,能说跟这位处长没有关系吗?他能够完成带一纵队回归的重托吗?会不会是谭震林说的那样,是个言过其实不该重用的马谡?

现在项英讨厌这些望不尽的狞恶的山林了,他开始明白:率领大军开进,跟几个游击队员就地坚持斗争,完全是两回事。水能载舟,也能覆舟,山也一样,既能掩护游击队员,也能阻拦大军行进。他不应该忘了那个"一夫当关,万夫莫开"的词。

"真有全军覆没的危险!那么,我叱咤风云的一生,也就以身败名裂而告终了!”项英的心沉落下去。

“政委!”刘厚忠的声音里饱含着跟他的性格极不协调的沉郁和忧伤,“我看部队是突不出去了……”

“唔!”项英慢应着。

“我想保护政委逃出去!”

“你说什么?”项英猛然回头,用惊奇的眼睛盯着随从副官。

“多数人出不去,少数人行。我有打游击的经验!”

项英深知刘厚忠这个提议的价值。三年游击战争的经验告诉他:在严密的罗网里,只有小鱼才能从网眼里漏掉,所以在重兵压境的情况下,最有效的方法是化整为零。茫茫黑夜,凄凄冷雨,巍巍高山,莽莽丛林,使他想起了三年游击战争的岁月。即使敌人布下天罗地网,也很难网住分散在茅草丛中、石头缝里的游击队员。但必须是少数人,越少越好。

“少数人可以化装逃出重围!”项英的脑际似有电光一闪。希望之光,照亮了他的突围之路。可是,这光亮虽然强烈,却立即熄灭了,正像夏天雷雨时的闪电,闪耀了一下,只有曲折的光痕还残留在脑幕上,慢慢消隐。脱逃出去,活了性命,但人生的价值却不在于能不能活下去,而在于创造的业绩!

“死”这个触目惊心的字,蓦然间紧紧地揪住了项英的心!是的,既然前面等待他的是耻辱,他何必还向前走?何不立即寻求一种永久的解脱?

但是,死并不容易,值得他留恋的东西还很多。在苏南,也许已经到了江北,还有他结婚不久的美丽贤良聪慧的妻子……在他的皮挎包里,还有他两年来,花了多少个夜晚写的自传,他应该把它完成!本来,他准备把“南进”的胜利,当做光辉篇章写进去的。

是的,他还有许多值得留恋的东西,他的眼前出现了中央苏区壮美的山河和那些生死相依、情同骨肉的乡亲。可是,他的希望的田园,满目金黄丰收在望的田园,被疾风、骤雨、冰雹打烂了,仅留下几根断株残叶在风中摇曳,还保留它干什么呢?

马灯的微光映照着项英的脸。他的颧骨不知什么时候悄悄地突出起来,眼眶深凹下去,原本光洁的额上横切着三条深纹。他今年还不满四十三岁,但那一向健壮的躯体之中,生命的活力仿佛已近干涸了。

“也许,我应该留下几句遗言吧?留给中央,留给部队,留给……可是,我留给他们什么呢?历史上的功绩?当前所犯的错误?最好什么也不留,功过是非让后人评吧……我的皮包,我的传记,将留在人间。最好什么也不要留在人间。随它去吧,我疲倦了,我要安静地长眠……”项英的决心已经下定了:死!

“厚忠,你说的全是胡思乱想,咱们怎么能丢下部队自己走呢?厚忠,我累了,想坐一会儿!”项英指着老樟树的根部,“给我垫上那条军毯。”他的声音极为平静,像大病中的呻吟,透出无尽的悲苦。

随从副官做得干净利落,把马灯放在军毯旁边,也许政委要写点什么吧?他思忖着,看着项英缓缓地坐下去,把背轻轻地靠在湿潮冷硬的树身上,好像要闭目养神。项英向袁国平和周子昆那边望了一眼。

周子昆早已蹲在另一棵老樟树下,不停地咳呛着。女护士林志兰正蹲在旁边,用手电筒照着红十字药包,给他找药。

袁国平手拄着木棒,靠在树身上,看不清他的面部表情。卫士们都在四周蹲、坐、站、歪着,等待着未可知的命运。

随从副官对项英无微不至的关切,并不是天衣无缝的,他有他的疏漏。项英背靠冷硬潮湿的树身坐着,头往前倾着,有一股水流在他头上两公尺的地方,被树身上一块狗头般的瘿瘤挡住了。水珠从翘出的鼻端滴下,打落在项英的军帽上。他感觉到了,却不避开。他的肉体麻木了,冰冷的水滴只给他带来轻微的刺激。他盯视着马灯照出的圆桌似的地面,被踏倒的几茎衰草,伸展着断梗残叶轻轻摇动,要从死亡的泥泞里挣扎出来。项英产生了幻觉:周围的现实世界已经不存在了,他从时间、空间中隔绝出来,一切人世间的纷争,一切未来的憧憬,全都消失无踪,只有眼前那一圈微弱的乳黄色的光,还有那被践踏在泥浆中的荒草。他一时间走进了虚无,脑海里是一片白浪,生命的巨轮不再飞转,水已成冰,木已成炭。他几乎认为这就是人类尚未可知的那种死境。他已经弥合了生与死的界限,他似乎处在生死之间。

眼前那个黄色光圈成了他全部的世界。他突然看到一具尸体,仰面躺着,脸色灰白,说不清什么颜色的军装,在寒冷中微微颤动,两眼凝望着天空,执拗地寻求生活的答案,永不瞑目。他又看到一片战地,那些尸体全都奇形怪状地扭曲着,保持着最后一瞬搏战时的姿态,血肉模糊、肢断身裂,看来,就像是从万仞高峰上摔下来的,失去了人的原形。他又看到了一棵大树,一个背靠树干坐在军毯上的死人,睁着眼睛与他对视。那死者是被手枪子弹打穿了太阳穴,两条鲜血像出洞的赤练蛇似的缓缓爬到他的胸前,在湿透的灰布军装上漫漶成一片黑斑。那死者的眼睛暗淡浑浊,张着嘴,毫无血色的嘴唇变成骇人的蜡黄色,无数蚂蚁贪婪地爬满了他的脸颊……项英不禁一阵颤栗,浑身起了一层鸡皮疙瘩。他眼前的那个黄色光圈晃动了一下,破灭了……他听到刘厚忠那双大脚的扑哒声。那个黄色光圈离他远去,一会儿,他听到哗哗啦啦的撒尿声。

项英清醒过来,他知道除了死外,别无选择。迟疑,只能加重痛苦,迟疑,说明对死的惧怕。项英对这种迟疑产生了一种轻蔑:死!要死得干脆一些!一切人世的烦恼只有在死中求得解脱。

项英向着沉沉雨夜望了一眼,最后向多灾多难的人间告别,去享受一下永离尘嚣的宁谧。求生的本能,已被越来越强烈的求死的意愿所压倒。死亡的黑影,已经笼罩了他的生活旅途。死,已经失去了令人恐惧的力量。项英变得心定神宁了,他的手缓缓地伸向挂在皮带上的甘纳式手枪,坚定地抠开枪套。他的手不再发抖,角质的不太光滑的枪柄紧紧吸住他的掌心。这支枪,比首长爱用的白朗宁重很多,外形也没有白朗宁美观灵巧,但是,这支枪却是他的骄傲。

他现在抚摸着角质枪柄上刻着的三行俄文字母。他不认识俄文,但这些字母所代表的汉字,他却记得十分清楚:

项英同志存念,约·维·斯大林,1928年6月23日,莫斯科。

他听到了莫斯科悠扬的钟声。在思维的一瞥之间,他竟然重温了平生最为壮丽的时刻,犹如劈开黑夜的电光,照亮了里程碑中一座耸立云天的峰峦。

当时,党的第六次全国代表大会在莫斯科举行。出席的正式代表八十四人，候补代表三十四人，代表着四万多党员。在会议期间，斯大林单独接见了项英。至今，他还记忆犹新。

他乘坐着一辆黑色轿车，穿过博罗维茨基大门，驶进古老雄伟的克里姆林宫。一种庄严肃穆的神圣之感充溢他的心间，致使他忘记是怎样走进斯大林的办公室的了。只记得那是一间宽阔的房间，铺着很厚的地毯，斯大林用他那惯用的平静和特有的悠缓动作，从安乐椅里欠起身来，和他握手。那眯缝起眼睛的微笑是迷人的，大烟斗里喷着香辣味的浓烟。谈话是非常简短的，但对他的崇高的评价，他一生也不会忘记：

> "项英同志，你是中国革命真正工人出身的领导人！既要重视斗争，更要重视学习，使自己完完全全布尔什维克化。"

他接受了斯大林送给他的手枪和钢笔，两者都是战斗的武器。斯大林的接见与高度评价，使项英在那次代表大会上，连中三元：在他当选为中央委员和政治局常委之后，随即化名张成，留在莫斯科参加了同年8月17日至9月1日的共产国际第六次代表大会，当选为监察委员。那时，他才刚刚三十岁。

命运，有时会突现出现出乎意料的契机。此时，这支用于求死的武器，却使项英获得了生之希望。这支枪所引起的短短的回忆非同小可，它足以把生命之舟从死亡之渊拨向新生之岸。"我不能用这支枪自杀，我不能给这支枪染上污点。"

项英抚摸着角质枪柄，犹如神话中的安泰脚踏着了大地。他在瞬息间战胜了绝望，获得了信心。信心，使他极为冷静地估计了目前的情势，他从心烦意乱神思恍惚中解脱出来，思路变得格外清晰：部队面临绝境，很可能全军覆没。全军如此，那么，个人的命运呢？壮烈牺牲、负伤被俘，都不是理想的归宿。

"我有可能活着出去。可是，我将成为历史的罪人！"项英的思路又开始推磨，但是，他忽然有了新的惊人的发现："我是有罪的吗？我哪一点不是为了革命利益而忍辱负重呢？多少年来，我呕心沥血、日夜操劳，哪一点不是为了实现革命的宏伟目标！这目标不是我项英个人的，是祖国所需、人民所需、革命所需、历史所需，我有什么错？是的！这次南进遭到了严重挫败，但是，责任在谁？是谁逼迫我走了这一步？”项英为自己的思想转机与思辨之锐利感到惊异了。他的无声的抗辩之词犹如涌泉：“事实证明，压根就不应该北移！有了北移的决策，才有了皖南的行动，有了行动，才招致了失败，那么中央的错误是第一位的！对于这一切，共产国际怎么看？斯大林同志怎么看？将来的历史结论由谁来写？倒是应该拭目以待呢！”项英心头浮起了一种强烈的渴望：抗辩，求生。

二　她与瞿秋白

项英许多繁杂纷乱的思绪，翻云滚浪似的卷过去了，最后，凝聚在一点上：“皖南失败，只不过是我项英前进路上的一个坎坷，将来谁是谁非还没有定论。我必须重振精神去完成未完的伟业！”

在我们党的历史上，谁没有犯过错误？谁没有跌过跟头？事情并非那样糟糕，还没有到不可挽回的地步。跌过跟头重新站起来的人，往往比过去更高。

项英把手枪重又插进皮套。从拔出到插进，大约过了五分钟。这些动作，刘厚忠都看到了，但他无法看到政委内心的搏斗与转机，他只想找个什么地方去烧壶开水，给政委冲一缸子滚热的可可！

周子昆吃了林志兰给他的镇痛药后，背靠着树身微睡，袁国平也在同一棵树下，打着瞌睡。

“国平，子昆。”项英轻声地叫醒他们。周子昆马上站了起来，睡眼惺忪地看着项英。“我想过了……”项英低声说，“我们只好用三年游击战争的办法，从敌人包围圈的缝隙里，穿插出去。”

周子昆有些迷惑不解：“那么，部队呢？全部分散突围？”

“不行，如果全分散，就突不出去了。”

“可是，林科长见军长去了！”袁国平凑过来。他觉得项英说的虽然是个办法，却不太应该。

“这样正好,军长是经过北伐的,他可以指挥大部队突围嘛!”项英找到了充足的理由,“他可以用北伐的战法,我们用游击战争的办法……何必作无谓的牺牲呢?”

“怎么跟军长和部队说?”袁国平为难地问。

“最好什么也不说,当前最关紧要的是保存革命力量,首先是领导力量。”项英果决地对刘厚忠说,“走!我们按着从百步坑撤过来的原路,向东南方向穿插,逆网而上……”

“这样……”周子昆呻吟似的说,“总是不好。应该想个万全之策。”

“这正是个两全之策。”项英受了触发似的说,“我在这里,军长的手脚施展不开,这是很为难的局面。我们一走,军长可以放手指挥。我们用游击办法,军长用北伐打法,互不干扰。不要犹豫了,走吧!不能错过时机。”

“林志兰!林志兰!”刘厚忠轻声地叫着。他想到,必须带个护士。但这位女护士却不知到哪里去了。

“算了!不要叫了!”项英有些烦躁,“我们走吧!”

项英一行十七人,在9日拂晓,又回到里潭仓附近的山沟里。白天不好行动,便在密林里隐蔽。十七人,目标还是太大,带的卫士过多。袁国平、周子昆都没有游击战争经验,他们不能与项英、刘厚忠分开,只好等待晚上再行穿插。他们找到一丛密林,派上岗哨,准备甜甜地睡上一天,养精蓄锐。

项英吃了几块咸味的油炸糍粑(这是专门给首长们备用的干粮,由卫士们分头带着),喝了几口泉水,便铺着潮湿的军毯睡了。开头,他老做噩梦。这些梦是些旧梦,是在三年游击战争年代做过的梦:保安团搜山,他带着游击队奔跑……

他好像进入了一个非常阴暗的山谷,起初,路还是很好的,可是越走越黑,路在树丛中消失了。他不断地向前走,内心里十分恐怖,脚下踏着一些软软的东西,低头一看,是许多双头蛇,越向前走,就越多。他只好向回走,但向回走的路却没有了,变成了一片汪洋……冷水溅了他一身,他冻醒了,但不想动。

项英睁了一下惺忪的眼睛，看到刘厚忠口角流涎睡在他身边，他又进入了半睡半醒的朦胧状态：他看见一座他很熟悉的茅屋。他正坐在桌边批阅文件。他觉得门被推开了，进来一个陌生的挺着大肚子的妇女，样子奇特，苍白瘦长的脸上，带着一种使人恐惧的微笑："德龙！你不认识我了？"

项英从桌边猛然站起来："你是谁？"

"我是谁？哈哈哈，"那女人用一只手，五指尖尖的手，指着他，"你……你怎么把我忘了？"

这一次，项英真的被吓醒了。他猛然坐起来，全身冷汗，呆若木鸡地坐了好一会儿，心脏怦怦地跳着，喘着粗气，好像爬了一段悬崖。

他带着噩梦惊醒的诧异，看到袁国平和周子昆都罩着雨伞，盖着军毯，踡腿弓腰地睡在铺满松针、落叶、枯草的坡地上。刘厚忠还在睡，扬起呼噜呼噜的鼾声。远处，卫士们轮流派出的岗哨，潜伏在杂树丛中，一动不动地蹲伏着。山沟里弥漫着雨雾。周围枪声不断，带着山谷的共鸣与回音。他既搞不清方向，也弄不清是敌是我。只有那旋风似的咕咕的重机枪声，才知道这是来自敌方。

项英在开始的几分钟内，怎么也弄不明白，自己会睡在这里，思路被阻塞了，凡是能够想得起来的生活里的东西，全都烟飞云散。枪声使他想到周围正进行着战斗；而后才完全清醒过来——他们已经离开了自己的部队，离开了自己的军部。"天啊！我做了什么样的事情啊！"他嘟囔着，"我怎么会一阵心血来潮，就……"他有些后悔，怅然若失地向稠密的杂树林望了一眼。他憎恨周围的一切，他怀着茫然的无穷无尽的怨恨。怨恨别人还是怨恨自己？他搞不清楚。他只知道，这个"临阵脱逃"似的行动，像一把无情的利斧，砰的一下把他的一生劈成了两截。此时，他从现实中隔绝出来，站在过去和未来的分界线上。成败、利害、休戚、荣辱、欲望、希冀，这些推动世人奋进的齿轮似乎突然制动，给他一个空白的间隙来瞻前顾后。

那个在迷梦中对他哈哈冷笑的女人，是他从前的妻子，她的面影、她的声音像一个偶然的回声，从那遥远的凄风苦雨的年代，从历史深处传来。

那是 1935 年 2 月，他的妻子在福建长汀水口附近的山林里，被国民党保安第十团俘虏了。那一次被俘的有三百多人，其中有二十名红军干部。瞿秋白同志化名何其祥也在其中（他被王明排斥于中央领导之外后，担任中国工农政府人民教育委员）。敌人得到了情报，但不知哪个是他，便采用软硬兼施的办法，对俘虏们逼供、诱供。

项英的妻子那时怀着身孕，敌人对她的建议是诱人的："你只要暗中指认出瞿秋白，就立即释放你。"她为了保住不久就要分娩的胎儿，背叛了入党时的誓言。

她怀着羞愧不安而又渴求原谅的心情来见项英，她企图用声泪俱下的辩解来取得丈夫的同情："德龙，原谅我的一念之差吧！我是为了咱们的后代……假若我不说出来，别人也会说出来，敌人早晚总会把瞿秋白同志认出来的，为什么不可以……"

"混蛋！"项英跳起来暴怒地嘶喊一声，用颤抖的手指着半掩着的农舍柴门，"快滚出去！无耻的叛徒！如果不看你怀着孩子，我就当胸给你一枪！快滚，我不认识你！让我永远也不要见到你！快滚！滚！滚！！"

惊呆了的妻子，木雕泥塑般地无法移动，丈夫狂烈的诅咒，犹如利剑一般，猛烈地刺进她的心脏。她摇晃了几下，像石像倾跌似的訇然昏倒在泥地上。

项英像躲避恶鬼似的从穿堂的后门，急步跑进了后山坡上那一片竹林。他一直烦闷地坐了三个小时，苦苦地思索着妻子的辩解。当他稍稍平息后，重新回到住处时，妻子已经"滚"了。滚向何方？他不愿去问，去想。尔后，把她从记忆中抹掉了……

现在，事过六年，她竟然又从遥远的不可知的地方，幽灵似的冒出来，对他嘿嘿冷笑。这冷笑，使他如坠冰窖，周身寒透，那种宿命的孤独感，使他刻骨铭心地痛楚起来："我怎么干了这种事？"

四十年后，他的幸存的卫兵排长还怆然叹息："在新四军中，他是最不可能离队的一个，却最先离队，真叫人难以理解。"

项英站起来，活动活动麻木酸疼的手脚。他感到自身的虚弱无力。他发现袁国平、周子昆都在辗转反侧。如果处在平时，他们会凑过来促膝倾谈,而现在,却在互相躲避,因为在相对无言中,会产生极不愉快的联想。

多少年来,项英的一切,是跟新四军这个整体紧紧联结在一起的,而现在,他从这个整体上脱落下来了。正像他眼下那一堆堆的发着腐草味的落叶!

周子昆坐起来,捂着嘴,弓着腰,咳呛着,带着痰鸣的哨声。他向项英望了一眼,又急忙收回了含有怨恨的、痛苦的目光。

项英感到这一目光的打击,不正是他把他们带往这条吉凶未卜、祸福难料,却可以肯定是不光彩的道路上来的吗?惆怅、空虚、孤独、绝望,使项英整个身心都感受到难以言喻的痛苦。本想横展博大的翅翼,翱翔于光明的天宇,却鬼使神差似的突然失足,落进了黑色的深渊。

“绝险历远者,不慢于御。”镜心和尚那句偈语又袭上心头。项英素来不迷信神佛,在危难之时,他的心也开始倾向于宗教。他对未来的命运毫无把握,他的所作所为所想,全都出乎他的所料。他在新四军中位尊权重,一言九鼎,是什么力量把他推到这步田地,他不明白,但他清楚这就叫命运。命运是看不见摸不着的东西,在这个命运面前,他感到自己的渺小,渺小到不如一个放牛娃。他们曾向一个十二岁的孩子问过路,那个拖鼻涕的牧童把这块安全地带指给了他。他想:这片山林为牧童所有,而他却为这片山林所有。他不知这片神秘的山林居心是善是恶,是掩护还是出卖。他对后一分钟的际遇,毫无所知。

三　游击打法和北伐打法

当一个人处在绝望之中,深深懊悔自己做错了事的时候,他自然而然地希望找到精神上的庇护和道德上的支持。一个将要冻僵的人,自然向火堆靠拢;一个自感罪孽深重的人,跪在神父面前忏悔借以减轻心灵上的重压,获得一时间的解脱。

项英这时的心境,与此类似,他轻轻地叫了一声:“厚忠,你睡了吗?”

"啊！政委！"随从副官猛然坐了起来，犹如受了惊吓。大炮轰不走的酣睡，竟在这轻声的呼唤中醒转，脸上的痴色立即变成温柔。这是多么奇妙的感情。"你饿了吗？"刘厚忠凑到政委身边。

这些天来，刘厚忠蓬头垢面，满身泥泞，黑苍苍的脸上生了一些豆粒似的酱色疱块，密匝匝的络腮胡子，像一丛被踩过的乱糟糟的黑茅草，使本来威猛的面孔，平添了几分凶横和狞恶。

人的感情是很怪的，这张脸给项英带来的是温馨和柔情。"不！我一点也不饿，只是心里烦闷！"

"政委，你心里不痛快，我知道！"

"我觉得咱们不该离开部队……"

"有什么不应该？应该！"

"怎么应该呢？"

"突围，突围，只要能突出去就是应该！"

项英没有想到粗人竟有如此高论，里面隐含着某种哲理，便鼓励他再说下去。

"我知道，军长主张死打硬拼，不懂游击战术，那就让他拼好啦！政委，咱们突出去，就回我的老家去，还像三年前一样，打土豪分田地。"

"那可不行，现在是国共合作共同抗日……"

"管他呢？蒋介石打我们，我们也打他，大家心里都有数。政委，我喜欢打游击，又随便，又痛快，当个山大王，老子天下称第一，也不会受什么人的窝囊气！你也不会像现在这样天天争吵，天天发愁。"

这些忽天忽地、似是而非的话，项英听了觉得舒服。就像一个寂寞孤独的老祖母在跟刚懂事的小孙孙互诉衷肠："就是打游击，也到不了你老家去，要到天目山、武夷山去……"

"政委，到我们茶陵去吧！我能绝对保证你的安全。政委，在这世界上，我只有两个亲人了。一个是我的老姐姐，现今也不知怎么样；一个就是政委了！我愿意跟随政委一辈子！"

项英没法理解，这个猛张飞式的人物，竟然有如此细腻的感情。

这位草莽英雄，在湖南茶陵的深山沟里长大。从六岁起，就随父亲上山砍柴。冬天,则在山上烧木炭。从十岁起,他就带一条木棒,独自在深山的烧炭棚里过夜。

项英曾问他手臂上的伤疤是怎么来的,他便绘声绘色地讲述在他十八岁时,怎样跟一只豹子搏斗。

在他二十岁那一年,到莲花县去打短工,一家姓康的土豪雇用了他。半个月干完了全部秋收的活,康财主欺负他是外乡人,说他吃得太多,克扣他的工钱。刘厚忠则认为他干的活比别的短工重,应该多拿工钱。发生了争执,刘厚忠被康家的四名家丁痛打之后,像拖死狗似的把他扔出了大门!

刘厚忠报复与仇杀的激情是狂烈的,他把康财主门外的石狮推倒,咬牙切齿而去。康善人夜不能寐,眼前老晃动着那张含恨而去的脸,老闻到卧室里弥散着血腥的气味。于是他便以短工偷窃了康家财物为名,报告县府,由县警察局派人跟踪追捕,在茶陵县沈家桥抓到了刘厚忠。

那一天正好逢圩,刘厚忠的姐姐看到弟弟被莲花县的局子抓住,发疯似的抱住他的后腰不放。警察局的士兵不敢打这个披头散发的疯狂女人,只是想把她和刘厚忠分开。姐姐被推倒在地,她死死地抱住了弟弟的脚,就像海船边拖不动的锚。哭喊声,招来了几百个赶圩的人,因为一时弄不清真相,都在围观。

"难道我们茶陵就没有人了?!"刘厚忠的姐姐向围观的人叫喊,"难道我们就该受外县人欺负?! 莲花县为什么到茶陵来抓人?!"

宗族意识、乡土观念的火焰,首先引爆了一伙血气方刚的年轻人。"对呀!"一个小伙子把手中扁担向上一举,"打他个外县来的婊子养的!"

"打了吧!"

人群里响起震耳欲聋的雷声,赶圩者各自操起了手中可做武器的东西,有人竟喊了一句武打时的行话:"徒弟们! 抄家伙!"那些士兵们虽说也知道众怒难犯,但又觉得如虎似狼的军人,败在乌合之众的平民手里,未免窝囊。

一个不知死活的家伙对天开了一枪。这一枪,等于发出了暴动的号令。一个班的士兵,当即就有一个被群众打死,两个被打伤。如果跑晚一步,那就会被狂怒的群众撕碎扯烂,踩成肉酱!

刘厚忠得救了!当然只是暂时得救,以后也不会有第二次赶圩的人群来保护他!莲花县和茶陵县政府,认为沈家桥闹事带有暴动的性质,派保安团来逮捕肇事者。

刘厚忠带着十几个患难弟兄,进了深山,过起打富济贫的草莽生活来。他们几次去袭击莲花县的康财主,康财主被迫办起了民团,对着干。

1935年冬,边区革命斗争形势明显好转,从游击队奇袭吉安县油田区公所开始,渐渐转入主动。刘厚忠的三十余人,便接受了红军游击队的改编。半年后,为了掌握这支队伍,红军把刘厚忠发展成为党员。

刘厚忠带领游击队,也曾袭击过敌人乡公所、盐卡、税务所,时有收获。1937年冬,他带人下山,到莲花县龙山泉村集中。

在新四军整编后,他曾当过副营长,但由于用皮带抽打战士,引起了连队的愤怒。这种军阀作风在当时是绝无仅有的。项英亲自找他谈话,他说在游击队时打惯了,"棍棒底下出孝子",不打不出好兵。项英笑了,为了培养他,便派他到延安抗大学习。可是,他文化水平低,跟不上,吃不消学校的正规生活,结果从延安开了小差,又回到云岭。

他像一个做了错事的孩子,战战兢兢地站在严厉的家长面前,向项英低头认罪:"政委,部队我带不了,大学我上不了!"

"没出息!"项英说得很严厉,"你的党员介绍信呢?"

"丢在延安了。"

"真拿你没办法。"项英无可奈何。责怪的声调里流露出一些宽容的意思,刘厚忠听出来了。他知道项英会原谅他。因为项英对参加过三年游击战争的同志,都怀有特殊的感情。

"党籍嘛,可以恢复。可是,你的工作呢?你想干什么呢?"

"政委!"刘厚忠认为只有项英能了解他,体谅他,"让我给你当随从吧!"

他连个"副官"都未敢要,这使项英很满意。

刘厚忠当了随从副官之后,非常自得,有时对警卫排的警卫们吹牛:“我是一人之下万人之上！除了项英政委,谁也管不着我!”

几乎在每一件事情上,项英都能发现刘厚忠的耿耿忠心。这是一种多么奇特的现象,刘厚忠的确成了除项英之外谁也不敢管的人物。

项英与随从副官的交谈,收到了意外的效果,得到了意外的收获。他从悲观失望中解脱出来,清晰地规划出了未来的前景——他们穿插出去之后,就在附近的山里隐蔽起来,部队不可能全部被歼,只能打散,这样,他就可以收容突围者,在皖南留下一部分新建的游击队,他再带一部分人进入天目山,在天目山播下火种,他再进入武夷山。

他们首先穿插出去,也没有什么大错,与被打散后突围出去,没有什么大的差别。只不过是早突出去与迟突出去而已。

项英在刘厚忠身上,不仅找到了道义上的支持,而且得到了精神上的庇护。他沉重的心释然了:“厚忠,给我支烟!”

第十三章　高坦村徐家祠堂

一　光荣难再

叶挺坐在徐家祠堂火堆边的木墩子上，一脸怒容。两腮垂挂着，好像牙床骨肿胀似的。湿柴冒着浓烟，呛得他剧烈咳嗽起来。形影不离的手杖，像个紧偎在身边的孩子，怀着对大人的同情，无声地哀伤。

举世闻名的北伐战将，心情极端恶劣，谁比他更不幸呢？

他知道自己脾气不好，但却无法战胜自己。他不愿意再跟项英见面了，那是一件尴尬而又痛苦的事：还能有什么话说？没有。用什么眼神去看他？愠怒？鄙视？谅解？冷漠？都不合适。

万一项英来找他怎么办？对他说："军长，你来指挥吧，我错了，军的指挥所就设在这里！"叶挺想不出用什么态度来对待，也想不出用什么语言来回答。这个念头只在脑幕上闪了一下就消失了。他知道，项英不会来。

眼前的火光渐渐远去，一条河流打着漩涡在他脚前滔滔流去，单调的汩汩声像喁喁私语，沉重，浑浊，无止无休。他记起来了，那是莱茵河。他曾站在河边，看对岸的古堡在渐浓的暮色中闪出阴沉的铜锈色，犹如荒野孤坟，使人备感凄凉。他蹲下来，坐在一块赭色的岩石上，读希罗多德的《希腊波斯战争史》。

伟大的波斯王泽克西斯在看到自己统率的浩荡大军向希腊进攻时，向自己的叔父说："当我想到人生的短暂，想到再过一百年后，这支浩荡大军中没有一个人还能活在世间，便感到一阵突然的悲哀。"他的叔父回答说:“然而,人生中还有比这更可悲的事情。人生固然短暂,但无论在这大军之中或在别的地方,都找不出一个人真正幸福得从来不会感到,而且是不止一次地感到活着还不如死去……”

那时,叶挺只有三十二岁,已经数次尝过活着不如死去的滋味了。他面对着滔滔河水,曾不止一次地起过纵身一跃的念头。

“不,我不能成为海外孤魂,一腔热血,必须洒在祖国的土地上。”叶挺带着一个伟大的梦想回到祖国,“马革裹尸当自誓,蛾眉伐杵休重说”。如今,难道又是一场悲剧?难道我又要承担失败的罪责?

痛苦的回想,莽蛇般地噬咬着他的心,纷杂的思绪黄蜂似的嗡嗡乱飞。广州街头的炮火撞入他浪涛翻涌的脑海。

起义前夜,他被请去担任军事指挥,但实际的指挥者,是共产国际的代表——德国人纽曼。

起义之后,他感到,起义的工人队伍,不足以与国民党的正规部队抗衡。那时,八一南昌起义新败,全国革命形势处在低潮时期,怎么能靠一支起义的工人队伍坚守广州呢?能坚持多久呢?他提出,把起义队伍撤往乡村。纽曼听后,勃然大怒,用他那毛茸茸的手指着叶挺:“放弃广州?那么我们起义的意义何在?我们广州起义是进攻的!是进攻进攻再进攻!”

广州起义失败,责任落在他的肩上。他跑到莫斯科去申诉追查失败责任的不公,第三国际却站在纽曼一边。在忍无可忍之下,他脱离了党组织,到了德国——马克思的故乡,寻找真正的马克思主义。在易北河畔的汉堡图书馆里,他读完了《资本论》和恩格斯的《德国农民战争》,看了大量的历代名将的历史和著述,而后到达了举世闻名的莱茵河。

在一千公里的莱茵河两岸,就有八百多座古城堡。这些断墙危垣残破倾圮的要塞,使他想到了古代连年的战争。他把探求的目光沿巍峨、壮丽、弯曲的河岸投向远方。云雾迷蒙中,那是阿尔卑斯山,他所敬仰的苏沃洛夫元帅,就在那风雪怒号的危崖险谷中,创造了军事上的奇迹——率领陷入绝境的俄军,从八万法军的截击中,冲了出来……

叶挺能不能做到这一点?不能!他不能像苏沃洛夫那样独立自

主,错过了创造奇迹的时机。

“晚了,晚了!”叶挺每当想到他不能像军长那样做主,却又要负军长应负的失败责任时,他的耳畔就响起夫人温柔体贴的声音:“希夷!辞职吧……中央离你太远……”

突然,一个感情的波浪扑向心头:“秀文,若是你知道我现在的处境,会怎么样呢?”两行泪水在他毫无防备的情况下夺眶而出,他急忙俯下身去,假装向火堆上加柴,抹了一把泪水。

“啊!秀文,我苦了你了。我一生颠沛流离,你跟我担了多少惊,受了多少怕,过了多少焦心的日子啊!秀文,你给我的太多太多,我给你的太少太少了。

“秀文,你什么也不需要,除了我的安全,除了我的荣誉,除了我这颗为国家为民族利益而苦斗的心!

“秀文,我没有什么可给你的!但我要留给你一个终生享用而且能够传诸后世的珍宝,那就是一个为共产主义事业而浴血奋战的‘战士的光荣’!

“可是,现在,我连这个都不能给你了!我的部队已经濒临绝境了,这样大的惨败,这样大的损失,这是我军历史上所没有的。我将承担着这副沉重的历史重担。秀文,我留给你的将是耻辱!”

在离别云岭那天,秀文和女儿扬眉都哭了。为了避免民众相送的那种令人难过的场面,她们在凌晨五时就上了路。李秀文在桌上,留下了一首唐人的诗:

万里人南去,三秋雁北飞。
不知何日月,得与尔同归。

秀文临别书赠希夷

叶挺送李秀文和扬眉到达上饶,也抄录张九龄诗一首相赠:

江上风烟积,山幽云雾多。
送君南浦外,还望将如何。

叶挺送内子秀文于上饶相赠

现在回想起这些,叶挺心头的悲哀更为沉重:将来我见了秀文,怎么说？见了小扬眉，我怎么说？

他的眼前，延安的宝塔山浮现出来。为了向党中央请示组建新四军的事宜，他在 1937 年底到了这里。“热烈欢迎叶挺军长”的巨幅标语，横挂在王家坪村头。毛泽东同志请他吃饭，向他详细地分析了国内外形势，而后陪他到抗大和党校去参观。在党校举行的欢迎会上，毛泽东同志致欢迎词说：

> 我们今天为什么欢迎叶挺军长呢？因为他是大革命时期的北伐名将；因为他愿意担任我们的新四军军长；因为他赞成我党的抗日民族统一战线的政策，所以我们欢迎他……

在热烈的掌声中，他目光四射，凛然的使命感，使他在致答词时的声音里颤动着振奋的激情：

> 同志们欢迎我，实在不敢当。革命好比爬山，许多同志不怕山高，不怕路难，一直向上走。我有一段是爬到半山腰又折回去了，现在又跟上来……我感谢党对我的信任！

他从延安回到汉口日租界太和街 28 号——新四军筹备处，在这里初次见到了项英。项英紧握着他的手，热情洋溢地说：“我们一定会合作得很好！”

现在，离那时，是多么遥远了啊！

二 “我们一误再误”

一声“报告”，把叶挺纷乱的思绪打断了。林志超浑身水淋淋地站在叶挺面前：“军长！我从北线回来了！”

叶挺急忙站起来，怀着一种奇异的感情，和作战科长握手。

“我知道。”叶挺只说了三个字，就停下了，“快先烤烤衣服！”

“军长！”林志超悲声地叫道，“我们下一步怎么办呢？”

“你应该去请示项副军长！”叶挺失声地吼了一声，后来压抑住了，懊恼地摆了摆手，“你坐吧！”

林志超仍然不坐,他找不到合适的词句说明他的使命:“军长,他们都站在路边,淋着雨……”林志超刚说出口就后悔了。

“唔……”叶挺先在火堆边蹲下去,坐在木墩子上。他猜对了,项英宁愿淋雨,也不肯来见他。

“我觉得,军首长们还是要研究一下,好下决心。”林志超把身上的皮包摘下来,也蹲到火堆边。郑冬生退到墙边去,把自己坐的地方让给作战科长。林志超看看叶挺阴沉的脸,他无论如何也说不出请军长去见项英共商对策的话来。这种极不尊重的做法——要军长去见副军长,除了触怒叶挺外,还能有什么结果呢?

“你不是见到副军长了吗?”叶挺的脸憋得通红,刚刚平息下来的愤懑之情,又烈火般地爆燃起来,眼里闪动着怒火,“还到我这里来干什么?”

林志超知道,叶挺的火气并不是冲他而来,既不畏怯,也不委屈,只是难过地低下头。

叶挺在冲动的感情喷发之后,也后悔了。他微微闭了一会儿眼睛,好像被内心的火光搞得晕眩了。他约束了自己,仍然高声地说:“他们既然在高岭碰壁,不是决定退回云岭吗?”

“可是,茂林已经被一四四师控制了。现在情况还不太清楚,但可以预想,新七师还在后边,这些广西猴子,是很善于打防守的!”

叶挺只是“唔”了一声。

“当前,部队思想很乱,埋怨情绪越来越厉害……上官云相已经……”林志超出于习惯,打开皮包,从图囊中抽出地图,像端菜盘子似的捧到叶挺面前。

郑冬生急忙提起马灯,给军长照明。

“晚了,一切都晚了!”叶挺不看地图,只是仰天长叹,“古人言,‘天生孽犹可违,自作孽不可活’。我们一误再误,我也是有责任的!”

“军长,”林志超沉声说,“你不要过分自责了。”

“不,我应该负责。因为我无能,我不是战略家,我未能说服他。”

“我知道军长的难处。”

“如果陈毅同志在这里,他会讲得头头是道,他会用战略家的高瞻远瞩和雄辩，折服他们……我对顾祝同的‘诺言’，也还抱有幻想，我没有想到他背后还有蒋介石，我未能用‘国民党敢动手’的充分理由来说服大家……我没有把司令部工作搞好，一切立足于打的决心也不坚决。”

“那么，我们怎么办？”林志超由于焦急，直视着叶挺，大声地叫道，“军长，你何必在这种时候自责呢？有什么用呢？”作战科长发现了自己的失态，低声地说：“请原谅我无礼。”

叶挺感动地望了作战科长一眼，好像在说：“你是对的！谢谢！”

“军长，现在当机立断的办法是什么呢？”

“还能有什么办法？只能坚决地打！只是部队太分散，也太疲倦了！”

在新四军中，也许只有林志超最了解叶挺的秉性了：在北伐战场上，在皖南的屡次反扫荡中，他都亲眼目睹过他的战斗风采。那时，他运筹娴熟、指挥自如，每次临战，几乎都贯注着破釜沉舟、志在必胜的决心。在弹片横飞的阵地上，他沉静地指挥着攻守进退，具有巨笔挥洒的大将风范和临敌生威的气势……

而目前，叶挺的心境，总是浸透着一种阴郁的压抑的煎熬，这是极端痛苦的。

人的心理因素是很奇特的：同样的一碗药，如果自己感到治病的必需，高价购到，唯恐求之不得，喝起来就非常可口顺畅；如果感到吃了全是白费，而别人又强迫吞饮，那就苦不堪言。一个战场指挥员的心理因素就更为重要，“将军可夺心”。兵法云：“心者，将之所主也。怒之令愤，挠之令乱，间之令疏，卑之令骄，则彼之心可夺也。”战争中，指挥员思想、意志、品德上的缺陷，往往成为敌方“夺心”的缺口。诸葛亮的空城计，就是以大智大勇的冒险夺司马懿之心的范例。

叶挺的懊恼与沮丧的心情，对指挥作战极为不利。但他的心并非为敌方所夺，而是不能做主。如果自己是部队行动的发动者，他的智慧就不断地闪光，他的谋略就得到充分的发挥。姑且叫做心理上的主动吧！在他几次决定性的策略被否决后，他的心理受到严重的挫伤，处在了极端被动的状态，被迫按着别人的意思去走棋，非输不可！

“如果赵处长能找到一纵队就好了!”林志超记起百步坑会议上,项英派赵令波去找一纵队的嘱托,“没有电台沟通联系,真是太遗憾了。不然,可收内外夹击之效,从四十师和五十二师的结合部向东南方向插出去……”

“现在,不能靠他。”叶挺说,“我们可以在明天晚上行动,向一四四师方向攻击,有可能冲出去。可是,谁知道项副军长有什么想法!”叶挺一想到自己不能做主,又冲动起来:“去!去找项副军长,我说话有什么用?军部不在这里!”

林志超很理解叶挺的心情,他知道叶挺不会自动站出来指挥全军,他得回去再见项英,却又不敢直说,只好站起来,临时想了个借口:“军长,我去看看部队。”他连地图也没有收起,便一头扎进凄冷的夜雨中了。

三　找不到项英了

林志超焦急万分从徐家祠堂跑出来,意识到在军长那里呆的时间过长,项副军长肯定等急了,他急急奔走。在灯影火光中呆了一阵,乍到外面,格外黑暗,他看不清狭窄的路,在田埂上踉跄着、滑跌着,结果,欲速反不达。过双木小溪桥时,翻身落在水沟里,忍不住惊叫了一声,幸好水不深。

“谁?”一个姑娘的声音,急急地向桥边奔跑过来。

这时,林志超已经从河沟里爬上岸来,弄得满身泥泞。

“志超哥!是你!”林志兰急忙向前,“没有摔伤吧?”这句话还没有说完,脚下一绊,向前一个踉跄。

林志超急忙用沾满泥巴的手扶住她,叫了一声:“当心!”

“你才不当心哩!”林志兰顾不上林志超抓住她胳膊上的那一把泥,从他胸前脱出来,退后一步,用手电筒上下照着,打量着,“伤了吧?”

“注意节约电……”林志超感到她照得太久了,“看你用光了,哪里去领电池!”

“我这里还有四节呢!”林志兰拍拍药包,“当护士的特别优待!”她又照了一通,“让我看看你的腿!”

“我是那么容易受伤的人吗?”林志超揶揄地说,“不像你那么冒失!”

“噢! 你可太不冒失了,”妹妹嘿嘿地笑着,“我可没有翻到河里玩泥猴给人看……喂,擦擦手,我有东西给你!”

林志超接过妹妹的手帕,觉得她太缠人了,急急拭了两下,交还给她。正要问她到哪里去,林志兰突然把一块油炸糍粑塞到他手里:“快吃,这是周副参谋长给我的,可我没舍得……”

“这是什么时候?”林志超心焦如焚,“婆婆妈妈,”他把糍粑推了回去,毫不理会妹妹的惊讶,大声斥问,“你到这里来干什么? 你们军医处的人呢? 你刚才不是跟在军首长旁边的吗? 不是叫你特别照顾周副参谋长的吗? 走,咱们到他们那里去!”

“你不吃完,我哪里也不去!”妹妹似乎在下命令,“我才不怕你虎叫狼吼呢!”

林志超毫无办法,把妹妹又推回来的糍粑狼吞虎咽地吃了下去。他实在也太饿了,那沾着泥腥的糍粑太好吃了,竟然忘了留给妹妹一点。

“哥! 项副军长他们已经走啦!”这时,林志兰才说到正题。

“走了? 往哪里走?”林志超茫然地问着。如果不是感到妹妹声调的庄严,准以为是开玩笑。

“他们商量着走,我听到了,可是,我想,你还在徐家祠堂里,他们怎么就……”

“你胡叨叨些什么?”林志超粗暴地推搡着妹妹,但他隐隐地有一种不祥的预感,“走! 咱们找他们去!”

“到哪里找? 他们走了很长时间了!”林志兰为哥哥的不信任感到委屈。

“那么,你为什么不跟他们去?”

“他们喊我来着,可是,我没有答应……”

“为什么?”林志超有些吃惊,其中隐含着怒意。

“我要等你……”

“等我?”林志超扬起手,一个耳光向妹妹扇过去。“这是战争,不是儿戏!你……你……”林志超气得找不到恰当的字眼,“你玩忽职守!”手和声音都在哆嗦,并不全是因为妹妹的任性引起的。

林志兰把脸一捂,哽咽地哭了。

作战科长毫无办法,只好哄她:“算啦,算啦!还是战士呢,还是老兵呢!都是妈妈把你惯坏了。好啦,好啦,别太任性了!都是你那块糍粑,让我长了歪劲,变得声大气粗了。好啦,好啦,别再呜呜呜啦!”

林志兰用拳头捶着哥哥的胸脯,破涕为笑了:“我偏要‘呜’你几下子!”

“志兰,你刚才说什么?他们真的走了?他们没说到哪里去?”

“我听他们在商量,说是趁天黑摸出包围圈去……不,是穿插出去……我没有听全。副参谋长问,部队怎么办,副军长说,通知部队就很难摸出去了,还说部队有军长管……”

“胡说!”林志超又怒不可遏地喊了一声,不禁出了一身冷汗,“这是不可能的!”他把妹妹一推,径自向岔路口急急奔去。他的眼睛已经适应了黑暗,那两棵老樟树已经近在眼前了

林志兰委屈地噘着嘴,在后面跟着他。

树下空空的,连人影也不见了。

作战科长心衰力竭地倚在老樟树上。发生了什么事情?林志兰站在他面前。他不理她,好像这一切全都怪这个姑娘。他感到深深的恐惧,一种莫名的恐惧!

“哥!他们向那个方向走的!”林志兰也感到了事态的严重,她指着东南方向的一道山谷。

“我去找他们!”

“我跟你去!”

“不!”林志超摇摇头,“刚才我来时,让你一闹腾,给搞忘了,徐家祠堂里,有好几个伤员无人照看,你快去。现在,你可以留在军长身边了。等一会儿,我也到军长那里去!你先去,徐家祠堂的路你知道,过

了双木小桥……"

林志兰本想打折扣,可是,听到哥哥的声调里带着恳求的成分,不能不勉强地同意了。再说,她不能不去照看伤员啊!

林志超这个善意的安排,使妹妹的生活路程起了无可挽回的剧变。这也就是人们常说的那种"命运"了!

四 全军安危

林志超走了,叶挺心里感到一种无法排遣的重负,仿佛自己做了一件可耻的事情。对于全军的安危,他觉得自己负有不可推卸的责任。

"部队的处境是重要的问题,个人的自尊算得了什么?个人的委屈算得了什么?如果此时,我想出来解救部队脱离险境的良策,我该不该去找项英?在百步坑会议上,项英未能接受我的意见,那是项英顾虑到打星潭的代价太大,对西出高岭抱着过大的希望,也不能说是毫无道理,也不能说无情可原。如今高岭碰壁,如有万全之方策,项英也许会欣然接受吧?"叶挺的思想有了转机。在历代军事智慧的宝库中,能找到一种启示,来挽救目前的危局吗?

他在广东陆军小学时,就喜读兵书战策,看烂了一部《东周列国志》。1914 年,考入湖北陆军第二预备学校;1916 年,以优等生的资格进入保定陆军军官学校。在这个期间,他阅读的古今中外的军事著作是无所不包的,特强的记忆力,使他记取了许多典型的战例,甚至时间地点人名都记得非常清楚。

这一点,使史沫特莱和林志超都感到惊讶。可惜的是,除他们俩之外,叶挺很少和其他人促膝交谈。这也许是北伐军的严格的等级制度给他养成的习惯,也可能是他的性格内向使然。

此时,叶挺很容易地想到了战争中可能出现的偶然因素。这种偶然因素既可以使一方转败为胜,也可以使一方功败垂成。这次北移,部队的险局,不就是由诸多偶然因素造成的吗?严冬大雨,冲垮浮桥,延缓了部队的行动,削弱了部队的战斗力,这不太偶然了吗?如果提前一天攻击星潭,那就会顺利得多。

这个偶然因素也并非不可挽回,使进攻星潭受挫的也许并不来自项英的否决。本来计划三路会攻星潭,如果不是教导队找错了,向导走错了方向,如果不是另一路发生了误会,那么星潭也许在百步坑会议之前就拿下来了。

滑铁卢之战,如果不遇大雨(这和渡过青弋江时的大雨多么相像),不是泥泞的土地障碍了拿破仑骑兵的奔驰;如果不是找错了向导;如果没有那条在地平线上根本看不到却又是骑兵不可逾越的鸿沟;如果不是错用了平庸无能的将军格鲁西耽误了关键时候的增援,结果就大不相同。英军统帅惠灵顿曾经有一个时候认为一切都完了,结果来了布留赫尔的援军。这些数不清的偶然因素,只要缺少一个,滑铁卢战役就是另一个样子,欧洲的历史便将重写!

叶挺还想起:他在保定陆军军官学校时精心研究过的一个古代战例——拜占庭的陷落①。为了攻打坚不可摧的城墙,土耳其苏丹马霍梅特制造了一种前所未有的巨型大炮,为了从另一面的水路进攻城堡,他把一支拥有七十艘战船的舰队,在一夜之间,搬运过山岭,穿过葡萄园、田野和森林,从一个海域运到另一个海域。

保定军校工兵科,曾对这种旷古奇闻式的战时工兵科学开设了专题研究。因为马霍梅特这个极其大胆的狂想,一开始就显得荒谬绝伦,但这位暴君竟然做到了,这就大出对方的意料之外。

舰队翻越山冈,这是奇迹中的奇迹,但它只是加重了城堡的险恶处境,并没有轻易攻陷。当堡垒的每一处缺口,每一个天窗下,每一座大门前,都躺着数以千计的土耳其人的尸体时,一种令人难以置信的情况出现了——在内城墙上,有一个叫做凯卡波尔塔的小门,由于守城者难以理解的疏忽,完全敞开着,可以从容出入,而无人注意。守城者在激烈的拼杀中,竟把这个小门忘了,如此荒唐的事,以致土耳其人开始认

---

① 拜占庭原是希腊旧城,古罗马皇帝君士坦丁一世于330年将帝国首都罗马城迁往拜占庭,改称君士坦丁堡(罗马仍为首都之一)。1453年奥斯曼土耳其人攻破君士坦丁堡不久,奥斯曼帝国迁都到这里,更名为伊斯坦布尔。君士坦丁堡的陷落,标志着延续将近一千年的东罗马帝国的灭亡。

为这是一种诡计，是一种圈套。结果，他们竟然不受任何抵抗地进入内城，突然出现在守城者的背后……

就这样一个微不足道的偶然事件——忘了关小门，决定了拜占庭的命运。

"现在，"叶挺想道，"会不会有一个被遗忘的凯卡波尔塔小门……"他为这种想入非非而感到自我羞愧了，这不近于迷信了吗？其实，这个凯卡波尔塔的小门——一条被树丛遮掩的山沟是有的，只是没有被发现。他也知道，偶然因素不只作用于一方，命运之神有时偏袒，有时却使双方机会均等，这就看双方的指挥员，谁能预防不利于己的偶然因素，谁能抓住有利于己的偶然因素。不正是在这种把不利因素转换为有利因素（变被动为主动）的过程中，来表现指挥员的智慧和军事才能的吗？指挥员的关键，往往是表现在抓住战机还是贻误战机。

也许一个叶挺所希望的偶然因素产生了吧？衣冠尽湿、满身泥泞的赵令波，用略微嘶哑的声音，报告了他的到来。

赵令波的出现，很出司令部人员的意外，大家都疑惑不安地注视着他的脸。从7日的百步坑会议后，他带一个警卫班去找一支队，仅仅过了一天一夜，炯炯有神的眼睛就印上了一层黑影，双唇突出，两腮塌陷，前探的下巴也失去了往日的圆润。他不仅流露出睡眠不足，体力上的疲倦，而且还流露出一种精神上的虚弱。这些，不需要阅历深沉的眼睛也能看得出来。

叶挺一向讨厌这位参谋处长，现在他是一支队的副司令了。但在这种情况下相见，仍觉分外亲切，那种患难与共的感情，使叶挺急忙站了起来，和赵令波紧紧地握手，惊疑地问："你怎么回来了？一支队呢？"

"我在球岭碰上新一团的特派员！他带着二营七连，和大部队失去了联系，五十二师已经占领了球岭，没法越过……"

"七连呢？"

"在外面，挤在汪家祠堂里休息。"赵令波说，"部队累垮了！特派员本想来见军长的，可是，他一头拱在草堆上睡过去了。"赵令波给叶挺带来的情况，很难说是希望还是失望。

说到失望，赵令波未能到达一支队，未能像原来希望的那样，使一支队成为策应全军突围的有生力量。说到希望，他毕竟带来一个完整的连队，这是一把突围的尖刀；而且一支队还存在着，一旦联系上，突然出现在敌人侧后，那也不失为滑铁卢之战中布留赫尔那支挽救危局的援军。

“到这边来！”叶挺把赵令波引到林志超留下的那张地图旁边。那些善于体会首长意图的副官和参谋们，立即把马灯捻亮，放在能把地图照亮的角度上。

叶挺指着铺展在神台上的地图说：“赵处长，现在军部处境十分困难。我们因为向导弄错了方向，误走濂岭，耽搁了时间。根据刚才林科长提供的情况，五团在高岭受到七十九师的狙击，新三团在高坦、茂林方向，正与一四四师激战……只有一支队两个团失去了联系，他们很可能在榜山一带，向榔桥方向突围，如果能追上他们，要他们返回外长坑一带，这是四十师和五十二师的结合部，策应军部和二、三支队向东突围，方可有救……”

“我明白！”赵令波注视着地图，他仿佛感受到地图上袭来一股激战的风雨，袭来一股令人生畏的洪流，但他仍然沉稳地说，“我的任务是要把一支队变成出现在敌人侧翼的奇兵。”

“你的理解非常正确：这是我们唯一的希望。”叶挺沉思了一下，似乎掂量赵令波能不能完成这个重托，似乎忧虑，赵令波会不会成为滑铁卢战场上贻误战机，葬送了法军的格鲁西。

“我再返回去找一支队！”赵令波喃喃地说，“我一定会找到傅司令员！”

在叶挺心目中，赵令波请领这次任务，简直是称得上具有自我牺牲精神的高尚行为！出生入死杀进杀出，完成任务，需要大智，需要大勇。

“很好！你去找到项副军长，把这个计划告诉他，”叶挺坦诚而又严厉地说，“就说这是唯一挽救危局的机会……”直到这时，叶挺才想到这位新任支队副司令员，为什么先来见他。

“我没有见到副军长，”赵令波又补充说，“我找过了，没有见到他们！”

“没有找到?”叶挺惊诧地注视着赵令波,认为这是不可能的。

“是的,”赵令波也觉得奇怪,他原以为叶挺是知道项英去向的,他想象不出这是为什么,“我碰到卫生队的刘医生,她说一个小时前,在村口大樟树下见到过他们。可是,我没有找到……”

叶挺不想深究了,也许不去见项英反而更好!这样,他的指令就可以畅行无阻地执行。

“赵处长,时间太紧迫了,”叶挺带有几分抱歉地说,“你不能休息了,希望你立即出发,你从警卫连带一个排去好吗?”

“军长,带那么多人反而不好,目标太大,我只带四五个人就够了。”

“很好!”叶挺简直要对原来的参谋处长刮目相看了。心想,难道我过去对他的看法不够公正?项英对他的器重是对的?他心中突涨起一种冤枉了好人时产生的那种内疚之情,“冬生!你把挎包里的糍粑,全给赵处长带去……”郑冬生把嘴噘了起来。他准备违抗命令。

“不!不!”赵令波恳切地拒绝,“我的警卫员身上还有干粮。”

“那么,你还有什么困难吗?还需要什么?”

赵令波还需要什么呢?他此时的心境是极为复杂的,就像嘴里塞进了几样杂拌菜,各种滋味都有。他看得出,叶挺把拯救全军的希望,寄托在一支队的策应上。具体地说,就是寄托在他身上。但是,他怀疑自己能否穿过重重封锁安全地到达一支队,他对此去的吉凶祸福几乎来不及预想。他一时真不知道需要什么。

如果用“惯贼行窃,无所不偷”的心理形容赵令波的心境,也许不太适当,但他确实想要带走一点什么。他向祠堂里扫了一眼,目光落在林志兰的脸上。

女护士奉哥哥之命,刚从老樟树下到祠堂里来。祠堂里并没有伤员急需她的照应,她这才知道哥哥的用心。爱情从内心深处散射出炫目的光彩,可以使人变得超常地美丽,再加上祠堂里温暖的气息,使她在寒风冷雨中变苍白了的面颊泛起红晕,在火光的映照下,显出霞光般的鲜艳。

赵令波自己也搞不清出自何种动机,忽发奇想似的冒了一句:“我需要一个卫生员……能否请林护士跟我们去!”

显然,这个要求是合理的!可是,在林志兰听来,不啻是一声沉雷。她要留在军部。她不能离开她的哥哥!她的哥哥还没有回来!

林志兰对哥哥的感情是异常执拗的,甚至是不可理喻的。她对林志超的爱,是在孤独中自我完成的。这种痴情,谁也说不清是怎样发生的。她没有读过爱情小说,只是看过若干爱情戏。她永生永世忘不了的那出戏,叫《鸳鸯冢》。故事是一对青年男女两相爱慕,私订婚姻。男的叫招郎,因家规极严,不敢禀告。女的叫五姐,久候不娶,忧抑成疾,托人传书,为招郎家长得知,责子私订婚姻,锁禁楼中。招郎乘夜跳窗逃出,去会五姐。五姐此时,病已垂危,见招郎后悲伤而亡,招郎亦碰壁殉情。二人合葬一处,称鸳鸯冢……她当时一边看戏,一边落泪,暗自说:“我也会这样的!我也会这样的!”

这种爱情,具有很大的盲目性,她用少女特有的梦想去丰富了它,用强烈的希望去美化了它,用真诚的感情深化了它。这种爱情是可贵的,也是危险的,它会酿成生死相恋的殉情悲剧。

她瞪了赵令波一眼,恨得咬牙。

“那好!小林,你随赵处长去吧!”叶挺根本不了解姑娘的心情,“路上自己当心!”这是命令。

林志兰的心被刺痛了一下,就像被宣布了死刑。她知道,哥哥不会很快回来,来到祠堂后,并没有伤员等她救治的小小骗局,她也理解。她趁赵令波去挑选警卫人员时,蹲到郑冬生手边的马灯下,写了个极为潦草的纸条,交给了冬生,让他转给林志超:“哥,我随赵去一支队了,真不知……哥,你要保重!!!”

她一扭头,泪如涌泉,她觉得再也见不到哥哥了。林志兰不信鬼神,却相信预感。

五　临危受命

在离老樟树大约五十米的山坡上,有几间相连的小屋,是机要科,电台就架设在那里。

林志超猛然推开门，一脚跨进去，还没有看清人的面孔，就劈头问了一声："军首长没到这里来吗？"他有些慌乱。机要科的人都吃惊地注视着作战科长，以为发生了什么紧急情况。

谷学清有些奇怪，他说："你不是跟首长们在一起的吗？"

林志超并不回答谷学清，又问："他们没有要你发报给中央吗？"

机要科的人全都警觉起来，这个问题太尖锐了，太奇特了，太不寻常了："林科长，出了事吗？"

"啊……没有什么！"林志超懊丧地向他们摆了一下手，退出门外，但他又想起了点什么，重又推开门，没头没脑地说："军长在徐家祠堂！你们有事就去找军长！"这又是石破天惊的几句话。

谷学清追上来，想问个究竟。林志超向他低声说："你快去报告军长，就说项副军长他们找不见了，我现在正在找。"说完就匆匆走了。

林志超按照妹妹指的方向往前走，在谷口上，见到有一簇房屋，大约有五六户人家。他走进靠路边的一家。这里面是教导总队的医务室，房屋里躺满了伤员。他觉得来的不是地方，正想退出，几个医护人员仰起脸来。他看到了郑芳雪。

"林科长！"郑芳雪惊喜地叫了一声，急急向他走过来，"你怎么有空到这里来？"虽然不是交流感情的时候，但他看出郑芳雪那美丽的眼睛里，是那样一往情深，里面有千言万语。

"噢，我是想问问你们，军首长到这里来过没有。"

"刚才，我跟孙医生去那边……"郑芳雪搞不清东西南北，只是用手指了一下，"看见项副军长带着十几个人，沿着左面的山沟走了。"

"真的？走了有多久了？"

"大约一个小时了吧？"孙医生插进来说，"好像，好像……"

"好像什么？"作战科长急得跺脚，大声叫道。

"好像，好像换了便衣……"

这是一声炸雷！"胡说！"林志超心焦如焚，"天这么黑，你能看见个屁！"他丝毫不理会这种少有的粗话所引起的惊愕，转身冲了出去。

"这是怎么回事呢？"他自言自语地说，"换便衣？不可能，不可能，一定是孙医生看错了。”可他非常心虚，不敢再让郑芳雪来证实。

他镇定了一会儿，碰到了工兵连的哨兵。

“林科长！”哨兵认识他。

“你……你们住哪里？”林志超口吃了，“带我到连部去！”

工兵连长王自中正在灯下擦枪，他急忙站起来，叫了一声：“营长！”

林志超一把揪住他的沾满机油的手，拉到一边，悄声地说：“你带二排长，向西南方向，去找项副军长、袁主任、周副参谋长他们，让一排长在家负责工作，派三排长给我……”

“出了什么事？”王自中惊骇地瞪大了眼睛。林志超用两句话作了说明。

“那么，全连出动不更好吗？”

“不行，现在还什么也不清楚，不能让部队知道……你向西南，高岭方向，如有什么情况，立即报告军长。他在徐家祠堂……”林志超带着工兵连的三排长，向东南丕岭方向找去。

他们打着手电，沿着沟边，趟着齐膝深的荒草，穿出山沟，看到一间孤立的茅屋里透出火的微光。

在这里，他们碰到了随军行动的东南局副书记梁朴。林志超在陈家祠堂的新年庆祝会上见过他，他那洋娃娃似的白皙的圆脸，只要见一面，也就记住了。经过这几天的奔波，竟然没有变瘦变老。

“糟糕！”梁朴的脸变得更白了，两只胖胖的小手绞扭几下，喃喃地说，“太糟糕了！军长呢？你从他那里来？”

林志超简单说明寻找的过程。

“这样，”梁朴说，“这样的黑夜，寻找太困难了，我们还是快去见军长吧！这是大事，要快些报告中央才行。”

他们回到徐家祠堂时，已经是1941年元月9日凌晨三点钟了。雨，仍在淅淅沥沥时断时续地下着。

“不要发得太急。”叶挺握着手杖，站在火堆旁边，好像凝视着远方，“要把情况搞确凿，林科长，你带几个警卫找到附近部队，要他们用军号询问。”又转向谷学清，“你回去，让机要科把电台搬到祠堂旁边的厢房里来……”

二十分钟后，军号响了，有几处军号在呼应。查询毫无结果。王自中也回来了，没有找到。

“军长！发报吧！”梁朴看了看夜光表，建议说：“现在已经是凌晨四点了！今天是几号？”

“9号！”机要秘书回答。

“你记！”叶挺对谷学清说，“打给毛泽东主席和中原局刘少奇同志。”接着他口授电文：

> 今(9)日晨，北进，又受包围，现集中全力与敌激战，拟今晚分批突围北进。项英、国平、子昆等于今晨率小部武装上呈而去。我为全体安全计，决维持到底……

然后请梁朴提出意见。此时梁朴尚未接到政治上由他负责的指令，客气了几句，慎重地在“上呈而去”后面加了“行方不明”四字。

祠堂里的气氛是严肃的。

林志超布置了侦察与警戒后，精疲力竭，再难支撑，挤在火堆边的草铺上睡了。

他九点钟醒来。中央尚未回电，便草草吃了一块饭团，准备乘马去前线部队。郑冬生忽然赶上他，交给他一张纸条，他以为是郑芳雪的，结果却是妹妹的。“哥！你可要保重!!!”他仿佛听到姑娘的一声惨叫，只觉得眼前一阵发黑，天地有点倾斜。姑娘多次的爱情俯冲，都撞到冰冷的花岗岩上，她未曾想到这句诀别似的话，却像山崖崩塌、巨石乱滚，是那样猛烈地撞击了哥哥的心！林志超心中涌起了无限的依恋之情。他怀着一种失落感，翻身上马，可是，上了三次，他才上去。“哥！你可要保重!!!”这句迸射着心灵血花的嘱托，一直陪伴着他向前线奔驰，哒哒马蹄犹如踏在他的心上。

上午九时，中原局先于中央给叶挺、梁朴回电：

> 项、袁、周□不告而去，脱离部队，甚为不当，即在以前他们亦有许多处置不当，违反中央的指示，致造成目前困难局面。望你们极力支持，挽救危局，全力突围走苏南，并直令二支队接应。

叶挺手执电文百感交集。“望你们极力支持，挽救危局”，这十一个字给他一种压迫感。梁朴一直没有过问过部队的事，这副重担，将压在他的肩头，名副其实的“临危受命”。

他庆幸的是从项英的羁绊下解脱了出来，可以自由地伸展手脚了。这个太突然的变化使他一时难以适应。全军的命运全都委托于他，在一种使命感的高压之下，他产生了一种从未有过的孤寂与惶然。他明白，战局大势已定，回旋的余地已经很少了。

指挥才能是多方面的，有的能攻，有的善守；有的长于夜战，有的长于偷袭；有的用兵多多益善，有的却只能带一支游击队；有的善于正规作战，有的长于游击战争；也正像棋盘上对阵的棋手，有的善用炮，有的善用马！叶挺的困惑正在这里，像这样的处境，这样的对手，这样的局面，他没有经历过。

严格地说，他的军事实践是有限的：北伐战争，从1926年6月开始，到9月占领武汉，打了还不到四个月的时间。这就是叶挺军事生涯的辉煌时期。南昌起义、广州起义，都是败仗，而且时间是很短的。像广州起义，发起到失败也只是三四天的事情。

叶挺把电文交给梁朴。

梁朴默然良久，然后仰起脸来，庄重地说：“军长，我是不懂军事的，你放手干吧，我支持你！”

“电文说让二支队接应我们，”叶挺说，“恐怕远水难救近火。”

“是啊！那也只是我们突围之后的事情……”梁朴说了一句，似乎还想再说什么，却没有了下文。他把电文交给谷学清，蹲下去烤火。

中央尚没有电示到达。其他人，除了警卫员在祠堂外游动外，都在沉睡。其实，也实在没有事情可做。叶挺对着作战地图，一支接一支地吸烟。

大约十一点钟，林志超骑马回到徐家祠堂，向叶挺报告敌情：四十师在我背后；七十九师和五十二师在我侧后左右两翼；我们正面是一四四师，右侧是一〇八师，左侧是新七师。

我情：一纵队的两个团，杳无音讯，赵令波也无消息；特务团、五团从濂岭撤回，现将到达南容，可作攻击的后续部队；目前可作攻击力量的是三团、教导总队和工兵连。

叶挺把新的敌情，标在图上。这时，高坦北面响起激烈枪声。

在叶挺、项英、饶漱石频频给中央和中原局发报的同时，中原局跟中央也在互通电文。①

刘少奇关于撤销项英职务问题向中共中央的建议

（1941年1月9日）项、袁在紧急关头已离开部队，提议中央明令撤项职，并令小姚在政治上负责，叶在军事上负责，以挽危局，如何，望即复。无论如何，再不能让项继续负责了，早撤职一天，早好一天。

刘少奇的电文是愤慨的，激动的。认为皖南新四军的危急状况，显然是由于项英的种种错误造成的，关键时刻，动摇离队，撤职是合理的、公正的！

可是，中央认为，撤销项英职务，可能对部队震动太大。因为部队处于危难之境，是非常时期，应从稳定部队情绪考虑，宜慎。而对叶、饶的处置，也极慎重，不管他们措施是否适当，采取"多鼓励，不指责"的方针。无疑，这是正确的。

这种谨慎态度，极为明显地体现在电文中：

毛泽东、朱德、王稼祥关于新四军领导问题致刘少奇、陈毅

（1941年1月11日）你们转来叶、姚报告悉，叶、姚是完全正确的，望你们就近随时帮助他们，并加鼓励。唯项英撤职一点暂不必提。另指示即转叶、姚为要。②

---

① 在来往的许多电文中，有一种现象：先发的电文反而后收到，后发的反而先收到。按一般推理，特急电文，应该随到随译随送，不应颠倒。实际情况不然，因为全国战场很多，特急电文一日数十数百，在电台、译电员有限的情况下，也要排队，特急多了，反而慢于一般电文了。

② 姚指饶漱石。

第十四章　星　潭

一　战地日记之一：高坦

1941年元月9日，阴雨，高坦村，徐家祠堂。

这天凌晨，我从新三团回到高坦，打听军部住在什么地方，正好碰到机要秘书，他把项、袁、周诸位首长离开军部的消息告诉了我。真把我吓得魂不附体，以致我找到徐家祠堂时，还没有从震惊中恢复过来。这是多么不可思议。

祠堂里的人都在火堆四周的草铺和门板上沉睡。唯有郑冬生守着火堆，维护着火的旺度，给沉睡者烘烤着衣物。

叶军长盖着军毯，不停地翻身，他的旁边，睡着穿便衣的梁朴。这种迹象，证明谷学清的消息是真的！

"白记者，你饿了吧？"郑冬生从火堆里扒拉出几块未烧透的红薯，拣了一块大的、软的给我，"这是从老乡家里买来的。"

我大口大口地吃着，毫不客气，脸皮变厚了。这是在星潭前线，熊团长那句"学点乖"的话，对我发生了作用。现在，我学乖了，吃完了，稍稍有点后悔。我应该储存一点。

"冬生，你怎么不睡？我替你看着火……"

"我，我不想睡，白记者，我有我的窍门，"冬生带有诚实人少有的那种诡秘说，"首长工作的时候我瞌睡，首长睡的时候我守卫。我比首长睡得多。"

"噢！经验之谈。"我一边脱下湿鞋烤着又白又皱的脚，一边沉思默想。我急于见到林志超，这位悲观主义者啊，难道被他言中了？

“白记者，”郑冬生低声地问我说，“咱们皖南的新四军就这样完了吗？”

“你这是什么话？”我气咻咻地瞪了他一眼，忘记了那一块红薯的恩惠，“悲观失望情绪要不得。”

悲观失望情绪我也有，只是从这个孩子嘴里听到，使我特别震惊。十九岁，那是不知恐惧不知忧愁的年龄，那是不知天高地厚、把一切都想得特别美好的年龄，是充满着希望、幻想、憧憬的年龄。如果他也感到失望，那局势就真正面临绝境了！

“我不想悲观……”郑冬生申辩着，“可是，项副军长、袁主任、周副参谋长，怎么也悲观失望了呢？”他的眼圈一红，泪水滴落在灰烬里。

我无言以对，心中漾起无限悲苦。回想两年前的四顾山抒怀，更加惆怅莫名，黯然神伤。这一切，我不能解释！

“白记者，刚才，在睡觉前，林科长跟军长讲到了一个苏罗夫，还有鼻子山，到底是怎么回事？你能给我讲一讲吗？好像他打了个胜仗，突围出去了。”

我告诉他，那是从前的一场战争，并纠正了他的误听之处。可惜我无法讲述苏沃洛夫进军阿尔卑斯山的细节，我没有研究。

“白记者，你说，我留在皖南打游击行不行？”

“噢，我不知道，你为什么不问问军长呢？”

“不！”郑冬生痛苦地摇摇头，“我怎么好开口？军长夫人离开云岭的时候，托付我照顾好首长，我不能离开军长啊！”

“那你就跟在军长身边不也很好吗？”

“我很想上前线去。”

“这可是个严重的矛盾哩！”我看到军长翻了个身。担心这话被军长听到，就岔开说，“冬生，我刚从前线下来，我给你讲讲前线的故事吧！”

“不，不，白记者，你也要抓紧时间睡觉才行，不然，你就没有劲头爬山了。”

“那好!”我为了他的好心的提醒,看到草铺上还有空隙,就挤了进去。可是,我没有办法入睡,又坐了起来,翻阅我在星潭前线的笔记。

二　战地日记之二:星潭

1941年元月8日,阴雨,星潭前线。

这是我第一篇战地笔记。正像林志超所说:“英雄们创造历史,我来记述。”

部队从4日黄昏出发,仅仅过了四天,在这硝烟滚滚的舞台上,人人都改观了,从外表到内心。那些平时英挺俊秀的指战员们,大都变得胡子拉碴,满脸泥尘,眼窝深眍,脸色蜡黄,颧骨突出,明亮的眸子也失去光彩。老、脏、瘦、僵,证明了战争的残酷。

7日下午五点钟,我跟前卫团团长熊梦辉并肩站在离火线大约五百米的山坡上,不时有流弹从上空飞过,有几发冷炮在离团指挥所三十米的地方炸开,硝烟气浪扑了过来。嘤嘤作响的弹片从头顶上啸叫而去。我非常紧张,看着熊团长那泰然自若的样子,我也只好克制住自己的惊慌。“恐惧”毕竟是个貌似凶恶的鬼影,当你豁出去的时候,它就悄悄隐退,消失无踪了。

“地形对我们太不利了!”熊团长把日式望远镜交给我,“你看,一营打得太苦了!”

八倍望远镜,一下把战场拉到我面前。在通往星潭的山口上,爆裂着、飞溅着、散射着火花,被打燃的茅草和树蔸,升腾着烈火浓烟,天空乌云低垂翻卷,那是战神翱翔的翅膀。在左边的山坡上,一座碉堡突然爆裂了,那美丽的火光一闪,犹如一缕艳丽的残阳,染红了一片乌云。

这里听不见喊杀声,只看到雷电交作的地方,人影幢幢,奔跑腾跃,搏斗,倾倒,脚下的大地在颤栗,发出难受的低沉的哼唧声。

大约有一个排,成散兵线,从砂质的斜坡上冲下去。

我看到了真正的战斗奇观:烈火浓烟展现了它的灿烂光彩,黑沉沉的天幕,使那些爆炸的火花,更加夺目,仿佛是无数宝石喷发散落,有无数处喷着火舌,犹如闪光的飞蝗。双方都像疯狂的挣扎,合成一个战争的怪物,在翻滚,跳跃,怒吼,奔跑……我看不清他们的面孔,听不清他们的喘息,低吟……只看到他们躲躲闪闪,匍匐腾跃。那是一些不可思议的姿态,在弥漫的烟雾里,硝烟带着呛鼻的辛辣味,从山林间弥散过来。

橙红色的曳光弹,像千百条赤蛇在天幕上闪射飞舞,成群的手榴弹,火光一闪,散成飞蝗似的光点,犹如节日的礼花……如果,战争不给人类带来破坏和死亡,那么,它就是最蔚为壮观的奇景。正像我在上海时,坐在“大光明”、“美琪”、“国泰”影院里,欣赏那些战争巨片。

“白沙同志,战争,跟你的想象不一样吧?”熊团长把望远镜又拿回去,“战争,是残酷的!”他好像看透了我的心思,“可不像在剧院里看电影那样……我们已经有一百二十多人伤亡了!”

“我们什么时候能打下星潭?”

“本来应该现在就拿下来了!”熊团长又举起了望远镜,看了一会儿,“我们已经占领了将军山,只要冲过四百米的开阔地,就打到星潭村头了!”

“为什么耽搁了?”

“本来是三路会攻,不知为什么教导总队跟五团都没有投入战斗……这是在泮村军事会议上研究好的! 战斗,就怕这个,老来意外……”他忽然问我,“你饿了吧?”

我坦白地承认,已是饥肠辘辘。他向卫士招了招手,要了一块比冠生园月饼大一些却要薄得多的烙饼,掰了一大半给我。我本想推辞,最少是客气几句。

他用略带戏谑的口吻告诫说:“戴眼镜的文化人,应该学点乖,在战争中,不能等待别人来喂你,书生气要吃苦的!”

战斗突然转烈,我要到火线去,熊团长反对:“不! 你去只能碍手碍脚。还得别人来照顾你,没有这个必要。”然后,他建议我到后面包扎所去看看。

包扎所,在团指挥所后边二百多米处的一个山洼里。跟望远镜里看到的壮丽血战相反,这里是一片惨烈的可怕的景象:大约有三十名已经牺牲的同志排列在包扎所左边的草地上,埋葬人员在清理遗物准备掩埋。血凝固后,变成了黑色,惨白的脸,在黄昏后的朦胧中,分外触目惊心,一种难闻的血腥气直刺鼻腔,我像晕船似的反胃。

前面,不断地有伤员抬下来,大都是不能作战的重伤员。轻伤是不下火线的。我看到一个白衣护士喝醉了酒似的跑到一边,哇哇地呕吐起来。等她仰起脸来,我不由地大吃一惊,是郑芳雪。

我急忙向她跑过去,想跟她谈谈,主要目的还是想让她休息一会儿。一个十天前才随军的地方人员,怎么到火线上来的?“啊,白记者,我是个不错的教员,却是个不称职的护士。”

郑芳雪脸色苍白,白罩衣上溅着黑色的血迹,显得非常虚弱,“一个伤员的肚子被炮弹炸伤了,肠子流出来,孙医生让我帮他……我受不住了。”

“你不应该到火线来……”

“是我要求的……白记者,对不起,我要去了……”她又去救治伤员,竟然没有向我问一声林志超。我不知如何评价这位山村女教师。如果林志超在这里跟她相遇,将会闪耀出什么样的感情的火花?

在包扎所左首十几米的山坡上,摆着三十多具尸体,他们全都以各自不同的姿态躺在那里,仿佛留存着在生命逝去的最后瞬间的思想痕迹:痛苦地皱着双眉;愤恨地咬牙切齿;平静地安然而眠;沉思地瞪着眼睛,望着翻卷的乌云。再远处,有时强时弱的篝火,幢幢黑影在火光里来回晃动,恍若精灵,那是准备随时投入战斗的第二梯队。谁也不能预言他们的命运,谁也不知道在后一分钟里,庄严的军号将送给他们什么命令。这景象让我感到一种古老的原始的神秘的色彩。与死神相邻的阵地上,人的信任、友谊、真情是很容易流露的。

又抬下一批重伤员，有的被机枪打得像蜂窝，有的断了一条腿，露着白色的骨茬，刚刚扎上绷带，立即就被血洇透了。

“白沙！白沙！”竟然有人叫我，声音是那样微弱。天已经黑下来了，包扎所里亮起了十几盏风雨灯。我循声望去，却不认识那个伤员。这种事是常有的，因为我到战地采访，许多战士认识我，我却忘记了他们。我向他走过去。“白沙，你不认识我了？”

“啊！是陈志国，你没有戴眼镜，脸型变了！”我还记得他在章家渡口，提醒我用绳把眼镜拢在头上。

“我的眼镜……撞碎了！”

“不要讲话！”医生毫不客气地干涉我们。

陈志国本来就瘦小的身材，在剧痛中佝偻着，怕冷似的颤抖着，手臂无力地垂挂在担架边上荡悠着。那手和脸一样，蜡纸般苍黄。“医生，请不要为我包扎了……”陈志国请求着，“我只想跟记者说几句话，至关重要的话！”医生向我点点头。我蹲下去，望着他那即将凝滞的面孔，轻轻地抹去他嘴角上的几缕血丝。

“白沙，我不能死在抗日战场上了……我是代表全家回国来打日本鬼子的，我没法向父母交代，我没法……你替我……”他的头猛然一歪，就溘然长逝了！在这种时候，我没有想到哭，似乎也没有想到恨，只是他那没有说完的话，引起我无限惆怅。

那是1938年的隆冬，在云岭的罗里街头，出现了一个叫花子，褴褛的破夹衣，冻坏的耳朵用破布包着，拄着一根棍子，找到了军部。岗哨不让他进去，说这里不是讨饭的地方。他从怀里掏出了两千元美钞，这是他家献出的抗日经费。这个书呆子没有学会保护自己，他从岩寺讨饭来到云岭，把手、脚、脸全都冻坏了！本来把他分配到教导总队青年队，可他要求到前线战斗部队去。他是代表侨居国外的父母和姐妹来为祖国尽忠的！“打日本鬼子去，代表全家。”他到战斗连队去当了文化教员。

陈志国牺牲了，他没有能够死在抗日战场上，他遗憾，他没法向父母交代！他没有责骂什么人。可是，敬爱的蒋委员长，你作为一个爱国志士的谋杀者,怎么向他的父母交代?怎么向千万爱国华侨交代?陈志国死了,一个颇有才华的诗人死了。"祖国啊!我是你的儿子!今天,我把第一排子弹射向仇敌——这是献给你的第一首赞美诗!"这是反扫荡后,他在《抗敌报》上发表的一首长诗里的几句。

在他的遗物中,有一本《前线诗笺》,我请求遗物登记员让我保存,并保证在适当时候,由我寄给他的父母。

陈志国同志就地埋葬了,我给他的坟上,添了一抔土;他将永远留在这将军山下了。我想,春雨过后,这里将有一丛杜鹃盛开,我想,如果还活着,我将再次到他的墓地来。

三　战地日记之三:石井坑

1941年元月10日,多云,石井坑。

补记昨天黄昏、夜晚所见所闻所想:

"喂!乐观主义者!"我在睡梦中,被轻轻推醒了。我猛然坐起,睁开惺忪的眼睛,狂喜地跳起来,先抓住林志超的手,"喂!悲观主义者!你好吗?"然后,我们死死地拥抱着,互相拍打着,好像分别十年之后的重逢。

"眼镜!眼镜!"林志超指着落在草铺上的眼镜,"压碎了它,你就成了睁眼瞎啦!"我们高兴得像小学生似的。这跟1939年我们在繁昌前线相见时的心情,真是天壤之别。

"老林,我有千百个问题要问你!可是,现在,我倒不知道提什么好了,只想告诉你,我也变成悲观主义者了。"

"慢着,我也有千百个问题要回答你,可是,现在,作战科长没有时间答记者问,只想告诉你先跟我去吃饭,后跟我上前线!"他一边说一边向身上披挂着短枪和挎包。

"到哪儿去吃饭?"

"212兵连!"

“为什么到212兵连?”

“走吧!”他拉起我的手,走出徐家祠堂。黄昏已经降临了,乌云压着山顶。

“听说你在星潭前线,写了一点什么?我们在茂林,不是达成协议了吗?我们创造历史,你写创造历史的我们……”林志超紧紧拉着我的手,生怕我摔倒。

“我只能向你说一句,这次皖南失利,战斗者是没有责任的,是无可指责的!……”

“那么,我们这些指挥者是有责任的了?”林志超的声音里,包含着某种悲伤的成分,但绝无气恼。

“这就是我想向你提出的第一个问题!”

“吃饱了,就谈!”林志超用手一指,“你看,212兵连长已经在门口等咱们了,苦难中也有福享!”

我闻到一股肉香扑鼻而来:“哟,你们有肉吃?”我的馋涎从腮帮子里涌出来,咕咚咕咚咽口水,实在太想吃肉了。

“我们搞了头野猪!”王自中非常自得,“我们可以招待记者……营长,我们送了两条后腿给军部,你那一份不在这里,恕不招待。”

“你搞错了。”林志超笑眯眯地说,“过去我是工兵连的上司,现在,我是工兵连的兵,我得吃双份!”

高坦四周,枪声阵阵,但我们对于炮声都已经麻木了。惊心动魄的铁血搏斗,经历多了,也就熟视无睹,只有少见才会多怪!

我们边吃边谈。林志超半开玩笑地说:“饭,不能白吃。”要我跟工兵连去参加战斗!这吓不住我。

王自中给我们讲了个找向导的故事,很不错,有点戏剧性。可惜他讲得太简单了。

屋外又啪哒啪哒地下起雨来。可以预想越来越大。“讨厌的乌云!”我怨声怨气地瞅着门外低垂的雨云。

“唯独今天晚上的雨不讨厌!”林志超走到门口,探身出去,显出一脸欣慰的神色:“白沙,当年诸葛亮借东风,今天夜间,我们可要借冬雨了。不然,老天爷也太不讲交情了!"我不懂。林志超对我说,"你先睡!我跟王连长研究一下行动计划。"

"我能旁听吗?"

"可以,我不怕你向敌军告密。不但可以听,而且还可以说。"林志超在纸上画出一个笔架似的山丘,对工兵连长说:"这是状元岭,它的主峰上是敌人的碉堡群,有一个加强排在上面防守;这是右侧,这是左侧,山腰部都有山路可通,这两侧都有敌人的碉堡……我们准备先拿下主峰。"

"为什么?"王自中问。

"从山麓到山顶,这段坡不算很陡,只是生满了难以通过的杂树荆棘,这是敌人意想不到的攻击方向。"林志超目视王自中。

"那么说,我们连的任务是开辟这条通道。"王自中内行地说,"有多长?"

"大约二百米。"林志超用铅笔敲着所画的示意图说,"你们的任务是:今夜九时用极隐蔽的方式到达作战地域,明晨三时,完成两米宽的通道。攻击部队明晨二时出发,三时半到达进攻出发地。有困难吗?"

王自中手托下巴,打着饱嗝,沉思着,仿佛在想着别的。

"有一点我必须提醒你。"作战科长说,"看起来任务并不繁重,平均每个人在六个小时内,只完成二米的工作量,可是,你有劲使不上,前面只能展开两个人到三个人。"

王自中仍在沉思。大约五分钟后,仰起脸来:"营长,你把咱们工兵连小看了,我感到你的计划不周!"

"哟,你说!"林志超脸上露出了赞赏的神色。

"等我们清出道路,从接近山顶处撤退下来,再让突击队摸索上去,这种做法,不是营长的战斗作风。"王自中难过地说,"自从章家渡断桥之后,你另眼看待我们了!"

"你想把攻山头的任务也交给你们?"林志超两眼闪闪发光。

"正是这样。咱们连的战斗力你还不知道?"

"谈谈你的计划!"林志超拍拍王自中宽厚的肩头。

“开二百米的树棵子，一个排就足够了。你想，二米宽的正面，顶多摆下三个人，一个班，也要分三组轮流干。每个组只要不歇气地干五分钟，再换上一组，有的组砍，有的组排除。”王自中拿过笔，在纸上划着，口中念念有词，“晚上九点到凌晨三点，六小时，六六三百六十分钟，平均三分半钟砍二米，这并不难……一个排，足够了。其余两个排悄悄跟进，通道一通，不需要撤回，立即占领山头，既快，又能保密。”

“很好，你王自中越来越爱动脑筋了。”林志超又拍他的肩头，“如果来不及，还有个办法，先钻进几个人去，分段施工！”

四　战地日记之四：工兵连

1941年元月10日，多云，石井坑。

补记昨天黄昏、夜晚所见所闻所想：

“喂！现在是七点整，”林志超对我说，“咱们二点钟跟随突击部队上前线，还有七个小时好睡！可见，戎马倥偬并不完全正确，闲空还是很多的！”

工兵连六点五十分就出发了。我们睡在王自中连部空出来的草铺上，小院空荡荡的，雨声转急，掩不紧的门板呱哒呱哒响。“我当你也跟工兵连一齐上状元岭了呢！”

“我不干这种蠢事。一个上级指挥员，随意下去，并不全是好事。你在下属面前一站，他就要凡事请示你，这就干扰了他们的指挥。特殊情况当然例外。我的任务是执行司令部的计划，下达命令，由他们去执行。没有婆婆在，儿媳妇干得更好！”

“这跟我想的不一样，我总以为你们忙得焦头烂额。”

“那种人有，形式上的热闹，实质上的无效。司令部需要思考，思考需要安静。”

我不由地撑坐起来，带着一种期待的神情望着这位作战科长。每当我跟他相处，总有点新的发现，新的收获。这家伙真有点不同凡响。据说人的知识像缸里的水，容易舀空；人的智慧却像海，无穷无尽。林志超是智慧发达的人。我可以看到他的眼睛在黑暗里闪闪发光。外面风雨越来越大了。

“老林，有个问题，我一直想跟你谈谈，犯点自由主义。你对项英同志怎么看？中央一直批评他在统一战线上是右倾，执行的是王明路线，我一直是很迷惑的。学习会上是不可能谈论这些问题的。”

林志超沉默了一会儿，也撑坐起来：“我说，只能说他是忽左忽右。这是一种机会主义！”

“左跟右是矛盾的！”

“胜骄败馁，骄和馁是矛盾的，却是统一的！”

“能解释项英同志的行为吗？”

“当然能！在最初跟国民党谈判的时候，项英同志是拒绝的！他认为跟国民党谈判，接受整编就是投降，无疑是左的。可是，接受了国民党任命后，在南昌，又发表‘合作到底’的演说，无疑是右的！”

我想现在谈这件事还太早，觉得他也应该睡一会儿了，以免影响他的作战指挥。便躺下去，沉思不语，试图独自找到项英同志离队的原因。

我发现林志超缓缓地站起来，走到门口。外面风狂雨骤，他站在门边，久久地注视着，我不知道他想什么，但觉得他心神不安。莫非他发现作战计划有什么不周？在实施中有什么疏漏？他长久地伫立在门边不动，仿佛忘记了身外的一切，一任冷风刺面，寒雨溅衣。那倚门而立的侧影，给我一种孤苦之感。我忍不住又撑坐起来：“老林！你该睡了。”

“你先睡吧！”他的声音里弥散着凄恻悲凉之气。

我为之吃惊了：“出了什么事吗！”

“我在想我的妹妹，她跟赵令波去找一支队了，我总是放心不下。她给我留了张纸条……我产生了一种预感，很可能再也见不到她了……”这句话含着泪水，就像一个沉痛的音符，在屋子里抖，迷失在风雨中，接着又复归于沉寂。

我仿佛看到他的泪水正沿着面颊潸潸流下。但我不明白，他为什么不想着郑芳雪。

“老林，我在星潭前线包扎所，见到郑芳雪了！”我不知道在这种时候提她是否得当，“这是个完美的形象，兼有了妇女的美德和战士的顽强，是理想的佳偶。如果我长得棒一点，我就要做你的情敌了。你真走运！”我发出由衷的羡慕之声。

“我本来有更多的机会见到她，只要我寻找这些机会的话。”

“为什么不呢？”

“我应该疏远她！”

“我不懂！”

“我对今后的命运一点把握也没有。把两个人联在一起，就更没有把握了。”

“你真是个悲观主义者！”我不由地激动起来，“你这家伙不懂得爱情！”

“爱情？如果把它养娇了，那会感到过分痛苦的！”

“战场上的英雄，情场上的狗熊！”我揶揄地说，“应该抓住一切战机！爱情，这是人类至高无上的享受，你啊，你啊，太可惜了，能抓住多少是多少，绝不能放弃。”

“那么，你呢？”他从门边转过身来，我似乎看到他眼里的泪光。

“我？我是姜太公钓鱼。”

“你比悲观主义者更差劲，消极主义！”

“不，我是工作中的唯物主义，生活中的唯心主义，爱情上的宿命主义！”

“第一次听说！”林志超回到草铺上。

“宿命主义不确切，我可以称它浪漫主义！”

“怎么浪漫法？”

我给他讲了两件世界奇闻，这是我在上海做新闻记者时的知识积累。第一个故事，时间我忘了。从前有一位英国绅士，跟一个从未见过面的少女恋爱，失恋之后，便远离尘嚣，去过隐居的生活。但他一生仍在热恋中。这位绅士隔着花园的篱笆，听到邻居姑娘美妙的说话声和欢笑声，他为美妙的声音的魅力所迷惑，想象出姑娘的容颜和性格，将情书投过篱笆去求爱，当然什么也没有得到。

“无稽之谈！”林志超不信。

可是，我相信。有人只相信一般，不相信特殊。

“那么第二个呢？”他用戏谑的口吻问我。

他用不信任的态度对待我的奇闻秘录，首先使我产生一种亵渎感。我是相信大千世界无奇不有的。可是，不管他是否接受，我还是讲给他听了。本来有姓有名有年代有国籍，可以增加故事的可信性，可是，我忘了。

一个青年，在公园的长椅上拾到一张少女的照片。他通过这张绝艳的芳容，想象出少女的一切，他如痴如醉地爱上了她，寻访她，却始终未能见到这个少女。他也一直处在热恋中。

“这叫神经病！”

“这叫浪漫曲！你没有过单相思吗？”

“白沙先生，抱着你的少女安眠吧！”林志超打趣地说，“这张照片，是不是篱笆后面那个说笑的姑娘丢的？”

这是文学家才有的奇妙联想，我觉得跟这位奇才谈话挺有意思。

“喂！坦白！你今年二十九岁了，就没有染指过女色？”我在进行心灵探微。不记得哪个文学家说过：任何人的胸襟里都有秘不示人的一角，重帷深锁，掩藏着他的世情真谛。

“我现在想的恰恰不是女人。”

“当然，你想的定是即将来临的战斗！”

“恰恰不是战斗。你永远猜不着。”

“我承认！”

“我在想，历史经常犯错误。”

“至理名言！”

“假若我有全权来指挥这次北移，我会创造出奇迹来，就像拿破仑攻下土伦。”

“你不觉得太狂妄了吗?”

“韩信说他用兵多多益善。没有人说他狂妄。”

“他是用实践证明了的。”

“因此,我需要机会来加以证明。”

“这是一种野心。老林,谦逊一点。这很危险。”

“你不觉得这是一种进取精神吗?我们经常讲,要有雄心壮志,可是,当你说出来,就变成大逆不道的东西!我也说句你们文化人才用的隐语吧,‘穿上衣服才能出门!’我不愿意让我的思想穿上华美的外装!”

我呆愣了一会,索性坐了起来,穿好衣裳。

“白沙,你想想吧,我们都宣誓追求真理,可是都离真理很远,因为真理是裸体的!”

“老林……”我只觉得这个作战科长的语言,带有某种杀伤力,“你这些想法是哪里来的?”

“你并不真正了解我。”他站起来走向门口。我不知道他是观察天气还是为按捺住激动起来的心情。大约过了两分钟,猛然转过身来,坐在我身边,重又开口:“解放平江城后,我跟北伐军走了,打汀泗桥、贺胜桥,我都参加了,只是没有亲临火线。到了武汉,叶挺团长给恽代英写了封信,要他破格收我作为中央军政学校的最年轻的学员。我在那里,只学习了五个月,马日事变发生了。我又回到了家乡。那时我父亲正带一支游击队在幕阜山上活动。他把我派回平江城,跟一位中学历史教员住在一起,一方面上学,一方面做地下工作,保持平江县委与游击队的联系。在这三年里,这位历史教师把我视为诤友,他喜欢挑起我的争辩,只要我反驳他,他就高兴,他说我敢于反驳他,才是尊重他,证明我相信他的气度。他千方百计养成我的独立思考的习惯。这是一个真正的共产党员!他教我的第一个生活准则就是:‘我爱我师,我尤爱真理。’我也知道追求真理需要勇气,直言抗辩的人,历史上几乎都没有好下场。但,历史,却永记这些人的名字。因为人生多艰,要么你直面人生,做一个正直的人,这就是你说的那种傻瓜;要么做一个保身的明哲,丢掉人格……”

从这一刻起,我对这位作战科长更加刮目相看了。

五　战地日记之五:石井坑

1941年元月10日,多云,石井坑日记再补。

我在工兵连连部足足睡了八个小时。又饱餐一顿野猪肉,精神大振。但我伪装睡熟。我记得托尔斯泰在《复活》中,描写过聂赫留道夫暗中观察玛丝洛娃独自活动时的那种心态,我也是这样。大约二十分钟后,作战科长确认我已睡了,他悄悄起来,揿亮了手电筒:灯碗朝下,绝不会晃我的眼睛,像一只偷食的猫,走到桌边。他的动作给我一种神秘感。他把电筒放倒,让光亮照到桌面上。他写了点什么,折叠起来。好奇心使我产生了询问的念头,可又犹疑不决。没有想到他来叫我:“老兄,别装睡了,替我送情书去!”

我有点糊涂,判断力失灵了,嘿嘿一笑:“可以。你要付点什么代价吧?”

“我知道你要什么,可以向你公开!”

为了节省电池,点亮了油灯。下面是他的情书,凭记忆所记:

芳雪:为你庆幸,你父母肯定是地下革命者。只是近期无法查清,也无必要,皖南遍地皆有反共分子活动,澄清你的身世反而有碍你的安全。

突围前景,未可乐观,北上险阻重重,你应暂留皖南,投靠亲友,与当地革命组织取得联系,更安全些。据白沙言,你在火线抢救伤员甚为勇敢,闻之不胜欣慰。芳雪,请相信我,与你相识,乃人生幸事。能得到你的爱情的人,也是世上最幸福的人。白沙说我是悲观主义者,大概是吧! 再见,当你接到这个便笺时,我已去前线了,故请白沙代转……

“干吗撒谎? 你应该亲自去见她!”我有些不解。

“不,相见的幸福是短暂的,分别的痛苦是长久的!”

“那好,我现在就去。等我回来,一齐去前线。”

“是的。我很可能再也见不到她了。”林志超哀叹了一声,“今夜攻下状元岭,明天打到云岭,而后是繁昌……长江……将有无数次战斗,谁也不知道……”

我披上雨衣,投进风雨中。我知道林志超有些后悔,他很可能感到丧失这次见面的机会将是终生遗憾。卫生队与工兵连只隔着一条街道,我把郑芳雪叫到一边,把林志超的信交给她。她脸一红,要立即收起,甚至忘了说声感谢。我坚持要她当时看完。

“哎,他走了!”这是一声大病中的呻吟。她像受了致命的一击,神态木然,看来极富悲剧意味。

我不忍心再让她受苦,轻轻拉了她一把:“打上伞,跟我走!”

“到哪里去?”

“他没有走!”

“没有走?”郑芳雪似乎没有听懂我的话,我骂了林志超一句,她终于明白了……郑芳雪把我丢在身后,不顾一切地向屋里冲去。林志超那时正站在门口,望着雨帘,等待我回归。她勇敢地投入他的怀抱:“我一定跟你去江北……世界上,我只有你了!没有你,这样的磨难,我一刻也受不了。”

我退到对面的房檐下,再也听不到他们的声音。我不愿想象他们如何完成有生以来爱情的初吻。我想象的是工兵连已经在状元岭的山坡上斩棘劈荆,那些攻击部队也正踏着泥浆进入攻击出发地……在血淋淋的炮火硝烟中,竟然也开放着爱情的奇葩;在死神的钩刀下,竟然也能饱餐人生甜蜜的果实。生活是多么奇妙!

他们在短暂中完成了永恒。可是,我忽然怀疑,我应该不应该这样安排?他们还在拥抱,他们还在絮语。他们已经神魂颠倒,失去了时空的概念,一味沉醉在芬芳的梦里,忘了身外的世界。

当他们命运的闪电完成初次凝聚之后,给他们留下来的是什么呢?是幸福还是痛苦?

郑芳雪终于走了。她没有想到我在对面房檐下注视着他们。

林志超又站在门口,似乎忘了我的存在。我忽然想到:生活非常仁慈,使他们相会;生活又非常残忍,使他们分离。得到的跟失去的正好相等。

我向林志超走过去:"怎么样?你怎么这样快就让她走了?"我本来想来点嘲讽,可是语气却很郑重。

"我没有时间回答你。走吧,上前线的时间到了!"

六　爱情服从大局

暴风雨熄灭了工兵连砍伐灌木丛的刀斧声。王自中为了取得进度数据,一口气砍伐了四分钟,开拓五米。他放心了,把柴刀交给一排长:"就照我的速度干吧!"

"连长,谁也没法跟你相比。"

"你们三个人一组轮番干,还不如我一个?"

一排长笑了。王自中找了块可以挡风的石崖,把自己裹进雨衣里。他记住了营长的一句话:善于休息的人才善于战斗。他要养精蓄锐。明天,也许后天,他将回到云岭;一想到云岭,他就心跳血涌。

一个十六岁的瘦弱的姑娘,站在九峰山的一段陡立的石崖上。她忽然扯起补丁摞补丁的夹袄,把脸一蒙,撞了下去,把一声惨叫永留在人间。这是他的妹妹。他又看见,一个十八岁的瘦弱的姑娘,站在云岭山头,也是穿着妹妹一样的补丁摞补丁的夹袄。

那双忧郁的眼睛老盯着他:"我等你回来!"

"我一定回来!"这是离开云岭时,他留给那个童养媳的誓言。

"莲姑,我们就要见面了,一定要见面。"王自中祈祷似的向往着那个时刻的到来。

那时,他们工兵连住在田家冲地主田舜尧家的南屋里。在一个阴雨连绵的下午,莲姑樵柴跌在崖下,王自中到南堡医院看病回来,把她背到村头。援助别人是幸福的,领受别人的感谢是愉快的,王自中那时,享受着这两种感情。他可以对天盟誓,除此之外,绝无任何私心邪念。仅仅是觉得自己苦命的妹妹复活了。

他背着莲姑，一路上，几乎没有再说什么话，但她那颗冰冷的心，却在这段不长的山路上复苏。几滴泪珠，缓缓地淌下来，从两腮，落到他的脖颈上。她感受到人世间还有情谊，还有温暖，还有慈爱……那泪，是她新生的希望，她觉得有活头了。

王自中是个极不善于表达感情的人。他那年二十六岁，还不懂得什么叫谈情说爱。他通过自学，能看报纸，能读一般书籍，却从未看过小说。和姑娘谈心，倾诉衷肠，和他无缘。

他们在半路上休息了一次，可是，他什么也没有和莲姑说。他望着雨雾漾漾的山林，看到了他的家：

那是1928年，他十四岁，爸爸带着病，用独轮车给财东家送木炭，半路上，碰上大雨，连车带人一齐翻下了山沟。他还看到，他那瘦弱的妹妹并没有撞死崖下，仅仅是跌伤了腿，他如今走在细雨中的路上，正背她回家。啊！不是回家，而是到田姓地主家里去受苦。一个感情的浪头打在王自中心头，他弄不清这是什么样的感情，却被这种奇妙的联想惊呆了。这个联想也许就是丘比特那支随意发射的箭，陡然间串起了两颗淳朴的心。

王自中透过雨帘看到状元岭的剪影，看到接敌的通道向前延伸，它将伸向云岭，一直伸到莲姑脚下。伐木劈荆的咚咚声是直扣心弦的最美的音乐。他是幸福的。他为了莲姑受过处分，许多人为他抱屈，他不在乎，甘之如饴，当做爱情应付的代价。

王自中对莲姑的救援，对任何人都是无害的，应该成为军民关系中的一桩美谈，但引来的却是一场轩然大波，酿成了一次不大不小的反共事件。

古老的中国，两千年的封建病根，在偏僻的山村里，更是根深蒂固，男女间的“授受不亲”，岂容他们这样的不慎？

世上有许多法律并不过问的事情，那些无聊的闲扯，好奇的猜测，恶意的中伤，幸灾乐祸的传言，添油加醋的搬弄是非，却扭住不放。越传越玄，越传越像真的，似乎人人都是亲眼所见，亲耳所闻，应了“十里无真信”那句俚语。你就是派上十个调查组，也不会查清，因为它不是账目，也不是产品，它是“捕风捉影”的产物。这些飞短流长，像条带刺的鞭，天天抽你，使你连睡梦时都无法藏身，直到把人逼疯、逼死。

王自中和莲姑的事件并没有闹到这种地步，但又超越了这种地步，它从生活问题，变成了政治事件。

那时候，新四军全部住在群众家里，不管军纪多么严明，驻军和房东的媳妇、女儿之间，也曾发生过几起“互相倾慕”的事故，它的卑称就叫“男女关系”。因为他们不是神仙，而是普通的男和女。纪律的强制，理智的约束，在个别人身上，仍然压不倒生理的冲动，感情的沸腾。

王自中和莲姑这件无可指责的好事，竟和几件“坏事”挂上了钩，被视为“同类”。这本来还不算严重。严重的是，隐伏着的“反共力量”的借题发挥。

首先站出来主持公道的是田家冲的妇女抗敌委员会。她们完全站在王自中和莲姑一边。她们又超出了主持公道、申明真相的范围，指控了田姓地主折磨童养媳的罪行，并表示吸收莲姑为妇抗会会员；莲姑所受的非人待遇，妇抗会要过问！

民族矛盾掩盖下的阶级矛盾，在这件事情上都亮出了刀锋。在刀尖上，碰出了火花！

田舜尧并不孤立，他有根基，也有爪牙！他是国民党章渡区区党部的委员，他的手下有一张密探网，谣言中伤的瘟疫，就从这堆垃圾上孳生，散布。

他们从1939年4月起，就变本加厉地推行国民党中央执行委员会密订的《防止异党活动办法》。陈冠群在区党部的会议上，曾表扬过他，把他推崇为其他保、甲长的楷模。

妇抗会的干预，惹来了强烈的反击，田舜尧找到了陈冠群。他们找到了推行“防止异党活动”的有利契机，双双去见项英。

陈冠群的语言是委婉的，态度是强硬的。

蒋介石在全军参谋长会议上，曾批评第三战区战绩最差，纪律最坏。但是，在皖南，章渡区在限制异党异军活动方面，成绩却最为显著。

这固然由于陈冠群反共手段的高超，但也还要看他的对手是否顽强。皖南事变前，新四军与地方政府与友军，相处得不错，团结得似乎很好。如果敌寇不来扫荡，日机不来轰炸，云岭，那是一个充满欢乐和歌声的安乐窝。这当然是项英的一种政绩——统一战线搞得好。但为换取这种“相安无事”却付出了沉重的代价。

在皖南，我们没有自己的县、区、乡、村政权，也没有自己的地方武装。当然，在国民党的一些保、甲长中，也有我们的人，但那毕竟是极少数。所以云岭只能说是新四军的驻地，或是驻扎区，还称不上是“抗日民主根据地”或是“红色区域”。

这是一种失去独立性的依附：人在矮檐下，不碰头，是用低头换来的！皖南，没有苏南、苏北、江淮那种针锋相对、剑拔弩张的斗争局面。

在王自中和莲姑这个小小的事件上，项英的处理是果断的：工兵连连部，立即搬出田家大院；王自中撤职，写出深刻的检查，不然，要开除党籍；田家冲妇抗会不得干预莲姑的事情，是否吸收她参加妇抗会，要经田家同意，只能说服，不能强迫！一切从团结抗敌的大局出发。

项英以“严于律己，宽以待人”的原则，处理了这件事情。陈冠群和田舜尧都表示满意，称赞项副军长明智，有魄力！只有机关干部和工兵连的战士，公开地表示对此处理不满。直到叶挺的手杖捣了地板，才将王自中的撤职查办，改为党内警告处分，结束了这场风波。

七　战地日记之六：石井坑

白沙战斗日记续。石井坑。

倾盆大雨。

长长的山沟本来就阴暗，现在变得更加黑暗了。脚下是一道流水哗哗的溪涧，部队踩着鹅卵石，歪歪扭扭地走。大家都知道，今晚战斗至关重要。

“打回云岭去！打回云岭去！”

从部队到机关非战斗人员，无一不怀念着云岭。部队到达了冲锋出发地，大家都蹲在泥地上等待。军部把原定三时半发起攻击，推迟到五点，一个半小时的等待，显得过分漫长了。

我跟林志超去看工兵连开出的通道。在通道两边是密匝匝的树丛,野玫瑰的刺条,钩藤的长蔓跟灌木树蔸,纠结交织。王连长简单地向我介绍了砍伐的经过。

"每砍一斧,就觉得离云岭近了一步。"王自中不善于表达自己的感情,但却说出了概括力很强的话。我理解他这句话的全部内涵。他和莲姑的事,在云岭闹得沸沸扬扬,我曾采访过他。我知道,那个童养媳,在这风雨之夜,定会伫立窗前,用心谛听着高坦方向的枪炮声。

现在云岭是什么样子?四顾山是什么样子?回想起大前年秋天,在四顾山顶的展望,变化之大,真是令人触目惊心。当年项英同志的谈笑风生和今天的悄然离队,都不像是真的,恍若梦境,可悲、可叹。

进攻的时间终于到了。

高踞在山顶上的敌人,对隐藏的危险一无所知,还在风雨交作的催眠曲中酣睡。守在隘路口上的哨兵,也不愿意在风雨中游动,在巨大的崖石下,蒙着雨衣雨布,躲避风雨。

当碉堡里传出手榴弹的火光和爆炸声时,这些躲雨的哨兵竟想不出发生了什么事情。冬日的雷鸣电闪把黑夜扯得粉碎。哨兵醒悟了,猛然跳起,却又像没有站稳似的跌倒了。迎面射来一阵弹雨。

我军无一伤亡,把山头占领了。

拂晓的微光中,我军摸到了山岭下的各个山村。枪声骤起,梦中惊醒的敌人,诈尸般地跳起来,在地铺上乱撞乱摸。手榴弹的红光尖啸着刺进他们赤裸的躯体……没有死的光着身子拖着枪,在冷雨中向西奔跑!他们把军衣、食品和鸦片烟枪,丢弃在群众家里。我军抓到了上百名俘虏,冲向敌军阵地的纵深。

状元岭一线,全部控制在我军手中。暴雨渐渐停止,天空的浓云,竟然开启了一条缝隙,露出了蔚蓝的天空。

叶军长来到前线,他手提着抓柄手杖,不慌不忙地走上山顶,举起望远镜,观察着战斗的进行。他命令教导总队从左下方压往南容一线;命令三团,分多路纵队,从左前方压向田胡、明唐里、唐村、东岗村一线。枪声骤起,喊声震天,军号声中,我军潮水般向敌军扑去。顿时间,一四四师全线动摇,向茂林方向溃逃。

驻守在东岗村一线的广西猴子新七师,狂烈地开枪,阻止一四四师溃退。一四四师只好返身杀回,伤亡惨重。“军长!我们成功了!”军直机关的同志们,情绪振奋,信心倍增!

叶挺未置可否,又举起望远镜来。这时林志超已从前线回到他的身边。他发现作战科长一脸焦虑的神色。

“老林!你看,能突出去吗?”

“军长!我们没有后继力量了……白天,威胁太大。”

“一四四师溃退了……”军长的话,与其说是反驳,毋宁说是想保持最后一线希望。如果一支队这时能从敌人侧后出现,那该多好!那将是滑铁卢战场上布留赫尔的一支生力军投入增援。可是,赵令波却杳无音讯。

这时工兵连长带来了一名国民党军官,要见叶挺。他是一四四师的一个排长,叫吴志成。他带领全排举行了战场起义,在工兵连的战士们面前放下了武器。

“军长!我们的子弹是打日本人的!我们全排愿意投到新四军一边。过去,我们就想投过来,怕破坏两军关系,怕你们不收,现在弟兄们不怕了。”

“谢谢你们!在新四军最困难的时候弃暗投明。”军长握着这位排长的手,“兄弟们愿意参加新四军投入战斗的,由林科长安排编入战斗序列;愿意回家的,由敌工部发路费回家。王连长,请带吴排长去见林植夫部长!他们就在后面。”

在他们走下山坡时,我急追几步,赶上了他们。王自中把我介绍给吴排长。后者用谨慎好奇的眼睛盯着我,等着我发问。

“你是共产党员吗?”我问。

“不是,正巧相反,我是国民党员!”

“那是什么原因……”我作了个手势。

“因为我是一个中国人,我不愿意打自己的同胞!”

“可是现在……”

我还没有说完,就有几发炮弹落在状元岭上。我听到有人喊我。我急忙拉拉吴排长的手,翻身用力登上陡坡。前面的形势发生了逆转:我们的部队被敌人的反扑挡住了。

军长戴着望远镜,对林志超说:“形势很不利呀!”

“是的。刚才,一四四师的溃退,并不是全师溃退,只是一个团的溃退,是被我们打蒙了,战斗力并没有完全消失。他们的左翼是新七师,这个敌人很讨厌;右翼是七十九师……硬拼恐怕不行。”

“那么,只有后退了……”军长把望远镜放下来。

这时,我军冲击的波浪像碰上了崖岸似的,反流回来。

叶军长叹一声,留下坚守状元岭的部队。全军退回东流山下的石井坑。

从现在起,石井坑守备战就开始了!

第十五章　石井坑

一　突围无望

叶挺跳下马来，脸色铁青，站在被阻塞的隘路口上。阻塞，阻塞，老是阻塞，可怕的阻塞！在状元岭通向石井坑的狭窄山路上，七十多副担架停放在这里。刚刚炸开的炮弹坑冒着黑色的硝烟，齐膝的蒿草冒着火苗，矮树丛上挂着沾血的布片。重伤员的血水，从担架上滴下来，染红了半米宽的砂砾山道，给后撤的部队带来恐惧。

两个伤员丧失了理智，他们从担架上爬下来，拦在路口，撕掉了胸前的绷带，两腿叉开，用滴血的手，僵直地指着西北的几座山丘，声音使人悚然："打回云岭去！我看哪个狗娘养的敢撤！"

"我们爬也爬回云岭，死也死在云岭！"另一个伤员声嘶力竭地喊了几声，便轰然倒地，鲜血从鼻孔和嘴角向外流。

叶挺满脸怒容，向那个伤员走过去："到担架上去！这里，只有我来发布命令！"

"军长！"那个伤员红如炭火的眼睛认出了叶挺，但他似乎疯了，滴血的手指向叶挺，仿佛给他下着命令，"打回云岭去！打回去！"这喊叫使人毛骨悚然。

郑冬生认出了同村好友，立即扑向那个伤员，拦腰一抱，低声说："夏林！你疯啦！"一把将他推倒在担架上，伤员的双手还在担架上乱抓乱舞，受伤的狗子似的哀嚎。

几颗炮弹落在路边的斜坡上，火光一闪，喷泉般的泥沙升腾起来，洒落在担架上。弹片嘤嘤地啸叫着，冰雹般地打落在四周。云状的有毒的黄烟缓缓地横过担架队的上空，被炸弹的闪光撕碎，重又腾起、积聚、散开。

一颗炮弹在担架间炸裂，一个伤员跳跃似的飞腾起来，带血的断肢和冒烟的军帽抛到山坡上。一块拳头大的碎肉打在一个女护士的脸上，使她发出尖利的惊叫声！一丛酸枣棵子夹着一股热风扑到叶挺的脸上，在他的左颊划出了几道血丝。

叶挺推开郑冬生，指挥担架疏散。他看见状元岭的部队已经撤退下来了，眼前的一切混乱都仿佛是一个遥远的梦境，很像是广州起义失败。现在部队建制已乱，电线不能架设，散乱的部队和非战斗人员都听不懂号声。这种失控状态，任何指挥员都没有办法。

叶挺站在隘路口上。看着向石井坑溃退的人流，一时间忘记了身外的一切。

"军长!"他听到有人叫他。

一副担架停在他前面。躺在担架上的人颧骨高耸，面如死灰，叶挺端详了好久，才认出是组织部长李子芳。这位归国的菲律宾华侨，是个老布尔什维克，患有第三期肺结核，北移前夕，盲肠炎突发，刚刚开了刀。他似乎洞悉了叶挺的心境："军长，战士并不畏死，以死相拼是容易的！可是，我们的非战斗人员太多，都是革命火种……"

"李部长，"叶挺蹲在担架前，握住李子芳枯如干柴的手，"我懂你的意思，部队已濒临绝境，突围无望。"

"应该寻求外力。江北部队显然不能救急。昔日韩信忍辱胯下，如今为救部队何妨以曲求伸？目前国共尚未破裂，新四军仍为国军编制，你可以直电给蒋，请其下令解围，或可保存一部分革命力量……"

"这办法也许可行!"梁朴从旁建议，"即使无效，也不会有害。"

叶挺默然无语。郑冬生急忙把一条军毯铺在地上，叶挺木然地坐了下去。他看着对面山坡上那棵被弹片削断的幼杉。它被拦腰折断，小小的树冠荡悠着，像一只断臂，疼痛难忍，在寒风中簌簌颤抖。

叶挺产生了一种错觉：那棵挺拔的杉树，并非被炮弹炸断，它是因为承受不住过大的重量，弯曲，弯曲，再弯曲，咔嚓……叶挺全身一颤，他觉得体内的所有骨骼都断裂了，一阵屈辱涌上心头。今天，他才真正体验到“忍辱负重”的滋味。他听得见自己灵魂的呐喊：“宁为玉碎，不为瓦全！”

新任参谋处长张元寿轻轻地提醒着：“军长，越早越好。”

叶挺双手按住手杖的抓柄，精钢的杖尖，圆锥似的插进泥沙之中。此刻，折断是那么容易，弯曲却疼痛难忍。他胸腔里填满了悲哀的往事，外面罩上了一层沉静漠然的寒冰。血丝丝的两眼直盯着眼前那棵断树。就在这一刻里，他也许感受到了人生的一切苦味，他容忍了一切，他放弃了一切，他失去了一切。也许他的脑海里是一片空白，不再想什么，不再希望什么。

参谋处长，警卫人员，作战科的参谋，机要秘书，都静立在他左右，对军长的决策抱有迷茫的信心。只有担架上的李子芳看出叶挺真正的心态，那是一种悲伤绝望和完全的自弃，他面临着比生死抉择还难上百倍的抉择。全军的脱险、军人的自尊他全都要，却又不能两全。

又有几发炮弹在灌木丛中炸开，升腾的烟柱使他回到了现实中来：“如果能使全军解围……我个人的休戚荣辱算得了什么呢？我还有什么不应该抛弃的呢？昔日廉颇负荆请罪，传为历史佳话，那是错误在他，而我何罪之有？我为什么老是委屈自己？不，我不能……可是……”全军的命运犹如大山，足以把金刚压折压碎，他又不能不忍辱负重了！他猛然站起，面带凄恻、声调奇特地说：“那好，我来口授电文。”

> 职遵命北移，到茂林地区即遭友军四面包围，其后即到处遭遇攻击。今四面被围，弹尽粮绝。如委座以为新四军仍系抗战部队，而职仍系抗战军人，则恳请立即命令各友军解围。如获成全，职当立即来渝请罪，虽死不辞。临电惶恐，伏维钧裁。职，叶挺……

叶挺口授完毕，嘱谷学清请梁朴修辞发出。而后上马直奔石井坑，把军部所有人丢在后边。他的红马和栗壳色的皮夹克，消失在山拐弯处，像一缕熄灭的火焰。

马在狮形山下停住，仰天长嘶。被炮击赶来的山雀，啁啾惊叫，轰然起飞。叶挺一人,脚步蹒跚,走进树丛,有一株倾倒的栓皮栎挡住了他的去路。他停住了,像突然中弹似的摇晃了一下,栽倒下去。他坐着倾斜的树身,弯腰垂首,宽厚的双肩开始抽搐、颤抖,泪水无声地潸潸流下,一滴一滴洒落在枯草上,犹如点点寒露。

他不知坐了多少时候,死寂的石井坑响起隐隐的马蹄声。蹄声急骤增大。郑冬生带领骑兵班疾驰而来。

叶挺不愿任何人看到他的失态,猛然站起,但又立即蹲下了。他觉得身躯从未有过的疲惫和沉重,那是比死更甚的悲哀。

二　唯有守住东流山

狮形山下,军部临时指挥所设在一间很宽敞的北屋里。叶挺端坐在铺着作战地图的方桌前。他苦思冥想,总是突不破厚厚的樊篱,揭不开沉沉的帷幕,思想的奔马疲倦了,倒卧荒沙,不再驰骋。高坦之战燃起的希望之火,在新七师狙击的弹雨中熄灭了。发给蒋介石的电文,纯属幻想,与虎谋皮,岂能有望?

全军覆没的危险,暂时还很模糊。他站起来,在这间宽敞的屋子里走来走去,划火吸烟,不停地看表。这都不是他平时的习惯。他急等着侦察科长的到来,以便根据他的情况报告,做决定。

侦察科长终于到了。

叶挺向侦察科长作了个手势,要他走到铺展着地图的桌边。侦察科长以不带任何感情的声调,极为清晰地报告:

“一、敌四十师一一九团,由荡家村、蒋家村,到达倪家村,向东流山搜索前进。这是八时二十分得到的情况。

“二、敌七十九师二三六团完成沥岭—沥岭西北高地—狮子山之封锁线;第二三五团,完成狮子山—椅子堂—杨家村—王家村—麒麟山之封锁线;第二三七团控制于康营附近,作为机动。

“三、我侦察兵捕获五十二师传令兵一名,这是顽军传送的命令……”

侦察科长把缴获的命令送给叶挺。叶挺迅速地溜了一眼,交给了参谋处长。

侦察科长流水账似的报告了二十分钟,等于说了六个字:重围已经形成。

参谋处长张元寿看到军长突然变得神色困倦,急忙给军长一把椅子。军长坐了下来,打开地图,弓下腰身。这形象使他感到,整个历史的重压,压在军长的背上。

张处长心中漾起一种内疚的感情,作为一个参谋人员,他未能为军长分忧。整个指挥部,在这个青砖铺地的宽大厅堂里:包括党、政、军各方首脑和参谋人员,都沉默无声。空气中弥漫着"走投无路"的沮丧,激荡着"破釜沉舟"的决心。

此时,叶挺的心理压力也许太重了。他的脑际未能出现北伐时,面临严重局面那种智慧的闪光!

张处长又重新审查了标定的地图,仰起脸来,他看见叶挺面部表情极为严肃,近于阴森,浮肿的眼眶里,失去光彩的眼睛射出殷红色的光,眼球上布满血丝。

"军长!"张元寿指着地图上的榜山说,"五十二师命令第一项,显然是指我们的一纵队。命令中说,'其余一部已西窜,有向北逃窜模样',这说明一纵队已经向我们靠拢……这对我们很有利!"

"是的!"叶挺语音里仍含有严重的沮丧情绪,"就是不知他们还有多少人,也不知赵令波能不能……"

"军长!"梁朴向他们走过来,忧心忡忡地说,"我看,目前形势未可乐观,也许到了必须借助中央的政治压力,才能解围的时候了……"

"也只好如此了!"

谷学清立即出现在军长面前。他在硬纸夹上,用铅笔记录军长的口授。

"打给毛泽东、朱德、王稼祥同志。"梁朴说。

叶挺点点头,然后缓缓地说:

> 支持四个日夜之战斗,今已濒临绝境,干部全部均已准备牺牲。请即斟酌实情,可否由中央或重庆向蒋交涉,立即制止向皖南

我部进攻,并按着原来协议,保障新四军安全移江北以及释放一切被捕军部工作人员。

叶 挺

梁 朴

细心的读者可以看出,电文的逻辑性很差,文字也不精确。由此,可以想到电文起草者当时匆忙的状态和纷乱的心境。

叶挺、梁朴把电报发出后,舒了一口气。但是,这份电文所带来的后果是值得研究的,未来的历史学家们,无论从军事角度和心理角度都可能有所争议。

这份电文,从叶挺、梁朴当时的心境来说,是双管齐下,是军事突围和政治交涉两手并举。无疑,是正确的方策。但它会不会带来心理上的副作用呢?

叶挺为了等待中央的交涉,就必须展开石井坑的守备战,用较长时间的固守,等待中央与蒋介石交涉成功。能否守住石井坑,关键的关键就是守住东流山。

在战场上,有个相似的情形:一个指挥员,每当最危急的时刻,他最器重谁,就喊谁,就把最重要的任务交给谁。

叶挺派刚刚从狙击线上回到军部的林志超带领工兵连去把守东流山,指定作战科长为军司令部的代表去协调东流山各部队之间的统一指挥,并指定工兵连死守东流山的咽喉之地——371 高地。

三 回 归

项英、袁国平、周子昆,从东流山下的峡谷里走了出来,他们身后跟着刘厚忠和十三名警卫人员。

他们在 8 日深夜离开军部之后,便向敌人合围的相反方向穿插过去。无疑,穿插方向是正确的。逆网而上,只要稍有空隙,就可以从网眼里脱逃而出。但是,有一点他们没有想到:道路不熟,夜色漆黑,又无当地向导带路。他们在山林里像捉迷藏似的兜圈子,几次穿插都没有成功，还险些钻进敌人窝里。

三支队五团是全军的后卫团，在高坦之战前，在9日凌晨三点钟，他们奉军部命令控制高岭，挡住七十九师，保障我军侧后的安全，掩护和支援二纵队攻击一四四师。后卫团完成了后卫任务，得知全军向石井坑集中守备，他们便从高岭撤回，恰与项英一行十七人相遇。

这种相遇，使团长徐锦树、参谋长梁金华、副团长林开风，都很惊讶："政委？你们这是到哪里去啊？"

就在这迎面相遇的一瞬间，项英黧黑的脸色，变成了死灰色，接着又转为涨红。正像一个人，在暗中作盗忽然被朋友熟人看到的时候，所发生的情形一样，心理上没有准备。他没有能够控制住自己的表情，一时也无法恢复到往常上下级在此情景下相遇时，应该具有的那种感情和动作上去。

"这……这……"项英木讷了，上级在下级面前，出现这种张口结舌的窘况，他生平第一次遇到。他感到自己像站在一条晃荡的小船上，马上就要晕倒了。项英本来是个极度镇定沉着的人。现在，这种冷静的品格，不但不能救他，反而使他陷入绝境。他清醒地知道：纵有千条托辞，也难以解释为什么身着便服？为什么离开了军部？他们要去何方？为什么和自己的部队相逆而动？为什么向敌人围过来的方向潜行？

袁国平也发抖了。他站在刘厚忠的身后，虽然全身被挡住了，但他还是准备如实相告。不然，这一关是过不去的。

周子昆因不正面相冲，所以提前反应过来。在项英喃喃无语时，他急忙趋前解释，说是由于昨夜大雨天黑，和军长以及司政机关失散了。又因为没有向导，走错了方向。

这些理由，虽然经不住仔细推敲，但可以解脱相对无言的难堪窘境。周子昆为了做得更符合自己的身份，便问徐团长，部队这是从哪里撤回来。

这一问，颇有点画蛇添足，三位团领导困惑地互相对望了一眼：军副参谋长竟然不知道他们五团的任务，这可能吗？

"那么说，你们在8日晚上就和军部失散了？"团参谋长机敏地计算了一下日期。

“是的,是的……”项英急忙打断梁金华的提问,“现在可好了,咱们一起找军部吧!”

三位团领导便不再问,跟随二营(五团前卫营)后尾,向石井坑开进。他们一路无言。项英接受了周子昆的教训,不敢随意提问,更不作任何指示,避免和团领导交谈。这种反常的举止,使三位团领导大惑不解:军部发生了什么事情?

在五团前卫营到达东流山南麓时,便接到军长的命令,要五团守备东流山,立即构筑工事,并与特务团取得联系。

团首长们只和项英一行打了一声礼节性的招呼,就去勘察地形,选择阵地去了。项英深深感到他们的冷漠,心头袭来一阵悲凉。他也只能带他的同伴们,自去石井坑寻找军部。真不知什么样的灾难会迎接他们。

他们都垂头而行。痛苦把他们的背压弯了,自感比所有人都矮了几分。只有刘厚忠例外。他对周围发生的一切似乎都无动于衷,对离队归队的是非,也持无所谓的态度。他仍然腰杆英挺,步履沉着、镇定、轻捷,神态俨然。但他并不麻木,他是十分清醒的,全部身心凝注在两点上。一点是,项政委走到哪里,他跟到哪里;另一点是,保证项英的生活尽可能地舒适和他生命的安全。

此时天已微明,从东流山下到石井坑,到处散乱着就地而卧的人群。这是比较安静的时间,在这些横躺竖卧的人群里,也还能听到嬉笑打闹和沉郁悲凉的歌声。

他们尽量避开人群,沿着溪边的砂岸蹒跚地走着。可是他们不知道军部的住处,不能不走到附近的人群中去问。他们在溪边看见医院的孙医生和郑芳雪,还有一些机关人员,在给伤员洗濯绷带和血衣。

项英习惯地向他们扬起手,似乎还要像往日那样,用响亮而富有感染力的嗓音喊:“同志们!大家辛苦了……”后面还会有许多勉励的话。可是今天,那声音只在喉咙里咕噜了一下,但他却热切地盼望着同志们像往日那样,放下手中的活儿,簇拥到他身边来:问候,道贺,寒暄,听候他的指示。

他的希望落空了。孙医生、郑芳雪他们也条件反射似的站起来，还没有迈步，只喊出一个"啊"字，就像碰到一座无形的墙，脸上的笑容立即消失了，又蹲下去。"啊！这水好凉啊！"立即又揉搓起来。那碧清的溪水，翻起白色的浪花，冷砭肌骨。

这种毫不掩饰的掩饰，像一把乱针似的刺痛了项英的心。他并不埋怨部下无情，他理解。只有"回避"，才能使双方都不过分为难，他甚至感激部下的良苦用心。

她们是佯装忙碌。其实是在偷偷地睥睨着他们，低低地议论着他们。

"轰！轰！"两发炮弹在距离项英四十米的地方爆炸：砂石和烂泥喷泉似的飞溅，升腾起一股浓烟，大地在他们脚下跳动。

"防炮！"不知谁高喊了一声，项英听不出这是在警告他还是警告所有的人。但他们一行，都无动于衷。警卫人员都跟在首长身边，似乎能为首长挡住飞来的弹片。

项英、袁国平、周子昆都没有卧倒，也许他们在想："再来几发冷炮吧……"项英的自尊心，当众受着煎熬。参谋处长张元寿奉叶挺之命来"迎接"他们。项英、周子昆、袁国平急忙迎了上去。

"啊！政委，你们回来了！"张元寿和他们一一握手，声音里含着一种惋惜。在握手的时候，依然保存了一部分往日的亲切之情。

项英双手紧握着张元寿的手，眼里充满了泪水。袁国平也急忙取下七百度的近视眼镜，抹去泪花。"啊！张处长，咱们去见军长吧！我们……这次……"项英仍然找不到可以说出口的措辞。

袁国平和周子昆除了自身的痛苦之外，最担心的还是项英和叶挺的见面，将会出现一种什么样的结果，无法预想。但是，他们都非常明白，叶挺作为一个把荣誉看得比生命还要珍贵的军人，最痛恨、最鄙视的就是"临阵脱逃"！他是绝对不会原谅他们的！

项英往日对叶挺的排斥和轻视，肯定会百倍地加重叶挺的反感。叶挺将会怎样来表示他的愤慨和深恶痛绝呢？

四　阴错阳差

叶挺并不是狭隘的人。当参谋处长张元寿向他报告,说项副军长等人已经返回军部的时候,他先是短暂的沉默。他下意识地伸手抓住了桌上的茶缸,好像极力遏制住体内沸腾起来的愤怒,他感到那种本能的性格冲动与理智的克制力,在胸中激烈地冲突。许多不愉快的记忆,涌上心头。感情战胜了理智,他用极为厌恶的声调向参谋处长怒喊了一声:"这里已经没有副军长了!"他还想说些什么,可是,看到张元寿那苦恼的样子,他忍住了。

"军长!"参谋处长为难地低声说:"他们都很难过……"

"难过不能洗清耻辱!"叶挺又高叫了一声,猛然站起,在屋里转圈,好像为自己寻找出路。

"军长……"参谋处长哀叹似的叫了一声,"这种时候……"

叶挺回到座位上,紧紧地握住手杖的抓柄,久久不语。在这一瞬间,他内心的火光,照亮了三年来他跟项英的一切冲突,同时,他又念起了制约自己的紧箍咒:大局,大局,一切为了大局。是的,人人都有失误,我不是也给蒋介石发过请求解围的电文吗?

"啊,我的心情不好,说了不该说的话,可是,在这种情况下,还是暂时不见为好。张处长,请先安排他们休息吧!"

"是的。"张元寿也感到叶挺要有个冷静的过程。

"你让谷秘书把中原局的电文给他们看。"

项英休息的房间是一间长方形的仓房,有门无窗,光线暗淡,空气潮湿。一个屋角堆着杂乱不堪的农具,一架水车触目惊心地突出在这些农具上。另一角是两个粮囤,显然已经空了。许多被泥脚踩脏的谷粒,散在四周,说明昨天筹粮人员的粗心。另一个角落堆着柴草,现在,已经铺散开来。回归者横躺竖歪地睡在上面,很容易使人联想到监牢。

刘厚忠没有睡,他坐在门口,倚在门上,不时地望望院外来往奔忙的人们。项英也没有睡,他背靠粮囤,一口一口地吸烟。

谷学清怀着一种近于羞惭的心情走进仓房，丝毫不知道怎样对付这种尴尬的会见。看到这些平日极为亲密的首长的处境，心头升起一阵阵酸楚。他想不明白，这些久经沙场、九死一生战斗过来的首长们，为什么迈出了这样一步。他仍然叫了一声“政委”，只是声调变了，像放陈了的馒头，有点霉酸味。

项英急忙站起来，找不到寒暄的语言，立即接过电报夹子。

刘厚忠走过去，轻得像猫，声调很低，似在请求：“谷秘书，哪里能搞到开水？”谷学清一时难以理解，他想不出随从副官竟然问道于盲，“我想给政委冲杯可可。”刘厚忠期待着。谷学清这才明白，随从副官不愿意去问去找：“好，我叫警卫排的人给你送来。”

袁国平和周子昆已经被项英叫起，看过了电文。

“中央还没有来电吧？”袁国平问谷学清。机要秘书摇摇头。

“不能等中央来电了，”项英意态坚决地说，“我们应该先向中央作出检查，等候中央处罚。”

“这样好，这样好，”袁国平立即赞成，“这样会主动些。”

“那么，就赶快起草电文。”项英对恭候在一旁的谷学清说，“你记吧。”显然，这份电文的腹稿，项英是早就思考过许多遍的，他口授时，一气呵成：

> 今日已归队。前天突围被阻，部队被围于大矗山中，有被消灭极大可能，临时动摇，企图带小队穿插绕小道而出，因时间快要天亮，曾派人请希夷来商计，他在前线未来，故临时只找着国平□□及□□同志（□□同我走），至9日即感觉不对，未等希夷及。其他同志开会并影响甚坏，今日闻五团在附近，及赶队到时与军部会合。此次行动甚坏，以候中央处罚。我坚决与部队共存亡。

“谷秘书，电报用我的名义拍发，拍发前，请给叶军长和梁朴同志看一下。”

“政委！应该由我们两人联名。”袁国平说。

“干吗两个人？难道没有我的份吗？”周子昆对机要秘书说，“三个人……”

“不！不!”项英说得急切而又坚决,“你们只是服从,这个错误,当然应该由我承担。”他摆了一下手,向谷学清说,“就这样。”

袁国平让机要秘书慢走,他提出,应该由他们三人同持电文去见叶挺,请叶挺签发。这个意见是正确的,利用这个契机,打破双方的僵局。周子昆立即赞成,他用期待的目光望着项英说:“咱们去吧,这样好。”

到叶挺面前去承认错误,对袁、周来说,并不过分困难,对于项英,那就不啻于忍受酷刑。可是,如果在这种情况下,还要照顾自己的虚荣和自尊,那不仅有碍大局,而且变得滑稽可笑了。他应该有负荆请罪的肚量。

当项英、袁国平、周子昆,带着给中央的电文来见叶挺的时候,最初的尴尬场面是可以想见的。叶挺低着头。他故意不看项英,因为看别人的痛苦窘困的情状,自己也是痛苦的。

袁国平把电文给他。他粗略地看了一眼,就提笔写上“速发”。所有人都感到一阵轻松,最初相见的难关,总算打破了!

叶挺把刚刚给中央的电报,向他们作了介绍,并说明了目前的处境。因为此时中央并没有下达撤销项英职务的命令,中原局的电文也仅仅是说在项英不在的情况下,由他和梁朴负责。现在项英回来了,他还是应该跟他们商量。

叶挺忽然想到,他最先发给中央的电文有许多情况没有讲明确,既然项英已经回归,他应该再补发一电。在项英的检讨离队错误的电文之后,再行发出。叶挺又以他与项英的名义起草了一份电文,跟两小时前所发电文略有不同:

> 我全军被围于泾县、茂林以南,准备固守,可支持一星期。请以党中央及恩来名义向蒋、顾交涉,以不惜全面破裂威胁,要顾撤围,或可挽救。上下一致,决打到最后一人一枪,我等不足惜。一周后如无转机,则将全部覆没。盼立示。

这次电文就明确多了,不仅定下可支持一周的缓冲时间,提出了“则将全部覆没”的严重后果,而且“盼立示”。这就可以从中央的“立示”中,做到心中有底。

项英无条件地同意。

所谓“忙中出错”，这个电文又出现了一个明显的错误。但在当时，竟然没有一个人察觉。错误就出在“可支持一周”上。

这个“支持一周”，是叶挺从需要出发的，而不是从可能出发的！他粗略计算，他们电文发出，中央收到，研究，再向蒋介石交涉，谈判，争执，蒋再作出让步，下达解围命令。要完成这些步骤，没有一周时间是办不成的！但这仅仅是需要。以现有的兵力，在内无粮弹、外无援兵的情况下，部队能够坚守一个星期吗？不能！

这个时候，反倒是周子昆比较清醒，他非常婉转地向叶挺说明，请中央“向蒋、顾交涉”，恐怕靠不住；“以全面破裂威胁”，中央在没有作充分准备前，未必能下此决心；这样关系全局的决策，不可能在短短的几天内完成，而被围部队却不能等待。

他还估计到，蒋介石很可能明令撤围，在暗中却是一网打尽。他建议再给江北、苏南、苏北发报，要刘少奇和陈毅用实力来策应和支援。叶挺同意。一个小时后，又将第三份电报发出：

> 我军傅秋涛两个团已打到泾县、宁国间，余均被围于茂林附近山地，敌大我五六倍，突围困难，死守硬拼到最后一人，唯粮弹不济，恐守不住。请中央设法以全面分裂胁蒋，或能挽救，并示方针。二支队应即向苏皖边积极行动，苏北能同样行动以为声援更佳。

这个电报所提的要求，仍然是不可能实现的！像“二支队应即向苏皖边积极行动”这样一个大的动作，怎么能在极短时间内那么随意地变更呢？

这是非常严峻的时刻，成败往往只系于一个闪念，一个决策。在这样的成败关头，竟然没有想到一个很容易想到的解救之法。我们应该责怪哪个？

似乎谴责的矛头，应该理所当然地指向项英：从开始选择北移路线，到否定叶挺不惜代价打下星潭的主张，肯定是错了。这个错误导致全军陷入重围，再联系到他的中途动摇擅自离队，那就更为严重了。

如果对当时事件的复杂性缺乏必要的理解，如果用形而上学去解释这个事件,如果带有某种政治偏见去研究这个事件,那就会把片面的设想代替了实事求是的正确结论,那就会用谬误的推断代替了真理的声音。

叶挺力主不惜代价攻下星潭的主张,相对来说是正确的。他习惯于北伐的战法。那时,敌人还没有完成合围的部署,而我军尚属初战,士气正盛,建制完整,粮弹尚足,一鼓作气,杀出重围,是可能的。但在这里,历史巨人用恶作剧的手法,开了个大玩笑,组成了一种举世罕见的巧合。这种巧合是非常残酷的!

当叶挺正确的时候,决定权却在项英手里。

项英习惯于三年游击战争的打法,他不主张强打硬攻,他主张"分散游击"而不主张拼。这是历史的局限,既怪他,又不能怪他。项英既然握有决定权,当然也就产生了用"分散游击"否定"拼"的决策。谁不按照自己认为最合理的方案做出抉择呢?而当强打硬拼已注定挽救不了全军覆没的命运时,用游击战术分散突围是不是唯一合理的战术选择呢?

遗憾的是,当项英正确的时候,决定权却在叶挺手里了。

叶挺在 9 日取得高坦之战小胜,在此之前,他的许多主张是正确的。但是,开始正确,未必始终正确。

第十六章　东流山

一　突回云岭去

第一天的守备战，各线均有严重损失。叶挺认识到10日两电并不现实，必须向中央报告，更正"可支持一星期"的错误估计。11日上午十时又补发一电：

> 一、顽敌四十、一四四、七九、五二、一〇八各师，已于今日合围，预计明晨会总攻。
>
> 二、顾并已下生擒我等之命令。
>
> 三、我们方针：缩短防线，加强工事，以少数钳制多数，控制一个团以上强力，选择弱点，俟机突击，给以大打击后，再做第二步，能突破当更好。
>
> 四、现士气尚佳，惟粮弹不齐，不能久持。

电报发出一个小时后，带有警告意味的十几发炮弹，在指挥所附近爆炸，其势犹如地震前的颤动。

叶挺仰靠在高挺的椅背上，脸色阴沉。他觉得上午的电文又错了。错在他所采取的方针上。

战斗实践证明，他的方针是矛盾的：前面是缩短防线，加强工事，结果是八方防御，分兵把守，全线都受到重压。各点都由于人、弹两缺，岌岌可危，自顾不暇。各方告急求援。他连工兵连都拉上去了，连作战科长都派上去了，哪里还能"控制一个团以上强力"？一错也。"选择弱点,俟机突击”,敌人越收越紧,越围越厚,哪里还有“弱点”让你“突击”? 二错也。

至于“给以大打击后,再做第二步”,就更使叶挺愧悔不已。他奇怪,当时起草电文时,怎么能说这样的不切实际的话?

“我这是怎么了? 难道这就叫乱了方寸吗?”叶挺没法解答他的自问,“难道我已经智穷才尽了吗?”他痛苦地感觉到自己纵览战争风云的目光暗淡了。他的眼前像蒙了一层雾。

“把地图给我!”叶挺疲倦地向参谋处长摆了一下手。张元寿把刚刚标定的地图铺展在方桌上。参谋们都围在桌边。叶挺像往常一样,点着一支烟,把火柴在空中晃灭,丢在地上,立即俯在地图上。

他对这张图的标示不够满意,既不确切又很凌乱。他想到了林志超。林志超标绘的地图不仅简洁,而且还能看出敌我双方行动的趋势和双方指挥部的意图。那不是一张平面的僵死的道林纸,而是一个活灵活现的战场!

这张图虽然标示得不够理想,但是,那红色和蓝色的线条,却也能使叶挺认识到处境的危殆。他的声音变得低沉而嘶哑了:“再给中央发报!”

机要秘书立即把硬纸夹打开,执笔在手,等待记录军长的口授。叶挺又俯身地图,思忖良久。

“不! 暂时不要发了!”叶挺改变了主意,他准备把给中央电报中的决心付诸实施。他望了机要秘书一眼,又把目光投向地图,用红蓝铅笔敲着茂林东岗村和溪里凤一线,仰起脸来问张元寿:“这里是一四四师防守吗?”

“是的!”张元寿回答得并不很肯定。他问参谋处的值班参谋:“你在标定时,和侦察科核对过吗?”

“核对过!”参谋的回答是肯定的!

“那好! 在黄昏,命令二支队倾尽全力从此线突围,”叶挺下定了决心,“你们写命令吧! 让新三团和老三团一齐出击!”

这个决心没有错。二支队在高坦击溃一四四师后,沿着东流山西麓,向北急进,跃过山洼,抢占了石山西沿溪里凤一线山坡,成为石井坑守备战的西北一角。这一角,叶挺非常重视。东流山是全部守备战的支撑点,这里,却是突向西北方的大门。他把全军仅有的两门八二迫击炮放在这里,炮口直对茂林。但是只有三发炮弹。在平时,这两门炮是摆在教导总队,作为兵器教学用的。

二支队的前沿阵地,经过三个小山坡,再过一个沙滩,就可到达茂林和东岗村。叶挺判断,只要能攻占茂林、戴村、阳山一带,全军突回云岭是可能的!

叶挺发布出击命令后,便通知石井坑内所有非战斗人员,作好准备。在突击部队撕开网口之时,跟随突围。

黄昏时分,他站在狮形山的坡地上,举起望远镜,等待着发动攻击的时刻。"一四四师新败,是经不住我们两个团的合力攻击的!"他又想起了南昌起义败退途中,在会昌战斗之后,用二十五师七十三团的集团攻击,击溃黄绍竑部队的战例。

在部队进入攻击出发地之前,叶挺亲自作了动员。他的动员一向是极为简短的:"同志们,我们处境危险,只有突围才是出路! 你们,就是劈开突围之门的开山巨斧!"他的动员引来山呼海啸的口号声:"誓死打出去!""打回云岭去!"

叶挺治军,胆勇为上。所以在北伐征途中,威慑敌胆,势如破竹;即使在南昌起义败退途中,仍能不溃不散,败犹存威,屡创跟追阻截之敌。

叶挺平素极少动容,平静而淡漠。当他站在部队面前时,目光里,闪射出刚烈无畏的精神,这种精神似乎是有形的可以触摸的,就像寒光闪闪的剑锋。

突向云岭方向的战斗指令,本身就具有非凡的魅力,所有战士都想再回到云岭,见到情同骨肉的父老兄妹,这种愿望化成了一种近似疯狂的激情:"打回去! 打回云岭去!"

先是一颗红色信号弹升起。三发炮弹落到敌军阵地上。这是我方唯有的三发迫击炮弹,算作攻击前的炮火准备。

敌方接着用炮火还击,几十发炮弹在部队集结地一侧炸开,扬起一片烟幕。全军带着一种孤注一掷的情绪冲了上去。军司令部听不到冲锋的喊声,却看得见冲锋的景象。

石井坑里除了不能动的伤员，所有人都瞩目于这次突击。他们只看见硝烟的升腾，火的闪射，人影的跃动，却看不见血肉横飞，但都抱着热切的希望。前线的每一个动作都联系着他们的神经。

晚霞如血，硝烟和越来越浓的暮霭交融在一起，在高空明丽的霞光残辉照耀下，仍能看清烟霭里我军扑向敌军阵地的身影，那是一排排不规则的暗灰色的波浪。近千人的集团冲击是壮丽的、可怕的，犹如海潮扑岸，发出哗哗的震响声，这是山崩地裂的时刻。军号声，枪炮声，手榴弹爆炸声，像滚沸的汤锅，这是人为的暴风雨。灰色的波浪在推进，翻滚。

"军长，攻下了第一道堑壕！"参谋处长举着望远镜兴奋地叫着。

叶挺面无表情，举着望远镜默然无语。夕阳，正把它被硝烟污染的余晖，投射到东岗村、戴村、阳山、溪里凤一线。他极力想看清敌方阵地的后部，那是一片八九十米高的山丘，不断有信号弹升落，在阳光里画出几道明亮的弧线，红色的，绿色的，白色的，拖着淡烟溅落在山洼里。他对第一线的关注比较淡漠，似乎突破第一道防线，早已在他预料中。

叶挺的目光放得更远，他想看清敌方的纵深。第一线的激战，反衬出第二线的沉寂，静得让人喘不上气来，静得叫人生疑、揪心、难受。叶挺不喜欢这种平静，平静说明那支部队训练有素。平静说明隐藏着诡诈和危险，隐藏着猝发的打击。

叶挺眼睛累了，放下望远镜，仍然盯视着火线，疑虑地问："张处长，我们正面好像不是一四四师。"

张元寿无言可答，他对敌方各部的战斗特点知之甚少。他叫了一声："侦察科长！"

就在这时，一排黄色的波浪倒卷过来，两排浪锋相撞，猝然陡立起来，搏斗、扭杀，在丘陵前沿搅成一个黄、蓝、红、灰的漩涡。夕阳里，似有飞蝗乱舞，火蛇穿射，礼花喷发，浓烟升腾，跟霞光融在一起，化成立体的战云，在战地上空徘徊，给人一种灼热感。在燃烧的烈焰中，似有血雨洒落。大地在脚下颤抖。

"这么顽强?!"叶挺凝望着战场，带着越来越重的猜疑，"这不是一四四师！"

进攻的风暴碰上了反扑的风暴，攻击的霹雷碰上了反击的霹雷。这里不是进攻对防守，而是攻击对攻击。

刺心灼目的战斗，使叶挺记起攻打武昌时惨烈的战斗情景。那时，他的独立团的精华——齐渊的一营几乎全部阵亡在高墙之下。这个回想，给他带来极大的不安，他的望远镜啪哒一声掉落在胸前。

二 “自古兴亡不由人”

第一次冲击，在不到一华里的正面阵地上，敌我双方倒伏下三百多具尸体，还有一百多名不能撤回的重伤员。他们躺着、卧着、跪着、仰着、蜷曲着、叠压着、扭抱着，奇形怪状，犹如战神从云端里把他们投掷下来。一部分尚能活动的伤员不想撤下阵地。他们杀红了眼睛，互相扭打在一起，有的发出野性的吼叫，有的牙关紧咬，只发出哼哧哼哧的喘息声。疲软的体内沸腾着蛮力，直到生命的最后一滴浆液浸入大地。

这些搏斗者，当他们在愤怒的喊杀声中，冲向敌军阵地时，就失去了自我，让人很难分清那拼搏是由于仇恨还是由于欢乐。那是一种战争麻醉状态：在刺刀滴血的刹那间，他们忘记了恐惧，忘记了安危，忘记了冲锋陷阵的真正意图。拼杀成了目的。他们既是单个人，又是整体的一个细胞，是一个支队一个团队的一部分。他们用上千个自我组成一个“大我”！他们成了“大我”中的一个组成部分。个体与整体，也许只有在这种生死与共的战火中，才能真正地融化在一起。

第二次冲锋又开始了，那声势比第一次还要巨大，表示出突围者倾尽全力的决心。两个团的兵力潮水般地狂扑上去。

狮形山上，叶挺又举起望远镜。他看得出，第二次冲击是倾尽全力了，带有孤注一掷的气势。叶挺蓦然间觉得心底发冷，他深知：一鼓作气，再而衰，三而竭，是战场上的严酷法则。枪炮声骤然减弱了。这是令人难以承受的时刻。

冲击部队又像第一次一样纷纷后退。仇恨的旋风只刮了二十分钟就渐渐平息了。狮形山上一片静寂，所有人员都瞪着惊恐的眼睛朝溃退的部队张望着。

一匹黑马,突然从溃散的弓弦上发射出来,从渐渐变大的形体上,看得出它狂奔的速度。那马一下子飞上山坡,直冲军部而来,穿过急速躲开的人群,在离叶挺十几米处停下。被派往新三团担任参谋的保卫干事鲁敏,满脸汗污,从马背上跳下来。张元寿迎了上去。鲁敏正要报告,参谋处长一把拉住他:“向军长直接报告吧!”

鲁干事带来的消息极其惊人:

> 我们两个团(只有五个营)在两次突击中,伤亡惨重:老三团伤亡一千三百七十余人,新三团伤亡三百二十余人,占攻击部队的五分之二还强。

“我们选择的突击方向错了,”鲁干事声泪俱下地说,“我们攻击的是新七师的正面阵地!”

“这怎么可能?”参谋处长大吃一惊。

新七师,是极善防守的、顽强的敌人。

“追查责任!”参谋处长痛苦地喊道,“是谁把敌情搞错的?”是侦察参谋报错了敌情,还是作战参谋标错了方位?

张处长觉察到叶挺内心深处的震颤,所有司令部人员都面面相觑,悚然地等待叶挺愤怒的霹雷猝然爆发。这些疏忽,这些错误,足以葬送全军!如果此时,叶挺拔出左轮,把滚热的子弹打进渎职者的胸膛,谁也不会感到意外。叶挺太阳穴上的青筋弯曲暴凸,身上的每根脉管都急剧膨胀起来,每一组肌腱都在发抖。所有工作人员都提心吊胆地关注着事态的发展。

短暂的沉寂。这沉寂极端累人,近乎停止了呼吸。叶挺的所有愤怒消失在一声长叹之中:“没有必要追查责任了!张处长,准备命令吧,命令他们撤退到石山阵地,坚工固守!”司令部的工作太差劲了,应该怪谁呢?怪赵令波?怪周子昆还是怪叶挺?

十分钟后,叶挺回到军部,在马灯照耀下,向谷学清口授电文:

> 发给毛泽东、朱德、王稼祥同志。
>
> 本军五昼夜不停与五六倍[之敌]激战于重围,计划又告失

望,现将士疲劳过度,只好固守一拼。唯士气尚高。此次失败,挺应负全责,实因处事失计、指挥失当所致……

口授至此,他忽觉委屈之情汹涌而起。他不能负全部责任。

“军长,你不应过分自责!”林志超在徐家祠堂对他的责备之声又在耳畔响起。但他应该怎么说呢?谷学清以为军长口授完了,把记录夹交给军长,请他签署。叶挺在电文上又加了几句。“但政委制之缺点实亦一因。”他想了想,也只能如此写了,“今日事已至此,只好拼一死,以赎其过。”

这份电文,反映出他愁苦的心境,吐出的每个字都染着他的心血,都像石块那样沉重。

“自古兴亡不由人!”叶挺发出电报之后,从指挥部里走出来。他所流露出来的消沉和绝望异常深刻。这种无可奈何的心情,跟当前的困境一致,但对摆脱这种困境却极为不利。他觉得疲倦了,不仅仅是体力上。

这时候,西北方向已趋沉寂,角斗的双方都在休整、裹伤,以利再战。原来沉寂的东流山山峰上,却又闪烁着敌人炮弹的火光。叶挺仿佛看到林志超的身影。只要东流山在,或许……

可是,能坚持多久呢?

三　371 高地保卫战

炮弹带着撕裂空气的、尖利的啸声,黑乌鸦似的扑落到东流山南麓的 371 高地上,随着烟尘升腾,滚过一阵沉雷。弹片、砂石、断枝、残叶,带着各种调门的死亡之音——有的轻微,有的暴躁,有的尖利,有的低沉——腾空四溅。工兵连奋力一夜修筑的堑壕掩体,一层层崩塌下去。

王自中从稀泥、枯草、砂石的重压中爬出来。他的脑袋嗡嗡直响,眼前金星乱迸,什么也看不清楚。他“呸,呸”地吐了几口,又闭上眼睛……大地在他身下颤抖,蹦跳,一阵阵震耳欲聋的雷声,仿佛来自地下,预告这块高地就要爆裂。

他揉揉眼睛，向四下张望，想看看他的阵地和他的八十七名战士。但是，他只看见迷眼的硝烟，飞溅的泥尘和雷驰电击的闪光。初升的朝阳，从东山树林的缝隙中，窥视了一瞬，战争的惨烈景象吓住了它，隐到一片灰云后面去了。

今天，敌人的炮击比昨天下午要狂烈三倍，他经历过三年游击战争，经历过三次“反扫荡”，却没有经历过这样猛烈的炮火。

他还清楚地记得，军长命令林科长把他们工兵连带上东流山主峰，以加强守备力量。“记住！东流山是石井坑的主要屏障。如果它失守了，石井坑就无险可凭了！”军长向林志超交代任务的时候，他就站在林志超身边。“我们要坚守住东流山，等待中央的指示，等待中央向国民党当局交涉，等待苏南我军的接应……守住！坚持到一人一枪也要守住！”

这是最后的关头！

林志超把王自中和他的九十七名战士（里面还有十二名新兵）带上东流山的鞍部，指着371高地说：“老王！那就是你们的阵地！”

王自中注视着那个杂木丛生的不到二百平方米的山包。

这是1941年1月10日，暮霭已经在山谷间沉落了。

“是！”王自中向他散乱在山坡上的队伍摆了摆手，准备拉上去！

“慢着！”林志超用手势制止了他。本来想向他单独交代几句，忽然又改变了主意，他站在了队伍面前：“同志们，咱们工兵连是三支队五团一营一连三排扩建的！”林志超似乎又变成了当年的营长，“当年老三排的同志请举手！”

有三十二人举起了手，这是连队的脊梁。

“这就是说，有六个老战士在五天的战斗中，离开了我们……”

“全连减员二十五名，”王自中补充说，“牺牲九名，伤十六名。”

“这里面有十二名新战士，还有你，”林志超扬手指指包春生，“你是我们出发时才到连里来的吧？”

“是！”包春生觉得林科长——前线指挥官，单独提到他，这是一种荣耀，“我打手榴弹内行！是放牛的时候扔石头练的！”

“那可就太棒了！”林志超忍不住笑了，“咱们老三排，对敌伪据点、哨所和税务所，进行过三次奇袭，都成功了。反扫荡，保卫繁昌，也都打过硬仗！高坦打得也不错，军首长信得过我们。”

队伍里有人抽泣。林志超明白这是为什么：“我现在要问你们，为什么派你们连来守卫371高地？”

“因为我们有打到一人一枪的决心！”

“因为……”

“不对！”林志超利用反诘的效果，手指高地说，“那是因为这块高地是东流山主峰门前的哨兵，是因为这块高地是挡住敌人攻击东流山的要冲！这可是敌人的眼中钉，肉中刺啊……”

“我们誓死守住它！”一排长高叫！

“我们全连与阵地共存亡！”王自中呐喊！

“你们可要明白，眼中钉，肉中刺，不拔不快，敌人可把你们恨之入骨啊……”

“我们不怕！”

“你们还要明白，你们正面，是炮火最强的四十师！星潭之战，我们没有打疼他，就撤退了。现在，他们如狼似虎地跟追上来了，凶得很呐！”

“我们不怕！”

“你们的右侧是五十二师，他们也会用炮火轰击你们的！”

“我们誓死坚守！”

“保证寸土不丢！”

“军长放心，可是，我不放心，我怕咱们工兵连出现第二次断桥！”王自中看到战士们的眼都红了。

“章家渡断桥，那是假丢脸，若是在371高地断了桥，就是真耻辱了。它会变成敌人登上主峰的台阶！”

“老营长瞧不起我们！”战士们嘟囔着，眼里涌满屈辱的泪水！

“像你们这样嗷嗷叫，敌人会怕，可是大炮不怕，它会用钢铁的牙齿咬你们的！看你们是不是肉长的！”

“怕它咬个屌！”许多战士嘿嘿地笑了。

“你们不怕我怕，要你们守卫371高地，那不是因为你们不怕死，这一点别的连队也能做到!”林志超看到战士们困惑的目光,“因为你们是工兵连,修工事是你们的擅长。今天夜里,敌人不会对你们炮轰,因为他们的炮兵还没有进入阵地,可是明天早晨,那就准对谁也不客气了……今夜,敌人的炮兵将进入阵地。你们要把防炮工事修好! 宁肯挖工事累死,也不要让炮弹炸死! 完了!”林志超不愿看到战士们重又沸腾的激情,对王自中挥了一下手,“带走!”

王自中只觉得炽热的气浪,夹着弹片的啸叫声,一齐在堑壕里回旋,越来越猛烈地将他压倒在震动不已的壕沟底部。

他怕敌人乘机冲到高地上来,便抖落身上的砂石泥尘,从身边摸到一把炸断柄的铁锹,举在头上,当做铁盔,抬起头来。他的阵地已经面目全非! 像被一群野猪践踏过的菜园,像美女脸上生出的天花。他看不到自己的战士,只看见碎裂的头颅,断折的四肢,血淋淋的肚肠,冒烟的军衣。大部分生存者也跟他一样,都被炮火埋葬在泥尘之中。面对这种景象,他感到触目惊心。坡前的茅草和蓬蒿,烟火升腾,被弹片刈除的灌木丛和泥土混杂在一起,满地狼藉。有几株幸存的栓皮栎和山槐树,枝断干折,像神话中的鬼怪一般,摇动着弹痕累累的断臂,似要奔逃。

弥漫的烟雾在阵地上翻滚,犹如战神黑色的斗篷,来回拂掠,呈现出庄严惨烈而又神秘莫测的气氛。这很像是一幅落在画布上的《阵地硝烟图》,有一种战争的、严酷的壮美。如果将它挂在大厅的墙壁上,会引起历代人的感叹和赞赏!

然而,在这里,却是铁、血、火、泪与死亡。

就在那棵断折的山槐下,是他连队的机枪阵地。机关枪,是他们连队威力的象征。机枪射手,在高坦战斗中牺牲了,三排副排长代替了他。王自中看不到他的机枪,却看到挂到树干上的褴褛。

“张排副! 张排副!”他喊叫着,耳朵嗡嗡作响,听不到自己的声音,也听不到对方的回答。他刚刚抬起身子要跑过去,就听到了像一群鸽子扇动翅膀的扑扑声。同时,他看到三米外,满身血污的一个战士在堑壕里搐动,背部冒着血泡……

“卫生……”“员”字还没有出口,一阵排炮的轰隆声,又淹没了一切！他和通信员，还有刚刚扑过来的一个战士，一齐挤在狭窄的战壕里！他们把脸拱在土里，堑壕上的每次爆炸都使他们全身颤抖不已。

"老兵怕号，新兵怕炮！"这样密集的炮火，二十分钟的急袭，对工兵连的新老战士，都是下马威。呛人的空气，在震荡、轰响、翻涌、撕裂，王自中几次试图喊叫，但喉咙里只有呼哧呼哧的响声。他看到一个战士的耳朵里淌出一缕鲜血，那是第一阵排炮震的。

这种毫无反击能力的躲藏、挨炸，使王自中感到羞愧，愤愤不平。他没有经受这种炮轰的经验。整个世界，仿佛被这一连串的爆炸，从生的天堂抛向死亡的地狱，现在，敌人还没有露面，自己却已经付出了惨重的代价，难道这是公平的吗？

一阵阵 TNT 的带着毒气的苦辣味，和茅草燃烧的带着潮湿浑浊的焦煳味，混合着血腥气扑面而来，刺进鼻孔直灌肺腑，令人窒息。他透不过气来，眼睛里淌着泪水。

他猛然抬起头来，看见阵地上出现了许多麻点似的弹坑，黑洞洞的朝外冒烟。还是看不见机枪阵地。他用袖子拭去嘴唇上的泥土，摇摇头。突然，一阵机枪子弹，带着灼热的旋风，从头皮上卷刮过去，灰色的军帽被风刮走似的，落在堑壕边上。

"连长！"通信员一下把他扑倒！

"快快！"王自中猛地推开通信员，"去看看机枪！敌人马上就要……"

小赵软弱无力，沿着战壕向机枪阵地跑去。他躬着腰，沾满泥土的帽子歪在头上。

王自中这时才听清左右两翼阵地上，震响着机枪、步枪声，手榴弹的爆炸声，像沸滚的粥锅似的，连结成一片咕嘟咕嘟的声浪，悲壮的军号声在山谷间回荡。

"同志们！准备好！敌人就要进攻了！"

王自中看到死去的阵地涌动起来，它复活了！他看到了他的战士，那是一群泥猴，两天前的连日雨雪，使他们的军衣溅满泥浆，谁也说不出那军装是什么颜色。蹩脚的土制颜料染的灰色军衣，在章家渡搭桥时，就已经褪色了，高坦之战，斩荆劈棘，军衣都已破碎，白色的棉絮露在外面,又被泥土染成土黄色。现在,那上面涂满了黑色的硝烟,紫褐色的血迹……

“连长！连长!”这是通信员被吓得变了调的呼喊声。

王自中不顾弹雨嗖嗖,几个跃进,扑到机枪工事旁边。子弹打中了他的衣袖和肩头的棉絮,竟没有伤着他的皮肉,真是万幸。

他被眼前的惨烈景象惊呆了:三排副整个身体扑在机枪上,身边只露着一条机枪枪腿。他的脊背全炸烂了,血肉模糊,也许在第一排炮击时就把他打中了。这种景象非常骇人。通信员捂脸痛哭,子弹扑扑地钻在他周围的泥土里,他忘记了身在战场。

“打呀！同志们!”这是一排长的呐喊声。

敌人已经接近山腰了！像一群黄皮野狼似的向阵地扑来。

王自中一下子把三排副的遗体掀开,俯卧在机枪后面:“小赵！当我的弹药手!”第一排子弹,向敌人横扫过去！机枪完好,子弹箱里还有七百发子弹!

工兵连的战士们纷纷跳出坍塌的堑壕,躲进弹坑,用步枪,用手榴弹,用刺刀去迎击敌人。一批一批的敌人扑倒在阵地前沿,第一个冲击的波浪被遏止了。敌人又以更多的兵力,卷起第二个攻击的浪潮。

“上！上！他妈的！哪个后退就枪毙!”督战队用手枪逼着士兵冲锋！敌人像一群群的亡命之徒,号叫着,向371高地冲去。

这是一场可怕的恶战,其激烈程度,超过了工兵连任何人的想象。厮杀声、爆炸声、钢铁的撞击声连成一片,血肉横飞,电闪雷鸣,火光四射,仿佛整个高地底下熔岩翻腾。接着是白刃拼搏,脚下踏着对方的尸体和伤兵,不顾哀号和呻吟,只杀得天昏地暗。

王自中把机枪推到一边,顺手从三排副的身下抽出一把挖掩体的铁锹,冲进敌群,横扫竖劈。一颗手榴弹在他身边滋滋地冒烟蹦跳,通信员一脚踏上去,轰的一声,一只脚飞向远处。通信员翻倒在地,半身麻木了,却没有昏晕,一把抱住一个敌人的右腿,把他拉倒……他咬住了对方的耳朵。两个仇敌在弹坑里翻滚、颤栗、抽搐,到死都未能分开。

刀枪的闪光,铁器相撞的铿锵声,激怒混乱的喊叫声,被刺中或击倒时短促惨烈的哀叫声,脚步的跳动声,呼哧呼哧的喘息声,交织成一片，真正是短兵相接！

王自中挥舞着铁锹，已经击倒了五个敌人，他两眼血红，牙齿紧咬，面对凶顽的敌人，过去的一切仇恨全部涌上心头，凝结成力量。他忘记了，眼前这场格斗不但关系到个人生死，也关系到东流山的安危和全军的命运。他像中了魔似的向敌人猛砍猛劈，似乎拼杀就是目的。

他一下劈到敌人的钢盔上，铁锹猛力地反弹回来，震得虎口出血，半身发麻，未等摇摇晃晃的敌兵跌倒下去，他又顺势转身一挥，砍中了一个敌人的肩头。被击者一声号叫，踉跄地跌下去。他的生命也时刻受到威胁，一把刺刀的尖锋，已经触到他的背心，却又突然缩回去了，这就是被通信员拖倒在地的那个敌人！这时，阵地上各自为战，无须也无法实施他的指挥了。

敌人的冲击终于被打垮了，伤痕累累的战士们，欢呼着追击溃退的敌人。

“站住！”王自中嘶声地下命令，“停止追击！”

战士们不情愿地站住了，莫名其妙地以询问的目光，注视着连长。

“各排清查人数！救护伤员！修补工事……”命令刚刚下达，敌人的炮轰又开始了。

1月11日上午八时的太阳，透过翻腾的烟雾，斜射着血迹斑斑的阵地。它看到了战士们被硝烟熏黑的汗淋淋的脸和血红的眼睛，像庙堂里的凶鬼。

四　防守危局

西北线的突围失败了，这使东流山的防守局势更为严峻。

林志超坐在简陋的指挥部里，紧张地苦苦思索，在没有想明白之前，他不想和指挥部的其他同志交换意见。他不吸烟，却向三支队司令部参谋杨正康要了一支烟，企图刺激起潜在的思考力。这种思考力，就是对战场全局的洞察，对发展态势的分析和判断。

结合历史来考察一个人的成就与失误，就会客观些、公平些。平心而论，林志超在这次事变中，没有发挥应有的作用，但他却在历史指定的位置上，尽到了自己的责任，做出了自己的努力。任何人——大到元首小到士兵，都在历史中发挥作用，占有应有的位置。人民创造历史是不全面的，英雄创造历史也是不全面的，明主、暴君创造历史更是不全面的。一个国家的民主制度被杀死，独裁统治上了台，这种大倒退的历史不是人民创造的。几千年的封建锁链也绝不是人民自愿带上的。

历史是人类的，全人类创造着历史。正义使它前进，丑恶使它逆转，愚昧使它踌躇，强暴使它震颤。历史奔腾呼啸，打着漩涡，千折万转。

历史，从来不否定某个人在某个特定的阶段，某个特定的时刻，所起的关键作用。一个领袖的错误决策可能导致一个国家的倒退，一粒刺客的子弹则可能改变总统及其家族的命运，甚至改变这个国家的历史。

那么，皖南事变的责任应该由谁来负？是由蒋介石、顾祝同、上官云相呢？还是由项英、叶挺、袁国平、周子昆、赵令波和林志超呢？或是由周珮琳、闻瑗、陈家庆来负？提供错了部队番号的侦察参谋或是标错了地图的作战参谋来负？带错了路的向导来负？思索一个人在历史长河中的得失、功过，是一个复杂而又有趣的课题。

林志超在三年游击战争中，曾以他的智慧和勇敢，创造过小小的奇迹。大海是水滴的积聚，林志超那个奇迹的水珠也同样汇集在历史的洪流中。

那是在1934年冬天，红军主力撤离中央苏区不久，林志超奉命化装侦察敌情。他扮成一名傻乎乎的、又呆又笨的樵夫，让白匪拉去，给他们挑弹药箱子。

在休息时，他把挑子放在一辆弹药车旁，双手按着腹部，那样子就像得了转肠痧。他告诉守卫弹药车的哨兵，说闹肚子，要上茅房，他指了一下二十米开外的山沟。跨出几步后，他又回头指指他挑的箱子上的包袱说，那是他的全部家当，请老总多多照应。哨兵挥手让他跑远一些，免得臭气袭来。其实，他想找一点外快。他断定那个捆扎在箱子上的包袱里，有值得纳入腰包的财物。

贪婪的目光是很容易发现钱财的,土制的蓝底白花的包袱里竟然露出荷包的一角。哨兵向已经走远的挑伕望了一眼,两步跨到弹药箱边,攫住那个荷包向外一拽。荷包在握,但他不理解,那荷包上为什么拴着一根丝弦。他只觉得眼前忽然火光一闪,一声猛烈的咆哮冲进他的脑海。他被一股气浪抛起来,在离地两米高的空中翻滚了一下,像扑击什么似的撞到地上。接着是一连串的轰响。

弹药箱引爆了弹药车,地动山摇,引起了岩崖的崩塌,乱石阻塞了道路。

林志超一个小小的"诡计",竟使敌人遭受到几十吨弹药的损失、上百人的伤亡,延缓敌人一个师一天一夜的行程。一个团打狙击做不到的事,他用一颗麻尾手榴弹(是苏区土造的无柄手榴弹,也叫马尾手榴弹,近似土炸弹)做到了。这就是智慧的可贵。而这个闹肚子的"挑伕",竟然在五十米开外,在一段血淋淋的断肢旁,捡到一支皮套带血的驳壳枪。

此时,林志超坐在弹药箱上,他的反思是很奇特的:叶挺军长经过北伐,项副军长经过三年游击战争,袁主任、周副参谋长既经过北伐又经过长征,这些人的军事才华和作战经验,到哪里去了?是什么东西阻碍了他们?制约了他们?局限了他们?

这次南进的行动,有哪一点表现出谋略?有哪一点表现出机智?林志超想不出来。能想到的却是进退失据,战术失误,一错再错;只是强攻死守,几乎没有一手高招。这是怎么回事?他这个作战科长责任何在?可他又能负什么责任呢?军分会他是没有资格参加的,作战计划的制订他也未能参加。

林志超在沉思默想,半闭着眼睛,好像是在打瞌睡。

五　这是一步错棋

1941 年 1 月 12 日,初升的太阳,像是害怕看见昨夜战争的创伤,迟迟不肯从东山峰上露出脸来。它胆怯地、战战兢兢地把柔弱的光亮投射到硝烟升腾的东流山主峰上,那里的岩石、沙尘、树林、草丛,都呈现出残酷炮轰的痕迹。散落在地上的树枝在晨风中抖动,如果不是泥土压住它们,早就被风吹走了。那些尚未化成灰烬的草丛还冒着轻烟。在那些被削秃了顶的树干上,挂着被气浪掀上去的破军衣、油布和染着血迹的碎布片。地上还有在双方火力控制下而无法收回的战友的尸体。

林志超在望远镜里,瞭望着东流山前的一块一块高地。在这些高地的反复争夺中,有多少同志牺牲了?他想起了红军的五次反围剿。但那时,敌方的火力比现在差得太多了。如今,这种惨烈的场景无法激起他战斗的激情:"拼消耗!毫无意义的拼消耗!"

"林科长,"跟在他身后的三支队团参谋长说,"我们还能坚持多久?""如果敌人再发动总攻击的话……"

林志超说:"也许能坚持一天……如果全部拼光,也许能坚持两天……"

"林科长,"团参谋长一把揪住林志超的袖口,拉他到离警卫人员稍远的地方,沉声地问,"难道我们真的要与阵地共存亡吗?你知道,我说这话的意思,并不是为了活命!"

"我当然理解。"林志超带着一种感激的声调说,"这么说,你也认为固守是不正确的?"团参谋长点点头。

"感谢你的支持,我这就给军长写信……请你派个得力的通信员……"

林志超和参谋长说这些话的时候,内心十分痛苦。痛苦来自对军部指挥失当的痛惜。他心里忽然漾起一个从未想到的、值得深思的问题:叶军长以旧有的军事经验,来全权指挥由三年游击健儿组成的军队,是否适应?统帅与士兵的和谐需要历史来作准备。

林志超的痛苦,还在于他自身的愧悔,他未能把握全局。

9 日黄昏时的参谋部,实际上只有叶挺和他。项英、袁国平、周子昆都已离队,新任的参谋处长去各支队调节他们的任务和防务。那时,只有他,能够提醒军长,应该放弃防守,放弃休息,放弃集团突围的打算,立即组成突围小组,由战斗人员和非战斗人员混合编成,由有游击战争经验的干部战士带领,分散突围。可是,他竟然毫无折扣地来到了东流山。

林志超也知道,未来,是个看不透的迷宫。历史只作一种证明,而不可能先摆出两种或三种结果来,让指挥官事先挑选。历史也不准"悔棋",所以它造成人类千万种遗憾而无法挽回。

林志超的分散突围设想,也只能是在固守一拼:集团突围失败之后才能得出的切实可行的结论。所以,他在9日没有提出,而在12日凌晨才可能提出。

"轰!轰!轰!轰!"一连四发炮弹爆炸在他的周围,像在他的忧虑之后,加上一连串的惊叹号。林志超不再迟疑,急忙俯在掩蔽部的弹药箱上写信:

军长:

坚守东流山代价太大,宜早分散突围,重大损失在所难免,但不至全军覆没。东流山主峰勉可坚守到黄昏,掩护全军作分散突围之准备。在黄昏后,我拟全部撤离阵地,作分散突围时的突击力量。

弹将尽,粮已绝,坚守即是葬送。望速示。

作战科长派人下山的时候,东流山的主峰已经沐浴在1941年1月12日的霞光和敌人的炮火里。

二十分钟后,顽军四十师一一九团二营,登上371高地。

第十七章　石井坑，东流山

一　地形不利、不吉

12日凌晨的曙光，落到叶挺变得苍老了的脸上。他巡视着自己的营地。石井坑的局面十分混乱，要想整顿已经极为困难。

石井坑是个十来户人家的小山村，坐落在东流山北侧的山沟里。在这条大山沟的北侧，有一排起伏的山岭，就是石山、北山、馒头山、长垄山、虎云垄山。这片地形，站在北山山顶向里看，正像一个葫芦瓢的剖面：大冲沟是它的柄，石井坑是它的勺子头，现在，被围的部队就在这勺子头里面。勺子头的四面都是高高低低的山，如果周围山头被敌占领，那么步枪、机枪、手榴弹、大炮的火雨，就会居高临下地倾泻到被围者的头上。

如果站在东流山上，按着山棱线俯瞰石井坑，那就像一个平放的大铁钩。石井坑就在这个钩头上，自西向东，石山就像这个钩的柄，北山、馒头山、长垄山，是铁钩的大弧圈。

勺子头也罢，大铁钩也罢，这个大问号式的地形太不利了，太不吉了！

难怪上官云相一边看着地图，一边在电话筒里向顾祝同喊："墨公放心，叶挺落在绞索套子里了！"

顾祝同长吁了一口气，既像宽慰又像叹息。在他们三个同学中，叶挺是最具勇敢精神的人，今天，虎落平阳，这难道不是命运使然吗？"敌人"落入绝境，他高兴，"同学"遭此厄运，他怅然。

叶挺把目光从东流山主峰收回来,他不能想象那里苦战的情景。他想到了林志超的安全。他也不能肯定派他去是不是必需的。

他把目光投向北方,正北长垄山上双峰突立,直插云霄,当地称做火云尖。这是极为传神的形容,因为早升的朝阳,总是最先照耀着它,而迟归的落日,总是在山谷已经昏黑的时候,仍然不愿从它的峰尖上收回最后的霞光。火云尖双峰,东边曰朝霞峰,西边曰明霞峰。当地有位教师说应为晚霞峰,方为对称。但有人不以为然。现在,它在敌人手里。

虎云垄北端,一个平行的山顶称和尚梁,圆心的大山坑称桃泥坑。这里是一支队的守备线。司令员傅秋涛和政治部主任江渭清带了少数人从榔桥河突围而出,大部分部队受阻,又返回来。但叶挺一直没有听到去寻找一支队的赵令波的消息。

叶挺望着周围的群峰,心情复杂。这些树林茂密、巨石嵯峨的山岭,既是防守的屏障,也是突围的障碍。他找不到比较理想的突破口!

从地形上看,应该往西北茂林、凤村、溪里凤、檀树岗方向突围,因为那个方向通向云岭。上官云相给一四四师、新七师和东南方向的七十九师,下了死命令。他在电话里对新七师师长说:“你们打得好(上官云相对非嫡系部队下这样的评语是难得的)!记住,你们的方向至关重要,不要放虎归山!”

叶挺环顾着大山坑,长约九里,宽约四里,这里积聚着他的四千人。大部分是后勤人员,地方工作人员,机关人员,医护人员,伤员,工厂的职工……

石井坑的所有粮食、牛、羊、猪、狗全买来了,但它不够全军半天的食粮。少得可怜的食品,还要保障前线作战部队和伤病员的供应。值得庆幸的是,在山坑中间有一道清澈冰凉的溪水,它把这个葫芦瓢式的谷地劈成两半。它的两岸既有荒芜的沙滩,也有不太丰饶的农田。它弯曲地穿过狮形山和象形山,向着西北方向缓缓流去。前几天,这条小溪还泡沫飞溅,奔腾喧嚣,像一条腾跃欲飞的巨龙。而这几天却变成潺潺细流了。这条溪水,对被围者非常有利。叶挺凝视着那闪亮的波纹,“如果无水,那就更困难了……马谡街亭之失,不就是让司马懿断了水道吗？”

晨雾在山谷中翻滚。叶挺知道，就在这些山谷的树丛中、山石间，躺着三三两两的伤员。昨天晚上，他接到各线的报告，有的连编为四个班，有的干脆把连改成排，通宵赶修工事，准备抗击今晨敌人的攻击。但是，守卫在山顶上的部队，面临着饥渴和寒冷的威胁。

有的连队报告，他们在山林里找到了一个烧炭棚子，里面有烧炭人存放的半袋米。参谋部竟然因此通知各部队，注意寻找山林中的烧炭棚，而且还不忘嘱咐遵守群众纪律——留下足够的钱。此外，还推广了一个经验，在暗夜里摸下山去，从敌人遗弃的尸体上搜寻子弹……

昨天夜里，叶挺已经命令机关人员，充实到连队，抽调一些参谋、干事到战斗部队，代替伤亡了的军政指挥员。石井坑的勤杂人员，都投入伤员的救护工作。但是，大部分伤员不愿撤下火线，宁愿拼死沙场。东汉名将伏波将军马援的“马革裹尸”与石井坑守备战相比，根本算不上什么了。叶挺想到此处，心中漾起一种欣慰之情。

郑冬生在十步距离之内，跟随着军长。他的思想，简单而又专注：如果有炮弹落在附近，他便一跃而上，为军长挡住横飞的弹片。这种想法，带有孩子的稚气，到时候，未必有效，也未必来得及。机枪速射的哒哒声，就像几架急踏的缝纫机似的不绝于耳，炮弹不时地在坑里落下。又有几处民房起火了，浓烟滚滚。许多在民房中救治的重伤员，被倒塌的房屋砸在下面！叶挺深深感到，指挥系统已经失灵。四面守备的情况，不能真实地掌握，同样，军部的指示，也不能有效地下达。用这种半瘫痪的失控的指挥机构，去应付危急的瞬息万变的战场，无能为力！

整个司令部的人员，几乎都不能把握战场的全部真相，仅靠落后的联络方法和望远镜，是没法调动全局的。参谋处标定的守备战形势图，根本无用。它和战场的实际情况相去甚远，根据此图下达的指令，差不多都是错的。错误的情况，不可能得出正确的判断。当某个山头告急，派人来军部请求救兵时，很难确定从哪个阵地上抽调多余的兵力为好。当抽出兵力驰援时，那个山头已落入敌手，而被抽调兵力的阵地，却又告急。

“军长！军长！”叶挺听到有人喊他。这时他才注意到，在狮形山一个极小的山坳里，聚集了一伙人。一堆忽明忽灭的篝火冒着轻烟。叶挺向他们走过去。

如果在平时，人们都会站起来，向军长敬礼，请他指示。现在，只有少数人站起来。因为多数人躺在篝火边扯着床单或是油布睡觉，有的仅仅来得及坐起来。

由于轻装，大家把棉衣的棉絮抽掉了，棉衣成了夹衣。为了抵御凌晨的严寒，大家紧紧偎在一起。这里集聚着报社和修械所的男女职工，地方干部和其他失去原单位的勤杂人员。报社记者白沙在这里，任光夫妇和毛中玉也在这里。还有四名伤员，由郑芳雪护理着他们。

这个小山坳，很像飞机场上那种机窝。周围丛生着杂树棵子。流弹只能从上空飞过，冷炮如果不直接命中，就不会带来任何危险。叶挺非常惊讶的是，当职工编成战斗预备队时，竟然无人发现他们。在石井坑中，这里可以称得上是世外桃源。

“军长！等会儿尝尝我们的人参汤吧！”白沙欢快地说，“马上就熟了！”

“你们哪里来的山药蛋？”叶挺向面盆里望了一眼，走进人群，撑开手杖的握把，坐在上面。他被这里安静的气氛感染了。郑芳雪开心地笑了。叶挺吃惊地发现，她那漂亮光洁的脸上竟然有了皱纹：“军长判断失误！这是我们挖的葛藤根！”

“能吃吗？”叶挺表示怀疑，并告诫说，“你们可不要中毒啊！”

许多人都笑了。

“这是经历过三年游击战争的同志教给我们的，能吃……”

“可好吃呢！我们昨天就吃过啦！”有人插嘴，“只是再也挖不到了！”大家在军长面前都想振作起来。

叶挺心头袭来一阵凄楚。即使上官云相不再下令总攻，仅仅围困，恐怕也很难坚持一个星期了。

“军长！你一定得尝尝。不然，到了江北，可就吃不到了！”

“那好！我和大家一齐聚餐吧！”叶挺说，“冬生，把你挎包里的东西也拿出来。这里有多少人呀？”

“连伤员在内，十九个！”

“加上我们两个，二十一份！芳雪，你是个细心的人，我推举你来平分！有福同享，有难同当啊！”

郑冬生不太情愿地从挎包里向外掏，这里面有两块拳头大的骡肉，还有五块油炸糍粑。这是欢乐的聚餐，枪炮声成了和谐的伴奏。

大家真像吃人参似的吃着骡肉、糍粑和葛藤根。一点一点地咬着，品着滋味。遗憾的是太少了。“你们刚才在干什么了？”叶挺吃着葛藤根，边吃边问，然后品出味道来了，“好吃好吃，有点像番薯嘛……我要下令给部队，要他们挖葛藤根吃！”

“军长，不是所有山上都有……”有人发现这个令人失望的提醒很不得当，立即收住了口。

任光把话题拉到军长的询问上来，他说，“刚才听白沙讲故事，把大家肚子都笑破了！”

“哟！那么，再讲一个听听吧！”叶挺兴致很高地说。

“不，我的故事太长了，好笑的也都说完了。”白沙推托着。

“那你就把刚才那个讲了一半的讲完吧！”任光提议着，“违抗军长的命令可不好！”

“不！还是唱个歌吧！”白沙说，“守着音乐家不听歌，简直是最大的浪费！”

“好吧！我收回命令，”叶挺说，“还是唱歌！”

此时，太阳已经升起，几道强烈的金光，射进凹地上边的树丛，在林梢上燃起了橙红色的淡淡的火焰。空气清冷而甜蜜，那篝火的轻烟像浓雾似的在山坳里浮动着，在刚才的和谐的气氛中，使人感到一种安谧的倦意，大家似乎忘记了重围之下的困境。

那流弹，那冷炮，似乎也慢慢地消失了！只有号声悠扬，此起彼伏，像给 1941 年 1 月 12 日——风和日丽的这一天，吹起的晨曲。是敌军开早饭了吧？

几乎所有人都关心着：何时突围？如何突围？突向何方？但没有一个人敢问军长一声，生怕一声回答，会击碎希望的梦幻。

大家只顾说笑，谁也没有注意到郑芳雪把郑冬生拉到山凹外面的树丛边：“冬生！林科长在哪里？我怎么老碰不到他？”

“他在东流山上!”郑冬生指了指那落满霞光的高峰。

“很危险吗?”

“姐姐! 你也真是,”郑冬生觉得此问简直是对战争的无知,“现在哪儿不危险? ……东流山打得最凶……”郑冬生用战争行家的姿态和堂姐讲话。他只知道姐姐与林科长的关系甚好,却还不知其中的奥秘。他这种年龄,对于爱情,还是个傻瓜。“你知道吗? 在火线上,首长平时最喜欢谁,在紧急的时候,就先想到谁,就先分配谁去完成最艰巨的任务……”

“所以就派他到了东流山!”郑芳雪把冬生要说的话抢先说了,心中荡起一股自豪之情。但是,她的心蓦然一沉,那种自豪感被汹涌而至的恐惧湮没了。昨天夜间,她看到东流山那闪烁的炮火,还处之泰然,而现在,她却以为东流山每一发炮弹都会落在林志超的近旁。

“姐姐,若不是我警卫军长,我早要求上东流山了!”

“那怎么可以? 也许,我应该去……”郑芳雪久久地凝望着炮火闪闪的高峰。郑冬生迟疑了一下,还是拉着堂姐回到山坳里。

坑里,所有人的心事,都融化在歌声里了。任光拉着心爱的小提琴,毛中玉用口琴与他配合。凡是能唱的,都跟着任光、徐韧和白沙轻唱起来:

> 铁蹄踏不碎我们的心,海水洗不清我们的怨恨;按着遍体的鳞伤,挺起钢铁的胸膛,走向祖国大地的黎明。

这歌声时而低沉,时而昂扬,像一只温暖的、轻柔的手,抚摸着山洼里的人们,没有歌唱的人,发出悲叹声,每个音符轻叩着重围中人们的心弦。

过去,许多人都唱过这支《黎明曲》。那时,并没有体验到这歌词的真正含意。只有现在,才懂得了它的庄严,才懂得它的深沉有力。在这歌声中,祖国山川之美和他们当前的苦难,全都展现在他们面前。只有为祖国的自由解放而殊死搏斗的人,只有行进在枪林弹雨茫茫征途上的人,才能体会到这种感情。在这种时候,每个人的心都紧紧地贴着祖国的大地。

别为猩红的血迹而震惊，
别为遍野的横尸而伤情，
我们既为反抗而来到人间，
还怕什么流血牺牲？

叶挺眼睛湿润了。他的感情是复杂的。他的面前仿佛出现了一幅地形图：云岭、四顾山、承流峰、舒溪、青弋江、茂林、章家渡、高坦……他仿佛又听到战士们冲锋时的呼喊声，“任光！唱个轻松些的吧！”

但是，音乐家正和诗人一样，在沉重的时刻，很难违拗自己的感情而倾吐出轻快的旋律。不过，他终于缓声地唱了起来：

度过这寒冷的冬天，春天就要来到人间；不要有一点失望，春花就要开放。

山洼里的人们都随声附和起来。人人心里都有一种激动的哀伤！徐韧望着崖上那些杜鹃花的干枝，幻化出一个山花烂漫的春天来。她尽情地高唱：

不要有一点哀凄，春天是我们的……

歌声被机要秘书的报告声打断了。他给叶挺送来了中央的稍稍迟到的电报。

二　中央来电

叶挺看完电文，全身心都感受到前所未有的沉重，他把电文交给梁朴。

梁朴读完电文后，建议立即晓谕全军。中央的电文是：

希夷、小姚的领导是完全正确的，望全党全军服从叶、姚指挥，执行北移任务，你们的环境虽困难，但用游击方式保存骨干，达到苏南是可能的。

这份电文，是对9日叶、饶向中央电告项、袁、周离队而去的电报的回复。

叶挺要参谋处长立即将此电向机关和部队传达。

12日上午,各线的战斗似乎停息了。这给被围部队一个休整喘息的时间。叶挺便忙于了解各线情况、下达各种指令、回答石井坑司政后各部门人员所遇到的各种困难的解决方法。他要用繁重的工作来回答中央对他的信任。他全身心地投入到繁杂的军务、事务之中了。

下面所有机关人员和部队领导,都忠实地听从中央的决定,相信叶挺、饶漱石的领导完全正确,相信他们站得高、看得远、想得深,听从他们的一切指令,严格地保持着行动的一致性。

在这种时候,似乎所有人都忽视了许多关键性的问题,甚至没有人思考过。这是非常可悲的。对于这一点,史学家和军事家们都各执己见,谁是谁非,局外人也只能仁者见仁,智者见智。

无条件的保持一致,而不是清醒的理解以后再保持一致,那是危险的!因为保持一致和集思广益,和各抒己见,和畅所欲言,是一种辩证的关系。形式上的一致,并不是真正的、实质上的一致。

当叶挺自感责任重大,而全身心扑到事务工作中去的时候,他对中央的指示,显然产生了某种误解:

首先,中央肯定叶、饶的领导是完全正确的,这仅仅是在项英离队后,针对他们表示"我为安全计,决维持到底"而言,并不是指后来的"固守一拼"而言。

但是,叶挺却误认为肯定他们目前在石井坑守备战的一切措施是正确的。尽管自己已经感到指挥失当,但仍然不知道错在哪里。他仍然没有仔细想一想,中央是不会肯定他的"指挥失当,只好拼一死以赎其过"是完全正确的。

叶挺在11日向中央报告中提出的战斗方针是"固守",而中央电文中提示的是"用游击方式";叶挺向中央表示的决心是"死守硬拼到最后一人",中央却提示他"保存骨干";叶挺对前景的展望是"则将全部覆没",中央却提醒他"达到苏南是可能的"!

由此可见,叶挺的石井坑守备战的措施和中央的要求,是背道而驰的。饶漱石也没有提醒这一点。叶挺没有游击战争的经验,也就不容易想到运用游击战法，这是可以原谅的一种不足。但可以原谅的不足，仍然是不足。

叶挺接受了指挥全军突围的全面工作。他有些茫然，他还不具备战略家那种内在的眼力和预见，因而，也就未能从“固守一拼”的思想樊篱中挣脱出来。他还未能跨越北伐战争经验给他设置的重重障碍。在石井坑守备战中，他在作出每一个决定前，还不能辨别这个行动所带来的悲剧性的实质。他未能超越旧我。

三　战地日记之七：石井坑

1941年元月12日，晴，石井坑。

叶军长离山洼回军部后，众皆后悔没有请军长谈谈目前的形势及发展趋势。叶军长提出创造第二个黄花岗，此口号撼人心魄。

半小时后，参谋处来人，向大家宣布中央电令。肯定叶、饶领导之正确，并要求全党全军服从领导与指挥，群情为之振奋，认为项英之错误，使全军陷入危局，而叶、饶之正确领导，必有方策拯救全军。我既兴奋又迷惑，我看不到出路何在。

一小时后，司令部派罗参谋来，把修械所职工和印刷厂职工组成一个战斗预备队，带往象形山下集中，准备随时开往东流山。郑芳雪也在其中。我托她给林志超带去一信。大意是：

作为战地记者，我应该上东流山，但我不想去了。我在星潭前线，在状元岭前线目睹战士们的拼搏够多了！我想记述一下军部的生活，我想观察军司令部指挥上的得失。这也许比记述一次激战场景更有价值，更有探索的意义！悲观主义者，如果我们还能相见，我可以为你提供……我怀着一种等待与情人幽会的急切心情，盼望郑芳雪与你见面，也许这个想法太浪漫了，我的朋友。难道你们真的与阵地共存亡吗？如果非如此不可，那就将血流在一起吧……我扯下这一页，交给郑芳雪。

她激动得两颊泛红。此时，我们都忘记了死神在周围张牙舞爪。她那又大又黑的眼睛饱含着幸福，分外光彩照人。这种洋溢的真情，我似乎感同身受。

“白记者，”郑芳雪冲动地拉着我的手，“咱们一定还会见面的！”她的眼里涌满了泪水。任何语言都显得苍白无力了。

四　战争不让爱情走开

战争并不排斥爱情，却在干扰爱情。郑芳雪已经变成另外一个人了：战争，改变了她的命运，改变了她的外貌，改变了她的思想，也改变了她的性格。

整整一个星期的摔打，她变得与过去判若两人了。她在风啸雨吼中，摔过几十个跟斗，也在炮火中抢救过几十个伤员。知识、灵敏、忠心和爱情，使她很快就变成了一个合格的护理人员，全身心地投入到九千人的大搏斗。个人的那些琐屑的感情，变得异常渺小了。

她以整体的欢乐为欢乐，为整体的悲伤而悲伤，当她在星潭前线（那时她还没有战地救护经验）救护的时候，她已经开始体验到革命者常说的那两个字，“忘我”！才懂得什么叫“胸怀忧国志，不问家与身”的含意，才理解了父母如何能丢下她这个十几岁的爱女而奔赴刑场。有几发炮弹，在他们队伍的右前方炸开。

硝烟散去了，尚未化作灰烬的树蔸和茅草冒着青烟。空气里飘过来硝烟的焦煳味。她向那里扫了一眼。

她看到了什么？就在那硝烟渐散的地方，躺着一个被炸死的人。不，他没有死，他在一寸一寸地爬，在那山石上，在那树棵子上，在那黄色的山茅草上，划出一溜长长的鲜红的血迹。

他要爬到哪里去？他一头拱在地上，脸压着山草，久久地喘息。

郑芳雪向他跑过去，边跑边把挎在身上的药包取下来，提在手里。那伤员，挣扎着，仰起脸来，凝视着军部所在的方向。

“同志！你不要动！”郑芳雪半跪半蹲地俯在他身边。他满身血迹，她不知他伤在哪里，“我给你包扎……”她慌乱地打开药包。

“不要！不要！”伤员有些歇斯底里，声音嘶哑地叫着，“我有紧急任务，我要见军长！”

“那好，我帮你包扎好，就背你……”

“不！不！你背不动我……我有急信送给军长！”

伤员怒气冲冲地推开郑芳雪的手，他的嘴角里泛着血沫。他用一只没有受伤的手伸到满是泥污和血迹的胸前，想把军衣上面口袋的扣子解开，但他的手颤抖得厉害。他喘息着，呻吟着，撕扯着，发疟疾似的哆嗦着。

“快点吧！快点吧！信，懂吗？”他怒气冲冲地瞪视着这位漂亮的女护士，觉得她太笨了，“这是林科长写给军长的信，让我……快一点……他妈的……”他的眼里竟汪出了血泪。

“林科长的信？”郑芳雪悚然一震，“他在哪里？”

“你管这些干什么？”伤员恶狠狠地叫道，“快，把信……帮我送给军长……”郑芳雪醒悟过来似的，帮伤员解开被血凝结后粘住的扣子，一封三角信已经被血渗透了。

伤员的身体僵直地扭曲着，痉挛着。显然，他忍受着极大的痛苦。

“同志！”郑芳雪不知如何处理这种局面才好，去送信？把伤员丢在这里？

“你还磨蹭什么？还不快走?!”伤员目眦欲裂，怒气冲冲，脸色极为难看，“你……快……”他一只手僵直地指着山下。就在这瞬间，他呼出了一口死亡的冷气……又有几发炮弹落在附近。

郑芳雪抬头仰望，战斗预备队已经翻过了山包，她应该怎么办？追上队伍？回军部去？她的目光落在炮火轰鸣的东流山上。

那么，这封信呢？她把目光又落在浸透了血的三角信上，几个陌生的字迹落在眼里：速呈军长，林志超。这是志超的笔迹吗？潦草的字体写得多么匆忙？它已经失去了刚劲有力的特征。

郑芳雪手持沾血的三角信，一时间不知如何是好：她不懂得战争的法则，到底应该上东流山去还是回军部去？哪个更为重要？这本来是不难选择的，应该回军部去，去见军长比见林志超更重要。可是，在她心灵深处，有个声音（搞不清是别人的还是自己的）在呼喊：“你如果错过这个机会,就再也见不到他了!”

这是震慑心灵的声音。“对,我绝不放弃这次见面的机会!哪怕是死,也不放弃!”郑芳雪转身向东流山主峰奔跑……她仅仅跑了几步,就停住了,“这就是命运!”她望着东流山顶,泪如涌泉,然后慢慢转身。

五十分钟之后,郑芳雪回到军部。她犯了个不可能不犯的错误:她应该在血未冷凝前把信拆开,现在,当叶挺接信在手时,那已经是块血饼了。

把没有沾血的一角撕开,在几块小纸片上,只有几个残缺不全却还可以辨认的字:“守”、“拼”、“援”、“突”、“难”。

叶挺稍作沉思,立即复示:

林科长:

来信不能辨认,想为坚持、拼杀、待援之意。一小时前,已派罗参谋带战斗预备队赴援。中央11日电文谅已收悉并传达到部队。生作人杰,死为鬼雄,我已决心创造第二个黄花岗,以谢中央之重托。

望汝激励士气,坚守到底。

叶　挺

郑芳雪期待着,跟冬生交换着眼色:“姐姐!你做得很对!真了不起!”

“军长是在写回信吧?我可以送去!”

“会派你去吗?不会的!”

军长已经把信折叠起来:“冬生!你把信送给林科长!”这轻轻的一声,在郑氏姐弟听来,却是惊心动魄。

“军长!”冬生凄恻地叫了一声,“我不能离开你,夫人临走前,嘱咐我……”

“冬生,你不是早就要求上火线了吗?”

“我?”

“是啊!在徐家祠堂,你跟白记者说什么来着?”

“不！不！我那是胡诌……”

“不！你是革命战士，应该属于革命，并不属于我叶挺。去吧！我派你去跟林科长一同守卫东流山，那是光荣的岗位。去吧，记住，人在，山在！”郑冬生哽咽着，接信在手。

叶挺拍拍他的肩头，心里忽生出无限的怜惜：“去吧！要打好！我用望远镜望着你们！”

郑芳雪刚要跟随郑冬生重上东流山，却被叶挺叫住了：“郑老师……刚才，任光同志受伤了，很重，我们一起去看看他。你认识他的夫人徐韧吗？”

“认识，就在山坳里……”郑芳雪语无伦次了。她心里不知道是什么滋味，也不知说什么好。

“啊！请你多多安慰她。”叶挺悲声长叹。

生活是现实的，又是超现实的。叶挺在无意中决定了两个姑娘的命运：派走了林志兰，留下了郑芳雪。可是，叶挺的决定是随意作出的吗？

任光已经被抬到军都附近的一家院落里。腹部被流弹击中，虽已包扎，血仍流涌不止。腹部受伤虽极危险，却不甚疼痛。他的神志还十分清醒。

叶挺步履蹒跚地走到任光面前，蹲俯下去。他是深深了解任光的。在法国，他曾热忱地参加了罗曼·罗兰主持的反帝同盟；在巴黎，曾为祖国募捐而举行过多次演奏会。他曾告诉叶挺，他崇拜的诗人是马雅可夫斯基；他景仰的音乐家是柴可夫斯基。

“军长，你交给我谱写中国《马赛曲》的任务完不成了。”

叶挺死死地抓住作曲家的手，气噎胸塞：“石井坑里，洒满中华民族优秀儿女的血。历史罪人，总要偿还的！”任光的眼睛暗淡下去。郑芳雪站在旁边束手无策。她并不特别悲伤，她见得已经太多了。

“军长！救救任光吧！”徐韧惊骇地看着任光那惨白的脸和渐渐弥散的目光，转身抱住叶挺，颤抖着，喊叫着。

“叶挺无能！”他觉得一阵黑黝黝的电击，猛力打在身上，“对死难烈士只能以死相报！”

郑芳雪急忙把徐韧从军长身上拉开,两人相拥而泣。

叶挺军务繁重,不敢在悲哀中沉浸过久。他默默地走开去,拼死之念在他沸腾的热血里燃烧。

五　痛失教导队

项英半坐半躺在刘厚忠为他铺好的门板上,背靠着日本黄呢军毯,这是陈毅特意从苏南带来送给他的。此刻,他抚今追昔,心头一片空旷苍凉,他又向随从副官要烟。

袁国平自羞自愧,无颜对机关和部队进行任何思想工作,最感孤独。他蹲在房角的一盏马灯下,埋头写着笔记。

周子昆宁愿把这段不光彩的经历忘掉。他能够出出进进,帮助叶挺处理许多事务性的事情,调节各方的关系,指导后方勤务工作。关于作战,他避免过问,全权委托给参谋处长。

项英自从电告中央请求处分后,有足够的时间进行痛楚的反省。但是,这种内省需要外力的帮助,需要辩论,需要澄清,需要有个公正的结论。项英无法一身兼任原告与被告双方的辩护律师。他的内省往往是一种自我辩护。

百步坑七个小时的马拉松会议,显然贻误了战机。可是责任在谁?西出高岭没有出去,似乎反证了叶挺打星潭的主张是正确的。其实,也并非如此。

项英不断地吸烟,库房外的一切仿佛属于另一个世界。他强毅的脸上又渐渐升起庄严肃穆的神情,他心里的历史法庭正在展开激烈的辩论。三个小时的思索,当然非常混乱,如果加以条理化,就非常清晰:

历史法官:“是谁负有拖延会议的责任?”

叶挺的辩护律师:“当然是项英,他是会议的召集者、主持者,是他挑起了无休无止的争论,与会者皆可作证!”

项英的辩护律师:“新四军是在党的领导之下吧?是的,那么谁代表党呢?当然是东南局书记、军分会书记,在红军时期,政委就叫党代表。”

“是的！”

“那么项英既然代表党，他就有权指挥这支部队，叶挺就应该服从党代表的决定！”

“是的！”

“本月7日下午三时，在百步坑开会。”

“是的！”

“如果不是叶挺坚持打星潭，不是顶住项英同志后撤的意见，立即服从项英的安排，那么会议在三点一刻就结束了，是吗？”

“就算是吧！”

“这就带来了三大好处：第一，早停止攻击，就避免了过大的伤亡；第二，白天后撤就避免了混乱；第三，黄昏后接敌，拂晓进攻，高岭就有拿下来的可能！那就不是贻误了战机，而是抓住战机了！”

“那么攻击星潭，是军分会决定的，叶挺应该坚持！”

“本来是三路会攻星潭，后来只有一路到达，这是改变攻击星潭的第一个理由；原来设想星潭一攻即克，结果久攻不克，这是改变攻击方向的第二个理由；至于第三、第四种理由，百步坑会上都已讲了！”

“可是，最后证明，后撤是错的啊！”

“如果是三点半后撤也许就是成功的，后撤的被动局面是会议延误了七个小时造成的！”

“未免强词夺理了吧？”

“这是有理的，七个小时的会议，既然可以说贻误了攻击星潭的战机，为什么不可以说贻误了偷袭高岭的战机？对西出高岭的贻误还不仅仅是七小时，而是在时间价值的差异上！”

“不懂！”

“因为夜晚十时决定后撤，是最不利于撤军的时刻；白天到达高岭，又是最不利于攻击的时刻！”

“叶军长习惯于北伐的打法，自然要坚持强攻星潭……”

“项英同志习惯于三年游击战争的打法，自然反对强攻硬打。”

“如果项英服从叶挺，争论就可以避免！”

“如果叶挺服从项英，争论也可以避免！”

“叶挺是军长！”

“项英是军分会书记啊！……咱们争辩又转回原地去了！还可以一圈接一圈地推下去！”

项英的辩护律师振振有词。

叶挺的辩护律师默然而思。

这样完整的思辨，正是项英这几天苦思力索的结果。

卫士们都已经睡了，只有刘厚忠没有睡。他坐在门口的竹椅子上，膝前放着项英鼓鼓囊囊的牛皮包，背靠着冰冷的墙壁（门板已经取下打铺用了），把二十响驳壳枪横搁在膝盖上，忠实地执行着警卫任务。

项英的思辨稀释了他的苦恼，他重新振作起来，纵身滑下门板。刘厚忠立即被吱嘎声惊醒：“政委，你要出去？”

“不，你把皮包给我。”

项英从中取出一个厚厚的本子，把刚才的思辨记进去。

周子昆急急回到库房向项英报告：“东流山打得极为艰苦，几经争夺，伤亡惨重。教导总队所守的几个山头，尽落敌手。林志超深感守备无望，带领教导队撤下东流山。军长大怒，下死命令要他把失去的阵地夺回，提出了‘以死求死’的口号。军长还准备把警卫连拉上去……政委，这种干法是不行的，你得出面才行……教导总队不能当普通战士用……”

“教导总队完了！”项英把手中的本子一丢，和周子昆相抱而哭。项英的哀哭把所有在他身边的人都惊呆了：几声号啕之后转为深沉的低泣，只有受到生活的致命打击而不能承受的人才有这种呜咽；只有从来没有哭过的人才有这种哽咽；只有肝肠寸断的人才有这种呻吟。

连心如铁石的刘厚忠也两腮抽动，嘴唇颤抖，浑浊的泪水从黑苍苍的腮帮子上滴落。所有人都默默无言，都被这粉碎一切的感情宣泄击倒了。

只有项英和周子昆知道教导总队的真正价值。一大队下辖一、二、三队，是军事队，大都是具有军事才干的下级指挥员；二大队，下辖四、五、六队，是政治队，大都是指导员、政治干事和文化教员；三大队，由学生队、女生队、高干队组成……这是未来部队发展的骨干力量。教导总队凝聚着项英、周子昆多少心血和希望啊！

“子昆！你去见军长，”项英的声调像是乞求，“就说是打星潭的问题，是我错了……”这话说得非常吃力，却又情真意切，“当时，应该不惜代价冲出去……现在，不行了，提出守备战，错了。守备战，就是阵地战，阵地战，就是拼消耗……在三年游击战争初期，就吃过这样的亏……”

“突围突不出去怎么办？”

“集团突围当然不行，要分散……”

“那样，部队可就全散摊了……”

“只能这样……目前只能要求多跑出一些人去，要保住火种。部队里有五分之一的同志经历过游击战争，可以由他们分别带领。”

“好的！我就去找军长！”

项英的想法跟中央电文的精神是吻合的。然而，争论仍然是不可避免的。

四十年后的一次新四军老战士座谈会上，竟然有人大声疾呼：“叶挺在石井坑的指挥上是没有错的，只能如此，别无他法！”

如果能够平心静气，那就会使争论接近实际：“固守一拼”当然是下下策，几乎等于自我葬送。如果当时粮充弹足，地形险要，援兵将至，那将另作别论。“集团突围”是下策。“分散突围”与上两策相比，应该说是上策。

周子昆带着上策去见叶挺，忧心忡忡。

六　军令难违

其实，周子昆把教导总队守卫东流山的壮烈情景讲简单了。白沙在军部作了详细的记述：

> 1941年元月12日，晴，石井坑军部。
>
> 12日凌晨，各部队已作好对付顽军总攻的准备。拂晓时，一

片静寂。参谋处长说:“也许顽军不用硬攻,单用坐困的办法,令我们自毙于饥饿中。”军长摇头,认为顽军必将硬软兼施,必须有抵抗强攻的思想准备。

晨,十时许,炮声突起,攻击开始。四面八方,枪声如风雨之怒号。

十一时许,远远听见东流山的冲杀声,用望远镜望去,顶峰处于混战状态。难分敌我。军长即令参谋处长下令派预备队应援前往,宁死勿退。

下午二时许,西线各岭之机枪声转紧,流弹纷纷向指挥部上空飞来,我们进入室内。西山山头已失,军长令另一预备队出击,必须将山头夺回,这时各线状况,除北线一隅阵地较稳外,其余均极危急。

由于西山失守,敌炮弹、机枪弹已纷纷向指挥所打来,墙上弹痕累累,其中有房一角,轰然倒塌。

军长即将指挥所移往狮形山后。在转移时,因流弹极多只能匍匐而行,军长的卫士,一人中弹牺牲,一人轻伤。当时各线部队,均已奔赴最前沿,故各线又渐处稳定状况。

四时许,敌炮又突然猛轰,较前尤烈,坑内民房频频倒塌。

军长估计,如能抵抗此攻势至天黑,彼方必在一鼓作气之后,再而衰,三而竭,故严令各线,以坚毅之精神钢铁之意志,顽强坚守,并令两名作战参谋偕同军法处人员,率卫士排,到坑内各路口,如遇不奉命而退却的部队,立即促其返回阵地,否则即军法从事。

实际上,此时,各线部队除奉命移动赴他线作战者外,绝无退却者。

将晚,教导总队所守东流山,因伤亡过大,加之顽方拼死抢占主峰,故第一峰、第二峰、第三峰相继失守。

教导总队乃干部集训学校,千仞高山,坚守如斯,实在勉为其难,而其毅勇亦已超过预想。林志超因其信未使军长明其真意,便带队回石井坑面陈,提出必须分散突围,以免固守待毙。

可是,“固守一拼”的感情一直控制着军长,林志超抗命式的申辩反而加重了他的这种感情。他把林志超无令自退视为怯懦动摇。“后退,这是军人的耻辱!”军长抖着手杖,似乎要打在作战科长的脸上,“你立即带队杀回,不惜任何代价,恢复原有阵地!”

林志超黧黑的脸上蒙着一层油汗,睫毛半掩的眼睛闪着发热病似的红光。无奈,此时军长却像置身当年北伐战场,苛烈严厉,令发如山,无可通融。

作战科长望了我一眼。我跟他交流了一下目光,付与他同情与怜悯,他那额前的深纹透出内心的雷电,凄厉之状,似有万般苦衷充溢胸间。

军长面对林志超的迟疑,怒不可遏:“你们一收回阵地,就点起一堆篝火,全军都瞩望着你们!执行吧!”林志超深知军令难违,只好带队杀回。

夜幕笼罩了山谷,人们在焦灼中期待了两个小时。

突然,指挥所的人们爆发出欢呼声。第一个山头举起了烽火,这是世上最美的火光!

今天是农历腊月十五,一轮明月,从东流山的峡谷中显露出来,被这把烽火染成橙红色!

“啊!我们的阵地收复了!”

“教导总队!英雄好汉们!”

这欢呼声从军指挥所扩散开去!

大约又过了半个小时,第二个山峰又亮起了烽火。人们不顾流弹的纷飞,竟然在坑地上奔跑腾跃,犹如一个球队,在夺取冠军的比赛中,拿下了关键的一球!这时候,大家兴奋、欣慰和对前线部队的钦敬之情,真是无法描述,无从表达,充满希望的欢呼声,像一股春风推送下的一团彩霞,飘荡过这阴郁绝望的被紧紧围困的山坑上空!

大约又过了一个小时,最高的第三个山头也亮起了火光!

军长的眼里含着激动的泪水:“啊!拿下来了!拿下来了!”他举着望远镜,他的心,也和那堆烽火一齐升腾,他的脸上也仿佛有火光在闪耀!

啊！教导总队的英雄们！

你们崇高的生命和鲜血的神圣祭礼，果能保得住全军的安全吗？

指挥所的上空，充满着天真的欢乐和安全之感。战争之神好像把它那残忍的毁灭的手，从我们这些被围困的殉道者的头顶上轻轻地抚过去了！战士们的牺牲，似乎已经取得了应有的代价——石井坑的安全。

我们陶醉在虔诚的欢呼里。军长的判断是对的，决心也是对的！

敌人似乎受到了震慑，进攻呈现出衰竭的征兆。四面山头的战斗，由激烈转向沉寂！似乎一阵风暴狂卷过去了，只留下沉重的喘息声。

军长让机要秘书作好给中央和中原局发报的准备。但在谷学清打开电报夹准备记录电文时，他思忖了一会儿，似乎怀有某种预感，摆摆手，算了。

作为略懂军事的战地记者，我感到这种突然的沉寂，并不是吉兆，它似乎带着一种决定性的威胁，乘着这苍茫的暗夜，向被围者逼近，逼近……

这时，周子昆副参谋长来见军长，显然，他是从项英同志那儿来的。

七 “是项英的主意吧？”

1941年1月12日，这个明月之夜，对叶挺来说，是难以想象的沉重之夜。

周子昆向他提出了分散突围的建议。当时，正是为教导总队夺回东流山阵地而欢呼的时候，他用反问的方法拒绝了：“集中力量尚且突不出去，分散就能突得出去？”叶挺用血红的目光看着周子昆，厉声问，“是项英的主意吧？”

"是的！我认为目前已经到了不可挽回的……"周子昆没有找好措词，但意思已经很明白了，"只有分散突围才能挽救……"周子昆没有把话全部说完就停住了。他发现说的很不是时候，方式也不够讲究。他是读过《战国策》的，他少了"触詟说赵太后"的那个心理过程。他忽视了对叶挺的心理分析。当他发现时已经晚了。

一个建议或是要求能否被采纳，除它本身的合理性外，所提时机、方式和心理因素都至关重要。

此时，教导总队刚刚拿下主峰，叶挺的固守信心大增，对于教导总队擅自撤退的余怒未息。这个时候提出分散突围，只能引起反感。

分散突围，在叶挺的军事生涯中，没有发生过。北伐时，是长驱直进，猛打穷追；南昌起义、广州起义败退溃散；在皖南的几次反扫荡中，狙击、出击。在他的心目中，分散突围是溃逃的同义语。叶挺绝对不干这种事情。两军对垒，只有拼搏，宁死不逃，宁碎不扁，宁折不弯！溃逃，是军人的耻辱！他在给中央的电文中，已经充分表现了这种性格："固守一拼"！"坚决打到最后一人一枪"！"死守硬拼到最后一人"！分散溃逃，既非叶挺所想，更非叶挺所干。

再说，非战斗人员过多，分散突围，无异于葬送其大部分。至于固守一拼会出现什么结果，那还是未来的事，即使全部殉难，何惧之有？更其甚者，此建议是由项英提出，这就大大加强了叶挺的逆反心理："你们不是分散突围过吗？怎么没有突出去？"叶挺没有把这些过分伤害周子昆自尊心的话说出来，却说道，"革命军人嘛，不战胜，毋宁死！"

周子昆沉重地叹息了一声，他不愿意再引起军长的反感，他自知所处的地位对劝说叶挺太不利了。他觉得军长需要休息，便告辞而去。

叶挺在周子昆走后，和衣睡了。早晨四点钟，谷学清送来中央12日发出的急电，对叶挺是一次提醒。只是稍稍迟了一些。

> 你们当前情况是否许可突围，如有可能，似以突围出去分批东进或北进（指定目标，分作几个支队分道前进，不限时间，以保存实力、达到任务为原则）为有利，望考虑决定为盼。因在重庆交涉恐靠不住。
>
> 同时应注意与包围部队首长谈判，并盼将情形告知。

叶挺签阅之后，让机要秘书送给梁朴去看。中央这份电报，不是命令，不是指示，而是提醒。但是电文已由“完全正确”的鼓励型变成告诫型。

可悲的是，人人都受历史的局限。不同的经历，不同的经验，不同的气质，往往对同样的原则，作出不同的（甚至相反的）理解。中央电报中，询问“当前情况是否许可突围，如有可能……”，问题恰恰出在“如有可能”这个不肯定的词上。项英认为可能，林志超也认为可能，叶挺却认为不可能！

所以，“分散突围”，这个比“固守一拼”和“集中突围”都有利得多的方法，始终未能得到叶挺的采用。

八　破釜沉舟

1月13日凌晨，天气晴。

大约四时五十分，我被指挥部的骚动声闹醒了。

大地在炮声中微微颤动，其情形，很像隔壁有舂米的杵臼的咕咚声。室内两盏马灯，用无力的微光在和沉重的黑暗作斗争，门、窗透进月亮的微光。

“啊！起火了！他妈的！”这声音里含着一种紧张不安的成分，带有一种不祥的预感。

我急忙冲出屋外。军长已经身披黄呢大衣，站在狮形山后坡上的几棵小树旁边，高举望远镜，向东流山方向张望。

四周山头上都有炮火的闪光，曳光弹像飞蝗似的满天乱飞。子弹尖啸着，发出嗖嗖、丝丝、嘘嘘的不同声响从头上飞过，把树梢上的枝叶扫落下来，撒在人们的身上。军长还想爬上高坡去观察四周的战况，但被卫士们阻止了。

东流山左边的山坡上，燃起了熊熊的大火，火势在慢慢扩展。这不是昨晚教导队占领阵地后的烽火，而是顽军在放火烧山。

火不断地向四周蔓延开去！我弄不清是顽军占领我们阵地

后，向他们指挥部报告战况的信号，还是用火来攻取我们的阵地。

不久，那个山头上就响起了密集的枪声。这将切断教导总队的归路，而且使教导总队陷入腹背受敌的绝境。军长命令参谋处长，亲自组织有限的预备队，去攻占那个丢失的山头。

命令刚下，指挥部左面的山头又燃起了火光，这里又被顽军突破了！由于太近，比东流山失守更为紧急，它直接威胁到军部的安全，于是便改令由参谋处长带警卫连——军部内的御林军，去夺取这块高地！

战士的英勇，仍然无法弥补兵力的不足。弹药告罄，这是最大的威胁。

在这同时，指挥部背后的山上，也发现了大火。这是三团所守的阵地。阵地虽然未被突破，但也岌岌可危了。

可以告慰的是，东流山的主峰仍在我们手中。军长用望远镜久久地仰望着它，也许他把全部希望寄托在主峰上。

一抹乳白色的曙光从东流山主峰上散射开来，幽暗的山谷也开始发亮了。天空的亮光，越来越呈现粉红色，星星依然在头上闪耀，但慢慢暗淡了，空气里弥漫着拂晓的严寒和浓烈的硝烟气味。遥远的天际，巨大的启明星在对着这惨烈的战地，作最后的凝视。一片紫红色的流云，像一湾凝聚的碧血，遮没了它，随着启明星的熄灭，东流山第二山峰上的烽火熄灭了！

这次熄灭是应该诅咒的。它重又被顽军占领！我军已无力去阻止这危险的突破了。

指挥部上空的子弹，已经不再作“嘘嘘”声（远弹），而是作“切切”声（近弹）了。从三面射来的子弹已经构成了火网，已经不是流弹，而是直接射击了。

军长还是英挺地站在山坡上，子弹肆无忌惮地从他耳边、头上飞过，但他巍然不动，决心坚持到最后，坚持到全部牺牲！

“军长！”周副参谋长再次建议说，“局势已经无可挽回了，拼到最后一人总不是办法！能保存一份力量，还得保存一份力量。”

军长脸上翻腾着痛苦的阴云，沉默着。他好像被这离奇的厄运冲昏了似的,大约沉思了三分钟后,他仰起头来:“好吧,我同意你们的意见,由参谋处制订分散突围计划!”军长的目光环视着簇拥在他身边的司令部所有的工作人员,“中央的指示是完全正确的!突围方向一是向北,一是向东,突出去!以拼命的精神突出去!‘留得火种在,不怕不燎原!’但是,各部队一定要拼死守住山头,保障全军作好突围的准备……我现在命令,把所有一切文件烧掉,把一切骡马杀掉!要所有人员吃一顿饱饭。先杀死我的马!”

军长并不看卫士的表情,而是目光凝望着西北方向,那里,是我们的云岭,再远处,太远了,那便是我们的延安。他在向云岭、向延安告别吗?

“谷秘书!”他喊着,但他并不看向他跑来的谷学清,眼睛依然盯着西北方向。我循着他的目光望去,那里的天空一片蔚蓝,只是在四顾山那峰巅上,缭绕着一片灰云。军长毅然决然地命令说:“把密码焚毁!把电台砸碎!”

这声音是低沉的、颤抖的,平添了一种庄严悲凉的气氛。我感到,我听到,军长的闪电交作的胸中,正滚过一阵阵沉雷。随着电台的粉碎声,军长的心碎了!指挥部所有人员的心碎了!从此,再也听不到中央的声音了!

破釜沉舟!

破釜沉舟!

但是,这时,一声呼叫使所有人产生了震撼。

“军长!我不能服从……我绝不杀马!”卫士抱着战马的脖子,号啕大哭。卫士知道,战马是军长生命的一部分,而所有机关人员却看到了比杀马更可怕的东西。

战马似有灵性,昂首长嘶,撕裂了上空的战云,使人悚然而栗。初升的朝阳在红色的马鬃上呈现出彩虹般的光彩。它全身犹如一团火炭滚动着热浪,那是生命、豪情、希望的象征。军长眼中有火无泪,喷发着一种毁灭一切的决绝情绪,那是一种濒临绝境时的冷峻、坦然,非常可怕。我看到军长的手缓慢地伸向腰间的左轮手枪,慢慢拔出,似有千斤重量。那枪在阳光下闪着黝黑的光环。军长突然伸手揪住马鬃,枪口直抵马耳……

两声爆响。我先看到卫士突然缩成一团,跌坐在地,哭声刺心般疼,一阵强烈的悲酸寒流般地侵入人们的胸腔。我觉得脚下的土地失去了坚硬性,起伏晃动起来,苍苍然蓝天欲坠了。我的眼前闪过一派血红血红的霞光,一时弄不清那火焰驹是倒下去还是飞起来,只觉得一时间,石井坑沉寂无声……

那马轰然倒下,又蹦了起来,它像在战场上奔驰,摇摆着头,一股热血山泉般喷洒,后腿屈起,蹲坐了几秒钟,终于歪倒下去,哀吼,而后转成叹息。它那染血的头簌簌摆动,鹅蛋似的眼睛呆瞪着,滴落着泪珠,四肢屈伸蹬踢,马尾啪啪地拍扫着大地,砂石飞溅。这情景平添了一种令人胆寒的凄厉之气。

叶军长背对战马,僵若立桩,凄楚的目光凝然南望,那里是已经陷落的东流山的主峰。我不知道他期待着什么。

朦胧中,似有一支部队冲下山来!迎着耀眼的阳光,看不清是我是敌……石井坑的数千名被围者,已经处在溃散状态。

元月13日拂晓,顽军四十师一一九团主攻营营长万景煌,兴高采烈地直接向方日英报告:"师座!刘团主攻营营长万景煌在东流山主峰向你报告,我的机枪架到叛军的头顶上了!"

"机枪由别人来架!"方日英用同样兴高采烈的声调稍加幽默地说,"我命令你把战旗插上主峰,让我在指挥所看到它,让所有的围攻部队看到它!"

万营长执旗在手,他意识到自己在写军事生涯中的伟大篇章。旗帜,就是荣耀,而他把全师的荣耀高举在东流山的主峰之上。他以二十九岁方刚之血气和令人敬佩的敏捷,向那块兀立晴空的巨岩攀登!两名卫士跟在他的身后。

通常说的主峰,并不是东流山的绝巅,那摆在起伏高耸状若垒卵的百尺陡崖之上的仙桃似的巨石,才是剑峰之尖。那颗仙桃有一条石罅,其中生满杂树棵子,可以当做登崖的软梯,沿罅而上。峰顶天风呼啸,万营长手中的旗帜发出扑啦的响声,犹如疾抖的帆篷,平添了数倍重量。他仰望着那棵仙桃,峭拔奇突,犹如北洋军阀帽顶上的那个冲天缨,直直地揳入浩渺无垠的蓝天里。上面可有能够插旗的地方?万营长并不在乎,他可以独立上面,高踞于擎天柱顶,将旗帜高扬,挥舞。在他的俯瞰之下,树如草芥,人似蝼蚁,那是何等地豪壮。到了,再踏过一块乱石,就可以沿着仙桃的缝罅向苍穹迈进了!他陡然焕发出超人的蛮勇之力。

两个卫士都争当劈荆斩棘之人,万营长拒绝了。他绝不把首登"主峰"的荣誉让给任何人!

万营长高举着青天白日满地红的旗帜,寻找踏足之处。他突然愣了一下,这仙桃下的石块上有斑斑血迹。在血肉横飞的战地上,几点血算得了什么?只是洒血的地方引起他的狐疑,他坚定地踏上攀登仙桃缝罅的第一块碎石。

万营长仰脸上望,那一瞬间的情景清晰得可怕,每个细节都精细入微。他看到裂缝的树棵子神秘地陡然颤动,"有人!"他心中悚然一怔,一串火花在他眼前飞迸,一阵热浪狂烈地、重锤似的撞进他的胸膛,他愣怔了足有两秒钟——他不理解,他不情愿,他想争辩,他想抗拒……他感到生命已经离他而去,他直愣愣地瞪着眼睛,想看清是怎么回事……他像被蹬掉的一块石头,带着手中歪倒的旗帜,翻跌下去,撞在身后的卫士身上。然后,他那滚落了军帽的头颅低伛着,双手紧护着胸部,腰身屈成一张弯弓,痉挛着,接着摊开四肢。他目光凝望的最后一眼,看到的是旋转的晴空,猩红的血从嘴角涌出,他猛然恢复了意识:没有能够吃到仙桃!

拂晓时分,林志超带领工兵连撤下东流山主峰时,有一个浑身受伤的战士没有撤走,这就是郑冬生。这不是救护者的疏忽,是他从救护者手里逃了!他不能让叶军长的望远镜看到他撤退。他要遵从军长的命令:人在,山在!他活着,就不能让敌人登上顶峰。

郑冬生刚刚十九岁,在首长面前,他是个孩子。只有离开长辈,孩子才会变成大人。在新四军的三年中,他已经成为真正的战士。他的脉管里奔流着郑大中的血液。在向东流山迈出第一步时,他就确定了终极目标,但他很怕达不到目标。在几次短兵相接中,他四处受伤,驳壳枪中也只剩了七颗子弹。护理人员为他作包扎,他躺着,在西沉的月光中,他看到了那棵仙桃,也看到了仙桃腹部有条明显的缝合线,两半并不对称,缝合线也有些倾斜。

他告诉护士,他要解手。他拒绝了护士的搀扶,爬上了龇牙咧嘴的乱石堆。1941 年 1 月 13 日的曙光,最先照耀着那颗仙桃,也照亮了那仙桃的缝合线,那里面有点点红星闪烁。

郑冬生认出来了,那遭缝隙中,既没有荆棘,也没有山茅,而是丛生着酸枣棵,那红星是樱桃似的果实。这种野生的核大肉薄的酸枣,唤起郑冬生遥远的回忆:在他十四岁那一年,皖南闹饥荒,他曾在四顾山上,付出鲜血淋淋的代价,采了一袋酸枣,送给邻居家一个姑娘。两年后,他参加了新四军,可是,那个姑娘瘦巴巴的身影还在他眼前晃动。

这种酸枣棵子干巴巴的,一身铁骨一身钢针,割草人躲开它,樵柴人嫌弃它,贪婪的牛羊也不敢把嘴伸向它。它不怕干旱,连茅草都不扎根的地方,它也毫不在意,顽强地在石缝里开辟自己的领地,开花,结果,繁殖。

郑冬生怀着一种敬意去接近它,经过几番努力,他爬上石堆,揪住刺人皮肉的枝条,登上第一道梯坎,找到了一块可以站脚的支撑点,拱了进去。他的脸上、手上、臂上、腿上,都有了长长的划痕,渗出果酱似的稠血。郑冬生毫不在乎。他的肌肉已经处在麻木状态,搞不清是冷是热是麻还是疼。

山风呼啸,灌进缝隙,发出怪叫,悲壮、深沉、狂烈。早霞染红了仙桃,缝隙中透进紫红色的光。他身处世界之上,恍如远离凡尘。从缝隙中,可以望见起伏的远山和飘动的云霞,多么雄伟!多么壮丽!多么神奇!只有那时密时疏的枪炮声,才唤起他的现实感。喧嚷声和乱哄哄的、得意忘形的欢叫声,使他意识到敌人已经占领了主峰。

一只孤傲的苍鹰若隐若现,显得神韵飘逸,在云天中飞翔。

"有我在,东流山的顶峰绝不会落入敌手!"他胸中陡涌起昂奋的激情。他像一个从大难中走出来的苦行者,第一个登上神天佛界,感到了生命的辉煌。经过了远古洪荒的仙桃石,敞开胸怀拥抱了他。

万营长竟敢以胜利者的姿态凌踏这块圣地!郑冬生几乎是怀着一

股猝发的狂欢般的狩猎心情，把七颗子弹泼水似的打进了他的胸膛……

拥挤在山头主攻营的“勇士”们，先是骇极而呆，后来才清醒了。东流山仍在守卫者的手里。

“机枪！”主攻营营副高叫了一声，“全部开火！”一阵旋风般的子弹，像灼火的蜂群，在缝隙中乱撞乱飞。

郑冬生的身体和血液，溶进了那颗仙桃，流进了东流山的躯体。

第十八章 上 饶

一 “这是叶挺的滑铁卢!”

1941年1月13日凌晨三点十五分,上饶。三战区长官部作战室,少将参谋处长岳星明正在电话里收听三十二集团军总司令部少将参谋处长武之莱的战况报告。报告是用记录速度进行。

在岳星明收听的同时,参谋人员同时收听并记录,以便顾祝同审阅:

> (一)昨天(12日)四时五十分,据报,匪首叶、项等,仍在东流山之孙村;
>
> (二)十六时,孙村之匪已被我包围,正在聚歼中。

顾祝同仔细地阅读着战况记录,虽感已近大功告成,却不敢等闲视之,唯恐功败垂成。他沉思之后,缓缓地拿起话筒。此时,正是凌晨五时十五分,他声调沉稳,甚至是温和的,隐含着内在的激情:

“上官吗?总攻开始了吗?”

“是的!墨公!由于对方突围毫无组织,战斗是先后开展的,全线呈现混战状态。”电话里传来上官云相浓重的鲁北口音。

“昨天,委座公开下了‘解围’的命令,你们千万不能久拖,越早解决战斗越好!”

“墨公!你请委座放心,今天上午大的战斗即可结束。叶挺集中主力固守,这是他军事生涯中最大的错误。他给我们提供了聚歼的机会!”上官云相的语调里竟然带有一种惋惜的感情。

“这是北伐胜利给他带来的报应,”顾祝同也受了上官云相声调的感染,内心漾起了旧日老同学的私情,“叶挺辜负了委座对他的期望,也算罪有应得吧!的确值得人感叹……‘英雄末路’呀!”

“这是叶挺军事史上的滑铁卢!”上官云相有些得意忘形了!他想到了以战胜拿破仑而扬名后世的惠灵顿,“史学家们说,滑铁卢战役改变了欧洲的历史。我们这次围歼,也将改变大江南北的局势!”

顾祝同心头漾起了某种反感。他为人沉稳谦逊,不喜欢狂妄自大的人,但他保持着谅解人、尊重人的随和风格,委婉的言词仍给下属以亲切感:“先不要下历史定论!在创造英雄的伟大时势中,我们都要作最大的努力,保持最大的谨慎!上官,任重道远,你的担子可是很重啊!”

上官云相正处在兴高采烈之中,未能在顾祝同温软的语音里体察出告诫的韵味,他在电话中微微地笑了笑,口气中仍隐隐透出春风得意的骄矜:“墨公!现在皖南各区乡的大清剿已经开始!”上官云相自豪于一生最大的杰作已经完成,变得幽默起来,“委座即使再下一千道‘解围’的命令,他已经无围可解了。”

顾祝同非常熟悉上官云相的为人,也能洞察此时这位集团军总司令的心情。除了取得委座的更大信任之外,还有十万元白花花金灿灿的赏金,两者都是他最需要的。

“上官!放手干吧!望你再接再厉,全力以赴,以竟全功!”他认为还有必要叮嘱一句,“你可要记住委座的八字命令哟!”

“不只我记得,全体将士也都记得,不过生擒没有绝对把握,很可能击毙……”

“总之,不能使其漏网,项英是有游击战争经验的……”顾祝同把话锋一转,“高坦之战,一四四师打得很糟!你准备怎样处置唐明昭?”讲到这里,顾祝同忽然想到,在徽州军事会议之前,蒋介石就提醒过他,说唐明昭处事迟缓,不可重用,今果应此言。他惊叹委座知人之深。

“准备在战斗结束之后,送交军事法庭!”

“可以。他的部队可暂交七十九师段霖茂节制!”

“这样,唐式遵老头可要发怒了!”

“这是没有办法的事!军纪国法谁也徇不得私情!”

“我一定遵办!可是,他的部队交给一〇八或是五十二师节制是不是更好一些?”

“这样……”顾祝同沉吟了一会儿说,“不,这样不合适,舆论上对你不利。”①

“对的!就按墨公的决定办!”

顾祝同微笑着放下话筒,也放下了悬着的心。他悠悠然地点上了一支烟。内心里涌出一种大功告成、大局已定的轻松感。他从那袅袅的香烟烟雾中,似乎也看到了上官云相富有感染力的笑容,仿佛听到了这位老同学的心声。他想:“上官终于完成了他的夙愿,向共产党报了龙岗良村的一箭之仇了!只可惜,这个致命的一击,却落到叶挺身上!希夷啊,你现在怎么想呢?使命使然,我们是不应该互相怨恨的……”

顾祝同全身松弛,已经有闲情逸致来忆旧事了。他不嫉妒,也不贪功,但他知道,这次皖南之役,双方都没有表现出高超的战略。

顾祝同还记得,1931 年 8 月,对苏区举行第二次围剿中,上官云相是四十七师师长。在江西古龙岗以北的良村,被红军打得落花流水,两个主力团被歼。他只带少数警卫人员落荒而逃,才避免了当俘虏的命运。他比八师师长毛炳文表现得还差劲,连秘密文件都没来得及烧掉。

良村败迹,茂林得逞,这是上官云相军事生涯的两极:低点到高点,惨败到全胜。

单就军事指挥上来说,上官云相有什么建树呢?有哪一些高超的谋略和精明的措施呢?顾祝同想不出。天色很暗,但他不想睡了,步出寝室,穿过客厅,进入书房,在红丝绒蒙面的沙发里缓缓地坐了下来。

他不禁想起,不久以前,在这个书房里,跟叶挺漫话三国。叶挺对诸葛亮只重阵图不重地形,致使六出祁山劳而无功的见解是很对的,但他想不出叶挺为什么开始就兵陷绝道,而后又困守穷坑。

---

① 一〇八师、五十二师均为上官云相的三十二集团军所辖,如将一四四师归其节制,其吞并异己之嫌过分显露。七十九师虽系中央部队,却非上官云相所直辖。

“悲剧，悲剧，人生尽悲剧也！”顾祝同胖胖的手轻拍着沙发扶手。这一仗是赢定了！可是，真正的悲剧人物是谁呢？他的心灵深处，早就潜伏着某种不安，我将会受到什么样的责难呢？倭寇当前，国难深重，我的刀头滴的却是同胞的鲜血，是功？是罪？是忠？是奸？国人如何评说？历史如何评说？冷静下来，“胜利”并没有给他带来预想的快感，却陷入了一种难以言说的惆怅。当侍卫给他送茶来时，惊诧地发现司令长官松弛的胖脸上，显露出老人斑似的褐红的碎点，像溅上的污秽。

顾祝同手捧碧螺春，家乡名茶溢出的芳香也无法遣散他的失落感。他竭力使自己的心灵升华，正像一个走夜路者唱歌为自己壮胆。他悠悠站起，濡墨挥毫，录诗一首：

朔风飘飘开雁门，平沙历乱瘗蓬根。
功名耻计擒生数，直斩楼兰报国恩。

顾祝同并不相信手沾抗日志士的鲜血是为报国恩，仅仅是一种自我开解，以填补内心的空虚。

二　周恩来致电顾祝同

参谋处长岳星明向顾祝同报告：重庆有长途电话，是周恩来和叶剑英打来的，要同他讲话。这有些出乎顾祝同的预料，但他猜得出周恩来打电话的原因，便说：“你向周副部长（国民党军事委员会政治部副部长）说，我现在正在休息，宿舍电话不通，由邹文华参谋长和他通话。皖南事件，责任在彼不在我，明白吗？”

“完全明白！”

“态度要诚恳！至于目前战况，越含糊越好！”

“是的！”

参谋处长正要转身告辞，顾祝同又抬手把他叫住了：“要邹参谋长立即赶到我这里来，也把电话转过来……”

十五分钟之后，邹文华到达。由军事委员会办公室转来的重庆电话，很快地接了过来。是周恩来严峻而深沉的声音："你是哪一位？我请顾长官讲话！"

"周副部长，你好！我是战区参谋长邹文华，非常抱歉，顾长官这几天身体不适，医生要求他卧床休息。"参谋长抱歉地向顾祝同挤了挤眼，顾祝同宽厚地微笑，"周副部长有何见教，我可以代为转达……"

"事情你非常清楚，请你向顾长官转达我和叶剑英参谋长的强烈抗议！"周恩来带有警告意味的声音，在顾祝同的书房里激荡。

顾祝同神态平静。邹文华手持话筒，等待着下文。

周恩来的声音越来越尖锐："皖南新四军遵命北移，三战区不但不予协助，反而借口阻击，这将造成极为严重的后果！江南如此，华北、华中的问题，则更难解决了。你们要对这一严重事件所引起的一切后果负责！"

"周副部长，你的严重抗议，我一定立即转达顾长官。我身为战区参谋长，有责任向副部长说明真相！"

"我希望听到真相！"周恩来明显地表示怀疑。

顾祝同和邹文华相视微笑。这是极富心计的微笑，跟他平时的谦逊恳挚既矛盾又统一。而后邹文华用极为诚实的口吻说："周副部长，你一定清楚，委座和三战区为新四军指定的北移路线，应该由皖南北渡，可是新四军不遵命北移，反而向南开进，向三战区后方开进，现在，冲突地点，在太平地区……"

顾祝同笑了，参谋长这一手很高，让周恩来、叶剑英查地图去吧。谁不知道黄山奇景之一叫"猴子望太平"呢？

周恩来听后，的确大吃一惊，战斗怎么会在太平地区？这不是从云岭向南，到达黄山脚下了吗？他感到迷惑不解——部队怎么会开到那里去？

"周副部长！"邹文华声调谦和，态度却很强硬，他深信自己的话是无可辩驳的，"三战区恐怕负不了这个责任！是新四军先向回后方休整的中央部队第四十师一二〇团发动了攻击，造成国军的重大伤亡……但是，我希望这是一场误会。"

"邹参谋长!"周恩来颇为愤慨,"你的情况是靠不住的! 现在的真实情况怎样? 我希望狙击部队悬崖勒马!"

邹文华用手捂着话筒,以询问的目光来请示顾祝同如何回答。

"告诉他,战斗尚在进行,"顾祝同授以缓兵之计,"详情还不太清楚!"

邹文华照此回话。

"不管战斗情况如何,"周恩来大声说,"一定请顾长官立即下令解围!"

邹文华略加思索之后,用最恳切的声调回答:"周副部长,这一点请你放心。我们昨天接到委座'解围'的命令之后,已经立即给所属部队下令,只要新四军不再无故寻衅,遵命北移,我们将给予积极的帮助! 周副部长的焦急我很理解,我一定谨遵所嘱,向顾长官报告!"

"我希望你说的能够兑现! 我们都应该对历史负责,对抗战大局负责!"电话挂了。

四小时后,延安接到了周恩来和叶剑英的如下报告:

> (一)本日晨与三战区参谋长用无线电话谈新四军情形,据说,新四军北移不遵照指定路线,自行向相反的方向(东南),因与友军误会。其冲突地点是在太平地区。从6日起直至今日止,仍未结束,详情不明。我们责以友军对新四军北移,不但不予以帮助,反借口狙击,江南如此,则华北、华中问题,更难解决。他答复不能负责,因为新四军不照拟定路线,并先开枪。
>
> (二)我们今日已动员党的干部向各方揭发国民党狙击新四军阴谋,并向蒋、何、白、刘为章、张冲抗议,要求立即制止围攻新四军的行动,否则,江南摩擦,我们不负责。

项英的南进计划,使新四军军事上陷入绝境,自不待言,在政治上所造成的被动,也已经全部显露出来了。

三　派系斗争

多少年来,在一四四师师长唐明昭的灵魂深处,时常袭来一种噩梦似的不安。他头脑的某个角落里,早就预感到要出点什么事情。他曾仔细想过,这种恐惧感来自何方?他想明白了,他的头顶上,老是悬着一把一碰即落的剑。这把剑的名字不是太阿、工布,也不是干将、莫邪,而是"吞并异己"。

他做梦也没有想到,在围歼新四军的凯歌声中,他的生活却出现如此悲剧性的转折,而且来得那样快。似乎这是命运的安排,难以避免。

监禁他的土屋的房门被推开了,大约只有三十五岁的年轻的军法处长走进来。唐明昭少将没有动身,只是仰起了脸,用一种敌意的目光注视着进来的中校。

这位反应迟缓却很老练的师长,估计到这次谈话的艰难和不愉快。他摆出一副不动声色的面孔,用沉着冷静的坦然目光去迎接那位少年得志的年轻人,意思是说:"我没有罪!我没有错!我什么场面没见过?"

军法处长似乎也深谙唐明昭的心境,他有点焦虑不安,在唐明昭对面坐了下来。

"非常抱歉,"中校处长的口吻里带着几分讽刺,"我是受命来审问你……"

"胡说!什么叫审问?"唐明昭跳了起来,灰色的眼球闪出火红的光焰,"我没有犯罪!我是有功于党国的!你们找错了犯人!"

中校处长皱皱眉,用手指点点桌面:"唐师长,这对你没有好处。你知道,我是奉谁的命令来提审你的!"他虽然有恃无恐,却也略有不安,对面的毕竟是资历很老、军阶比他高两级的师长。"你应该回答,高坦的溃败,是什么原因!难道你不该负全部责任吗?"

"我不想回答你的问题!我要向顾长官申诉你们对我的不公!"

"唐师长,你指的'你们'是谁?"

“我已经说过,我不想回答你的任何问题……”

“唐明昭!我必须警告你!”军法处长翻了脸,拍拍桌子,“你现在是罪犯!你必须回答!”

唐明昭阴暗的脸上显出异常坚定果决的神情,他豁出去了:“绝不!”

“我只好向总司令报告了!”军法处长威胁着。

“随你的便!”

军法处长走了。十分钟后,两名卫士推门进来,笔挺地站在唐明昭旁边。

上官云相走了进来,后面跟着军法处长。唐明昭忐忑不安地盯住上官。他比前几年胖了,一头黑发也开始上抵,额头变大了,双眉紧皱,总是仔细修饰的秀气的脸,由于大烟瘾过度,变得黄里透青,失去了光泽。他的目光深邃而又锐利,闪烁着温和亲切的光。但在唐明昭看来,温和后面是冷酷和居心不良。唐明昭感到这种目光有一种慑人的威力,估计到这场谈话不但艰难,甚至还危险。他被押解来的时候,早就作好了思想准备:“绝不屈服!”

唐明昭并没有忘记,他的兄长唐式遵(三战区副司令长官、二十三集团军总司令)的告诫:“上官云相这人,学识渊博,军事娴熟,但常打败仗。平时对人和蔼可亲,战时失败,则诿过于人。非杀即撤,是他治军的妙方……”

但他并不怕上官云相。他是川军系统,只是临时受他节制。上官云相的嫡系是五十二师、四十师和一〇八师。他认为上官云相既没有吞并一四四师的权力,也没有吞并的理由。

“你为什么不回答军法处处长的问题?”上官云相严峻地问道。

“我没有回答的义务,”唐明昭说得很生硬,“他也没有审问我的权力!”

“谁有审问你的权力?”上官云相觉得唐明昭的回答很有趣,不免微笑了,这笑很冷。

“我隶属二十三集团军,我隶属三战区!”

“你的记性太差了。忘了归我指挥?”

“我并没有忘记,我师的一切战斗部署,都是按照总司令的指令行事的!”

“高坦的全线溃败也是遵命的吗?”

“高坦战斗失利,”唐明昭迂回地纠正上官云相的提法,“我是有责任的!我们受了叛军的偷袭!本来,我们防守的隘口是稳固的……”

“这是你的理由吗?”上官云相动容地说,“你应该防止叛军的偷袭……”

“总司令是知道的,那天夜间下大雨……”唐明昭解释着,有些心虚。因为那天夜间,他在师指挥所的二层楼上,搂着他的女秘书甜言蜜语。“敌人是从悬崖上不能通行的地方爬上来的,从背后袭击了我们的前沿部队!当然,这一点我有责任!”

“你们损失多少部队?”

“一个营!”

“你们有一个连哗变投敌是怎么回事?”

“不是一个连,是一个排长带了两个班!”唐明昭心里蓦地一沉,打了个寒颤。他急忙从裤袋里掏出花格手帕,毫不掩饰地擦着额头上渗出的冷汗。他知道这是个放下去鹅毛轻,提起来千斤重的事件!谁不知道孙连仲的二十六路军宁都暴动?哗变了两万七千多人,改编为红军第五军团,但孙连仲不是还照旧高官厚禄吗?我唐明昭哗变两个班算得了什么?

唐明昭又记起另外一个事例。第二十三集团军五十军军长郭勋祺,1940年春请新四军的干部给他举办的军士队担任游击战课程讲授,被上峰怪罪下来,把郭免职,调往陆军大学学习,把二十三集团军总司令部参谋处长吴剑波当做地下共产党杀掉。

唐明昭又悚然记起在他任职时,他老兄向他说的那些推心置腹而又刻骨铭心的肺腑之言:“不要少年气盛,处事千万当心。古人言,‘持其志勿暴其气,敏于事而慎于言’……你要知道,老头子对咱们川军,是很不放心的咧!”

他的长兄唐式遵是位饱经世事的老军人,深谙派系间倾轧之苦。临行前,送乃弟一副联语,勉励他时刻领悟其中的道理:

仁者不忧　智者不惑　勇者不惧

视其所以　观其所由　察其所安

原则道理是一样的，问题在于如何应用。正像所有的军事家无人不学《孙子十三篇》，可是运用起来，就各自巧妙不同了。

唐明昭面对上官云相那外露温存内藏残忍的目光时，心灵深处感到了一种严重的不安。他这才开始明白：上官云相的三十二集团军和唐式遵的二十三集团军，地位是不一样的。他怎么能忽略这一点呢？怎么能忽略孙连仲与郭勋祺的差别呢？怎么能忘记乃兄的提醒呢？

唐明昭预感到自己要倒霉，可是，他毕竟还有几分军人“宁折不弯”的气质，他准备抗辩。

“你能讲出哗变的原因吗？”上官云相不像在审问，而像在探讨。

“恐怕受了共党的煽动！”唐明昭上钩了。

“这么说，你们师里有共产党的活动了！”上官云相把脸一板，“你不觉得你犯有渎职之罪吗？”

唐明昭心中暗自叫苦，痛骂自己的愚鲁，这不是自投圈套自蹈陷阱吗？但他不能不辩解：“这只是我的估计！如果确有，也是卑师政训处的失职，我回师一定彻查！”

“现在各师在围歼叛军中都战果辉煌，唯独你师全线溃退，造成险局。如果不是新七师奋勇拦阻，叛军再重返回云岭，后果就不堪设想，不但我上官，就连顾长官也难辞其咎……”

唐明昭觉得有一座大山从他背上压下来，他看见上官云相的眼里射出森冷无情的光：“在这次围歼叛军的战斗中，只有你们师未能完成司令部的命令，辜负了委座的重托！作为一师之长，你能推卸责任吗？”

唐明昭极度紧张起来，这种紧张可以导向两个极端——服罪和反抗。经过短暂的沉默之后，唐明昭似乎从噩梦中醒悟过来：“不！我不认为我们师……”他由于激动，一时找不到恰当的措辞，但意思却非常明了，“我倒……我以为值得追查责任的倒应该是四十师和五十二师……”

“为什么？”上官云相好像被对方打了一个耳光，疾言厉色地叫了一声，脸色变得发乌了，显然是受到了极大的震动。在他阴云密布的脸上,要出现的将是闪电和雷声。

"叛军的一支队,傅秋涛部,至少有一个团从榔桥河地区突出去了。正是那个地区的防守部队辜负了委座的……"

"住口!"上官云相的雷声爆发了,他猛然跳了起来,脸色变苍白了,嘴唇在愤怒中微微发抖。

对唐明昭来说,这是一生最可怕的时刻。他心中陡涨起一种反抗的情绪。既然非死不可,那也死个痛快!他竟然直起嗓子高叫,有点歇斯底里:"不是我有罪!而是需要我有罪!我是一只替罪的羊!"

连军法处长都替他担忧:"这家伙是不想活了!"

上官云相一把揪下白色手套摔到桌子上,黄纤纤的秀气的手落在腰间的白朗宁手枪的皮套上。他不想再审问下去,何必让这个不知死活的家伙揭老底呢?何必在这个亡命徒式的家伙面前,让他吐几口脏痰呢?索性给他两枪不就完了?委座和顾祝同会欣赏的!这家伙说对了!现在是需要他有罪!需要!

可是,他毕竟不是一个鲁莽从事的人。手抓枪套的时候,他从唐明昭那固执的长方脸上,看到了唐式遵的怒容。他的心头在"需要"后面又蹦出两个字来:宜慎!用这种办法吞并异己,当然已是委座的惯伎。不过事物总是两个方面:吞并了部队,丧失了人心!眼前的利益和未来的祸患紧紧联在一起,种瓜得瓜,种豆得豆。

"把他押解上饶!"上官云相向军法处长下达了命令,看都不看唐明昭一眼,便转身快步走了出去……

顾祝同比上官云相更为谨慎,他给上官回电:

> 一四四师战斗不力,宜予严惩,以正法纪,可将唐明昭直解二十三集团军司令部查处。

唐式遵不敢不办。他的处理也很谨慎,判以"作战不力,撤职留任,戴罪图功,以观后效"了事,后调他师任职。

但唐式遵虽然救了乃弟,却没有救出那个师。

历史,在国民党各派系之间的相互关系上,匆匆地抹上了这样一笔。

第十九章　大康王

一　“军部在哪里?”

东流山守备战战斗日记

参谋　杨正康

今天上午,各线均无激烈的战斗。下午三时许,敌开始第三次总攻,较前两次尤为狂烈。我五团阵地制高点被敌抢占,我伤亡惨重。敌居高临下,我五团其他阵地在敌机枪扫射下,全部动摇。但全体指战员在与阵地共存亡的口号下,与敌逐地争夺,用石块、刺刀、断枪与敌拼杀,其壮烈为历次激战所罕见。

我特务团阵地亦为四十师出博运岭之部队突破,阵地处于各自为战的混战状态。各线指挥所亦无处立足,均与部队同时投入战斗。

这篇战斗日记未能写完,执笔书写的值班参谋就从弹药箱(这是战时经常用来当座位或小桌用的)上一跃而起,拔出腰中的手枪去和冲到身边的敌人拼搏了。这里的每个山头,每块岩石,每丛树木,都为敌我双方所共有,是真正的短兵相接。

这里已经失去攻防的意义,只有拼杀和搏斗。双方都沉浸在战斗的狂热里,接近于疯狂。呐喊,嗥叫,很难分清是痛苦还是快乐,也难分清是陶醉还是哀伤!人们已经没有时间来思考、估计、测量双方的力量,更没有时间思考这样的拼搏是否正确,是否值得,后果如何。所作所想只有两个字——拼杀!忘了求生,忘了突围……搏斗成了目的。

天空布满战云，山头在战火中蹦跳、颤栗，大地在烈焰中沉重地呻吟。

林志超手中还控制着工兵连的两个排。如果他把这两个排像一桶水似的泼向任何一块高地，那里升腾的战斗就会消灭下去，像在沸水锅里浇进一瓢凉水。而这只能是暂时的！杯水车薪！拼杀，已经没有任何意义！

“这两个排，在突围时，有可能是撕开裂口的尖刀！”他的心强烈地呼唤着“突围，突围”，他已经明确无误地意识到，不需要等待任何人的命令了。所有部队都处在失控状态，都按照自己的意志作最后拼杀了！

林志超回身一看，石井坑已经处在混乱的状态。敌人已经分几路突破了，一齐扑进。他不禁大惊失色：“军部！”作战科长痛心地想到军部已经处在无保障的四面受敌的情况之下了。石井坑，已经没有前沿和后方之分了。

“王连长！我们去救军部！”他们从东流山上撤退下来，路过山溪时，所有战士一齐扑伏下去，痛饮琼浆玉液似的甘泉。他们已经两天一夜没有喝水了！

就在这清水溪边，躺着一个伤员。工兵连的卫生员和林志超同时跑过去。作战科长认出他就是参谋处的值班参谋。他刚刚喝了溪水，怕冷似的佝偻着，肩部、腿部、胸部都沾着血迹，涂满硝烟灰渣的污黑的面孔扭歪着。

卫生员要替他包扎，林志超用手势制止了。他蹲下去，托起他的头：“尤参谋！快说，军长在哪里，军部在哪里？”

“我不知道！”但他指了指大康王方向。

林志超无法把他带走。他知道，一分钟的延误，就可能丧失全部兵力，从而使军部突围受到无可挽回的损失。他把伤员一放猛地站起。

“林科长，把我带走吧！”值班参谋要求着。卫生员立即将伤员扶起来，要背他走。

“不行！来不及了！”林志超愤愤地叫了一声，眼睛里闪着无情的火光。他被伤员的请求激怒了！他不再看他，直瞪着卫生员大声命令道：“把你的手榴弹给他留下，跟进！”

“林志超，我要控告你……”值班参谋认为作战科长对他怀有夙怨，发出愤恨的诅咒。

林志超听到了，但他头也不回，对着工兵连全体发出森冷决绝的命令。这命令中微带恨意：“同志们，听命令，跟我跑步前进！”他用驳壳枪向大康王方向一指，“即使倒下一半，也不准停留一步！”他带头向前奔跑。一阵阵子弹，狂风似的向他们扑来。

王自中带领一个班，冲到林志超前面去，要为他的老营长挡住迎面射来的子弹。三个战士扑倒在地！后面的人踏着他们的血迹，向大康王坑口，像一股狂怒的旋风冲卷过去！

林志超是对的吗？这是个值得争论的问题。在道德法庭上，工兵连卫生员很可能作出对作战科长极为不利的证词。在五次反围剿时，林志超就和他们的团长争论过。那时，他们的团队被敌人一个师包围在一个山谷里，面临着全军覆没的危险！

“至死不能丢伤员！”那时的林志超大叫！

“我们带着伤员是冲不出去的！全完蛋！”

“全完蛋也不能丢伤员！”林志超感情冲动地大叫！

全团突围出去了。

“你丢掉了三十七名伤员。”

“我救出了九百多名指战员！”

团长的解释仍不能被所有人接受，正像林志超现在的行为仍不能被所有人接受一样。如果他带着工兵连这两个排拼死在石井坑里，打到最后一个人，流尽最后一滴血……说不定有人会大声喝彩：林志超——英雄！

然而林志超不是英雄，他的思想凝聚在一个焦点上：找到军部，找到叶军长，拯救军部，拯救叶挺！这不是某个人的事，是全军的必需，这是历史使命！但他意识到，可怕的灾祸，无可避免地临近了！

工兵连的战士不断地倒在侧射过来的弹雨中，没有一个人呻吟，没有一个人提出值班参谋的那种要求。他们用最后的一点生命力，向战友们喊出：“快，快，快……”

“军部在哪里？军部在哪里？”

林志超一路杀过去，一路问着沿途碰到的伤员。

他们终于到达了军部。五十八人的队伍，只剩下三十七人了！

二 “我的部队垮了，军长也就没有了！”

军部机关在教导总队两个中队的掩护下，冲到地形险要的大康王坑口。叶挺、饶漱石和军部机关人员，都散布在山口附近的陡峭山坡上，在山石间和密林中，躲避冷炮和机枪扫射，一筹莫展。

就在这个时候，林志超带着工兵连赶到了。他让王自中把部队带进一块圆形的林中旷地休息，自己带着通信员去见叶挺。

这一天是腊月十七，月亮已经升上东山，从暗蓝色的夜空，向大康王山口洒下寒冷的光波，像青碧的海上，龙王爷的那面晶莹的宝镜，诡秘地、贪婪地窥视着激烈的战场，丝毫也不知道，由于它的光亮，给突围者造成了多大的危难，而且随着它的升高，危难越来越大了。

叶挺见到林志超，缓缓地站起来，似乎要跟他拥抱，但是，林志超用庄严的报告打断了他这个动作。

林志超向军长报告了带来的兵力，请他作指示。

叶挺无力地向他摆了摆手，自己先坐下来，然后指了指面前的一块茅草遮掩的枕头般的岩石说：“你坐！”

林志超缓缓地坐下，汗水涔涔。他看着月亮映照下军长半明半暗的脸。

“现在，我们同所有部队都失去了联系……处在各自为战的状态。”叶挺先向作战科长介绍情况，这种异乎寻常的做法，证明了他心情的沉重与不安，“我们正面的敌人是一〇八师，我们的右侧是五十二师……教导队拼死冲了几次……所有通道都卡死了！”

作战科长从各方面都感到军长处在极度疲倦的状态，在月光下，更增添了他黯然凄怆的神色。他两眼布满了血丝，弥漫着年迈人的灰冷。他的手臂上、额角上有几条树枝、荆棘划伤的血痕。

叶挺坐着，双手扶撑着抓柄手杖，高挺的背，好像被无形的重担压弯了，有些前倾。这个高傲的军人，怎么能承担起“全军覆没”这座大山呢？他已经丧失了一切，无可挽回的丧失了！狂澜既倒，泰山将倾……林志超的出现，使他的心境变得更加暗淡苦涩。

他曾期望赵令波带一支队杀回解围，这个希望已经化为泡影。林志超只带回两个排的兵力，而这两个排已经不是五天前的两个排了。

“军长……”林志超低声地叫了他两遍，叶挺才听到。他竟忘记了作战科长就坐在他前面两米的地方。叶挺意识到自己此刻的心绪，把目光投到作战科长的脸上，看着他那消瘦的黑苍苍的面颊。

“志超，咱们怎么办呢？”

“军长！我认为夜间敌人是不会发动攻击的。他们只是严密包围，怕把我们打散，反而大海捞针。他们希望的是聚歼。我们应该组织所有部队，立即分散突围……”

“可惜，太晚了。”叶挺深深地叹了口气。他听到林木在夜风中低回吟唱，深沉，悲壮，遥远。半世英名，毁于一旦，英雄残梦随着林木悲歌枯叶似的飘落了。

“军长，我有个提议：现在敌人注意力放在东北和西北方向。我带工兵排，杀开一条通向东南方向的道路，把你掩护出去……”

“杀开血路之后呢？”叶挺被拉回现实，问的声调凄恻，还微带一点儿好奇。其实，他胸中的答案已经有了。

这神态使林志超微微吃惊，他产生了一种欲言又止的踟躇，但他还是说了：“我们用游击方式……”

“用游击方式？”叶挺声调奇特、愤慨而带嘲讽，“你是说，让我从那些狗杂种们的脚下爬出去吗？你是说让我也滚得像泥猴似的匍匐在地上，肚皮擦着砂石茅草，从树棵子里钻出去吗？不！绝不！”叶挺像受了鞭打似的跳了起来，声音喑哑、粗暴、决绝而有恨意！他在山坡上的月影下，像受困的雄狮那样来回走动。

作战科长本来也想随之而起，但他动了一下，不但没有站起来，反而把头深深埋下去了。他没有勇气注视叶挺痛苦激动的情状，只好沉默无言，既不回答，也不出声，一直等到军长在他面前重又坐了下来。

“军长！别无办法！”林志超侧面看着大康王山口，那里的曳光弹犹如飞蝗般在月光下乱飞,“我准备把所有精干人员组织起来,把所有精良武器集中起来,组成一个冲击队,把军长掩护出去。我请求,任命我为冲击队长!”

“你有几分把握?”

“两分!”

“我说只有半分!”叶挺冲动地叫了一声,“这样会全部牺牲的!”

“我知道这不是最佳方案……”

“那你为什么要这样做?”

“军长不愿意穿插(他故意不说爬)出去,我们只好冲杀出去……”林志超那无奈的神态,显露出一种谴责,好像在说:你军长在要孩子脾气。

“难道我叶挺的性命就那么高贵吗?就需要用众多的牺牲来换取吗?”

“军长,这是我们的责任!”林志超把声音提高,颇具抗议色彩!

“我来告诉你你的责任!你是作战科长,不是我的卫士!你的责任,一、组织所有人员分散突围;二、一定突围出去,写好这次惨败的总结!林志超同志,执行吧!”

叶挺的声调里,有一种不准反驳的果断。

“军长!”林志超蓦然站起,但他不是去执行命令,而是讨价还价,“这样,历史会责备我的!”

“志超!”叶挺的声调不再是命令,而是恳求了,“你把话说反了!如果为了掩护我而牺牲大家,历史是会责备我们的……”

“军长……”林志超痛苦地看着叶挺,“无论如何,也要打出去。军长,自古不以胜败论英雄。何况……这次失利,军长的责任是有限的!”

“我的部队垮了!军长也就没有了!”叶挺愠怒中有种怨恨。他被一种骤起的酸楚情绪纷扰着,“我叶挺只身脱险有什么意义?匍匐也罢,穿插也罢,爬行也罢,潜逃也罢,我绝不干这种事……我叶挺只能站着死,绝不用什么游击方式!”

林志超从叶挺的决绝里,看到他准备以身殉职的决心,看出他准备玉碎珠沉的决心。如果此时,敌人向他万炮齐轰,他也不会动一下的。

作战科长绝望地想:“再劝说也是无用了!在‘一网打尽,生擒叶项’的严令下,在大洋十万的重赏下,一个高挺胸脯,迈着军人威仪步伐的叶挺,能走出六师之众的重围吗?那么,也只好在这个大康王山口上,在敌人总攻时,打一场决死战了!‘全部壮烈牺牲’,这是一篇严酷的、悲惨的史诗!这首史诗也许拖得很长,打上一天一夜,也许很短,打上三个小时!那将是一首气壮山河的哀歌……”

林志超沉思了一会儿,凛然地仰起脸来,凝视着叶挺,他的脑海里迸出一个军人为之自豪的词——战斗到最后一口气,于是他平静冷峻地说:“也好!那就准备打吧!”

“你忘记了我的命令!”叶挺脸上布满愠怒,眼睑在月光下显得乌黑,“还用我重说第二遍吗?”

“军长……”林志超站在叶挺面前,盈盈泪眼在近距离内,毫不掩饰地迎接着他严厉的目光!那目光迸射着刚烈无畏的气质。

“执行吧!”叶挺向林志超作了个威严的手势,森然绝情地叫着。

林志超想冲上去跟军长拥抱,可是叶挺看到了他这个将起的动作,猛然侧过身去,不再看林志超一眼。

林志超仍然一动不动地站在那里。他的面前,只剩下满眼苍凉、荒漠的一片山野。月亮升上中天,把清冷的银光洒向林莽。他双手举了举又放下了,苦涩地向军长的背影投去诀别的一瞥,转身向工兵连走去。

三　“谈判等于投降!”

叶挺在林志超离去之后,转过身来,仰起脸庞,凄凉灰冷的目光重又变得凶悍强毅了。

“林志超是对的!”叶挺想道,“敌人在晚上,停止了攻击,加强封锁,应该趁机穿插出去,要保存革命力量。鲁迅先生说过,震骇一时的牺牲,不如深沉的韧性的战斗。可是,我不能。”他的思想忽然飞得很远很远。

那是他漂泊国外时，在波浪滔天的海洋中，有一条触礁沉没的轮船！那船长把所有乘客、船员都送上救生艇去，而他绝不离开。他是船长，他应该与船同在，他是那样从容地站在渐渐倾斜侧歪的甲板上，沉入漩涡之中。

叶挺变成了那只沉船的船长，站在五十度斜坡的甲板上，环视着围绕在他身边的卫士、副官和参谋，一脸即将诀别的神色："局势已经无可挽回了，我向你们宣布，愿意分散突围出去的，赶快去找林科长，由他统一组织；愿意战斗到最后一人一枪一口气的，可以留在我身边。"

无人移动。

"那好！我们准备决一死战吧！"

"不！我不同意。"从树影里走出一个人来，是梁朴。

叶挺带有几分恼怒，面向着东南局副书记："为什么？"

"我们应该去谈判，去当面找刘秉哲，找上官云相去谈判！"

"谈判等于投降！"

"不，谈判等于保存！"

"我已经向大家宣布过，愿意保存的可以分散突围，而我……没有必要！"

"很有必要！"

"即使必要，我也不能忍受这种耻辱！"

"谈判并不是耻辱，而是一种斗争方式！"饶漱石也加入进来，冷静地说。

饶漱石的用意是清楚的：我们遵命北移，顽方借机袭击，理在我方，为什么不去质问上官云相和顾祝同呢？下级去见上级，同学去见同学，有什么耻辱可言？先打后谈，先谈后打，向为惯例。叶挺现在独当一面，而且有东南局副书记支持，下此决心，应该不太难。

"不，我不干这种事情。"叶挺仍然拒绝谈判，但没有开始那样坚决了，有点松动，"我是个脱过党的人，教训已经够多了。我虽然不是党员了，但我一定要像个真正的党员！"

这恰恰触动了饶漱石的灵感，他立即抓住了由于军事经验不足而忽视了战胜叶挺的武器:“你想想 12 号中央给我们的电文吧,‘因在重庆交涉恐靠不住。同时应注意与包围部队首长谈判……’谈判的目的当然很明显,不是拼光,而是借以作缓兵之计,保存实力。”饶漱石进一步发挥说,“谈判是中央的指示精神……你不是也建议中共与重庆谈判吗？只是远水难救近火,后方的谈判不如敌前的有效。”

月亮渐渐沉落下去,黎明前的黑暗笼罩着山谷,古老、神秘、阴森的雾岚越来越浓。四周突然爆发出密集的枪声和喊叫声,林志超所组织的分散突围开始了。

“谈判虽然是必要的,”叶挺心回意转了,但说得十分黯然。他想象不出谈判可能出现的后果。对集体或是对个人将发生什么影响呢?他感到难言的悲苦。“可是,未必有效!”

“效果肯定会有,不过,有大小之分罢了!”

“那好!”叶挺心头苦涩的波浪平息下去,恢复了昔日的果决刚毅,“温参谋,游参谋,我命令你们分头到正面的五十二师和一〇八师去接洽谈判,就说我叶挺在鹿角山上恭候他们派代表来!”

第三卷

事变后

第二十章　蒋介石

一　“你研究过毛泽东吗?”

元月14日,顾祝同报告皖南新四军部队已经被全部解决于茂林地区石井坑;叶挺已被一〇八师所俘;项英下落不明;目前,所有部队和地方武装正全力搜剿溃散者。

胜利在握,军令部又送来了“关于避免与日寇作战进行剿抚工作”的密令草稿。

这个密令,倒把蒋介石自己吓住了。他面对密令草稿,沉默无语。在皖南这样大动干戈,即使全部解决(他也知道不可能是全部),也不过八九千人。而在全国陈毅、粟裕还不算,仅仅是李、张、彭部,就有近六万人了!这是可以轻而易举就能解决得了的吗?

陈布雷就站在他身边,等待他的批示。

此时,蒋介石心头别是一番滋味。在大胜之后看到绝境,最是苦不堪言。历史不断地告诉他,要把共产党彻底消灭,似乎是不可能的事了。这位独裁者记起了他的辉煌时期。

1934年深秋,中央红军被迫撤出苏区,举行长征。那个时候,他的确趾高气扬,不可一世。那个时候,各地党、政机关,用雪片似的贺电,把他捧上了天:“委员长熟筹伟略,运稳扎稳打之方策,以制出没无常之流寇,阵地亲临,指挥若定。我全体将士,膺命无间,见危思奋,效命驰驱,屡易寒暑,遍履峻岩瘴疠之区,铲除祸国殃民之匪……”

但是,一年之后,红军谱成了一部惊心动魄的英雄史诗——两万五千里长征！这部史诗，震惊了世界，也震惊了蒋介石。他不能不暗自佩服这支军队令人难以置信的坚韧不拔的精神，他不能不惊叹这支军队战胜千难万险的胜利信心。在两万五千里的长征途上，风雷严寒，雪山、草地，在穷凶极恶的堵截追击下，这支军队有多少险关要隘需要攻夺？有多少高岭大河需要飞越？纵观古今中外的历史，谁曾见过这种拖不垮打不烂杀不死的军队？

万里长征，可以说是万里败退！但恰恰在败退中，才真正使这支部队的大无畏的精神熠熠闪光！蒋介石看到了这种闪光，但他又很清楚：他不能既抗日又反共，他不能同时对付两个敌人。于是就出现了一个极为怪异的现象：要让自己失败。这可真把三角斗争的奥妙发展到了登峰造极的高度。

那还是1937年七七事变后不久，华北大地正在日寇的铁蹄下呻吟，亡国危机迫在眉睫。中共中央在7月15日就草拟了《中共中央为公布国共合作宣言》，并派代表周恩来、秦邦宪、林伯渠到庐山跟他谈判。这个政治上的主动权，首先落到了中国共产党手里。蒋介石感到了对手的厉害，一下被推到了左右为难的窘困境地：

接受吧，显然对共产党有利；不接受吧，肯定会丧失民心——不打鬼子打红军，谁能原谅？谁不恨他？

当时孔祥熙有句可以传世的名言：“抗战不如参战，参战不如观战。”后人都耻笑这是一句糊涂话。可是，仔细琢磨，也觉得含有丰富的哲理。这句话，首先启发了政学系巨首张群。

他说：“依我看，如今民心思动，假使跟日本人讲和，国内暴民一定要作乱。不如暂时跟日本人打上几个回合，让共产党冲到前面去送了死，然后再跟日本求和，岂不皆大欢喜了吗？这妙计，就叫‘和必乱，战必败，败而后和，和而后安’，不知诸公以为然否？”

蒋介石立即抓到了这个“败而后和”的妙策，这就出现了既要打一下（争取民心），又要让自己失败（好跟日本人讲和，保留军力打共产党）的不易被人理解的怪现象。

一个堂堂的“抗日领袖”，一个几百万军队的委员长，一个国家的总裁，竟然要千方百计去投降敌国，其“良苦用心”就变成可以理解的了——只有投降,才能反共。这是他的苦衷,许多人不了解他。

而延安的眼睛却看透了他的肺腑。“坚持抗战,反对投降;坚持团结,反对分裂;坚持进步,反对倒退。”犹如在空战中,使敌机迫降的三股弹道,强迫他就范!他想反抗、回击,他的弹仓里也有子弹,但这子弹是:投降,分裂,倒退,反共……可惜这些子弹打不出去,因为它会在花岗岩上反跳回来伤了自己。

蒋介石把目光从皖南收回来,投向华中、华北和延安。他绝不承认毛泽东比他更伟大更英明,但他深深觉得这是唯一的对手。在综合了各种斗争的中国这个大棋盘上,毛泽东投出的每个棋子的重量,都能使他立即感到自己的失误。

“布雷,你还记得我曾经说过,‘在抗日战争中,削弱共产党力量五分之二’的话吗?”蒋介石的声音里荡漾着一种伤感。

“记得,那是委座在庐山军官训练团时说的。”

“可是,我估计错了。”这句话说得很凄怆。

“出乎意外的事情,本来是很多的。”

“布雷,你研究过毛泽东吗?”

“没有。”

“这很不应该,不知己知彼,怎能战胜对方?你看过1935年发行的《共产国际》吗?① 那几期刊物,几乎全都是中国共产党的纪律……还有一本叫《革命东方》的杂志上,也介绍了毛泽东,当然吹得有点过火,可是,这个人是我们的真对手。他们是怎么介绍他的呢?钢铁般的意志,不屈不挠的精神,惊人的胆略,杰出的革命指挥官和政治家的无限才能……”

“言过其实!”陈布雷好像在宽慰他的领袖。

---

① 蒋介石指的是1935年12月1日发行的《共产国际》(共产国际机关刊物的名称)第33、34期合刊,署名为“赫”的题为《勤劳的中国人民领袖毛泽东》,原文是“……钢铁般的意志,布尔什维克的不屈不挠精神,惊人的胆略,杰出的革命指挥官和政治家的无限才能,这便是中国人民领袖毛泽东的优秀品质。”1939年第6期《革命东方》杂志,刊载了庄熊(译音)的文章,介绍了毛泽东的生平事迹,其中有这样一段话:“为中国人民解放而战斗的勇敢战士,中国共产党领导者和组织者之一,真正的布尔什维克,学者,演说家,军事战略家和天才的组织者,这就是中国人民忠实的儿子——毛泽东的形象。”

“不能轻视对手!”蒋介石郑重地告诫他的亲信。

的确,在中国历史的棋盘上,他每走一步,都感到毛泽东这个强有力的对手在制约他、威胁他。这盘棋,目前还胜负未分。

现在,他慎重地在皖南,投上一颗棋子!他希望,这颗子,能对全盘局势发生作用。他想象不出,在皖南这盘棋上,毛泽东如何还手。

这时,电话铃又响了。他迅速地在军令部草拟的密令上,签上“中正”二字,带着“死马且当活马医”的神情,交给了陈布雷,而后抓起了听筒。

电话是顾祝同打来的,向他继续报告皖南战况:“叶挺正解来上饶,袁国平被击毙于荒山之中,项英仍然下落不明。所有俘获人员,暂时集中于茂林,待进行鉴别之后,解来上饶,现正在城郊周田、石底、茅家岭、七峰岩一带搬迁居民,作为收容战俘营地!”

“很好,希望你们继续搜查。对叶挺要以礼相待。你告诉他,自从北伐时,我就器重他,只要他承认错误……”

“委座,恐怕很难,叶挺的个性我知道。”

“让他把错误推到项英身上就可以了……”

“是的!”

“墨三,记住,软索才能套猛虎……”

皖南的消息给蒋介石带来了一点儿振奋,但仍然没有把他从担忧的心境中解脱出来。他轻轻地放下电话,长叹了一声。他坐在红丝绒沙发里,闭目养神,乳白色的灯光照耀着他疲倦的面容。他仿佛看到了延安窑洞里的灯火,在那暗淡的灯光下,坐着他真正的对手——毛泽东。

严格地说,他不熟悉他的对手。跟不熟悉的对手较量,是危险的。第五次“围剿”他打赢了。但输的并不是毛泽东,而是因为其他人的错误。其实第五次“围剿”毛泽东也赢了,有了第五次反“围剿”的失败,才有了遵义会议的胜利。

一、二、三次“围剿”他输了,那却是输在毛泽东手里。

在国共两党对杀之中,他赢过几盘,像 1927 年“四一二”清党,像 1934 年的五次“围剿”,但他赢的不是毛泽东;他也输过几盘,却是输在毛泽东手里。

“我对付不了他，日本鬼子也对付不了他！”蒋介石想，“日本内阁像走马灯似的旋转过去，可是没有一个能改善华北的战局。他们开始，只懂得乱打乱攻，现在碰得头破血流之后，又搞了个‘治安肃正’计划。华北的日军司令杉山元大将，刚刚颁布了这个计划，就滚蛋了……‘治安肃正’计划，不能奏效，因为那是搬用我在江西剿共的老办法——三分军事，七分政治。现在，又派了个多田骏来，提出了‘竭泽而渔’的办法，也是我在江西用的老办法，无非是‘三光政策’，制造无人区。我看，也不见得有效。”

“去年8月，共产党竟然发动了百团大战，这下，把日本打疼了，也打醒了。他不能不抽调大量兵力去巩固后方。在军事上，我是轻松多了，中央军和日军基本上处于休战状态，可是，共军的翅膀是越来越硬了……”他看到不祥之鹰在他头上飞翔。

“华北危急，华中也危急，今天的华中不就是昨天的华北吗？今日的华北，不就是明天的华中吗？毛泽东派刘少奇化名胡服到了华中，他们当做生命线来跟我争夺华中了！陈毅、粟裕也可怕，韩德勤不是他们的对手！”

“皖南、江浙、闽赣、两湖、桂粤，都有共产党的根基，难道明天的华南就是今日的华中、昨日的华北吗？”蒋介石像进入一场凶险的梦境。多么严重的局势，多么可怕的前景！

“毛泽东能控制中国吗？”蒋介石嘟囔着，他在祷告，“不能！他没有这样的力量，也没有这样的威望和能力！不能！”他自己镇定着自己，但他又动摇了，“今天不能，那么明天呢？明天不能，那么将来呢？”

“将来！”这是多么可怕的字眼！他蒋委员长不也是为未来而作拼死的斗争吗？

历史无情，未来总是要到来的！不管是吉是凶，是祸是福，是好是坏，它总是要到来的！

“我要给共产党安排个什么样的未来呢？”蒋介石紧闭着嘴唇，“到了非下狠手不可的时候了！绝招在哪里呢？也许‘曲线救国’，是最好的办法吧？是的，是的！用国军的名义打八路军是不行的，太不得人心。换装,让他们投降,顶着汉奸的名义去干！日本人是会欢迎的！是的,是的,让那些糊涂虫们去骂汉奸好了！……他们根本不懂得‘曲线救国’的奥妙……”

二 “得人心者昌,失人心者亡”

凡统治者无不懂得人心向背的重要,无不懂得水能载舟亦能覆舟的道理。既要倒行逆施又要得到人心,怎么办？只能靠欺骗,只能靠手腕。

蒋介石找到“曲线救国”的妙策之后,沉郁之心得到了重振。他那阴鸷灰冷的目光,仿佛又看到了过去的辉煌梦境,胸中又沸腾起豪壮的激情。

他站起来,在密室的厚地毯上踱步、转圈,他的情绪也在转圈。他时而沉郁孤独,时而亢奋跋扈;时而是获得暴利后的狂喜,时而是预感破产临近的疑惧。这种变幻无常的情绪,构成了他特有的矛盾复杂的精神状态。

侍卫官又给他送来了一份使他火冒三丈的电文：

蒋总裁暨中央执行委员、监察委员诸同志：

抗战进入第五年度,敌人失败之局已定,国际于我有利之势已成,今年已迫近最后胜利之年,我国人自当坚信而共作决心以赴之……

蒋介石恶狠狠地溜了几行,突然翻到末尾,一看是宋庆龄、柳亚子、何香凝、彭泽民打来的,哗啦一声向小圆桌上一摔:“娘希匹,全都是误党误国的愚人!”他在密室里又转了一圈,烦躁已极,但为了知己知彼,他不能不看下去。更何况,电文不是给他一人的,很可能已经公之于世了。

不料最近讨伐共军之声竟甚嚣尘上,中外视听为之一变。国人既惶惶深忧兄弟阋墙之重见今日,友邦亦窃窃私议中国抗日之势难保持。倘不幸而构成剿共之事实,岂仅过去所历惨痛又将重演,实足使抗建已成之基础,隳于一旦。

“愚蠢!愚蠢!”蒋介石的手微微颤抖。皖南得逞带来的快意,全为此电带来的恼恨沮丧所代替了。他预感到类似这样的电文将会雪片似的飞来。

功罪之分,成败之界,至为明显,匪特国人所深知,抑亦敌友所均悉。我总理遗训,唤起民众,联合以平等待我之民族,共同奋斗,至理昭告,于今尤为切合。总裁所谓地无分南北,人无分老幼,皆有抗日救国之责任,早已普及深入于国人之心,乃有全国抗战进入第五年度。今年成为最艰辛最重要之一年,而剿共问题,竟恍若迫在眉睫,引起国人惶惑,招致友邦疑虑,又为敌人之乘间找隙造成便利机会。

因此不得不望于总裁暨中央诸同志之毅然决然进谋国内和平之巩固。窃以为慎守总理遗训,力行吾党国策,撤销剿共部署,解决联共方案,发展各种抗日实力,保障各种抗日党派,一举手措足之劳,即可转定抗建基础,安如磐石。

“混蛋!混蛋!全都是共产党的应声虫!全都是赤化分子的言论!”此时,阳光透过彩色玻璃射进室内,他愤恨已极,把电文一团,向着窗口打去,像抛去一颗炸弹,然后向侍卫官歇斯底里地叫道:“以后这样的东西,不要送我!”

三　被　俘

“希夷!你受惊了!”顾祝同和上官云相同时站在花厅门前。顾祝同向叶挺伸出手去,笑容仍像往日那样宽厚可亲,“我跟上官一同请你便饭!今天总算‘化干戈为玉帛’了!”

“顾长官!上官司令!”叶挺声调凄恻而带嘲讽,“我今天不能跟你们握手。昔日座上客,今日阶下囚,你们手上沾着抗日英雄的鲜血!”

他目光如火似剑，直抵顾祝同和上官云相。

“入座！入座！”徐副官半推半扶地搀着叶挺进入客厅，挽救了这一极为尴尬的局面。

还是那个花厅，还是那样丰盛的酒宴，还是那样堆满笑容的殷勤好客的主人，恍如昨日，可是，现在乾坤颠倒，今昔难比，这会引起叶挺多么深邃而又复杂的感情！

顾祝同坐在首位，上官坐在左首，叶挺坐在右首，徐延辉坐在下首，为他们挟菜斟酒。

“希夷，你情绪激动，我很理解。自古以来，军人各为其主。战场上的对手，宴席上的朋友……”上官云相给叶挺向碟子里拨菜，“你看，墨公总记得你喜欢吃蹄筋煲猪肚……”

“上官司令，此言差矣！我们的主人是谁？民族，国家，人民……”

“希夷，我们又要展开不愉快的争论了。”上官云相似乎代替顾祝同冲锋陷阵，“我们都是爱国军人，国家、民族、主义、领袖，必须统一，政令、军令必须执行，新四军乃三战区三十二集团军下属的一个军，应该遵命嘛……”

按照宴席惯例，应该是先举杯祝贺而后吃菜，可是，为了避免握手时那种僵局重新出现，谁也未能举杯。

“我们在战斗中缴到委员长的一项密令，”叶挺反击说，“一网打尽，生擒叶项。看来，这样的军令政令你们是不折不扣地执行了！”

“你们不遵守北移路线，反而南进……”上官云相声调干硬急促，透出冷冷恨意。

“你们指定的路线，是居心不良，我们当然无法遵守！”叶挺把筷子一拍，似乎受了一种无法忍受的创伤，无法掩饰他的气愤，他把锋镝转向顾祝同，“司令长官，我们在宴席间说假话，绕弯子，不是太滑稽了吗？我们又不是三岁孩子！”

“希夷，别激动嘛！”顾祝同仍然平缓如常地说，“此次抗命北移，你是没有责任的，此次南进，全是项英要实现他蓄谋已久的三山计划……”

“这是你们的猜想。”

“不,这是你们参谋处长的供词……”

叶挺凛然一惊,他表示怀疑。

“你们的参谋处长不是赵令波吗?”顾祝同证实说,“他是10号向五十二师投降的……”

“这是个败类!”叶挺不再怀疑了,他相信赵令波能干得出来,只是想到高坦和石井坑中对他所抱的希望,不禁愧悔神伤。如果派别人去,也许会好得多。

“希夷,我很清楚,在新四军里,你是做不了主的,你应该有个声明。”

“声明?声明什么?”

“声明此次南进全是项英的图谋,你何必代人受过呢?”

“顾长官,你让我做第二个赵令波吗?”

“那绝不是!”

“那么是为了目的,不择手段了?”叶挺睥睨着战区长官,“这种诿过于人的勾当,我叶挺从来没有干过!我是新四军军长,所有责任,都应该由我承担!”

宴席间,既无人吃酒,也无人吃菜,有的只是严肃的争辩。叶挺本来是不善辞令的,可是,受害者的地位,使他得到了解脱,他变得无拘无束,心安理得,慷慨直陈了。

他是俘虏,却是原告。他是败者,却握有正义之剑。

“你说你有权,可是,你忘了你提过四次辞呈!”

“那是三战区逼的!”

“不要辜负了委座的器重和厚望!”

“是委座辜负了我的信任,也辜负了举国上下抗日军民的厚望!”

舌剑唇枪激溅着火星。顾祝同摇摇头,没有想到谈话的发展会使他这样难堪,这在他的生涯中是很少有的。

“希夷,”上官云相急忙接战,“执迷不悟很不可取,如果你回心转意,委座有委任你为战区副司令长官并晋升为上将之意。说实在话,我真有些嫉妒你了!”

“啊!委座真是慷慨啊!”叶挺微微冷笑,“阶下之囚,下令一网打尽之匪酋，反而升官晋爵，这不是很滑稽吗？我们都是懂得历史的，如曹操对关羽，上马金下马银，高官厚禄，当然可以动摇一些人，可是，委座就不怕我身在曹营心在汉吗？”

“委座是信任你的！”顾祝同说。

“不是信任，而是高价收买一块抹桌布，好揩净身上的血迹罢啦！”

“希夷，你说这样的话太不应该了！”顾祝同怫然变色。

“我想不出别的理由！”叶挺也不愿意沿着这条路谈下去，“上次，我在顾长官的书房里，曾谈过三国故事。中国历史真是太丰富了，任何事情，都可以借古喻今。今天，咱们还是不说今人说古人吧，我们谈谈风波亭……”

“希夷，莫开玩笑了，”顾祝同说，“我们何必尽谈不愉快的事呢？”

“原因是你请了个不愉快的客人来。”

“但愿今天，我们能消除这种不愉快。我提议，为了恢复我们往日的友谊干一杯！”

叶挺猛然站起，执杯在手：“徐副官，请把我的酒杯斟满！”

叶挺高擎酒杯，勃然变色：“让我来说几句祝酒词吧！”他并不跟主人碰杯，目光凝望着北方，“第一杯酒，为中华民族的抗战胜利，为浴血苦战的抗日前线将士、敌后军民，干杯！”

顾祝同和上官云相也都饮了。

“第二杯，为感谢皖南父老乡亲们对新四军的骨肉深情，干杯！”

叶挺也不为难持杯呆愣的主人，独自饮下。

“第三杯，我为冤死的民族精英——新四军将士的英灵致哀！”然后离桌，声泪俱下，“叶挺无能，指挥失当，不能率领你们奔赴杀敌前线，这使我终身憾恨、愧疚无地，你们未能牺牲在抗日战场上，是屈死之冤魂，皆挺之罪也！可是，你们的名字将彪炳青史。而那些反共英雄，民族罪人的名字，将被钉在历史的耻辱柱上……”叶挺不胜唏嘘，酹酒于地。

顾祝同使眼色给徐副官，不让叶挺再说下去。

“叶军长，”徐副官急忙劝住叶挺，“你喝醉了！”想把他重新扶上座位。

叶挺愤然挣脱，猛摔酒杯于地：“顾长官，咱们不要互相为难了，快送我回李村吧！在中国古老的土地上，既有屈子之怒，又有岳飞之死，我叶挺宁愿把牢底坐穿也不会按照你们的希望去做！”

“希夷！”顾祝同也愤然站起，“你这种情绪很危险，委座的本意是让你早日恢复自由！可是你……”

“自由！”叶挺仰天大笑。这冷冷的笑声使顾祝同如受鞭笞，“自由当然是好东西，我在李村那口活棺材里天天盼望着自由。”叶挺走向客厅的门口，一种决绝悲壮的激愤之情犹如泉涌，“是的，我期待着那一天，我羡慕翱翔天宇的雄鹰，甚至也羡慕那些在饥寒中啁啾的小鸟。可是，我是人，我不能从狗洞里爬出！我只能期待着，有那么一天，地下大火会冲腾而起，把我和那个活棺材一齐烧掉！那时，我会在烈火里得到永生！”

叶挺昂首挺胸神态浩然地走下台阶，走向他的囚车。四名全副武装的士兵，像卫兵似的跟随着他。

顾祝同心中发毛。在叶挺狂风骤起雪山崩塌似的感情倾泻中，他无言以对。他深知叶挺“士可杀不可辱”的脾性，也知道他决不背叛自己信念的品格。但他不能不做出挣扎似的努力，以完成委座的指令。他与上官云相对望了一下，又失望地看着叶挺走出庭院的背影，怅然若失地对上官云相说：“这人难以回头！”

机要秘书送来一份电文。顾祝同紧皱眉头溜了一眼，便递给上官云相。

新四军将领就职通电(1941年1月23日)

全国各友军公鉴：奉中国共产党中央革命军事委员会号日命令开：任命陈毅为国民革命军新编第四军代理军长，张云逸为副军长，刘少奇为政治委员，赖传珠为参谋长，邓子恢为政治部主任，等因，奉此，遵即宣誓就职……

上官云相默默地看着，他的目光散乱了。一阵急骤的马蹄声在他眼前扬起滚滚烟尘。

第二十一章　赵令波

一　柔肠寸断的姑娘

赵令波带着一个警卫班和林志兰,从里潭仓出发,第二次去追赶失去了联系的一支队。他按照一支队原计划的行进路线追寻,从东流山南麓向榔桥河方向潜行。

9日上午,当军部向西北突围受阻撤向石井坑时,赵令波的小分队正遇上赶来堵截的四十师的一个先头连,猝然交火,当即牺牲了四人,还有两个受伤。他们急忙钻进了密林中,在一个山洞里躲避。

赵令波清醒地认识到皖南新四军这艘舰艇就要沉没了。他面临着最后的抉择。脚踏两只船,不管在哪一头,都有好和坏两种可能。

留在新四军,他现在已经是一支队的副司令了(当然,这种移动前没有书面命令的临时安排,将来不一定作数,但他毕竟是参谋处长啊),他借寻找一支队之机,突围出去,很可能飞黄腾达!皖南部队遭到覆灭性的打击,他跟周珮琳和闻瑗的秘密,就有可能永远不被揭穿,这是好。但也很难说:有可能死在突围的路上。单就这次遭遇战,如果没有警卫班的掩护,他不也就完了吗?如果像林志超等人,万一突围出去,仔细回想这次失败的原因,有可能把他揭发出来,而且还可能从别的渠道暴露,像那个保卫干事鲁敏,就使他惴惴不安,这是坏。

"举起白旗投降吧!"不管是四十师,一〇八师,五十二师,只要他说出周珮琳、闻瑗,那一定会成为上宾!可以得到高额奖赏,可以得到美满的爱情……这是好。但也很难说:赵令波也懂得"狡兔死而猎狗烹，鸟雀尽而良弓藏”的道理。当一个变节者，被人家挤净轧干之后，那就像被吃了瓤的瓜果皮那样，往垃圾堆里一扔，这是坏。

赵令波的前程，仍然是一个难解的谜。但有一点非常清楚，他在这最关键的时刻，必须把自己移到一条船上。不管上哪条船，人多，是百害而无一利的。人多，只能暴露目标，带多几个人去战斗，那是愚蠢透顶。如果举旗投降，最好是一个人，免得卫士对他开枪。

赵令波慎重地迈出了第一步：他让受了轻伤的警卫班长和四个战士，带着两个较轻的伤员转回军部去。他身边只留下一个警卫员，还有一个女护士。

“我应该跟伤员走！”林志兰坚决地要求着。自从离开军部后，她对这位参谋处长就怀有一种怨恨。赵令波对她的亲昵与关切，使她极端反感与厌恶，她在潜意识中认准他是居心不良。

林志兰并不怕死，只怕活着与哥哥分离。只要在林志超身边，她就无所畏惧。如果林志超突然被子弹射中，血迹斑斑地倒在她面前，她也不会惊慌，更不会哭泣，她会挺起胸脯饮弹而亡。在她来说，同生同死都是一种幸运！

在故乡的时候，她曾看到那些慷慨就义的烈士，他们含笑赴死，是为了自己的信念。林志兰自知不是英雄，不敢和那些仁人志士相比。她不怕死，只不过是由于深爱！

“不行！你得跟我到一支队去！”赵令波连自己都搞不清出自什么动机！他的确没有思考，仅仅是顺口发令，就像一个惯于恶作剧的顽童，手执牧鞭随意抽打着路边的野花。

参谋处长避开林志兰怨恨的脸，也许这种怨恨的表情，使这个圆脸姑娘平添了孤傲难犯、冷若冰霜的特殊风韵和动人魅力。她那刚毅之美打动了他。但他不知道这个姑娘的心理背景，不知为什么，她会对他如此森冷无情。他怀着一种隐秘的动机把那七个碍手碍脚的战士遣开，在手电筒的微光下，信手画了个纸条：

> 叶、项首长：人多无法穿插，仅带卫士护士各一，其余人员遣回。我誓死与一支队取得联系，率部返回，以策应全军突围……

警卫班长带人走了，向着不可知的命运。

在这荒凉的山林里，只有三个人了。如果这时，赵令波拔出枪牌撸子，对准卫士、护士，各开上一枪，他不就可以自由地走向他的“天堂”了吗？但他没有这样做。人的动机，有时是很难解释的。也许他怕枪声引来敌人，不分青红皂白也把他打死？还是他在等待，等待一个良好时机？还是，他良心未泯，不到万不得已时……

“还是进山洞睡吧！到处都是敌人的暗哨，我们不能乱闯。”赵令波轻声地说。

林志兰一声不吭，她望着警卫班长下山的方向——那是哥哥所在的地方，不能违令前去，使她委屈莫名，气馁心丧，眼眶里突然涌满了泪水。她发现赵令波转过身来看她，她急忙扭向一边，又傲慢地仰起脸，不想让泪珠滚落。

1月9日，正是农历腊月十二，微缺将满的月亮当空照耀着山林。林志兰的泪眼看眼前的一切，都带有虚幻、神秘的色彩，模糊、空浮，像一场半睡半醒的梦。她看见林梢上满天繁星在闪烁。她一动不动地站着，四周传来密集的枪声。如果此时她能预知有一颗子弹向她飞来，并把她击倒，她也毫不在乎。这对赵令波是一种抗议，是一种挑衅。

如果没有卫士紧紧跟着，赵令波真想制服这个充满敌意的姑娘，以报他对林志超的长期压在心中的嫉恨。

“处长！”卫士说，“随她去吧！耍小脾气。”

赵令波有些后悔，把这个姑娘留在身边，也许非常不利。他用关切的口吻说：“志兰，你不要到处乱闯。”他似乎从背后看到了她的悲愁与刚毅交融的表情。

林志兰不理睬他。

赵令波只好悻悻地跟着卫士回山洞去了。其实，并不是山洞，只是在一块倾斜的廊檐似的巨石下面，有个可以躲风避雨的地方。

林志兰也困倦到极点，但她不愿意回到巨石下，和赵令波挤在一起。她对赵令波的过分亲昵保持着高度警惕。昨天夜里，当赵令波有意无意地靠紧她，并把手触到她的胸脯时，她被蛇咬了似的蹦起来。挤在旁边的卫士惊醒了：

“小林,你要干什么?”

“我找手术刀!”这种急歪歪的声调里充满着威胁。这声调,这回答,只有赵令波听得明白,对这个刚烈的姑娘,要当心。

夜风啸叫,林志兰感到阵阵难忍的寒冷,她自己找了块背风的石缝,蜷缩进去,把缝有红十字的药包放在胸前。她把膝盖收起,两臂紧紧地抱着小腿。尽管如此,寒冷如冰的岚气,仍然钻进她的肌骨。

此时,外部世界,对林志兰来说,已经不存在了。即使天塌下来,她也无动于衷了,她的思想只闪烁在几个凝聚点上。

她要紧紧地维护她的红十字药包。尽管这里面只有两卷可供包扎的纱布,还有一把手术刀。这把镀镍的银光闪亮的小刀,她思考过它的用途,一为救护,二为防身,三要自戕。她绝不活着落进顽军手中。

在这挎包之中,还有她的一本日记,带有几分稚气,却流溢着她的深情,她决不让它丢失!

棉衣的左上口袋里,她还装着用手绢包着的那枚别针,是叶军长的夫人送给她的。这上面有世上最美的夫人给她的祝福!这上面有少女美妙的幻想,她期待着……进入梦乡。

二　两声枪响

一夜的枪声,成了警卫员小范的催眠曲。当死神张牙舞爪四面包围,自感要逃也逃不脱的时候,人们就会产生一种豁出去的思想,生死也就置之度外了。

小范睡得很熟,枪声一停,他反而不适应了。醒过来后,黎明的曙光已经灌满了敞开式的山洞。他睡眼惺忪地看到赵令波拿着一张照片,一往情深地端详着。

“赵处长,你想家了?”

“想家?”赵令波缓缓地把照片收起来。

“那是什么人的照片?好漂亮啊!”

“我的一个朋友!”赵令波无所谓地说。

“能给我看看吗?”小范顽皮地笑着。这个入伍已经两年的高小学生,是个机灵鬼。

赵令波迟疑了一下,把照片递给他的卫士。

这是一张四寸照片。背景是一座花园别墅式的小楼房。一个美丽的姑娘,穿着夏天的长裙,坐在楼房前的草地上。她半躺着,仰着脸,羞怯而又温柔地望着天空的彩云,蓬松的头发,披在肩后。她一只手撑在地上,手边有一个小提包,还有一本书。小范感到迎面袭来一阵女性的芬芳。

“赵处长!”小范羡慕不已,“你真有福! 这是你的女儿吧?”

“呃!”赵令波笑笑说,“这是女朋友小时候的照片!”

“女朋友?”小范惊诧地说,“我还以为你早就有家了呢!”

赵令波未置可否,只是甜甜地微笑。这张照片,的确太漂亮。人在得意之时,总是忘记不该忘记的东西。他沉浸在一个温柔的梦中了。

小范把照片翻转了一面,这个动作完全是下意识的。他本来该就此还给处长了,突然上面的两行钢笔字引起了他的好奇心,轻叫一声:“哎呀,还有诗!”

赵令波的脸立即变成蜡黄,诅咒自己粗心。小范却根本没有注意他的神色。

> 这是我五年前的照片,这是我可爱的家园。
>
> 常忆皖南秋月夜,莫忘两地挚友情。
>
> 琳
>
> ×月×日

小范把照片还给赵令波。这两行足以暴露赵令波和周珮琳秘密的字,根本没有引起警卫员的疑心。但两人都陷入深深的沉思。这时峡谷里正翻滚着乳白色的晨雾。

赵令波的面前也正是一团雾。他曾经多次幻想他和周珮琳生活在一起的情景,去重演范蠡、西施泛舟太湖的故事。当年范大夫和现今赵处长,当年西施和现今的周小姐不都很相像吗?

山下就是五十二师,对其他突围者,那是死神,可对他赵令波,那里却有一位爱神在等待着他！“常忆皖南秋月夜，莫忘两地挚友情”，赵令波何曾忘记？

如今不走，更待何时？

“这个女人很好看……”赵令波沉思的同时，警卫员也在沉思，“我好像在哪里见过？”在他的记忆还未触到的地方，没法把照片和他见过的女人联在一起！但他仍然不由地联想起曾经见过的美丽的女人。

那是去年秋天，重阳节之后，他们警卫班跟随叶军长到马头镇去赴宴，他见过周珮琳小姐。可是，那时周珮琳穿着紧腰身的制服，佩着中尉肩章，腰间挂着一把小巧的手枪，轻盈灵活的动作，高挺丰满的胸脯，别有一番风韵；闪光的半高跟的黑色小军靴，平添了几分浪漫的色彩。

小范和他的战友们都看迷了似的注视过她。至今，他还能回忆起她微笑的模样，还能听到她那皮靴咔哒咔哒的声音。

“好像是她……不可能吧？不会是她……”但是，小范将他所见的两个美人联在一起，把过去和现在联在一起，在回忆与回忆的相撞中，闪着火花，他想到了照片背面的那两行字，那里面有个“皖南”。

这等于给他的联想增添了一个佐证，戳破了障碍视野的那层薄薄窗纸。

“这是怎么回事？”小范在考虑，是不是问问赵处长？他决定试探：“赵处长！你的女朋友，叫我想起一个人来，那个人也很漂亮，她们就像亲姊妹一样。”

“噢？”赵令波的心往下一沉。

“她很像五十二师政训处的那个周秘书……”

“你怎么认识五十二师的人？”赵令波极力掩饰内心的惊慌。

小范告诉了赵令波。

“天下相貌相同的人很多！”赵令波忽又认为这个疏忽是个好事，它促使自己下定了决心。他说得极为沉稳，故意打岔，“我倒觉得她像另外一个人，就是南堡小学的老师郑芳雪。小范，咱们不谈女人了，看来，今天白天我们是没法行动了，趁现在山谷里有雾，你最好摸到山下的小溪边，打壶水上来。顺便把小林叫来，别让她在石头缝里冻僵了……”

小范虽然机灵,却拿不定主意下去还是不下去。后来,他还是摸起军用水壶,向山下走去。他一心想着:不管是到达一支队还是回到军部,他一定向特派员报告这件事情。

赵令波在他身后,慢慢地举起枪牌撸子,脸上掠过残忍的快意,紧闭起嘴唇,扣动了扳机,一下,两下。小范向前踉跄了两步,站稳了,仿佛思索了一会儿,才醒悟到发生了什么事情。他掉转身子,扭过脸来,看见赵令波手枪口里冒出的轻烟,他轻轻地吐出憎恨和轻蔑凝成的两个字:"奸细!"捂着胸口,歪倒在小树丛中。

林志兰听到枪声,从岩缝里跳起来,正看见小范慢慢地倾跌下去,她连想都没想,就向他奔去。

但她忽然停住了,感到一阵晕眩,觉得一支发烫的火锥从背后猛烈地刺进了她的胸腔,她的身子猛烈地震撼了一下,甚至没有听到枪响,她的手向前伸去,像是推开已经临头的灾祸。她扑倒下去,但她似乎仍在苦苦思索:"这到底是怎么回事?难道我受伤了?伤在哪儿?"暗红色的波浪在眼前浮动,她重又意识到从侧后传来的枪声,那枪声永存记忆。

眼前的一切,变得缥缈而又遥远了,她像从悬崖上跌落下来,向着深不见底的深渊坠落着,坠落着,而后又久久地飘荡在空中,仿佛沿着天穹飞行,四处是奇异的光华,脚下是无形的白浪。

她十分清晰地看到了林志超的面容,仍是先前那样,以兄长的严厉和关切望着她,他是向她走来,走来,可是又永远走不到。

"哥!我渴!"她想这样说,但声音窒息在喉咙里了,成为咕噜声,像含着一口水;她的手乱摸乱抓着,像给其他伤员寻找伤口,但她抓不着。她想看看手上有没有血……没有。

"我的伤并不重……"她嘟念着。然后,她像腾云驾雾似的飞走了,融化在飘悠的彩云之中。

她在云端里翱翔,那是既轻松又玄妙的情景,忽然听到一个发自地层深处的声音:"不要开枪!不要开枪!"

渐渐升高的阳光透过淡淡的雾霭照射在她的脸上,正在复苏的意识受到了刺激,她忽然警觉起来。

"不要开枪!不要开枪"的喊声清晰地刺进她的耳鼓。

她睁开了眼睛，以超乎寻常的顽强，攫住即将消失的生命，翻转身体，两手撑地，抬起头来。她在迷蒙中看到一个身影，正高挑着丧幡似的白旗，摇晃着，边走，边喊，向山下走去。

"坏蛋！"她明白了眼前发生的事情，厌恶地投去最后一瞥。一片鲜红的色彩从姑娘的身下散射出来，远远望去，犹如充满生命喜悦的少女展开红裙醉卧花丛。

三　交易何曾是爱情

"啊哈！"周珮琳圆润响亮的声音里含着一种由衷的愉快，"赵处长！你到底还是来了！我非常高兴，朱副师长也非常高兴……怎么？昨夜睡得很好吧？"她向赵令波伸出白皙的纤手。

"非常好！"赵令波神采奕奕地从椅子里跳起来，本想扑上去和周小姐紧紧拥抱的，但他看到周珮琳的热情中含着一种冷，他就克制住了，"谢谢周小姐的关照。"这种公事公办的客套话，是违反他本意的。

11 日那天赵令波向警卫员和女护士开枪之后，就把包袱里一件白衬衣挑在一根教鞭似的树枝上，极为小心地向山下走，一边走，一边喊："不要开枪！不要开枪！"

他开初搞错了，山下并不是五十二师，而是一〇八师。这样，费了一番周折，当他被转送到五十二师乌溪指挥所时，已经是 12 日的下午了。当时，五十二师指挥所正从乌溪向梓坑移动。把他当做嫌疑犯押在特务连，无人顾及到他。

13 日，师指挥所又向俞家山移动。赵令波仍被押在特务连。此时，他心灰意冷，情绪低沉。他一心期待着朱副师长的接见和周珮琳小姐的拥抱，但他们都迟迟未能出现。

直到 14 日上午，朱副师长才接见他，要他写一份供词，十二时交出。他要求洗澡、理发、换衣服，朱副师长客气地拒绝了。但告诉他，周珮琳女士将来见他，由她来安排一切。并说周小姐因近期不在战地，让他耐心等待。

赵令波虽然经过三天两夜的休整，精神恢复了很多，但和光彩照人的周小姐比起来，当然自惭形秽。他投降后的三天的待遇虽说并未完全出乎他的意料，但也使他沮丧万分。与周珮琳共度人生的蜜月，去过范蠡西施式生活的幻想，已经化为泡影了。一种寄人篱下的冷落感，紧紧地揪住了他的心。但他并不完全绝望，他相信事在人为。

这是一间农村小屋，室内光线阴暗，门外站着岗哨。周小姐礼貌地请他就座。这时已是下午五时左右。

"我在等候一个消息，所以来晚了！"周珮琳庄重地说，"这对你来说，却是喜讯……"

赵令波有些茫然。

"战斗全部结束，石井坑的围歼全部成功……"

"这是我意料中的事！"

"袁国平已经被我们打死在大坑王附近……在一个小时前，我们在鹿角山以北的小山坡上，抓住了叶挺！"

"真的？"赵令波大吃一惊，随即感到了一阵轻松，"真的全部歼灭了吗？"

"没有，当然还有许多漏网之鱼。我们还要展开清剿。所以，朱惠荣副师长要你完成两项任务……"

"我已写了一份供词……我尽我所知，我不会保留。"

"那并不重要……"

"新四军的内情……"

"过去的已经不需要了，目前的你也不会了解。"周珮琳体谅地说，"现在最当紧的是清剿，朱副师长一再交代，要你提供东南局和皖南特委的情况……"

"他们全部随军了！"

"不！他们不是全部随军了，"周珮琳略带讥诮地重复了赵令波的语气，更正说，"而是把公开的已经暴露的撤走了，留下了秘密组织。这一点是非常非常重要的！你是参谋处长，可能了解更多的情况。作为老朋友，我不能不提醒你，这对你来说，是一次是否忠于党国的考验……"

“你想，我现在处在这种地步，还能有所保留吗？”赵令波苦着脸说。他的心焦躁起来，两手微微发抖，仿佛一阵难以抵挡的寒冷透入他的骨髓，同时，他的精神上产生了一种极度的恐惧。他有生以来不曾有过这样的感觉。这个感觉使他呼吸困难了。这就是变节者的悲哀吧？

赵令波感到他的前程很不美妙，和他原来想的，完全是两回事。他是个聪明人，已经感到处在极为不利的境地：即使对敌人竭尽忠诚，他们也不会信任你！他们对你要求太高！他们会把你压弯挤扁逼疯的！

他内心的痛楚，周珮琳也看出来了，她轻松地笑笑说：“赵处长！你会使我们满意的。因为你知道得很多！”

这无异于逼供。当然，用的不是刀而是绳。

“好的！”赵令波说，“尽我所知……周小姐，我能提个要求吗？”赵令波的声音中充满了乞求，但也隐含着怨恨。他本来以为，五十二师会把他待若上宾的！

“你说！”

“我要洗个澡，理理发，换身衣服。还有，还有门外那个哨兵！”赵令波愤慨起来，“五十二师应该相信我，不应该这样对待我！你给我的信里不是说过吗？我对党国是有功的，闻瑗呢？他为什么不来替我说话？他大概晋升中校了吧？”赵令波怒视着周珮琳，“他妈的！如果不是我，他早就完蛋了……”

周珮琳不理会他的指桑骂槐。微笑着说：“赵处长，这的确是很抱歉的事情，因为你明天就要去执行第二项任务，所以还是保持你的本色为好！”

“什么任务？”赵令波由于气愤摆出准备抗拒的样子。

“叛军有很多人过不了封锁线，全都隐藏在当地，必须找到他们！还有那些掩护这些匪徒的人，他们都是地下共产党，也要一网打尽，你必须作为一个突围而出的人……”

赵令波沉默，他强抑住慢慢翻涌起来的愤怒。

“你被分到章渡区去，归陈家庆领导。他现在是清剿大队长。这人你认识的！”周珮琳意味深长地看了赵令波一眼，他怎么变得又瘦又黑又老又脏，和前年秋天在马头镇的时候，简直变成两个人了。然后她继续用调侃的口吻说,“陈家庆有个未婚妻,叫郑芳雪吧?我见过,很漂亮,据说她这次随军走了,如果打不死,还能找到她……”

“不!我绝不干这种事情!”赵令波跳了起来,恶狠狠地叫道。早在内心深处蛰伏着的怯惧一旦变为现实,就立刻淹没在刻骨铭心的恼恨之中。“我干的事情也够多了:行进路线,认罪的供词,地下党员的名单……可以说价值连城,你们给了我什么呢?还不如对待一个俘虏!让我去服从陈家庆的领导,去干那些连狗都不干的勾当?你们忘了,我是参谋处长,一支队的副司令员!我是有身份的呀!”

赵令波这一串悲愤陈词,果真使周珮琳小姐愣住了。她也很奇怪自己感情的变化。她曾经对眼前这个人有过感情。那时,她曾真诚地感到赵令波有许多值得爱的东西:地位、仪表和友谊,他给了她从朱惠荣那里得不到的快感与满足。

哪个文学家曾经说过,人总是爱那些追求不到的东西,一旦追求到手,那东西就贬了值!周珮琳的感觉正是这样:

在马头镇两人倾心相与的幽会之时,如果有条件让他们结为伉俪,说不定她还真会答应;可是现在,如果有人说“现在条件有了,你们结合的障碍已经不再存在”,她准会说他是个疯子。她不明白,昔日的宝玉怎么变成了顽石?这是符合生活逻辑的吗?周珮琳她知道:他们之间的关系,永远不会恢复;他们之间的接触,也绝不会再激起过去那种感情的浪花。

现在,一个是主人,一个是奴才,不,变节者比奴才还要卑贱三分。她对赵令波的这场怒火,只能报以惋惜的微笑:“赵处长!你太冲动了。拒绝为党国效力,那是很危险的!”

赵令波慢慢坐了下来,他看见周珮琳小姐的微笑里隐现着一种严厉和残忍。他想用最大的努力来挽救已经死去的感情。

“珮琳!”赵令波看着眼前的戎装女郎,完全回到了马头镇的秋夜之中了,这一声叫,充满感情也充满悲凉,“我这里还有你给我的照片!上面还有你写的赠言,你不会忘记吧?”

周珮琳苍白的脸涨起一阵红潮,灵巧的嘴角抖动着。赵令波弄不清这是由于羞愧还是由于气恼,但他却得到了片刻的安慰,说明这个女特务并没有“完全不在乎”。

周小姐慢慢地向赵令波举起眼睛,她的目光,瞬息间变得温存而又含情脉脉了:“噢,非常感谢你还存着那张照片,我还以为你害怕危险,一火焚之了呢。”

“这是绝对不会的,我十分珍惜……”

“上面写了些什么来着?”周珮琳好像又回到他们促膝谈心的秋夜,“我都记不清了!”

“你看吧!”赵令波从衣袋里拿出皮夹。当他把照片递出去时,就有点后悔了。他聪明,但不老练。

周珮琳一往情深地把照片接在手里,先向自己的玉容望了一眼,这该引起她多少回忆啊!尔后,缓缓地翻过来,用一种恋爱中女人的目光看着那两行娟秀的字,用荡人心怀的声调低吟着自己当年的杰作……但她突然一变脸,咯咯地笑了起来,笑得有几分轻浮:“你看,生活,多么会开玩笑,简直有点滑稽……真是滑稽!”

“周小姐!我并不觉得有什么滑稽!”赵令波表现出傲慢和狞恶的神情,“人,总该有起码的道德……”

周珮琳收敛了笑容,把照片缓缓地放进自己的上衣口袋里。

在这一刻,赵令波产生了一种扑上去扼死这个坏女人的冲动。在把照片交出时,他就预感到照片有可能收不回了,但他还抱有侥幸。现在他还能夺回来,还能夺过女特务腰带上那把“五蜂子”手枪……门外的哨兵,使他恢复了冷静。

“我并没有忘了起码的……”周珮琳尖刻地讽刺说,“是你忘了……你起码应该明白,这里谁是主人!”

赵令波真是悲愤填膺,咬着青灰色的嘴唇,他后悔不该……个人的自尊被人践踏了!他觉得他的心被残忍的黑色小皮靴踩碎了。他真想豁出性命也要出一口气!他两眼迸射着怒火,脸也变得扭歪了,而且不知何时,眼窝里竟有了两汪泪水。由于极度激动,他的头脑中只有一种狂热的念头,沸了锅似的翻腾。他对自己遭受的痛苦已经失去了明确的观念,耳鼓老是在隆隆轰响,他遏制不住体内那迫不及待的渴想报复的欲望,陡生出蛮干的勇气。

周珮琳似乎察觉到了危险，她急忙站起，声音振聋发聩：

“赵处长！你要冷静些，你已经过了冲动的年龄了。鲁莽从事，只是十八九岁的大兵才有的举动。你是有前程的，只要听话！今天晚上，请把地下的东南局和皖南特委名单写好……顺便告诉你，今天晚饭，我特意关照：有半只鸡，还有半斤亳县出的古井贡酒……这是你过去享受不到的。鸡香酒味，比你胡思乱想好……”

周小姐转身走了，他又听到了小皮靴的咔哒声。

屋子外面，暮色苍茫，屋子里已经昏黑了。远处仍有不断的枪声。蛮干的冲动，毕竟是懦弱的表现，容易来也容易去，在严酷的现实瞪视之下，赵令波低下头来，转换为冷静的思考和利弊的权衡。他觉得饿了。

哨兵提来一盏马灯。桌子上，从昨天起就已经摆好了笔砚。

“赵处长！”哨兵尊敬地说，“周秘书向在下交代过，要我好好照看你，马上就开饭了。”然后讨好地向赵令波笑笑。

赵令波被这笑容感染了：“等会儿，我请你喝几盅！”

“谢谢赵处长！”

四　再一次出卖

人是非常奇怪的。赵令波大口大口地嚼着鸡肉，津津有味地喝着名酒，他对周珮琳的怨恨就大大减弱了。

他“转念”一想，觉得刚才的冲动未免过分了。他过去幻想的一切，不过是海市蜃楼。仔细想来，周珮琳也绝非他的佳偶，一个逢场作戏的女特务，有什么可取之处呢？只要任务需要，她可以躺在任何人的怀抱里。

赵令波想通了。信念、诚实、坚贞、友谊、爱情、正义……全是狗屁！只有美酒佳肴才是最最实在的！

“来！来！喝一杯！”赵令波向站在门外的哨兵热情地招呼着。

“谢谢赵处长！”哨兵看看近处无人，便闪进屋来，一仰脸把酒灌进喉咙。“啊——”这是世上最惬意最痛快的声音，然后，竟毫不客气地从菜盆里扯了一片鸡肉，一边吃，一边向赵令波鞠躬。

领受别人的感谢是幸福的。这时，赵令波的心上也流过一丝愉快之情，甚至变得快活起来：“你是哪里人？”

“就是本县人！县城南面，张家竹园……”

“你姓张吧？”

“不！姓赵，就是你那个赵。我们村是杂姓。”

“父母都健在吗？”

“都在，家里还有一个小妹妹。”

赵令波毫无目的地和这个士兵聊天，仅仅是排遣自己的烦闷，冲淡自己内心的痛苦，或是安抚自己纷乱的心绪。

夜深人静。赵令波在屋里踱了一阵，缓缓地坐在桌前。跟命运抗争是傻瓜，他的笔一点也不发抖，在洁白的办公纸上写下去：

> 据我所知，兹将皖南地方共产党组织情况报告如下：去年12月下旬，北移日近。公开之东南局及皖南特委将随军部一同撤走，东南局决定，另行组织一个新的秘密特委，以坚持皖南斗争。据我回忆：早期特委书记为谭启龙，因病提前离开皖南，由李步新接任。此次，李步新随军撤走，特委书记由黄耀南接任（我未见命令，不敢太肯定）。为了便于斗争，决定成立几个中心县委：一是徽州中心县委，由黄耀南负责；一是南、芜、宣中心县委，由孙宗溶负责；一是泾、旌、太中心强委，由胡明负责；铜陵、繁昌敌后，成立工委（即党的工作委员会），由张伟烈、罗峰负责。斗争的方针是：隐蔽精干、长期埋伏、积蓄力量、等待时机，发展党的组织，争取同苏南连成一片。
>
> 以上情况，由于本人所处地位，未敢保证全部属实。但我悉从钧命，倾吐所知，未有丝毫之保留，书以至诚，伏乞明鉴。吾系自愿投诚者。在前，亦对党国屡有贡献。周女士、闻瑗君均可为佐证。唯希从优待遇，勿使后来者心寒。
>
> 赵令波
>
> 元月14日夜谨具

这一夜，赵令波睡得很死。

第二十二章　袁国平

一　自　戕

他正从潮湿的茅草丛中,慢慢地抬起变了形的小小的方脸,又黑又瘦,血痕斑斑。七百度的深度近视眼镜丢失了,更确切地说,是在跌倒时,撞碎了。如果不仔细辨认,很难认出他是袁国平。

他面前一片模糊,痉挛的黄青色的沾满泥土的手指,紧紧地抠着油滑的石棱,看样子,他想借力拖动身体,试图爬到在他近旁的伤员身边,帮他包扎。伤员是他的警卫员,正痛苦地抽搐着,躬起身体将头拱进生满杂草的石缝里。他的身下是一汪黑色的血,他的呻吟使人心悸。

袁国平的尝试没有成功。他的手在冰冷的石棱上抓挠了一阵便无力地松开了。停了一下,又向腰间摸手枪,摸到的是一只空枪套。这才记起枪原来是提在手里的,在他被打中从山路边的陡坡上摔下来时,不知甩到何处去了。他仰面躺下,稍事休息。坦然、平静、悠缓的动作,反而给人一种悲壮的情怀。

在突过第一道封锁线时,他的腿部和腰部就受了伤。一个警卫员在他前边掩护,一个警卫员背他,机要秘书谷学清和郑芳雪,还有十几个机关干部跟随着他。

这时,从对面山坡上扫来一梭子机枪子弹,几乎全都打在警卫员的胸部和腹部,袁国平虽被挡住,但左肩胛和臀部还是受了伤。

警卫员背着他,一连几个翻滚,从五十度的斜坡上跌撞下去。机枪子弹泼水似的打在山路上。随后的机关人员见前面路口已被封锁,急忙转回向另一个山头奔跑。机关枪也随即转向,跟踪射击。

因救护伤员落在后边的郑芳雪听到了警卫员的惨叫声,急忙奔过去,先看到的是袁国平的皮鞋,在月光下闪着生涩的褐黄色的光。

“袁主任!你怎么了?”女教师踉跄着蹲俯下去,叫声里浸着惊愕的哀伤。

“啊,我不要紧。”袁国平指着十步开外的警卫员,“你先给小周……”

她急忙跑到卫士身边,小周已经在剧疼中得到了解脱,四肢摊开,变得僵硬了。恰在卫士身边,她看到了袁主任的手枪。在她把枪交还他时,他要她把警卫员身上的皮挎包取下来。

郑芳雪给袁国平草草地作了包扎,而后背起他,仅迈出两步,就眼前一黑,一个踉跄,双膝跪地,栽倒下去。

“小郑,你快走吧,我不行了……”

“袁主任,你的伤不重,这里离青弋江不远了,只要过了江,我就有办法了。”

“办法?”袁国平叹了一声。

“是的,我的学生很多,家家都会收留主任养伤……当地人也不知道我已随军,可以公开活动,老校董也会帮你找医生的,放心吧……只是,只是我背不动你了!”郑芳雪的声音里饱含着深情,听来撼人心魄,袁国平的眼里汪出了泪水。

对面山头上的机枪仍在不断地扫射,只是瞄准点不时地转移。这一夜的月光分外明亮,对人世间的悲剧无动于衷。

有几块石头,从上面滚落下来。郑芳雪听到近处有奔跑声。她已经顾不上是什么人了,急忙爬上小路大声问道:“你们是哪一部分的?”

黑影幢幢的潜行者听出是女人的声音,便停了下来,悄悄回问:“你是哪一部分的?”

“快来,”郑芳雪好像遇上了救星,“袁主任在这里……”

是二支队的机关人员,此时人人都疲劳到极点,哪个人单独背一个伤员都困难。幸好,里面有两个工兵连的战士。他们用柴刀砍来两根竹竿,用一件大衣做成了一个担架,轮流抬着伤员,向青弋江边走去。

他们根本不顾及敌人机枪的扫射,因为躲避和不躲避已经无大差别了。

逃亡者们终于到达了青弋江边,已经可以看到江对面高低错落的白墙了。

月光极不友好地把江面照得通亮,江水在月光下,跳跃着银波。

他们抬着担架,走下沙滩。刚刚踏进水中,青弋江对面没有发出任何警告和询问,就扫射了一梭机枪子弹。

担架前边那个战士两腿一屈,身体旋动了半圈,跌在水中。他头部中弹,没有哼一声就牺牲了。担架落水。人们七手八脚把袁国平从水中捞起来,抬回岸边的一处小树林里。

袁国平的肉体已经处在麻木状态,头脑却是清醒的。他知道,他已经无法渡过青弋江了。可是,争辩、命令、恳求都无用,他们不会把他丢下。现在尚是初夜,如果等到天亮,他们全都完了。

"郑芳雪同志!"袁国平声音极为微弱而又平静,"我的皮包在你身上吗?"

"袁主任,是的!"

"我希望……你能把它带到江北,转给党,转给一涵同志,噢,邱一涵,她是我的爱人……"

"袁主任……你会亲自带到江北的!"郑芳雪哽咽着。

"里面有个本子,你看一看……是不是用油布包好了……"

皮挎包只有一半浸水,郑芳雪全神贯注地把它打开。

"砰!"郑芳雪条件反射似的弹了起来。在最初的几秒钟里,她不知发生了什么事情,想不出这声比爆竹略响一些的声音意味着什么。直到看见袁主任那握着白朗宁的右手,倏忽间无力地垂下,头摆动了一下,一股黑色的血,从他的太阳穴喷涌出来,她才知道发生了什么事情。这种突如其来的变故,使郑芳雪惊骇莫名,直想大声喊叫,然而喉紧唇抖,叫不出声来。

突围者们把袁国平草草地埋葬在雨淋沟里,而后对突围方向和突围方法展开了激烈的争论。后来分为三股,各奔东西。

谷学清和郑芳雪在一起。他们打消了夜渡青弋江的念头,在江东岸的一座荒山洞里躲藏起来。遵从谷学清的建议,郑芳雪把药包和皮挎包都丢掉了，只把袁主任的油布包的笔记本带到身上。警卫员的二十响被其他突围者带走了，郑芳雪留下了白朗宁。如何开枪，一学就会。他们还继承了袁主任的更可贵的遗物：四块油炸糖糕。

一觉醒来，已是旭日东升。他们这才发现这个山洞既隐蔽又安静，他们得到这个安身之地不是凭经验而是靠运气。

昨天夜里，郑芳雪犯了个错误。由于袁主任的自杀，使她未能彻底地检查包本子的油布，那里面也浸了水。本子必须晾干。本子里夹着一封信，已经湿了。

“可以看吗？”郑芳雪怀着一种好奇，问谷学清。

“我想可以！不过这是个人的信函……”谷学清迟疑着说，“党的机密文件早已奉命烧掉了。现在是特殊情况，谁能保险把这些信函带往江北呢？如果不得已而毁掉时，再想看就晚了……”

“对！我们两个如果能记住大意，也就多一个带往江北的机会！”

他们找到可读的理由之后，便展开折叠着的信纸。这是用重庆十八集团军第八路军办公处的公函用纸写的。

> 醉如兄：未通函电，又已数月，北望秦云，不胜依驰，近以时局多艰，经常奔走在外，故留部日少，又疏通候矣！

郑芳雪不懂，醉如是谁？秦云指的是什么？

“这我知道，”谷学清说，“袁主任在北伐时，原名袁裕，字醉涵。醉如是他的胞兄，在西安工作，秦云大概就是指秦岭之云。可是，我不明白，这是发给他胞兄的信，怎么会留在挎包里？没有发吗？”

“也许是草底。”郑芳雪继续看下去：

> 此次因公来渝，于5月29日由皖南起程，4日顺便至范家山归省……

“啊！这是周恩来打电报要袁主任到重庆去接叶军长的那一次……”谷学清说。

“接叶军长？”郑芳雪仰起脸来，不解地注视着谷学清。

“是的！”谷学清作为机要秘书，是清楚叶、项冲突之内幕的，但在郑芳雪面前，他不便说明，却去解释别的，“袁主任是湖南邵东县人，范家山是他的老家。”

郑芳雪继续轻声地读下去：

……在家留宿一晚，即登征途。母亲、嫂嫂及诸侄辈，均甚平安。皖郎亦托庇最为健壮，惜贞静及振鹏未能晤面。不无遗憾。

家中生活尚能勉强维持，唯来日方长，弟又无用，母亲谆谆以在外求节省，注意积蓄，以免后忧相告诫。

6 日抵桂林，11 日乘欧亚机抵渝，现寓老八办事处……

“老八办事处？”郑芳雪扭头问谷学清。

“就是八路军办事处！”

郑芳雪点头，续读：

……约有半月之勾留，惜时不我假，交通又困难。不然，我实在想来陕看看你！

弟处环境尚无大变化，唯天下老鸦一般黑，前路崎岖在所难免，弟久经风浪，一切自知珍重，承兄锦念，至为铭感。如有赐示，仍请寄原地，因在渝不久，公毕即将返部供职也。

承此顺请

近安！

弟醉涵

1940 年 6 月 12 日

“从这封信看来，”郑芳雪说，“袁主任的性格诚实，敦厚，谦逊，细致，耐心……”

“这是他的优点，也是他的缺点……”

“缺点？”

“对！”谷学清说，“他的这些优点给他带来一个大缺点，软弱……”他没有进一步解释软弱在哪里。

将信读完，信纸也就干了，郑芳雪认真地轻轻折好，好像怕触疼它似的。此时，她心中说不出是什么滋味，生活的剧变把女教师吓住了。不要说是在云岭期间，就是在石井坑时，她会想到袁主任在雨淋沟里长眠吗？会想到他的信落在自己手里吗？绝不会。她无法预测自己的命运，忍不住怯怯地问:"谷秘书,在石井坑突围时,你见到林科长了吗?"

"他和叶军长在一起吧?"谷学清说得不够肯定,但他也忍不住问起一个人来,"你没有听到林志兰的情况吗?"

"她好像是跟赵处长……"

"这我知道,只是后来……我很担心……"

"你喜欢她?"

"是的……很喜欢,在医院养病时,我追求她……只是,她并不喜欢我。"

"为什么?"

"我觉得,她一心一意爱着林志超……"

"妹妹爱哥哥有什么关系?"

"有什么关系?"谷学清重复着,"难道你不知道,她并不是林志超的亲妹妹吗?"

"有这样的事情?"郑芳雪悚然一惊,好久才从震惊中恢复过来,"噢,我有些明白了!"她遍体冰凉,脑子骤然麻木了。

"你明白什么?"郑芳雪呆呆地凝视洞外,没有回答,眼里露出颓丧的表情。她被一阵陡然生起的失望所控制。人生的希望与光明之途,陡然被一座不可逾越的山峰阻塞了。她脸色苍白得可怕,急忙倚在洞壁上,免得倾倒下去。眼前的一切,都显得恍惚而又暗淡了。

恍惚中,只觉得体内的每根神经纤维都在丝丝断裂,她用全部人生希望所构筑的精神殿堂的支柱倾倒了,所有华丽的装饰全都纷纷崩塌坠落,化成一堆废墟压在心头。她感到心灵正在破碎,忍不住发出一声呻吟,忽然泪如涌泉,不作任何掩饰地掩面而泣。

"郑老师,你是怎么了?"谷学清手足无措。

"谷秘书,我不去江北了!"

"为什么?"这位由于职业与性格的双重原因而与众隔绝的书生,竟然未能把林志超的妹妹与女教师联系起来。

"我只能留在皖南……只能!"

"我不明白,你为什么变得这样伤心?留在皖南是危险的。可你为什么又要随军北移呢?"

郑芳雪无法作出直接的回答,但她终于找到了充分的理由:“我很想成为一个真正的教师,我要把我的全部知识,全部心血和爱,乃至整个生命,奉献给我的教育事业。”

二 忠 诚

项英带着刘厚忠和卫士们沿东流山东麓向东南赤坑山方向穿插。但是,这次上官云相也运用了游击战争时期的经验,层层设网,所以他们穿插出一两处封锁线,并不说明已经脱险。

接近黄昏的时候,突围路上出现了第四次险情。这次比前三次更为危险,遭到了敌人的埋伏。敌人不只是卡住隘路、占据山头,用机枪扫射进行拦阻,而且处处设下陷阱,暗自包围看似安全的丛林洼地,等待突围者进入“安全”地带躺倒休息之时,突然发起攻击。

项英的三个卫士就牺牲在林间小空地上,跌倒在项英身边。项英拼命地向前奔跑。他面前是茫茫山林,沉郁、静谧、幽深莫测,使人望而生畏,也使逃亡者偶尔得救。

他深一脚浅一脚地颠跑着,似乎意识到:在他的四周,有一张死亡与被俘的命运之网。他在跟这两种命运搏斗。

一群卫士跟在他周围,不断地回身射击。很难分清这里面有多少理智的思考,也很难说有多少顽强的意志,而是出于一种求生的本能!

刘厚忠断后,他极为准确的射击,像无形的石崖那样,阻止着追捕者:谁追在前边,谁就栽跟斗。一只鞋袢子崩断了,他索性把鞋子甩掉,赤脚踏上荆棘丛生、碎石遍地的山坡。沿途的树丛,无动于衷地迎接逃亡者们!前面是一个不高的山包,冲过去就是生路!

项英眼前一片昏黑,他觉得心脏突然爆裂开来,生命之弦已经崩断了。他的肺叶已经承受不了呼吸的狂烈的冲撞,他想呕吐,一阵苦涩窒息的昏迷感轰然一声冲进他的脑海。他的脚踝崴了一下,向前扑倒下去……但他被一只有力的手拉住了:“政委!我背你!”

刘厚忠本来是殿后的,现在他提着驳壳枪,冲到项英身边,蹲俯下身体。他发现项英有些迟疑,便催促道:“快!快!”这喊声,由于过分急切,而变成近似粗暴的命令了。

刘厚忠的枪百发百中,他甩手击倒了挡在前面的敌人,背着项英,踏着敌尸向前奔跑。忠心,给他一种神勇和蛮力,他一连翻过了两个山头,后面的卫士,空身都赶不过他!

直到他訇然一声跌倒在地,把项英摔在地上。项英以为刘厚忠已经死了!累死了!为了轻装,刘厚忠把棉衣里的棉絮都抽空了,现在,汗水已经把夹衣湿透。项英担心地看着他汗水津津的死灰色的脸,怕他的心脏在这一阵剧烈的奔跑中爆裂。

“厚忠!厚忠!”项英蹲坐在随从副官身边,用颤抖的手抚摸着他的脸和胸,低沉的呼唤表露出深沉的痛惜和感激。

好像被项英的低声呼唤唤醒,刘厚忠长长地吁了一口气,摆动着头,而后便是梦呓似的呻吟,两只汗津津的手抓挠着胸脯,似乎要把胸膛撕开。他的腿剧烈地抖动着,抽筋似的蜷缩起来……他终于缓过那口气来了。

“啊!活过来了!”项英舒了口气。他这才发现,刘厚忠的一只脚上竟然没有鞋子,脚掌上血迹斑斑。

项英不禁热泪盈眶了。“这都是为了我!”他喃喃地说着,要把自己的皮鞋脱给他。但他放弃了这个念头,因为刘厚忠的脚板太大了!没有第二个人的鞋子他穿得进!

他叫卫生员给刘厚忠把伤口里的泥沙擦净,涂上药膏,用纱布包好。

“政委!”刘厚忠醒过来了,看到项英蹲在他身边,“你没有伤着吧?”他那浑浊的眸子里涌聚着难以尽述的感情。

“我很好!”项英拉着他的手,向卫士们说,“快拿水来!”

项英是不轻易动感情的人。面对刘厚忠的舍生相救而累得瘫倒的情状,他非常伤心,一阵阵感激之情像波浪似的冲激着他。

这次失败,他有重大责任!擅自离队,使许多人冷眼相看。只有这个人——他的随从副官,没有任何怨言,没有丝毫疏远,始终如一地追随他,保护他,服从他。

天黑下来了,项英决定休息三个小时,待刘厚忠的体力得到恢复之后,继续穿插。

三　未　来

几经波折,项英到达了濂坑一带。在这里,集中了军部机关和教导总队的一些同志。

敌人的疯狂搜索已经过去,突围者们进入可以隐蔽潜伏休息的相对安定状态。他们与当地地下党组织取得了联系。两天之后,周子昆在地下党的掩护下,来到濂坑,和项英相见,两人抱头痛哭。

与地下党取得联系,这是生死攸关的重要一步。这样突围者就有了依靠,地下党组织可以替他们侦察敌情,为他们选择隐蔽地点,可以提供便衣和食粮,还买来了香烟。

项英和周子昆在一个烧炭棚子里躲了整整五天。这是多么难熬的时刻啊!怎么样才能排遣这漫长的时间呢?尤其是项英这样精力充沛的人,一旦终日闷坐,无事可干,那简直是一种酷刑和熬煎,感到一种难以忍受的空虚和悲凉。这是一种精神的折磨,他的神经不但没有在悠闲中松弛,反而绷紧了。

"子昆!"项英半躺在烧炭棚子里的草铺上,一边吸烟,一边说,"你想过吗,我们这次遭受重大损失的原因在哪里?"

为了节油,烧炭棚子里的马灯早就熄了,他们之间笼罩着一团黑暗,只有未遮严的棚口,透进一线淡淡的星光。寒风在炭棚四周的榆林里啸叫着,传到棚里,却转变为一种长长的、连续不断的叹息之声。棚门上倒挂的茅草,在冰冷的气流冲击下,飒飒地颤抖。项英那一明一灭的香烟火头,成了棚内唯一的光源,像遥远的闪烁的孤星。

周子昆躺在棚子左首。他老是咳嗽,不然,项英准以为他睡熟了。草铺传来窸窸窣窣的声音,他撑坐起来,披上棉袄。他不习惯躺着讲话。项英还能看到副参谋长眼睛的微光。周子昆迟疑了一会儿说:"政委,这是个十分复杂的问题。主观原因、客观原因都很多,这些日子，简直不能静下心来细想，思想集中不起来，乱着呢！”

一阵短短的沉默。

“我考虑过了，”项英深深地吸了口烟说，“天时不顺，地形不利，将帅不和，敌人兵力的绝对优势，四大原因……”

“是的，天气实在对我们太不利了，好像专和我们作对似的。”周子昆附和说，“在我们进攻的时候，连日阴雨，延缓了我们的行动；当我们被围的时候，倒都是晴天，有利于敌人的进攻，造成我们突围的困难。”周子昆回避了将帅不和那一条，几乎全部重述了项英的结论。

两人又都沉默不语，谈话似乎到此结束。棚外传来轻轻的脚步声，在炭棚附近停住了。

“厚忠！”项英准确无误地听出是谁的脚步声，“怎么还不睡？”

“我查哨去了！”随从副官躬下腰，探进头来，“政委，咱们还有办法弄到可可吗？你有一个月没有喝了。”

“不！我已经习惯了！三年游击战争时……厚忠，你快去睡吧！”轻轻的顺从的脚步声远去了。

夜风越来越强劲，挡门的雨布，拍打着棚壁，发出大旗鼓风的噗噗声。他们两人仍然不能入睡。

“子昆！地下党传来的消息是可靠的吗？”

“是指……”周子昆咳嗽着。

“军长被俘……”

“是敌方散布的谣言吧？”

“真是叫人……”

项英无法找到准确的措词，长叹一声，就不再说下去了。

他不能预想叶挺的未来，也不能预想自己的未来。他的沉重的思绪伸向过去。

四　调　节

那是在大夫第的二层楼上，在他那寝室兼办公室的房间里。他的对面,坐着周恩来。气氛十分融洽,犹如轻轻掀动窗帘的春风。

他捧着可可,周恩来面前是一杯屯绿。两人对此次谈话的主旨都非常明白——解决他和叶挺的矛盾。

"恩来,你怎么自己到医院去看门诊?"项英用责备的口吻表示由衷的关切,"可以把医生找来嘛……"

"怎么?你怕别人说你照顾不周?"周恩来动了动微屈在胸前的左臂,眉开眼笑地说,"老实话,你给我的伙食太好,把我的胃口吃坏了……"

"噢,那可不是为了你,是为了史沫特莱女士。国际友人嘛!你是领导,可不是贵宾。"项英故作诡秘地说,"你不要冤枉我,我已经调查过了,你的胃病发了,那是你太劳累,而且受了凉。怎么?我不冤枉你吧?"然后用告诫的口吻说,"以后,我得限制你自由行动,想吃好的也没有了,只给你吃烂面条……"

"可见你的工作作风,很细。"周恩来哈哈大笑,"是谁告诉你,我喜欢吃烂糊面的?"

"还要多加猪油、酱油和葱花!"项英也开心地大笑,"你可当心,皖南都是我的人!"

"那可不见得喽!"周恩来本想说一句语意双关的话,忽然却转了话题,"我看了看咱们的医院,办得很不错嘛!"

"所以史沫特莱很感兴趣!"

"是啊!她在《密勒氏评论》报上写了不少文章,把你们吹捧得很厉害,说你们这里是最好的!"

"肯定比延安的医院办得好!"

"那当然了,你们这里人才多嘛!知识分子多、专家多,你们的军医处长沈其震就是医学专家,他把全部身心都用到医务工作上了!你们这里有经济学家,哲学家,文学家,艺术家……得天独厚,离宁、沪、杭近,经济条件、医药条件都好,这是值得羡慕的……"

"皖南,是好地方!人杰地灵啊!"项英兴味盎然。他站起来,给周恩来续水,而后走到窗前。皖南是一片春光!远望四顾山,一派葱茏。

"你们这里近水楼台!许多仁人志士本来投奔延安的,只是路途遥远难行，就转到你们这里来了！”周恩来也站起来，跟项英一齐立在窗前，“你们皖南的群众工作做得很好，很深入。据说，你们防区原来有七多……”

“是啊，大刀会多，青红帮多，土匪多，赌场多，茶、烟、酒馆多。”项英笑笑说，“我们清除地方这些陈规陋俗社会弊端很花了些力气。”

“移风易俗向来很难，”周恩来赞叹说，“你们的成绩很大，很得民心！军民关系很好。这跟新四军的工作作风、思想作风、生活作风有着直接的关系。你们对团结各方人士也是有成绩的，组成了广泛的统一战线。你们教导总队办得也很好，是藏龙卧虎的地方啊……”

“还是请你对我们的缺点多提些批评。”

周恩来熟知项英的性格，对于存在的问题说得很少，而且也很委婉，既不失原则，又便于项英接受。他们两人都沉默了一会儿，好像思考如何转入正题。

周恩来从窗前转过身来，目光落在项英的硬板床上带着补丁的灰色被子上：“你这苦行僧的生活，还要过到什么时候啊！现在和三年游击战争不同了，皖南山明水秀，鱼米之乡，比延安条件好得多，国民党又封锁不住你们！”

“是啊！”项英心满意足地笑笑，“我是简单惯了，当然，也不很简单了，副官处每月供给我七听海盗牌香烟……”项英拿过装潢精美的圆铁筒，在手里旋弄着说，“其实，我吸的不多，都让那些参谋、副官们‘海盗’了去了！”他为自己的幽默，满意地笑了！

“他们敢打你的‘游击’，说明你的群众关系不错！”周恩来的目光落在盛可可的白瓷缸上，“你什么时候学上喝可可的？”

“啊，是在南昌。据说营养很好，喝惯了，还真不错。”

“这也是接受新事物啊！”周恩来借题发挥说，“一个人，要改变固有的观念很不容易，我可以给你讲一个故事：在咖啡还没有成为饮料之前，第一个喝的人是最勇敢的人。那时，谁也不愿喝这种又苦又黑的东西，国王提来一个囚犯说：‘你是愿喝咖啡，还是愿意上断头台？’囚犯想了想说：‘与其喝毒药，我还是上断头台吧！’……”

“这当然是个笑话了！”项英微笑着说。

“是的！可是，我们也是经常做可笑的事情。在满清的时候，宁肯砍掉脑袋也不愿剪掉辫子，今天看来，也像笑话。还是陶渊明那句话对：‘悟已往之不谏，知来者之可追，实迷途其未远，觉今是而昨非。’事后，回过头来看，总是觉得有很多不对的地方，这也叫做进步吧！”

“恩来同志，你是想和我谈谈叶挺的事吧？”项英索性直说，免得周恩来作更多的铺垫了，“我们两人，在性格上实在合不来……”

“当然有性格上的问题，”周恩来平缓的语调中带有尖锐和严肃，“恐怕主要的还是思想上的问题。”

“是的，你知道，叶挺……”项英不想说下去了，他觉得开口讲别人的弱点，风格不高，但意思却很明了，“他是个很难团结的人。”

“不对！”周恩来肯定而又毅然地说，“我以为叶挺是个好同志，也并不难团结，陈毅和他的关系就很好嘛！我们是共产党员啊，如果连叶挺这样的同志都团结不好，我们怎么团结各阶层进步人士呢？这不是个人问题，这是我们历史的责任！”

“恩来，我所处的局面是很为难的！你知道，叶挺军长的生活作风和新四军的作风很不适应……”项英觉得谈这些生活琐事不好，便住口不说了。

“你说嘛！”周恩来豁达地说，“咱们今天谈话，按八字方针：敞开思想，无话不谈。有保留就无法根治。”

“他平时，总是皮夹克、打猎装，挎着照相机，提着斯蒂克，戴着鸭舌帽，黑眼镜，骑马登山，挎着夫人散步，还养了狗，楼上是洗照片的暗房，尤其是跟武汉那个大学生的关系……给部队什么印象？早晨不出操，不接触群众，每餐四菜一汤，从家乡运来成箱水果……影响不好。”

周恩来看着项英那一身洗得发白的、膝头上缝了补丁的军装，就是在自己寝室里，也是军容严整，便体谅地说：“首先是你看不惯。我不能说叶挺军长没有缺点，问题是如何看待这些缺点，不能按照你个人的生活习惯要求叶挺。听说叶挺送给你和陈毅每人一件皮夹克……”

“我怎么能穿呢？”项英皱皱眉头说。

“这能说明叶挺的心意。对于生活作风，这要历史地看。他是中将军长！他的经历我不说你也知道，要看主流。在延安，他表示无条件地接受党的领导……仅这一点,就很难得!”

项英不自然地笑笑,嘴唇动了几下,却没有出声。在项英看来,接受党的领导是可以作多种解释的:在新四军里,项英就是党的领导,那么,叶挺是接受哪个党的领导呢?是延安的中央领导还是皖南新四军军分会的领导呢?

“当然,我们不能只看叶挺的表态,还要看他的行为和历史。”周恩来似乎觉察了项英的内心活动,“叶挺出任新四军军长,这是我们争取的,如果让蒋介石给我们派个国民党军长来,那可就大大麻烦了……”

“这样,我的处境就难办了!”项英说,“我们的部队,要在党的绝对领导之下,他来当军长,这是个矛盾。国民党里,许多高级将领都是他的同学、熟人、朋友、部下,他们私交都很好,蒋介石也很器重他……更何况,他是自动脱党的!”

“这个问题,你必须有个正确认识……”

这时,刘厚忠来问他们,晚饭在哪里吃。

“打上来!打上来!”

项英吩咐说,“要伙房做一盆烂糊面……”刘厚忠悄悄退出之后,项英低声说,“我的随从副官,是个难得的人。这次我专派他给你搞来了落星潭里的团鳊鱼。如果你冬天来,就可以吃上雪花鱼了。”

“常言说,‘拿人家的手短,吃人家的嘴软’,吃了团鳊鱼,咱们晚上谈起来可就没劲了!”

两人哈哈大笑了一阵。项英以向所未有的幽默说:“那还是等团鳊鱼消化完了再谈吧!”

“怎么,晚上你忙……”

“不,再忙也不能妨碍你的谈话,只是仲弘早晨和我约定,今晚上来跟我下棋……”

“今天晚上?”周恩来陡转话题说,“陈毅来找你对杀还是吵架?”

“我不跟他吵!”项英笑笑,“他仗着看书多,舌剑唇枪,我挂免战牌。”

“他的围棋可很精。”周恩来告诫地说。

“你当我跟他下围棋?”

“他会跟你下象棋?”

“这是早晨电话里的协定!”

“你准赢!”

“我得打击打击他的气焰!”

“陈毅在这一点上有点傻,”周恩来说,“你是扬长避短,他是弃长就短……这倒有点仗义!”

“仗义?那你可把他看错了。输急了净耍赖,有时,还偷棋!”

“要不要我来观战?”

“不行,不行!”项英拒绝,“同情总在弱的一方,你会忍不住帮他一手的!”

紧张的情绪缓和了。

“关于叶挺的自动脱党,”周恩来继续说,“我要说几句公道话。广州起义失败,真正起义的现场指挥是当时在广州的共产国际代表,德国人纽曼。他主张起义后坚守广州,建立苏维埃政权……”

“起义的总指挥是叶挺!”项英说。

“他是在起义前夜才被请去负责军事指挥的。他主张把起义队伍拉出广州,纽曼大骂叶挺动摇,说广州起义是进攻的,应该‘进攻、进攻、再进攻’。结果,起义第二天,张太雷同志牺牲,第三天就失败了,只能仓惶退出。张发奎占领广州,来了个大屠杀……”

“失败总是失败。”

“在那种历史条件下,不管哪个人指挥,都不会取得胜利。”周恩来站起来,走到窗前,好像把目光投向广州,投向历史的深处,“那时如果按叶挺的想法,采取退却的方针,或者同海陆丰农民运动结合,或跟在曲江的朱德同志会合,都不会如此惨败,可以保存更多的革命力量。”

“广州失败后,叶挺到了莫斯科,共产国际说他政治动摇,东方大学请他去作报告,共产国际都不允许他去。错误是纽曼犯的,却由叶挺承担失败的罪责,没有人知道内幕,没有人理他。他有冤没处诉,有苦没处说,他的性格内向,不善于为自己辩解,委屈得受不了,这才一怒之下,丢掉了党的关系,到了德国……这是可以原谅的。当时叶挺只有二十九岁,个性刚烈,也是可以理解的……他的脱党是后果,可是,遭冤枉受委屈却是前因……有时，我们容易颠倒因果关系，这很不好，只怪球在地上蹦跳，忘了它是被人拍起来的……”

如今，项英在烧炭棚里，重新回想这次谈话，但他的思想，仍然没有进展。笼罩在他心头的，仍然是孤独、沉闷、悲哀的浓云。

周子昆仍在咳嗽。

项英忽然萌生出一个意念，他说：“子昆，明天你把我写的关于三年游击战争的总结看一看，我跟你讨论讨论。”

“讨论？我没有参加过呀！”周子昆不了解项英的用意。

“你应该学会，我想，我们要有打游击的思想准备。”

项英听到炭棚外的飒飒林涛声，在他本来郁闷不安的思维深处，掠过一个十分清晰的亮点：“子昆，跌倒可以重新爬起来，我们可以从头干起！”

在这一瞬间，他那颓唐下去的精神，被自己的意志力、忍受力和历史的责任感支撑起来了。他应该有新的崛起！

第二十三章　镜心法师

一　邂逅还是机缘

白沙仰躺在一道即将干涸了的山溪边。一棵蓬蒿在一阵狂风的摇晃中,触拂着他的脸。他苏醒了,睁眼看到的是蔚蓝的天空。几朵灰白的云彩,从山峰上飘浮过来！轻舒漫卷,形态万千,变幻莫测,恰像他突围后的危险的历程。

他记得是昨夜到溪边来喝水的,却忘记了怎么睡在这里,也不知睡了多久。突围,把时空概念全打乱了:危急时,一刻好像永恒;昏睡中,几个昼夜仿佛过了一瞬。

他望着天空行云飘浮无定,一种纯哲理性的思想控制了他。尘世的烦忧离他已很遥远,石井坑的惨烈的景象也淡漠了。生活,失去了原有的色彩,他目前只有三种感觉:困倦、孤寂、迷惑。

他想象不出从云岭出发时的浩荡大军哪里去了,为了证实自己不在梦中,他咬了咬沾满泥沙的指头。

周围群山耸峙,恍若置身太空虚境。

他挥臂把那棵拂触他的蓬蒿按倒,看到右侧高岗上有一片密林,两株杜梨树高踞其上,铁干似的枝丫放纵地刺向天空,古老、严厉、傲慢,大有君临一切不同凡俗之概。山雀在林间鸣啭歌唱,一群刁狼鼠啾啾相呼,在枝条间飞似的窜行,黄鼠狼似的金色尾巴在墨青色的松柏里闪出黄润的弧光。在落叶乔木上啄木鸟轻捷地跳动着,尖利的喙发出短促暗哑的梆梆声。银灰色的松鼠像阵轻风吹过树丛,甩动着毛茸茸的大尾巴，瞪着红豆般的眼睛，好奇地看着溪边新来的林间居民。一阵劲风掠过峡谷，树丛受了惊扰似的骚动起来，发出了恐怖的喧嚷。

这是一曲优美的森林之曲，它使白沙想起“朝饮花上露，夜宿松下风”的意境。

这是多么奇怪的念头，这几乎是失去理性的想象。

冬日的太阳照进峡谷，翻腾的云浪又不断把它遮住，无尽的远山，呈现出一种似睡非睡的慵困之态，漠然地静立在那里，犹如沉思中的巨人。已将浮云看富贵，别开芳野隔凡尘，这是产生幻觉的境地。多么美丽，多么神奇！

无论如何，白沙也不能把此情此景与石井坑里遍地横尸的惨烈景象联系在一起，好像那是上一个世纪发生在另一个星球上的事情。

他的印象，是从古代神话中而来。他无法判断，几千年来，人类的互相残杀是否应该。

白沙想站起来，却是有心无力。远处几下模糊的枪声，使他向现实靠近了一步。一位村姑质朴豪爽的面影在他面前闪动。他计算着，这个峡谷离那个山村不会太远，但他不知道自己有没有力量找到那个山村。

他翻转身体，撑坐起来，但对站立起来信心不足。他信手攀住拐杖粗的一棵幼树，小树弯曲下来，木质纤维在吱吱断裂。他借力站了起来，依树而立，选择将去的方向，蓦然间呆住了。他恐惧地发现，在对面山的树丛中，有人正注视着他。那是一处浓荫蔽日的丛林，似有山路可通。在林木边缘，有一块卧虎石，那人就坐在石上。显然，这人已观察他许久了，依稀里，那人向他招手……

白沙绝不迷信，但在这种情况下，跟镜心法师相遇，不能不使他产生一种宿命感。

他们在水西寺第一次相逢时，互道后会有期，这种偶遇却始料未及，不啻老友相逢。白沙对镜心和尚产生了一种信托感。

法师招呼白沙坐在卧虎石上，像当年游水西寺一样，飨之以麻饼，并提议他到镜心寺小住。白沙当然求之不得。他狼吞虎咽地吃了半块麻饼，留半块放在袋中，以备急需，这是他突围七天养成的习惯。

他问法师为何在此，镜心说他到东流山战地超度亡魂归来，神态淡泊，了无哀伤。

“法师，这次惨败，也许应了你的偈语，对此结局，法师还有无新偈见示？”

“胜者未胜，败者未败，事无结局。”镜心笑笑，“佛说：得失随缘，心无增减，人生劫数，与生俱来，无可逃避。你身为记者，博览群书，才思虽敏，悟性欠高。”

白沙无语，他觉得镜心所说玄妙，不易看透。

远处又传来阵阵枪声，说明对突围者们的搜捕仍在紧张地进行着。镜心手捻佛珠，无动于衷。白沙耐不住了：“法师！你对这次惨变，真的置身事外吗？”

“方外之人，自然超乎世外，我对人类相残，无喜无悲。”

“恕我直言，法师乃半路出家，对尘世沧桑未必忘怀……”

镜心笑指一株马尾松：“种子不死，焉有树存？”

白沙书生意气勃发，忘记了自身处境，产生了一种抗辩的激情：“有树存焉，种子才得不死。”

法师为之瞠目，却无怒意，然后微笑：“白沙先生还是个心神宣朗的人。我将玄奘西天取经时，我佛如来对他的训诫告诉你：‘弟子听言：你东土物广人稠，多贪多杀，多淫多欺，不遵佛教，不向善缘，故皆堕落幽冥，变成物类。虽有孔丘仁人之教，曾未有放辟邪侈之徒？总难逃脱灾孽。我有三藏真经，一藏说天，一藏说地，一藏度世。’我想，白沙先生，在住寺期间，不妨诵读。”

“法师知道，我们共产党人，是无神论者……恐语意相悖，反使法师不快。”

“十四年前，我也是无神论者。”

“在水西寺时，法师说过出家的原因。”

“我从人间苦海中来，深知世态之炎凉，人性之丑恶，痛苦莫名。那时我正欲纵崖自毁，幸遇慧海长老指点迷津。他说：天地皆空，人生皆幻，世情嗜欲，悉伐性之斧斤；富贵功名，皆迷心之鸩毒。纵贵为天子，富有四海，亦身外之浮云，且无而始有，有而必无，人生自有乐境，何必维系俗情，羁延岁月，何不寻清幽之谷，依深穴之岩，澄心静虑，修身养性。我自此超脱人生苦海，回首立于岸上，静观人间之纷争。你虽身为记者，因身在尘寰，不能超脱物外，故对世事，管窥蠡测，终乏大观……”

白沙没有研究过佛教，但在他的观念里，所有宗教都是唯心主义的谬说，麻醉人民的鸦片，是消磨斗志的鸩毒。他不愿直说出来。

面对镜心和尚的白须红颜，气象端凝的神态，不由生出一种敬畏之感：这似乎是一个超然于岁月之外的人物，不像是六十一岁的人，倒像一百六十一岁的人。他试探地反驳：“迷信绝非科学。”

“佛学绝非迷信！”

“善男信女，香客、施主，求神拜佛，虔诚有加。能说不是迷信？”

“他们信佛并不知佛……你看他们奉献牺牲祈求什么？求富贵，求荣华，求子孙，求安宁，求长寿……”

“这不是正常的吗？”

“这正是佛所反对的，佛讲‘四谛’‘八正道’‘十二因缘’。佛，觉悟也，无欲求也！向佛求福求利，这是人间的悲剧，更是人间喜剧，所以我从来不做道场，不做法事……”

“那么，你怎么普度众生？”

“人类总是欺人自欺。”

“你描绘了一幅人间丑陋的图画。”

“你只要站在人类之上，从云端俯瞰，你就非常清楚，所以我只能劝善。”

“你对人类失去了信心！并且失去了是非观念，模糊了高尚与卑下、正义与非正义的界限！这是你与陆会长的根本区别！他是有立场的，在抗敌时他站在中华民族的立场上，在国共争端中他站在新四军的立场……”

“所以他当局者迷，他是名副其实的爱国人士，并不是真正的教徒。”

“正因为他有立场，所以才能明辨是非！”

“公说公有理，婆说婆有理，正因为各有立场！”

“没有立场,难言是非!”

“只有站在原告被告之上,才能公正。”镜心说完微微一笑,然后向山路上一指,“我的徒弟来接我了。佛说无争,我倒喜欢与你论争。”

“那么说法师并不全遵佛教,还是有自己的立场的,倒像是个隐士!”

“我更是个哲人,因为我在著作一部《人生启示录》,我需要你的反证,因为你我都看到了眼前这场人类悲剧。”

二　和尚的军事地图

1月20日,晴,于镜心寺。

战地日记,从13日分散突围开始,就结束了。七天来的历险和奇遇,真可以记述成一部书。

由于一种特殊的机缘,我现在蹲伏在最安全的地方。我想,在数千人的突围生活中,也许只有我处在这种安静的环境里。

我是个无神论者,却成了镜心法师的密友。在危机四伏的突围路上,由于偶然,躲进这佛天神界里来,并且有闲情逸致,来记述我的《突围历险记》。

我记得,德国的伟大诗人歌德,曾经写过这样一首格言诗:

痛苦留给你的一切,
请你细加回味;
苦难已经过去,
回味就变成甘美。

我不知道,我的苦难是否已经过去,但至少,现在是安全的。我现在,在茶足饭饱睡够之后,在镜心法师的方丈后面,夹墙式的密室里,在明亮的煤油泡子灯下,用工整的蝇头小楷记述这几天的经历。我不迷信,不相信奇迹,却相信机缘。

刚刚写了五页突围经过,镜心法师来找我聊天。这位方外之人并不在方外,我发现我们两人,都有着强烈的征服欲:他想把我当做芸芸众生,诱上他的慈航,普度到神天佛界里去;而我呢,凭我掌握的理论和当记者的争辩癖,拼命想把他拖回红尘。

我自认为握有马列主义的战无不胜的法宝,不需要三问,就足以使这位唯心论者举手投降。但很快就发现,我错了,我并没有真正懂得马列主义,只是一知半解,反而陷入自我矛盾之中。

我最初认识镜心和尚,也是由于一种机缘。

那是去年10月中旬,日寇第十五师团和一一六师团各一部,约万余人,扫荡皖南。其中一路约五千人,由铜陵、繁昌、南陵出犯,直扑云岭。那时叶军长在汀潭指挥作战,歼敌数百,敌受挫后,扭头向东,经大岭、小岭,奔袭泾县,五十二师弃城而逃。我军尾追而至,由南关攻入城,敌退往南陵。

我随军采访之余,西渡青弋江,到有名的水西山寻优览胜。"泾川三百里,若耶羞见之。"这是李白盛赞青弋江诗情画意、美不胜收之句。

在明清两代,这里是文人学者荟萃之地,"泾水之西讲学开,一时学者轰如雷"。那时王阳明先生的理学盛行江南,县人借水西三寺讲学,从者如云,三寺无法容纳,先后构筑学舍五十间,合称水西精舍。旧址尚存。

我就在宝胜寺(俗称水西庙)的大殿旁的茶棚里,遇见了这位高艺僧——镜心法师。

那时,他正独自坐在茶座上,悠然自得地品一杯屯绿茶。我穿着新四军军装,颇引人注目。他立即向我打招呼:"请这边坐!"

我向他走过去。这位颇有点仙风道骨的和尚,也很能引起我的好奇心。

我坦然地坐在他的对面。茶棚的侍者也给我端来一杯绿茶。他向我打听泾县之战的战况,我无保留地向他作了介绍。从他的提问,我就发觉他是军事内行!

他仪表不凡,大约有六十岁,秃顶长髯,相貌堂堂,正如古典小说中所描写的:站如松,坐如钟,走如风。

"你虽然是方外之人!"我有点冒昧地说,"看样子倒像是个军人!”

他手捻长须,微微一笑。我的观察力使他颇为赞赏:“你的眼力不错。你虽然穿着军装,骨子里却是文人!”

我也微微一笑:“法师的眼力也不错,我的确是以笔代枪。”

“那么,你是战地记者了?”

我表示了应有的惊讶,供认了我的身份。

“我是名副其实的半路出家,所以我有两重眼睛。”

“一重看人世,一重看佛界?”

他又笑了。

由于我们的坦直和毫无隐讳的问答,一见如故,都愿以诚相报。

我们未及深谈,他就邀我去游览山景。我指着水西庙,问他的方丈是不是在那里。

他说他的宝寺在放牛郎山,名叫镜心禅寺。放牛郎山是博道岭的最高峰,地甚偏僻,荒山野寺,我预言不可能造访。

他却说:“有缘千里可相聚,没有不可能的事。”

我对不了解的事物,总抱有一种神秘感和职业性的好奇心,便不揣冒昧,问他为何忽然看破红尘。他向我和盘托出他的生活隐秘。

他告诉我,在革命军北伐时期,他是吴大帅(吴佩孚)手下的混成旅长,和革命军的四军十二师师长张发奎,北洋军平江镇守使、吴佩孚的干将混成旅长陆派同是保定陆军军官学校的三期生,比顾祝同、上官云相、叶挺低三期。

他的混成旅本来是吴佩孚十分倚重的力量,在关键时刻,他却出家当了和尚。陆派同平江兵败自杀,死在张发奎和叶挺的攻击之中;这种同学间的互相残杀,使他倍感惆怅。

同学间相残并不奇怪。古时孙膑庞涓同学于鬼谷子门下,马陵之战便是悲剧的终结。北伐之后,十年内战,黄埔同学也在战场上你冲我杀。镜心和尚甚至预言,顾祝同、上官云相和叶挺这三个同学,也会刀兵相向。

由于这种原因看破红尘，大可不必。第二个原因，倒还值得深思。他的爱妾跟他最信任的副官——比他年轻十二岁的侄儿裹挟他的半生积蓄私奔他乡，临行前还给了他一枪，幸而未中要害。活了性命，却死了灵魂，他记起《红楼梦》里那段话："看破的，遁入空门，痴迷的，枉送了性命，好一似，食尽鸟投林，落了片白茫茫大地真干净。"于是，他便到了放牛郎山间，在镜心寺修身养性，潜心于琴棋书画，寄情山水，与世无争。

初次见面，相知甚浅，他为什么向我讲这些？我无法理解，我是一个共产党领导下的新四军成员，一个素昧平生的记者，不应该是他倾诉衷肠的理想对象。出家之人最讲澄心净虑，修身养性，也不会是由于寂寞而找人消遣，那么为什么？因为我既是文人又是军人？

茶足之后，他邀我攀登水西主峰，未想到他登山如履平地，我勉强跟上。未及绝顶，我已大汗淋漓，气喘吁吁，脱衣摘帽，坐在蛇行路边的岩石上歇息。他不等我，兀自立于峰巅四周环视。那天正是旧历九月初十，此地有重阳登高的风俗。

据县志所载："从九月初三起，便相率登山，红男绿女，不绝于道，至九日，反阒无入。"

我与镜心，并立于峰顶，皖南秋色，果然绝佳，举目瞩望，一片迷人的风光，更加艳阳高照，晴空万里。远方群山连绵，巍峨高耸，参差不齐的峰巅，刺破蓝天，青弋江像一条闪光的暗绿色的巨蟒，从群山的深谷夹缝中，蜿蜒而出，江流两岸，植被稀疏，铺着鱼鳞似的梯田，一排排的乌柏树，残叶犹存，正像紫红色的花朵，而那一簇簇白豌豆似的果实，点缀其间。

岸边芦苇，一片淡黄，白色的芦花，像一片落雪覆盖其上，蓝色的江流上，渔船、竹筏、帆影，两边衬托着宽窄不一、色彩各异的布满鹅卵石的沙滩。在黄色的橡树、红色的枫树、青色的香樟树、绿色的竹丛掩映之中，露出山村的白色墙壁和灰色的屋顶。打谷场上的稻草垛，小溪边的洗衣女，林间的猎人、樵夫，山丘边的羊群，在池塘里打滚的水牛，都历历在目。

脚下落叶铺地,枯草柔软而富有弹性,犹如好客的主人为游客铺设的彩色地毯。金黄的野菊,在枯草中仰起嬉笑的小脸。成双成对的蝴蝶翩翩飞舞,好像丝毫也不知道几阵霜风之后,它们的末日就会降临。在高空,有一排远行的大雁,一路悲啼着斜向南方,给大地撒下一片苍凉。

青弋江上轻鸥来往飞翔,在绛色的船帆间点缀出片片白影。皖南!以佳丽的秋色,向游客们炫耀它的丰富多彩,显示它的迷人的魅力。

我虽然缺少诗人的浪漫气质,却也不禁为这如诗如画的景色所陶醉,不由得心扉顿开:"据说唐宣宗云游方外,在水西寺隐居了很久。"我对出神入化的镜心提出疑问,"可靠吗?"

"当然可靠。你不见水西寺有他的题诗吗?"镜心说得很肯定。

那题诗是:

大殿连云接赏溪,钟声还与鼓声齐。

长安若问江南事,报道风光在水西。

"这诗平淡无奇,也许是别人伪托。"

"皇帝嘛,也就靠他的身份流传了。"镜心察觉我的怀疑,进一步证实说,宣宗跟黄蘗禅师有一首观瀑布联句还是很有气势的:

禅师:千岩万壑不辞劳。

宣宗:远看方知出处高。

禅师:溪涧岂能留得住?

宣宗:终归大海作波涛。

出处高,作波涛,的确有点皇帝气味,我表示赞同。我发现镜心知识渊博,而且健谈。他说他熟读诸子百家,并不独尊佛教。此时已是十一时五十分,秋阳当头,仍然有点炙人。镜心忽然指着不远的山头,那里有一棵近似黄山十大名松之一的蒲团松,独立山巅,破石而生,枝干苍劲,形态优美。他说肚子饿了,到古松下吃点东西,还好睡个午觉。

"世界上任何事物都不是绝对公平的。"我不由地望松慨叹,

"难怪屈原发出'黄钟毁弃,瓦釜雷鸣,谗人高张,贤士无名'的不平呼声了。像这棵独松,如果处在游览胜地,它可以成为万松之首,可是,在这人迹罕至的荒寂的山顶,也只能是'贫女如花只镜知'了。"

"物华天宝,人杰地灵,就像泾川之上,桃花潭原是荒凉之处,有了李白赠汪伦诗之后,加以附会①,而成佳境。故人间皆骗局。"

我与镜心分手时,相邀后会有期。今果应验。

镜心在泾县士绅名流中颇有影响,当地驻军也深知其过去,无论专署、县府、保安团队,都对他表示出应有的尊重。我藏镜心禅寺,相对来说,比较安全。

镜心来访,使我产生了一种折服他的欲望,但也有些心虚。我没有研究过宗教,很难知己知彼,有可能自陷罗网。对于哲学,我懂得太少太少了。

我是读过历史的,按我对宗教的简单理解:佛教无非是宣传因果报应,以此来抹杀阶级的不平等,对革命人民来说,那是一种麻醉剂。就是佛教的各个宗派,也都互相攻讦,互相拆穿,你说我是谎言,我说你是骗子。用"信则有,不信则无"的自欺之法,强迫你把无幻化为有。

未想到镜心此来,并非争辩信仰,而是向我询问皖南失败经过。

可惜,我对此次行动知之甚少。但镜心提出我军危难之时,失去一个得救的契机,使我震骇莫名,似乎成败纯属偶然。

他给我看一张自绘地图,我看不懂。

他说,从百步坑往东七百米处,有一暗沟。沟口狭窄,为茂密的荆榛掩蔽,沟长达二华里,钻出长沟,即是丕岭东麓(地名记不

---

① 泾川豪士汪伦写信邀李白到泾县,信曰:"此地有十里桃花,万家酒店。"李白好酒,欣然而至,不见桃花,也不见酒店。汪伦说:"十里桃花者系指十里之外有桃花潭;万家酒店者,系指潭西有万姓酒店。"李白听罢,自知上当,大笑不已,虽有几分骗局,盛情可嘉,才有"桃花潭水深千尺,不及汪伦送我情"之句。从此桃花潭驰名于世,传为文坛佳话。至于"踏歌岸阁""酌月楼"等景物,都是后人所建,招徕游人。天下名胜,伪托颇多,万人凭吊的名墓,掘开往往是空的。

清了)要打可掛丕岭守军之背,要走可过水浅河窄的榔桥河。

我不谙地理,却知道这正是一支队突围而出的方向。当时百步坑会议确定返回,西取高岭,这是多么可惜。

如果林志超在此,当有精彩之笔。

可惜我对军事无知,引不起谈兴,只好下棋,我连连败北。镜心扫兴而归。

三　谁更懂马克思主义

元月22日,镜心寺。

镜心寺不大,没有香火旺盛的那些大庙的庄严,庙门两边没有两三丈高的四大天王,哼哈二将,“大雄宝殿”也并不金碧辉煌。但也不算太小。释迦牟尼佛端坐在莲花座上,也足有两丈来高。大殿两侧有四间厢房,可供少数香客留宿之用。穿过大殿,还有一个小小的后院,两株古柏,两间小库房,锅灶也在其间。

大殿前是一个小院,有四棵古松两棵银杏,还有小小的花圃。只是严冬季节,并无花开。

红色的山门紧闭。山路上有人很远就可以看得清楚。我可以在院里与镜心法师活动,一接到小沙弥的警告,躲藏起来也很从容。

这两天来,我继续记述我的历险,并且继续我和镜心法师的思辨。我们从高高的墙上,向南望去,一座插天的高峰,那就是海拔一千多米的赤坑山了!

“白沙先生!你知道这山是冷却的岩浆,”镜心法师似乎又从另一个方向来向我的唯物主义展开攻击,“你知道岩浆是怎么来的吗?谁制造了它?”

“恐怕任何人也不能制造它,它是自在之物。”

“看,你已经进入玄学中去了,‘自在’是什么意思?自然存在吗?你是唯物论者,却不知道造物主是谁!”

“我的确不知道,”我承认说,“但不能说别人也不知道,今天不知道，但不能说明天也不知道。世界是可知的呀……”

“你只对了一半，”法师说，“我却说世界是不可知的，大概也对了一半。但到终极——其实，既无所始，也无所终——还是不可知！因为可知是有限的，不可知是无限的……”

“请举例说明。”

“星球何来？有人说是星云的凝聚……这是愚人的自欺罢了。岂不知，在回答一个问题时，却带来了千百个问题，不但等于又提出了‘星云何来’，而且还加上个‘为什么凝聚’。当你能回答这两个问题之后，又带出十倍百倍的问题。永无终止，也永无所知。”

我有些茫然，我的确不知道。而且可以断定，永远也不会知道，绝不会在人类发展到亿亿年之后，忽然有人指出：宇宙的内外，时间的始终。大概这些问题，从老聃、庄周就已经思考了！答案是没有的。

“有的书上说宗教是剥削者，大概你也这样认为，只是不愿直说！”

我大为惊骇！镜心和尚竟敢这样直言不讳。我不想隐瞒自己的观点，点头首肯。

“那是因为我们吃穿住用，是来自施主的布施，不管是来自穷人或富人。那么，乞丐也是剥削者了！也是靠布施生活！僧侣谋取布施，还需要付出自己的说教，给施主带来宽慰，而乞丐能给施主什么报酬呢？”

“可是，你说的那种宽慰，”我忍不住打断他，“不过是一种麻醉……”

镜心捻着念珠的手，忽然碰了碰酒壶：

“你不觉得麻醉是必需的吗？酒，是好是坏？‘一醉千愁解，三杯万事和’，这不是麻醉之功吗？安眠药不是麻醉吗？没有麻醉剂能止痛开刀吗？人生得意的时候，并不需要宗教，可是得意的时候太少了！人在苦难中，他的心才倾向宗教，我不也是因为遭到种种不幸而皈依宗教的吗？宗教可以纯净人的心灵，抚慰人的痛苦。僧侣是仆人，而不是剥削者！”

“用谎言来……”

“人,有时是需要受骗的。那些爱听吹捧的人,不是需要别人的‘谎言’来满足自己的虚荣吗?闻过则喜的人是很少的。报喜是谎言,听者却欣喜陶醉,委以重任;报忧是真话,听者却深恶痛绝,打击报复;一个患不治之症的人,医生用‘你已无药可救’的真话直告好呢?还是用‘你会好起来的’谎言骗他好呢?”

法师用自信的目光注视着我,我觉得他把什么东西弄混了,弄乱了,在用诡辩的搅棒,搅浑水……

“我并不想诡辩,”法师好像看透了我的思路,“我说的并不全是宗教,因为宗教千支万派,并不一样。而我镜心是按照我的理念来认识宗教的,宗教有好,有不好。你看,世界如果单纯到像它……”他扬手指了指白垩墙,“我说是白的,你绝不会反对。”他又敲敲微墨“金不换”说,“我说是黑的,你也绝不会反驳。你来,”他把我拉到窗口,指向山野,“我说,那是青色的,你一定不赞成,你一定说是黄色的,我也不赞成。反正,它是五颜十色的!各执一端,就会争论不休……”

“这是不是一种调和?这是不是中庸?”我很迷惑他有十四年的面壁苦思,我没有这方面的积累和准备,自知所学甚少。我说,“这些,似乎和我们谈论的无关……宗教,只是特定历史条件下的产物!待到人们的科学文化更为发达的时候,就会消亡!”

“你是既对又错了!”法师说,“宗教会消亡,但要到人们没有苦难的时候,那个时候,也就是宗教所幻想的天国。而你们向往的大同世界,岂止宗教消亡?政党不也要消亡吗?阶级斗争学说还存在吗?至于先有物质还是先有精神,那又回到小孩子提的‘先有鸡还是先有蛋’上去了!这是可以争论出结果的吗?”

我沉思着,然后,又选了个进攻方向,我说:

“佛教宣扬的主旨是因果报应!这种宿命论对剥削阶级非常有用!我富有嘛,那是我积德而来,是天命;你穷苦嘛,那是你前世造孽,命中注定。于是富的该富,穷的该穷,不能反抗,只能认命。请原谅我直言:这对革命来说,是极为有害的!”

“所以农民运动时,就打菩萨!”镜心法师说,“但是,你仍然是只对了一半。的确,行恶的不一定得恶报,行善的不一定得好报,甚至命运可能十分悲惨。可是,用善有善报来劝人行善,用恶有恶报来劝人莫要作恶,又有什么不好?”

“我们还是求同存异吧!”我不想与他争辩下去,因为我想起报社工作人员的一次测验,题目是:你读过几本马列主义的书?评述马列主义的三个来源。

大部分只读过联共党史,三个来源差不多都答成:第一来源于革命实践,第二来源于劳苦大众,第三来源于马克思本人的天才!

当然也有少数提到黑格尔、费尔巴哈。当答案一公布,尽皆骇然,老乔竟然跳起来说答案错了,说真理绝不会从谬误中来!甚至对错误的外壳里有没有正确的内核,大争大吵了一番。

后来,请项英同志作政治理论报告,他主要是讲联共党史。

在那时,我以为在皖南新四军中真正懂马列的就只有项英。现在想来,他未必真懂。

“应该求异存同!”镜心说。

“一样。”

“不一样,求异则活,求同则死。”

“我同意,没有矛盾,就没有发展。”

“你看,”镜心笑了,“我们殊途同归。”

四 “我仍是一个乐观主义者”

元月 23 日,阴雨,镜心寺。

我搞不清镜心法师是由于宗教的炽情想征服我,还是想从与我的争辩中,完善他的《人生启示录》。

他不但容忍而且鼓励我对他进行赤裸裸的反驳,在这一点上,他倒有点学者之风,倒很像平江中学的那位历史教师,因为他懂得真理是靠驳不倒而存在!

关于唯心唯物的思辨,使我远离了这次事变,昨夜忽想,这些思辨又跟事变很近很近。

皖南失败，是应该从理论上、哲学上作出解释的，可惜林志超不在，但我觉得他比项英更接近真理。

我想不明白：

项英同志天天抱着马列主义苦读，天天讲唯物主义辩证法，天天讲百分之百的布尔什维克化，而这次事变，恰恰说明，他既不唯物也不辩证，当然也没有布尔什维克化，更谈不上百分之百。

可见，我也不是真正懂得马列主义，那么，在皖南新四军中谁真正懂得呢？是袁国平？是周子昆？还是梁朴？似乎都不是，这使我大惑不解！那么，这次事变，是不是由于唯心主义造成的呢？我也不解。

我们是凭主观愿望和猜测去行动，而敌方却是实实在在地根据我们的情况实施包围。我不知林志超那个悲观主义者如何看，我不懂军事，我却有自己的思考！思考不是异端，是新发现的必由之路！任何人都不能穷尽真理，任何人都有发现真理的权利。

我现在，继续记述被镜心法师打断了的突围：

那是15日的黄昏，我们一行十七人正向一个村庄潜行。四面都是枪声，使我们无法分清敌我。但是我们必须进村搞点吃食，不然，就会死在饥寒之中。这时，我们看见一个农民坐着柴捆，腰挎柴刀在路口歇脚，他向我招手，而后向我们走来。我们都蹲在路边等候。

近了，我才认出这是一位姑娘。她衣着褴褛，蒙着土制的头帕，脸色乌灰，很难说出她的年龄，只是她那双眼睛，又大又黑又亮，妩媚文静而又光彩照人，身材匀称修长，可以猜她二十三四岁。

“你们不要进村！”她声音清丽，带有浓重的皖南乡音。她做了个警告的手势，这手势带有军事指挥员的那种气势。

“村里有……部队？”我们领导者怕她是敌探，故意把顽军或保安队含糊讲。

“没有。”姑娘立即领会了队长指的是什么，“可是有反共分子，有坐探。”她一眼就认准我们是突围者。

“你是在这里等我们？”我好奇地问她。

“是的，昨天晚上有几个新四军闯到村里，吃了亏，全给抓走了。若是我不等你们，你们也会进村的。”我看到她的稳静中有种内在的刚强。

“你怎么知道我们是新四军?”

她冷峻地看了我一眼,似乎责备我问得多余,但还不算反感:“我是妇抗会的,真假我认得出来。”

接着,她指给我们一处隐蔽的地方。我们也知道在路上不能久留,队长向她提出两点请求:

一、请她设法到南面山上,侦察一下敌情,以便我们向山那边穿插;二、请她给我们一顿饭吃。

她回答得十分干脆:第一件办不到,因为老年人去不了,年轻人不能去,她也不能去;第二件,可以。

她回村去了。

黄昏时分,她和一个老人,给我们送来一桶饭,另一只桶里是白菜、豆腐、肉片(很少)汤。

这次来,她的脸上擦去了灰尘,仍是那身褴褛的衣服,却像换了另一个人,在晚霞的映衬下,真是美丽极了!美得清新、健壮、单纯而略带野性,我一下子就把她看成真善美的化身。

我们狼吞虎咽,两桶饭菜一扫而光。几乎每个人都用不同方式和语言表示了感谢。我们的领队来了个画蛇添足,掏出五块银元给她。

“你们见外了!”村姑作了个“无此必要”的手势,流露出一种心敛意宁、雍容高贵的丰采,“收了钱,我们会瞧不起自己的。”

这种大义凛然之气,出自一个村姑之口,我真是敬佩极了。我目不转睛地观察她、研究她、欣赏她。那时候,我的样子一定很傻气,举止也呆笨得可笑。幸好,她并不特别注意我。

领队又向她提出再为我们筹措一些粮食的请求,她断然地拒绝了:“你们吃的这顿饭,是几家可靠的农抗会员凑的。当然,还可以凑一些,可是,也许还有突围的同志比你们更困难……”

我为队长提出的要求感到羞愧。我认为有必要清除由于我们的自私在村姑心头引起的不快。

“同志,”我竟不知道她的姓名,“你们对新四军的心意,我是终生难忘的。我是《抗敌报》的记者白沙,”现在写到这里,我都觉得脸红,但在那时，却非要毛遂自荐不可，一心想给她留下深刻的印象，至于是否得体，已经置之度外了，“我将记述你们对新四军的情谊。”

“那倒用不着，”姑娘像风似的摆了一下手，“我弟弟就是新四军……这是我们的本分……”

至今我还记得她那个手势，那是一种具有卓越自信的手势，具有挥洒自如的大将风范的手势，那是豪迈、优雅、慷慨皆备的手势。她没有焦虑和忧愁，只是沉静地行动，不动声色。她不像陪她送饭来的那个老头，他哭哭啼啼，用袖管抹着眼泪，发出哀伤的叹息。

我们都沉默无语，生怕轻发一声，破坏了这场骨肉深情猛烈爆发时的庄严。

“请问你贵姓？”我走到姑娘面前，自感勇气大得惊人，“我若是还能回到皖南，我一定来拜访你！”

直到这时，她才凝神地注视了我一眼。此刻，已是暮色茫苍，她更显得妩媚。也许是我的话引起她的某种伤感，她那淡淡哀愁的目光，使我感到了她思想的深透。她楚楚动人的仪态，平添了几分凝重的异彩。我仿佛从她脸上，看到了自己内心的感受。“我姓什么这不关紧要，能再见面就太好啦！”她庄重得像个女皇，声音里，隐含着一种凄恻之情，但是，我毕竟没有勇气主动和她握手。直到今天，我还后悔，不该那样羞怯。

当她和老人悄然离去，消失在越来越暗的夜色里时，我怅然若失，多么难受。我正想急步追上他们，却听见队长的低沉的命令声：“同志们！出发！”

我虽然跟着队伍出发，但我如醉如痴，不想离开。走了很久，忽然发现，我竟然不知道她所在的山村的名字。

我现在简直想入非非了。但我弄不明白在同学中，在报界，在军部，我接触了那么多优秀的女青年，竟然没有一个人像她那样使我一见倾心。多么奇怪，就是她那一个动作，一个气势非凡的手势，我一辈子也不会忘掉，印象太奇特太深刻了。在这个动作中，我看到了她的性格、风度、气质和风采，看到她内部的全部底蕴。

在天下奇闻中，有因爱一个声音而等待终生的，有因爱一张照片而终生寻觅的，而我，却爱她那个手势。当然，手势和人联在一起，我的奇特的爱情是现实的,比那些奇闻轶事有依据得多,可靠得多。

突然一个意念袭上我的心头:“白沙！你不会自作多情吧？她也许已经有了婆家,也许已经结了婚,她说她弟弟在新四军里,也许正是她的未婚夫呢？她对你印象如何?”心中一冷,回想起我在她面前的那种失控的呆劲傻劲,我丧失了信心。

不,似乎又不是这样。我忽然萌发了一个强烈的愿望:我要留在皖南,我要学会打游击,我要找到那个不知姓名的姑娘！我要在皖南这景色佳丽之地,写就我的“生活罗曼史”……

我急切地想见到那位“悲观主义者”,我现在仍然是“乐观主义者”!

我禁不住大呼一声:“生活是奇妙的,美好的！生活是严酷的,也是壮丽的!”

也许不应该回避灾难,它是幸福的反衬,也许不该埋怨黑暗,它是光明的反衬！只有经过暴风骤雨洗涤后的天空和山林,才会明朗清新！假恶丑不正是真善美的强化剂吗？生活,这个隐藏着狼虫虎豹的荒山老林,其中充满着秘密,充满着凶险,但也不乏珍禽怪兽、仙花异草、绝岩巨瀑的无限风光和令人心醉的佳境啊!

皖南惨变,这一页翻过去了,新的篇章就要开始！我仍是一个乐观主义者！我等待着林志超。

第二十四章　郑芳雪

一　两份调查

1938年秋，为了搞好统一战线，项英曾要民运部对皖南地区缙绅名流宗教人士作过一次调查：

> 陆绍泉，自幼父母双亡，少年时在豆腐坊当学徒，聪敏好学，进入神学院，受过三年正统宗教教育，后为茂林教区圣公会传教士、教吏和会长，异常关心劳苦大众。兼任茂林福群小学校长及芜湖流亡到山区的广益中学分校主任。
>
> 今年5月，我一支队东进，途经茂林，由他为首召集群众大会欢送，是抗日民族统一战线的积极宣传者，曾协助我民运部组织青、工、农、妇各界抗敌协会……该教会信徒众多、组织严密、活动频繁，是一种相当大的社会力量……

项英批示："陆绍泉先生应作为重要统战对象。在教友中倡导爱国爱民，值得赞誉，希于近期邀他来与我面谈。"

> 镜心法师，皖南一带高僧。原系北洋军阀混成旅长，北伐前夕削发为僧，1927年春天来皖南，居镜心寺。该和尚不做法事，不做道场，亦不参禅，讲道时多偈语，莫测高深。与皖南国民党上层军政人物间有交往，南陵县县长曾往该寺拜谒，居留多日。他曾在泾县文昌宫寄居月余。平时云游于皖南名胜之间，吟诗、谈文、善弈。是否为国民党密探，尚难确定。

项英批示:“该僧与陆会长不同,能否作为统战对象,尚须多方观察。是否为国民党密探,似不宜怀疑,因我驻地,乡村政权皆为国民党保甲人员,地主豪绅皆能与我接近,耳目众多。尚有联络副官住我军部。国民党安插一和尚刺探我军情,无异于舍近求远,纯属多余。但该僧独来独往,只谈宗教不讲爱国,不必在他身上浪费过多精力。”

这两位宗教人士一年前,曾在茂林村外相遇,有过一次很有趣的对话:

“陆教长,你为抗敌救国奔走呼号,下僧竭诚敬佩。”

“镜心法师,倭寇入侵,河山破碎,大敌当前,举国上下应该同心同德,宗教理应爱国。”

“人性善恶,世上是非,爱国岂能包容?”

“爱国爱民,本为教会宗旨。”

“贵教《新约全书》是怎么写的?不要与恶人作对,有人打你的右脸,连左脸也转过去由他打……”

陆绍泉满脸涨红:“贵教劝人无争,你的无礼诘问更与佛经相悖。”

镜心法师手捻佛珠:“秦有诸子百家,教有各种宗派,我虽皈依佛门,我只信仰我心,我心即我佛!”

“那么,恕我直言,你是一个假和尚。”

镜心微微一笑:“哲学求真,道德求诚,宗教求善,艺术求美,我则求悟。我心空灵,无挂无碍,与世绝缘,静观万象,如在镜前,不能超脱尘俗,如在山中,当不见山真面目也!苏东坡诗云:‘静故了群动,空故纳万境’。会长不静不空,也是一个假圣徒。”

陆绍泉默然。他在神学院时,就发现《圣经》中充满着互相矛盾的论点,他接受了自认为正确的部分,按照自己的理解,创建自己的新教派。他把宗教与爱国爱民联系起来,使茂林教区会友的感情倾向了新四军:“我是爱国者!”

“我是哲人!”镜心和尚粲然一笑,“恕下僧无礼。”变合手为抱拳,长揖而去。

陆绍泉则在胸前画了个十字。

石山镇的教堂，晦暗阴森，四壁粉刷的白垩，在昏沉沉的光线中发出令人不快的灰苍色。七十多名虔诚的教徒，匍匐在十字架下。

在高而小的窗口里，一方黄澄澄的阳光劈入昏暗，直投在烟气氤氲的祭坛之上，两盏不灭的神烛，使教徒们产生出一种幻象：天主已经降临，他们的灵魂离开躯体，天使般在上帝周围飞翔。

神态庄严的圣公会长走上祭坛，黑色的教袍加重了教堂的晦暗，十字架在他胸前发着幽光，一种悲伤的阴云笼罩住他。在他那严峻冷漠的神态里，有一种吸引人的力量，使教徒们全神贯注地听他的劝诫："今天是纪念为了拯救你们而遭杀戮的受难者的圣体和鲜血的日子。纪念那涤除世间罪恶的上帝的羔羊……他们为了使你们得救，他们牺牲了……"

陆绍泉的声音清晰、凝重，在教堂里回响着。

教徒们不止百次地默念过的《圣经》故事：田园诗般的恬静，血雨腥风的战乱屠杀，心烦意乱、形影相吊的扫罗，意志坚强、精明能干的所罗门……都在他们的眼前映现出来。

"你们要像约伯那样正直，要用鲜血作为代价，去营救那些无辜受害的人。殉道者们！去忍受一切不幸和苦难，救援那些苦难中的人吧！上帝保佑你们！"

圣公会长的声音变成了一种漫长、沉痛的哀号。听众也都发出一片悲伤的祈祷声。他们画着十字，仰起脸来，看到会长的目光在烛光中闪烁，像受难的耶稣被钉在十字架上滴落的鲜血。

"祈祷吧，慈悲的上帝，看到人间的罪行，他会进行最后审判的！愿主饶恕他们的罪恶！阿门！"

圣公会长从教堂里走出来，许多信徒簇拥着他。这时，一个混在教徒中的姑娘塞给他一张纸条：陆会长，我是随军北上的女教师。

"你好，我的孩子！"陆绍泉把姑娘托付给一个教友，"拯救这个受难者吧！"

陆绍泉几乎没有来得及听清姑娘的感谢，就匆匆而去。他要在最短的时间内走遍教区的每一个村庄……

二　在危楼中

在石山镇古老的长街西北角上，在"石山书院"旧址的隔壁有一座一楼一底的房屋，楼屋简陋破旧，早已无人居住了。如果偶尔踏在这蒿草丛生的荒凉去处，很容易联想到《聊斋志异》里那狐仙出没的地方。

鱼鳞似的瓦片，在年代久远的风雨侵蚀下，现出灰白色。江南风格的楼檐低垂着，伸向小街。白垩粉刷的山墙已呈灰黑色，斑驳脱落，露出里面一个个砖洞。楼体内部全为本质结构，上面油漆已经脱落殆尽，挂满烟炱。

楼层与底层交接处有一中梁，上面镌刻着细腻而又别致的花纹。屋内阴暗潮湿，猫屎狗尿，发出一种腐烂的霉臭味。楼梯紧靠墙壁，又陡又窄，呈"厂"字形，踏上去摇摇晃晃，吱嘎作响。楼梯扶手上的灰尘有铜钱厚。

楼上堆满乱七八糟的柴草和破烂家具。只凭楼上的一片玻璃亮瓦，投射进一缕微光，可以看到墙壁呈酱褐色。如果从光线充足的外面进来，就像从灯影里坠入黑暗，大约一两分钟后，眼睛才能慢慢适应。

这座废弃的小楼，从它那破烂的门楹上那副残缺不全的对联上，还能想象出当年的风貌：

> 江山古思远，诗酒俗情疏。

这是一座没落的士大夫的宅第。

当那个穷困潦倒、死后半月无人知晓的孤老头子的僵尸被人抬走之后，村民们就把这里视为凶宅，不敢动它一砖一木，让它在岁月的风雨中自行倾圮。

农历腊月二十日（公历元月 17 日）的姗姗来迟的下弦月，正畏怯地照耀着这座神秘的小楼。

已是冬夜十一时，街上早已阒无声息。往年，在接近年关的腊月二十以后，就家家忙年，一派秋收冬藏的欢乐气氛。腊月二十三，便是送灶的节日,家家都准备了足够的麦芽糖和醉枣(用酒泡制的鲜红枣),供在一家之主——灶王爷爷和灶王奶奶的座前:请他们两位老人家把嘴吃得甜甜的,向玉皇大帝报告这家人家一年言行时,要多言好事;等除夕述职完毕回归之时,多带吉祥回来。纯朴的农民们,对神佛的贿赂是直言不讳的:把"上天言好事,下界降吉祥",当做座右铭,贴在灶君老儿的左右耳边。

这种"说好不说坏,报喜不报忧"的国民性,自古培养起来,随着这种家家户户的辞灶仪式(当然不止于此)一代一代往下传。如果听听那些嘟嘟囔囔的祈祷,就会觉得非常奇怪、可笑,乃至可恶。"和风细雨到我们这里来,暴风冰雹到人家那里去!"

他们也不想想抱着转嫁灾难于人的不光彩的意图,怎么能得到神明的同情,也不想想,那被诅咒刮暴风下冰雹的地方,也在这样祈祷。谁也不去深究,谁也不去思索,仅仅是说说痛快,凑凑热闹,表表心愿。

今年节前的欢乐,却被国民党谋杀新四军的枪声窒息了,被保安队、清乡队和特工队的残酷清剿破坏了。

石山镇在石井坑的西北角,向云岭方向突围的新四军都一批一批、一组一组,三三两两地拥向这里,这里成了"清剿"的重点区。这里的所有居民都被卷进这个漩涡,都被推向矛盾的尖端,都面临着严峻的考验:如果一个新四军的突围者,敲响你的大门,你开不开,救不救?那些如狼似虎的清乡队,逼你说出新四军伤员的下落时,你说不说?五户连保,十家连坐,万一左邻右舍出了问题,要你也承担罪责时,你会不会提心吊胆?当那些以搜查为名、行敲诈勒索之实的地头蛇们,接二连三地到你家,翻箱倒柜实行查抄时,你还能不能安生地忙年,想到新年的喜庆和欢乐?

石山镇,正处在"清剿"与掩护的漩涡之中。

初升的下弦月的幽光,照耀着处处隐藏着危险的弯曲的街道。空气阴冷潮湿,寒风阵阵吹着街旁的树木,如泣如诉地悄悄低语,又像一个人在痛苦中翻滚抽泣。

这时,在街道的阴暗之处,有一个黑影闪过去,像侦察兵摸进敌军阵地,向那座破旧的小楼靠近。尔后像幽灵似的闪进那虚掩的木门,手电光急速地一闪,就熄灭了。

这个幽灵尽量地蹑手蹑脚地走着,但是,它的脚还是蹭响了地板,碰上了一块破瓦片,那块沉睡的瓦片似乎被人踢醒之后发出抗议,咯唧声在空洞的楼底层回荡了一下,就消失了。

手电光又闪了一下,幽灵看准了狭窄的楼梯口,楼里一片黑暗,令人生畏。楼梯的踏板,大概被白蚁蛀空,吱嘎吱嘎地响着,似乎在警告登楼者,如果再增加半分重量,就要断裂了。夜风从破裂的窗棂间灌进楼内,不知吹响了什么,像个屈死的冤魂在嘤嘤哭泣。整个小楼充满了恐怖气氛。脚步在楼板上轻轻移动,手电光又闪了一下,照亮了楼板上的杂物堆。

登楼者就在这闪电似的光亮中,找到了插脚的地方。由于激动,她全身发抖。

阁楼上,由于天窗仍能透进残月的微光,还能看到奇形怪状的各种物体。在这物体后面,传出微弱的转动身体的声音,并且发问:

“……是你吗?”这是少女软弱的声音。

“是我!”黑暗中,登楼者轻声回答,“你觉得怎么样?”

“……”黑暗中的沉默,等于作了明显的回答。

“要有信心……我搞到药了,能好!”登楼者蹲下去。手电筒又揿亮了,并且推到永亮的按钮,放在一个破木桶上。

光亮照不到受伤者的脸,只照着她的腹部,灰白色的绷带,洇着一团干涸了的黑色的血。登楼者俯下身、轻轻打开绷带时,手电光透过下垂的黑发,照亮了她的脸,这是郑芳雪。

“芳姐!换药也没用了!我知道。”

“你什么也不懂!”郑芳雪以老大姐的身份,用斥责的口吻说,“这是我从巧峰镇五洲大药房里搞来的特效药!保你半个月就能下楼……”

“芳姐!你的心我知道……子弹头还在我肚子里呢……这样的伤,叫盲管伤,比贯通伤难治多了,在南堡医院,也许能治好……现在也已经晚了。芳姐!趁我还有精神,我想跟你说说话,你不要再去找什么药了,太危险了……还会连累乡亲们……”

一阵浓烈的脓血味，在阁楼里弥散开来。绷带解开了。郑芳雪面对这样的下腹伤，是无能为力的！理智早已告诉她：一切努力将归无用，而感情却推动她去甘冒危险。

伤员发出一阵阵坚忍的低吟。

“志兰！你会唱湖南花鼓戏吗？和安徽的凤阳花鼓一样吗？”郑芳雪给她的伤员挤脓。其实，林志兰的伤口已经处在麻木状态，这比疼痛要糟糕得多。

“不一样！”

“你能哼几句给我听吗？”郑芳雪全神贯注于伤口的清理，那些话完全是下意识的。

“我给你唱……《生死牌》吧！记得那年，我十六岁，看了这出戏以后，把枕头都哭湿了。三个姑娘，争相去死……后来，我又去看了好几遍，我喜欢这出戏！”

“是花鼓戏？”

“不！是湘戏，哟……哟！”林志兰忍不住哼叫起来。

郑芳雪用林志兰那把防身的手术刀，刮伤口四周的烂肉。

林志兰平时那红润的脸色，早已变成蜡黄，大颗的汗珠在她的脸上滚动着。在郑芳雪揭开那凝结在伤口上的纱布时，她还能忍受得住，现在像尖刀刺入她的腹腔而后钻进她的脑袋。她咬牙关，紧握着拳头，身子像畏寒似的向一处收缩，似乎全身蜷成一个球，才能抵御那切肤之疼。

十天的救护知识，使郑芳雪知道，如果不把腐肉清除，要想使伤口愈合是不可能的，只能越来越糟。现在，志兰已在高烧之中……她不敢往后设想。她也曾想，索性让敌人把志兰俘去，抬到茂林救护所，先把人救活，尔后……但她不敢相信顽军会有这样“好心”。

疼痛，剧烈的疼痛。

“志兰！唱啊……轻轻地唱！”郑芳雪要求着。

志兰用最大的坚忍，断断续续地哼着：

云遮深山不见天，狂风阵阵透骨寒；

孤灯深锁添愁怨，为救玉环左右难……

一阵刺骨的疼痛，林志兰无法唱下去了。她需要集聚起全部毅力跟疼痛搏斗。

"志兰！这就好了。好了！"

林志兰听到郑芳雪的声音是从远处传来的，又越离越远了。

三　生死牌

负责掩护郑芳雪的教友告诉她：本镇有个烧木炭的年轻人，从他的木炭棚子附近，找到了一个受伤的女新四军，把她藏在那座多年无人居住的小阁楼上。万一被清乡队搜出，也找不到谁是掩护者，或者推托是她自己躲进去的。

当天夜里，郑芳雪就来到小阁楼上。她担负起护理战友的责任。这已经是第四个夜晚了。

"志兰！已经包扎好了！"郑芳雪舒了口气。她的全身已被冷汗湿透了，她用衣袖抹抹脸上的汗珠，看到志兰已经处在虚脱似的微睡之中。

"芳姐！我就像在火里烘烤一样！"

"我给你水！"郑芳雪把手电筒揿亮，在墙边有一个水罐，她用茶缸舀了半缸水。她帮助志兰坐起来，躺着喝要呛水的。

"芳姐，我以前恨过你！"

"志兰，不讲这些！"郑芳雪说，"刚才，你唱什么来着？"

"生死牌！"

"是个什么故事？你那么喜欢它。"

"你要听？"

"如果你不累……"

"我正想和你讲讲话呢！"

"我也愿意，那你就讲给我听吧！"

"……哪个朝代我不记得了。只记得有一个贺总兵，是个仗势欺人的坏蛋，他有一个儿子叫贺三郎，出外打猎，碰见了民女王玉环，就要抢她去做小老婆。王玉环逃跑,贺三郎追到桥边,跌下河去,淹死了。贺总兵就要县令抓住王玉环,要她抵命。县令知道玉环冤枉,又知道王玉环的爹爹是他的救命恩人,想救她,可是没有办法,县令的两个女儿,一个叫黄秀兰,一个是义女,黄秋萍,都愿意替王玉环去死。王玉环不肯,三个姑娘争论不下……每逢看到这里,我就忍不住流泪……后来,老家院想了个办法,写了个生死牌,要她们抓阄,谁抢到死牌谁就去死,结果黄秀兰抢到了死牌……"

"这是人类的美德和希望。"郑芳雪说,"可是,世上的坏蛋也太多了,就像那个赵令波……"

"芳姐,你喜欢我的哥哥吗?"

"志兰,我们只是一般的同志关系……"郑芳雪违心而又坚决地说,"只是为了自己随军的事,请求他帮助就是了。"

"不!我知道,志超哥是很喜欢你的……"

"这是你的误解!"郑芳雪极力否认。

"不!我知道,志超哥是很喜欢你的……"

"这是你的误解!"郑芳雪极力否认。

"芳姐,你干吗要骗我呢?"

"志兰!咱们还是谈点别的吧……你想想,赵令波是怎样向小范和你开枪的……也许咱们要想法儿告诉人们。不然,这个叛徒还会披着人皮来害人的!"

"芳姐,除了志超哥的事,我什么都不想说……"林志兰显得十分执拗,"我和你说了实话吧!我曾经恨过你,那是你处处胜过我……"林志兰用忏悔的口吻说。

"志兰,好妹妹,千万不要这样想,也不要这样说。"郑芳雪拉着姑娘滚烫的手。

"我现在……芳姐,我很高兴……我把死牌抢到手里了。"

郑芳雪大吃一惊:"志兰……你说什么疯话?"

"芳姐,我很高兴,真的很高兴……死牌,就是我肚子里的那颗子弹……"

"我说过了!这不碍事的!"郑芳雪简直要气恼了!

“我当了三年护士，比你知道得多。芳姐，这很好，我有个事托付给你，你能答应吗？”

“什么事？”

“你先答应！”

“不，你先说！”郑芳雪似乎已经想到林志兰要说什么了。她的心弦被姑娘的诚意拨动了。她对这个少女的内心是多么缺少了解啊！

“我送你一件礼物，你要吗？”

“当然要了！我一定会终生珍藏！”

林志兰把手伸向自己丰满的胸脯，从那里摸出一个很小的用手帕裹着的小包。她拉过郑芳雪的手，用力地杵在她的手心里，得意地说：“芳姐，你可是答应过的！”

“我能打开看看吗？”

“可以！”林志兰点点头，“可是不能反悔。”

郑芳雪慢慢打开来，是一枚金光闪耀的别针。她迷惑不解地问：“你为什么要送我这个？”

“这是叶挺夫人送给我的！她曾经祝愿我找到一个好丈夫！”林志兰的脸涨红了，但她不想再兜圈子，“芳姐，我猜出来了，你大概听说我不是林志超的亲妹妹了，你大概知道我是深深地爱着他了，所以你才说那样的话……”

郑芳雪无法否认，只好平心静气听天由命地听着。林志兰像着了魔似的滔滔不绝地说下去：

“我时时刻刻地想着他，在我愉快的时候，我想着他！在我苦恼的时候，我也想着他！有时，我很恨他，恨他把我当亲妹妹看待，恨他不知道我的心。在医院里，我也收到了几个人追求我的信，可是，在我眼里，世上没有一个人能和志超哥相比；只要一闭眼，我就能看见他！只有他，无时不在我的心里……我知道，他爱着你，你也爱着他……我曾经非常痛苦，我恨。其实，我并不糊涂，你没有一点对不住我的地方，我是嫉妒你，又羡慕你。我真不知将来我怎么活下去。现在，可好了！想不到，让赵令波那个坏蛋，一颗子弹给解决了……这就是命，命该如此……挎包里还有我的一本日记。”

“志兰！我不准你再说下去了！”郑芳雪不顾一切地拥抱这个热恋中的少女，热泪纵横，“你会好的！这个别针我收下，等你们结婚时，我再当做礼物送给你……”

“芳姐！把日记本留给哥哥……”

志兰已经无力说下去了。她的胸脯大起大伏，似有蟒蛇在她体腔里翻动，喘气越来越急，全身在拼命抽动，眼眶里涌满了泪水。这种惨状，使郑芳雪惊骇莫名。她弄不清这是生理现象还是心理反应。但她记得有一位文学家说过：“初恋，是一支扎在心上的倒钩箭，拔掉它，必须带着心头的血和肉。”她也许做了一蠢事，又把那枚别针放在那只滚烫的手中。“志兰，你留着吧……我到茂林去找陆会长，我们一起去茂林医院……”

志兰无言，她把那枝别针又攥在手中。那是长约四厘米的镀金梅针，针上缀着两朵嵌着宝石的红梅。她紧紧握住，犹如握住她的爱情，那坚硬的梅针深深地扎进了她的皮肉，似要嵌入她的手骨。一个垂死之人，竟然有这样的蛮力，她的声音却微弱得像轻风吹拂的游丝：“志超哥，你要保重……”郑芳雪听来，那不过是一声呻吟。她不敢把那个别针从滴血的手中抠出，一任它刺进姑娘的手骨。志兰开始咳嗽，殷红的血，一缕一缕从嘴角上流出。郑芳雪不知如何帮助她，跪俯在她身边，不知道下一分钟会发生什么事情。她不知道这是不是临近死亡的征兆。

“芳姐，你不该把别针还我，”她把拳头移向嘴边，松开五指，用牙齿把别针从血肉中拔了出来。郑芳雪急忙接在手中，是对是错，她已经无法思考，一任听从志兰的摆布。

“芳姐，你把那个小窗打开，我想看看皖南的山……”这个要求是危险的，可是，那只痉挛的指着窗口的手，却不容违拗。在灰尘飞扬里，小窗被推开了，幸好是对着后山。

“芳姐，把我抱到窗口……”即使天塌下来，郑芳雪也要满足姑娘的要求。

“芳姐！”劈窗而入的寒气使林志兰精神为之一振，一瞬间充满了生命的活力，她探身窗台，却又对郑芳雪做着另外的吩咐：“你把我的药包整理好，咱们也许能去茂林……不要忘了那把手术刀！”

郑芳雪悉从遵命。药包几乎是空的，但她看到了那本日记，蓝色皱纹纸封面，是1939年“八一”节新四军机关工作学习积极分子大会发的纪念品。但她找不到那把刚才还用过的手术刀。

“志兰，手术刀在哪儿？”

“你再找找，也许……”

可是，女教师找不到，摸了一手灰尘，两平方米的地方，找不见亮光闪闪的镀镍器械，她有些奇怪。“志兰……”

女护士不答，她安琪儿似的俯在窗台上睡了。

郑芳雪疑惑地看着她，只见她全身寒冷似的瑟瑟颤栗，有一摊鲜血，从她的身下，沿着窗台流在楼板上。女教师吓得睁圆了眼睛，愣了几秒钟，猛然扑到窗前，抱住了女护士的身体，翻转过来。那把手术刀已经深深地扎进她的心窝，只有半寸刀柄露在外面。

四　爱情寂灭

郑芳雪坐在小阁楼的窗前，她作为圣公会教友的一位亲戚住在这里。她度过了可怕的时刻，可那个烈性姑娘自戕的一幕却永留记忆之中。窗外冷雨加雪，清剿队也许不会突然来临。

窗外有棵古槐，在风雨中摇动着光秃秃的枝丫，在挣扎中呻吟。她苟且偷安躲在这里，获生的幸运并没有给她带来宽慰。前景茫茫，使她对生活的信心发生了动摇。

她的面前，摆着林志兰的日记。她仿佛体察到了少女如火的痴情，听到了欢快的银铃似的声音。当她想到这痴情之火已经熄灭，这欢快的声音已经消失，就忍不住泪如泉涌。

那字带有五年级小学生的稚气，她简直不能读完一个完整的句子，就像一个母亲看到活蹦乱跳的孩子已经死去。

×月×日

世界上，我最佩服两个人，一是我的哥哥，他在前方可是，我能从伤员嘴里打听到他的消息。战士们都敬爱他，感到自豪，我也敬爱他。

我离他很远很远，可又很近很近。一闭眼就能看到他。

我还崇拜我们的刘医生，她能读拜伦、普希金的诗，还看《少年维特之烦恼》；她懂古文也懂英文，又会讲故事，讲《黑奴吁天录》，讲《迦茵传》，我都听得入了迷。我若是能像她那样，该有多好。可她总是很苦恼。她说爱情是杯苦酒，我不信。

×月×日

哥哥，我想调到前方去，你们营里不是有护士吗？

我学习过火线救护，只要在你身边，我就不会提心吊胆了。

我打过报告，反叫刘医生训了一顿，说火线救护全是男的。

真的吗？

各连里的卫生员当然是男的，可营部的呢？

哥哥，你知道南丁格尔是谁吗？

她真是个了不起的人，用刘医生的话说，是“一个伟大的人道主义者”。

她带着三十八名护士，在克里米亚战场上，冒着雨雪抢救伤员。我为什么不能去？

刘医生说她一生没结婚，这一点，我可不想学习她，那该多么孤单呀！

×月×日

这一天，军医处沈其震处长陪同叶军长、军长夫人还有美国记者史沫特莱到医院来，院长叫我陪他们去看冯玲的墓。

她是在日机轰炸时，为抢救伤员牺牲的英雄。我也抢救伤员，可没成英雄，让我陪军长，陪史沫特莱也算是给我的优待了。

哥，这天，我做了件不该做的事，也许让你丢脸了。军长问我叫什么名字，我就把咱家的身世全托出来了。我说：“我上学的钱还是军长给的呢！”

这下子可把所有人惊动了。

军长听说爹妈都去世了,很难过。

军长说:"志兰同志,你有一个好哥哥!"可我觉得你并不那么好,把妹妹都忘了嘛!

军长夫人!啊!这是我生平看到的顶漂亮的妇女了。

她立即摘下胸前的一个别针(这是一个多么漂亮的别针啊,金光闪闪镶着红色的宝石),送给我。

把我吓了一跳,我坚决不要,这可不是我这个丑丫头能戴的啊!再说,我穿着军装,向哪里别它呢?

军长故意把脸一板说:"我命令你收下!"

"这太贵重了!"我喃喃着,"军长,你还是签个字给我留念吧!"我把随身带的一个本子掏出来。

字签了,礼物不收不行。军长夫人拉起我的手,微笑着低声对我说:"志兰,等到你长大了,结婚时用吧,现在保存好!"我觉得我的脸发胀发烧。

军长表示反对,他说:"结婚应该放后,等打走了日本鬼子,我命令沈处长,保送你上医科大学!"我当然很高兴了,可又怕他故意逗我。

沈处长用英语和史沫特莱嘀里嘟噜地讲了很多话,史沫特莱一步跨过来,猛然抓住我的手,啊,她的手劲可真大,抓得我都想喊叫了。她那半通不通的中国话我听不懂。可沈处长说:"史女士说,'你们全家都了不起!是英雄!'还说,'你是个美丽快活的姑娘,祝愿你找一个好丈夫!'"真叫人害羞死了,我低下了头。可是,心里十分感谢她!

我问沈处长,前方有没有女护士,他看出我想去,就逗我说:"你可以女扮男装。"

我说:"处长还开玩笑,太不应该了吧?"

他说,真有这样的事呢!

在一百多年前,英国有一个医学博士,名叫巴利,女扮男装上前线,在军队中救死扶伤五十年,在她去世之后,进行尸检,才知道她是女的！

哥！真有这样的事吗？

这天晚上，我做了个梦，果然，我女扮男装，到了你营里。

你不认识我了，真滑稽！

×月×日

今天，我挺伤心。

我从刘医生那里借了一本《欧根·奥涅金》，看不太懂，可也有些懂。

结果好惨啊！为什么会那样，我也说不明白，只觉得人心很怪。

刘医生是上海来的，她把爱情说得太玄妙了。

叫人好笑，叫人摸不透，又叫人担心。

她说爱情是个“瞎子”，是个“聋子”，是个“傻子”，是个“呆子”，是个“痴子”。真是这样吗？哥，你是不是也会五子登科——瞎、聋、傻、呆、痴呢？

×月×日

哥哥，我今夜做了个可怕的梦，火线上下来很多伤员，我听一个伤员说：“我们营长也受伤了！”

我就跑上了火线，炮弹在我脚下爆炸，子弹在我耳边飞来飞去，我一点也不怕，只是想快些找到你。

跑来跑去，就是找不到，急得我要喊要叫要哭……醒过来了，一身冷汗。

当时我想，我一定要求到前线去，在你身边！

哥哥，为了你，我什么也不怕，我愿意为你挡住子弹。

哥哥，我想世界上，没有一个人像我这样关心你。

哥哥，你没有亲人了，我也没有亲人了，你总把我当妹妹看待，可我并不是你的亲妹妹。

在妈妈去世的时候，她说，咱们俩一定要……永远在一起……

郑芳雪揩干了眼泪,她似乎战胜了哀伤。抬头望着窗外,寒风呼号,雨雪交加。山野一片混沌。她一时间像老僧入定,万念皆空。

她忘记坐了多少时候,而后握笔,在女护士的日记后写了一行字:

志兰,我不敢保证完成你的嘱托。我们共同经历了一场苦难,你的已经结束,我的还在进行。你和你的日记将永远活在世上。

第二十五章　林志超

一　游击战又开始了

晨风驱赶着无边无际的山雾。林志超半倚在一块覆满蓑草的岩石上。他全身衣裳湿透,冻得紧缩成一团。一小时前,他吞吃了一团茅草根,搞得肠胃火辣辣地痉挛。风在头上呼啸,吹不到峡谷里来,但寒气却像冰水似的浸入他的肌骨,全身都僵硬麻木了,他感到脉管里流动的已经不是热血,而是冰碴。

凭他三年游击战争的经验,这样躺下去是不行的,如果再睡熟,之后也许就永远站不起来了。然后,那灰色的饥饿的老狼,就会大饱口福了。

那显然不是他的死法。但他仍然不想站起来,因为他的腿,在昨夜摔下深谷时,被一根树杈子深深地戳伤了。

“马上摔死英雄汉,河边淹死会水人。”林志超自恃有三年游击战争的经验,过分疏忽了。在大康王坑口分散突围时,他带着战斗力最差的一组,向西南方向穿插。

他送出第一批,又返回来准备再带第二批出去。结果被敌人的一个保安队卡住了,他叫那一批非战斗人员隐蔽,由他把敌人引开。

林志超一边打枪,一边粗暴地高喊:“李班长! 你们瞎了眼吗? 注意左前方!”

“排长! 轻一些!”他用另一种声音,“我听到那边有动静!”

“还不是保安队那些脓包? 跟我来!”仍是那个粗暴的“排长”的

声音……

林志超边打枪边咋呼。果然,保安队向他追来。这一半是成功的。接着,他一脚踏空,惊呼一声,本能地把驳壳枪一丢,两臂抱住了脑袋,向着无底的深渊滚落下去。幸好,这段陡崖是一个八十度斜坡,上面生满茅草和小树丛……他只觉得轰然一撞,疼痛以一种使人胆寒而又猝不及防的力量,袭击了他的全身。

林志超的生命,中断了几个小时,才从昏迷中苏醒。他费了很大的劲,才回想起自己的遭遇和处境,但不知道下一步该怎么办,也不知道他掩护的第二批人潜出去了没有,也不明白保安队为什么没有到陡坡下来搜寻他的"尸体"。

林志超断定周围绝无危险之后,便试图活动一下,腿上袭来一阵阵伤痛,但还可以忍受,而且血已经凝结了。他扯了一块手帕,把伤口缚了起来,免得再碰破它。

林志超半爬半走地到了山脚转弯的地方,视野陡然开阔。他看到远处重重叠叠的山峦,这些山巅刺入天空,有几处是平缓的山脊,活像鲤鱼脊背。在崖畔,有几株苍松,虬龙似的探向深谷,阵风吹过,它就翻滚,腾跃,颤抖,挣扎,低吟,啸叫,似有万般痛苦。山雾继续升腾,在山峰间化成朵朵彩云,让山风推拥着,从容而立。云团在不断地变幻、拉长、分裂、团聚,有的停在山腰,有的飘向天际……林志超向前走着,保持着足够的警惕。

血气越来越浓,混有硝烟气息。他判断附近曾发生过一场恶战。发生过恶战的地方,相对来说是安全的,犹如阵地上炸开的炮弹坑。

他的枪在什么情况下摔掉的已经记不准了,在深山大谷的荒草丛中,已不存找到的希望。也许会在若干年后,成为某个牧童偶然拾到的一块锈铁,被送到历史博物馆里去。

他猛然停住了,眼前出现的是一幅阴森惨烈的图景。

在大约二十米开外的溪涧旁,乱石滩上横七竖八地躺着二十几具尸体,他们以各种姿势倒卧着,泥污的灰布军衣撕裂开来,凝着黑血的身体触目惊心地裸露着;他们多数是被机枪打死的,少数是被手榴弹炸死的。他们被粗鲁而又仔细地搜查过。

林志超忖度了一下自身的体力,打消了掩埋战友的念头。但有一种不可遏止的欲望,驱使他冒险走近他们,辨认一下有无认识的人。

审视这些为伤痛而变形的脸是痛苦的。他放弃了这个欲望。

猛回头,他看到了更为伤心的景象:在离沙滩稍远些的矮树丛中,躺着一具披头散发的全身裸露的女尸。

她娇小纤弱,身体惨白得怕人,面部和下身黑血斑斑。她目眦欲裂向天瞪着,嘴里半吞半露地咬着一块烂肉,她的腹部插着一把刺刀,露着溅血的刀柄。

林志超很容易联想到妹妹和郑芳雪,心中涌起无限的恐惧。他无法拔出被血凝住的刺刀。后来,他扳住刺刀护手,旋螺丝似的扭动,才得以拔出。他要用它在沙砾地上掘一个墓穴,让这个姑娘安息。

掩埋,花去他两个小时的时间,也用尽了他的力气。他软弱无力地瘫坐在女战友的坟头,握住那把被沙石磨出光亮的刺刀。

这把刀太可怕了,唤起他痛苦而又恐惧的记忆。他站起来,猛力一扔,那刺刀带着一道白光,落入寒流潺潺的溪涧之中。

他坐下来,稍稍有些后悔,他应该用它再去挖一丛杜鹃栽到姑娘的坟前。再说,他还需要一件防身的武器。

他似乎忘记了危险,沉浸在一种庄严神圣的行为中,呼吸着山林间清冷的融雪的气息,享受着沉郁的静谧,在这神秘的寂静之中他听到那少女的感激之声:“谢谢,同志!”他又听到那银铃似的声音:“哥,你要保重!”

他饿了,重又感到了腿上的伤痛。如果有一堆篝火,再烤上两块红薯该有多好。他想着,捡到了几棵挖墓时掘出的干枯的蒲公英,在它的根部,却已经有了一簇即将破土而出的嫩芽,断然地宣告春天即将来临;他抖掉了泥土,津津有味地咀嚼起来。

他忽然觉得有人逼近了,奔逃和反抗都已无用。他的第六感觉告诉他:一支步枪一支短枪已经盯住了他。他装作不知,低头等待,免得对方开枪。

“举起手来!”

林志超抖抖索索地举起双手,脸上是一副恐惧卑怯的表情:“老总，我饿得走不动了，正想找你们讨点饭吃！”

“你是干什么的……我的意思是什么职务！”执短枪者声色俱厉地命令着，“要说实话！”

“如果官越大，赏钱越高的话，那，我是个团长！”

两个保安队员互相交换了一下眼色，认为这个战战兢兢呆头呆脑的家伙不像。

“说实话！”

“我说实话，你们的赏钱可就少了，我是个不值钱的排长！”

“你倒挺关心我们的赏钱……”持步枪者颇感奇怪。

“只要给我吃顿饱饭，让我当什么都行。我已经七天没吃一粒米了。”他说得很可怜。

“那好，你就当团长吧！”持短枪者说，“到保公所就有饭吃，我们也是优待俘虏！”

“那要走多远呢？我腿有伤，怕走不到……”

“少废话，你的枪呢？”持短枪者发问。

“我扔了！子弹打光了，要枪有啥用？不过，我的枪比你的好，你不过是狗牌，我的可是九成新的二十响，德国造！”

“胡说，你们全是破烂货！”

“你错了，”俘虏不服气，“我那枪是军长夫人从香港托人买来的。三战区红了眼，扣住不给，是军长亲自讨回来的！”

“你听说过这种事吗？”持短枪者问持长枪者。

“我看他是胡诌，就是为了混口饭吃！”

“搜搜他！”持短枪者命令他的大兵，“我看这家伙在玩花招。”

什么也没有搜出来。

“你们不要狗眼看人低，我是在那儿扔的！”俘虏向山林里一指，两眼闪出光来，“不信？我带你们去找！”

俘虏骤然间产生了一种热情，一瘸一拐地带两个老总进了树林。执短枪者跟在俘虏的身后，手扣扳机，保持随时开枪的高度警惕。

“远么？”持枪者警告着，“要花招可没有你的好果子吃！”

“不找算了，是我愿意来的吗？”

“少废话，快找！”

“就在这一块儿，”俘虏用手向树丛里划了一下，埋怨着，“只是这茅草……”

三个人都埋头搜寻，期待着那支闪着幽光的二十响倏忽出现。

“看！就在那里！”

“在哪里？”两个持枪者贪婪的眼睛，直勾勾地循着俘虏指的树丛望去。

“在这里！”俘虏恶狠狠地叫了一声，这一声，等于拼刺时的那一声呐喊——杀！只听咔嚓一声，持短枪者下巴挨了一击。这一击迅若闪电，带着李广射虎箭到石开的那种力度，持枪者恰如受了雷劈，没有哼一声就仰天倒地，牙床碎裂，口、鼻、眼、耳中都淌出血来。

林志超立即把那支摔在一边的狗牌手枪执在手中。

那个持步枪者惊极而呆，愣在那里，一时间想不出发生了什么事。

“把枪放下！”

照办了！

“把你的衣服脱下来！”

照办了！他冷得发抖，躬腰、抱胸、跳脚，等待着下一步的发落。

可是，胜利者太麻痹了，他竟然蹲下去，慢条斯理地去掏摸堆在地上的衣服的口袋，他太专心了，烟盒、钞票、火柴、证件，都要掂量一番，似乎忘了旁边还有个大个子存在。千载难逢的机会到了，那个被脱去衣服的匪徒，饿虎扑羊似的向蹲在地上的倒霉鬼全力以赴地扑了下去……

这猛然一扑，似乎压断了蹲俯者的脊梁，砰的响了一声。这一声使扑击者的身子一缩，痉挛地抖了一下。林志超猛然站起，那扑击者像个软奔奔的布袋似的翻瘫在草地上，脸歪扭着，眼睛惊奇地圆睁着，瞪着躺在不远处的弟兄。

林志超换上了保安队的便装，把狗牌手枪插在腰里。那紧抵胸口的一枪太巧了，正好击中心脏，声音却低得像折断一根干柴，那匪徒没有来得及痛苦，就飞向了极乐世界。

半个小时后，从树林里走出一个持枪的保安队员来，他脸上挂着顽皮的笑意，重温了三年游击战争时的欢乐。不过，他的腿仍然疼痛不已，走路有点微瘸。

二　潜伏待机

经过三年游击战争的林志超，别具慧眼，他能够识诡计、辨真伪、施奇谋。因为三年游击战争，环境十分险恶，不如此，就不能以弱胜强、以少胜多，就不能生存，当然更谈不上发展。传奇色彩是时代赋予他们的。生活在平坦的原野上，当然不会有悬崖绝壁，也看不见古木老林，也遇不上豺狼虎豹。在小庭院的后花园里，有小桥流水，却没有高山巨瀑。

皖南事变中的突围者们，在敌人穷凶极恶的搜捕中，大都经历了一段极为艰险的历程，曲折、多变、危险的命运，使每个突围者每时每刻接受着考验。革命英雄主义和浪漫主义，就在这力量过分悬殊的搏斗中熠熠生光。奇迹是平凡人在恶劣环境中用他的智慧、经验、勇气、品格乃至求生本能创造出来的：没有进过深山的人，不要鄙视蛮荒；没有经历过惨烈斗争的人，也不应鄙视传奇！

尽管皖南地下党的力量没有得到应有的发展，但是在这次事变中，几乎所有党员都冒着极大的危险，掩护突围者，抗敌民众团体和圣公会部分教友，也都全力以赴地投入救援。

突围者们忽而险象环生，几遭毒手，忽而转危为安，意外地脱险。几乎没有哪一个突围者是顺利的，几乎所有人都有一段可资记载的“突围历险记”。

那是因为，客观上，顽方设下了层层罗网，你不历险就钻不出来；那是因为，突围的道路很长，从皖南到苏南或是到江北，有几十道难关；那是因为，顽方封锁和搜捕，不仅用正规军、地方部队、区乡保安队，还有警察机构和特工，使突围者面临着极为复杂的局面；那是因为，突围者的身份、经历、气质、性格不同，在突围中的表现也绝不一样。

林志超穿着保安队的服装，本应有更大的作为，可是，他犯了个不大不小的错误，没有对被他打碎牙床骨的保安分队长补上一枪，只带走了他的证件——长坑乡保安队分队长牟松山。

牟松山丢了证件却活了命，两个小时之后他爬出山林。三天之后，他变成了一只搜捕“瘸腿人”的狂犬，使正在得意忘形、大摇大摆地想在放牛郎山区“作大案”的作战科长，差一点遭殃，不得不结束了冒名顶替的短暂的历史。

他与地下党取得了联系，在汪家冲的一个柴草棚里躲了六天。林志超不像一些突围者慌慌张张、急不可耐地赶往苏南和江北，这种做法，多半是凶多吉少。他现在是在茂林东南，再向北转，等于重投罗网，他必须潜伏待机。

林志超并不仅仅是关心自己的突围，溪谷中的那副惨景，历历如在目前。他想援救别人。在湘赣边区武功山，他出生入死惯了，对皖南这种搜剿，他不在乎。进攻应该在前，退却应该殿后。更何况，在皖南，他有他的留恋。

草棚里六个日夜，却毫无作为。地下党给他提供的传闻和消息，几乎没有一件是愉快的，但并不使他吃惊。

这天，地下党竟破坏了地下组织的保密守则，在白天来见林志超。那两则消息是振奋人心的。

第一则是地下县委油印的《新四军将领就职通电》，还附有一份手抄传单，上面是几句口号。仅仅这几句口号也就够了：

> “新四军没有被消灭，反而比以前更壮大了！新四军还要回来的！警告反共分子们，缩回毒手吧，种瓜得瓜，种豆得豆，以眼还眼，以牙还牙，以血还血！”

传单，这是中国古时候留传下来的极为有效的宣传方式。那时候，许多道会门是没有报纸的，可是传单比报纸厉害，在那些要人接受的教义和谣言之后，总要附上：“传一张一人免灾，传十张，全家免灾，传百张，全村免灾。”

于是传单就像蝗虫一般，铺天盖地地四处乱飞，在免灾中酿成了灾！几乎做到家喻户晓。

第二则消息就是项英、周子昆均已脱险，现隐蔽在赤坑山一带，希望突围者前去集中。

林志超当即决定前往。

三　与项英重逢

昨夜下了一场雪，使一千零一十七米高的赤坑山披上了银装。曾经挡在皖南新四军面前的五道高岭：球岭六百三十米，丕岭九百零八米，高岭九百二十七米，博道岭八百五十一米，濂岭九百九十六米。横断天际、敌我拼杀争夺过的东流山，最高峰是八百三十六米。只有赤坑山在一千米以上，刺入苍穹的主峰呈圆桶状，这里是荒山老林，除了为贫穷所逼，为生计所迫，不顾险阻和深山峡谷打交道的药农、樵夫、猎人之外，很少踏上人类的足迹，所以它的主峰有了个很不雅致的名字——蜜蜂桶，字不雅，却很像。

深山老林里到处是无人管辖的蛮荒，所以这里住的都是外乡人——客籍户。他们和四乡群众瓜葛往来还很少，不易走露风声。

赤坑山周围都是连绵起伏的峰峦，时常有缕缕白云和团团浓雾徜徉徘徊在峰峦之中，造成一种野性的、神秘的氛围，隐藏着万种危机。这里有许多突出的巨崖，也有许多悬空的穴洞，有许多不易被人察觉的巨洞就掩映在灌木丛中，像吃人不吐骨头的巨兽之口。

赤坑山与丕岭之间，有一条十几里长的大山沟，田坑里就在沟口上。再向里走，大山沟中又岔出几条小山沟，山势十分陡峭险峻。在一条山沟之上有两个山洞。在下的山洞较大，能住二三十人；向上再爬六十米，就是一个小洞。这个洞能住五六人，非常隐蔽，要攀住凸出的石棱和扯住树枝葛藤才能上去。

这个小山洞当时称为上洞，大山洞称为下洞。后来，因为此无名洞在蜜蜂桶下，便称为蜜蜂洞。上洞住有四人，项英、周子昆、刘厚忠和周的卫士小黄。

如果一个人，从自由自在的家园里突然被投进监牢，不管是罪有应得也罢，含冤受屈也罢，最初总是痛苦的。可是，日子一久，他也就习以为常、安之若素了。不然，他就不可能活得长久。时间，对于一切感情都有一种奇异的化解和腐蚀作用，哪怕是失去情人的恋人和死去爱子的寡妇，开始会痛不欲生，求死不得，但久而久之总会变得心定神宁。

项英的心境也大抵如此。当他移住进赤坑山上的蜜蜂洞后，颇有虎进深山龙归大海之感，精神大为振作。

那时，他跟周子昆一齐站在洞口外那块平台式的磐石上，飒飒天风从山后吹来，只听到它的呼啸怒吼，却不受它的侵袭。夕阳如血，群岩如簇，下面沟壑纵横，庄严、神秘，蔚为奇观。

"子昆！这才是打游击的好地方啊！我又想起油山梅岭来了，只有打游击，才能看到好风景，平时，哪里能走得到啊……"

"这的确是个好地方，"周子昆附和说，"远离尘嚣，如果不是衣食住行不便，真可以来此隐居了。"

"我没有到过你们桂林，听说那里山水甲天下，可是真的？"

"当然是真的！"周子昆漾起了对家乡的怀念。他十九岁（1920年）先入桂军，而后参加孙中山的大元帅府铁甲车队，一直就没有机会归家省亲。戎马倥偬二十年，思乡之情自然深沉。他忘情地说："'江作青罗带，山如碧玉簪'，这是韩愈对桂林的赞美。不过，风景是很难相比的，只能说各有特色。看风景也各有各的口味。徐霞客的口味就不同，他说，'然予所欲睹者，正不在种种规拟也'，他对山水是另一种游法，另一种写法，另一种赞法。自古以来，对山水怎么看，要看各人的心胸。有人喜欢小巧玲珑，有人喜欢高山大川，有人喜欢人工雕琢，有人喜欢自然，至于勉强比作什么金鸡哪，猕猴哪，我看，实在也没有多大意思！还是这赤坑山更有气势！"

"你说对了，在这里打游击，是个理想的地方。敌人大部队来不了，来了展不开；小分队不敢来。我们跟地方党取得了联系，是个很大的胜利。"项英眺望着远方起伏的山林，迷蒙苍茫，那充满野性的蕴含着无限生机的群峰，融汇进他的心灵之中，化成英雄的梦境。他又恢复了事变前的那种自信，面部显露出坚毅的神色。"地方党就是我们的根，有根才能立脚，这是三年游击战争的基本经验……"

“这正是我所缺少的。”周子昆谦逊地说。

“学会打游击并不难。唉，我想起林志超来了！”项英感叹地说，“这个同志，就是太偏激太锋芒了，喜欢标新立异，不然，是把好手……”

“政委，他是个有用之材！”

“是游击战争里滚出来的嘛，当然有些办法。”

“恐怕不只是游击战，皖南三年，他读了很多书，这人肯动脑筋，又善于独立思考……”

“他的缺点也就在这里。”

“在这次行动前和行动中，”周子昆绝不反驳项英，“他有些意见是很有预见性的。就拿丕岭隘路阻塞来说，我正急得没办法，可是，他很容易地排除了，比赵令波在章家渡那种瞎咋呼高明得多……”

“不提赵令波那个坏蛋了。”项英心情烦躁起来，“你说，他投敌的消息可靠吗？”

“他能干得出来！”

项英不想就这些令人懊丧的事说下去：

“我要通知地下党，让所有隐蔽在皖南的同志，向这里集中……赤坑山就是第二个油山，蜜蜂洞就是第二个梅岭。”

“这样目标会不会太大？”周子昆对此措施很有保留，“也许由他们化整为零分头渡江更好。”

“这是用不到顾虑的。这里一条山沟就有十几里路长，只有几户人家，敌人来，还不是大海捞针？从这座山翻过去，就是旌德，大有可为啊！”

“我们是不是派人到苏南、江北取得联系，待机北移？”周子昆试探着说。他的思路跟项英想的正是南辕北辙。

项英感到有些寒意。一片灰云遮没了夕阳，越聚越多，越积越厚，山林卷来一阵低吟，渐成澎湃之声：“噢，我们进洞去吧！”

四　总结事变

项英、周子昆和林志超相见，是感人肺腑的。患难相逢，一切前嫌全在悲喜交集的相聚中，烟消云散了，代之而来的是生死与共、风雨同舟的崇高感情。

“老林啊！我项英错了，全错了。这次失败，我要负主要责任！”项英迎风而立，泪水纵横，哽咽语塞。站在一旁的周子昆和刘厚忠都唏嘘而泣。

林志超也很激动，死死地拉着项英的手：“政委，失败是成功之母，这次失败，给我们的教益是很多的。”

“挫折，失败，这是革命路上在所难免的，”周子昆说，“难过已经无用了。还是军长突围时说的那句话，只要火种在，不怕不燎原。”

“失败毕竟是罪过，给全军带来了不可挽回的损失。”项英居然在林志超面前说出极为隐秘的感情，是很奇特的，这种情绪在周子昆面前，他都没有流露过。也许不是不想说，而是没有受到触动。“我总是想，我辜负了全军的信任，我很痛心。”项英愧悔交加的表白，深深地打动了林志超。

“政委，我觉得失败并不可怕，我跟军长说过，自古以来，不以成败论英雄。”林志超把一腔不满之情化成了同情和尊重，他一心安慰项英，“曹操有赤壁之败，关羽有荆州之失，秋瑾死于起义，寻淮洲兵败牺牲于茂林，方志敏被俘于怀玉山……”

“好了，好了！前几天，我跟周副参谋长还说到你，我对你抱有很大希望。今天不细谈了。你先在下洞里安排个地方住下，明天，你到上洞里来，我们再好好谈谈……我们可以大干一番了！”

林志超告辞出来。周子昆说要到下洞去看看，便一齐走下去。快到下洞的时候，林志超忽然停下来，对副参谋长说：“江北有个就职通电……”

“我们知道了。”

“政委受到很大的刺激吧？”

“我看他是有这个思想准备的！不过，他的思想深处总觉得委屈，我有时对他很不满意，有时又很同情他，他太孤单了！”

“明天，他找我谈什么呢？”

“还不清楚。我想，他很可能要留在皖南打游击……”

“这怎么可能呢？”林志超愕然了，“中央不是要他回延安吗？”

“老林，我向你讲句私心话吧，项英同志恐怕不想回延安了……我有一种不祥的预感，但我不能把这种预感说出来，那是很可怕的！我了解他的性格。叶军长被俘，也是由于性格，本来，他是可以脱险的……”

“是的，许多没有战争经验的同志都突出来了，只有他……”

“明天，如果政委提到在皖南坚持游击战争的话，你应该提醒他。”

林志超唯唯，他在琢磨着副参谋长所说的那个预感。

林志超急于赶到赤坑山来，有一点小小的私心，那就是他急于得到两个人的消息。可是，他失望了。在聚集到这里的四十多人中，没有一个人能提供郑芳雪和林志兰的行踪。赵令波的叛变，使他对妹妹的命运特别担心。那个被他掩埋的姑娘的惨景又在他面前晃动。但他并不绝望，他期待着。

第二天，大出林志超意外，项英找他，是要他画一张事变经过图，并说明了它的用途：“我在云岭的时候，事情太多了，我个人的自传，一直未能写完。现在，有空了，真是无官一身轻了，我要写完我的传记。皖南失败，我也准备当做经验教训写进去。在军事方面，我跟周副参谋长谈过了，他画了一张战斗经过图，很不详细，只能算个略图。”

项英把那张图交给作战科长：“你是从头到尾参加过的。我还要写个总结，当然不是为了自传，而是要向中央作出详细报告，尽量做到客观些，实事求是些。关于失败的原因，我前些日子就跟周副参谋长谈过了，他是赞成的，你们可以作些研究……”

“政委，你的自传一定很丰富吧？”林志超看着摊在草铺上的材料。

“经历的事情太多了，有些记不清了，有些原始文件也查不到了。”项英从中抽出一张当年苏区出版的《红色中华报》，“你看，这篇决议案,是我主持起草的……"

林志超带有几分好奇接报在手。

这是1932年第15期,用红笔圈起来的文章是《对于植树运动的决议案》。他不理解,这与项英同志的自传有什么关系。他更不理解,在目前的环境里,项政委为什么对于这些极其繁琐的过去,贯注着一种令人吃惊的激情。林志超出于一种探求项英心理的心理,阅读这个枯燥无味的文献。

由于年代久远,文献似乎变得神圣了,就像秦砖汉瓦猿人头骨,随着年代的增加,它也不断增值。它给人的不是欣赏而是考察的价值。

这个《决议》是由中华苏维埃共和国人民委员会主席毛泽东和副主席项英共同签署公布的。它首先用简明的语言阐述了植树造林的重大意义,又具体说明了植树运动的办法和技术措施。

决定的发布日期为1932年3月16日,那时,正值国民党四次"围剿",战火纷飞,这种抓紧战争空隙改造山河造福人民的植树运动,不但具有远见卓识,而且更具胜利的信心!

"那时,你跟毛泽东同志在一起工作?"

"他忙于战争,政府的事情主要是由我来管。啊,那时候,忙得一夜只睡五个小时。有人说我是事务主义,也许就是那个时候养成的吧!我这人有个毛病,不管大事小事,不亲自摸摸就不放心。"

林志超非常奇怪,经过这样一场天翻地覆的变故之后,项英仍然还是过去的项英,他的语气,他的姿势,仍然像生活在大夫第那间宿舍兼办公室的房间里,几乎没有什么异样。他在忙于自传的撰写,却把事变的总结交给下属,他没有一句提到江北,没有一句提到延安,也没有一句提到北移,几乎连暗示都没有。

作战科长带着副参谋长画的那张草图,走出山洞,对政委的所作所为所想,一片茫然。他不理解政委的心态。

五 副官反常

林志超拖着沉重的脚步,慢慢地走下山崖。手里仍拿着副参谋长给他的那张牛皮纸,是一个拆开的卷宗袋的反面。图非常简略,仅仅是个示意图的轮廓。他折叠起来,放进军衣口袋。他慢慢走着,前后左右都是深山老林,他又仿佛回到了三年游击战争时期的湘赣边境。“这里多么像九峰岭啊,难怪项英同志产生留在皖南打游击的念头。”

林志超慢慢向下走着,他看见在一棵老橡树下的岩石上坐着一个人。从侧面看去,这人像一块没有生命的岩石凝定在那里,头偏斜着向后仰靠在树身上,毫无生气,两只手臂软软地垂落着。从光亮处向树荫沉沉的暗影里望过去,很像是一个自杀而死的人。

林志超一时弄不明白,为什么会产生这样一种印象。他怀着一种奇异的心情向那人走过去。他的脚步声并不重,那人却听到了,向他转过脸来,是刘厚忠。他不禁停下了,“刘厚忠在这里干什么?”林志超奇怪地想着,但他没有深想。

“噢,是林科长,你要到哪里去啊?”随从副官站起来。

“我到下洞去,看到有人坐在这里……没想到是刘副官,你怎么……”

“这些日子,我心里很闷。”刘厚忠走到作战科长面前,犹豫了一会儿,低声问道,“听说地下党给我们联络过江路线?”

“是谁告诉你的?是项政委?”

“不,我看得出来,大家都想去江北,连周副参谋长也要去。为什么要到江北?”

“我们的军部和队伍都在江北啊!那里是敌后……”

“干什么不打回湖南去?你家不是平江吗?”

“到那里去打谁?”林志超很奇怪,刘厚忠在项英同志身边两年有余,竟然会有这种思想,“还去当山大王吗?你问过政委吗?”

“我不问他,他做得了主吗?”刘厚忠的这种反常情绪使林志超不胜惊愕。

“为什么做不了主？他还是东南局书记，还是……”

刘厚忠摇摇头：“这一回……你说，项政委要受什么处罚？”

“处罚？这是党中央考虑的事情。”

“听说，早把项政委撤职了，是吗？”刘厚忠的灰暗的眼睛直愣愣地盯着作战科长，其中所含的绝望和痛苦之深，使他毛骨悚然。随从副官明显地瘦了，显露出异常的疲惫。他的眼里竟然弥散出将死之人的灰冷。他那黑苍苍的脸上，皱纹深得怕人，肌肉松弛，透出麻点似的褐斑。

这张脸使林志超产生了一种陌生感和遥远感。心想：这位四肢发达头脑简单的随从副官，变化怎么这样大？这变化不是外形，而是内在！也许早就如此了，只是过去没有在意，没有看得真切罢了。“我没有听说。”

“你不说，”刘厚忠诡谲地苦笑了一下，“这不是明摆着的事吗？不光撤职，还会处分，我看项政委算是完了！”随从副官声调奇特、凄恻，那神态是一切希望完全灭绝了的人才会有的。

“刘副官，”林志超正色地说，“你不要胡思乱想，要相信中央会正确处理，项政委也会正确对待。我知道你对项英同志有深厚的感情……”林志超似乎还想说什么，可是找不到明确的观点，“你应该跟项英同志谈谈。我倒感到项政委情绪很好。革命嘛，谁不犯错误？”

刘厚忠沉默着，他觉得找错了谈话的对象，觉得说了不该说的话，后悔了，也不想再说什么。他忘记了应有的礼仪，不说一句告辞的话，竟然摇摇摆摆地，缓缓地从林志超身边走开去。他像心有所属，又像心无所属，这个精力旺盛、力大过人的彪形大汉，变得如此心枯力竭，很使林志超震惊。他本想对着这个庞然大物缓缓而去的背影，大喊一声：“站住！”然后再批评他说，“你的情绪很不对头！”结果是呆望了一会儿，算了。

六　怎么总结

林志超以很快的速度完成了“皖南事变作战经过要图”。第二天，就到上洞去见周子昆和项英。

项英端详了一会儿，抬起头来，带着十分满意的神色说：“很好，很好，一目了然！现在好了，有了这个图，就可以分析了，就可以总结了！子昆，你说怎么总结法？”他把图交给周子昆。周子昆在图上，改动了几个地方，又把图交给林志超。林志超对副参谋长的改动表示赞成，便把图摆在三人中间的军毯上。

“无非是基本情况，经验，教训！”周子昆说，“在这方面，我们已经谈得不少了。不过，我还没有来得及跟老林详细交换意见，他笔头子比我快，条理性也好，他是写过……”

周子昆忽然想到了《抗敌报》因发排林志超的文章引起的不愉快，便收住了口。“老林，你的想法呢？”

“我认为既然损失惨重，就应该以总结教训为主。我看过方志敏同志写的一本自述，受益很大，的确能起到前车之鉴的作用。”

“那是当然，”项英和悦地说，“但要实事求是，不能一失败，什么都错了！”

“我不是这个意思，”林志超争辩说，“客观困难，任何工作都有，就是要从哪一方面找原因……”

周子昆苦着脸，两眼盯在示意图上。他知道林志超又要跟项英展开争论，他很不赞成，便插断说：“至于如何总结，我想跟林科长另作研究。我觉得总结可从两个方面考虑：一是政治思想方面，显然，我们对顽方敢下毒手的估计不足；二是军事方面，这方面问题很多，兵力配属问题，开进组织问题，非战斗人员过多问题，主攻方向问题……”

林志超沉默。他觉得自己的看法是鲜明的、正确的。但他必须按照项英的思路去总结，这使他分外痛苦。他也知道，项英对他不能领会自己的意旨，也感到痛苦。可见领导要使用顺手干部是有道理的。犹如两人同行，首长走路慢腾腾，你不能走快；首长走路急匆匆，你不能走慢。不然就不能同步。快慢以谁作准？

亚里士多德有句名言："吾爱吾师，吾尤爱真理。"这句话当然没错，但也容易出毛病。如果你爱的是自以为是真理的真理，并非真理呢？林志超和周子昆的差别就在这里。

项英连续吸烟。他心中充满莫名惆怅，脸板得像石板。"如果赵令波没有可耻地投敌，该有多好！他的见解和我是多么一致啊！"项英痛恨赵令波的现在，却怀念赵令波的过去。他喜欢使用起来得心应手的干部。他不允许下属有抗上行为。现在，却不能不加以容忍。全军覆没的万钧重锤，竟然没有敲开项英思想的内核。任何的醒悟，都是深沉反思的结果，都是自我内心审视的结果，但是，深沉的反思与内省并不一定醒悟。十年面壁未必能破壁。承认错误和认识错误到改正错误，也不在一个台阶上。

"那么，你的意思是……"项英要副参谋长进一步说明，他不想跟林志超争执，以免出现28日军分会上那种局面。他深知林志超很难说服，他也感到林志超还是原来的林志超，但他尽量把关系搞好。

谁知副参谋长提出来的却是另外一个问题，使总结更加复杂化："画在图上，就看得清晰了，三路进军，显然是分散了兵力。当时，百步坑会议的三个突围方向，现在看来都不对……"项英和林志超都瞠目而视。

"军长的东南方向出星潭不对，政委的西南出高岭也不妥，我主张西北方向回云岭也欠当。这三个方向都没有选准，这是证明了的。如果不分三路，而是集中力量，全力向东突，走一支队的方向，从这里，"副参谋长用铅笔点着地图，"榔桥、大白桦方向，就容易出去。这也是事实证明了的……当然，这是事后诸葛亮。"

"事后诸葛亮也是好的，就怕事后也糊涂。"项英竟然同意了副参谋长的见解，"总结，就是把利弊得失全讲讲……"

林志超压根就不同意这种事务主义的总结法。这种繁琐的总结会把实质性的错误掩盖在似是而非的材料堆里，让人摸不着头脑、抓不住要领，打乱架，和稀泥。花时间耗精力，弄出一篇官样文章来，对于指导实践毫无意义，总结不断搞，错误不断犯。

“你们搞出个初稿来，我们可以研究。就拿百步坑会议来说，我们争了七个小时，以致贻误了战机，这个责任在谁？是谁固执己见不服从军分会的决定呢？”接着，项英就把他在石井坑里的自我辩解说了一遍。

这使林志超感到惊骇：事物原来是这样复杂啊！对于功过是非原来是各有各的算法啊！此亦一是非，彼亦一是非。项英的论断几乎动摇了林志超的全部思考，但他微微觉出，这里面有一种诡辩的味道。

“在我的自传中，我要把这次失误写进去，这是我一生中的最低潮！”项英喟然长叹，说得很伤感。

这种伤感，引起林志超的一种冲动。他觉得项英仍然在患得患失的思想表层来回推磨，仍在过去的功绩正确与当前的受挫失误中徘徊。他目光冷凝，声调激动地说：“政委！百步坑会议，不管打和退，都必须在半个小时，甚至几分钟内决定，犹豫不决，争辩不休，这是贻误战机的根本之点。在激战前线召开这样的会议，本身就是错的！这种情况，在罗里，在章家渡，在茂林就应该有预见，有预防。为什么没有？是什么东西妨碍了这种预见？”林志超又成了28日军分会上的作战科长，不顾一切地倾吐着自己的愤慨，“在军分会上，我就提出过道路问题，侦察问题，通讯联络问题……不是没有听到，而是不屑一想。三路开进，根本就没有研究过，该慢的时候，反而仓促决定；该当机立断的时候，反而来了‘民主’，反而来了集思广益！……政委，我还没有看到你的传记，但我知道你历史上的功绩，仅就那个有关植树的决议上，我就能感到政委为革命鞠躬尽瘁，做了大量工作。可是，作为自传，仅仅是记述自己做了哪些工作，作了哪些贡献，恐怕，其价值……”林志超没有找到措辞，但思路却像开闸的江河直泻狂奔，“刚才政委说这是自传中的低潮，我倒觉得个人事业上的低潮，倒可能转化为思想上的高潮，是自我认识、思想斗争的高潮。政委，你应该完成这个总结，应该达到这个高潮。这可能是传记中最有用最闪光的一部分……”这一阵带有骇人震力的炮火急袭，把项英弄愣了。

自从参加革命以来，还没有一个人跟他这样谈过话。这种严厉的绝无修饰的指责，带有居高临下的性质，自然使项英感到侮慢与伤害。受挫后变得十分敏感的自尊心和历史上的优越感，带着全部的强度，汇集在胸中，综合成内在的恼怒和外部的森冷，项英脸色变得铁青："林科长，当然，你现在有条件责备我了！是吗？"

林志超像当头挨了一棒。项英这样理解他，使他异常愤慨，他猛然站了起来，脑袋差一点碰到石棱上："政委，看来我们是很难互相理解了。"作战科长的嘴在抖，腮在抖，心也在抖，"也许政委还没有把要说的话全部说出来，也许你想说'墙倒众人推，鼓破乱人捶'，我林志超不是这种小人！"

"志超！"周子昆急忙站起来，"不要再说下去了。政委绝不是这个意思。大家心情都不好，我认为激动没有好处，只有经过冷静思考，才能避免偏激。如果一时统一不起来，放一放也许更好一些！"他看到林志超就要离去，便一把揪住他说，"你坐下，我提议，下盘棋，休息休息。我跟政委下棋，是孔夫子搬家——净是书（输），你来代我报报仇吧！"

林志超坐了下来。他和项英都找不到缓和空气的方式，闷着头，谁也不看谁。

"刘厚忠呢？"周子昆自说自话地打着圆场，"听说地下党给送了几斤花生米，让他到保管那里要一点来。"他把头伸向洞外，"厚忠！厚忠！不在。"这时警卫员小黄从平台上走过来。周子昆写了个字条，把任务交给了他。

"噢，我想起一件事来，"林志超并不是为了打破僵局而找借口，"我前天看到刘副官一个人坐在树下发呆，情绪很不正常。我看，是不是把他换到下洞去住，大家也好注意……"

"这样好吗？"周子昆又像征询又像自忖地说，"这会使他有感觉的……"

"这是没有必要的。"项英说，"这个人我了解，这些日子心情不好，我也看出来了，还不是为了……"项英认为刘副官是为了他的遭遇而难过，"绝不会出什么问题的！"

气氛立即缓和了。周子昆收起地图，急忙铺开棋盘。

"我们真正过起三年游击战争的生活来了？"项英情绪好转了，变得兴奋起来,“我跟老林还是第一次下棋,知己不知彼。上次跟白沙下棋,那家伙自称三流棋手,麻痹我,差点上了他的当……”

“我可不想麻痹你,我这个人可是好出奇兵!”

“我知道你是来者不善……”

“今天,作战科长是名副其实的作战科长,我是名副其实的参谋长,我得站到志超一边!”周子昆说着,帮他们摆着棋子。三个人立即处在了平等的地位。

林志超今天一反正常的走法,第一步就开左炮兑掉了项英的右马。这种先吃小亏的走法使周子昆大为惊骇,以为林志超不会走棋。这一炮也把项英打愣了,当他拨车吃炮之后,才觉出这一手的厉害。因为这一炮把他善用双马的优势一开局就打掉了,从而迫使项英失去正常的走法。项英缓缓地仰起脸来微笑着说:“你喜欢走新着啊!”

“不出奇不能制胜!”

“开头你就吃了亏!”

“吃小亏赚大便宜!”

“你跟别人也是这样?”

“不!”

“这么说你知道我善用双马?”

“我知道,所以才舍小子而取大势……”

“你从哪里知道的?”

“白沙……”林志超全力贯注于棋盘,着着狠辣。那姿态那架势使周子昆明显地感觉到:这个林志超能赢则赢,绝不考虑跟什么人下棋。

副参谋长准备拉偏架,有意使林志超分心:“志超,白沙有消息了……”

“真的?”林志超果然抬起头来,表示出极大的关切,“在哪里?”

“听说在一个和尚庙里,过几天就要来了!”林志超果然分神了。棋盘上,不断有白沙那眼镜的闪光。

可是,项英仍然不能挽救棋盘上的颓势,本来靠马取胜,结果第一步就被拼掉了马,心理上受到了打击,失去了往日的自如。周子昆一直担心项英受不了第一盘就失利的打击,而林志超又不讲情面。警卫员来了，要来了一口袋带壳的花生。

“好啦！先吃花生！”周子昆把捧在手中的花生往棋盘上一撒，“小黄，你也来！”

“棋！棋！”林志超叫着，“快完了！”

“吃完了再来第二盘，这盘应该算和棋！”大家开心地笑了。

小黄抓了一小把，跑到洞外晒太阳去了。他们吃着花生，谈论了一会儿白沙。

大家完全平静了，林志超又提起了总结来，这种执拗劲简直“没治”：“政委，刚才的争论有个出发点错了……”

“什么出发点？”项英保持足够的警惕。从前不断出现的那种畏怯感又出现了。

“刚才把皖南事变的教训总结，当成政委本人的总结了。不，不应该是这样。各人有各人的账。政委曾说过，自己要负完全责任，既无必要，也不可能。叶军长在石井坑守备战的决策上，是有错误的，他向中央检讨了错误，这只能由他负责，而不需要别人负责……”

“我也有责任！”周子昆表示赞成，“国平也有责任！”

“所以，我认为，完成这次总结，不是哪一个人的事，是我们全体的事，是对全党全军负责，是对历史对未来负责。当然，我们不总结，后人也会来总结。政委，我们每个人都应有自己的总结，自己的总结总应该由自己来完成。所处的历史地位不同，所负的责任也就不同！政委，不要总用上下级关系来观察对方，我们是同志，我们都是党员！不要只记得历史地位，要记住自己的责任。事业上失败了，不算真失败，精神上失败了，才是真失败。政委，做一次失败的英雄吧！用勇敢的解剖，对失误作一次补救吧！”

项英沉默了很久，然后不无遗憾地说：“你的话并没有什么不对，只是，你把事情看简单了。”他的话慢而且沉，表示出极大的克制，“你的眼睛只盯住主观，忽视了客观！你能说出这次失败的主要之点吗？”

林志超不假思索地说：“我们这次行动的指导思想是错误的，或者是不明确的，既像大搬家，又像要打仗，结果，家未搬成，仗未打好……至于军事指挥上，那错误就更多……比如……”

“你的总结的根本立足点，就是错误的！”项英迫不及待地打断作战科长说，“中央命令我们北移，本身就是搬家！难道你连北移和作战两个概念也搞不清吗？可又要我们准备打仗！这就是双重任务：既要搬家，又要打仗！如果一开始，就像你提议的，完全从作战角度出发，不带辎重，不带后勤，不带非战斗人员，轻装进袭，用作战来代替北移，能否打胜姑且不论，谁来负这个责任呢？”

林志超哑口无言，他的确没有细想过这个问题。但他预感到他的观点，不可能跟项英取得一致，只能谁有权力，谁作最后结论。

可是权力也有弱点，它只能使人闭口不言，却不能使人心悦诚服。用权力压服，可能取得一时的假胜，只有真理的感召，才能获得真正的拥护。

周子昆为了使这种不愉快的局面快些结束，便折中地说：“我的意见，是先由政委说个大意。具体内容，可由我和林志超同志充实，反正是要修改的！”

“这样也好。”项英依然保持了在云岭时的工作作风，“前些日子，我说过，可以从四个方面去考虑。现在，作战经过要图已经有了，这很好，我看，可以分这样几部分……林科长，你记一下。”项英等着林志超作好记录准备之后说：“第一部分，说明北移前后的情况，国际国内形势也要带一笔；第二部分，说明我们的决心与部署，这里面要说充分：向东的有利和不利，向北的有利和不利，向南的有利和不利；第三部分，写我军行动和作战经过，这一部分，要把我说的四个方面考虑在内，你记住我说过的四个方面了吗？”

“我记得，”林志超苦恼地说，并且颇带怨怼的意味重述了几句，“天时不顺，地形不利……”

“最后一部分，可根据以上三部分的情况，作出失败的检讨。这个检讨，要实事求是，要有自我批评的精神……要把我们临危受命，被迫踏上险途的背景，说够说足！”

“这样很好！”周子昆看到林志超那种迟疑的神态，又怕他再说些什么不得体的言论，便急忙表态，并用领导者的身份说，“这是一个很系统、很明确的总结大纲。林科长，你先写个草稿出来，先给我看。尔后再给政委审定。我看就这样吧，蛮好，蛮好……”

林志超当然知道副参谋长的用意。而且也知道，讲也无用，便表示服从。

七　全军惨败挽救了谁

项英要对皖南事变作出总结的动机，跟林志超截然不同。他知道，这次总结是不可避免的，他必须回答这次失败的原因，必须承担这次失败的责任！他的总结，是一次回答这种“审判”的预演，他要申辩自己的委屈。

周子昆既想服从中央，又同情项英，时常在中间摇摆。他感到林志超机智敏锐，却又不够成熟。

林志超的思路完全凝聚在失败的教训上。由于动机的分歧，强调的点不同，他的情真意切的期望与陈述仍然未能改变项英的立场。

在云岭期间，林志超只跟叶挺作军事学术的探讨，友谊颇深，对周子昆却很少接近。周子昆鉴于叶、项关系，采取了超脱的态度，一律是工作关系，公事公办，对哪个也不特别亲疏。现在，两个人竟成了很好的谈话对手，他们的争辩是平等的、有益的。

“我觉得这次北移，是由一系列错误造成的。而这些错误，又应由项英同志负主要责任，难道这个观点不对吗？”林志超刚刚坐定，就提出了这样的必然有所争议的问题。谈话的地方，是在上洞和下洞之间，偏南走出五十多米的一处向阳的山坡上。厚厚的、干枯了的山草，犹如柔软的地毯，温暖的阳光善意地抚慰着他们。警卫员站在二十米之外，这个距离，保证他们能够畅所欲言。

“这要具体分析。由于你的偏激，使我处在为项英同志辩护的地位。当然，这里面，我也可能有自私的心理。”

“只要有理，为什么不可以辩护呢？”

“角度不同，看法就不一样。所以，有很多事情，既要设身处地，又要转念一想。”周子昆眺望着远山的峰峦沉思了一会儿说，“这次移动中，你有许多建议，在当时，我认为是有道理的，但我没有坚决地支持你。”副参谋长说得很坦诚，“因为我所处的地位与你不同。”

“为什么？”

“因为我要承担责任。”林志超沉思了一下，还是把最尖锐的话说出来了，“为革命利益承担责任不是应该的吗？”

“我知道你会这样责备我，”周子昆苦笑了一下，“这叫看人推车不吃力。其实，是我救了你……当然，苦了全军。你知道，在那种时候，不用说你和我，就是再有权威的人，都不能挽狂澜于既倒。”

“我不明白。”

“这就是错误的不可避免性。很简单，部队进入茂林，已经无可挽回了。那时，顽方的前堵后截、两翼夹击的态势已经形成，受严重损失的大趋势已定，即使有某些正确处置，也只是在奔腾而下的江河中引起小小的回流……”

“也许是吧！”林志超表示保留和异议，“可你还说我的意见是正确的……”

“你的意见正确，在当时并未证实，即使我全力支持你的意见，也只能少受一点损失。”

“少受损失不是很好吗？你已经看清了，却又怕负责任，这……太不可理解了。”林志超不愿意用过激的言词刺伤副参谋长。

“大概你是想说我太自私太怯懦了，”周子昆平静恳挚地说，“完全不是那么回事。得失权衡人人均有。你要知道，我支持你，必将是成则无功，败则有过。更何况，你的意见正确，是由全军惨败而反衬出来的。假设当时，我支持了你，使部队受到严重损失而避免了全军覆没，谁来证明你的意见是正确的呢？”

“是部队不受惨败的事实呀！”

“你错了！”周子昆作了个肯定的手势，“咱们现在，让历史重现，你的三点建议：丢弃全部辎重；安插非战斗人员；用顽强的战斗打出去……是不是这样？”

“是的！”

“你估计一下，按照你的计划，打出去，到达苏南，要损失多少人？”

“少说一千,多说两千,也可能一千五左右……”

“这就产生百步坑会议上提出来的问题:要丢伤员,大约丢多少?”

“五百!”

“很好……”周子昆说,“我也这样预想过,当你到达苏南的时候,第一个就有人会跳出来说:‘林志超出的什么馊主意!丢掉全部辎重,现在可好,要什么没什么,败家子,把家当全丢光了,这要花多少钱、多少精力、多少时间才能建设得起来呀!……’这种责难可能吗?”

“完全可能!”林志超点点头,竟然微笑了。是的,他想得过分简单了。

“你估计,把非战斗人员安插埋伏在皖南,在敌人这种狂搜滥捕下,要损失多少人?”

“损失三分之一吧!”

“那就有八百多人。这里面有许多地方干部,还有许多中高级干部的爱人……这样就有了第二个发难者:‘请组织上审查一下林志超,现在皖南正处在白色恐怖中,林志超明明知道,却让非战斗人员在毫无抵抗力量的情况下,丢给顽军去屠杀,皖南的地下党受到巨大损失,林志超要负主要责任……’”

“这的确是个严肃的问题,”林志超不觉得好笑了,“到时候,真还有口难辩呢!”

“很可能说你别有用心!”

林志超默然。他记起,在肃反扩大化时,这种情况是容易发生的,即使当时不予追究,过多少年后,还会翻出来。

“第三个发难者,似乎还算公正一些:‘说林志超别有用心嘛,那倒不一定,但是,本位主义。单纯军事观点。单打一的工作作风,是要检讨的。他是作战科长,只考虑自己的本职工作……’”周子昆不等林志超有所反应,继续说,“第四个发难者就很难对付了,他们愤恨已极,甚至暴跳如雷:‘什么本职工作?非把林志超送上军事法庭不可!星潭之战,死打硬拼,损失我军两千人!更加不能容忍的是丢弃伤员!丢弃的不是一个两个,而是五百!听听吧,五百,这是我军军史上罕见的现象,是我军的最大耻辱!只有反革命分子才能干得出来!’”

“这倒是有可能的!”林志超不禁毛骨悚然了。那时,赵令波也罢,想当科长的值班参谋也罢,准会把他送上断头台!

这还不包括恶意中伤在内。但他不愿相信这是可能的,自我辩护说:“可是,这时候,如果有人站出来说,如果不那样做,就要全军覆没呢?”

“说这样话的人,恐怕一个也没有。”周子昆说,“即使有这样的人,甚至他拥有崇高的威望,站起来为林志超分辩,预言会全军覆没,谁会信他?恐怕连你也不相信。在云岭时,在章家渡时,在茂林时,你会想到有可能全军覆没吗?”

“的确没有!”林志超承认,“当时心里一点数也没有。”

“所以,人们会认为这个预言家是疯子!是骗子!是对林志超的包庇!人们的理由可以非常充足!既可以举过去的,也可以举当前的!”

林志超已经领悟到了,苦笑着说:“无非都是以少胜多的战例!”

“你说对了!他们会说:‘红军万里长征有多么困难?他们远离根据地,绝对没有皖南的群众条件好!他们爬雪山过草地,有乌江、金沙江、大渡河之难,有泸定桥、腊子口、娄山关之险,他们不但能胜利通过,而且还可以大量杀伤敌人……新四军的战斗力比当时的红军要强得多!’”

“他们还会举出苏北的黄桥决战,”林志超完全同意了周子昆的分析,“还会举出很多以少胜多的战例,既没有丢辎重,更没有丢伤员。”林志超说到这里忍不住笑了。因为在这之前的几个小时内,他还想举出苏沃洛夫对阿尔卑斯山的远征,在极端困难和危险中,打破了拿破仑大将玛塞纳的包围的例子,来证明皖南惨败是可以避免的呢!

“你简直就是跳到黄河也洗不清,他们还可以引申:如果不按照林志超的办法,辎重不会丢,非战斗人员可保全,伤员也不会丢。不但没有两千人的损失,而且还可以消灭敌人一个师……你笑什么?甚至比这更甚的言论都可能有:黄桥之战,八十九军军长李守维淹死,独立六旅中将旅长翁达自杀!你们为什么不把上官云相捉了来?”

舆论是不负责任的!一会儿正过去,一会儿又可以倒过来!

“这怎么可能呢?”林志超摇摇头。

“你用什么来证明它不可能呢?他可以拿李守维淹死、翁达自杀来证明可能!你却无法证明它不可能!除非历史先做给他们看。现在做出来了,用全军覆没来证明了你的正确,免除了你上法庭!”

“啊,如果真能像上面推想的这样,”林志超说,“这未免太可怕了!”

“这恰恰是生活中常有的事!”周子昆感叹地说,“难怪人们说,入世越深心越寒了!因此我说,就全军来说,命运是悲惨的,对你个人来说,是幸运的!”

林志超久久地注视着副参谋长。他有些吃惊,也有些茫然,进而又有些黯然了:“是什么力量,使这个在军事上很有造诣、很有见地的人,变成了不敢主持正义、不敢承担责任的庸人了呢?他并非坏人!甚至有很鲜明的优点:诚恳、勤奋、忠于职守,干吗唯唯诺诺、谨小慎微了呢?”

周子昆似乎猜到了林志超所想,喟然叹曰:“刚才所说的是林志超。实际上按着你的主张做了,主要责任不会落在一个作战科长身上,科长的地位和权力太小了……”

“我懂了,”林志超痛苦地说,“可又不懂……”

“我知道你的意思。”周子昆打断林志超的话,那话说出来,使两人都为难,还不如自己说了好,“你想想我处的位置,我左肩上压着一个军分会书记,他是三年游击战争的英雄;我的右肩上压着一个军长,北伐名将,擅长于正规作战。你想想,”周子昆舒了口气,“政委、军长、英雄、名将,都是我的顶头上司,我周子昆能有什么作为呢?说到这里,我又想到了第五个发难者:他们会说,一位北伐名将长于正规作战,一位游击英雄善于游击打法,可以说要什么打法,有什么打法,为什么搞成这个样子?”

林志超同情地点点头,他慢慢同情起副参谋长来了。可贵的棱角,可贵的锐气,可贵的智慧,都让生活的砂石磨平了!

“所以,我最好的办法是执行指示,遵从命令。对了,我不贪功;错了,我也无大过……”周子昆苦笑了一声,“这叫没出息!这叫软弱无能，或是说得好听一点：缺乏胆量和气魄。你读过《老子》吗？”

“没有！”林志超目不转睛地注视着周子昆的憔悴的脸，不明白他为什么突然想到《老子》。

“老子在他的文章里是这样写的：‘勇于敢则杀，勇于不敢则活。此两者，或利或害，圣人犹难知之。’……”①

“原文很难懂，”林志超说，“不过大意我是懂得的！硬来就会死，软来可求活！到底硬对还是软对，连圣人都分不清，因为各有利弊……”

“你的领悟能力很强，”周子昆由衷地说，“如果按照咱们上面的推论，按你的主张，损失两千人到达苏北，上法庭可能过甚其词，受处分是可能的，那么，到了下次，再碰到同样情况，你还那样坚持自己的主张吗？”

“也许会，也许不会……”林志超迟疑地说。他实在不能保证屡次碰壁之后，还能保持锋芒！

“有时，领导还好办，舆论你就受不了！它可以随意说，随意想，随意指责，而对后果又永远不负责任！因为舆论者并不知全局。他们也许并无恶意，但都是站在一个假设的基点上：我军战无不胜；敌方不堪一击；领导团结一致……如果让这些诸葛亮亲自干一下，肯定会更糟！即使你全部安全到达苏南，也说不定有人还说你怯战，为什么不打个‘黄桥’回来？谁说这种要求不对……至于如何总结这次失败，还是考虑考虑再说吧！”

周子昆用长叹结束了他的深谈。真理，也像烙烧饼似的在争辩的火鏊上翻腾几遍才能烤熟。周子昆和林志超都是聪明人，由于社会经历和品格的差异，奉行的生活准则是大大不同，甚至是截然相反的。但是否会殊途同归呢？

看来，林志超是对的，他只服从真理，而不迷信权威，更不惧怕权势。为了维护真理，天王老子也敢顶。一个共产党员，第一句誓言不就

---

① 原文为：“勇于敢则杀，勇于不敢则活。此两者或利或害，天之所恶，孰知其故？是以圣人犹难也。”见《老子·七十三章》。

是“要为真理而斗争”吗？

可是问题只解决了一半。你林志超要为之而奋斗的是不是真理呢？你为了你的真理，天王老子也敢顶，那么项英呢？他也是在为追求自己认定的真理而奋斗啊！他认为向北发展的战略方针是谬误，认为南进政策是真理。因此，他天王老子也敢顶，他抵制中央的方针，就成了可以理解的了。

这个辩证之磨又要推转回来：

你抵制了正确的，那么你就错了；

你抵制了错误的，那么你就对了。

毛泽东同志抵制过陈独秀的中央，抵制过瞿秋白、李立三、王明的中央，几乎在他之前的所有中央都抵制过，但他对了；项英拥护过王明的中央，却拥护错了，抵制当前的中央，却抵制错了！

那么辩证之磨又要推一圈：是非不在拥护和抵制上，而在你拥护什么抵制什么上！可是历史尚未作出证明时，哪个明哲先站出来预言说：这是正确的，你拥护吧；那是错误的，你抵制吧！

于是，这盘磨又推到了周子昆的立场上：“谁是领导，我服从谁，不管对不对，只要领导说的我就去执行！”

问题仍然解决了一半：服从了正确的，就对了；服从了错误的，就错了。如果在皖南新四军北移这个方针上，他服从中央就对了，服从项英就错了！这盘磨还可以继续向下推，林志超和周子昆的根本不同之点又出现一个公式：

周子昆：即使违心，也要避免挨打。

林志超：即使挨打，也不愿违心！

周子昆：天下父母都喜欢听话的孩子。

林子超：听话的孩子并不都有出息。

周子昆：不听话的孩子也并不都有出息！

周子昆从草地上站了起来。

林志超也站了起来。

他们互相对望了一眼，这一眼都意识到谁也没有说服谁，谁也没有改变自己的生活准则，也都意识到这次谈话都触动了各自内心深处的某种感情。

林志超在说：明知不对，少说为佳，这是自私。

周子昆在说：未知对错，少说为佳，这是谨慎。

林志超在说：明哲保身，必将成为庸人。

周子昆在说：不知屈伸，那是幼稚，必将碰壁。

相反也许恰恰相成。

"小黄！"周子昆喊站在远处的卫士，"我们向回走吧！"

一群山雀唧唧喳喳地叫着，好像在争吵着什么，议论着什么，飞过他们上方，风扫落叶似的扑进对面的丛林。

"人们都说，像飞鸟似的自由自在！"林志超感叹地说，"大概也是相对的吧？"

"当然，它们正在饿肚子哩！"周子昆笑笑，哲人似的说，"你看，那只打着转儿的老鹰，它有消灭小鸟的自由哩！但它也是饿肚子，并不自由。"他们向回走着，周子昆兴致很高，"我想起小时候听的一个笑话来，也不能算是笑话，只能算是玩话……小黄！跟上我们，我讲个故事给你听！"

警卫员气喘吁吁地跑上来："首长！讲长征吗？"

"不！讲长征没有林科长讲游击战争精彩，我讲的故事你不见得能懂！"

"不见得不懂！"

"那你听吧！从前，有一个乞丐，就在这样的冬天，冷得不行，坐在墙脚下晒太阳，心想：叫花子太不自由了，你看太阳多么好，能给人间送来温暖，我要成为太阳就好了！"

小黄在嬉笑。

"可是，不一会儿一片乌云遮住了太阳，乞丐心想，太阳敌不过乌云，我还是变作乌云吧！又过了一会儿，乌云被一阵狂风吹跑了，他想，乌云敌不过狂风，我还是变成狂风吧！可是，狂风却被墙挡住了，他又想变成墙。可是墙又被老鼠打了洞，他又想变成老鼠……"

林志超笑着补充说："结果老鼠怕猫，猫又怕狗，狗又怕打狗棍子，打狗棍子又拿在乞丐手里……"

“结果，还是乞丐最强。他不再埋怨了，心安理得地当他的乞丐……”周子昆讲完，问小黄说，“你懂得这是什么意思吗？”

小黄哈哈大笑：“这是掉光了牙的老奶奶哄孩子玩的！”

周子昆和林志超也都哈哈大笑。

第二十六章　项　英

一　打游击

“怎么样？乐观主义者！”林志超跟白沙紧紧地拥抱，“怎么一来就病倒了？你们这里比我们的山洞好！”

白沙是昨天到的，下洞住不开了，他住在三里之外的一道幽静的山谷里。这里没有山洞，搭了三个茅棚，以便收拢越聚越多的突围者。目前，已经由四十七人增加到七十三人了。

这个山谷有块林中空地，像个圆形的小剧场。几棵粗大的老橡树蔚为壮观，高大、雄浑、威风凛凛，高踞在矮小的树丛之上。那粗大的枝干，横空伸展开去，给人一种不可一世之感。

“唉！”白沙让林志超坐下，自嘲地说，“别提啦，他们说我错把土大黄当成葛藤根吃了，泻了一天肚子，站起来就打晃，到处吃书生气的亏！”

“你也不看看形状，辨辨味道……神农尝百草，是不是也像你？”

“我没有考证，”白沙豁达地、得意地笑笑说，“我还以为葛藤根就是苦的呢！三折肱而成良医。”

“你怎么想到去挖葛藤根吃？地下党不是给送来了很多黄豆吗？”

“我有我的打算，”白沙诡秘地说，“我想留在皖南打游击……我希望你也留在皖南，你当游击大队长……”

“你给我当秘书！”

“对，对，等到抗战胜利之后，我就写一部长篇巨著……”

“书名就叫《游击英雄林志超》!”

“也许还不够味!”

“那就叫《皖南拿破仑》! 作者的大名叫白痴!”林志超哈哈大笑,“喂,你还是叫白日梦吧! 多雅致,多浪漫!”

“你以为是玩笑? 我是当真呢!”

“怎么? 你真想当游击英雄!”

“天下无难事!”

“如果说真的,你到江北才大有可为。游击队是办不了报纸的。我敢肯定地说,你可以成为名记者,却成不了合格的游击队员,不是那块料……来,我来慰劳慰劳你吧,”林志超从布袋里抓出一把花生米,“这是我特意到食物保管那里要来的。”

“那么,你是托了我的福!”

“你的福是我争取来的。”

“喂,悲观主义者,难道你不想寻找郑芳雪了吗?”

“这跟留在皖南打游击有什么关系?”

“我敢肯定,她到不了江北!”

“你怎么会这样想?”

“她没有游击经验……她是在临行前随队的老百姓。在皖南,她有根基,亲戚、朋友不说,就说她那些学生的家长,哪一个不掩护她? 她有什么理由冲过层层封锁去历险? 她到江北去找谁?”白沙滔滔不绝地说着,很满意自己的分析,“你要懂得点心理学,她唯一的依靠就是你,但是,她会想:到了江北找不到你怎么办? 你也许为了找她留在皖南呢?”

白沙的分析颇出林志超的意外,也搅动了他内心深处隐秘而又甜美的感情,心想:“是啊! 我应该拜托地下党打听她的消息,还有志兰的消息,如果我匆匆去了江北,他们仍然留在皖南……不会再像临行前我到章家渡找她,她又到罗里找我,捉迷藏式地转磨吧?”他心中荡起一种强烈的牵挂和立即要见到她们的渴求,这种思念的焦虑和希冀,是一种苦甜相混的滋味。是啊,如果过几天,她们忽然双双地来到赤坑山,那将是多大的幸福? 也许,只有在苦难之后,才有那种达到感情顶峰的欢乐！

茅棚外不断有风吹林梢的飒飒声传进来，那也许是她们走近的脚步声，那轻巧的敏捷的脚步踏着枯草落叶而来。林志超屏住气息，低着头，凝视着草铺的一角，幸福的渴望在他心里燃烧着，而后像醇酒似的泛滥到全身。这种沉醉的状态在继续着……

那草铺的一角，是谁的灰色军大衣？沾满了泥污，还有几块血迹，经过突围的危难，竟然没有丢弃，这真是个奇迹。在那灰大衣下，是一把刺刀。这是日寇三八式步枪上的刺刀，在泾县反扫荡时，我军缴获了许多这样的刺刀。林志超被一阵突然袭至的恐惧紧紧攫住，仿佛那把刺刀猛烈刺进他的心窝。他眼前又闪现了溪谷边那个女战士被惨杀的景象，立刻遍体冰凉。

"你怎么了？"白沙惊异地观察着作战科长那捉摸不定的神态，"你在想什么？"

"啊！我想到……"林志超仍然未能从惊骇中恢复过来，"那是一段可怕的经历，等会儿我再告诉你。你刚才的分析有道理，可是，我们仍然不能留在皖南。北移，这是中央的既定方针……"

"我实在不想去，谁留在皖南我跟着谁！"白沙固执地说，"项政委说要到江北了吗？"

"没有，似乎没有这种打算。"林志超思忖着说，"这很奇怪，按说，我是有条件有必要留在皖南的，刚才说了，我打过游击，又要寻找芳雪和志兰，可是，我不得不去江北；而你不应该去江北，倒要留在皖南……"

"这是我的重大秘密。"

"那我可不好问了，我没有探听别人隐私的嗜好。"林志超用夸张的口吻戏谑地说，"可是，你白老兄，除了故弄玄虚之外，能有什么隐秘呢？难道说有个姑娘恋着你？还是你单相思，恋着这个姑娘？"

白沙眼睛发亮，诡谲地微笑不语。

"在突围之前，我敢说绝对没有，"林志超好奇地端详着记者向来少有的狡狯的表情，逗笑地猜测着，"那么，是在突围的险恶途中，来了个白公子落难，某小姐花园赠金的奇遇了？"

"嗨!"白沙用力拍了一下大腿,兴奋地大声叫道,"你林志超真他妈的是个天下奇才,真叫你歪打正着了! 就是这么回事!"

"恭喜,恭喜! 有照片吗? 干什么的? 漂亮吗?"

"还有,哪个村的? 姓甚名谁?"白沙自我嘲讽地说,"她很爱你吗? 现在何方? 幽会过几次? 我什么也不能告诉你。"白沙紧抿着嘴,免得笑出来。

"我并不强求。"

"因为我也不知道呀!"白沙作了个滑稽的表情,"真的!"

"不知道?!"林志超瞪大了眼睛。

"是的,所以我希望你留在皖南,好帮我找到她!"

"我一点也不懂。"

"我这里有一本日记,"白沙从屁股下拉出一个灰布包袱,拿出一本宣纸订成的簿子,"全在这上面写着。"

"你亲口说不比看笔记更传神吗?"

"不行,我的肚子要下逐客令了。"

"肚子?"

"我要出恭。"

二　曾经辉煌

1941 年的春天,不为人所觉地突然来到了赤坑山区。蒲公英黄色的花朵,在腐草败叶中突然仰起了笑脸。在突围者聚居的上、下洞里,充满着潮湿的、发酵的气息,使人感到窒息了。黄色的山野在不知不觉中,披上一片绿意,树林中的小鸟,唱起了欢快的歌。大地充满着欢乐、生机和苏醒。

2 月 14 日,在胜利突围一个月的日子里,项英召开了突围者全体会议。在这之前,召开了全体党员会议。没有两人证明的党员,过临时党的生活。这些工作很快就使突围者成为有组织的队伍,走上了生活与工作的轨道。

党的支部工作主要任务是安定情绪，服从组织决定，统一思想认识。任何时候，大概很容易分成三种状态：左中右；先进、中间和落后。现在七十多名突围者中，也分为三派——北上派、南下派、留皖派。

北上派，以林志超为代表，他们要求尽早过江。但这些人的思想意向并不一样，有的要早日投入抗日战场，以求发展；有的认为北移是中央的方针，应该执行；有的是自己的家属亲友（妻子、对象、兄妹、战友）早期北移，他们急于同亲人相会；有的对困守深山既无信心，也无兴趣，太苦了，太冷清了，熬到何年何月？

南下派，以刘厚忠为代表，这些人大都是连排长，原来由南方闽、湘、赣来的游击队员，他们没有什么理论政策作依据，只是出自家乡地域观念。他们的口号是糊涂的，但很有感召力："打回老家干革命！"

留皖派大都是皖南籍的指战员，他们的代表人物却是白沙。只有林志超知道他的理由，又好气又好笑："怪家伙！"

项英不允许这种自由状态存在过久。在临时支部会上，他要求所有党员以党性保证绝对服从党的决定，因为三派首领都是党员。大家最终所采取的态度就是进入第四种状态，那就是周子昆的状态：等待与服从！

那么等什么呢？服从什么呢？仍然是项英的意志与安排。

会场，就是林志超与周子昆面对面深谈的那块林间空地。

"同志们，有些人急于向江北去！"项英站在与会者中间，还是像在罗里大夫第门外那个小打谷场上，所不同的是周围不是房屋和田地，而是披满绿意的密林，"当然，也不是不可以去。但是，要过江并不容易。我们刚刚突出重围，到达安全地区，再去碰网，很不高明……"

与会者传来唧喳声。尽管党支部统一了思想，仍然还是南下派、留皖派赞同，北上派反对。很显然，赞成者占大多数。

"昨天上午，县委联络员，带来一个不幸的消息：冯达飞同志在南陵童村乡被捕了，与他一起被捕的还有辛焕民同志……"

全场肃静。

项英继续报告说："……这说明要渡江是困难的，尤其是我们七十多人的队伍，那就更困难了！我们现在和地方党打通了关系，我们有人又有枪,吃饭问题已经初步得到了解决。这里的群众条件也很好,地形就更好了!我们在远处放下哨,敌人大部队来,我们就躲,小股来,我们可以吃掉他们!只要我们坚持住,发展一个营到两个营并不是困难的事!现在管机关的有,管作战的也有,管经济的也有……我们的老战士将来都可以当排连长!”项英看到了白沙,“是啊,我们还有记者,可以管文化……”

白沙两眼闪光,正中下怀,显然异常兴奋。

“将来,我们发展了,仍然可以办报纸嘛!从前,我们中央苏区从省苏到各县都有报刊,中央政府机关报就是《红色中华》。那时,中共中央的有《红色周报》,中央军委的有《革命与战争》,苏区中央局的机关报有《斗争》和《布尔什维克》,红军总政治部有《红星》,中央组织部有《党的建设》,共青团中央有《青年实话》,工会有《苏区工人》,各省苏机关有《红色闽赣》、《红色江西》、《红色闽北》……”

项英扳着指头,几乎不打顿地历数出十几种报刊,使全体与会者感到惊讶。

林志超也颇有兴味地听着,他也很感惊讶。他的惊讶不是项英同志的记忆力,而是不明白项英讲这些内容的实质。他完全处在云里雾中,项英同志讲这些的用意何在?今后,赤坑山这些突围者,怎么办?要按谁的指示行动?中央的?华中局的?军部的?还是刚刚成立的临时支部的?“我们将来发展了,仍然可以办报纸。”这是什么意思?是什么地区什么机关的报纸?是谁发展了?发展成什么?发展成新的新四军?发展成独立游击大队?归谁领导?属于什么组织系统?编成什么序列?打日本?打国民党?还是打土豪分田地?在这赤坑山里蹲着,由地下党提供着勉强可以果腹的粮食,短期的隐蔽,待机北上是可以的,长期这样耗下去算什么?

傻瓜最终是傻瓜,林志超尽想那些没有用的,当然越想越糊涂;周子昆是成熟的,多想何用?徒增烦恼,领导怎么安排,你怎么执行好了!

“……今后所有的机关行政事务工作,都由周副参谋长来负责……现在,暂时没有仗打,主要是学政治、学文化!白沙同志,我给你两个任务,第一个,就是搞好文化生活,我现在,就委任你当俱乐部主任!”

许多与会者鼓起掌来。

“第二个任务,就是组织大家学文化。我请县委的同志们给解决笔纸,课本你们选编我来批!”

全场活跃。

“皖南打游击的条件,比赣南好得多!”项英向赣南方向望去。他望见了中央苏区父老乡亲们的脸,兴奋起来,“打过游击的同志请举手!”

大约有三分之二的同志举起手来。

“很好!”项英做了个要大家落下手的手势,“这样多的同志有游击战经验,这是最大的有利条件……”他的目光落在林志超身上。作战科长正蹲在地上,手里拿着一根筷子似的干树枝挖土,不知是抠毛莨还是抠蚂蚁窝。“林志超同志!”他这样一喊,作战科长猛然扬起头来,全会场都注视着他。项英并没有训斥的意思,略带幽默:“听说你是个悲观主义者……”白沙在笑,项英继续说,“有什么好悲观的呢?失败了有什么了不起?从头开始就是了!”

林志超听了之后,真是苦不堪言,而又啼笑皆非。项英说的不对吗?好像很对,又好像不对,似乎需要说明什么,可又说不明什么。林志超能站起来否认自己的悲观吗?不能!在事变前、事变中他没有乐观过,现在也不乐观,因为他不盲目,不乐观就是悲观。在这七十多名突围者中,只有他负此盛名,似乎也不公平。这种情况叫做无可奈何;他没有暴跳起来,也是一个进步,更是一种磨炼。

“你想想,你在湘赣边打游击的时候,你有几个人?十三个!可是,现在是七十三个!而且还会增加,还会扩大……”项英并没有让林志超失望,他用极其郑重和信任的声调说,“你是作战科长,对游击战争很有研究,可以称得上游击战专家了!你当前的主要任务,就是抓好大家的军事训练,给大家多讲讲游击战术,将来,带领大家,打几个漂亮仗,作战科就要作战嘛!皖南山区还不就是咱们的天下?”项英又做了个气势非凡的手势,“有的同志要去江北,可是,都挤到那里有什么好?将来,我把你们撒出去!撒遍全江南!蒋介石宣传我们有个三山计划,可是三山，黄山天目山石头多，人少粮少，不利发展，我们应该远征闽、浙、赣！恢复原来的苏区并不是不可能的！我们可以独创局面，创造第二个陕北！”

除少数几个人外，全场报以热烈的掌声。有人还喊口号：

“打回去！”

“打到南方去！”

项英摆摆手，制止了：“好了！就讲这些！等我腾出手来，我给大家讲中国的工人运动，讲武汉‘二七’大罢工的斗争！讲我跟当时的工运负责人张国焘的斗争！”

全体突围者大会，在情绪激奋的掌声中结束了。只有林志超没有鼓掌。他又体会到了28日军分会、茂林军事会议和百步坑会议上的那种心情，他不知如何是好！

项英尽量振作精神，和大家一齐鼓掌。只有他自己明白，今天的会议是一剂强心药，不可能维持过久，只能延缓病痛的突发。他要使所有人看到他的笑容，感到他的信心。其实，内心却是苦不堪言，他再也不是过去的项英了。未来虽是个未知数，但他知道最不堪设想的结果正在逼近，他必须寻求感情上的宽慰。这种宽慰任何人都不能给他，他只能从自己辉煌的历史中获得。

三　自　传

项英回到上洞，立即补充调整他的自传。他一章接一章地翻阅着，犹如观赏着层层叠叠的、起伏的峰峦。

他蹲在洞外平台上的阳光里。金色的阳光，如同美酒给他送来柔和的温暖。晴朗的、淡蓝色的天空，飘荡着几片白云，料峭的寒风在山谷间啸叫，却吹不到他身上。对面山阴处的残雪变暗了，化成涓涓细流汇进深谷中的溪水。

项英一遍接一遍地读着，对自己的记述越来越不满足。几乎每个章节都过分简略，流水账似的记载，功模材料似的描述，枯燥，干巴，缺乏感情。

自传的第一章，是写“我的家世和童年”。这里面有许多值得他自豪的东西。他在工厂里跟工头的斗争；在家族中，跟他叔叔项仰元的斗争，都几句话就写完了。

传记的第二章，是写“我的觉醒的青年时期”。记述了对苏联十月革命的向往；记述了与董必武、陈潭秋的接触；记述了《劳动周刊》给他的启示，直写到1922年3月，他参加了中国共产党。

第三章是写“我在江岸工人俱乐部里的斗争”。记述了他领导工人运动，组织工会，当选为武汉总工会书记，领导工会工作的一系列斗争。

第四章写“我参加领导‘二七’大罢工的经过以及与张国焘、杨德甫的斗争”。

项英回想他的历史，就像法庭上的主诉人一样，几乎全是他的理，因为在自我回忆中，无人与他争辩。他翻阅着自传的草稿，认为必须抓紧时间，这是在历史法庭上的证词，这是将来为自身地位和历史评价的辩护状。他此时，虔诚、恬静，爱慕自己过去的一切。掀开自传的每一页，都是闪闪发光，几乎没有一章不闪耀着光彩。

第五章，他记述了1925年“五卅运动”中，他担任上海总工会党团书记的各种活动。

第六章，记述1926年10月，他参加领导上海工人第一次武装起义的活动。

第七章，是记述上海工人第三次武装起义，他是怎样勇敢地率领工人纠察队占领了电话局，解除了警察署的武装。

第八章，记述了1928年担任过江苏省委书记，但几乎无内容可写。

他重点记述了这一年的6月，他在莫斯科召开的中国共产党第六次代表大会上，当选为中央委员，并在一中全会上，当选为中央政治局委员和政治局常委，随后化名张成，留在莫斯科，作为中国共产党代表，参加了共产国际第六次代表大会，会上当选为监察委员……

那时，项英正好三十岁。

在这一章里，项英特别详细地记述了斯大林接见他的情景，以及斯大林对他的高度评价。这种崇高的历史地位,使项英产生了一种强烈的优越感。这在他以后的政治生活中,产生了即使不是决定性的也是非常巨大的影响。

如果考察项英和其他中央领导同志的矛盾,或是研究项英所犯错误的历史原因,便可从这里看到一点端倪。

第十章,记述了六届四中全会。

未作任何描述,也没有披露任何观点。但他一跃而记述了 1931 年 1 月 15 日,他任中共苏区中央局书记。

那时,成立会议在赣南宁都小布召开。毛泽东、朱德、曾山等同志为委员。

接着,就记述他如何正确地处理了"富田事变"。把给白沙看的那封群众来信,全文附录在该章之后,以及他在担任工农红军革命军事委员会主席期间的军事工作。

他的自传第十一章,记述了 1931 年 11 月在瑞金叶坪召开的全国苏维埃代表大会。宣布成立中华苏维埃共和国临时中央政府,毛泽东任主席,他和张国焘任副主席。他如何抓红军和地方武装建设,如何抓政权建设,如何抓土地革命,如何抓经济建设,如何抓文化教育事业……

他的自传第十二章,记述了调查处理叛徒顾顺章。

第十三、十四、十五、十六,用四个专章的篇幅写了如何领导南方三年游击战争。这个篇幅,说明了三年游击战争在他心目中所占的不同寻常的地位……

项英时快时慢地翻阅着已经初具规模的自传。

"可以出一部很厚的书啊!"他这样想着,觉得自己在革命的征途上,每一步都踏出轰轰作响的雷声。

项英在这里,与许多写自传的同志一样,犯了一个很容易犯的毛病:就是只记成就不记过失。

就像三年游击战争,如果没有项英同志的领导,而由别人来领导(比如陈毅来负责),成就究竟是会更大一些还是更小一些?

历史功过难评就在这里。大而化之可以,算细账则难。有时瞎指挥,干蠢事,也还是能出成绩的,只是代价大而成果小而已!

项英对目前处境的方针,仍然是一个字——拖。拖到什么时候算什么时候,拖成什么样子算什么样子。但他想象不出会拖成什么样子,他对任何进展都不抱希望也没有把握。他隐隐觉得目前的拖跟从前的拖不一样:从前那个拖,是有南进的目标在向他招手;目前的拖,目标是什么?又在何方?

四　中央指示

"关关雎鸠,在河之洲,窈窕淑女,君子好逑。"如果白沙知道他梦寐以求的那位村姑,坐在离下洞不远的溪边,等候突围者来接见的话,他将作何想呢?他将如何行动呢?

村姑严格遵守着地下工作的纪律,只跟少数人保持着联络,而避免在下洞的大庭广众中露面。这样对双方都是必要的。知道秘密的人越少,保险系数就越大。

项英带着刘厚忠来见村姑。村姑带来了一袋粮一包盐,还有县委的口头信:华中局和新四军军部,指示皖南党组织,尽快掩护突围者过江;关于留在皖南打伏击,要由江北统一安排,重新指定人或派人来实施领导。项英立即感受到一种打击,心理上的敏感区袭来一阵刺疼。他在突围一个月的队前讲话,化成了一种梦呓,那不过是一厢情愿的单相思,是脱离中央领导、各行其是的部落主义、山头主义的再现。他现在能够自行其是,那是因为他是个断线的风筝。他把自己封闭在一条荒山沟里。

村姑等待项英的回话。项英却闷声不答。他的行动怎么能由江北来指定?难道说东南局已经不撤自销了吗?他还是不是东南局书记?项英艰难地吞了一口唾液,他无法忍受村姑那双阴郁的盘问的眼睛。他站起来,茫然地望着山林。

下午四时的斜阳,正从一株山榆树的枝干间洒下一片柔和的金光。它使人感到一种宗教的色彩,仿佛一只神奇的手把绿色的芳香洒向四方。在山沟深处堆满了翡翠色的新绿,纷繁多姿,再远处,就是一派墨青色。一只山猫从项英面前横过小径,好奇地停下脚步,盯视了他们一刻,又庄重地钻入树丛。一只美丽的绶带鸟,拖着彩色的长尾,落在山榆树上。一群山雀也蜂拥而至,唱出挑战性的歌声。溪边坐着村姑,她的旁边站着项英,十步开外,便是刘厚忠的高大身影。这里充满傍晚时分的安详,"泉响林愈静,鸟鸣山更幽",这是一个臻于完美的世界。项英想象不出,他到江北会是什么样子,更想象不出他回延安是什么样子。对这山林的气息,他不禁感到一种难以遏止的留恋。

项英注意到村姑憔悴、惨白的面容。他们上个月曾见过一面,那一次,她是跟皖南特委胡明同志来的。那时,她沉稳开朗,绝没有今天这种痛苦煎熬过的痕迹。但是,她的前额依然光洁圆润,她的眼睛依然深黑明亮,那失去了血色的微开的嘴唇,依然动人。

项英重又坐在她面前,多少年养成的善于接近群众的习惯,使他想跟这位端庄沉静的姑娘谈谈心:"姑娘,你们的生活很困难吧?"

"同志,"姑娘知道坐在对面的便是项英,却不点破,"向你说实话吧,这一袋粮食,是从村子里男女老少和病人嘴里抠出来的。"

"我知道,"项英说,"现在正是青黄不接,又加上国民党横征暴敛,再说……如果我们能像三年游击战争时期那样,打土豪分田地就好啦!向土豪劣绅去筹粮筹款,我们还可以救济生活困苦的乡亲。"

"粮食是越来越困难了!"村姑为难地说,"国民党的区、乡、保的控制也越来越厉害了,我们乡,为了掩护突围的新四军,就有二十三户人家家破人亡,进了监牢……"村姑沉默了。望着眼前潺潺的溪水,她又凄然地说:

"我的弟弟,也是新四军。他突围出来,大概是想到家里来躲避吧,由于我……我去护送几个突围的同志过山,他冒冒失失地进了村,让保安队盯上了,他拒捕,牺牲在俺村的后山上……"

"是啊!这次损失太严重了!"

"是的,乡亲们说,新四军成千上万遭了难,俺们还有啥舍不得呢?身家性命都舍得!"

项英被皖南人民这种牺牲精神深深打动了:"是啊!是啊!皖南

的父老兄妹是伟大的！”项英怀着一种神圣的感情，望着这个山村妇女。

“伟大的！”姑娘凄然地叫了一声，忽然泪如泉涌。无尽的哀伤从体内、从心灵深处缓缓溢出，难以抑制，就像从裹伤口的绷带下面渗出的血水。这泪水在项英看来是感情脆弱所致，他并不知道这个姑娘蒙受了多大的人生苦难。为了掩护新四军，为了党的机密，为了筹集粮食，为了她的一个农村党员的使命，她忍受了保安队长的奸污。她既不能拼，也不能死，她只能忍受，背着生活的十字架到这山坑里来。

姑娘的屈辱，不能对任何人说。她终于擦干了泪水，声音很低，没有丝毫自豪和埋怨，只带有几分纯朴和辛酸：

“同志，你说什么伟大……革命，人人都要牺牲，算不上伟大。我，一个农村的小学教师，从来就没有想到什么叫伟大。老百姓只有平凡，他们做了，只是想到为人应该这样，而不是想到我这样做，会给我带来什么荣誉，带来什么伟大……也许正是这种不求伟大的平凡才是真伟大吧？我不懂！”

项英的心猛然一抖，他何曾想过这个既简单又深奥的问题？何曾想过平凡、伟大、渺小之间的关系？当他站在教导总队的课堂上，当他站在陈家祠堂的高台上作报告的时候，号召大家无私无畏、为革命事业而奋斗的时候，他可曾想过自己还有什么舍不得吗？没有。他处在了教育别人的地位，而不是被教育的地位！

在给机关干部作报告的时候，他曾经引证马克思的话说：“最好是把真理比做燧石——它受到的敲打越厉害，发射出的光辉就越灿烂。”可是，就在这个报告之后，便发生了追究林志超那篇“大逆不道”的文章的小小事件。既没有让他的著述在林志超的敲打中发光，也没有让林志超的文章在他的敲打中发光，他把后者的光熄灭在清样上。他也知道他的著述有可能一驳就倒，所以才不准反驳，他并没有为真理而牺牲自己的谬误。

这一层纸，倒是被村姑这句普普通通的话捅开了。现在，面对着这个可爱的纯朴的村姑，他羞愧地沉入痛楚的内省：“是啊，是啊，为了革命事业，我还有什么舍不得呢？我是伟大的呢还是渺小的呢？”他喃喃着,像是自语。在这位村姑面前,他已经不是居高临下,不是一位高在云端的东南局书记俯瞰着站在地上的一名普通的山村党员,而是产生了一种自惭形秽的感觉:“是啊,我舍不掉什么?舍不掉面子,舍不掉自尊,舍不掉地位,舍不掉荣誉,舍不掉……个人欲望……”

他郁闷阻塞的胸腔,突然变得通畅了,就像打开了一扇窗,清新的空气与明亮的阳光突然涌进。

“啊!我的自传要重写!林志超同志说得对!我应该完成这次总结,事业上的低潮,思想上的高潮!我要舍出去!舍出去!”

项英心中第一次荡漾着这样的欢愉,是真正觉醒后的欢愉!啊,过去真像是一场梦境!“我口口声声说的是马列主义的词藻,所作所为却带有封建主义的色彩!中央批评我是对的,林志超直言抗辩也是对的!我错了!没想到承认自己错了也是愉快的!我轻松了!我觉悟了!……”

村姑惊疑地注视着东南局的领导,敏感到他涌动着的激情,但她猜不出他内心中经历着多么剧烈的变化。她小声问:“同志,我该回去了,我该怎样报告呢?”

项英这才被突然惊醒似的说“我想了,请你报告县委,请尽早尽快安排我们去江北的路线!”

村姑站起来。项英拉着她的手,感情真挚地说:“谢谢!你是伟大的!”

项英久久地望着姑娘远去的背影,神情有些恍惚。她正融进落日后的淡红色的余晖里。极目远望,天空呈现出一片深紫色,空气中有浓郁的芬芳的气息,随着清凉宜人的晚风轻柔地扑进项英的胸怀。真理之剑劈不开的固有观念,却在一种感情感召下溶解;林志超发动的数次攻击而未打破的心灵防线,在姑娘的几句叙述中,却取得了战略性的突破。项英朦朦胧胧中看到前面展现了一条崭新而又陌生的路,一直铺到紫红色的霞云深处。这条路上升腾起薄霭,清晰而又模糊,虚无而又现实。

村姑走了。项英站在溪边,久久地望着她远去的背影。现在,他的思想只凝聚在一个焦点上:“这是个平凡而又伟大的姑娘!我地位高于她，品格低于她！林志超同志是对的！事业上失败还可以再站起来，思想上失败就毁了！难怪古人说'哀莫大于心死'，我项英要做失败的英雄，大概最鲜明的标志应该是心还未死！好的，我那写不下去的总结，可以写了！我那写不下去的传记也可以写了。皖南事变这一章，就定名为《从事业低潮到思想高潮》。"

"政委！"刘厚忠把项英的思路打断了，"你刚才怎么说？要尽早尽快去江北？"

"是的，应该这样！"

"我不同意！"刘厚忠说得很坚决，神态中绝无一丝驯顺的表情，"我死也不过江！"

这在项英听来，差不多是爆了颗炸弹。这是随从副官的声音吗？他怎么会？他怎么敢？他怎么能？

"我们不能只为自己想。我们要有组织纪律，要有……"

"我想不通！"随从副官是生平第一次用这种激烈的态度跟政委讲话，"到了江北，政委去延安挨整，我怎么办呢？"

"唉！"项英同情地说，"厚忠，不要激动。到江北，组织上一定会给你安排合适的工作！要相信组织！"

刘厚忠扭头不语。这种沉默十分可怕，就像桥要断，房要倾。他们呆立了长达十秒钟，项英才向随从副官投去匆匆一瞥。他一时难以理解，可是，他应该理解。这些年来，随从副官何曾依靠、服从过组织？刘厚忠只忠于一个人，只依附一个人。但正处于自我轻松中的项英忽略了这一点，如果他能仔细想想随从副官的举动，也许会有所警惕。

暮霭推拥着薄雾，从山峰上涌流下来，灌满了峡谷。整个山野变得灰暗了。

第二十七章　王自中

一　清　剿

“我他妈的又回来了！云岭，云岭，你又是陈家的天下了！”这是陈家庆带着他的清剿大队杀回云岭，驻进罗里老家，坐在笨重的太师椅上时，发出的第一声感慨。

他回老家已经是第十四天了。坐在原新四军军部，指挥清剿新四军和突围人员及地下革命者，在他看来，颇具象征意义。这一天，他把清剿部队全部派出去了，种墨园显得空荡荡的。他身穿短皮袄，扎着宽皮带，挎着左轮手枪，脸刮得很光，刻意掩饰骄横之气，作出一副谦恭之态。

他的长桌对面，坐着一位憔悴的老人，颀长干瘦，戴一顶用了十几年的毡帽。他的面前放着一杯浓茶。

“吴老先生！咱们是老相识了！”

老人不言，七十岁的毫无生气的脸，呈黄灰色，像块石头，显得固执异常。

“请用茶！”

老人呷了一口，温热的茶使他觉得舒适畅快，接着咕咚咕咚连喝几口，沉重地喘息着。这种冷漠、麻木、无礼，使陈家庆非常恼火。但他忍着：“你知道，我请你来……”

“是绑我来的！”老人较起真来了，气哼哼地叫了一声，沉重地喘着气，“士可杀，不可辱！”

“那是你不识抬举，”清剿大队长笑笑，感到这个老家伙过分迂腐了，“咱是先礼而后兵。”

“我并不想见你。”

“我也不是请你来闲聊天的！”

“我能帮你什么忙呢？”

“郑芳雪在哪里……”

“我不知道，”老人仰起脸来，“她是我校的教师，不辞而别，这是渎职！”

“老家伙！你别装糊涂，”陈家庆终于忍不住了，狞笑了一声，“你什么都清楚，她跟新四军走，你知道，她是走不掉的。我想，她又回来了……”

“回来了？”老人急切地问，“在哪里？”

“这就是我请你来的原因。”

“我希望她能回到学校里来，”老人祷告似的说，“她是个好教师啊！”老人昏花的眼睛从陈家庆头上望过去，仿佛透过那厚厚的墙壁，望到了从前那些欢快的日子，他与郑芳雪、林志超同桌把杯、对坐共语，一起欣赏他那《四顾山赋》的情景。

“你不要装蒜，她藏在哪里，你一准知道！”

“你为什么这样想呢？”

“在云岭，她没有亲戚朋友，只有找你，还有你的那些狐群狗党！她不在你那里，就在他们那里……”

“狐群狗党是什么意思？”老人眼里闪射出发热病似的火光，脸色煞白，死死地盯住这个侮辱他的人，嘴唇抖抖地嘟囔着含混不清的话。陈家庆猜得出，那是血淋淋的诅咒，这引起他内心的震颤：他把这个糟老头子看错了！

“请原谅，我是指你那些世交世谊，同仁挚友。她当然不会傻到躲在南堡……你的老关系很多，我要你开列一个名单，赏金从优！”

“你让我出卖？”老人脸上的皱纹加深了，在那弯曲纵横的褶皱里，凝结着倨傲、蔑视和仇恨。

“你必须这样做！”陈家庆把墨盒和笔纸推到老人面前，“统统写出来!”

吴民三执笔在手,他要把狐群狗党写出来:

章渡区区长陈冠群;缉私队队长陈家庆;田家冲保长田舜尧……

开始几个名字落在纸上,陈家庆的脑子竟然没有转过弯来。他很快明白是怎么回事了,立即火冒三丈。

“你这个老混蛋!”他一把揪过纸来,团成一团,打在老人的脸上,“你在我面前耍滑头,没有你的好果子吃!”几秒钟里,好客的主人变成了凶神恶煞。他那胀鼓鼓的眼睛里猝然迸发恨火杀机,“你若不说出来,我就把你绞死吊死!”

“我有什么罪?”老人并不屈服。

陈家庆嘿嘿冷笑起来。他不幸的遭际,不正是这个糟老头子造成的吗?命运的多米诺骨牌最先倒掉的那一块,不就是从南堡小学开始的吗?他把吴民三“请”来,进行单独的“友好”的审讯,是因为他不愿意把郑芳雪的事情大事张扬。他既不愿别人知道,也不愿意别人插手,他要采取一种新方法——攻心,而不诉诸武力。可是,他没有耐心。

他看见老人疲倦不堪地歪倚在罗圈椅里,多皱的脸上掠过微微颤栗,那灰暗浑浊的眼睛里,仍然含着一种轻蔑的厌恶的感情。清剿大队长终于明白了,他的绥靖政策没有生效,“和平”方式所花的心机也都白费了。

“你有什么罪?”陈家庆学着老人的腔调,咬牙切齿地望着他,“不是你一把鼻涕一把泪地挽留新四军的吗?还写什么‘风波亭上赤血飞’。你这个老混蛋!我现在就叫你一把鼻涕一把泪,就叫你额头顶上赤血飞!”他的右手本能地一纵,伸手握起眼前的那个瓷杯,扬手向吴民三打去,打在老人的额角上,弹开去,粉碎在方砖地上。

老人把头一歪,软瘫在椅子里,陈家庆不管是死是活,跳过去,一把将他揪起来,又打又撕,而后把老人掼到地上,用脚去跺去踩去踢,仍然不能解恨,又把老人拽起来,像摔粮食布袋似的掼到门外去!

他享受着残忍的欢乐,报复与仇恨的血腥激情狂烈无羁,足以填满他那空虚的心灵。他拔出左轮手枪,指定了老人血迹斑斑挂有几缕白发的头颅:他要看到迸溅的血花和脑浆。

他的手扣在扳机上，没有扣动，倏忽间，他猛然醒悟过来，陷入了一种利弊权衡："打死他有什么用处？这个明后天就要进棺材的老鬼，何用我亲手杀他？郑芳雪也许真的不在他那里，可是，只要他活一天，郑芳雪总会来找他……这是多好的诱饵啊！"他一抬头，看到几个清剿队员在院子里紧张地注视着，便大声叫唤起来："你们他妈的愣着干什么？还不把他拖走！"

他不再看喽啰们的动作，扭身回到屋里。一种沮丧之情骤然袭上心头：连这样一个糟烂的棺材瓤子也没有降服，他还能指望什么呢？

清剿大队长在摆满酒瓶、玻璃杯和碟子的桌边，一杯接一杯地喝着古井贡酒，对周珮琳小姐来信中所说的那种恩威并用、软硬兼施的办法是否生效，产生了怀疑。

他放下酒杯，走到窗前，把额头紧贴在冰冷的玻璃上。他不觉得冷，有什么东西烧燎他的心。

自从他带着清剿大队将近六百名士兵杀回云岭地区，除了那些反共分子外，他几乎没有看到一张笑脸。他从人前走过，能觉得出从背后射来的是憎恨的目光。他是统治者，也是胜利者，可是，他的精神却很不轻松。他总觉得，不知何时，在哪个山洼里，在哪个墙角里，一把尖刀会猛然间刺进他的心窝。

他不是神经衰弱的人，到云岭之后，还没有遇上值得重视的抵抗，他却从一些散布的传单和标语中，看到了潜在的危险：

> 新四军并没有被消灭，他们还要回来的！/新四军比以前更强大了！/倒下几千人，站起几万人！/奉劝反共分子们！留条后路吧！/民众的眼睛是雪亮的！/别看今天闹翻天，血债要用血来还！

清剿大队长每每看到这些标语时，就会神思惶悚，心底发冷。但他不是一吓就倒的软蛋。现在，云岭重兵压境，如不趁机压服刁民，等待何时？他要云岭沉入血海！

他坚决地抓起电话，要南堡保公所！

"大队长！接不通！"

"什么？你们干什么吃的？"

"刚刚被掐断了!"

"掐断?什么掐断?"

"大概是游击队!"

"游击队?"清剿大队长悚然一惊,"云岭有了游击队?"胜利者的感觉消失了,"不可能!这绝不可能!他们来不及!你们立即派人去查线,我需要接通南堡!一个小时一定接通!"

陈家庆轻轻地放下话筒。他想起今天,应该是向五十二师写报告的日子。他有多少成绩可以向清剿指挥部报告呢?他打开抽屉,取出了周珮琳的信。在这封信里,他能得到启迪,也能得到信心:

家庆君大鉴:

别来无恙乎?倏忽之间两旬有余矣!皖南一役,战果辉煌,同矢爱国之热忱,共剪害群之异类,互为遥祝。

赵令波之供词谅已见到,可在云岭地区多作宣传。现已派其去茂林地区指认所俘之叛军骨干。唯闻瑗君命运不济,情报迟到数日,视为废纸,实可惜也。现已带第一批战俘去上饶。贵叔有消息否?失之麻痹。应引为憾。闻你急智脱险,勇谋可嘉,可喜可贺。

云岭地区乃匪盘踞三年之老巢,切莫视之等闲。大量溃散之叛军尚滞留皖南,有打游击之迹象,宜灭火于未燃!现在茂林地区清剿正全力进行,成绩甚巨,云岭如何?此间清剿之法,颇能奏效,今介绍给你,仅供参照。

其一,先将清剿队员,扮作樵夫、猎人、牧人、烧炭者,散布山林,如遇行者当可解决,如遇一伙,即将其引入合适地点,通知保安队及我武装人员将其围歼:其二,将清剿队员扮作叛军突围者,向当地群众要食宿,并要求找到同伙,可以发现共党地下联络点及隐藏之溃散人员;其三,扮作溃散者公开向村民散布失败情绪,并作抢掠,以破坏其威信;第四,收买内线及打入对方之游击队……

我在茂林地区事毕之后,即去云岭,届时详叙,朱副师长令我附笔问候。

陈家庆把抑郁的视线移到日历上。十四天了，他拿不出周珮琳所要求的那种巨大的成绩来。

电话铃响了。通南堡的线路已经接通，他几步跨过去，拿起听筒："接吴保长……噢，你就是，我是清剿大队长……我已经把吴民三放回去了，你要派人监视他，什么人找他，他和什么人见面要及时报告我……"

刚刚放下电话，田舜尧来见。他向清剿大队长报告：有三个突围出来的新四军就藏在他家的柴草棚子里。

"有武器吗？"

"两个人有。"

"今天夜里他们不会走吧？"

"他们累极了，睡得像死人一样。"

"很好，今天夜里，你等我们，我们去'查户口'！田先生，你为党国立了大功！将来是会论功行赏的！"

"赏多少我并不在乎，"田舜尧恶狠狠地说，"我是想抓到一个人，这个人不死，他是要回田家冲来的！"

"我不明白你是指哪一个。"

"就是那个姓王的，工兵连连长！"

"你怎么知道他一定会回来呢？"

田舜尧的脸涨得发紫，像块烧红了的砖头，他嗫嚅地把"家丑"告诉了清剿大队长。他的条件是：若是捉到这个工兵连长，一定交给他惩治！

"很好！我们两个为了国恨家仇，可以亲密合作了！"

田舜尧走后，陈家庆才蓦然间想起峨桥镇敌伪税务所的那个衔恨受辱的夜晚。他虽然把这笔泣血以求报复的怨仇债上在林志超的账上，可从女人被窝里把他赤条条地拖到冰冷的灰砖地上的正是那个王自中！

二 陷 阱

命运的急遽变化,往往把人的性格推向两极。懦弱的母鸡为了掩护自己的雏儿,可以高扬尖喙,喔喔叫着,向扑下来的兀鹰发出威胁。强烈的爱憎,给人以意想不到的勇气和力量。莲姑正是这样。事变的日子,犹如一条深沟,过去的已经褪色了,现在看来,恍如隔世。她现在是另外一个人。

新四军离开云岭,这是她心灵上的地震。她像受了雷击似的呆立窗前,面对狂风暴雨,整夜地站着,耳畔轰响着那两名誓言:"我等你回来!"

"我一定回来!"

她怀着一种宿命感等待着。她忽然感到为了这种等待,十九岁的体魄里,洋溢着充沛的激情,她那在苦难中压抑过重过久的精力和意志,猝然喷发出来。

她在田家,仍然是一头干活的牲口,劳动的工具,是婆婆滥发淫威时泄气的布袋。但她是怀着一种奇异的心情来加以忍受的,就像一个上树摘果子的孩子,那粗糙的树干磨破她的皮肉,那尖利的针刺划得她遍体血流,但为了摘到那颗甜美的果子,对这些轻微的伤害毫不在乎。磨难,反而使那颗果子增值。

正是在这种苦难的重锤和希望的火焰中,炼造了她坚毅的气质,平时的迟钝一跃而为机敏,平日的柔弱成了金刚。别的姑娘过着自由自在的日子时,她的生活是悲惨的;现在,当云岭在腥风血雨中飘摇时,她却成了冲向风雨的海燕。

自从新四军离开云岭那一天,她的床头,就备下了棍棒和柴刀。她的操劳,却比以前更为卖力。

"莲姑!"她的公公以向所未有的温和对她说,"新四军走了,我也像闪失了什么似的,你知道,我对新四军并无恶意,只是恨那个姓王的对你不端,败坏了田家门风。我知道你是个老实孩子,又能干活,现在好了,没有人来勾引你了,一心一意地过日子吧!我跟你婆婆都是年过半百的人了,将来这份家业还不是你的?一心扑到家业上吧,我也不再难为你了。你该干什么,就干什么吧!"这种和解的态度听起来合情合理。

莲姑对这些话琢磨了很久,很难说有什么居心不良。她曾去找过妇抗会主任陈三嫂,可是,她不在家,据说走亲戚去了。她知道,这是躲避搜捕。在人人自危的环境里,她没有第二个人可找了。

新四军走后的第三天、第四天,云岭就蝗虫似的来了国民党的部队,到处是火光、枪声和搜捕。她夜夜注视着茂林方向,谣言纷纷传来:"新四军叛变,被中央军消灭在茂林以南的大山里了……"

莲姑没有战争经验,她从自己的幻想中虚构出许多悲惨的情景来。她仿佛看到王自中躲在战场的血泊里,面向着她的窗口,爬,爬,爬……在咽气的时候,吐出最后一句话:"莲姑,我对不起你!我回不到你的身边了!"

她伏在枕上哀哀痛哭。

元月16号,云岭出现了第一批突围者。这些突围者给云岭带来悲惨消息的同时,也带来了希望和生机。疯狂搜捕与舍生掩护的斗争,激烈地展开,凡是云岭地区随军北移的干部、战士家属,都在急切地盼望亲人回来。

"王连长他一定会回来的!"莲姑祷告着,她认定自己的诚心会感动上天。这真是不幸中的幸事,遥遥无期的相会,反而近在眼前了。

这天仍然是蒙蒙冷雨,她照常背上了柴架。刚出门,就惊住了,她的公公带回了三个突围者。

"莲姑,今天不要上山了,给同志们做点饭吃!幸好是我碰上了他们,不然,他们就闯到清剿队的卡子上了……"

三个突围者一到柴草棚子里,就歪倒了。莲姑端给他们半盆子剩饭,他们抓在手里,向嘴里塞……

"莲姑!到门外放风!"公公庄重地吩咐着。待莲姑走后,他殷勤地安排突围者休息:"同志们,你们受点委屈吧,我不能像老房东那样照顾你们了,只好叫你们睡这个草棚子,我是怕万一……"

“大伯,这就很好了,太感谢了！到夜里,我们就走……”

“那可不行,你们要多住几天。我给你们探探路,不安全不能走,到处都是他们的明岗暗哨。”主人的这种热诚,使突围者深受感动,“你们附近有关系吗？要不要我给你们传个信?”

“没有,我们是三支队的,原来驻在繁昌孙村,这边没有熟人。”

“你们一齐到云岭来了很多人吧？他们在哪里?”

突围者摇摇头。

好客的主人长叹了一口气,“云岭的乡亲们都盼你们再回来啊！好啦,你们自己铺开干草睡吧！我把棚子门,从外面锁起来,就像没人进来似的。”田舜尧谆谆地嘱咐着,“万一有人来搜查什么的,我来对付,你们千万不要出声。”

田舜尧看到莲姑坐在门口的石阶上,把她叫进屋里,轻声嘱咐她,那是少有的慈祥的声调:“莲姑,你知道掩护新四军的散兵,是要全家遭斩的,千万不要露了风声。”

“你为什么带他们来家?”莲姑疑惑极了,“这多么危险?”

“我没有别的办法。莲姑,你满山打柴,可记得哪些地方有可以藏人的山洞？万一他们走不了,你就把他们送到山洞里去。”

莲姑对公公的转变,持怀疑态度。可是,她不敢确定真假。“如果他有坏心,索性把他们领到保安队去好了,为什么要带到家里来？为了赏钱？为了探听情况？还是真的大发善心,为了自己的后路?”她后悔没有听听公公在棚子里和那几个人谈些什么。这几个人是新四军吗?这里面有圈套么？她越想越乱。但她希望公公出门去,她好打开柴门,问问她最为关切的消息。

这个机会终于有了。公公外出,婆婆犯了心口痛躺在床上,她借给他们送饭的机会打开了棚子门。

突围者带来的消息是值得欣慰的:其中有人在突围途中,曾跟工兵连的一个班长相遇,知道工兵连的大部分战士还活着。这就增强了她等待的信心。

她没有理由向突围者说,她的公公靠不住。但她告诉他们最好早一点离开村庄,由她带他们到山洞里去。

公公回家,一切照常,困危使他们全家和睦相处了。

睡得很熟的莲姑,被一种奇异的声音惊醒了,院子里手电穿射,人声嘈杂,突然扬起她婆婆的哭喊声。她出于一种本能,披衣而起,手提柴刀,冲出了屋门。腊月二十日的下弦月,正向院子里投下清冷的光辉。

三个突围者和她的公公全被保安队绑了起来,一声"带走",院子变空了,只剩下她婆婆一声高一声低的哀号。

莲姑托辞探听公公的消息,找到了陈三嫂。

"你公公是个坏东西,"地下党小组长告诉她,"现在正是他们得势的时候,你要顺从他,要装傻……"

"以后我有急事怎么办呢?以后若是有自己的同志,我怎么办?能不能把他们安排到北山的山洞里去?"

"不行,你打柴的那座山上的石洞,保安队都派上暗哨啦!"

莲姑大吃一惊,她立即想到王自中来找她,可能遇到危险,差不多要急哭了。

"你有急事,就到西山的山神庙去找讨饭的小根宝……"陈三嫂把联络方法告诉了她。

她回家后不久,她公公也一瘸一拐地被人搀扶回来,棉袍扯破,一脸血迹,腿被打伤。如果不是乡长替他说情,他就完了!

19号下午,她不安分的公公又带回来两个突围者。一个是文弱书生,一个却是体魄健壮的青年。这两个人都带有短枪。他们仍被安排在草棚子里。

这一次,公公却形影不离地守卫在草棚子门外,坐在落日余晖里一袋接一袋地吸烟。莲姑想不出任何办法,让这两个误入陷阱者脱险。开始,她曾想用简单的办法,借送饭之机,把真情实话告诉他们,仔细一想,事情就会很糟。突围者白天是走不出田家冲的;她将被迫逃离这个家。那么,她在什么地方等候王自中呢?王自中到什么地方去找她呢?

她还不理解,她的公公守候在家中,是防备谁?是对她产生了猜疑?那么,是谁替这个老坏蛋到清剿大队去报信呢?他怎么能够连续带两批突围者回家?是碰巧?还是他有一张暗探网呢?她觉得这个老混蛋是个危险人物,是突围者的灾星。她明白了他向她和解的策略,他是在等待王自中的到来,以便斩草除根,把她当成诱杀工兵连长的诱饵。难道说,这个老东西早把我看透了?

莲姑想到她这一线靠不住的希望随时可能破灭,她的心便在恐惧中颤抖了。她回到自己屋里,两只眼睛绝望地盯着倚在床腿上的那把柴刀:"要不要一刀把那个老坏蛋劈死,把他们放走?"她浑身打着寒噤,猛然把那柴刀的木把抓在手里,又慢慢松开了,她下意识地遏止住这种冲动。她知道这样,很可能什么也不会成功。她知道自己是幼稚的,不正是由于她的傻气,才使那三个同志落入魔掌的吗?

黄昏时分,公公让他的傻瓜儿子端给突围者半盆粥。夜幕在莲姑的等待中悄悄降临。她不能再犯第二次错误,她必须行动。但她的行动是无计划的。不能说她没有周密思考,是她无法可想,只能凭直觉行事。

"公公!上一回你为了收留新四军,挨了打,受了罚,做了保,为什么还要收留这些人?"

"我不怕,保安队想不到我还会这样做的!"

"不!我不能叫你再遭殃了!"

"你不要多管闲事!"田舜尧站起来,保持着足够的警惕。

莲姑手执柴刀,猛然推开柴门。两个突围者已经站了起来。门外的争执,他们早已听清楚了,出于警惕,他们拔枪在手,瞪视着这个极不友好的姑娘。

"你们走吧!天也黑了……"

"大姐,你该是个妇抗会员吧?"这个文弱书生是谷学清。

"我什么也不是!"姑娘声冷字重,令人触之若冰,"前天就来了三个,也是藏在这个草屋子里,他们叫保安队抓了去不要紧,可是连累了我们全家,我公公遭了一顿毒打!你们走吧!若是再叫抓了去,我们全家都要问斩了!"

谷学清还想恳求,却被另一个年轻人猛拉了一把。他是保卫干事鲁敏,他无可奈何地说:"既然主人不欢迎,我们也只好客随主便了!若不是这位大伯热情……"

"啊！你们不要介意……"田舜尧热诚地挽留，"这孩子不懂事，要走，也得晚一些走，我再给你们煮一点饭带着，等夜深人静……"

"大姐，你既然这样不客气，我们也不勉强留宿了，"鲁敏咔哒一声，顶上子弹，他示意谷学清也这样做，"只是，我们道路不熟，请你送我们一程吧！"那架势，如果这位姑娘不答应，他就要强迫了。

"公公，你看，我送他们……"

田舜尧为难了。如果勉强挽留，莲姑会不会三言两语说明真相？他们会不会恍然醒悟当胸给他一枪？从崭新精致的短枪上，他看出两人都是干部，放走他们太可惜了："你送他们一程吧，你打柴的后山上有洞吗？"

"有，有两个呢！"

"那我就放心了！"

莲姑一出门，就拉了鲁敏一把："我公公是个坏蛋，我是他家的童养媳！"

"我看出来了。"

"带我们上后山吗？"

"不行！快走，跟我走……"

他们刚刚走出村头滑下斜坡，迎面站起两个人来，喊了声"站住"！

鲁敏"砰砰"两枪，一把拉住呆愣着的莲姑，迎着那跌下去的两个伏击者，冲过去。谷学清跟在他们的身后。接连越过两个山包，他们才歇息下来。莲姑正要向他们打听工兵连的消息，鲁敏却猜出了她的身份：

"刚才那个村叫什么名字？是不是田家冲？"

"是啊！"

"那么，你认识我们的工兵连长了？"鲁敏猜测着说。

"你叫莲姑？"谷学清的记忆力比鲁敏更好。

"你们怎么知道……"

"一提田家冲，"谷学清说，"我就想起来了，王连长那件事，机关里哪个不知道！"

"我真不知道还能不能碰上他！"莲姑凄然地说，"为什么别人都来了……”

“他一定会来的……”谷学清安慰她，“他是经过三年游击战争的，有经验。”

“你们以后到哪里去呢？”莲姑对这两个认识工兵连长的人，产生了无限留恋。

“去江北！”鲁敏说，“大部队在那里。”

“留在皖南吧！”莲姑请求说，“你们全走了，老百姓怎么办呢？谁来整治那些坏蛋呢？”

他们默然无语，仿佛听到皖南人民的心声。

“鲁干事，留在皖南打游击吧！”谷学清说，“好多同志都没有走……”他想起郑芳雪和林志兰来。

“我们能自己作决定吗？”

“想法儿跟地下党取得联系。”谷学清说，“我知道，北移前，另组成了泾、旌、太中心县委，只要我们能跟他们联系上。”

三　相　聚

王自中和莲姑做梦也没有想到，会在包忠良的茅屋里相见。

“这……这是你？”当王自中站在莲姑面前的时候，她竟然畏缩地向后退了两步，声音无力而缺乏信心，她不能肯定站在面前的就是日盼夜想的人。但是，她在这微光照耀的黑漆漆的矮屋里，仍然看到他眼里闪射的喜悦的光芒。

“你，你不认识我了？”

她立即扑过去，伏在他宽厚的胸前放声大哭。她把泪脸仰起来，望着王自中胡子拉碴的脸，发出羞赧的微笑，两颊出现了一对深深的酒窝。他们都喝了过多的幸福之酒，虚脱了似的摇摇欲倾了。在她眼里，王自中黑苍苍的脸，比原来更加英武了。

“你可回来了！”她梦呓着，紧紧地揪住他的破棉袄。“真的回来了！”像叹息。她多么幸福啊，他已经不再是梦中的幻影，她能听到他的声音，触到他的目光，感到他的心跳了！怦！怦！怦！他的心跳得多么狂烈啊！好像要从胸腔里跳出来，蹦到她的怀里去，她感到他炽热的体温了！这是多么诱人的青春气息。他那颗心是值得信赖的，他那拢在她肩头的手臂是有力的，他就是她的依靠，从此，她不再孤单了！

“我是为了你……”王自中喃喃着。他低下头，看到那一双带着泪痕的眼睛仰望着他，这双眼里含有多少温柔、爱慕和期待啊！他的身体内部感到一种强烈的渴望，周身掠过阵阵冲动。他们紧紧地偎在一起，恍若梦境，感到害羞的同时又感到无限美好！

他们又语无伦次地说了些毫无意义的话。一切自制力都消失了，他们脚下的土地轻轻滑走了，旋转起来。仿佛在明媚的蓝天上飘浮，四处都是一片嫣红色的霞云，没有一丝暗影。

只有远处的枪声，才把他们唤回到现实中来。睡在床上的小秋姑惊醒了，她看见这一对陌生的身影，吓得哭了起来。莲姑急忙从王自中胸前挣脱出来，去照应这个瘦弱的孩子。“我来吧！”忠良婶从屋外走进来，抚慰孩子再睡，并向他们抱歉地笑笑。那笑容是那样美好，好像在说：不要害羞，难道人人都有的爱情是可羞的吗？

茅屋里那盏昏暗的油灯，像一颗遥远的星星，照耀着这一对恋人，一对患难相知生死与共的恋人。

王自中首先沉静下来，轻轻地把莲姑推开，给她撩了撩垂在脸上的乱发。这个彪形大汉竟有这样细腻的动作，真是不可思议。恋爱，大概是人生的本能而无师自通的吧？

“莲姑！你离家的经过陈三嫂全跟我说了，她一直夸奖你哩。”

“我也不知道做得对不对。”莲姑羞涩而又自豪地说，“我跟你在一起就好啦！我觉得我什么都能干！”

“哟，什么都能干？”

“是啊！只要我跟你在一起，万丈高崖，我也敢跳！”

王自中急忙用手捂住她的嘴：“可别这么说。”这种近似迷信的想法，并没有在这位共产党员头脑里清除。他又想到了他那跳崖自尽的妹妹。

“若是我早知道那个老坏蛋出卖了突围的同志，那天晚上，我就把他干掉了！这是个祸害！”王自中愤恨地说。

“那天夜里，你就坐在我的床上？”

“是啊！唉！我怎么会忘了，”王自中急忙向怀里掏着，拿出了莲姑的小镜子和木梳子，“我把它们给你带来了！”

莲姑把它们捧在手里，这胜过世上任何无价之宝，感动得无以复加：“啊！你怎么还想到带这个……”

“当时，我真怕极了。”王自中心有余悸地说，“我在后山等了你三天，不见你上山打柴的影子，我不能冒险去田家冲找你。一见屋里没有人，吓昏了。你是不是活着，我想都不敢想……”

“后来呢……”莲姑抚摸着自用之物，原来并不觉得这小镜这木梳有什么价值，现在不同了。

“后来，我敲开了那个坏蛋的门，他以为我是来杀他复仇的呢，他们跪在地上，哀求饶命，他说，你送两个新四军走了，不知为什么没有回来……我相信了。后来，我又找到了陈三嫂。她说云岭活动困难，是敌人的重点清剿区，她就让我到四顾山来找你！”

“听鲁干事和谷秘书说，你们在东流山打得很厉害，我现在还后怕呢！你受了多少苦难，碰上多少危险啊！你现在平平安安地回来了，我永远也不离开你了，担惊受怕的日子真难熬啊……”

王自中几句话就讲完了他的历险：“莲姑，我跟三嫂说好了，我要留在皖南打游击……”

“我当然高兴了，可是，我有些怕。”

“怕？怕什么？”

“我怕咱们太好了。太好了，就不会长久！”莲姑脸上出现了郁悒的神色，说出她心灵深处的忧虑。

“不要担心，我在湘赣边，跟林营长一起打了三年游击，连根汗毛也没伤着。我早晚要把陈家庆除掉。早知他今天这样凶残，我在峨桥镇税务所，就像捏蚂蚱似的把他捏死了！”

四　开　会

四顾山密林中的一个烧炭棚子，是未来游击队的“营地”之一。

陈三嫂跟鲁敏、谷学清迟到了。本来是夜间开会的，现在，已经是元月23日的凌晨了。王自中望了望晨光熹微的天空。东方呈现出鱼肚白，天边像抹了一层淡淡的红粉，西方的天际露浮着一片片灰云。

“三嫂！岗哨派好了吗？”王自中问。

“小根宝在那里，”三嫂指了指一棵高大的山毛榉，“有事他吹口哨！”

王自中看看那隐在树丛里的乱蓬蓬的头发，他认识这个十四岁的孩子。这个孩子曾向他讨过子弹壳，可是，他说子弹壳要上交兵工厂，再制造子弹，未能满足孩子的要求。

“那好，咱们开会吧！”王自中郑重地说。烧炭棚子可以坐下六个人，中间还空着原来烧炭人放锅灶的地方，“我先说几句吧！”等大家坐定，他又说，“在战场上有个规矩，若是指挥员突然牺牲了，在他未指定代理人时，谁站出来指挥，大家就听谁的，因为情况紧急，不容许讨论，不容许推举……还有，谁的职务高，就听谁的！今天情况紧急，咱们还未能跟上级党联系上，我们不能等，我们要干。我提议，咱们先把游击队的组织成立起来……”

“我同意！”鲁敏说。

“我也同意！”谷学清说。

“那么，谁来负责呢？”王自中目视着鲁、谷二人说，“我们三个都是连级干部，”王自中显示出过去所没有的干练，“你们两个的文化都比我高，又都是军部的……”

“哎呀！老王，还绕什么弯子，”鲁敏心直口快地说，“咱们三个谁不了解谁？学清是个书生，我也没有打过仗，就是你带过兵，经历过三年游击战争。在这种时候，谁还有地位观念，那不就太低级趣味了吗？”

谷学清立即表示拥护。

“那好，咱们是军人，办事不兴黏黏糊糊。我现在就把三年游击战争那套老经验搬出来，你们大家再提意见，看看行不行。不同意的，可以争论。第一，我先宣布，咱们游击队的成员：我，原工兵连连长王自中；原保卫干事鲁敏；原机要秘书谷学清；原田家冲妇抗会主任陈三嫂……”

“哎呀，陈三嫂也该有个名嘛！”莲姑抗议说，“忠良大叔总不能也叫她陈三嫂吧？”

“可我不知道。”王自中的脸涨红了，抱歉地向陈三嫂笑笑。

“噢，我姑娘时的名字不好听，嫁了人，就得顶上丈夫的姓，有什么好听的？陈三嫂，陈三婶，陈三妹，陈三婆，陈三家里的、屋里的都行，就是得挂上陈三！”这个快乐的大嫂把大家引得哈哈大笑。

“老王，你们那里叫什么？叫媳妇，叫娘子？还是叫老婆？”鲁敏取笑地瞅瞅莲姑，似乎这些称呼都牵着她的命运。

“叫堂客！”谷学清抢答题似的说着，摇摇头，“还有的叫内子，没有哪个人能给妻子起个好名字，太遗憾了。”

莲姑只是捂着嘴笑，然后说：“三嫂，你的名字真的不好听吗？你不是还上过学堂吗？连个学名也没有？”

“我的小名叫臭妮，老师起了个学名叫杨兰香！”大家哈哈大笑。直到大家看到王自中那板起的面孔，才忍住了笑声。的确不是嬉笑的时候，大家的心情却是轻快而兴奋的！

“革命军人包春生的父亲，包忠良大叔；莲姑；”王自中顿了一下，谁也没有开玩笑，“站岗的陈根宝，我们有七个成员。”

“还有包大婶，还有……南堡的吴民三……”谷学清提议。

“他们放在编外，”王自中说，“你们不要担心人少，关键是要精干。将来队伍还要不断扩大。成员定了，咱们要给游击队定个名称，这个名称可大可小。我记得林营长给我们上军事课的时候，讲过兵法：在你弱了的时候，就得壮壮声势，以弱示强；在你强大了时，为了麻痹敌人，就要以强示弱。他说古代战争里，就有增灶减灶之法。”

“现在，当然应该以弱示强。”鲁敏说，“我听说，大别山以前几十个人的游击队都称游击师!”

“陈家庆不是叫清剿大队吗?”王自中说,“咱们跟他对等吧,就叫云岭游击大队!将来,跟中心县委联系上以后,当然由县委来定。现在,咱们七个成员,也应该有个分工,我先提出意见:王自中,任大队长;陈三嫂给咱游击队当政委……”

其他人鼓掌,陈三嫂却极力推辞:“那怎么行?我知道政委怎么当?”

“你把游击队当成妇抗会来领导就行了!”王自中表现出当机立断的胆魄,“能领导好一个妇抗会,就能领导好一支游击队!”

“我们这些人,比你那些唧唧喳喳的娘子军好领导!”鲁敏打趣地说,“我给你当警卫员吧!你知道,我们保卫干事,大都是首长的警卫员出身。”

陈三嫂微微笑了:“那就干几天吧!”

“鲁敏,当游击队的参谋长,主要负责军事工作。”

“你看,”谷学清逗趣说,“全都封官啦!”

“那么你想干什么呢?”王自中端详着这位书生。他有些犹豫,他在游击队里干什么都不合适,这是一块当秘书的料,还得在大机关才行。

“我挑个职务吧,”谷学清豁达地说,“当文书,兼管宣传。”

“很好!将来我们是要出布告的!”王自中说,“包大叔是咱们的后勤部长,这块营地就是他给咱们预备的,吃、穿、住,将来都要找他……”

“我只能打狗肉给大家吃!”包忠良笑笑说。

“以后的事情多着呢,将来会有个大家业。关于枪,关于钱,等会儿我再说。莲姑现在跟着陈三嫂,当通信员。”

“为什么现在呢?”莲姑不知道自己的职务是好是坏。

“将来,咱们会有伤员和病号的,得由你来照看他们!”

“可是,我想打仗。”莲姑怯生生地说。

“谁都得打仗!”王自中说,“刚才只是大致分工,总的来说,大家都是一个游击队员,都得执行战斗任务。”

“没有枪怎么打仗呢?”

“现在,我就讲到筹粮筹款和解决武器的问题。”王自中说,“我们现在有三支短枪,只是子弹很少,经不起两次战斗,就打光了。还有大叔的一杆猎枪,这种前膛枪用处不大,放一枪就完了,来不及装药。所以,解决武器是首要的任务……”

王自中突然停住了,他听见了小根宝的口哨声。

“敌人搜山?!”几乎所有人的眼睛里都流露出紧张的神情,并都望着王自中:“怎么办?”

鲁敏和谷学清全都执枪在手,准备出击。似乎在突围时,那种枪响、人喊、射击、还击、奔跑、搜索的场景又要出现了!莲姑死死地揪住三嫂的手臂,脸色惨白。她并不怕死,只是,她所盼望的刚刚得到的那种辉煌的生活,还来不及回味一下,仅仅闪了一下光亮,就要熄灭了!

“谁也不准动!”王自中威严得像个将军,他憨厚的眼睛犹如火光在闪,他猝然对着莲姑的鼻头打了一拳,鲜血立即流了出来。这个猝不及防的动作,把所有人都惊呆了。莲姑惊叫了一声,立即捧着了脸。

“你们听好!”大队长声音森冷严苛,绝无通融的余地,“三嫂快扶莲姑到棚子外面去,就说你们挖葛根跌伤了……随你们找什么借口都行。若是人多,你们就把他们引向棚子相反的方向,假使只有几个人,你们就把他们引到棚子里来,明白吗?”

当陈三嫂扶起莲姑要离开棚子时,王自中摸过一把烧炭人用的小铁镐交给她们。

鲁敏敬佩地看看王自中,心想:毕竟是参加过三年游击战争的人,这是拯救两个没有任何防卫能力的妇女的唯一办法。不然,战斗一旦发生,持枪者有可能脱险,她们是要落网的!

“站住!”一声呐喊,接着是“啪,啪”两枪,子弹从烧炭棚子上方呼啸而过。

谷学清脸色灰白,他担心两位妇女的命运。忠良叔紧张地握着猎枪,脸上一层茫然。鲁敏支着耳朵,像只警觉的猎犬。王自中沉稳地坐在炭棚门口,好像在迎接即将到来的客人,轻声慢语地说:

“刚才那两枪是吓唬人的。等会儿,看我的动作机动行事。”

五 战 斗

陈三嫂拖着铁镐,拉着莲姑,从烧炭棚里跑出来,她们万万想不到第一次战斗竟是这样发生的。当然,更想不到如何发展下去。她们只有一个想法——尽量离开烧炭棚子远一些。她们听到一声喊叫,接着是两声枪响。

她们已经领悟了新任大队长的策略,坐下来等待搜抄队的到来。一分钟后,两个持枪者,气势汹汹地来到她们面前,用枪指定她们:"你们是干什么的? 为什么跑?"

"老总,你们干吗吓唬人呢?"陈三嫂战战兢兢地回答着。她发现周围并没有搜索部队。

"你们到山上来做什么?"

"挖葛根吃! 家里断了粮啦!"陈三嫂举了举镐头。

"她是你什么人?"

"是我小姑子。摔倒了,碰破了鼻子!"

这是陈家庆原来缉私队里的两个匪兵。他们从清剿队里游离出来,想找点外快,大规模的搜山几乎没有任何效果。这里与石井坑一带搜山不同,那里,有上千名突围者散布在山林里,容易收效。四顾山和云岭,几乎空无一人,纵有少数突围者潜入,也像大海捞针。

陈家庆的方法是分散清剿,靠特务网、便衣队、特工队活动。他认为在章渡区,还不可能有游击队活动。他在给周珮琳复信时,想通了这个道理:"在章渡区要想取得茂林地区的清剿成果是不可能的。罗里村不是石井坑,没有六千人供我搜捕;到章渡来的,只是几条漏网的游鱼。"清剿大队仍用缉私的办法,让喽啰们分散活动,以搜捕的人数多少、职务高低,论功行赏,至于部下借机敲诈勒索、奸淫掳掠,他一向是睁一只眼闭一只眼的。

两个匪徒互相交换了一下眼色:"怎么样? 把她们带走吗? 还是……"有什么油水好捞吗? 在这茫茫密林之中,淫心邪念陡然而生……

“你们是跑出来的新四军吧?”高个子匪兵威胁着,连他自己也不相信。

“不! 我们是挖葛根的!”

“你们挖的葛根在哪里?”

“就在那里,”陈三嫂向烧炭棚子一指,“我们都放在棚子里了。”

“棚子? 这里有个棚子?”匪兵高兴起来。

两位妇女点点头。

“很好! 你们带我们去……”

“不!”莲姑怯惧地对三嫂说:“大嫂,他们没安好心!”

“我看你们就不是挖葛根的!”匪兵又威胁着,“走! 到棚子里去!”

“去就去!”陈三嫂仍是一手拉着莲姑,一手提着镐头,径直向烧炭棚子走去。

两个匪兵提枪跟在后面。

“妹妹,不要怕!”陈三嫂向莲姑使了个眼色,用手作了一个搂抱的动作,“这是一点危险也没有的!”她回头向两个匪兵恶狠狠地警告说:“老总,若是你们使坏,我可要用镐头夯你们!”

“大嫂,你放心好啦!”两个匪兵开心地笑着,又互相对视了一眼,“咱们可是大老实人!”

“可是我觉得你们心术不正!”陈三嫂边走边回头,扮演一个泼辣女人的角色,“你们在老百姓面前像狼,见了妇女就变成了狗!”

“大嫂,你怎么出口伤人呐!”其中一个匪兵觉得这个女子很有味,而另一个觉得那个妹妹也不错。

大约离烧炭棚还有二十几步,陈三嫂突然拽了莲姑一把,说了声“抢他们的枪”! 两个妇女猛然回头,用猝不及防的动作扑进两个匪兵的怀中,把他们的枪死死抱住。

由于莲姑扑击得太猛,那个匪兵惨叫一声,向后趔趄了两步,仰天倒在地上,但他仍然抓住枪带不放。莲姑也被拖倒下去,死死地把枪抱住。

陈三嫂扑击的那匪兵没有跌倒,他跟陈三嫂扭作一团。

烧炭棚子里只冲出两个人来:王自中和鲁敏。在这种情况下,人多反而坏事。就在这瞬间,小根宝抢先了两秒钟。他从树丛后一跃而起,像只小豹子似的冲到搏斗现场,摸起陈三嫂丢在地上的镐头,对准那个眼看就要得势的匪兵后脑勺敲了一下。

这家伙呆愣了一下,把手摊开,好像在问这是为什么,而后突然痉挛着,东扭西歪地跌下去。

鲁敏已经帮助莲姑解除了那个匪兵的武装。

“快,拖到棚子里去。”王自中吩咐着,“根宝,再去放哨!”他对任何人都没说一句夸奖的话。

六 游 击

一切都按照王自中的吩咐办理了。

他审讯了那个活着的匪徒,脱下了他们(连被根宝敲死的那一个)两身军衣。在三年游击战争中,有几身敌军服装至关重要。袭击峨桥镇税务所,就是化装进行的。

没收了两个匪徒的二十块银元和一百多元钞票,对这个活着的匪徒如何处理,意见分歧很大。除了王自中外,几乎全部同意处死,以绝后患。这个匪兵预感到死亡的临近,跪地求饶,保证一生不干坏事,声言他是南陵人,家有年迈老母,请求释放他回家。鲁敏认为全是鬼话。

王自中却坚持不杀俘虏,而后决定给他路费,让他回家。由鲁敏和包忠良两人把那具尸体拖进大冲沟喂狼。

这些事情在半个小时内就完成了。王自中主张原地开会,他认为越在原地越安全,这就是战争的辩证法。可是其他人却坚持自己的意见。鲁敏和谷学清换上了匪兵的军装,背上步枪,两支短枪由三嫂莲姑使用,忠良叔仍然使他的猎枪,小根宝仍然不近不远地跟随他们。

这支队伍已经有了新的意义:两个清剿队员押着四名老百姓,甚至可以大事招摇地穿过大街。

这支刚刚组成的游击队,在包大叔带领下,进入另一条山沟。这里有一座废弃了的香菇棚。他们吃着冷狗肉，喝着泉水，兴奋不已。莲姑洗净了脸，鼻梁有点青肿。

“我打莲姑这一拳，没有必要，”大家刚刚坐定后，王自中懊悔地说，“当时，我很急，只想到一旦发生战斗，首先是两个女同志遭殃。不过，这一拳并没有白打。”他看见莲姑低头微笑，“这是在游击战中，林营长教给我的好方法，在紧急情况下，要学会制造事故……”

“制造事故？”所有人都感到新鲜。

“在今后斗争中会常常用到，这都是林营长向我们讲的。过去土匪抢劫，先放一把火……”

“趁火打劫嘛！”谷学清说，“《水浒》里，这种故事很多。”

“这就叫制造事故，创造战机。刚才我打莲姑一拳，无非是毁容，无非是给她们逃跑找个借口，意思不大。但是，有些就很有用。敌人抓到你，你硬逃跑，很可能送命，若是你跌个跟斗，扭伤了脚……”

所有人都微笑了。

“汉将李广受伤被俘，装死，”谷学清想起了历史故事，“夺马逃回。”

王自中不知道这个故事，有些迷惑。谷学清作了解释。王自中感慨地说：“学问是很有用的，关键还是会用。”

“对啊！光学不用，就是书呆子了。”谷学清自嘲地说。

“现在，我们还有几件事要办。”王自中又怕把话题拉远了，“刚才说到武器，现在武器有了，钱也有了。当然，以后我们还可以筹款，打保公所，打乡公所，打税务所，都能搞到钱。有钱就好办事：救济穷苦的革命群众，把我们的根扎牢；村村有咱们的落脚点，有咱们的情报站，我们就如鱼得水，能随意游来游去。有钱，就可以搞化装，可以上酒楼下饭馆，三嫂、莲姑还可以穿穿阔太太的衣裳……这些，我们在湘赣边都搞过！”

“穿这些，有什么用？我们也做不像。”莲姑畏怯地说。

“没穿过，还没见过？要学样……有什么用？”王自中想不出来，“到时候再说。”他笑笑，“也许让你们打扮成讨饭的呢！”

“我能行！”莲姑信心倍增，“脸上抹把灰……”

“你们想想吧，一个讨饭的姑娘，怀里揣着小手枪（这是机要秘书的五蜂子），不是要打谁就打准？”王自中兴高采烈了，变得活泼起来，“我们湘赣边有个王瞎子，能唱湖南花鼓戏，也会唱江西采茶戏，一个女游击队员当他的女儿给他带路，一个最坏的民团团总，就是他们干掉的。干的工作可多啦！”

“俺什么也不会唱！”

“我这是随便说说，又不是要你去唱。”王自中又回到了正题，“现在皖南形势很严重，跟当年红军长征以后的苏区差不多，敌人占着很大优势，总体是敌强我弱。林营长经常给我们讲一个道理，叫创造局部优势……”王自中觉得自己变聪明了，智慧和经验，在斗争的烈火中闪光。

鲁敏和谷学清，对老实巴交的王自中能讲出这样的道理，不胜惊讶。

“什么叫局部优势？刚才咱们消灭了两个敌人，在烧炭棚子那个山坡上，就叫局部优势。在章渡区敌人成千上万，咱们只有七个人，总体上，当然敌人强，可是，在刚才那个局部上，是咱们强，他打不着咱们，咱们却能打到他。俗话说，兔子还有三个窝嘛，我们要搞很多个窝。包大叔，你就装作打猎，在山里多找几个窝，藏些粮盐在窝里，保证饿不着。各村里的点和线，就请三嫂和莲姑来建立，今后保持联系很重要，光靠根宝不行，莲姑要跑联络。还有我们下一步的任务……不过，我没有想好，请政委和其他同志发言吧……”

所有人都很激动，信心很足，情绪很高，充满着战斗的渴望。

“首先要熟悉手中武器。”鲁敏忽然插入说，“我和谷秘书还是第一次使用步枪，三嫂和莲姑也是第一次摸枪吧？”

“不，我们妇抗会学过打枪！”三嫂笑笑说，“我打得还挺准哩！咱们新上任的王大队长讲得很好，全都是成功的经验，以后，还得请他多讲讲。我当政委，恐怕不称职，我一上来，就想违犯党的纪律。皖南的地下党，从前是秘密的，抗战后，半公开了，虽然不公开说，可大家都知道谁是谁不是。包大叔，你猜，咱们这七个人里，谁是共产党员？”

包忠良轻轻地咳嗽了一声，好像这咳嗽声是有分量的。大家都把目光转向他。

“这不明摆着吗？就我跟莲姑不是！”

“你们看，一说就着。”陈三嫂眼睛闪闪发亮，“我现在就提议，包大叔和莲姑，从今天起，就把自己当成是一个共产党员，要争取在短期内，办好入党手续，成为皖南事变后，我们吸收的第一批党员。我这样说，并不轻率，因为他们两个已经做了共产党员所做的事情。没有莲姑，鲁敏和谷学清同志就不会坐在这个地方；没有包大叔，我们这些人就不会到这里来开这个会。”

“我赞成！”

“我也赞成！”

鲁敏、谷学清都表示赞成。

包忠良和莲姑的眼睛却湿润了。

“现在各村的革命力量都有活动，他们写了些标语传单，掩护突围的同志。就是处在分散状态，我们一定要找到党的关系。我想到南保、新村走走亲戚。我估计隐蔽在附近的突围者还有一些，应该把他们收拢到游击队里来。”

“这样很好！”王自中说，“我跟鲁敏、学清集体活动，咱们规定好联络地点和暗号。”

“很快就叫陈家庆坐立难安了！”鲁敏说，“搞他个天翻地覆！”

“得稍稍慢一点。”王自中说，“今天是23号，阴历是……”

“腊月二十六！”三嫂说。

“离除夕还有四天！”王自中计算着。

“不，今年是小晋年，”包忠良纠正说，“腊月二十九就是除夕！”

“很紧迫了。”王自中思忖着，“可是，除夕，是袭击敌人的好时机。家家户户都过年，守岁，那些匪兵们也必然吃酒打牌……我们又有两身老虎皮，可以随便敲开要去人家的大门。办法要大家来想。这一夜最好干两件事。第一件，小的，是把田舜尧打掉，除掉这个祸害，杀一儆百；第二件，是有很多革命群众被当做人质关在关帝殿。”

“里面还有突围的同志，”陈三嫂补充说，“大概关了六十多个。”

“关帝殿，原来是我们的修械所，地形我们都清楚。据说有一个排的匪兵守着，其实，最主要的是对付门口两个岗。我们要趁那些匪兵们吃酒、打牌、睡大觉的时候，混进去，把人质和被捕的同志放掉。咱们有那两个匪兵留下的四颗手榴弹，一间屋子里丢两颗，一个排也就差不多报销啦！当然，最好不要响枪。现在还不到大干的时候。那个时候，咱们就把游击大队的旗号亮出来，由谷秘书执笔，贴出第一张布告。在湘赣边区，我们就是这样干的！到底怎么实施，还得好好研究。”

“我还想了个诱杀陈家庆的主意，不过，现在考虑还早了一点。”鲁敏说。

“你说吧，也许是个好办法呢！”

“陈家庆放走吴民三，不就是为了找到郑芳雪吗？我看就让莲姑扮成郑芳雪让吴民三把她藏起来，故意落进暗探的眼睛里，陈家庆准不愿意派大兵去搜捕他的未婚妻，准会单独去见她，一下就把他干掉了！”

“简直像小说里写的，”谷学清说，“到时候未必有用。”

陈三嫂认为是一种冒险。莲姑担心扮不像，弄巧成拙。

鲁敏瞪起眼睛据理力争，认为自己方法绝对可行：

“你们没有看过《华北抗日游击战争经验介绍》吗？用抬花轿娶媳妇的办法，打据点；用发丧出殡的办法掩护干部转移，转运武器……为什么我们不能自己创造呢？过去有过的，可以成功，未有过的，也可以成功。干什么事都有第一次嘛！”这位新任参谋长激动起来，他有了新的主意，“说来也真巧，陈家庆是在大队长手里被活捉过；可是，在我手里，他跳窗逃跑了。你们看看，我能不能扮成郑芳雪……”

“不行，你个子太高了！”谷学清说，“要扮，还是我更像一些。”

王自中一直在郑重对待这些近似玩笑的设想。在敌我力量悬殊时，诱杀是很好的办法。这些随想式的提议，往往闪烁着智慧的火花。

这些提议，引起他很多回忆。在湘赣边区，他们以武功山作依托，活动在莲花、萍乡、宜春、安福、茶陵、攸县……纵横数百里，比一个泾县章渡区不知大上多少倍，在三年里，林志超带领他们，做过多少事情？真是数不胜数。他们在闹市上劫持过公安分局局长；在姘头的热被窝里，活捉过清乡大队长；在祝寿筵席上，打过民用团总……白天，他们隐入山林,夜晚,敌人就感到他们无处不在。那个时候,他跟着林志超,就觉得“没有什么干不成的事情”。

今天,他来担负林志超的角色了,他也应该创造奇迹!更何况皖南的群众条件,比那时要好。他说:“参谋长提出的办法,可以考虑。在敌强我弱的情况下,就是靠出奇兵、奇谋取胜,不过,咱们不能贪多嚼不烂,有些计划,放后再放后。眼前,主要是在除夕搞个大动作,把关帝殿的革命群众救出来……大家茫无头绪地乱扯不行,得先有个大致的方案,作为研究的基础。”

“你经验多,先提个头。”陈三嫂说,“平时,我倒觉得自己挺有主见,见了真的,就不行。”

“我先说个计划,大家讨论。”待大家沉静之后,王自中说,“先由莲姑,提着一篮酒菜还有香烟……反正咱们有钱,可以买得好一点,当做给被关的父亲送年夜饭,塞两盒烟给站岗的,准能放你进去。”他审视着莲姑,看她有没有信心。

“大不了,再给他们一瓶酒。”莲姑说,“不会有危险的!”

“你倒挺大方啊!”鲁敏开玩笑。

“反正能进去就行。”莲姑顽皮地笑着,觉得很有信心。

“进去,就当做找自己家里人,找到可靠的,就告诉他们,要大家装睡觉,怎么好怎么办。但是一定要准备好,到时候,要有组织地安静地往外撤,不能乱……”王自中停顿了一会儿,思路不顺,“我和鲁敏同志,穿着敌人服装,把两个门岗解决掉,打开庙门,让群众悄悄撤出,我们守在守卫部队的宿舍门口……等群众撤完之后,我们投两颗手榴弹进去……让他们跳个舞,就算祝贺他们新年愉快吧!”

“我们呢?”没有分配任务的陈三嫂问。

“你们在外面接应就行,”王自中说,“不一定全体出马……要么兵分两路,三嫂、大叔,你们去把田舜尧干掉,办法你们自己想。一般很简单,叫开门,搂头一棒子就完啦!”

“我呢?”谷学清脸红红地问,“真把我当成白面书生啦?我可以弃文习武嘛!”

“你,写布告,多写几张,表现出一点水平来,表示出一点气魄来,给章渡区群众壮壮胆。大年初一早晨,乡亲们拜年的时候就能看到,就能一传十,十传百……”

“那才是咱们送给乡亲们的最好的新年礼物!”陈三嫂由衷地说,“那真能叫乡亲们擦干眼泪,过个喜笑颜开的年了!”

“来不及吧?”谷学清为难地说,“天快亮的时候,才把关押的群众放出来……”

“我的老天爷!你可书生气得到家了!”鲁敏揶揄地笑道,“不能做了才写,应该写了再做!”

“可是万一有变化呢?”谷学清直愣愣地问。

“有变化再改。你没见《抗敌报》记者写新闻吗?先写个草稿准备着!”

第二十八章 刘厚忠

一 凶 杀

1941年3月13日(阴历二月二十六),大雨滂沱。惊蛰过去了七天,第一声春雷,就在赤坑山的主峰上炸响。世界像落进黑色的墨海里,乌云像黑色的倒悬的山,向赤坑山的群峰压了下来。一阵阵狂烈的霹雳,似乎要把赤坑山炸碎。闪电照亮了被蹂躏的山野。那些在风雨狂暴摧残下的丛林,深深地弯下腰去,发出惊慌的悲鸣和嘶喊。它们挣扎,翻滚,摆动,倾倒,正像一个犯人,在刑台上经受着鞭打、刀割、火烧。

大地一片混沌迷蒙,在风雨的淫威下,山野变得那样怯懦、柔顺、软弱无力。在黑暗的深渊里不断闪出一道道曲折的火光,把黑暗划裂开。

就在这闪电照亮山林的一瞬,也照亮了赤坑山主峰下的山洞口,那里坐着忠实的守卫者——刘厚忠。

他背靠着洞壁,穿着当地山民穿的棉袍。眼睛呆呆地盯着前面,思绪纷繁,心乱如麻。他的眼前,不断出现新年除夕那个雪夜。

那是1月25日,他们还住在田坑里附近的烧炭棚子里,顽军一〇八师的一个连队前来搜山。他们冒着风雪向濂坑方向转移,一路上,雪很厚,怕留下脚印,项英要大家沿着河沟走!

他们走到一条无名溪边,鹅卵石很滑,周子昆一脚没有踏稳,跌进溪水。

警卫员在一个小村庄外的打谷坪上,找到了一个草棚子,在里面生起火来。周子昆临时换上警卫员的衣服,把湿衣脱尽,信手把一个沉甸甸的小棉坎肩交给了他。

刘厚忠蹲在火前，翻弄着烘烤。他开始不知道这个坎肩为什么如此沉重，尔后，他摸出来了，这里面缝着金条。刘厚忠知道，在突围之前，供给处把所存经费分发给军部工作人员，作突围之用。当时经费分为三种：一种是法币，一种是银元，一种是金条。银元发给机关人员，每人二十五元至六十元不等。军首长就多得多，但银元太重，一般是分法币和金条。他可以推想到，项英身上带的经费，恐怕比周子昆还多。

刘厚忠不能立即调整好思绪的脉络，这五十天来他反复思考的是他的前程。

即使项英在患难之中，他也甘愿与他同受。但是，他那简单而又复杂、迟钝而又机敏的头脑告诉他：到了江北之后，项英就不是现在的项英了，身边绝不会有随从副官了。他就成了举目无亲的人了。

"与其那样，还不如死了好！"刘厚忠思考着另外一种前程，他要远走高飞，飞回他的故乡茶陵！但是不行，茶陵现在是国民党的天下，他回去，轻则坐牢，重则杀头。那么，到一个遥远的不可知的地方享清福去，这就需要钱。

除夕之夜那次烤火，诱发了他的初念。据他估计，项英和周子昆身上合起来，黄金可能达到几十两，而法币，可能有两万元。这是一个非常可观的数目。

起了这样一个念头之后，他就寝食难安了。斗争之激烈，比他一生遇到的要多上十倍百倍，他的头脑，成了一个两军对阵的硝烟弥漫的战场。他分成了两个"我"，两个"我"几乎是势均力敌。捍卫得越是忠诚，进攻得越是厉害！一边在抗拒，一边在诱惑，抗拒力越大，诱惑力越强。

又是一个耀眼的闪电，照亮了洞中三个睡觉的人。洞左首，盖着军毯的是项英。他的脸侧着，身子蜷缩着，枕边放着他在重新修改中的自传。显然，沉沉的雷声使他无法安眠，他不断地翻身。但他尽量少动，缩成一团。他不断地咂着嘴，咽唾沫，好像在咀嚼着未曾烧熟的马肉，脸上的表情却是舒展的。刘厚忠遗憾地想道："政委已经有两个月没有喝到可可了。"

项英的对面是周子昆。他仰脸躺着，两条长腿蜷竖着，把军毯支撑得很高。他鼻子不通，口半张着呼吸，好像有口痰在喉咙里，发出嘶嘶啦啦的声响，听了叫人难过。“怪不得容易感冒，”刘厚忠禁不住想到，“这种睡法不能保温。应该当‘团’长才对！”刘厚忠想到了三年游击战争的年代。但他又立即想到他那沉重的棉坎肩，心头不由袭来一阵震颤。这种内心的贪婪、惊悸、歉疚交织的感情，已经不止一次撞击他的神经。他的头脑里卷起一阵骚动的旋风，久久不能平息……

在洞口的右侧，在周子昆的脚后，是警卫员小黄。他蒙头盖脸地紧裹着被头，数他睡得最沉。他的鼾声也最特别，是一种低啸声。“这是一个不合格的警卫员，怎么能睡得这样死呢？”刘厚忠睥睨地看了他一眼。

又是一个闪电，但没有立即传来雷声，因为沉雷远去了。暴风雨似乎需要喘息一下，顿时减弱。

“如果这时再不动手，那就永远永远失去动手的机会了！”刘厚忠的心头又袭来一阵难受的颤栗，“绝对不能再犹豫了！”一个声音在他的耳边反复地催促着，“错过这个机会，就完了！”

据说，人在上吊自缢的时候，总有一个吊死鬼在他耳旁不住声地规劝着：“吊死好！吊死好！”此时，刘厚忠的耳边也有这样一个魔鬼的声音：“快动手！快动手！快动手！”

刘厚忠的手落在崭新的二十响的木壳上。这支枪原是特务连一排长的珍爱之物，刘厚忠通过项英，用下命令的办法弄到手的。在这次突围时，他立下了汗马功劳，也多亏这支枪。

又是一阵风啸雨吼。

刘厚忠沉入一阵恍惚昏迷的状态，他觉得神经错乱了，一种难以忍受的压力越来越沉重地压迫着他。他不知道自己是否已经失去了理性，一阵接一阵的强烈的冲动推搡着他，耳边那个魔鬼的声音越来越真切：“动手！动手！再不动手，就完了……”

他的全身被冷汗湿透了，那火红的闪电的微光，照在他的脸上。如果他能看到自己的面容，那完全和寺庙中的青脸恶鬼一样的神色，也会把自己吓坏的！他只觉得像急跑了二十里路似的喘着粗气，心脏快从胸膛里蹦跳出来了。这种感觉，与背着项英突出重围时的那种感觉有些相似。

好像一根弦突然崩断了，刘厚忠的心灵堤坝突然被一排翻涌的黑浪冲垮。他猛然抽出枪，像跳崖自杀前的纵身下跃似的，跳起来，向着刚才闪电所显示过的目标，扣动了扳机。

“叭！叭！叭！叭！”

鞭炮似的爆裂声，震动了这个小小的山洞。在这六立方米的空间里冲激回荡，一部分声浪传到洞外，在风啸雨吼中消失了。

半小时后，狂风暴雨渐渐停息了，山林一片静谧，好像一个劳累了的旅人，睡了。历史，在这里止住了它的脚步，仿佛带着一种无限惋惜之情，用它那无所不察的眼睛注视着蜜蜂洞里的惨景。在项英那未写完的《自传》上，划了一个带血的“?!”号。那惊叹号表示哀伤，那个问号，却留给后人无限的深思。

刘厚忠面对惨烈的现场，沉思了三个半小时，是百感齐汇？还是万念皆空？这是1941年3月14日凌晨一时四十分发生的事情。当刘厚忠缓缓地、沉稳地从蜜蜂洞走到下洞，又从下洞向赤坑的大山沟走去的时候，已是五点二十分。

那时候，他正碰上从山水冲背粮回来的三个突围者，一个排长，一个战士，还有项英的一个住在下洞里的警卫员。

“噢！你们辛苦！”雨后的拂晓，使刘厚忠精神爽朗，他向来人打着招呼，并掏出烟来分给一人一支。这是华生烟草公司出产的全禄牌香烟，是地下党特意为项英买的。项英的警卫员一下就认出来了：“刘副官！你怎么拿首长的烟送人？”

“是首长送给我的！”

“你到哪里去啊？”

刘厚忠向山下一指：“首长派我去取联络！”

“白天去？”

“没关系！”刘厚忠扬扬手，“我不怕！”他向路遇者点点头，悠悠然地向山下走去，越走越快……

二 凶 手

震惊中外的皖南事变,在叶挺谈判被扣,袁国平重伤自戕,项英、周子昆蜜蜂洞遇害之后,应该结束了,但我们不能不再花些笔墨来为一个小人物“树碑立传”。

一个规模宏大的战场,经过一场惊心动魄的恶战之后,沉寂了。

这时,从鲜血淋漓、尸骨如山的战地上,站起一个人来。他在最为关键的时候,像雄狮般地战斗过;他又在不长的时间里,完成了从人到鬼的蜕变,作出了敌人做不到的事情。他在这个战争风云变幻莫测的巨大天幕下,两手沾着曾舍生相救过的“首长”的鲜血,孤独地向着遥远的天边,向着他曾经幻想过的幸福天堂,向着他几十天来用浓墨重彩描绘过的灿烂前程,慢慢走去,走向他所无法预料的归宿!他的归宿是耐人寻味的。那是一个典型的变节者的归宿。

作为皖南事变历史的一部分,刘厚忠的结局已经无关宏旨,不起什么作用了;但是,作为一个人,作为一种特殊的社会现象他却使“皖南事变”这个历史悲剧,使项英的世界观和人与人之间的关系,得到延续,得到深化!

刘厚忠是一把人生哲学的解剖刀,透过这个人的蜕变,我们可以看到人类的许多弱点。

项英,被一个比儿子对父亲还要忠诚十倍的随从副官杀害了,这不是很值得探求的人生课题吗?

“刘厚忠本来就是个大坏蛋!”这是最简单的形而上学的看法:好人在娘胎里就好,坏人在娘胎里就坏!不承认变坏之前的好,也不承认变好之前的坏!

刘厚忠不是这样。如果他早就是一个叛徒,那么在三年游击战争时期就应该投敌了!当时的湘赣边区省委书记、省军区参谋长、保卫局长都投敌了,他没有。如果他早就是坏蛋,在项英突围时,他就不会舍命相救,而应该打死项英到上官云相那里领取高额奖金了,他没有。

从极左到极右，从忠诚到背叛，从屈辱到反抗，从恐惧到无畏，从唯物到唯心，从兴起到衰落，通过刘厚忠这把解剖刀，不也能管窥出人生的一点奥秘吗？

刘厚忠在作案现场蹲了三个半小时，犹如一个不知轻重的顽童，在恶作剧时引爆了一座大厦，他失魂落魄地呆在那里，已经想不到纷飞的瓦片会打破他的头。他经过了一次蛇蜕式的昏迷，而后就完全清醒了，沉着冷静得惊人。他点着了半支蜡烛，目睹亲手制造的惨景，面不更色。

他首先看到，项英头部的血迹染红了枕边的手稿。项英原是侧身而卧，现在却是脸朝洞顶，僵滞凝定的两眼瞪着，含着最后一瞬的惊诧，好像在向他的随从副官提出疑问："厚忠，这是怎么回事?!"

刘厚忠面对触目惊心的景况，不知出自何种动机，伸手掏出怀中的三十元法币，半跪下去，贴在项英仍然汩汩流血的太阳穴上，一面贴了一张，另一面贴了两张。他既不觉得痛苦，也不觉得哀伤，更不觉得高兴。在他把苟延残喘的良心彻底扼死之后，他麻木了。沉思了一会儿，好不容易才想起他正在干和将要干的事，盗墓贼似的打开了项英和周子昆的军衣……他沉静极了，把法币、金条塞进自己怀中，而后又把手表、手枪放在怀中。他竟没有忘记项英和周子昆的自来水笔。

如果此时，下洞的警卫人员突然出现在洞口，他也不会吃惊，甚至不会用他的短枪抵抗，甘愿束手就擒。

他的劫掠活动，大约五十分钟就全部完成了，收获是极为可观的：

法币（亦称国币）二万四千六百元；自来水笔三支；赤金约有九两；手枪三支；金壳表一只，钢壳表一只，怀表一块；大烟土一块（这是周子昆治胃病当做药用的）。

刘厚忠深知二万四千六百元的真正价值：那时候，营团干部每月的津贴是三元上下，还常因经济困难发不下来。

三 墓 前

江南三月,草长莺飞,山花烂漫。

距蜜蜂洞三里之外的一个山冈,从一株独立的老橡树向东一百步有一处小小的山洼。这里没有峥嵘的山势,只有荒僻幽闭的丛林,令人心慑。

这里遍布荆棘、灌木和弯曲缠绕的藤本植物。葛藤与蕨藤以其粗壮颀长的身躯,蟒蛇似的把山梨树紧紧抱住;几丛野玫瑰,从容而优雅地攀上刺槐的肩头,用它那芳香的红唇与绿叶亲吻;卑贱的山茅草,似乎怀有不被看重的怨愤,以其特强的生命,组成一支无空不钻、处处入侵的绿色大军,在春风春雨的激荡中,踏着春雷的鼓点,信心百倍地占领了所有空隙,表现出山野霸主的气概!

这是自然界里你征我杀的战场:你按着我的头,我扭着你的腰,你揪着我的头发,我压着你的脚。既温柔,又残忍,互相扼杀,又互相依存。恶争狠斗中,充满着强与弱的辩证关系。那棵高大粗壮的麻栎树,竟然被一丛柔弱的寄生藤吸干缠死;那一蓬凶恶蛮横专事绞杀的藤萝,却敌不过弱软如线的菟儿丝。这里强的并不强,弱的并不弱,那柔蔓的牵牛花竟然胆敢揪着稀世豪强橡大帅的青钢甲胄,登上它的额顶,吹响嘹亮的彩色号角;就是心地善良、癖性温存的败浆草,也不肯在千娇百媚争奇斗艳的群芳中让出一席之地,泰然自若地向着太阳展开轮状的黄花!至于那无花无果无枝无叶的青苔,也在阴湿的顽石上发出生涩冷凝的青光,它蔑视所有山花,恶狠狠地盯着它们:“哼!看看咱们谁更长久!”

在这互相拼杀的绿色王国里,比人类战争的目的性更为明确。几乎每一个士兵都知道自己拼杀的目的——抢占地盘,扩大空间,夺取雨露、阳光和营养!

这个小山洼,很像黄山北海梦笔生花下的散花坞:开满了知名与不知名的野花。这些花具有人类世界的所有性格:有的趾高气扬,有的自惭形秽；有的蛮横无忌；有的怯懦谦恭；有的华贵雍容；有的落落大方；有的忸怩作态；有的低头微吟，似有不尽哀愁；有的仰天欢笑，目中无人。有的庄重，有的轻佻，有的卑微，有的放荡，有的风骚，有的冷凝，有的热烈。

这是一个互相竞争的欢乐而又残酷的世界，这里充满着生的欲望死的悲哀。植物界如此，动物界也莫不如此。就在这块大约三市亩方圆的坞底里，蚱蜢蹦跳，彩蝶纷飞，鸟语蝉鸣，山鸡出没，野兔潜行，山猫窥伺，豺狼奔突，尔虞我诈，互相提防，搏击时的欢叫，死亡前的哀嚎，既对捕猎物发出致命一击，又警惕着仇敌的突袭。这里充满着弱强互换的法则，就像一个大总统也会死在见了士兵都害怕的刺客手中。

这里隐藏着一个秘密坟场。项英同志和周子昆同志在这里长眠。为了不使敌人发现，便把他们埋葬在这人迹罕至之地。他们尸骨初寒，墓草未青。林志超和白沙在去江北前夕，来向两位首长告别。

他们没有花圈，没有祭品，只有依恋和哀悼。他们把青藤拉向坟头，被踏倒的草丛已经立起，几天之后，就谁也认不出这块墓地了。只有那棵百年老橡，哨兵似的保持规定的距离，挺立在那里，忠诚地坚守岗位，为将来的寻找者提供坐标。

他们两人，站在坟前，肃立默哀。说些什么呢？要说的不早就说过了吗？

他们静默了足有五分钟。在这五分钟里，这两位皖南事变的亲历者，想了些什么？说了些什么？

“项英同志，周子昆同志，”林志超开言了，他那心声透过三尺厚的黄土，直达长眠者的心房，“这场历史大悲剧，既有历史的责任，也有你们的责任！项英同志，你的自传虽然没有完成，它浸满了你的血迹，但你已经完成了你的总结。成功的英雄用煊赫一时的功勋，留下了光荣，失败的英雄以事业的惨败，留下了教训。光荣，是属于成功者个人的；而教训却是大家共有的财富。也许留下教训比留下光荣，具有更高的价值。光荣仅仅使人崇拜，而教训却使人清醒！

“我们走了，奔赴抗日最前线，继承你们的遗愿去继续奋斗，安息吧！当胜利的旗帜在赤坑山飘扬时，我们会来接你们的！”

白沙在这五分钟里说了些什么呢？想了些什么呢？

“政委、副参谋长，我没有慷慨激昂的悼词，也没有哲理性的深思，我只能向你们奉献一首小诗，表达我的哀思。”

萧萧风雨啸，飒飒草木吟；

独夫屠刀举，歹徒逞恶心；

弋江涛似怒，云岭怨何深；

是非功与过，来者痛相寻；

怆然百叹后，教益千秋存；

无酒奠君墓，短歌寄哀音。

白沙用笔写在纸上，读完之后，含泪火化，犹如明烛纸钱，那纸灰像纷飞的黑蝶在林间飘动。

赤坑山沉默无语，俨然肃立。

一阵山风突然袭至，嗡嗡哄哄而来，山林大声喧哗。这喧哗好像来自历史的深处，又波荡到未来的远方！

赤坑山想些什么？山风说些什么？

盖棺定论的话是不确切的，各人将得出自己的结论。“横看成岭侧成峰，远近高低各不同”，看山如此，看人更如此，角度不同，结论各异。但谁也不能违背辩证的法则、历史的逻辑。

在他们走过的道路上，去寻觅生活的底蕴和生命的价值吧！因为你还在走，他们是一面镜子。

林志超和白沙走出了山洼坞底。站在赤坑山的腰部，望着即将向它奔去的大江！眼前一片苍茫。那森林之声，像高唱，像低吟，轻柔、豪迈、深沉、悲壮，化作充满力度的交响。弧形的苍穹连接着耸立的群峰，那里产生过多少英雄之梦？这苍天，这远山，这田野，这树林，这江流，都刷上了一层悲凉、沉郁、古朴、野性的色调，蕴含着神秘、生机、危险、渴望的氛围。

在这里，能感到大地在历史的脚步声中发出的震颤。林志超和白沙迎风而立。他们羽化了，融进了一曲古老的悲壮的歌。

这歌词只有一句：“人们啊！在生活的长河里，你在索取什么？”

四 逃 亡

1941 年 3 月 15 日上午十时,刘厚忠出现在隔河里村保公所。

“你找我有什么事情吗?”圆头圆脑的王保长,眯缝着他的左眼,寻根究底地打量着这位黑煞神似的不速之客。一个黑黄脸的大约三十岁左右的保丁站在里屋的门帘后面,手里握着一支驳壳枪。

“我找你,是说一件大事,我原来是项英的随从副官……”

“那么,是来投降了?”

“是的,我把项英和周子昆打死了……”

“啊!”保长似乎吓了一跳,张圆了大口,狐疑地问,“有什么可以证明呢?”

“这是项英的手枪,”刘厚忠把一支保长不熟悉型号的手枪放在八仙桌上,“这是周子昆的手枪。”另一支手枪被放在桌上。保长认识这是一支白朗宁。他有点相信了。

“这是我的驳壳枪,”刘厚忠把三支枪摆到王保长的面前。

“还有什么呢?”保长发现问得不妥,急忙改口说,“你有什么要求吗?”

“给我开张通行证。”

“可以! 可以!”保长的左眼眯缝得更细了,他紧张地思索,“开到哪里去?”

“开到徽州,上饶……”

“噢,这不行,”保长摇摇头,“只要出了本区,就没有用了。”

“开到哪里有用?”

“到茂林吧!”保长替他想得很周到,“那里驻着中央军,还驻着军政部的一个医院。你是为党国立了大功的人,他们会送你到上饶的! 我说老兄,我真羡慕你,你会得到成千上万的奖赏的!”

“那好,就开茂林吧。”刘厚忠的第二步似乎取得了成功,“王保长,若是我到了上饶,我也会给你报功的!”他递给保长一支全禄牌香烟。

“那可真是托福了!”保长接烟在手,试探地问:“这里去茂林大约有三十里(他多说了七里)山路,你身上还带了别的武器吗?路条是难以保证安全的。”

“不,带武器反而坏事。沿路特工队、保安队、清乡队太多了,查出来就麻烦了。这三支枪就放在你这儿。”

“刘副官,你考虑得很周到,”保长似乎已经把刘厚忠当成自己人了,并且为他安全到达茂林、上饶而尽心竭力,“现在,请你在这里稍坐,我给你准备通行证和午饭,早些起程,傍晚就到了……”

“谢谢!”刘厚忠和保长同时站起来,他向保长微微鞠躬,“我忘不了保长的好处。只是,通行证怎么开法?”

“你放心!我会有办法的,你的身形,很像我们的一个保丁。”

大约过了半个小时,保长把通行证交给了刘厚忠。

沿途军警哨卡周知:兹有本保保丁刘福祥,去茂林公干,希见证放行,是为至感。

茂林区赤坑乡隔河里保公所

民国三十年二月十八日。

在保公所大印旁边,还有一行附注,言明此证有效期限为十五天。这是一张可靠的护身符。

刘厚忠不全认识证件上的字,但他相信对他有利。只是把自己称作刘福祥就是了。福祥,福祥,幸福吉祥之意。这是巧合?还是保长的精心安排?刘厚忠在感激之余,掏出五十元法币送给保长。

“啊!刘副官,你真是见外了!”保长接钱在手,心花怒放,“我们都是为了报效党国嘛!你太客气了。”

五十元买张通行证,未免太多了;可是,对未来上万的奖金来说,又太少了。

王保长似乎根本不在乎这些。招待刘副官的那顿午饭,似乎也很对得起这五十元钱:冬笋炒蛋饭,熏烧蹄髈,还有一盆白菜回锅肉,外加一瓶高粱酒。这样的饭菜岂是蜜蜂洞里的煮黄豆可比?

“这一步走的很不错。”刘厚忠怀着一种从未体验过的快乐想道:

“以后也许走得会更好！说不定，顾祝同还会亲自接见我哩……”刘厚忠并没有忘记下午还要赶路，他客气又坚决地谢绝了保长的盛情。

临行前，王保长还让一个保丁给投诚者刮了刮满腮乱糟糟的胡须，使他更符合保丁的身份。

刘厚忠从保公所走出来时，正好是下午一点钟。他想用三个半到四个小时，走完到茂林的路程。

因为身上有了“护身符”，他走得非常坦然。

夜间的暴风雨，把整个山野洗刷得一派清新。山谷中那涨满了的小溪，传来悦耳的淙淙的流水声。山崖上的杜鹃花正含苞待放。疯狂的“清剿”浪潮已经过去，山野里一片静谧。林间的小鸟，放牛的孩子，砍柴的樵夫，在随意地唱着歌。

刘厚忠未免触景生情，想起了他的童年，想起他跟随爹爹进山烧木炭时，爹爹喜欢的那几句湖南花鼓戏《刘海砍樵》：适才长街将柴卖，换回盐米奉娘亲；将身打从山林过，见一位大姐真出奇……

刘厚忠一面轻哼着，一面沿着山溪向前走，此时，太阳正从左后方照耀着他，把他的身影投射到溪水里。大约走了六里路的样子，突然前面闪出一座峭拔的山崖，拦住了去路，那溪水沿着山角弯绕过去，出现了一片小树林。树林非常茂密，显得特别幽暗、阴森、神秘……

“站住！”突然从树林中跳出一个三十五岁左右的干瘦的人来。如果他不是握着枪，就等于狸猫碰上了豹子。

刘厚忠站住了，他并不惊慌。

“通行证！”

刘厚忠坦然地把“护身符”交给他。

持枪人仔细地端详了一下，神态变得严肃起来，并不把通行证还回，只是向刘厚忠招招手：“你来！你来！”

刘厚忠迟疑了一下，跟着持枪人走进密林，接着他发现还有一个人蹲在树丛里。当他走进密林后，那人立即站到他身后。

刘厚忠觉得有些不妙：“你们是什么人？”

“我们是一〇八师特工队的！”持枪人说。

“那太好了！”刘厚忠舒了一口气，“我是到茂林去的，当然，到一〇八师师部也行！”

“你这通行证不作数，是花钱买的。”

“胡说！我是保丁刘福祥。”刘厚忠恼怒起来，心想大不了把我带到一〇八师去，“把通行证给我！”

“举起手来！”持枪人严厉起来，一支白朗宁手枪紧对着他的心窝，“老三，搜他！”

那个叫老三的人，用驳壳枪从后面狠狠地捣了他一下，这是一个下马威。

搜身进行得很仔细，也很顺利。在两支短枪逼视下，刘厚忠不想反抗。但是，当他看着钞票、赤金、手表、自来水笔、烟土统统落进持枪者手中时，他不禁浑身颤栗起来。他想起了四个字：图财害命！他想逃，但又心存幻想：这两个特工队员只要把他带到一〇八师，一切财物就不难讨回来。

他听到两个持枪者在低声商量：“大哥，索性把他敲掉算了！”

另一个说：“不行，只说了要钱，没说要命呀。”

刘厚忠忽然觉得有危险，他迅速摔掉棉袍返身逃出密林。他预感到会有几发子弹从身后打中他的后背或是后脑勺，可是竟然没有响枪！

破财免灾，刘厚忠保住了性命，丢掉了护身符，也丢掉了足以送命的钱财。

刘厚忠向茂林方向奔跑了一阵，而后坐下来休息。他忽然想到，他在什么地方见过那支白朗宁手枪。他想起来了，很像周子昆的那一支。但他又否定了，相同牌号的枪，除了号码不同外，大都是一样的。再说周子昆的那一支，存在王保长那里，怎么可能落在一〇八师特工队手里？

刘厚忠不敢深想了，他必须快些赶到茂林。

刘厚忠在茂林村头，碰上第一个国民党的哨兵，即公开了自己的身份。

哨兵是军政部第十一卫生大队第一担架连的士兵，他便带他去见连长王惠九。

这位在国民党里干了九年的老兵痞，一听就知道事情的严重性，立即喝退左右，对刘厚忠说："我相信你说的全是真话。"王惠九身材瘦长，精干结实，约有三十二三岁，江西人，很喜欢笑，给刘厚忠的印象不坏，比那个眯缝着一只左眼的王保长更值得信任。

"这是十分重要的机密，请你不要跟第二个人说。不然，你会有生命危险！"

刘厚忠密林遭劫之后，就已感到自身的危险，他必须寻找安全之法。他向王连长提出四项要求："第一个要求，请派士兵陪我，到隔河里去取枪，两支手枪，一支二十响，还有大约四十发子弹……"

"很好。"

"第二个要求，我的钞票、赤金、自来水笔、手表、烟土，让两个持枪人搜去了。我想来想去，他们不是一〇八师特工队的，准是隔河里保长捣的鬼。"

"你有什么证据？"

"他们有一支手枪，像是周子昆的……"

"对，保公所里不会有白朗宁。他们有两支破枪也是打不响的！"王连长愤慨起来，"真他妈的岂有此理！查明之后，非枪毙不可！"

"还有第三个要求，我要办理自首手续。"

"这很好办，"王惠九连长微笑了，"刘副官，你考虑得非常周到，有了登记手续，就是中央军的人了，不然，人家真会把你当成奸细敲掉。"

"我还有第四个要求：为我登报……那样众所周知……就好办了。"这个主意是刘厚忠临时想到的，说得不够顺畅。

"这个不好办吧？"王连长面有难色，"我可从来没有跟办报的打过交道……怎么个登法？"

"我也没登过，可是，我见过报上有登报声明。我也声明：我打死了项英、周子昆，投效中央军，跟共产党脱离一切关系……"

"很好，很好，我一定给你办。"王惠九说，"现在，你对外人就说是我的老表……吃过晚饭后，我送你到茂林饭店的楼上住，住一个单间。等我……"王连长似乎在想别的，忘了下文，就把话打住了。

"王连长，我身上可是分文没有了。"刘厚忠说得很凄惨。

"你应该称我王老弟，我叫你刘大哥，吃过饭，我亲自送你去，我王连长的客人，饭店是不会要钱的。”

“真是太感谢了。”刘厚忠暗自庆幸，他碰上了好人。

第二天下午四点钟，王连长到饭店里来找他，一脸严肃：“实话告诉我，你是不是新四军派来诈降的奸细？”

“王连长，这是怎么回子事？”刘厚忠愣了，“我不是全都对你说了吗？”

“我到隔河里去过了。”

“啊？！”刘厚忠吃了一惊，“不是说好，咱们一起去的吗？”

“老实说，我信不过你！”

“枪呢？拿到了吧？有一支白朗宁，还有一支外国枪，上面有俄文字母的，那是斯大林送给项英的枪，还有一支……”

“还有屌毛灰！”王连长脸色一下子变凶变丑了，“你他妈的叫老子白跑一趟，王保长说，压根就没有人去找过他。”

“是不是那个眯缝左眼的？”刘厚忠以为王老弟找错了地方找错了人。

“你有他给你开的收条吗？”

“收条？”刘厚忠想到，当时是应该要个收条，怎么能忽略了呢？他懊丧地说，“可是，他亲自给我开过通行证的呵。”

世界变得混乱了。那个神秘的小树林又出现在眼前，王连长又成了持枪人。

“冤枉，冤枉！”刘厚忠呼天抢地地大叫起来。

“刘老表，你大概以为清剿散匪的赏格降低了吧？你错了，提高了！活捉一个散匪由大洋五十升格到七十，活捉一个奸细由七十升格到一百……”

王惠九突然住口了，他发现刘老表的表情忽然变了：由惊疑而委屈，由委屈而喊冤，由喊冤而镇静，心中咯噔一震：这家伙真想让我当奸细把他抓起来吗？于是他赶快改口：“刘老表，我本想把你投进牢狱，去领那一百元赏钱，可是，我王惠九不是那种见钱眼开的人，山和山碰不到一起，人和人就难说了。我劝你赶快走吧！再见到人时，千万不要再说杀死了项英，更不要说你曾经有枪有钱……碰上没良心的，就悄悄把你干了。树大招风,财多招祸。走吧!走吧!远走高飞……不要忘了我王老弟的好处!走吧!走吧!”

他低垂着头,独自走进山林。他不怕哨卡捉他,哨卡反而不去捉他。这是奇怪的逻辑:你若躲藏,必然引来搜捕;你若站到哨卡前说:“我是奸细,请把我抓起来吧!”那哨卡准会把刺刀一挺,大吼一声:“滚到一边去,疯子!”

刘厚忠真正感到了孤独,他在时密时疏的山林中走着。那是蚂蚁山,那上面有寻淮洲的墓,墓碑已经没有了,是国民党毁坏了还是地下党把它埋藏起来了,不得而知。刘厚忠曾和项英来过,他知道寻淮洲是湖南浏阳人,他的同乡……

他从寻淮洲的墓边走过,拨开打脸的树枝,只管向前走,没有任何目标。他的思想非常混乱,直到目前,仍然无法弄清王惠九为什么放他走,甚至是吓他走。

“见了面,分一半!”他的脑际突然冒出绿林好汉们常说的这句行话。利益均沾,才能互不揭发。他明白了,那个王惠九到王宝根那里分了一半,而后,就谁也不认识他了!如果此时,刘厚忠再回到王宝根或是王惠九那里,他们一定说他是神经病,弄不好灭口了事。

刘厚忠向前走着,脚下是腐草、乱石、荆丛,没有路。他停在一块树丛围绕的小空地上,夕阳下山了,林间荡起灰蒙蒙的暮霭,脚下,有一弯小溪,默默地流着,他强烈地感到前程未可预测,到处都是笑里藏刀,到处都是尔虞我诈。

他终于想出了万全之策,他现在是“无钱一身轻”了。他要直奔上饶,直接向顾祝同呼吁。他不再信托任何人了。至于路费、投宿,几年的绿林生涯,几年游击战争的磨炼,对他来说不算回事。

五 搜 捕

刘厚忠的计划是成功的。他于3月24日,就到达了旌德县境,由于路途不熟,身体不适,沿途多有延宕。3月26日中午,被玉屏乡乡公所自卫队发现,觉得此人可疑。

玉屏乡长审讯他的时候,他泰然应对:"我叫李正华,现年三十岁,是第三战区的特务密查员。"刘厚忠听了王惠九的劝告,不再提刺杀、手枪、财物,他思索了一个更容易达到目的地的身份,"现在,身上的证件全都丢失了,回战区长官部,行动异常困难,我请求你们把我押解到上饶,或者把我绑送到屯溪①,我是好人坏人,自然明了。"

刘厚忠的要求是合理的!如果是真正的特务密查员,理应保送回原部,如果是冒充,那正好把他逮捕。

谁知,玉屏乡这个满脸麻点的乡长是个老古板,他并不按照刘厚忠的思想逻辑去办:"你的证件是怎么丢的?"

"我被人抢劫了!"

"抢劫你的是什么人?怎么敢抢劫你?你带枪了吗?你露黄了吗?"

"这个……这个……我也搞不清是什么人。"刘厚忠嗫嚅着,暗自诅咒自己没有准备这一手,"枪……当然有,只是钱……我也没带多少钱。"

显然,这个回答不能令人满意,连自己也不满意。他那黝黑的额头上闪出了明晃晃的汗珠,他慌了。

麻子乡长不动声色,又突然问道:"你们特务处的负责人叫什么名字,哪里人?"

刘厚忠顺口胡诌了个名字,也信口诌了个地方,说出口后,就忘记了。因为他方寸乱,头已经发蒙了。

麻子乡长仍然不动声色:"你到皖南来,执行什么任务?为什么流落在旌德?为什么不找你去执行任务的机关解决通行问题?"

"这是机密……我不能回答你。"刘厚忠的这个回答,未免来得太晚了。

"那很好!"麻子乡长笑笑说,"本县李县长正好在本乡视察,你对他总不该保密了吧?李正华,我奉劝你一句,你刚才说的全是假话。不

① 屯溪,当时的国民党皖南行营所在地。

说真话，谁能送你到上饶呢？会立即把你枪毙的！”

“我见了李县长，”刘厚忠对天赌咒说，“若有半句假话，宁遭天打五雷轰！”

旌德县长李协昆，亲自审讯了刘厚忠。他认为情况属实，因为刘厚忠的供词太精确、太详尽、太具体了，说服力极大，那种来龙去脉，那种符合逻辑的全部过程，撒谎是编不圆的。

县长还是精明：他首先感到事关奇重，必须迅速处理。这件事情处理得力与否，很可能关系到他的前程。

他还认为，找隔河里保长、担架连长去核对，是没有意义的，因为那两人在分赃之后，肯定订立攻守同盟，对一切都矢口否认。

最好的办法是到蜜蜂洞去寻找项英、周子昆的尸体。只要找到，枪支、财务等问题就迎刃而解了。只要证据确凿，就可以严刑追赃！

3 月 28 日凌晨七时，旌德县特种工作行动队士兵十二人，由队长陈思新带领，押解刘厚忠去赤坑山蜜蜂洞寻找项英和周子昆的尸首。

赤坑山是濂岭的最高峰，是泾县和旌德的临界山。赤坑山陡峭的山脊，便是两县的分水岭。

他们一行十四人，依次登山。从赤坑山南麓登峰，比北麓容易一点，坡也徐缓一些。九点钟时，已经到了半山的一个山神庙前。他们坐在庙前休息。

刘厚忠的情绪极为低沉。黑苍苍的脸色变成灰青色，他似乎对人世已经心灰意冷了。两眼呆痴无光，老是若有所思地盯视着眼前的一点，久久地凝视，其实他什么也没有看见。

“刘先生，我看你精神不佳，”特工队长陈思新调侃地说，“将来得到赏钱，可不要忘了弟兄们今天的辛苦。”

刘厚忠摇摇头，苦笑了一声说：“陈队长，还不知怎么样哩！”

就在这刹那间，一个恐怖的念头像旋风似的在脑海里翻卷起来。自从 3 月 13 日那个可怕的夜晚到现在，已经过去整整半个月了。蜜蜂洞成了什么样子？还能保持着原来的现场吗？

越向上攀登，山林就越稀疏。杂草覆盖着褐色的巨岩。他们沿着蛇行小道，到达了山凹部，从这翻下去，就是泾县境了。

“陈队长,就是那条小道。”刘厚忠突然见到了他所熟悉的那山径,就像看到家屋上的炊烟,兴奋起来,“从那里绕过去,就到大山沟了。到了大山沟,就能看到蜜蜂洞了。”

“很好……我们到了蜜蜂洞再歇脚吧。”

他们从山凹部下去,一条迷津似的小径,像蛇似的隐藏在远处的密林里。来到这里,犹如进入一种梦境,引起刘厚忠许多回忆……他向前走着,仿佛觉得,山洞里依然保持着3月13日雷雨之夜的那个样子。他不禁有些骇然了,只觉得全身的血液向心底狂烈地冲去。他的腿有些发抖。

“站住!你们是干什么的?”从对面山坡上的树林中,传来一声带有威胁意味的喊声。

他们全部都站下来,立即持枪在手,各自找到了隐蔽物——树身、树丛、岩石,作好了战斗准备。

刘厚忠和陈思新都注意到了,在对面丛林里,有三个穿黑色短衣的人,手里提着白色的包袱,以粗大的树身作掩护,向这边发问。

“恐怕是游击队。”刘厚忠低声嘟囔着。

“那么说,”陈思新侧脸怒视着带路人,“你是把我们带到游击队的包围圈里来了?!”

“啊,不!陈队长,不要误会。”刘厚忠喊冤叫屈地说着。这个曾经不怕死的好汉,此时却丧魂落魄心惊胆战。

陈思新准备一枪结果了他,可是,他有些迟疑,似乎在考虑:在没有弄清真相之前,他有没有权力处决这个要犯?

刘厚忠似乎洞悉了陈思新的心思,“哇啊”叫了一声,向山下奔跑,不顾一切地向山下奔跑。

陈思新呆愣着。

“队长,要不要开枪?”

“开枪!可是,不要打死他。”

一排枪响带着一阵飓风,横扫过树林。这时候,陈思新才想起最妥当的措施:“弟兄们,追下去!抓住他!”

几阵枪声,二十分钟的追击,没有抓到刘厚忠,却得到了两样结果:

对面山坡树林中的三个黑衣人消失了，还抓到一个药农。

陈思新极为沮丧。跑了一个要犯。这是他前程上的一个沟坎，是仕途上的一个打击。但在镇定之后，想起了补救的办法，请药农带路，不顾艰险，把蜜蜂洞找到，弄个究竟。

药农表示愿意带路，并证实蜜蜂山下，的确有两个山洞。这使陈队长得到了些许安慰。

他们先找到了大洞。显然有人住过，仔细搜寻踪迹，在散乱的干茅草丛中，找到了几根柴棒，在洞外不远处，还找到了两只霉烂了的破草鞋，在石洞的缝里，还找到了几粒黄豆。洞外，已是荒草繁茂，树叶森森，要看清当时被践踏的遗痕已是不可能了。

蜜蜂洞就在上面，药农把山洞的位置指给陈队长看。那是一个很陡的峭壁，要攀上去很不容易。需要攀藤附葛，需要扳蹬石棱……在下面看不到洞口，的确是个非常隐蔽的地方。陈思新望着峭崖，不禁叹道："若是有一挺机关枪在上面固守，一个营也攻不下来！"

陈思新留九名特工队员在崖下警戒，药农在前，他带三名特工队员在后，登了上去。洞外竟然还有个小小的平台。

这个平台并不平整，是一块坑坑洼洼的青灰色的巨岩。在岩缝中，顽强地生长着山茅，在靠近洞口的地方，积土很厚，上面生长着枸杞、蓬蒿，还有一种植物，大约有三四尺高，杆有软刺，叶互生，呈披针状，上有乳白色毛，开紫色钟形花。这使药农大为惊异，他第一次见到这种花。他打算带回药材店请中草药专家去辨认。

洞里晦暗阴凉，眼睛适应之后，才可以看得清楚。这个洞和下洞一样，显示出特意清扫过的痕迹。

陈思新找到了小半支洋烛，另一个特工队员找到一把小梳子；他们共同找到了四枚棋子，这是自制的粗糙棋子，上面用红蓝墨水写着兵、将、炮、士，在洞石上，有些墨色的斑痕，但陈思新不能肯定是不是血迹……

当日晚十时，陈思新的特工队回到了玉屏乡公所。李协昆正在乡长的客厅里，一边打牌，一边等候他们的消息。

六 悬 案

旌德县县长大为恼火。但他并不想把事态扩大,引火烧身,便轻描淡写地将此情况以密电形式向安徽省皖南行署作了报告。

这个报告于3月30日发出。

此电发至皖南行署后,并未引起任何重视,以为蜜蜂洞刺杀项英纯属无稽之谈,而刘厚忠之供称,自相矛盾,认为这个家伙不是精神病也是诈骗犯。具体承办者,一笑置之,存档了事。

可是,事情仍在发展。在赤坑山逃跑的刘厚忠,于4月14日到达了屯溪。经过几次教训,他变聪明了。他不能再找某个人,而是要找比较高级的机关。只要他的事情被多数人知晓,在大机关备了案,他的生命才算有了保证。

安徽省党部执行委员会皖南办事处审讯了他,把他转送给皖南行营主任黄绍耿。

黄绍耿一看事关重大,立即用快邮代电致所属各县县长,迅即查明情况,详细具报。

> 泾县田县长览。机密。案准省党部执行委员会皖南办事处,函送奸伪分子刘厚忠一名请予核办等由。当即开庭审讯,据供已将项英打死,遗有国币二万四千余元,自来水笔三支,金表一只,钢表一只,手枪三支,赤金八两五钱。手枪三支,系放在太平隔河里保长处,赤金、钞票、水笔、金表、钢表等件,悉被隔河里持枪的人检查拿去。嗣后跑到茂林军政部第十一卫生大队第一担架连连长王惠九处投效。第一点要求同路去取枪款等件,第二点要求去看项英的尸身,第三点要求办理自首手续,第四点要求为伊登报。王惠九都未能替伊办到,仅着人到隔河去拿东西。王惠九不准伊去,究竟东西是不是王惠九拿去,不得而知等语。查所供是否属实无从悬揣。合行电仰各该县长,迅即彻查明确,详细具报,以凭核办悬案待结,毋稍片延,为要。

兼主任黄绍耿屯营法酋删印。

此电令下达皖南各县后,旌德县县长李协昆于5月12日,再次呈报办理刘厚忠一案的经过:

秘字第一五〇五号

为呈报据刘厚忠供称枪杀叛军副军长项英一案办理经过情形仰祈赐鉴查核由。

查县长前于出巡期间,查获据称曾任叛军团长副官等职之刘厚忠一名,并据称曾枪杀叛军副军长项英一案,业经以秘卯陷电报请钧署览核在卷,兹将本案发生经过情形暨指派员兵押同搜寻结果胪陈如次:

本年3月间县长出巡各乡镇,查获形迹可疑之人一名,当交由玉屏乡公所,饬即解送到府。经讯据供称:"名李正华,现充第三战区特务密查员,以身无符号,通告困难,曾请求各乡保递解上饶未许,现将我绑送屯溪就明白了。"经一再讯结,忽又据供称:名刘厚忠,曾充叛军团长七天,并副官等职。本年正月间叛军被歼灭后,该叛军副军长项英率残部四十余人,逃窜至泾县皮岭、延岭间某一石洞中,我亦随同逃窜。于本年农历二月十六日深夜,乘隙将该项英枪杀毙命等语。以事关奇重,所供是否确实,仍应赶速搜寻确证,借资证实。当于3月28日饬派本县特种工作行动队队长陈思新,率领队兵押同刘厚忠又名李正华前往延岭一带搜寻尸证,去后旋即回县报称:奉谕遵即带队押同该刘厚忠于当日十二时,到达适岭坑右首石牛坞,该山势极陡峻,四围树林丛密,鸟道羊肠,绝无形迹。职等正在攀藤附葛将至山腰,隐约见有一石洞之际,忽该洞左边发现身着黑色短衣三人,左手挟有白色小包,大声问我等来干什么?观其情形似有其他动作。同时,刘厚忠说:恐不是好人,我们大家要牺牲。言语支吾。

职等值此险地只得奋勇分途搜索。讵该刘厚忠竟乘此分途搜索期间,潜逃无迹,该三人亦无迹影,迭寻均未缉获。职等只得行达该石洞,遍察该石洞中仅检获已燃未了洋烛小半支,棋子四枚,

又沸腾起向所未有的蛮力，脸歪扭着，眼圆睁着，又冲向牢门。这次迎击他的不是沸水和木杆，而是泥沙劈头盖脸地向他打来。

在尘土飞扬的同时，扬起一片开心的欢笑声。

刘厚忠摇摇晃晃地爬起来，镣铐在叮咣作响！他想回茶陵去，回到淡忘的姐姐身边去。

牢房里已经灌满了晨光。刘厚忠突然感到一阵异常的轻松：他什么也不再想了，没有烦恼，没有恐惧，没有自卑，没有自怜，没有愧悔……只有一个心思，快些回茶陵去，回到姐姐身边。他已经看清了，眼前，就是姐姐灰白多皱的面容。"姐姐，我就要来了！"他内心里呼喊着，怀着一生一世没有过的柔情，大叫一声："姐姐！我一生就只爱两个人，一个是你，一个是他。"项英的眼睛又在他眼前闪现了一下……

刘厚忠像一头狂扑的豹子，躬身收腰，猛然跃起，一头向牢房的石砌墙基撞去！他只觉得一座大山崩塌下来，砸在他的头上。他的眼前雷鸣电闪，一下就被黑暗全部吞没了。

1941 年 5 月 15 日早晨，刘厚忠脑浆四溅，死了。

1941 年 5 月 15 日黄昏，屯溪西郊乱葬岗上，多了一堆黄土。

数日后，人们渐渐遗忘了刘厚忠。但历史却不让遗忘：1941 年 7 月，皖南的一个地下党支部遭到了破坏，国民党安徽省党部执行委员会皖南办事处，得到了项英、周子昆被害身死的消息，想到了刘厚忠一案，要求提审。

提审当然免了，却又重新掀起一番争论：投诚者乎？奸伪乎？精神病患者乎？诈骗犯乎？当"投诚"派占上风时，"奸伪"派忽然发难："既然他刺杀了项英，有功于党国，奖赏在即，为何自杀？"

是啊，刘厚忠为何自杀？

尾　声

林志超、白沙到达苏北三个月后，夏秋之交，日寇集中了十五师团、十七师团和十二独立旅团万余人，配合李长江、泮干臣、杨仲华等部伪军四万余人，兵分七路合击盐城。扫荡声势之大，犹如洪水泛滥，新洋河两岸，沉浸在腥风血雨之中。

大地在炮声中颤抖着。在扫荡开始后的第五天，在新洋河南岸的交通沟里，一个被炮弹炸伤的军人，被抬到了包扎所。

这个伤员，嘴角上溢满血泡，两手紧抓住担架的竖杆，以此来克制剧疼。他脸色惨白，深度的近视眼，由于失去了镜片，脸变了形，许多本该认识他的人，一时也辨认不出他是谁。

他粗鲁地推开护士给他包扎的手，直叫着要他的皮包。

“在这里呢！”护士把沾血的皮包举到他面前。

“把他交给军长，交给林志超……”

他的四肢猛然摊开，全身一阵强制性的痉挛，双目凝望着天空漫卷的烟云，眼眶里溢出了两汪血泪……

包扎所烈士遗物登记者从他胸前摸出了登记卡。职务：《江淮日报》战地记者；姓名：白沙；出生年月：1913 年 10 月 12 日；通讯地址：浙江省杭州九溪徐村，徐母翁桂珍。遗物登记：枪牌手枪一支；犀菲利钢笔一支；钢壳火车头怀表一只；钞票十五元五角；牙具、小刀；未寄出的书信两封；手稿一部……

女护士谨记烈士临终遗言，告知包扎所领导，勿将遗物作一般处理，应交陈毅军长，另一姓林者，当时未能听清。

登记员证实，遗信中有交给姓林者。遂重新翻出，其信颇为奇特，信封上写有：

> 如我在此次反扫荡中牺牲，请将此信转给抗大第四分校林志超同志，并请其设法通过皖南地方党转给皖南放牛郎山×村×村姑收阅。

但信已封好，未便启阅。为何此遗物要交陈军长，久思方悟，可能与手稿有关。遂翻阅之，有“卷首语”三字映入眼帘：

> 我站在城郊外新洋河畔，仰望着云岭。眼前犹如划过一道闪电，接着传来沉沉雷声。这是时代的闪电，历史的雷声。皖南的山野、村庄、江流，清晰地呈现在我面前，如梦如烟，我又看到东流山的炮火，听到石井坑的呐喊。
>
> 这场震惊中外的大悲剧是怎样发生的？是时代的产儿？是历史的必然？还是历史的残酷的巧合？几天的事件背着数千年的历史重负，隐含着古老的基因。历史是多面的，每个人只能用一双眼睛看世界，千秋功罪评说不一。阴谋拉开悲剧的序幕，性格才是悲剧的主角；在万古常新的悲剧人物身上，总能找到那个阿喀琉斯之踵。
>
> ——白沙记于盐城新洋河畔

两年之后，这篇文稿在林志超的遗物中找到。白沙委托他交给村姑的信件却不曾见，是否已托地方党转给本人，不得而知。

多少优秀儿女在古老的中国大地上，伴着鲜血生，伴着鲜血死。凄惨的，悲壮的，渺小的，伟大的，卑劣的，崇高的，明智的，愚昧的，一切功过是非，一切休戚荣辱，汇成历史的长河，留给人们永久的思索……

人生，是无休止的战场，是幸福与苦难的奇观。枪炮屠杀肉体，愚昧虐杀灵魂。人们曾产生了多少带血的噩梦，又埋葬了多少美妙的幻想。

在那场惨变过后十三天，风吼雪飞。第二天凌晨，风静雪止，一片银色世界。那些青色的山峰，黄色的屋顶，断壁残垣，坑洼的道路，全都银镶玉裹，晶光闪烁，一片洁白。那是一片纤尘不染的大地。三个月后，草长莺飞，绿铺红点，春光明媚。

人生，是美好的，纵然有灾难伴随。

代后记一

问：请谈一下创作《皖南事变》的动机及起因。

答：1. 皖南事变是我党、我军历史上的一个大悲剧，是震惊中外的重大事件，它的发生不是偶然的孤立的。它的发生，具有历史的、现实（指当时的现实）的、国际的、国内的、个人的种种因素，是一个复杂多面的综合体。通过这个事件辐射出去，可以展现巨大的、多方面的背景。它是以项英、叶挺为主角，由他们直接构成上下左右、敌我友顽之间的矛盾与纠葛，既可以横揽历史风云，又可以劈入历史纵深。

2. 皖南事变虽不是我党我军历史上光辉的一页，却是一首英勇悲壮的史诗。历史的灾难往往造成文学的不朽，悲剧提供给人们的内涵要比喜剧多十倍百倍。因此，皖南事变所提供的历史重量和价值，远远超过了战争正义非正义与战略战术得失的一般意义。这个事件是演出各种道德观念、人生哲理，展示每个人的复杂内心的具有丰碑意义的舞台。九千人的命运急剧变化、跌宕。挫折与归宿是一部人生启示录。

3. 我早在二十年前就瞩目于这个题材，因为它难度太大，是个险峰，再加思想不够解放，所以迟迟未能动笔。但是，这个历史悲剧太大了，太特别了，它一直撞击着我的心。九千人的生离死别与悲欢所提供的经验教训是多方面的，有着现实的、未来的意义，堪作多方面的前车之鉴，所以，我终于下决心攀登这个险峰。

问：关于皖南事变中的是非功过、利害得失，长期以来，史学家们争论不休，向无定论，甚至有人说："一百个人有一百种看法。"你对这些争议怎么看？原因何在？

答：1. 这是史学研究中的一种悲剧。我看了一些有关研究皖南事变的最近的材料，觉得争论了几十年之后，还在原地踏步，既奇怪又惊讶。皖南事变的来龙去脉本来是一潭清水，结果被研究者们的某种不足，反而搅浑了。说句危言耸听的话吧，本来几十分钟最多几小时搞清的问题，结果争了几十年，反而离开真相更远了，既缺乏查证原始材料的严肃态度，又缺乏辨别史料真伪的精确分析，这是历史研究中的双重悲哀。

2. 我认为出现这种不正常的状况，原因有三：①回忆者的误差，凡是有关重大史实的回忆，很容易找到十几种说法；②来往电文日期的错误。有的原稿就错了，有的是抄错了，或是印错了，再加上摘引者的断章取义，这就造成了极大的混乱；③研究者只重资料，未能进入人物的心态，现象与本质混为一谈，缺少由此及彼、由表及里、去伪存真的研究，用直线目光去看最曲折复杂的事物。

3. 现在举一个只要几分钟就可以弄明白的史实。请看中共中央党校出版社 1982 年出版（中央档案馆党史资料研究室编选）的《皖南事变资料选辑》115 页，《毛泽东、朱德、王稼祥关于皖南新四军必须在 12 月底开动完毕致叶挺、项英》（1940 年 12 月 24 日）的电文：

> （一）你们必须准备于十二月底全部开动完毕。
>
> （二）希夷率一部分须立即出发。
>
> （三）一切问题须于二十天内处理完毕。

这份电文只要细想一下，就知道它的日期肯定错了。即使原件如此，那也是错的。如果按原件所说日期 12 月 24 日计算，到 12 月底开动完毕还有六天，而电文中的第三项“一切问题须于二十天内处理完毕”，就无法理解，而且第二项中“希夷率一部分须立即出发”，就更莫名其妙。因此，这份电文应为 11 月 24 日，一切就变得合情合理了。首先在 11 月份是打算分批渡江的，既然分批，希夷先出发是合理的；其次，二十天内处理好行前准备工作也是合理的。

这是转念一想就能弄明白的误差，至今还有不少历史研究者当成不可更改的依据，这就必然把历史面貌弄得矛盾百出，就像一本装订错了页码的书,许多年来读不明白。

现在我把许多弄错了日期互相矛盾的电文举几例,如:《毛泽东、朱德、王稼祥关于皖南新四军立即分批移动致叶挺、项英》(1940 年 12 月 24 日),《毛泽东、朱德关于向蒋介石交涉新四军北移路线致周恩来、叶剑英》(1940 年 12 月 25 日),《中共中央关于克服动摇犹豫,坚决执行北移方针给项英等的指示》(1940 年 12 月 26 日),《毛泽东、朱德、王稼祥关于同意新四军由皖东分批渡江致叶挺、项英》(1940 年 12 月 29 日)。以上电文,除 12 月 26 日那份电文的日期是对的(正因为那份电文的严厉斥责,促使项英在 12 月 28 日召开军分会,决定向茂林方向开动),其他电文的日期都是错的。如果把这些错误的日期调整过来,来龙去脉就异常清楚。另外还有许多错了日期的电文,恕不一一列举。

但有一份电文应特别加以注意:《安徽师大学报》哲社版 1986 年第 2 期著文,认为北移路线是中央同意的。文章的第三项是这样写的:"中国革命博物馆收藏有中央军委 1940 年 12 月 23 日命令'皖南部人全部绕道茂林,待机北渡'的电文抄件。"(见《大江南北》1987 年 1 期 23 页)这就跟上面所引的中央电文南辕北辙,它的真实性是完全值得怀疑的。因为此电文史学界持肯定态度,并以此证明皖南部队北移路线是经过中央批准的,我将专题来谈它。

4. 再看目前关于北移路线问题研究的情况:第一,先看《大江南北》1987 年 1 期《星潭突围战与北移路线问题——为纪念皖南事变四十六周年而作》一文中的 18 页第 10 至 11 行,所引电文仍是本文所引的日期错了的电文,把 11 月当成 12 月。试想,在 26 日电文后,忽然又来了个分批渡江,物资经苏南。其实,物资及非战斗人员已经在 12 月 1 日至 3 日到苏南,该文第四行正说明了此事实。到了 12 月 29 日又指示物资经苏南,不是奇怪了吗?再想,希夷随中间几批渡江,项英的行动另有指示,也是在 11 月份才可能有的事。

第二,该文 18 页 16 行所引的 12 月 30 日毛泽东的电文,从内容看,仍然应该是 11 月发生的情况。该文 25 行所引的 1 月 1 日项英给毛泽东的电文及 27 行所引 1 月 3 日毛泽东复电的时间是对的。但有非常重要的一点却没有说明,这就带来一个极为严重的问题。那就是项英向南途经茂林的路线似乎是中央批准的。这被许多史学家们以此论据来为项英落进茂林绝地的错误决定抱不平。这个责任由谁来负,需要极为细致地作出分析:①首先必须弄清中央1月3日电文中"你们全部移苏南……是完全正确的"的指示跟南走茂林路线完全是两回事。中央肯定的是移苏南的目的地,而绝对不是肯定南走茂林的开进路线是正确的。②再看项英1月1日电文是如何欺骗中央的,而且这份电文用的是新四军军部的名义,这绝不是无所谓的(过去电文从不这样),因为这就避免了个人的责任,又给中央一种全体意见一致的印象(这在小说中已有交代)。③12月28日的军分会上,项英决定向南绕道茂林,按正常情况,当天晚上,就可以报告中央,可是项英却从28、29、30、31日拖到1月1日才报告,这又不是无所谓的。可惜研究者又无研究。④项英用"我们决定全部移苏南",隐瞒了28日的军分会决定南走茂林,这就避免了中央的质问:"你们28日开会决定的,为什么拖了四天才报告?"⑤项英的电文长达480个字,全都是东扯西拉,打马虎眼,让人看不出轻重缓急,也分不清主次,却把最应该说的跟全军命运生死攸关的"绕道茂林"的开进路线隐瞒了。因为北移的安全与否,关键是走哪条路线。⑥移苏南有向东开进的两条习惯线,一、二支队东进就是走的这条线,非战斗人员及物资分批移苏南也是走的这条线(相对来说是一条比较安全的路线),项英只讲移苏南而不讲路线,就很容易使中央误解为仍然走习惯线,而想不到项英会走茂林这块绝地。⑦项英的回电(这在时间上是来不及的),最迟不超过3号,否则就收不到了;二是名义上报告请示,实际上并不等待中央指示,你回电晚了,我就走了,这叫欺上。⑧中央根本来不及查询,3日立即回电,项英却将此电立即晓谕各团,让大家误以为中央肯定他的一切部署都是完全正确,这叫瞒下。所以中央在决定中批评项英三年来对中央指示一贯阳奉阴违,并没有冤枉他。

第三,再看摘录的《安徽师大学报》那篇文章,它说的三个理由是矛盾的:先说是项英28日军分会决定而后由中央批准的;后说是中央军委23日命令的,到底是批准的还是命令的?作者同意哪一种?

问：那么，你是在彻底弄清皖南事变的来龙去脉之后才动笔的吧？我有些奇怪，许多史学家几十年争论不休的问题，而你并非专门研究历史的人，怎么弄清的？能谈谈弄清的过程吗？他山之石可以攻玉，也许对搞历史研究的人有参考价值。

答：1.若说"彻底"，还很难说，你知道任何事情弄到彻底是很不容易的，甚至是不可能的。但我自认为弄得一清二楚后才动笔却是实情。你知道，我是写革命历史题材的人，在写《万山红遍》、《叶秋红》、《雨雪霏霏》三部长篇时我就间接地、初步地知道了皖南事变的基本过程，但只是常识性的，根本谈不上研究。后来写了一部《突围之后》（1984年由江苏文艺社出版时更名为《芳茗园之夜》），才初步接触到皖南事变的原始资料。1984年6月10日我去芜湖，6月18日到泾县云岭、章家渡、中村、星潭、石井坑、茂林等地实地考察、访问、研究史料。开始接触时犹如进入一个混乱世界，材料犹如一堆理不清的乱草。事变中的许多重大问题很容易找到十几种说法，真是众说纷纭，矛盾百出。这是难事情，也是好事情，难在众说不一，也好在众说不一。正因为众说不一，才提供了研究的余地，才提供了比较的余地，有了比较，就能通过优选法，找到最合理的说法。比如十种说法肯定有九种不对，甚至十种全不尽对，但有个好处：这十种不尽全对的说法却提供了旁证和反证，择其善者而从之。我认为这才称得上考证与研究。那种顺手找到一份资料就说根据某某记载应该如何，那叫核对史实或查找资料，谈不上研究。

2.我现在回答你感到奇怪的问题。我必须说几句题外的话，然后才能畅所欲言地说下去。中国人一向把谦逊当做美德，我也这样看，但是，谦逊不等于谦谦君子，不等于虚伪，不等于假客气。在对阵的时候，古老的民族又往往很不谦逊，总是大叫一声："来将通名，老子刀下不死无名之鬼。"我们应该重实质不重形式，再谦虚也不能把谬误变成真理，再骄傲也不能使真理降为谬误。谦逊不能失去自信，谦逊不能失去辩论真理的坚定性和鲜明性。这就叫当仁不让。

我从众多研究史料中，发现某些历史研究者有一个弱点：就是专门引用有利于自己观点的史料和论据，甚至断章取义，从一个资料或电文中，只摘引几句，而把不利于自己观点的内容隐藏起来。这就带来了一个弊端，使那些看不到原件的读者，使那些不知道另外还有与之相反的证据的读者，信以为真，只听一面之词。这是历史研究中的大忌，是最要不得的态度。仍以前面提到的《大江南北》1987 年 1 期 18 页《星潭突围战与北移路线问题——为纪念皖南事变四十六周年而作》一文为例，这应该算最近的研究观点了。可是，它引用 12 月 29 日、12 月 30 日错了日期的电文，却把有关北移的最关紧要最为正确的电文隐藏起来了（因为作者不可能看不到那些电文）。第一，他丝毫不提中央 12 月 26 日的电文。显然，这个电文和文中引的错电文有矛盾；第二，只字不提 28 日召开的军分会；第三，只字不提从新四军军部保存的档案材料中找出的《皖南事变要报》中提到的“12 月 28 日军分会之决定”，这就使读者失去了比较的条件。

我认为研究历史，只重资料不研究是否合理，只是一只翅膀；一旦资料伪、假，必把研究引向歧途。既重史料又要推理，合理者为真，不合理者为假，是两个翅膀。一个翅膀在地上打扑拉，两个翅膀才腾飞。我对所有材料都不抱成见，把所有争议客观地全部摆到桌面上，进行比较。不是回避与自己观点相反的论点，而是一一把它驳倒。真理便在驳不倒中存在。我在 1984 年 9 月开始写提纲时，便自认为已经把握了皖南事变的来龙去脉。

3. 我用一天一天向下排列大事记的办法，列出了一个十分清晰而又合理的时间表，把错了日期的电文全部颠倒过来，拨乱反正。我绝不把某个电文孤立地去看，而是跟前后左右的整个形势联系起来看。项英拖延北移应跟 11 月底盐城成立华中指挥部，中原局与东南局合并为华中局，由刘少奇任书记联系起来；12 月 26 日中央催促项英北移急如星火，跟国民党的徽州军事会议联系起来。前后左右砸实之后，便坚信自己的排列及论点是不可能被驳倒的。即使拿出与之相反的原件也驳不倒，因为史实是铁定的。原件抄件既有假也有错，不去伪不能存真。原料有真有伪，我可以信手举出几十个例子。

仅就中央档案馆编的《皖南事变资料选辑》为例，前面所举电文日期错误不算，另外错处也是比比皆是：132 页下段 1 月 10 日电文第一句“我等待秋涛两团已打到泾县、宁国间”,首先是字错了,不通,应为“我军傅秋涛……”;其次意错了,傅秋涛的一支队根本没有两个团打到宁国间;再翻到270页17行,这是中央军委总结“并将后方资财一千三百担及后方人员千余人,于11月3日先后开赴苏南”,应为12月3日;再看同页22行“一面于12月28日再严厉斥责项之迟疑犹豫”,应为26日。这些错误既可以找到主证,也可以从前后左右找到许多旁证。

4. 这种排列国内国外大事记的做法,给我研究皖南事变的真相带来了极大好处。比如:在本文第二节中所举同一天,也就是1940年11月24日的两份电文,我曾问过一些历史研究者(包括某大学副教授在内),为什么一天发两份内容相同而语调差异很大的电文,他们都觉得这样提问非常奇怪,两份就是两份,不同就是不同,似乎不需要问个为什么。有人说后文是为前文的补充。至于为什么补充,只有天晓得。可是,我在排列大事记时,查到了11月29日我们在苏北发动了曹甸战役。这样,就可以知道,在发动之前确定要打的时候,恰在11月24日,这就叫由此及彼。中央不能不考虑到,苏北一打,顽方必将在江南进行报复,而前面一电,比较含糊,后面又补一电文,提出明确的告诫。为了保密,当然不会明确到“我们在江北要开始行动了,你们要快走”。这就是局部和全局的关系,不了解全局,对局部的变化就会感到莫名其妙。孤立地看一件史料,没有办法进入实质。

5. 在我阅读大量史料和回忆录时,我发现两种奇异的现象:一种是文学可以虚构,却拼命求真;一种是史学应该求真,却又多方虚构。先说第一种。我在许多史料和回忆录中,看到一首叶挺诗,一种是两句,一种是四句,各不相同,仅我看到的就有六种。不仅内容相去甚远,而且写的背景各异;有的说是在云岭写的,歌颂云岭之美;有的说是在皖南事变中写的,是为鼓舞士气;有的说是在黄山写的,题名就叫《过黄山》,发表在1949年11月18日的《苏北周刊》上(这六种写法、说法的真伪我将另文专谈)。我在采写时,多方寻本求源,务求真实。这就发现了第二种现象:许多回忆录又是多方虚构,回忆者对许多史实早已忘怀,采写者根据回忆,无法写成文章,于是四处替回忆者摘抄采访,编写成文,拿回来请回忆者认可。其实是采访者写的,并非来自本人的回忆,不这样就完不成写书的任务。有的置最真确的史料(如当事者的手迹)于不顾,而另外编写一套,有的编写的素质不高,必然严重地失真。

问:书中写了大量的高层人物:叶挺、项英、袁国平、周子昆、蒋介石、顾祝同等等。你写这些人物的依据是什么?有把握吗?对其中虚构部分作何解释?

答:1. 我是用历史唯物主义和辩证唯物主义的观点,来研究与塑造敌我双方人物的。我塑造的既是历史人物,更是艺术形象。忠实于历史和虚构并不矛盾。只有虚构才谈得上文学艺术,才谈得上作家的创造,才比原型更逼真更集中更强烈。如果仅仅是史料的堆砌,那既不是历史,当然更谈不上文学,充其量只能算作不准确的、真伪杂存的史料汇编。作家不是资料员。

2. 我所说的虚构,就是按照严格的历史事实,所作的符合人物性格逻辑的推理。如果仅仅记述事实而不作推理,很可能记载的是现象而不是本质。有些表象可以直接反映出本源,有些假象却跟本质恰恰相反。世界上许多人和事都叫"真事隐、假语存"。恩格斯说过:"把历史的内容还给历史。"马克思说过:"历史不过是追求着自己目的的人的活动而已。"研究历史,必须研究人。仅仅是搬弄资料只是资料员的任务而不是史学家的任务,当然,更不是文学家的任务。历史是人类创造的,研究历史,必须进入人的心态。只有综合分析和判断,只有合乎性格逻辑推理,才能探真索微,才能剖析人物评价历史。只重史料记载不重推理,不重人的心态,这是历史研究的悲剧。

比如研究叶挺。他在《皖南被囚抒愤》中是这样写的:"三年军长,四次辞呈,一朝革职,无期徒刑。"他不仅提出过四次辞呈,而且还出走过两次。一次是周恩来把他送回皖南,一次是袁国平去重庆把他接回皖南。短短三年,四次辞呈,两次出走,可以反映出叶挺在新四军里的处境,反映出他跟项英的矛盾,反映出他的心态,只有把这些表现研究透了,才能对叶挺在新四军里能做什么,不能做什么,得出比较正确的结论。非常可惜,四十五年来,我还没有见到史学家们用一篇文章来回答。在我所见到的材料中甚至连“四次辞呈两次出走”八字都见不到。回避了真相,就谈不上写真史写信史。

再以项英为例。一个人的功过得失、言行及性格的发展,总离不开主观客观原因和历史的、现实的原因。项英不是神仙,也不是木头,而是一个具有普通人的七情六欲的、活生生的人,是个既有优点又有错误的人。在历史上,第一,他在 1928 年中共六次党代表大会上当选为政治局委员和政治局常委,1931 年任中共苏区中央局代理书记,后来任革命军事委员会主席,地位比毛泽东同志高;第二,斯大林曾对他有过很高的评价,并在单独接见他时送他手枪和钢笔;第三,在他任中央局代理书记时,曾处理过“富田事件”,不认为提出“打倒毛泽东,拥护朱、彭、黄”口号的富田暴动者是反革命,而是组织上的错误;第四,项英不愿去江北,曾提出过远征闽浙到国民党后方打游击的南进计划,遭到陈、粟及中央的反对;第五,1940 年 11 月华中指挥部成立:叶挺任总指挥,陈毅任副总指挥,刘少奇任政治委员,并且决定把中原局与东南局合并成立华中局,由刘少奇任书记,项英回延安,他心里会是什么滋味?新四军由南方八省游击健儿所组成,项英领导了三年游击战争,又加上三年在皖南艰难缔造的新四军,全部交给别人去领导,叶挺到江北是接总指挥之权,项英到江北是去交权,这种心态能对他的行动没有影响?第六,请看上面引用的 12 月 26 日中央给项英的电文的口气,再看看 1940 年 5 月 9 日、12 日、29 日一连三个请求撤职的报告,强烈地表示了他对中央批评的不满。这样就能看出项英的思想脉络,他的历史优越感,他的家长式的领导作风,他的北移后即将交出全部权力的抵触,就可以推想到他为什么拖,也可以想到拖不下去时,28 日军分会上为什么决定向南开进;就可以推想到 28 日开完会应该立即报告中央,为什么拖了四天;就可以推想到他为什么不愿北移,他为什么在危难时离队;就可以推想到他在株守皖南时的一切服从于统一战线,到南进计划去国民党后方打游击的最大的破坏统一战线,这种矛盾现象就可以在马克思的“历史不过是追求着自己目的的人的活动而已”的名言下得到统一。我们一向把“追求自己目的”当成贬义词,其实任何人都在追求自己的目的。只是目的有的高尚,有的卑劣,有的为公,有的为私。如果把目的改为理想,就容易被人接受了。项英就是在追求自己目的的情况下行动的。目的,就是行动动机的依据。

问:刚才你说要进入人物的心态,恐怕这是从文学创作角度而言,历史研究有可能吗?因为人物心态都是重帷深锁,不向人说,不留记载,用什么办法进入人物心态?写历史人物不同于虚构人物,怎么能保证写得像生活中的真正的他?

答:1. 先说写历史人物的难易。在某种意义上来说,写历史人物很难,因为他是众所皆知的人物,甚至历史给他定了型,既要像他,又要脱俗,既是艺术形象,又受真人真事的制约,局限了作家创造人物的随意性,就像画家画人,规定画某一个人,让人一眼看出这就是谁,就很难。

但是,在突破这个难点之后,就变成了易:局限性变成了参照性,规定性变成了真实性。比如项英,他本来是个坚定的革命者,是新四军军分会书记,从道理上讲,最不可能临阵离队的是他。生活中,却变成最先离队的是他,这种从不可能到可能,又非常合理。比如叶挺,他是北伐英雄,是宁死不屈、宁折不弯的铁军指挥员,却在全军面临覆没的重压下弯曲下来,在石井坑给蒋介石发了请罪电。最不可能弯曲的他首先弯曲了自己,这也是从不可能到可能,也是非常合理。比如项英的随从副官刘厚忠,他对项英一向耿耿忠心,对项英生活的关怀超过儿子对待父亲,在突围时,他背着项英冲出重围,舍命相救,最不可能来害项英的是他,在条件变化之后,杀害项英的又是他,从不可能到可能,又非常合理。这些人的命运的跌宕、性格的变化,超过了作家最大胆的想象。如果是虚构的人物,读者很可能认为不合理,不可信。但生活却给作家提供了任何人都推不倒的依据,给人以极大的真实感,不能不惊叹生活的惊心动魄、丰富多彩和曲折复杂。

2. 每个历史人物,都留下不可磨灭的脚印,按照这些脚印,就能寻到他们走过的轨迹,就能找到从A点到B点再到C点的路线。这些点是历史铁定了的。比如项英从充满胜利希望向南开进的A点,走到星潭受挫、高岭受挫后悲观失望的B点，再走到临时动摇脱离部队的C点。这些主观思想的变化（从希望到失望到动摇）都跟客观形势的变化有关，写出客观形势也就由点到线带出了面。点、线、面构成了波澜壮阔的生活斗争图景，也就展示出了人物性格的发展史。

3.关于虚构，并不是毫无根据的杜撰，而是数学中的求方程，通过已知求未知，是符合人物性格发展逻辑的推理，带有必然性和合理性。书中写了项英想自杀而又未自杀的思想斗争过程，这是任何史料都未能提供的。项英从失望到动摇到脱逃的思想斗争，只有他本人知道。我所见到的史料和回忆，对这一段是一片空白。只是项英归队后，给中央的报告中有："部队被围于大矗山中，有被消灭极大可能，临时动摇，企图带小队穿插绕小道而出……感觉不对……此次行动甚坏，以候中央处罚。"空白是不合理的，有激烈思想斗争是合理的。高尔基说："想象和推测可以补充事实的链条中不足的和没有发现的环节。"这是对的，他应该想到部队被消灭后他的命运：可能牺牲，可能被俘。即使少数人突出去也摆脱不了自己应负的责任。按悲剧心理学来说，一个人一生中总是不止一次地感到活着不如死去好。他面临如此严重的局面，想到自杀是合理的；他带着斯大林赠给他的手枪，由此想到斯大林对他的高度评价是合理的；平时以此为荣，在生死关头摸着手枪，反而不能触景生情是不合理的。这种合乎人物身份和性格逻辑的想象与推测，不仅是作家的权利，而且是必须具备的素质。生活真实的链条往往是间断的，艺术真实的链条是相连的，所以艺术真实比生活真实更真实。

4.没有虚构就没有文学。虚构绝不是虚假，虚构是按照严格的历史事实所作的符合人物性格、符合事物发展逻辑的推理。如果仅仅记述事实而不作推理，很可能记载的是表面现象而不是内在本质。文学艺术，不是战术总结。罗贯中的《三国演义》与陈寿的《三国志》绝不是一回事。这里可以借用一个举世公认的成功经验加以证明。那就是获六项奥斯卡金像奖的电影《莫扎特》。根据历史记载，这位举世无双的音乐巨星只活了三十五岁就陨落了。他的死，史书记载是各种各样的，互相矛盾的：有的说他贫病交加而死；有的说他是被人用砒霜毒死的等等。送葬那天，除了掘墓人外，没有任何亲友在场，所以在萨尔斯堡至今找不到他的坟墓。有的说在送葬那天就有他的劲敌——宫廷作曲家安东尼奥·萨利埃里在场。

可见，有些史料是靠不住的。作者与导演从艺术真实出发，把莫扎特的暴卒与萨利埃里的苟且偷生有机地联系起来，在鲜明的对比中表现出萨的忌恨心理，表现出莫扎特的每个成功都驱使他的竞争对手用更加狡猾、严厉、残酷的手段对他进行迫害。这就使人看了惊心动魄，毛骨悚然，但是在实际生活中，并没有发生过这种事情。编剧是这样看待这种艺术创造的，他说："我关心的不是有无这一历史事实，而是它是否符合艺术创作的规律。尽管有人认为这一情节是无法接受的，但是，我们觉得这是作为传奇性的人物莫扎特及其幻想曲的最恰当不过的结局。"

这正是艺术家卓越的创造才能的表现。

再举一例：反映斯大林格勒大血战的影片《伟大的转折》序言中有这样一段话："……这部影片的第一个特点，在于它叙述了斯大林格勒，然而绝不是斯大林格勒真实的编年史（影片里一次也没有提到这个城市的名字）。我们保存了事件的军事政治结构的历史真实性与可靠性，但是留下了决定主题和基本人物性格的艺术构思的自由。"

我认为这是达到历史真实与艺术真实高度统一的正确方法。文学作品不是史书，却可以填补史书的空缺，纠正史书的谬误。因为真正的史诗性的文学作品，应该以其全面的观察、缜密的思考、逻辑的推理以及时代的真情实感，把"历史的内容还给历史"，把"追求着自己目的的人的活动"写出来。只有这样，才能获得历史价值、艺术价值和悠久的生命力。

5. 关于史学应否进入人物心态，如何进入人物心态，我只能另找机会去谈。这里，我只能说：查证核实史料，只要有时间就够了，要辨别真伪，需要智慧，进入人物心态，需要真知灼见。还是那句话，历史是人创造的，不研究创造历史的人，算不上史学。

问：你在这部作品中刻意追求的是什么？

答：1. 我首先追求的是历史真实与艺术真实的和谐与统一。雨果在《九三年》中有这样一段话：1792 年到 1800 年间布列塔尼森林的历史是可以自成一段的，这段历史像传奇一样和旺岱的规模巨大的事变掺和起来。

历史有真实性，传奇也有真实性。传奇的真实和历史的真实在性质上是不同的。传奇的真实是在虚构中去反映现实。但，历史和传奇却有相同的目标：利用暂时的人来描绘永久的人。

要彻底了解旺岱只有用传奇来补足历史；了解全面需要历史，了解细节需要传奇。

我可以借用他的论点："要了解皖南事变的全局，需要历史的真实；要了解细节，需要艺术的真实。"因为史料只提供事件的经过，很少提供人物的形象、气质、性格、品德、情操、阅历、学识、智慧和日常生活，更难提供人物的七情六欲和内心世界的激烈冲突，这些需要通过艺术的想象力去完成。事件是不会重复的，既是空前也是绝后的，而人物的思想、感情、品质却是永久的，前有古人，后有来者。

2. 历史是严肃的、客观的，曾经发生过的事情不能硬减，没有发生的事情不能硬加。尽管文学艺术允许虚构，但我塑造的是历史人物，我遵循的原则是实事求是，尊重历史：高尚的不要刻意美化自然高尚，卑劣的不用刻意丑化自然卑劣。

既不因为他是智者就隐瞒他的一失，也不因为他是愚者就隐瞒他的一得。对自己人绝不写成神，对敌人也绝不写成鬼。改变人物塑造中好人完全好、坏人完全坏的传统格局，因为复杂的性格具有更高的审美价值，因为生活本身就是极端复杂的。

3. 陈美兰在《文学评论》第 4 期著文认为：在近年来长篇小说创作中称得上成功的艺术典型仍不多见，究其原因，显得尤为突出的是两个不平衡：其一，是作家的感受力与剖析力的不平衡。创作思想的解放，使作家能够真诚地贴近生活，自由地感受生活，然而，当创作主体感受到的东西越丰富越复杂时，它所需要的艺术剖析能力就越高。而现在，某些作品往往缺乏这种理性的剖析，或者是有所剖析，而力度不强。这样，作家在他发现的典型人物身上所感受到的历史内容就不能真正地成为意识到的历史内容，于是在很大程度上削弱了形象的意义。其二，是人物丰富复杂的性格与所获得的艺术空间的不平衡。长篇小说容量大，但这个特点也就决定了它要求在人物典型塑造上，不仅从性格的某个侧面，或某种性格的横断面来体现，而且要从性格的发生史或发展史的角度作纵深的开掘，以增强艺术形象的厚度。我们有些作者却往往使人物性格的展开显得异常局促，使一个丰富复杂而又流动的性格变得凝固化，这是一种令人惋惜的现象。

我同意她的观点。我在这部书中努力解决这两个不平衡，不仅感受历史、反映历史，而更重要的是剖析历史、评判与评价历史。不仅写出人物的性格来，而且写出性格的发展、跌宕、丰富性和流动性来。

4. 我追求哲理色彩和思辨色彩，不仅给人以情绪的感染，给人以信心和力量，也不仅给人以美的享受，而更重要的是启迪人的心智，引起人们对历史、对人生的深沉的思考。

5. 我还追求作品的人民性，追求雅俗共赏的艺术特色。

有的同志认为文学的任务在于塑造典型、激发感情，而不在于叙述事件，我也同意。但不须一概作此要求，"文有大法，无定法"，这要看什么题材。《安娜·卡列尼娜》的功能跟《战争与和平》并不相同；《红楼梦》和《三国演义》也不一样，尽管《红楼梦》在艺术上高于《三国演义》，但并不妨碍后者在人民中的巨大影响，它的历史价值并不比《红楼梦》低。

问：皖南事变如此复杂，争论如此尖锐，你认为作品发表后，会引起激烈争论吗？

答：1. 这样一个震惊中外的事件，争论是正常的、难免的，不要说事过四十余年的复杂事件，就是在半个小时前大街上发生一件抢劫案也会争论不休，甚至经过几天的调查也未必弄清。但是真理愈辩愈明。我欢迎这种争论，也准备迎接这种争论，对所有问题，我都可以做出公开答复。我有充分的自信心。

2. 许多个人的回忆，必然带有个人的色彩，往往有很大的误差。在回忆同一件事时，往往说法不一，对于某个人物的评价，由于亲疏远近好恶爱憎不同，往往大相径庭。因为每个人当时所处的地位不同，视角不同，认识不同，立场观点不同，记忆力不同，考虑什么该说什么不该说，有的夸大了，有的缩小了，有的是整理材料者加上的，好事都有份，坏事不沾边。凡是参加一个座谈会，张三说一，李四说二，王五说三，几乎没有一次不争得面红耳赤。我希望不要拿某某人怎么说来参加争论，应该拿真凭实据、真知灼见和合乎逻辑、言之成理的推断参加争论。

3. 关于皖南事变的争辩，概括起来，大致有十个小问题、两个大问题、一个根本性的问题。

十个小问题也就是非根本的枝节问题：①关于有无“三山计划”问题；②项、袁、周等人离队原因问题；③叶挺是受伤被俘还是谈判被扣问题；④在茂林停留多久以及该不该停留问题；⑤顽军进攻新四军打响第一枪的时间、地点问题；⑥新一支队（傅秋涛部）突围路线及突出的人数问题；⑦百步坑会议长短及最后决定的突围方向问题；⑧敌军兵力问题；⑨项英、周子昆被害经过问题；⑩项英突围出来到被害两个月为什么还不北上的问题。

两个大问题：①星潭是否攻克问题。因为这个问题关系到项英的历史责任的大小。如果星潭已经攻克而项英决定后撤致使全军陷入重围，那就罪莫大焉，如果尚未攻克——因为能否攻克是个未知数，决定后撤另选突围方向，虽属措置不当，却是情有可原，人无前后眼嘛。②中央对新四军的战略方针与项英是否执行了的问题。这个问题关系到项英对中央指示“始终借故不执行”“一贯阳奉阴违”的批评是否公正，关系到项英为什么株守江南，拖延北移，向南开进。

一个根本性的问题：那就是第三条北移路线（第一条是向东，第二条是向北，第三条是向南绕道茂林进入绝境）是谁划定的问题。这关系到是谁指定了这条使全军陷入绝境的路线，这是全军覆没的历史责任由谁来负的问题。如果是中央指定的，那么就由中央负全部责任或大部责任；如果是项英提出而中央是同意的，那就可以分担责任；如果是项英否决了叶挺东进的提议，决定向南，而又用欺瞒手法笼统地说“全部移苏南”，换取中央“你们全部移苏南……是完全正确的”电文，那么，项英就应该承担全部责任。

这就是我对皖南事变多年来众说纷纭、扯不断理还乱的主要分歧点的总概括。我在动笔写这部作品的提纲时，对以上十三个大小问题，已经不存在任何疑问了，得出了既明确又坚定的看法。在这里我回顾一下 1984 年 7 月与党史办的张周明同志的一次交谈：他提的问题正像上面摘引的《大江南北》1987 年第 1 期 23 页摘抄的《安徽师大学报》哲社版 1986 年 2 期《北移路线又一考证》一文中所说："中央革命博物馆收藏有中央军委 1940 年 12 月 23 日命令'皖南部队全部绕道茂林，待机北渡'的电文抄件。"这说明南进茂林是中央军委指定的，并且许多史学家对此持肯定态度。

我当时就说：这个抄件肯定是假的，这既不是武断，也不是轻率，而是一个历史研究者在掌握了大量确凿史料之后，应有的起码的判断力和识别力。因为如果这个假抄件能够成立，那么它就必须推翻十个真的，而把那十个真的变成假的是不可以的。我说："我先打个比方（这是我从事文学创作的习惯），我现在正跟你老张热烈交谈，忽然桌上电话响了，说你老张在大街上被汽车撞了，难道我还不能说大街上那个老张不是真的吗？"

接着，我就历数十个真的来驳倒这一个假的："历来北移路线都是由三战区指定，或是与三战区商定，叶挺和袁国平都到上饶去商定过北移路线（叶挺是 11 月 11 日到上饶的），而去谈判路线兼要开拔费又是中央指示的，这是真的吗？"

老张点头说："真的，有电文为证。"

"那么，如果军委命令能够成立，必须推倒前面那个真的，这是第一。在中央关于项、袁错误的决定中，在中央军委参谋部的总结中，都说茂林是块绝地，是项英自寻绝路，这是真的吗？"

老张点点头说："真的！"

"那么军委忽然命令部队去走绝路的动机是什么？这是第二。那么，项英在丕岭被阻，向中央报告说：他向南开进的本意是对顽军佯示威胁。中央军委不同意项英的自我开脱，反驳说：第一，茂林是块绝地，近在军部咫尺，应该知道；第二，若只吸引顽方注意，只能使用一小部分兵力，而不应全部兵力开到茂林……"

“是的，”老张点点头说，“不要说十个，就是这一个也是推不翻的！”

“断案要有旁证，研究历史要由此及彼，这是最起码的常识。”接着我又举出了1941年1月13日周恩来与叶剑英跟国民党交涉时有关路线问题给中央的报告等另外几个实证，说明一个不合理的假证据是不可能推翻十个既合理又确凿的真证据的。为了进一步击倒这个假证据，我最近（1987年3月4日）委托《陈毅传》编写组的罗英才同志去查清此件的出处，结果经管此抄件的同志说：“此抄件并无电报原文，而是从某报纸上抄录来的。是从什么报上抄来的，也搞不清楚，至今找不到出处。”一些史学家们居然持肯定态度，真叫人啼笑皆非。

老张同志后来又悄悄对我说：“有的同志私下认为，南进茂林，中央是知道的、同意的，只是因为项、袁牺牲了，无人对证，是不是在决定与总结中推卸责任？”

我说：这不可能。第一，中央决定是1月15日作出的，军委总结是1月20日作出的，那时还根本不知道项英的下落，项英是3月14日被害的，不存在无人证的问题；第二，那时来往指示报告皆用电文，不存在无物证的问题；第三，即使退一万步说推卸责任，也不会傻到自打耳光，一面指示走茂林，一面斥责走茂林，完全可以用另外的方式：比如，走茂林并没有错，错的是不该在茂林滞留，不该从星潭撤回，指挥欠当等等。第四，这种中央指定走茂林的说法跟同派说法也是矛盾的，中央军委指令和“中央是知道的”、“中央是同意的”，也并不是一回事。

问：你认为一部历史小说经得住历史考验的标志是什么？

答：简单地说，四个字：实事求是。说真话，露真情，求真理，这才是历史唯物主义。因为我们既是胜利者又是正义者，无需要夸大什么，也无需要缩小什么。不符合历史事实的东西，在事实面前就站不住脚，那就失去了历史价值。

历史法庭是公正的，把双方的理由都说出来，是非自有公断，这样才能服人。既讲蒋介石消灭新四军、八路军之心早已有之，无所不在，不然他就不是反革命；也讲我们消灭蒋介石反动集团的目标也非常明确,不然,我们就不是革命者。有些文章只讲“遵命”不讲“抗命”,好像这样就是立场鲜明,其实这是既缺乏历史唯物主义又缺乏辩证唯物主义,因为既违背了中央一再要项英不要听三战区的,要抗命的指示,又忘了你既然是革命者怎么去遵从蒋介石的命！我主张对敌我双方,应揭示目的(是为了正义还是非正义,是为了革命还是反革命),不应谴责手段。手段是相互的,兵不厌诈也是相互的。蒋介石派特务搜集我们的情报,我们的地下工作者也打入敌人的心脏。由于我方高明,黄桥决战我们消灭了八十九军;由于我方失误在茂林地区我军损失八千人。你打我,我也打你,以眼还眼以牙还牙。你骂我共匪,我骂你蒋匪,你叫我赤匪,我叫你白匪,你清剿,我反清剿,手段是共同的,目的和性质是相反的。敌人的高着叫狡猾,我方的高着叫智慧。

写历史需要史笔,它跟写现实不一样。现实中需要策略,为了有利于斗争,我打你可以说你打我,我说撤退,恰恰是进攻,谁老实谁吃亏。历史是过去了的事情,应该遵从马克思的话,“把历史的内容还给历史”。过去打得你死我活,现在形势变了,不妨握手为友;过去是朋友加兄弟,形势变了,也不妨刀枪相对。该怎么样就怎么样。掩耳盗铃,等于欺人自欺,自以为高明,干的却是傻事,你以为骗了别人,别人也装作受骗来骗你。

问:你在这部作品的创作过程中,认为最大的难点是什么?怎么解决的?

答:我认为一部内容充实庞杂丰富多彩的长篇巨制,最困难的是它的结构。犹如建筑一座气势宏伟的宫殿,最难的是它的布局和构架。历代文论多以建筑相譬,清人何绍基云:“地盘最要打得大,则室屋楼亭,听其所为。若先止方丈地,则一亭已无可布置矣……譬如一所大院,正房客厅、幽亭曲榭、林鸟池鱼、茂草荒林,要无所不有,才好才好。”明王世贞曰:“首尾开阖,繁简奇正,各尽其度,篇法也;抑扬顿挫,长短节奏,各尽其致,句法也;点缀关键,金石绮彩,各极其造,字法也。篇有百尺之锦,句有千钧之弩,字有百炼之金。”纵观古今中外巨篇名著,如果不是跪倒去看,称得上完善的并不很多。譬如《水浒》的结构,

《三国演义》的结构,《战争与和平》的结构,《悲惨世界》的结构,都不是无懈可击。

皖南事变是个极为庞杂的事件,它集中了国际国内,敌、伪、我、友、顽的各种矛盾,集中了我们内部上下左右的各类矛盾,集中了历史的、现实的、军事的、政治的、外交的、思想的、性格的、大人物的、小人物的各种矛盾和冲突,各人有各人的命运,各人有各人的归宿。那是一把杂柴乱草。它们互相关联,互相制约,一时间使人眼花缭乱,无法看清真实的图形,再加众说不一,矛盾百出,犹如看着施工现场的一堆木材砖瓦。如何把世界风云、历史纵深、大人物的作为、小人物的命运,紧紧地扣在一起,并在事件的进程中各自发挥着自己的作用,又各自经历着不同而又相连的命运变化和性格变化,又要结构得严谨、自然、合理、不着人为痕迹、举重若轻,我是费了多日的思考的。

生活提供了丰富的素材,却没有提供精巧的构架,在反复思索之后,我选了一个枢纽人物——林志超。由于他的联结,使我很快地构成了这部作品的雏形:他是个承上启下联结前后左右的人物,不仅由他把叶、项的关系引向历史的纵深,带出北伐与三年游击战争,而且在横向关系上,与赵令波、陈家庆、王自中、郑芳雪、白沙等扭结起来。这便是这部小说构架的最初设计过程。

问:这部作品中,哪一些是虚构人物?为什么?

答:文学作品,应该有虚构人物,不然就成了史书,就成了资料汇编。作家根据艺术规律的需要是有权用典型化方法加以集中概括,进行艺术创造的。实录是平庸的,也是不可能的,因为不可能把所有人都搬上舞台。创造才是可贵的。陈家庆、郑芳雪、林志兰都是虚构的人物。但是有些重要人物都是有原型的,譬如:参谋处长赵令波(实际名字是赵凌波);作战科长林志超(实际名字是李志高);随从副官刘厚忠(实际名字是刘厚总)。这三个人可以说基本上是他们本人,又不全是他们本人,是大家熟悉的陌生人,所以我把他们的名字略作改动。本来,这是不需要费笔墨说明的,可是,也许有些熟悉皖南事变的同志不按艺术规律考虑问题,而是当做史料来要求文学,说不定纷纷来信质疑："作战科长是李志高啊，你怎么写成林志超了？"所以还是有言在先。什么叫艺术上需要呢？李志高本来是跟周子昆一道从延安来的干部，他历史上跟叶挺和项英都没有关系。作战科长所处的位置又至关重要，艺术上需要集中概括。在新四军中，有不少人支援过北伐，可以跟叶挺挂钩；有人在战斗中抓获过资敌的缉私队长，可以跟顽方陈家庆挂钩。当然更多的人经过三年游击战争，可以跟项英挂钩。如果不改变作战科长的经历，就得写四个人。

还有，刘厚忠的下场，有好多种说法：一种是敌人把他派回我军作奸细，被我方所杀，还画成了连环画；一种是在敌人狱中七年之久，尔后下落不明。而我认为书中写的那种下场，才是真正符合刘厚忠性格的刘厚忠。

问：一部长篇，它的主题固然是多义性的，但总要有个主要之点，也就是作品思想的凝聚点是什么？

答：我可以把一部多卷体的长篇比作一座深山老林。药农进山，可见药草；猎人进山，可见禽兽；游客进山，可览风光；樵夫、牧人、地质学家、考古学家、植物学家进山，他们所见所想所获绝不一样。

如果要问这部作品的凝聚点，它是九千人的大悲剧。通过这场大悲剧，展示人类的优点和缺点，展示历史悲剧和性格悲剧的密不可分，展示人类性格中的善良与丑恶并存，伟大与渺小并存，智慧与愚昧并存，正义与邪恶并存，高尚与卑劣并存、忠诚与背叛并存，是与非功与过并存，光明与黑暗并存，真理与谬误并存，冷酷与热情并存，幸福与灾难并存……

古人论文，曰事、曰理、曰情、曰才、曰胆、曰识、曰力。我在执笔叙事、言理抒情时，处处事事人人都给我一种强烈的现实感。我深切地体会到"利用暂时的人来描写永久的人"是文学的至理名言。像叶挺、项英、周子昆、林志超、赵令波、刘厚忠这些暂时的人，在历史的长河中，只出现了一瞬，可是，他们的优点和弱点，他们的七情六欲却跟我们是相通的，前有古人，现有今人，后有来者。

前事不忘，后事之师。这本书的凝聚点，似乎应该是为人生提供教训。

皖南事变，是由九千名新四军指战员的忠诚、生命与鲜血谱写的一曲战歌与悲歌。四十六年后的今天，回顾这段历史，犹觉壮怀激烈。我希望我的努力，没有辜负他们艰苦卓绝的斗争。

一部作品的产生，都是诸多方面众人的心血智慧的结晶。

我感谢那些为我提供了大量史料和回忆的革命前辈和史学工作者，感谢那些读稿、审稿、编稿的同志们。并期待着广大读者们的批评指正。

但愿这部书能唤起您高尚的热情，能引来您美好的目光，能促使您深思。

代后记二

编者按:黎汝清是中国当代多产高质的著名作家。他的史诗性的鸿篇巨制《皖南事变》出版后,引起强烈的反响。最近我们读到同济大学出版社出版的《纪念“皖南事变”50周年专辑》一书,其中数篇文章对《皖南事变》作了严重指控。我们颇感惊异,理应引起关注。因此我们走访了作者。

问:最近我们看了上海新四军研究会军部分会的《评长篇历史小说〈皖南事变〉》的文章,说你“无中生有的捏造了项英有一个什么‘三山计划’(即向南挺进到天目山、黄山、四明山)”。说这部小说起了歌颂敌人,丑化我党我军领导人叶挺、项英的作用。并且把给予好评的《解放日报》、《人民日报》和写序言的石言也网了进去。此文写于1990年9月,《皖南事变》书出三年之后,忽出如此指控,一定有什么原因吧?

答:你所指出的这篇文章,原是1990年2月上海新四军历史研究会军部分会用一百一十七人的名义(无名单)写了一控告信,主报江泽民、李瑞环、杨尚昆,抄报中宣部、国家出版署、中共上海市委,同时散传全国。直到1990年5月,我才从安徽来访者的手中见到此件。信中所说的“三山计划”也称“南进计划”或“南进政策”。

我6月7日持公函并写了一个说明到上海去跟写此控告信者对质。我枯等了四天,军部分会无一人出面。后由新四军研究会(不是军部分会)刘煜、葛砻两位副秘书长持函来我住处。双方对话记录如下:

刘：很抱歉，我们未能及时来看望，因知情人不在……你的大作（指《皖南事变》）我看过，你来上海作报告时我也听过，这次说明材料我也看过，很确凿，有说服力……只是写信的知情者、军部分会的负责人邓旭初到美国去了……

黎：什么时候回来？

刘：大约两个月以后。

黎：军部分会负责人既然不在，请提供控告信起草人姓名。

刘：这很难提供，我们不了解情况。

黎：请提供一百一十七人名单，我去拜访一二。

刘：这很难提供，即使你去访问，他们也不会说什么。

黎：《皖南事变》出书后，我来上海参加了四次作品讨论会、座谈会和读书会，军部分会许多老同志都参加了。他们并无提出史实方面的意见，怎么事过两年半，书由两家出版社七次印刷后，一百一十七人忽然写此控告，令人费解。

刘：北京来过几次人。

黎：是不是由他们策动，由军部分会出面，再由他们上送？

刘：这很难说，我们只知道来过几次人，真情不知。

黎：我带公函来沪枯等四天，军部分会竟无一人露面，实在遗憾。

刘、葛：真对不起，我们不了解实情，请等两个月吧，邓旭初回来后，或请你来上海，或我们去南京，一定给你答复。

一时相对无言。十一分钟后，两位副秘书长起身告辞。我想他们争取这两个月的时间干什么呢？等中央对控告信的批示？采取什么措施？结果，两个月的时间早过去了，并无任何回复，倒是听到了他们的种种活动，尔后，又把控告信当做文章发了出来……

问：我认为关键问题是有无“三山计划”，正像该文章中所指控的是基本历史事实。因此，我们有两个不理解：一、如果有，军部分会一百一十七人竟然说你捏造，那就不可思议；二、如果无，你竟然去无中生有地捏造一个，自己挖坑埋自己，自制地雷炸自己，岂不太愚蠢了吗？那些赞扬此书的人,不也太无知了吗?

答:请看项英"南进计划"或"三山计划"的证据。(作者拿出了《毛泽东军事文选》,拿出了《皖南事变资料选辑》,拿出了《大江南北》……这些都是白纸黑字公开发表的文章,展现在记者面前。)

①请看《毛泽东军事文选》(内部本)236页,毛泽东在1941年2月1日给刘少奇、陈毅并告彭德怀的电文中是这样写的:"自1月17日后形势大部改变了,过去项英错误的南进政策,用在今后就是正确的。"

②请看《近代史研究》1980年3期,何理关于《皖南事变》一文中是这样写的:关于新四军的主要战略发展方向是向东、向北、向敌后发展。项英却长期坚持"南进计划",提出向天目山、黄山发展,企图进入浙江,甚至江西老苏区,然后与华中、华北鼎足而立。这不论在政治上、军事上都是错误的。(下略)

③1941年5月17日,陈毅在盐城新四军高干会议上的发言中说:"项英对形势估计不对,坚持南进政策,坚持黄山计划、天目山计划、浙西计划……守株待兔。"(见华中局高干会议记录打印稿48—53页)

④刘少奇在华中局高干会议上的总结报告中有这样一段话:"项袁有个南进政策,往国民党后方钻,打国民党的游击,这完全是'左'的,他企图把四、五支队调回皖南,做什么?准备跟国民党大摩擦,准备不要统一战线……"

⑤1940年10月8日,毛泽东致电项英,指出:"向南深入黄山山脉游击,无论在政治上、军事上是最不利的。"

⑥1940年10月12日,中央又重申皖南新四军行动方针,仍不同意项英的南进政策,指出:"蒋在英、美策动下可能加入英、美战线,整个南方有变为黑暗世界之可能。但因蒋是站在反日立场上,我不能在南方国民党地区进行任何游击战争。"(见《皖南事变资料选辑》64页)

⑦赖少其同志在《大江南北》1988年总16期上著文,反而指责我没有批评项英的南进计划,他说:"同志如果对项英的错误予以批评,这就对了。其实,中央也知道项英很难改变他的所谓'南进计划',因此决定刘少奇任新四军政委,叶挺到江北任华中新四军、八路军总指挥部总指挥,项英调延安学习。当时叫'整风',到延安'整'项英头脑中

顽固存在的'南进'之'风',这是项英所不能'屈服'的。"

⑧陈毅在1943年总结华中工作时,谈到项英"毫无根据地提出天目山计划、浙江计划、黄山计划","提出所谓具有中国伟大战略前途的坚持江南计划,企图与华北华中鼎足而三"。

⑨请看《大江南北》1988年总16期新四军丛书编委会的徐君华同志《评项英南进战略》一文,其中有大量原始记录和电文,证明项英有南进计划。

⑩刘少奇在1941年1月19日致毛泽东、朱德、王稼祥的电报中说:"据皖南逃来人谈:军部北移而向南行动,据项说是为了迷惑敌人。走之迂路,但到茂林后,攻星潭不下(其实完全可以攻下),讨论七小时又将部队调回头,再向南打,预备出太平到黄山,准备盘旋二三月逐渐转到苏南(项英语)。似此,项口说北移,实际是要南进。"

再请看《大江南北》1990年1期《毛周刘粟论皖南时期项英》一文。这里面有大量文献、电文、谈话记录,证明项英有"南进计划"。……

问:我想,不必再看了。证明不是捏造,不要说十一个,只要一个就够了。我很奇怪,一个一百一十七人的研究机构,竟然不去研究这些史料,反而指控引用了这些史料的文学作品为捏造,到底是为什么?

答:原因非常有趣,但应放在事实对证之后去找。我想简单介绍一下《皖南事变》问世后的评论情况。

《文学报》以《悲壮的史诗》为题,发表了整版文章。其中上海新四军研究会的新四军老战士阙中一的《历史教训,永志不忘》一文中是这样说的:"《皖南事变》中对项、叶功过的评论是中肯的,恰如其分的。不因项在皖南事变中犯了严重错误,而一笔勾销他的历史功绩。对叶,在充分肯定他在事变中正确的同时,也指出其决定死守石井坑的不当之处。应该说,这样来评价历史人物,才符合历史唯物主义……作者正是着力于历史真实与艺术虚构的完美的统一。"

《人民日报》发表了韶华的《历史小说哲理》;《光明日报》发表了蔡葵的《革命历史小说的生机和突破》;《昆仑》丛刊发表了何镇邦的《从历史的悲剧到壮美的史诗》;《求是》杂志发表了曾文渊的《熔文学

和史学于一炉》;《大江南北》发表了花建的《文史大手笔,皖南悲壮篇》;《书讯报》发表了毛时安的《史胆史识史笔》;《解放日报》发表了查志华的《一部悲壮的人生启示录》……此外,还在上海、南京、北京举行了五次作品讨论会。

问:你能提供一次座谈会的情况吗?

答:请看这篇多种报刊转发的一则作品座谈会的报告:1987 年 11 月 5 日,解放军文艺出版社在京为长篇小说《皖南事变》的出版召开了座谈会。总政治部副主任周克玉、朱云谦,总政治部文化部部长李瑛、副部长徐怀中,中国作家协会书记处书记鲍昌、韶华等出席了座谈会。

座谈会高度赞扬了作者严肃认真的创作态度,充分肯定了小说在艺术上取得的成就。鲍昌认为小说"在新时期文学所开创的向历史的真实与纵深深入地开掘方面大大前进了一步","是近年来革命历史题材文学创作中的一部佳作、力作";何镇邦认为它"开掘了较深层次的历史哲学意识和人生哲学意识"。

出席座谈会的还有南京军区方全林、胡石言,中宣部文艺局梁光第,新闻出版署于庆林、沈仁干以及《人民日报》、《解放军报》、《中国日报》、《光明日报》、《文艺报》、《中国青年报》、社科院、作协创研室、中央人民广播电台、八一电影制片厂的评论家、记者、编辑共四十余人。叶飞副委员长于九日在家中会见了《皖南事变》的作者及解放军文艺出版社的同志。

问:从这条消息中看到叶飞副委员长在家中会见了你们。你能提供会见的情况吗?

答:会见时在场的还有王昊、凌行正、韩瑞亭、项小米、王于耕。他除了热情肯定《皖南事变》外,还谈了许多对项英评价问题的争论情况。有个谈话记录,我只在适当场合公开。

你是否对一百一十七人的研究会指控说点看法。

问:如果从法律角度是属于争鸣还是属于诽谤,那要听听法律界的意见;但从文学角度,我倒认为是很奇特的现象,一百一十七人作如此动作,定有难测之因。因为用如此名义,对那些不是专门研究此段历史的人很有迷惑力,对那些无时间看《皖南事变》小说也无时间查阅史料的首长们也容易一告就准。

答: 所以我一直等着"一百一十七人的研究会"控告后,由上级组织过问。这样,我就正好借机申诉。可惜没有等到。我再给你提供一个情况:在《皖南事变》五十周年前夕,一位新四军老战士做我的思想工作,她开头就声色俱厉地指着《皖南事变》序言中划了横杠的一句话说:"你,还有胡石言,怎么说我党我军的领导人项英有封建家长作风呢？那是蒋介石的作风!"我说这是中央对项英的批评,并把中央关于项袁错误决定拿给她看。她说:"你不是新四军,也不了解项英,你是上了坏人的当。你只要承认皖南事变的责任在蒋介石而不在项英,在报上一登,我就可以给你打一百分了!"我说:"我既写了国民党'不走要打,走也要打'、'前堵后逼中打'的外因,也写了项英犯错误的内因,是实事求是。"她说:"从安徽、南京到上海,有上千新四军老战士发动起来会对你很不利……"我说,那我也只能等着你们发动了。她又说:"你不能把项英写坏呀,弄得我们不好见人呀!"

这时,我才明白了。一百一十七人的研究会只空洞地说项英有右倾错误,却讳言项英自己承认的由于临时动摇换了便衣临阵离队的错误,中央军委则称之为"最可耻的是项于八日晚即偕××、××、××、××四人离开部队潜逃"。因为这一点有损于一百一十七人称之为"我党我军领导人项英"的形象。于是,我把1985年《云岭》杂志15期公开发表的警卫员黄诚、警卫排长李德和关于项英及其他三人离队潜逃的回忆给了她。

我不禁要问一百一十七人研究会,一个被中央斥之为对中央指示"一贯阳奉阴违"、"始终借故不执行"的换上便衣临阵脱逃的人,能像你们说的是"我党我军的领导人"吗？即使过去是,也只能叫"曾经是"呀!

问: 这的确是很有趣的现象,也许将来能写成一部极富特色的书。

答：有趣的是控告者引用原国民党第三战区参谋处长岳星明在认罪情况下写的回忆录，说“三山计划”是国民党造的谣，因而指责作者说项英有“三山计划”是替国民党散布谣言。殊不知控告者用国民党的一个参谋处长来否定毛、周、刘、陈、粟对项英的“三山计划”、“南进政策”的批评，正是控告者暗示毛、周、刘、陈、粟替敌人散布谣言，只是不敢说，变相地加在引用者的头上，极为有趣的就在这里。所以他必须给作者加上一个“捏造”，不然，他们怎么敢说毛泽东说项英有错误的“南进政策”是敌人散布的谣言呢？这就叫聪明反被聪明误。花招耍得越高妙，只能越陷越深，增加曲折性而已。

问：*你认为“南进计划”是不是捏造弄清之后，还会节外生枝吗？*

答：现在放出风来了，说什么项英“南进计划”固然有，但项英向南开进的目的却不是实行“南进计划”，而是为了安全，用一百一十七人控告信的说法，是要避开敌人正面和两侧的阻击，搅浑水。听起来似乎有道理，但事实并非如此，请看依据：

①项英在部队开进前（1941 年元月 1 日），给中央一个四百八十字的长电文，其中无一字向南，无一字绕道茂林，更无一字避开敌人正面和两侧阻击。他为什么隐瞒向南开进的目的呢？

②项英在茂林受阻后，向中央报告说，他向南开进的目的是为了向南面之敌佯示威胁。

③中央关于项、袁错误决定中原文是这样的：“项、袁先则犹豫动摇，继则自寻绝路，投入蒋介石反共之包围罗网。”

④中央军委在关于“皖南事变”的军事教训的总结中是这样说的：“项南进本意，即令如他所说：是先对南面包围我之顽军佯示威胁，吸引顽方注意，然后突然东进转向苏南，但，一、茂林是个绝地，近在军部咫尺（离军部只五十里），应该知道；二、若只吸引顽方注意，便只能是使用一小部分兵力，而不是全部兵力都开到茂林。”

⑤刘少奇在 1941 年 1 月 19 日致毛泽东、朱德、王稼祥的电文中说：“项口说北移，实际是要南进。”

⑥事实证明向南开进受敌四面包围，全军覆没。

一百一十七人的研究会有什么根据说项英向南开进是避开敌人的正面和两侧阻击呢？项英本人不这样说，中央不这样说，中央军委不这样说，刘少奇不这样说。一百一十七人的研究会有什么理由否定他们呢？

问：这的确是个奇怪的现象，你所展示的这些电文、刊物、文件、书籍，一百一十七人的研究机构竟然视而不见，真是不可思议。

答：不可思议的东西太多了。比如篡改历史，把项英的错误决定改成中央军委的命令。现在暂时不说它。不管一百一十七人的研究会有多大人力、财力、时间、能量、权力和手法，最终还是水落石出。为了避免打乱锤搅浑水，咱们得一个一个来，第一步先搞清到底谁“捏造了三山计划”，其他，要一步一步来。因为我正忙于其他创作，今天只能谈这一点。你从文学角度看，可能感到太干巴了，缺少文采。

问：性质不同，它主要是靠事实和奇怪现象表现它的力度和深度。谢谢你在百忙中拨冗接待。

附录一

何应钦白崇禧致朱彭总副司令、叶挺军长皓电

（一九四〇年十月十九日）

第十八集团军办事处叶参谋长剑英即转朱总司令玉阶彭副总司令德怀叶军长希夷钧鉴：民族之存亡，基于抗战之成败，抗战之成功，基于军纪之严明，第十八集团军及新四军在抗战之初期，均能恪遵命令，团结精诚，用克御侮宣勤，不乏勋绩，孰意寇氛未靖，龃龉丛生，纠纷之事渐闻，摩擦之端时起，张荫梧之民军横遭解决，鹿钟麟之省政复被摧残，晋叛军之逋逃，石友三之被逐，不特自由行动，抑且冰炭相消，削减抗敌力量。中央以宽大为怀，冀全终始，以济艰危，乃命应钦崇禧与周副主任委员恩来叶参谋长剑英谈商办法，几经研讨，询谋佥同，乃于本年七月十六日，综合商谈结果，提出极宽大之具体方案，呈奉核定。交周副主任委员于七月二十四日飞陕，与玉阶德怀诸兄切商遵办，并于七月二十八日，由应钦电令各部，饬与十八集团军新四军避免冲突。但周副主任委员返渝后，对于商定之案，迄无确切遵办表示，又提出调整游击区域及游击部队办法三种，致中央处理更感困难。最近十八集团军徐向前部，于八月十一日，分头向山东省政府所在地鲁村进攻，沈主席以遵令避免冲突后撤。十四日，徐部遂陷鲁村，又复继续进攻鲁省府及所属部队，损失甚大。经统帅部严令撤退，并令于总司令学忠查报。据于总司令歌电复称，查徐向前部于十四日攻占鲁村，本部一再电徐制止撤出鲁村，徐当即复电愿遵令办理，但并未实行。迨新北一带之敌进犯鲁村，徐部乃于十八日不战而退，该地遂于十八日晨被敌占领。二十二日

敌退，徐部复入鲁村，至二十三日始撤去等语。此外苏北方面，新四军陈毅、管文蔚等部，于七月擅自由江南防区渡过江北，袭击韩主席所属陈泰运部，攻陷如皋之古溪蒋坝等地，又陷太兴黄桥及泰县之姜堰曲塘，到处设卡收税，收缴民枪，继更成立行政委员会，破坏行政系统，并截断江南江北补给线。统帅部严令制止，仍悍不遵令，复于十月四日向苏北韩主席部开始猛攻。韩部独六旅十六团韩团长遇害，五日又攻击八十九军，计掳去该军三十三师师长孙启人，旅长苗瑞体以下官佐士兵数千人。五日晚又继续袭击，致李军长守维翁旅长秦团长等被冲落水，生死不明。其他官佐士兵遇害者不计其数。现韩主席部陆续撤至东台附近，而该军进攻不已，同时北面十八集团军彭明治部，复自十月六日起，由北向南夹击。查苏北鲁省皆非十八集团军与新四军作战区域，各该军竟越境进攻，似此对敌寇则不战而自退，对友军则越轨以相侵，对商定后提示之方案则延宕不遵，而及非法越轨视为常事。此不特使袍泽寒心，且直为敌寇张目也。综观过去陕甘冀察晋绥鲁苏皖等地历次不幸事件，及所谓人多饷少之妄说，其症结所在，皆缘于第十八集团军及新四军所属部队：一、不守战区范围自由行动；二、不遵编制数量自由扩充；三、不服从中央命令破坏行政系统；四、不打敌人专事并吞友军。以上四端，实为所谓摩擦事件发生之根本，亦即第十八集团军与新四军非法行动之事实，若不予以纠正，其将何以成为国民革命军之革命部队。除苏北事件委座已另有命令希切实遵照外，兹奉谕将前经会商并奉核定之中央提示案正式抄达。关于第十八集团军及新四军之各部队，限于电到一个月内，全部开到中央提示案第三问题所规定之作战地境内，并对本问题所示其他各项规定切实遵行，静候中央颁发对于执行提示案其他各问题之命令。至周副主任委员恩来所提调整游击队区域及激击部队办法三种，其第一第三两种，决难照办。其第二种应俟开到规定地境后，再行酌办。特并附达，盼复。

参谋总长何应钦副参谋总长白崇禧皓秘印。

附录二

为顾全大局挽救危亡朱彭叶项复何应钦白崇禧佳电

(一九四〇年十一月九日)

重庆第十八集团军叶参谋长剑英即转何参谋总长敬之白副参谋总长健生两公钧鉴:两公皓(十月十九日)电,经叶参谋长转到奉悉。当以事关重大,处此民族危机千钧一发之时,为顾全大局挽救危亡起见,经德等往复电商,获得一致意见,兹特呈复,敬祈鉴察,并祈转呈统帅核示祗遵。

(一)关于行动者。职军所有部队,莫不以遵循国策服从命令坚持抗战为唯一之任务。四年以来,抗御众多之敌军,收复广大之失地,所有战绩,为国人所共见,亦为委座历次明令所嘉奖。即如此次华北百团大战,自八月二十日开始以来,已历两月有半,现方进入第二阶段。曾奉委座明令,勖勉备至,全军感奋。又如皖东皖南战役,粉碎敌之进攻,亦属最近期间之事。凡此所陈,非敢自矜劳绩,实欲以明遵循国策服从命令为捍卫民族国家奋斗到底之决心,实贯彻于全军之上下,而未敢有丝毫之乖离也。其中一部分,曾与他军之一部分发生龃龉事件,如尊电所指者,言之至堪痛心。其发生之原因与消除之方策,德等早经迭次陈明在案。最近苏北事件,德等已有马电详陈委座。鲁南事件,亦有复杂原因,深堪注意。

除令该地部队服从钧令,约束行动外,拟请中央选派公正大员,予以彻查,如属咎在职军,德等决不袒庇,愿受国家法律之处罚。如属咎在他方,亦祈按情处理,以明责任。古人有言,兼听则明,偏听则暗。而事理之正，贵得其平。况在艰苦异常之敌后抗战，多一分摩擦，即多一分困难，自非不顾大局专以摩擦为能事之人，未有不愿消弭纷争团结对敌者。故德等主张彻底查明其是非曲直，期于永杜纠纷，以利抗战。倘承俯允，乞赐施行。

（二）关于防地者。中央提示案内所列办法，七、八月间，经周恩来同志传达后，德等以中央意旨所在，唯有服从，而下属苦衷，亦宜上达。缘华中敌后各部，多属地方人民为反抗敌寇保卫家乡而组织者，彼等以祖宗坟墓田园庐舍父母妻子所在，欲其置当面敌军奸淫焚掠之惨于不顾，远赴华北，其事甚难。委座庐山谈话及告沦陷区同胞书中所示，彼等又正衷心遵循，毫无违异。忽令离乡别井，驱迫上道，其事甚惨。

自平江惨案、确山惨案发生后，新四军后方各处，如赣南、闽西、湘赣边区、鄂东、皖西、豫南等地，其家属及留守人员，横被摧残，毫无保障。今又欲华中各部北移，彼等甚惧覆辙相寻，故无不谈虎色变。又况华北地区，水、旱、风、虫、敌五灾并重，树叶为粮，道殣相望，该地军民已甚感维持之困难，有请南移者，有请他调者，德等方勉为抑止，告以苦撑，实亦甚难容纳其他之部队。以此种种，故请恩来转陈中央，请予允许大江南北各部，仍就原地抗战。一俟驱敌出国，抗战胜利，自当移动，以就集中之防地。兹奉电示，限期北移。德等再三考虑，认为执行命令与俯顺舆情，仍请中央兼筹并顾。

对于江南正规部队，德等正拟苦心说服，劝其顾全大局，遵令北移。仍恳中央宽以限期，以求解释深入，不致激生他故，重增德等无穷之罪。对于江北部队，则暂时拟请免调，责成彼等严饬军纪，和协友军，加紧对敌之反攻，配合正面之作战，以免操之过激，转费周章。德等对于此事，深用腐心。欲顾全地方，则恐违中央之命令，欲服从命令，则恐失当地之人心。而抗战胜利，全赖人心之归属，两公高瞻远瞩，必不河汉斯言。目前正属奸伪思逞谣言纷起之时，亟宜调协各方，统一对敌，庶免为敌所乘，自招分崩离析之祸。切忌煎迫太甚，相激相荡，演成两败俱伤之局，既非中央之本心，复违德等之始愿。我为鹬蚌，敌作渔人，事与愿违，嗟悔无及。此则德等肺腑之言，深愿为两公一吐者。两公虚怀若谷，全局在胸，必能维持调护，挽此艰难之时局，固不待德等多言也。

（三）关于编制者。职军孤悬敌后，欲求杀敌致果，达成统帅所付之战略任务，不得不遵循三民主义与抗战建国纲领所示原则，唤起民众，组织游击部队，因而超过原来编制，此任务与组织之连带关系，实亦有所不得不然。然以现有五十万人之众，领四万五千人之饷，虽有巧妇，难以为炊，故不得不要求民众协助。因而于敌后凡有敌寇而无友军之处，于驱除敌寇之后，建立抗日政权，创造抗日根据地，以民众之衣粮，给民众之武力，御凶残之敌寇，卫自己之家乡，诚有未可厚非者。虽衣单食薄，艰难奋战，历尽人间之辛苦，然不为法律所承认，不为后方所援助，则精神痛苦，无以复加，故有请中央允予扩充编制之举。中央亦为顾全事实起见，允予酌为扩编，如提示案内所示，职军闻之，实深庆幸。兹所求者，则请早日实行，并请对编制额数，酌予增加，以慰前线将士之心，亦为国家培养一支可靠之抗战力量。非第楚弓楚得，毋庸怀轩轾之心，实以卫国卫家，正赖此干城之选。

（四）关于补给者。敌后艰苦，具如上述，而子弹与医药用品等件，尤为缺乏。职军已十四个月未蒙发给颗弹片药，有一枪仅余四发五发子弹者，有一伤仅敷一次两次药物者，于是作战则专凭肉搏，负伤则听其自然。虽明知中央亦处艰难境地，然职军之特殊困苦，不得不上达聪听，以求于艰难之中，获涓埃之助。其他补给各项，均曾列款上陈，敬求一并核示。

（五）关于边区者。陕甘宁边区二十三县一案，悬而未决者四年于兹。近且沿边区之周遭，驻屯大军二十余万，发动民夫，修筑五道之封锁线。西起宁夏，南沿泾水，东迄河滨，绵亘数省，规模宏大，耗巨额之经费，筑万里之长城。而于远道北来之青年学生及职军往来人员，或被扣留暗杀，或被监禁于集中营。以此道路惊疑，纷纷揣测，不曰大举进攻，即曰准备妥协。德等闻之刺耳，辩之焦唇。良以悬案未决，又加封锁，空穴来风，猜疑易启，亦无怪其然也。理合恳请中央，对于悬案则予以解决，对于封锁则予以制止，释军民之疑虑，固合作之根基，实一举手一投足之劳耳。

（六）关于团结抗战之大计者。德等认为抗战至于今日，实争取最大的胜利千载一时之机。盖帝国主义战争扩大持久之形势已成，日寇正忙于应付太平洋严重局面，如能坚持团结抗战国策，不为中途之妥协，不招分裂之惨祸，则我中华民族必能在我最高领袖与中央政府领导之下，争取独立解放之出路。唯德等鉴于近月以来，国际国内之各种阴谋活动，诚有不能已于言者。颇闻日寇正在策动中国投降，软计与硬计兼施，引力与压力并重。德国则采劝和政策，欲诱中国加入三国同盟。而国内一部分人士，复正在策动所谓新的反共高潮，企图为投降肃清道路。内外勾煽，欲以所谓中日联合剿共，结束抗战局面，以内战代抗战，以投降代独立，以分裂代团结，以黑暗代光明。其事至险，其计至毒，道路相告，动魄惊心，时局危急，诚未有如今日之甚者。德等转战疆场，不惜肝脑涂地，苟利于国，万死不辞。所祈求者，唯在国内团结，不招分裂，继续抗战，不变国策。故于钧座所示各节，勉力遵行，而对部属弱点，则加紧克服。亦求中央对于时局趋向，明示方针，拒绝国际之阴谋，裁抑国内之反动，而于联合剿共内战投降之说，予以驳斥，以安全国军民之心。复望改良政治，肃清贪污，调整民生，实行主义，俾抗战重心置于自力更生基础之上。此皆国家民族之成败所关，万世子孙之生命所系，心所谓危，不敢不告。敬祈转呈委座，采择施行，无任屏营待命之至。

第十八集团军总司令朱德、副总司令彭德怀、
新四军军长叶挺、副军长项英同叩佳。

皖南事变中新四军自卫作战要图

1941年1月4日～14日

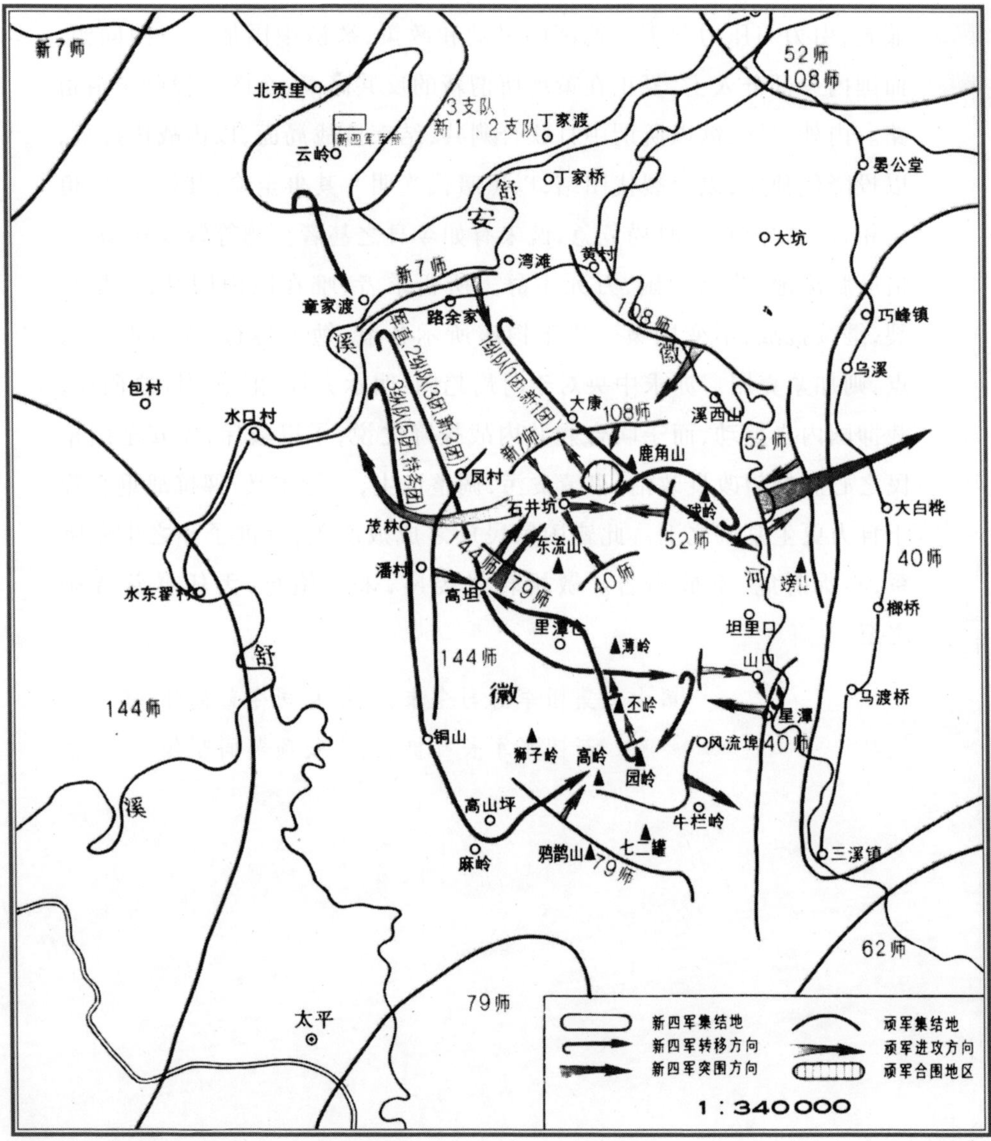